古代文学经典读本

文学经典读本系列

李庆西 编著

北京大学出版社
PEKING UNIVERSITY PRESS

图书在版编目(CIP)数据

古代文学经典读本/李庆西编著. —北京:北京大学出版社,2015.1

(博雅导读丛书)

ISBN 978-7-301-25205-5

Ⅰ.①古… Ⅱ.①李… Ⅲ.①中国文学—古典文学—文学欣赏

Ⅳ.①I206.2

中国版本图书馆 CIP 数据核字(2014)第 277922 号

书　　　名:古代文学经典读本

著作责任者:李庆西　编著

责 任 编 辑:艾　英

标 准 书 号:ISBN 978-7-301-25205-5

出 版 发 行:北京大学出版社

地　　　址:北京市海淀区成府路 205 号　100871

网　　　址:http://www.pup.cn　新浪微博:@北京大学出版社

电 子 信 箱:pkuwsz@126.com

电　　　话:邮购部 62752015　发行部 62750672　出版部 62754962

编辑部 62756467

印　刷　者:北京中科印刷有限公司

经　销　者:新华书店

650 毫米×980 毫米　16 开本　21.25 印张　340 千字

2015 年 1 月第 1 版　2025 年 6 月第 3 次印刷

定　　　价:69.00 元

目　录

导 言

文学的起源在未有文字之前,远古生民自从有了语言思维能力大抵就有了创作,人们从耕耘狩猎、祭祀占卜得来的灵感终要转化为某种表达。于是有了口传的神话与诗歌,自然也有了在劳作之余娱悦心灵的需要。口传时期的文学活动已难考证,只是有些作品被后人用文字记录下来,像"断竹,续竹,飞土,逐宍(肉)"这类古歌谣之所以能保留至今,就因为有幸被载录于古代史籍。自从有了文字,文学才算有了能够被追溯的历史。当然,在中国,这段能够被追溯的历史也相当久远,大致在两千五百年至三千年之间。文字的出现不但使得文学的生命得以繁衍,也改变了文学的命运。就作品而言是粗拙俗陋的状态发生了蜕变,渐渐变得精致而讲究蕴藉了;同时创作主体也发生了变化,文人创作理所当然成了文学的主导势力,文学由此开始成为一种自觉的精神活动。

民间创作并未因之而亡,从口传到书写,民间总有自己的作手。从各种文学史著作列述的情况来看,几乎每个时期都有俗文学的血脉汇入主流文学,一些本来不登大雅之堂的东西,或因文人著录而得以弘扬,或是经过一番润泽成了后世追认的经典。不仅较早的《诗经》,像汉代的民歌、六朝乐府、宋元杂剧和话本小说,这些写进了文学史的创作皆是草根社会的贡献。当然还有词和散曲,成为文人雅好之前则是伶工和歌伎之当行。可以说,除了散文与史传作品,其他各种文学样式最初都是俗文学的创制。英雄不问出身,雅俗之间没有迈不过去的门槛,这是中国文学在很长时期内能够持续发展的一个重要原因。

当然,根柢在于一种传统。自春秋战国之际"士"的阶层崛起,成为一个相对独立的知识集团之后,思想学术便于政治权力和世俗生活之外获得了自己的空间。一方面,士大夫的理性和知识观念形成了一种向心力,这使他们获得了领袖文坛的资格;另一方面,面对那些来自民间原生态的东西,他们往往表现出相当的涵容,这也许是出于智识者的人间情怀,也许是由于情感和美感经验最容易产生共鸣。事实上,像屈原、陶渊明、李白、杜甫、苏轼，那些不同时代的大诗人都很愿意向民间学习，从彼处汲取艺术素养。当然，如何评骘民间俗文学，自是士大夫的话语权力——应该说这里有一套与整个文化走向相协调的标准，因而他们不太关注的变文、弹词之类也就难得引起后人的注意。然而，总的来说，中国文学的整个发展过程体现了士人风雅与民间俗唱的共生关系。认识这一点，对学习中国古代文学至为重要，因为这里牵涉到若干带有规律性的问题：

一、中国文学的主流是在精英文学与俗文学的交融、汇合中形成的，士大夫文人和民间作手带入的不同文化因素给文学发展带来了长久的生命力。

二、俗文学在体裁样式、语言乃至话语方式（包括情感内容）诸方面显示了丰富的创造性，在各个阶段上给主流文学注入了新鲜活力。

三、文人创作注重艺术提炼，别裁体例，整饬形式，并以个人风格发展了文学的多样化局面。文的自觉始于"士"的崛起，智识精英的怀疑精神和忧患意识奠定了中国文学的人文蕴藉，因而生发出一种追求超越的美学导向。

四、雅俗层面的交互影响不等于彼此界限消弭，事实上就审美趣味而言，士大夫与芸芸众生相去甚远。至于文人创作能涵纳民间情调，亦自有其选择。

五、从文化承传的意义上说，中国古代文学的历史可谓士大夫文人的精神谱系，惟因自觉的创造才有本体之建设，所以一切艺术变迁中都能寻见士大夫文人的心路历程。

也许有必要指出，对中国古代文学的基本认识并不是一个没有争议的问题。近世以来，在"五四"新文化的语境中，有相当一些学者提出民间俗文学与主流文学并行发展的看法，或认为至少应重新评估其历史地位。像胡适作《白话文学史》，郑振铎作《中国俗文学史》，还有顾颉刚等人对民间故事和歌谣的搜寻整理，都是引人瞩目的课题。寻绎俗文学旧踪自是为当日平民的新文学打听历史消息。亟亟然替俗文学争地位，大抵出于学术以外的考虑——清季以降，文人近俗已是普遍的文化心态，到了鼓吹"文学革命"之际更是成了与时俱进的文化姿态。此姑且不论，问题是事情一定要弄成正朔之分、嫡庶之争，中国文学的发展脉络就永远扯不清楚。他们并非不明白主流文学与俗文学之间的互动关系，却只将文坛上的雅俗交融视作士大夫精英对民间作手的掠夺，这就弄出一种"苦大仇深"的意思了（不妨顺便提一下，1949 年以后出版的一些文学史教程多贯以阶级斗争主线，人们以为受制于意识形态的现实压力，其实事情远为复杂，某些话语踪迹可追溯到“五四”以前）。

如果说俗文学自身有一个完整的谱系，那么民间的自发创作应该是一个自有承启关系的历史过程，可是这事情不能得到证明，因为民间创作从来都不曾形成具有某种精神走向的文学思潮。但反过来说，整个古代文学史则处处印证着士者的思想历程。

这里之所以要强调文人创作的主导性，不仅是因为它提供了文学史上大多数经典文本，而且从接受的意义上考虑，也只有着眼此端才能理解文学潮流中个体创造的意义（俗文学本身具有集体审美记忆的性质，很难从那种集体表象中发现个性特征）。其实，硬要拿俗文学去勾勒一套“文学史”，许多饶有意味的历史进程只能做缺省处理，这样一来什么文体、风格、气韵即无从谈起，文学的承载也卸去许多。

文学创作首先是个体的精神活动，同时它离不开特定的历史语境和人文背景，所以在个性与传统之间总是有着变幻莫测的复杂路径，事情往往不是继承或叛逆那么简单，有时石破天惊的变革就在削足适履的无奈中发生。像杜甫以矫枉的“变体”“变调”独开生面，很难说只是“性僻耽佳句”的习惯使然，他看上去不像是存心要发动一场诗界革命，但半生郁闷的顿挫苦吟竟让他终结了天真豪迈的盛唐诗风。作为过程，创作本身是一种“文人化”的实践，是面对自我面对世界的对话。行吟泽畔的屈原问天问地问自己，终将心中万分屈辱化作彷徨求索的诗句，士大夫文人的特立独行就这样变成了一种精神自救。

那么俗文学呢，其实俗文学之“俗”说到底在于个性缺失。“劳者歌其事”的民间作手固然感于哀乐，却不会有士大夫的精神负荷，他们质朴、真率的创作是自娱而不是自救，有反抗之声而非发愤之作。当然，它那里边也能见出个体创作难以企及的智慧程度，难怪文学的荒村野径每每给文人带来“七八个星天外”的惊喜。可是，如果某种俗文学能够在士大夫的精神世界里照亮一隅，那还是因为有人把它带入了“文人化”的历程。譬如《诗经》的十五国风，那些来自乡野的歌谣最终成为一种经典，其间不但有“王官采诗”那种披沙拣金的功夫，也是儒者持续诠释（包括所谓“创造性误释”）的结果，不管那里边有多少谬见，这个正典化的过程同样凝聚着文人为伊而憔悴的精神内容。从这个意义上说，一切经典文本都是一种文人传统的见证。

当然，文学发展与衍化跟整个思想、风习与文化语境息息相关。一个不能忽视的前提是，中国很早就形成了相当完备的国家学说和国家意识形态，这个历史过程远在西汉董仲舒阐述君权神授和三纲五常之前，而后来行之于世的儒家宗法制度几乎消化了佛教传入东土之前所有的思想资源——其本身亦糅入了先秦道家、法家治国之道，以及天道观和阴阳、五行学说。所以自秦汉以后，作为知识阶层的士者基本上被纳入了以王权为核心的国家政治文化体制，留给个人的思想空间实在是十分有限。

所以，即便像屈原那样的大诗人也只能将宗国社稷作为自己的精神家园。《离骚》之忧愤与怨怼，其实只在于楚王“不抚壮而弃秽兮”；这种围绕君主轴心的忠、奸、庸三角互动奠立了中国文学的一种基本叙事模式。屈原“荃不察余之中情兮”（《离骚》）的慨叹真是中国文人的千古之叹，譬如一千五百年后辛弃疾北望中原，仍是“栏干拍遍，无人会，登临意”。古代士大夫文人何以不能摆脱这种精神依附，不是文学史要讨论的问题，但屈原以后优秀的文人创作大多表现出某种规避、逃逸乃或挣扎姿态。陶渊明“结庐在人境”，歌咏归园田居，俨然逸出体制樊笼。《世说新语》撇开名教礼法，着眼于言语、情采等人格形态，琐言长语中自有人性发现。李白的诗歌并无深刻之见，却以天马行空的恣放表达了超越现实羁累的想象。杜甫恰好从盛世走入乱世，国家理念与现实已是严重移位，这使他不得不直面人的生存境遇。苏轼的宦途与屈原很有相似之处，却在诗词文章里以通脱的笔墨表现人生之慰藉，也许是参禅礼佛使之对生命另有感悟。其实，文学的离经叛道往往借路空门。佛教作为消解儒学意识形态的重要思想资源，其作用或比道教更为明显，明代以后《西游记》《金瓶梅》《红楼梦》等具有叛逆意义的小说都明显受到佛教影响。鼓吹“性灵”的晚明文人大兴以佛诠儒之风，亦多少瓦解了笼于文学的儒学国家主义语境。

从纠结于意识形态的复杂喻象转为面向现实之人性化表达，往往伴随着某种曲折的叙事策略。譬如，唐宋传奇一些表现爱情和同情女性命运的篇什，为规避纲常名教，多将女主人公弄成鬼神或倡女身份，亦煞费苦心。譬如，《儒林外史》以祭祀泰伯重振斯文，明显是反儒学道统（以泰伯为士者先圣，无疑从儒学殿堂里撤去了孔子牌位），暗里却借力于孔子（泰伯在孔子眼里是“至德”之人）。中国小说里这种拐弯抹角的“曲笔”很多，《水浒传》《西游记》里都有，其中不乏隐喻或暗示的美学趣味。总之，文学如何摆脱令人窒息的儒学语境，将心灵之狱挣开一道罅隙，需要创作者付出格外的心力。

当然，有时是外部世界的变易（如王朝兴替）提供了某种机缘。譬如，蒙古入主中原在很大程度上改变了汉族士人的生命轨迹，宗国社稷既已不存，精神亦无可依附。彷徨失落之际许多人转向俗文学领域，他们直接从民间汲取艺术养分，创作杂剧与散曲，或整理话本小说，从而造成元代戏曲、小说之繁盛局面。

另一个重要机缘是儒学自身的分裂。明代中期以后阳明学之兴起，开启“良知”对“天理”的质疑，而至鼓吹“百姓日用为道”的泰州学派，更是发展成“人欲”挑战“天理”之局面。两千年来对士人的思想禁锢至此开始有了松动，像《金瓶梅》那样不惮以大量性描写触忤礼教禁忌，亦自反映了当日思想分离、礼教崩坏之背景。明清小说比之唐宋传奇实有长足进步，主要是因为有更多人性的自觉表现。

从另一方面看，中国文学的文人传统也体现于体裁、形式与表现手法之演进过程，这也是理解其血脉传承的重要内涵。编撰者认为，对中国古代文学的基本认识亦基于诗赋词曲及文章、小说各体之发展与嬗变。所以，本书编撰思路比较重视文体演化过程，在各章概述中尽可能勾勒出一个简明而清晰的脉络。

本书分列二十八章，试图串联中国古代文学的各个重要节点，构成一个极简的古代文学史框架。各章均由作家（作品）概述和选文两部分组成，具体安排如下：

先秦：诗经，庄子，屈原
汉代：史记，汉赋，乐府古辞，古诗十九首
魏晋六朝：陶渊明，世说新语
唐代：李白，杜甫，白居易，韩愈·柳宗元，唐传奇
五代至宋：李煜，苏轼，李清照，辛弃疾
元明清：窦娥冤·西厢记，元散曲，三国演义，水浒传，西游记，金瓶梅，“三言”·“二拍”，明清小品文，儒林外史，红楼梦

限于编纂体例与篇幅，这些作品选文不可能涵括中国古代文学的整体面貌，但它们是中国两三千年来最辉煌的篇章，如果把整个中国古代文学喻为一座大厦，那么这些作家作品则可谓起到顶梁柱作用的关键性构件。其实，这里选择的对象主要不仅着眼其文学史上的地位，也考虑到是否对中国人的文化心理建构有所影响。应该说，作家作品之文学史地位是一个容易引起争议的问题，譬如也许有人认为李商隐比白居易重要，而仅以苏轼体现宋诗创作是否远远不够，诸如此类。这些涉及编撰思路的问题，在此不妨略作说明：

首先,编撰者理解的文学史地位,不仅考虑作家作品在历史上的地位,也顾及现代读者阅读与接受的程度。如果说“一切历史都是当代史”,所谓文学史地位很大程度上也即当代读者心目中的地位。显然,如今白居易的读者远比李商隐要多,这是选择他的原因。元明清时期小说选得比较多,也在于其现实影响。但是,将现在鲜有读者的汉赋列为一章,是因为辞赋一体几乎贯串千年,认识古代文学这是不可或缺的一环。总之,这里有一个平衡的考量。

其次,文学表达的创新意义是一个重要标准。这里,唐代以后诗家仅列入苏轼一人,而五代至两宋则主要以词人为主,这是考虑到诗之一体在意境上已很少有新的开拓,而宋词、元曲则更能代表一时代之文学。虽说传统的古体与近体诗一直是文人创作主流样式,甚至晚近的清诗在学人中间亦颇有嘉誉,但编撰者认为唐代以后文人诗愈益成为学识修养之载体,或纯粹流于一种清娱雅好,与文学本意已渐行渐远。当然,可选的诗家依然有之,倘若篇幅允许,南宋陆游、金代元好问等,亦可备选。

再者,平衡各种文学体裁也是考虑的因素之一。戏曲是古代文学一个有趣的门类,也许已经不太适合现代人口味,但本书还是介绍了关汉卿的《窦娥冤》和王实甫的《西厢记》。其实,明代汤显祖的《牡丹亭》也值得一说,因篇幅所限只能割舍。

本书所选诗文中生僻、疑难字句,或某些专有名词,皆于篇末加以注释,以助疏通文意,方便阅读理解。各章末尾列出思考题一组,有意对文体特征、风格要素乃至美感意识几方面加以提示,以期引起研习的兴趣。

中国古代文学可谓浩如烟海,本书编纂过程中自然难处多多,这都不必细述。编撰者亦由此意识到,做一部极简的文学史和作品选本实在大有必要。但因学识水平有限,错舛和疏漏恐在所难免,还望读者和方家不吝指正。

李庆西

二〇一三年四月十八日于杭州

第一章　诗　经

最早的文学是神话与诗。神话在中国被涂抹了过多的史学色彩，又过早融入古代道家、阴阳家的话语系统，所以那些奇异的传说并没有像希腊神话那样真正成为一种文学母体。西方文学中，瓜瓞绵绵的神话原型有着颇为清晰的递述关系，而中国文学几乎一开始就绕开了神的谱系。中国并不缺少神话资源，只是派到文学上的用处太少。如果用文学的“形态学”眼光来看，中国文学可以说起步于诗，最初自然是格式简单、押韵或是不押韵的谣歌。不过至少在三千年前，民间的歌声已传入庙堂。《诗经》中产生较早的“颂”诗是祭祀宗庙的乐章，虽说出于贵族和宫廷乐官之手，说到底也是从民间的祭歌衍化而来。祭歌只是那些民谣中的一小部分，其中更多的是表现狩猎耕种、男欢女爱的现实人生。从西周初年到春秋中叶的五百年间，民间歌谣和庙堂乐章共同推动了旷日持久的诗歌运动，那时的宫廷乐官不但自己创制乐章，也注重向民间采风，把流传在各地的歌谣记录下来，由此便有“王官采诗”之说。《诗经》就是这一时期形成文字文本并经过艺术加工的口语文学。

《诗经》本来叫《诗》，又称《诗三百篇》，所收三百零五篇作品分作“风”“雅”“颂”三个部分。“风”即周南、召南、邶、鄘、卫、王、郑、齐、魏、唐、秦、陈、桧、曹、豳十五国风，也就是各地的风土歌谣，共计一百六十篇。国风题材广泛，饶有俚俗风趣，歌咏劳动和爱情是其一大主题。“雅”是西周京畿一带的正声乐歌，分小雅和大雅，其中小雅七十四篇（另有六篇有目无辞的“笙诗”），大雅三十一篇。雅歌作者多为贵族和乐官，他们的创作意在钟鼓琴瑟之声中凸现某种仪式感，其中不少篇什亦颇有史诗意慨。大雅全是西周盛时之作，小雅中有春秋时的作品，也有少数民间歌谣。“颂”是用于祭祀的庙堂舞曲，有周颂三十一篇，商颂四篇，鲁颂五篇。此乐声缓而肃穆，辞句未免堆砌、夸张。“风”“雅”“颂”是从音乐得名，后来就成了诗体的分类，与作为表现手法的“赋”“比”“兴”合称为《诗经》的“六义”，这是汉代《诗大序》里的说法。

从“王官采诗”到形成三百零五篇的《诗经》，据说有一个“孔子删诗”的编选加工的环节，《史记·孔子世家》称：“古者诗三千余篇，及至孔子，去其重，取可施于礼义。……三百五篇，孔子皆弦歌之，以求合韶武雅颂之音。”此说后世争议颇大，未足采信，但孔子和儒家徒众对《诗经》的传承确实起了重要作用。《论语·阳货》用孔子的话说：“小子何莫学夫诗？诗可以兴，可以观，可以群，可以怨。迩之事父，远之事君；多识于鸟兽草木之名。”这就是所谓“诗教”的理念，后来《诗经》被作为儒家经典之一，与《书》《易》《礼》《乐》《春秋》合称为“六经”。所以，宋儒朱熹注释《诗经》时说：“圣人固已协之声律，而用之乡人，用之邦国，以化天下。”（《诗集传序》）

既然被归入经学，在儒者眼里它就不是今人认识的文学作品，而是凝聚着伦理教训的文字，套用今天的观念差不多就是哲学、政治课本或是德育教材的混合物。其实，“文学”一词在古代就是指文章经籍和儒家学问，并无审美的关系，亦与情感无涉。通常而言，文学观念的形成要比文学创造本身滞后许多，在古代中国尤其如此，所以历代诠释《诗经》的著作尽管汗牛充栋，却很少讨论其文学的美感与价值。只有当传统经学的语境消逝之后，人们才能从《诗经》中真正发现古代生民的情感与想象，看见那里边所包含的人性的力量。

作为中国最早的一部诗歌总集，《诗经》在句式和韵律上自然都显得比较朴拙，它的四言体式较之后来的五言、七言多少有些单调、凝滞之感。然而，它还是有着相当丰富的艺术表现力，并未因为受制于这种局限而显得粗窳。如果从审美主体与客体世界的关系来说，《诗经》里边的许多作品又呈现相当成熟的特点。譬如：“知我者，谓我心忧。不知我者，谓我何求。”（《王风·黍离》）“瞻彼日月，悠悠我思。道之云远，曷云能来？”（《邶风·雄雉》）又如：“昔我往矣，杨柳依依。今我来思，雨雪霏霏。”（《小雅·采薇》）“山有蕨薇，隰有杞桋。君子作歌，维以告哀。”（《小雅·四月》）这样的诗句隽永有味，道出了苦境中的追索，更是直面人生的精神承载。

比之世界上其他民族“幼年期”的文学作品，《诗经》似乎少了些天真浪漫的成分，又多了几分老成质实的沉潜意态。诗人们带着阅世的忧伤和豪迈，吟哦之中透着饱经风霜的苦楚；无论是部族迁徙、征戍和农事，还是桑间陌上的男女私情，诗中那些激赏与喟叹总是呼应着生命进取，终将审美的话语之径锁定于爝火不息的现实人生。譬如，久从征战的戍卒归途中自叙离合之情，怅然不已的思绪萦绕田园与家室，回溯日常的生活记忆——

我徂东山，慆慆不归。我来自东，零雨其濛。果赢之实，亦施于宇。

伊威在室，蟏蛸在户。町畽鹿场，熠燿宵行。亦可畏也？伊可怀也。

这是《豳风·东山》中的一节，歌者在微雨途中思念着荒芜的故园，想到屋檐下疯长的瓜蒌，想到壁下虫豸和满室蟏蛸，想到萤火虫流星般飘过野兽践迹的林中空地……渐渐唤醒的记忆伴随着麻木的哀感，而疲惫的心灵依然怀着一份执著。十五国风没有王者的宏大叙事，而三百篇里最好的作品皆由普通人之世俗经验所建构，其情感表达往往具有深挚、含蓄的特点。孔子所谓"乐而不淫，哀而不伤"（《论语·八佾》），恰是生存磨砺带来的内敛与节制，绝非《诗大序》里"止乎礼义"的道德正确。后来儒家学者多以政教善恶的附会见解来解释这类歌咏，不啻指鹿为马的强说之辞。

《诗经》对后世文学发展影响巨大，如其简约的抒情风格，注重经验过程的艺术趣味，甚至由汉儒误读产生的所谓"谲谏"的隐喻方式，都为以后两千年来的中国文学敷设了基本底色。闻一多曾就《诗经》的艺术成就分析中国文化"早熟"的特点，他说："三百篇的时代，确乎是一个伟大的时代，我们的文化大体上是从这一刚开端的时期就定型了。文化定性了，文学也定型了，从此以后二千年间，诗——抒情诗，始终是我国文学的正统的类型，甚至除散文外，它是唯一的类型。赋、词、曲，是诗的支流，一部分散文，如赠序、碑志等，是诗的副产品，而小说和戏剧又往往以各自不同的方式夹杂些诗。诗，不但支配了整个文学领域，还影响了造型艺术，它同化了绘画，又装饰了建筑（如楹联、春帖等）和许多工艺美术品。"（《文学的历史动向》，见《神话与诗》）这里说的是一个很大的问题，但如果可以把中国文学基本特性归结为着眼现实的诗意，这个"定型"的说法亦颇有道理。

本章选录《诗经》作品七首，分别说明如下：

《关雎》选自《周南》。这是《诗经》开篇的第一首，写男子暗恋河边采荇的女子，日夜思念，从而生发出君子淑女的美好想象。由于诗中有"君子""淑女"字眼，末句更有"钟鼓乐之"一语，现在学者多以为暗恋者是一贵族男子。其实，这样作身份确认未免消解了诗意，更让读者想不明白：在当时的社会里，贵族男子追求采荇女子难道有那么费事？至于"钟鼓乐之"，非要落实为贵族生活也是穿凿之说，谁说普通人不能想象那种场景？当然，从前汉儒宋儒的阐释更为离谱，他们将"君子"说成是周文王，而"淑女"又指文王正妃太姒，认为此诗主旨是歌颂所谓"后妃之德"，将情感的东西完全扭曲成一种意识形态。

《黍离》选自《王风》。此诗抒写愁怀之绪。《毛诗序》谓："《黍离》，闵（通'悯'）宗周也。周大夫行役至宗周，过故宗庙，宫室尽为禾黍。闵周室之颠覆，彷徨不忍去，而作是诗也。”近代学者一般认为此说不可信，因为诗中看不出与周室播迁之事有何牵涉。但悯周之说毕竟影响很大，后世文人多以“黍离”一词形容故国之悲，寄托兴亡存废之义，按布鲁姆一路批评理论，亦即以“误读”重构文本的成例。

《将仲子》选自《郑风》。写一位女子对情人的吁求，语言明快，颇有俚俗风趣。

《十亩之间》选自《魏风》。这是采桑女子收工时呼唤同伴的歌唱，短短的两节六句，从田园景物描述中透出一种轻松活泼气息。从前儒者喜欢作深度解读，如清人姚际恒《诗经通论》谓：“此类刺淫之诗。”真是一见女人就想到“淫”字，荒唐可笑。

《蒹葭》选自《秦风》。这一首看上去像是情诗，但意境迷离，亦似另有寄托。朱熹《诗集传》云：“言秋水方盛之时，所谓彼人者，乃在水之一方，上下求之而皆不可得。然不知其所指也。”

《采薇》选自《小雅》。抒写戍卒的归思之念，意境辽阔，末尾四句尤佳。王夫之《姜斋诗话》评曰：“以乐景写哀，以哀景写乐，一倍增其哀乐。”

《鸿雁》选自《小雅》。流民以鸿雁自比，叙说迁徙之悲苦。后世以“哀鸿”比喻流离失所的人们，即源自此诗。

关　雎

（《周南》）

关关雎鸠[1]，在河之洲。
窈窕淑女[2]，君子好逑[3]。

参差荇菜[4]，左右流之[5]。
窈窕淑女，寤寐求之[6]。
求之不得，寤寐思服[7]。
悠哉悠哉[8]，辗转反侧[9]。

参差荇菜，左右采之。
窈窕淑女，琴瑟友之[10]。
参差荇菜，左右芼之[11]。

窈窕淑女，钟鼓乐之[12]。

【注释】

[1] 关关，雎雄和鸣的鸟声。雎鸠，一种水鸟。

[2] 窈窕，形容女子端庄美丽而有气质。汉扬雄《方言》："秦晋之间，美心为窈，美状为窕。"

[3] 逑，逑匹、配偶。此句言君子欲娶之为妻。

[4] 荇(xìng)菜，亦作"莕菜"，一种可食用的水生植物。

[5] 左右，指采荇女子双手动作。流，通"摎"，捋取，择取。

[6] 寤寐，犹言日日夜夜。寤，醒时；寐，睡时。

[7] 思，语助词。服，思念。

[8] 悠哉，形容思念悠长。近人王先谦《诗经集疏》："悠哉悠哉，犹悠悠也，二哉字增文以成句。重言之，以见其忧之长。"

[9] 辗转反侧，在床上翻来覆去，不能安睡。

[10] 琴瑟，两种古代弦乐器。友，亲近。此句言君子想象以琴瑟之声向淑女表示爱意。

[11] 芼(mào)，同"覒"，择取。《说文》："覒，择也。"

[12] 钟鼓，两种古代打击乐器。乐，喜乐。此句也是君子想象与淑女欢聚的情形。

黍　离

(《王风》)

彼黍离离[1]，彼稷之苗[2]。
行迈靡靡，中心摇摇[3]。
知我者，谓我心忧。
不知我者，谓我何求。
悠悠苍天，此何人哉[4]！

彼黍离离，彼稷之穗[5]。
行迈靡靡，中心如醉[6]。
知我者，谓我心忧。
不知我者，谓我何求。
悠悠苍天，此何人哉！

彼黍离离，彼稷之实[7]。
行迈靡靡，中心如噎[8]。
知我者，谓我心忧。
不知我者，谓我何求。
悠悠苍天，此何人哉！

【注释】

[1] 黍，糜子；离离，行列貌。

[2] 稷，高粱；苗，青苗。

[3] 迈，远行；靡靡，脚步迟缓。中心，即心中；摇摇，即愮愮，忧郁无告。

[4] 悠悠，遥遥的假借字，远意。人，通“仁”。此二句怀愤问天。

[5] 穗，言高粱抽穗。

[6] 醉，神智飘忽。

[7] 实，言高粱结粒。“苗”“穗”“实”是作物生长的三个阶段，有人据此以为诗人三过其地，但也不妨视作诗中分章换韵的手法。

[8] 噎，气逆而不畅。

将仲子

（《郑风》）

将仲子兮[1]，无逾我里，无折我树杞[2]。
岂敢爱之，畏我父母[3]。
仲可怀也，父母之言，亦可畏也。

将仲子兮，无逾我墙，无折我树桑[4]。
岂敢爱之，畏我诸兄。
仲可怀也，诸兄之言，亦可畏也。

将仲子兮，无逾我园，无折我树檀[5]。
岂敢爱之，畏人之多言。
仲可怀也，人之多言，亦可畏也。

【注释】

[1] 将（qiāng），请求；仲子，排行老二的男子。古时兄弟排行以伯、仲、叔、季为序，仲是第二位。

[2] 逾,越,翻越;里,指里墙,古代二十五家为一里,里有护墙。折,折断,这里是因逾墙而压折,不是采折之折;树杞,里间所植之杞柳。

[3] "岂敢"二句,犹云并非心疼杞柳被压坏,而是怕父母责怪。爱,心疼。

[4] 墙,院墙,这里指女子居所的院墙。桑,古时墙边植桑。《孟子·尽心上》:"五亩之宅,树墙下以桑。"

[5] 园,种植果蔬筑有围墙的场所。由逾里、逾墙到逾园,由父母、诸兄再至众人,是层层递进的写法。檀,树名。

十亩之间

(《魏风》)

十亩之间兮[1],桑者闲闲兮[2]。
行与子还兮[3]。

十亩之外兮[4],桑者泄泄兮[5]。
行与子逝兮[6]。

【注释】

[1] 十亩之间,指邻家间相连的桑园。《孟子·尽心上》:"五亩之宅,树墙下以桑。"相邻的两家桑园恰在"十亩之间"。此诗表现采桑女子彼此呼喊收工的情形。

[2] 桑者,指采桑女子。闲闲,从容自得的样子。此句写收工时松弛状态。

[3] 行与子还,跟同伴或邻家采桑者打招呼该回家了。行,且、将要。子,王先谦《诗经集疏》:"子,谓同去之人。"

[4] 十亩之外,指别家的桑园。

[5] 泄泄(yì),犹"闲闲",弛缓貌。

[6] 逝,往。此句与"行与子还"同义,是说别处桑园里也一片相约收工的呼喊。

蒹　葭

(《秦风》)

蒹葭苍苍,白露为霜[1]。
所谓伊人,在水一方[2]。
溯洄从之,道阻且长[3]。
溯游从之,宛在水中央[4]。

蒹葭凄凄，白露未晞[5]。
所谓伊人，在水之湄[6]。
溯洄从之，道阻且跻[7]。
溯游从之，宛在水中坻[8]。

蒹葭采采，白露未已[9]。
所谓伊人，在水之涘[10]。
溯洄从之，道阻且右[11]。
溯游从之，宛在水中沚[12]。

【注释】

[1] “蒹葭(jiānjiā)”二句，落在荻草和芦苇上的秋露看似结了霜，显出泛白的色泽。蒹，荻草；葭，芦苇。苍苍，泛白的淡青色。清陈奂《毛诗传疏》：“白露为霜，乃在九月已后。”

[2] 所谓伊人，所说的那个人；伊，是，指示代词。一方，一边，方通“旁”。

[3] “溯洄”二句，是说沿着河流往上游寻找“伊人”，路途漫长而多有险阻。

[4] “溯游”二句，是说往河流下游去寻找“伊人”。因为沿水边遍寻不得，怀疑“伊人”是否在水中。宛，好像，这里表示疑惑。

[5] 蒹葭凄凄，谓露水沾湿了荻草和芦苇。凄凄，湿润貌。晞(xī)，干。

[6] 湄，河畔水草地带。

[7] 跻，升高，指坡道。

[8] 坻(chí)，水中的小洲。

[9] 采采，犹萋萋，茂盛貌。已，止。是说白露尚未干透。

[10] 涘(sì)，水边。

[11] 右，指道路弯曲。

[12] 沚(zhǐ)，水中的沙滩。

采　薇

（《小雅》）

采薇采薇，薇亦作止[1]。
曰归曰归，岁亦莫止[2]。
靡室靡家[3]，玁狁之故[4]。

不遑启居[5]，狎狁之故。

采薇采薇，薇亦柔止[6]。
曰归曰归，心亦忧止。
忧心烈烈，载饥载渴。
我戍未定，靡使归聘[7]。

采薇采薇，薇亦刚止[8]。
曰归曰归，岁亦阳止[9]。
王事靡盬[10]，不遑启处。
忧心孔疚[11]，我行不来[12]。

彼尔维何[13]？维常之华[14]。
彼路斯何[15]？君子之车[16]。
戎车既驾，四牡业业[17]。
岂敢定居，一月三捷[18]。

彼驾四牡，四牡骙骙[19]。
君子所依，小人所腓[20]。
四牡翼翼[21]，象弭鱼服[22]。
岂不日戒[23]，猃狁孔棘[24]。

昔我往矣，杨柳依依[25]。
今我来思，雨雪霏霏[26]。
行道迟迟[27]，载饥载渴。
我心伤悲，莫知我哀。

【注释】

[1] "采薇"叠句表现摘采野菜的动作，下句说摘过的野菜又长了出来，这里暗含时间过程。薇，即野生豌豆苗，嫩时可食用。作，生出。止，语尾助词。

[2] "曰归"二句，说是要归去要归去，已是岁暮却依然戍守在外。莫，暮的本字。

[3] 靡室靡家，指离家别孥。靡，无。

[4] 猃狁（xiǎnyǔn），又作猃狁，亦称北狄，古代北方民族，秦汉后称匈奴。

[5] 不遑启居，无暇按坐，不能安居的意思，下文"不遑启处"与此同义。启居，古人坐

呈跪姿，臀部离足曰“启”，臀部压在足跟曰“居”。

[6] 柔，柔嫩，指薇菜生出的嫩芽。

[7] “我戍”二句，言戍守之地不固定，无法托人带信回去。聘，问，指对家人的问候。

[8] 刚，硬，指薇菜茎叶变老。

[9] 阳，阳月，指夏历十月。郑玄《毛诗传笺》：“十月为阳，时坤用事，嫌于无阳，故以名此月为阳。”

[10] 王事靡盬（gǔ），征伐天下的战事没完没了。王事，王业之事；盬，休止。

[11] 孔疚，非常痛苦。孔，甚；疚，病。

[12] 我行不来，我征戍在外不能归家。《尔雅》：“来，至也。”

[13] 彼尔维何，意谓那盛开的是什么花。彼，那些；尔，同“薾”，花盛开貌；维，是；维何，是什么，下文“斯何”与此同义。

[14] 常之华，棠棣之花。常，棠棣，即郁李。

[15] 路，同“辂”，将帅乘坐的高大战车，即下文出现的“戎车”。

[16] 君子，指将帅。

[17] 四牡，挽车的四匹雄马；业业，高大貌。

[18] 一月三捷，通常解释为一月之内打了几次胜仗。此句亦另有一说，捷通“接”，或指与敌方数次接战。

[19] 骙骙（kuí），马强壮貌。

[20] “君子”二句，主语是戎车，言其为将帅乘坐，也是士兵在战场上的掩体。依，凭靠；小人，士卒；腓，隐蔽。

[21] 翼翼，行列整齐。

[22] 象弭（mǐ）鱼服，指装备精良。象弭，用象牙装饰的弓；弭，弓弦两端弯曲部位。鱼服，箭囊；服，“箙”的省借，盛箭的物具。

[23] 日戒，每日戒备。

[24] 孔棘，言军情紧急。孔，大，甚。棘，通“亟”，急也。

[25] “昔我”二句，言当年从军之时春和景明，反衬离乡之哀。依依，杨柳披拂之态。

[26] “今我”二句，如今归来之日，以冬雪纷飞的寒酷映照内心的欢悦。思，语助词。

[27] 迟迟，喻道路漫长。

鸿　雁

（《小雅》）

鸿雁于飞[1]，肃肃其羽[2]。
之子于征[3]，劬劳于野[4]。
爰及矜人[5]，哀此鳏寡[6]。

鸿雁于飞，集于中泽。
之子于垣[7]，百堵皆作[8]。
虽则劬劳，其究安宅[9]？

鸿雁于飞，哀鸣嗷嗷[10]。
维此哲人[11]，谓我劬劳。
维彼愚人，谓我宣骄[12]。

【注释】

[1] 鸿雁，原作"鸿鴈"，即大雁。

[2] 肃肃，象声词，这里指鸟羽的振动声。

[3] 之子，这些人，指流民。宋朱熹《诗集传》："流民自相谓也。"征，远行。

[4] 劬劳，劳累、辛劳。

[5] 爰，发语词。矜人，穷苦之人。《汉书·萧望之传》引"爰及矜人，哀此鳏寡"二句，颜师古注："矜人，可哀矜之人，谓贫弱者也。"

[6] 鳏寡，老年无配偶者，流民中这些人尤为可怜。《孟子·梁惠王下》："老而无妻曰鳏，老而无夫曰寡。"

[7] 垣，墙。于垣，筑墙。

[8] 百，言其多，非确数。堵，墙，这里并非量词。此句是说建起了许多屋墙。

[9] 究，终于。宅，居住，这里作动词。此句意谓经历一番劳苦终得以安居。

[10] 嗷嗷，鸟哀鸣声。

[11] 维，同"惟"，只有。哲人，明达事理之人。

[12] 宣骄，骄奢。朱熹《诗集传》："流民以鸿雁哀鸣，自比而作此歌也。……知者闻我歌，知其出于劬劳，不知者谓我闲暇而宣骄也。"

【思考题】

1.《黍离》是触景生情之作，但诗中出现的景象只是宗庙宫室废址上长出一片禾黍而已，读之颇似一幅静穆的风景画。其取景如此简单，何以转化成家国兴亡之悲？试析诗中的意象、修辞与话语关系。

2.《将仲子》中求欢的男子由"逾里"、"逾墙"到"逾园"，这会儿大概摸到了那姑娘窗下，而姑娘慑于家庭和邻里舆论压力，苦苦哀求他别进来，说话是一副担惊受怕的口气。虽说整首诗都是姑娘的求诉，可是读来却不像是大难临头的感觉，反倒有一种俚俗调侃之趣。所以近人余冠英译成的白话诗亦颇诙谐——"求求你小二哥呀，别爬我家大门楼呀，别弄折了杞树头呀。/树倒不算什么,爹妈见了可要吼呀。/小二哥呀,你的心思我也有呀,只怕爹妈骂得丑呀……”请分析一下,是什么原因造成了言述与接受的反差？是话语方式还是男女情爱主题本身所带有的谑谑之悦？

3.《采薇》“杨柳依依”句,“依依”可释为“披拂之态”,但如果把此句译成这样的白话——“纷披的杨柳枝在春风中拂动”,你是否觉得还缺了点什么意思？

【拓展阅读】

1. 胡适:《谈谈诗经》,收入《胡适论学近著》,商务印书馆 1935 年版。
2. 朱自清:《经典常谈》之四《诗经》,中华书局 2003 年版。
3. 陈子展:《诗经直解》,复旦大学出版社 1983 年版。
4. 程俊英、蒋见元:《诗经注析》,中华书局 1991 年版。

第二章　庄　子

《庄子》一书为庄子及其后学所著,《汉书·艺文志》列为道家一类,曰:“道家者流,盖出于史官,历记成败存亡祸福古今之道,然后知秉要执本,清虚以自守,卑弱以自持,此君人南面之术也。”谓道家“出于史官”,是指这一派开山之祖老子曾为周室守藏之吏,得职务之便饱览文典,能以总结兴亡治乱的经验教训。至于庄子,如果说亦同样以古今之道看取天下势运,其眼界胸臆却非得自史官之职。他不像老子那样有点官方学术背景,也不似混迹上流社会的孔孟荀韩诸辈,他“曳尾”于草根阶层的泥涂之中,或许有一种独特的民间视野。从《庄子》书中的记述和话语特点来看,其人天姿颖悟,又亲近自然,许多见识不仅得之史鉴,亦显然领教于天地造化、四时消息。

庄子(约前369—前286),名周,字子休,战国时宋国蒙(今河南商丘)人。他一生贫寒自处,只是做过一阵“漆园吏”的小官。《史记》上说楚威王欲厚币聘他为相,被一口拒绝,其称“宁游戏污渎中自快,无为有国者所羁”。做人有这样的原则,只能是抓住了生命本质的真实意义。庄子生活的年代群雄并争,一派乱局,各方诸侯都想抓住机遇做大做强,杀戮和兼并就成了君王们的“政绩工程”。处于战乱的惶惑之中,庄子倡言绝圣弃知、清静无为,不啻一帖消解国家意志的祛火良剂,或可谓对症下药,只是当日位居庙堂高位者没人喜欢他这么嚷嚷(至于后来的统治者把他抬举为“南华真人”,那是政治语境变迁之故)。近世学者检讨老庄思想中的无为而治,往往注意其消极遁世的负面意义,亦或愿意从辩证法的角度抽绎某些哲理成分,然而这都忽略了其中真正具有人间关怀的民本思想。

从大面上看,诸子立说大多撇不开民生疾苦,儒家和墨家或许对此关注更甚,不过他们的拯救之策乃着眼于社会秩序,即如何调适人与人之间的关系之类。然而,庄子讲求民本乃至人本则有根本不同,他是在个人存在意义上追寻人的理想生存状态。所以,他讲“保身”“养亲”,讲“无为”“无己”,偏与儒家所言治国平天下的伦理思路拧了个劲儿。道家和儒家的是非功过很难简单评说,但有一点不能不看到,当日思想界彼此对立互相钳制的各派学说有如一套良好的生态系统，文化存在之多样性足见古人智慧与涵容。

从文学意义上说，庄子的重要性无疑在诸子之上。鲁迅认为，先秦文章中“文辞之富美者，实惟道家”。至于庄子，“著书十余万言，大抵寓言，人物土地，皆空言无事实，而其文则汪洋辟阖，仪态万方，晚周诸子之作，莫能先也”（《汉文学史纲要·老庄》）。盖因极度崇尚优游自在的精神活动，《庄子》充满诗意的言述自有无可抵拒的文学魅力，其超越世俗桎梏的想象给中国文学注入了发乎生命本体的美学动力。像鲲鹏与蜩、雀的寓言（《逍遥游》），子綦关于三籁的譬喻（《齐物论》），混沌凿七窍的意象（《应帝王》），以及北海若与河伯的对话（《秋水》）等等，那些虚拟的摹写竟生动地向人演示着天人合一的生命境界，表现了不拘物累的人格态度。《庄子》的文章讲究取譬，充满谐趣，然而更有寥廓、苍凉、遗世独立的意味——列子御风而行，庄子钓于濮水，无名人游无有之乡，文章里这样的情景即便寥寥数言，也颇具深邈澄澈的美感意识。这是唤起自我的手段。天即自然，人亦自然，于是如何顺天应时、返璞归真便成了一个传诸久远的美学命题，终而在后世文人笔下打磨成某种自我排遣的话语方式。

但是从另一个角度看，在文明进程中回归生命的自在状态，这本身亦非自然之道。否定智性发展以重建心智是一个极具诱惑的目标，问题是这种理想主义往往走向矫造伪饰之途。此中一整套价值否定的审美标准具有形式上的可仿效性，很容易被庸者取径为标榜个性，所以后来的文人骚客多有玩世的“另类”姿态，真真假假的游戏人生令人莫辨其踪。

《汉书·艺文志》著录《庄子》五十二篇，今存三十三篇，其中“内篇”七篇，“外篇”十五篇，“杂篇”十一篇。本章从“内篇”和“外篇”各篇中节选五则文字，说明如下：

“五石之瓠”选自《逍遥游》。此则以“所用之异”超越俗见，取譬精妙，引人入胜，最见庄子寓言想象宏富的特点。

“庄周梦蝶”选自《齐物论》。写梦幻中的物我交融，将“万物一齐”的哲思栩栩然地表现出来，手法灵动，极擅造境。

“圣人生而大盗起”选自《胠箧》。乃说圣人与盗者如何形成相反相成的共谋关系，辞锋犀利，饶具哲趣。“窃钩者诛，窃国者侯”的见地至今仍具警世之义。

“循道而趋”选自《天道》。《庄子》一书屡见老子教训孔子之言，这段对话道出文明亦是人类天性的羁累。“无私焉，乃私也”一语可谓精辟之极，中国晚近的变革同样印证了这里边的道理。

“材与不材”选自《山木》。这里并非要表明什么人才观,“材与不材”的逻辑起点依然是“材”,但庄子所谓“乘道德而浮游”显然跃过了这一层,即认为生命的意义在于顺乎天道人性。

五石之瓠

(《逍遥游》)

惠子谓庄子曰[1]:“魏王贻我大瓠之种[2],我树之成,而实五石[3]。以盛水浆,其坚不能自举也[4]。剖之为瓢,则瓠落无所容[5]。非不呺然大也[6],吾为其无用而掊之[7]。”庄子曰:“夫子固拙于用大矣!宋人有善为不龟手之药者[8],世世以洴澼絖为事[9]。客闻之,请买其方以百金。聚族而谋曰:‘我世世为洴澼絖,不过数金;今一朝而鬻技百金[10],请与之。’客得之,以说吴王[11]。越有难,吴王使之将[12]。冬,与越人水战,大败越人,裂地而封之[13]。能不龟手,一也;或以封,或不免于洴澼絖,则所用之异也。今子有五石之瓠,何不虑以为大樽而浮于江湖[14],而忧其瓠落无所容?则夫子犹有蓬之心也夫[15]?”

【注释】

[1] 惠子,即惠施(约前370—约前310),战国时宋国人,名家代表人物。博学善辩,曾为魏惠王相,是庄子的好友。《庄子》一书多处记述他与庄子的论辩。

[2] 魏王,即魏惠王(前400—前319),又称梁惠王。其在位时,魏国迁都大梁(今河南开封),此后魏亦称梁。瓠(hù),葫芦。

[3] 石(dàn),古代重量单位。《汉书·律历志上》:“三十斤为钧,四钧为石。”

[4] 坚,坚固程度。

[5] 瓠(huò)落,亦作“廓落”,常见《庄子》注本及辞书等均释硕大空廓之义。但据下文“非不呺然大也”句,此说未通。郭庆藩《庄子集释》引司马彪注云:“瓠,布濩也;落,零落也。言其形平而浅,受水则零落而不容也。”

[6] 呺(xiāo)然,虚大貌。

[7] 掊(pǒu),砸破。

[8] 龟,龟裂,这里指肌肤受冻而皴裂。

[9] 洴澼絖(píng pì kuàng),漂洗丝絮。洴,浮;澼,漂洗;絖,丝絮。郭庆藩《庄子集释》引清人卢文弨说:“疑‘洴澼’是击絮之声,‘洴澼’二字本双声,盖亦象其声也。”

[10] 鬻(yù),卖。

[11] 说(shuì),游说。

[12] 将(jiàng),统领军队。此处作动词用。

[13] 封,封土授爵。

[14] 虑以为大樽,缚扎成腰舟。虑,司马彪注:“犹结缀也。”樽,本为酒器,这里指以绳结缚用于凫水的器具,即古人所谓“腰舟”。

[15] 蓬之心,喻心灵茅塞不通。蓬,草名。

庄周梦蝶

(《齐物论》)

昔者庄周梦为胡蝶[1],栩栩然胡蝶也[2],自喻适志与[3]!不知周也[4]。俄然觉[5],则蘧蘧然周也[6]。不知周之梦为胡蝶与,胡蝶之梦为周与?周与胡蝶,则必有分矣。此之谓物化[7]。

【注释】

[1] 胡蝶,即蝴蝶。

[2] 栩栩然,欣悦貌。

[3] 自喻适志与,自快得意的感受。喻,同“愉”;适志,快意;与,同“欤”,语助词,此处表感叹语气。

[4] 不知周也,不知自己原是庄周。

[5] 觉,意识。按郭庆藩《庄子集释》引注:“自周而言,故称觉耳,未必非梦也。”此时似仍在梦中。

[6] 蘧蘧(qú)然周也,惊觉之下意识到自己是庄周。蘧蘧,惊动状。

[7] 物化,物我迁流,彼此界限消弭。

圣人生而大盗起

(《胠箧》)

将为胠箧、探囊、发匮之盗而为守备[1],则必摄缄縢,固扃鐍[2],此世俗之所谓知也。然而巨盗至,则负匮、揭箧、担囊而趋,唯恐缄縢、扃鐍之不固也。然则乡之所谓知者[3],不乃为大盗积者也?

故尝试论之,世俗之所谓知者,有不为大盗积者乎?所谓圣者,有不为大盗守者乎?何以知其然邪?昔者齐国邻邑相望,鸡狗之音相闻,罔罟之所布[4],耒耨之所刺[5],方二千余里。阖四竟之内[6],所以立宗庙社稷,治邑屋州闾乡曲者[7],曷尝不法圣人哉[8]?然而田成子一旦杀齐君而盗其国[9]，所盗者岂独其国邪？并与其圣知之法而盗之，故田成子有乎盗贼之名，而身处尧舜之安。小国不敢非，大国不敢诛，十二世有齐国[10]，则是不乃窃齐国，并与其圣知之法以守其盗贼之身乎？

尝试论之，世俗之所谓至知者，有不为大盗积者乎？所谓至圣者，有不为大盗守者乎？何以知其然邪？昔者龙逢斩，比干剖，苌弘胣，子胥靡[11]。故四子之贤而身不免乎戮。故跖之徒问于跖曰[12]："盗亦有道乎？"跖曰："何适而无有道邪？夫妄意室中之藏，圣也；入先，勇也；出后，义也；知可否，知也；分均，仁也。五者不备而能成大盗者，天下未之有也。"由是观之，善人不得圣人之道不立，跖不得圣人之道不行。天下之善人少而不善人多，则圣人之利天下也少而害天下也多。故曰：唇竭则齿寒，鲁酒薄而邯郸围[13]，圣人生而大盗起。掊击圣人，纵舍盗贼，而天下始治矣。

夫川竭而谷虚，丘夷而渊实。圣人已死，则大盗不起，天下平而无故矣！圣人不死，大盗不止。虽重圣人而治天下，则是重利盗跖也。为之斗斛以量之[14]，则并与斗斛而窃之；为之权衡以称之，则并与权衡而窃之；为之符玺以信之[15]，则并与符玺而窃之；为之仁义以矫之，则并与仁义而窃之。何以知其然邪？彼窃钩者诛[16]，窃国者为诸侯，诸侯之门而仁义存焉，则是非窃仁义圣知邪？故逐于大盗，揭诸侯，窃仁义并斗斛权衡符玺之利者，虽有轩冕之赏弗能劝[17]，斧钺之威弗能禁。此重利盗跖而使不可禁者，是乃圣人之过也。

故曰："鱼不可脱于渊，国之利器不可以示人[18]。"彼圣人者，天下之利器也，非所以明天下也。故绝圣弃知，大盗乃止；擿玉毁珠[19]，小盗不起；焚符破玺，而民朴鄙；掊斗折衡，而民不争；殚残天下之圣法，而民始可与论议；擢乱六律，铄绝竽瑟[20]，塞瞽旷之耳[21]，而天下始人含其聪矣；灭文章[22]，散五采，胶离朱之目[23]，而天下始人含其明矣。毁绝钩绳而弃规矩[24]，攦工倕之指[25]，而天下始人有其巧矣。故曰：大巧若拙。削曾、史之行[26]，钳杨、墨之口[27]，攘弃仁义，而天下之德始玄同矣[28]。彼人含其明，则天下不铄矣[29]；人含其聪，则天下不累矣；人含其知，则天下不惑矣；人含其德，则天下不僻矣。彼曾、史、杨、墨、师旷、工倕、离朱者，皆外立其德而爚乱天下者也[30]，法之所无用也。

【注释】

[1] 胠箧（qū qiè）、探囊、发匮，指盗贼入室撬箱笼、掏布袋、开柜子。胠，从侧旁开启；箧，箱笼。匮，同"柜"。

[2] 摄缄縢（téng），扎紧绳索。摄，收紧；缄縢，绳索。固扃鐍（jiōng jué），加固锁钮。

扃鐍,门窗箱柜上的锁钮。

[3] 乡,通“向”,先前。

[4] 罔罟(gǔ),罔,同“网”;罟,网的总名。

[5] 耒耨(lěi nòu),犁锄。

[6] 阖(hé),合。竟,同“境”。

[7] 邑屋州闾乡曲,指古代大小不同的地方行政区划。成玄英《庄子注疏》谓:“《司马法》云:‘六尺为步,步百为亩,亩百为夫,夫三为屋,屋三为井,井四为邑。’又云:‘五家为比,五比为闾,五闾为族,五族为党,五党为州,五州为乡。’郑玄云:‘二十五家为闾,二千五百家为州,万二千五百家为乡也。’”

[8] 曷(hé)尝,何尝。

[9] 田成子,即陈成子,齐国大夫陈恒。鲁哀公十四年(前481),杀齐简公,立平公,自为执政。

[10] 十二世有齐国,唐陆德明《经典释文》:“自敬仲至庄子,九世知齐政;自太公至威王,三世为齐侯,故云十二世也。”清郭庆藩《庄子集释》引俞樾《庄子平议》:“本文说是田成子,不当追从敬仲数起。疑《庄子》原文本作‘世世有齐国’,言自田成子之后,世有齐国也。”

[11] 龙逢,夏桀时贤者,因进谏被杀。比干,殷纣王时贤相,直言谏纣,被杀剖心。苌(cháng)弘,周灵王时贤臣,遭车裂之刑。子胥,即伍员,春秋时吴王夫差的大臣,因劝谏吴王不听,被赐剑自杀,尸首抛掷江中而糜烂。胣(chǐ),剖腹掏肠。

[12] 跖,亦作蹠,即盗跖,传说为春秋末鲁国人。《庄子》杂篇有《盗跖》一篇,谓:“盗跖从卒九千人,横行天下,侵暴诸侯。”

[13] “唇竭”二句,说明事物之间的关联。“唇竭而齿寒”,即《春秋左传》“唇亡齿寒”的典故。“鲁酒薄而邯郸围”,向有二说:一、唐成玄英《庄子注疏》:“昔楚宣王朝会诸侯,鲁恭公后至而酒薄。宣王怒,欲辱之。恭王曰:‘我周公之胤,行天子礼乐,勋在周室。今送酒已失礼,方责其薄,无乃太甚乎!’遂不辞而还。宣王怒,兴兵伐鲁。梁惠王恒欲伐赵,畏鲁救之。今楚鲁有事,梁遂伐赵而围邯郸。”二、许慎注《淮南子》:“楚会诸侯,鲁、赵俱献酒与楚王。鲁酒薄而赵酒厚,楚之主酒吏求酒于赵,赵不与。吏怒,乃以赵厚酒易鲁薄酒,奏之。楚王以赵酒薄,故围邯郸也。”

[14] 斗斛(hú),古代的两种量器,十斗为一斛。

[15] 符玺,古代王公、将帅的信印。

[16] 钩,衣带钩,古人腰带上的配件。意指琐屑之物。

[17] 轩冕,古时卿大夫的车服。

[18] 国之利器,指“圣人”之智,包括他们的治国方略。

[19] 擿(zhì),同“掷”,扔弃。

[20] “擢乱”二句,谓拔管绝弦,毁弃音乐。六律,古代乐律,即黄钟、太蔟、姑洗、蕤

宾、夷则、无射；铄绝，销毁；竽瑟，古代的两种乐器，这里泛指乐奏。

[21] 瞽旷，即师旷，春秋时晋国的盲人乐官。

[22] 文章，花纹。

[23] 离朱，亦作离娄，古代传说中视力过人者。

[24] 钩绳，工匠用以放样的工具。钩，曲；绳，直。

[25] 攦(lì)，折断。工倕(chuí)，相传上古时的巧匠。

[26] 曾、史，曾参和史鱼。曾参，春秋时鲁国人，孔子的弟子，以孝道名世；史鱼，亦作史鳍，春秋时卫国的大夫，正直敢谏。

[27] 杨、墨，杨朱和墨翟，均为战国时思想家，有善辩之名。杨朱，又称杨子，魏国人，主张"贵己""重生"；墨翟，即墨子，鲁国(一说宋国)人，墨家学派创始人，倡导"兼爱""非攻"等。

[28] 玄同，相异相同，和光同尘。《老子》五十六章："塞其兑，闭其门，挫其锐，解其忿，和其光，同其尘，是谓玄同。"

[29] 铄，销毁。

[30] 爚(yuè)乱，火光眩目，这里指毁乱天下。

循道而趋

(《天道》)

孔子西藏书于周室[1]。子路谋曰[2]："由闻周之征藏史有老聃者[3]，免而归居，夫子欲藏书，则试往因焉。"孔子曰："善。"往见老聃，而老聃不许，于是繙十二经以说[4]。

老聃中其说[5]，曰："大谩[6]，愿闻其要。"孔子曰："要在仁义。"老聃曰："请问，仁义，人之性邪？"孔子曰："然。君子不仁则不成，不义则不生。仁义，真人之性也，又将奚为矣？"老聃曰："请问，何谓仁义？"孔子曰："中心物恺[7]，兼爱无私，此仁义之情也。"老聃曰："意，几乎后言[8]！夫兼爱，不亦迂乎！无私焉，乃私也[9]。夫子若欲使天下无失其牧乎[10]？则天地固有常矣，日月固有明矣，星辰固有列矣，禽兽固有群矣，树木固有立矣。夫子亦放德而行[11]，循道而趋，已至矣；又何偈偈乎揭仁义[2]，若击鼓而求亡子焉[13]？意，夫子乱人之性也！"

【注释】

[1] "孔子"句，言孔子欲往西边将已所修之书藏于周室。当时周的都城在洛邑(今河南洛阳)，孔子所在的鲁国(今山东南部和江苏北部的一小部分)在其东边。

[2] 子路，姓仲，名由，孔子的弟子。

[3] 征藏史，掌管典籍的官员。老聃，即老子，史书上说他曾任周王朝的守藏史。相传因周室内乱，见世道不可收拾，便辞职而去。

[4] 繙十二经以说，唠唠叨叨地引述十二部经典来陈说自己的想法。繙（fān），犹反复。十二经，成玄英《庄子注疏》："孔子删《诗》《书》，定《礼》《乐》，修《春秋》，赞《易》道，此'六经'也；又加'六纬'，合为十二经也。"陆德明《经典释文》："一说云：《易》上下经并《十翼》为十二。又一云：《春秋》十二公经也。"

[5] 中其说，打断他的话。另，成玄英《庄子注疏》："中其说者，许其有理也。"

[6] 大谩，过于繁杂。大，同"太"。

[7] 中心物恺，以中正允和的心态与万物同乐。恺，和乐。

[8] 意，叹词。几乎后言，谓孔子后边那些话有问题。成玄英《庄子注疏》："后发之言，近乎浮伪，故兴意叹，以表不平。"几乎，危殆。

[9] "无私"二句，郭象《庄子注》："世所谓无私者，释己而爱人。夫爱人者，欲人之爱己，此乃甚私，非忘公而公也。"

[10] 牧，养，自得恬养。

[11] 放德，任由天性之德。

[12] 偈偈（jié）乎，勉力而行的样子。

[13] 亡子，迷失本性的人。

材与不材

（《山木》）

庄子行于山中，见大木，枝叶盛茂，伐木者止其旁而不取也。问其故，曰："无所可用。"庄子曰："此木以不材得终其天年。"

夫子出于山，舍于故人之家[1]。故人喜，命竖子杀雁而烹之[2]。竖子请曰："其一能鸣，其一不能鸣，请奚杀？"主人曰："杀不能鸣者。"

明日，弟子问于庄子曰："昨日山中之木，以不材得终其天年，今主人之雁，以不材死；先生将何处？"庄子笑曰："周将处乎材与不材之间[3]。材与不材之间，似之而非也，故未免乎累。若夫乘道德而浮游则不然[4]，无誉无訾[5]，一龙一蛇[6]，与时俱化，而无肯专为；一上一下，以和为量[7]，浮游乎万物之祖，物物而不物于物[8]，则胡可得而累邪！此神农、黄帝之法则也。若夫万物之情，人伦之传，则不然。合则离，成则毁[9]；廉则挫，尊则议[10]，有为则亏，贤则谋，不肖则欺[11]，胡可得而必乎哉[12]！悲夫！弟子志之，其唯道德之乡乎[13]！"

【注释】

[1] 舍,息。这里指投宿。故人,旧交、老朋友。

[2] 竖子,僮仆。杀雁而烹之,宰鹅以飨庄子。雁,鹅;烹,亦作“亨”,同“享”,亦通“飨”。

[3] 周,庄子名周,这里是自称。

[4] 乘道德而浮游,顺乎天道人性而浮游于世。

[5] 訾(zǐ),诋毁。

[6] 一龙一蛇,龙见蛇蛰,意谓时而显现时而隐没。成玄英《庄子注疏》:“龙,出也;蛇,处也。”

[7] 以和为量,顺应自然为法度。和,顺;量,则,度。

[8] “物物”句,主宰外物而不被外物所役使。“物物”“物于物”,前一“物”字均作动词。

[9] “合则离”二句,有聚合则有分离,有成功则有毁损。

[10] “廉则挫”二句,锐利则会遭到挫折,尊贵者乃受议疑。廉,假借为“利”,尖锐的意思;议,一说同“俄”,倾侧。

[11] “贤者谋”二句,贤者被人谋算,不肖者受人欺辱。

[12] 胡可得而必乎哉,怎么可以偏执一端呢。

[13] 道德之乡,天道人性的自然之途。乡,通“向”,归向。

【思考题】

1.《庄子》多处讲“无用”,讲“无用之用”,但“五石之瓠”论物却有大用小用,辨其“所用之异”,如何理解这个“用”字?

2. 作者是怎样论述“圣人不死,大盗不止”“窃钩者诛,窃国者侯”这些道理的?你认为这些话只是激愤偏颇之语,还是包含着某些深刻的教益?

3. 寓言在《庄子》的言述中犹似诗歌的“起兴”,先言他物以引出所要表达的意思,先是给人一个游目骋怀的话语空间,一下子把读者的想象也调动起来,可是当你还执迷于那种信手拈来的谈谐之趣,它便拿这事儿来说别的事儿了。作为一种话语手段,你认为其妙处何在?

【拓展阅读】

1. 鲁迅:《汉文学史纲要》第三篇《老庄》,收入《鲁迅全集》第9卷,人民文学出版社1981年版。

2. 闻一多:《庄子》,《新月》第2卷第9期,1929年11月。

3. 陈鼓应:《庄子今注今译》,中华书局1983年版。

第三章　屈　原

屈原的重要首先在于他是中国文人诗歌的鼻祖,他从民间歌谣中汲取艺术养分,开创了最适合表达愁绪怨悱的辞赋体式,也即文学史上所称"楚辞"一体。他在诗中驰神纵意,上下求索,将奇幻的想象糅入排比铺陈的叙述技巧,别出心裁地发展了诗歌语言的表现力。在《离骚》《哀郢》《抽思》《怀沙》这些著名诗篇里,屈原抱定九死未悔的心旨抒发一腔愤懑之气,以矻矻讽谏的士大夫悲剧命运感动世人——那种充满眷顾而又彷徨怨怼的乖违之情极富韵致,后来成为中国士大夫文学中最具代表性的审美范式。东汉王逸编注《楚辞章句》时已经意识到屈原必将流传千古,他用夸饰的语言评价说:"自孔丘终没以来,名儒博达之士,著造词赋,莫不拟则其仪表,祖式其模范,取其要妙,窃其华藻,所谓金相玉质,百世无匹,名垂罔极,永不刊灭者也。"果然自汉代以来,屈原一直是文人心目中一个偶像式的人物。

屈原(前 342,一说前 339—约前 278),名平,字原,又名正则,字灵均,战国时楚国人,是与楚王同姓的贵族。他很年轻的时候就成了辅弼楚怀王的左徒,还曾为掌管宗族事务的三闾大夫。他励精图治,政治上颇有抱负。可是由于上官大夫进谗,倏而被怀王疏远。《离骚》《天问》诸篇便是他被疏后的作品。面对日益强盛的秦国的军事威胁,屈原力主联齐抗秦,斡旋于内外各派势力之间。然而,苦心经营的楚齐之盟竟被秦离间,屈原一番努力终成泡影。怀王三十年(前 299),秦昭王约怀王武关之会,屈原谏阻不成,怀王入秦被扣留终而客死他乡。顷襄王即位,屈原更遭令尹子兰和上官大夫谗毁,被谪放江南。《史记·屈原贾生列传》谓:"屈原至于江滨,被发行吟泽畔。颜色憔悴,形容枯槁。渔父见而问之曰:'子非三闾大夫欤?何故而至此?'屈原曰:'举世混浊而我独清,众人皆醉而我独醒,是以见放。'"怀着落寞与孤愤,屈原踯躅荒蛮之野,过洞庭,越沅湘,最后在汨罗江怀石自沉。其时,秦将白起已攻破郢都。

士大夫的人生痛感不是一个简单的痛字,惨切的遭逢总会带出价值目标的虚幻。屈原将宗国社稷作为自己的精神家园,可是庙堂之上却容不下他的精神世界，在长达三百七十余行的《离骚》中，他将那种心理屈辱变成了彷徨求索的崇高语境。“吾令羲和弭节兮，望崦嵫而勿迫。”“欲远集而无所止兮，聊浮游而逍遥。”其实是无路可走，且顺手勾勒出慷慨赴难的殉道之径。屈原被疏被逐后的诗作包括《九章》中的多数篇章都有着如此深刻的幻灭意味。求女向善之心诚然可敬，但究其目标终有可议之处，如鲁迅对其的评价就颇有保留。《摩罗诗力说》称：“然中亦多芳菲凄恻之音，而反抗挑战，则终其篇未能见，感动后世，为力非强。”《汉文学史纲要》又谓：“实则《离骚》之异于《诗》者，特在形式藻采之间耳……若其怨愤责数之言，则三百篇中之甚于此者多矣。”这并非苛责古人，鲁迅是以“反抗—绝望”的心境面对黑暗之世，实不愿屈原的梦幻成为智识者的自我慰藉。

世人以《诗经》、楚辞并论，因有“诗骚”之称，不过从艺术形态上看，二者实在有明显区别。首先，以屈原为代表的楚辞突破了《诗经》的四言体，以六言和五言两种句式（不包括语助词“兮”字）为主，更有一些长短不齐的句子穿插其中，这无疑丰富了诗句的表现力。其次，文人创作较之民间歌谣更具个性意识，像《离骚》和《九章》诸篇中表白的那种复杂的心理情愫，在《诗经》中尚不可能出现。再者，楚辞富于奇幻诡谲的浪漫色彩，这跟《诗经》偏重现实的质朴风格大相径庭也相映成趣。屈原诗作中糅入了许多神话的东西（这大概跟楚地多好巫觋之风有关），使想象更有所依附，于悲慨中拓出超然睥俗的意境。神话入诗的例子《诗三百篇》里极少，后世诗人游仙之作大抵未能摆脱楚辞影响，当然那路作品都已远远离开了神话本体。

《汉书·艺文志》称“屈原赋二十五篇”，从王逸《楚辞章句》所收篇目看，篇数正好吻合，计《离骚》一篇，《九歌》十一篇，《天问》一篇，《九章》九篇，《远游》一篇，《卜居》一篇，《渔父》一篇。这二十五篇中，学界一般认为《卜居》《渔父》非屈原作，《远游》的真伪亦颇有争议。

本章节选《离骚》开头一段，并从《九歌》和《九章》中各选录一篇，分别说明如下：

《离骚》是屈原遭谗被疏后的作品，大抵作于楚怀王后期。关于“离骚”二字，司马迁《史记·屈原列传》解释说：“离骚者，犹离忧也。”班固《离骚赞序》亦谓：“离，犹遭也；骚，忧也。明己遭忧作辞也。”这是一首抒情与叙事并重的长诗，其中记述诗人以民生为怀，力促楚怀王修明法度的政治活动。但由于“党人”嫉妒而进谗，以致“兰芷变而不芳兮，荃蕙化而为茅”，诗中洋洋洒洒抒写了被疏后的情感纠结与内心冲突；又借助神话想象，以丰富的修辞手法表现孤独的探求。在中国文学作品中，这首诗第一次揭橥忠臣、奸臣与庸君的三角政治格局(有如一种失衡的“石头、剪刀、布”的连环套),其“香草美人”的譬喻成了后世士大夫的重要精神资源。诗人最后意识到自己心目中的“美政”不能实现,长叹“国无人莫我知兮”,终于怀忧而去。全诗规模宏大,气势非凡,在古代文人诗中堪称独一无二的千古绝唱。这里节选开头一段,可谓全篇序诗。

《国殇》选自《九歌》。“九歌”原是楚国民间祭祀的乐歌,楚辞中的《九歌》是屈原根据巫祝的辞曲乐调加工而成,以供朝廷祭奠之用,是屈原前期作品。《九歌》排在前边的九篇祝祭天神和地神,而最后一篇是送神曲,《国殇》在这组乐歌中的地位很特别,它所祭祀的对象是为国捐躯的将士,也可以说是“人神”。天、地、人三者如此配合,也许是一种礼数。

《哀郢》选自《九章》。据说“九章”这一名称出自西汉刘向,《史记·屈原贾生列传》提到《哀郢》,是与《离骚》《天问》诸篇并列并称,其时大约尚无“九章”之名。《九章》是屈原后期作品,其中至少有七篇涉及诗人放逐江南的遭际,《哀郢》是颇有代表性的一篇。屈原在这篇作品中叙述自己离开郢都向东而行的旅程,情景交融地抒写对故都的眷恋,极具艺术的感染力。从眼前的坎坷之途联系到“众踥蹀而日进兮,美超远而逾迈”的无奈之局,实在是道出了中国文人千古之痛痒。

离骚(节选)

帝高阳之苗裔兮,朕皇考曰伯庸[1]。
摄提贞于孟陬兮,惟庚寅吾以降[2]。
皇览揆余于初度兮[3],肇锡余以嘉名[4]。
名余曰正则兮,字余曰灵均[5]。
纷吾既有此内美兮,又重之以修能[6]。
扈江离与辟芷兮,纫秋兰以为佩[7]。
汩余若将不及兮,恐年岁之不吾与[8]。
朝搴阰之木兰兮,夕揽洲之宿莽[9]。
日月忽其不淹兮[10],春与秋其代序。
惟草木之零落兮[11],恐美人之迟暮[12]。
不抚壮而弃秽兮,何不改乎此度[13]。
乘骐骥以驰骋兮,来吾导夫先路[14]。

昔三后之纯粹兮，固众芳之所在[15]。
杂申椒与菌桂兮，岂维纫夫蕙茝[16]。
彼尧舜之耿介兮[17]，既遵道而得路。
何桀纣之猖披兮，夫唯捷径以窘步[18]。
惟夫党人之偷乐兮[19]，路幽昧以险隘。
岂余身之惮殃兮，恐皇舆之败绩[20]。
忽奔走以先后兮，及前王之踵武[21]。
荃不察余之中情兮，反信谗而齌怒[22]。
余固知謇謇之为患兮，忍而不能舍也[23]。
指九天以为正兮，夫唯灵修之故也[24]。

【注释】

[1] “帝高阳”二句，述说自己家族出于古代颛顼帝苗裔，屈氏祖上是一个叫伯庸的人。高阳，古颛顼帝称号。《史记·楚世家》：“楚之先出自帝颛顼高阳。”朕，我。从秦始皇开始专用于皇帝自称。皇考，古时对已故父祖的尊称。《诗·周颂·雝》：“假哉皇考，绥予孝子。”

[2] “摄提”二句，上句以摄提格（古代“星岁纪年法”）交代自己出生年月，即岁星正月晨出东方之年；下句是说自己降生于庚寅之日。摄提，即岁星（木星）。贞，正当。孟陬，指夏历正月。庚寅，纪日之干支。有人据此推算，屈原出生于公元前342年正月二十六日。但关于古代历法前人有不同理解，屈原的诞辰仍是一个有争议的问题。

[3] 皇，“皇考”之省文，这里或指父亲。览揆，观察、估量。王逸《楚辞章句》：“览，观也；揆，度也。”初度，谓出生之年，后指人的生日。

[4] 此句说一开始就赐给我一个好名字。肇，开始。锡，赐予。

[5] “名余”二句，给我取名叫正则，又以灵均为表字。按，《史记·屈原列传》只说屈原“名平，字原”，诗中“正则”“灵均”当是化名。清王夫之《楚辞通释》：“平者，正之则也；原者，地之善而均平者也。隐其名而取其义，以属辞赋体然也。”

[6] “纷吾”二句，自谓天生美质既多，又加以卓尔不凡的才能。纷，言其多。内美，天赋美质。重，犹加也。修能，优秀的才能。一说修能为“修態（态）”，释为意态、修养。

[7] “扈江离”二句，言身披江离和白芷一类香草，又将兰草结串作为佩饰。扈，楚方言，被、披。王逸《楚辞章句》：“扈，被也，楚人名被为扈。”江离，即蘼芜。辟芷，即白芷。纫，连结。秋兰，兰草或泽兰一类香草。

[8] “汩余”二句，意思是时间过得很快，我怕是年岁不等人。汩，楚方言，水流很快的样子，这里指时间流逝。不吾与，时不我待。《论语·阳货》：“日月逝矣，岁不我与。”

[9] “朝搴”二句，言朝夕采撷草木，比喻勤于修德。搴(qiān)，楚方言，拔取。阰(pí)，楚南山名，这里似是泛指。木兰，树名，俗称“木笔”。揽，采摘。宿莽，卷施草。王逸《楚辞章句》：“草冬生不死者，楚人名曰宿莽。”

[10] 日月，指时光。忽，倏忽。淹，淹留、停留。

[11] 惟，思。《汉书·张良传》：“吾惟之，竖子固不足遣。”

[12] 美人，作为一种喻象，历来有不同解释。王逸《楚辞章句》、朱熹《楚辞集注》认为是指楚王，而近世学者多释为屈原自况。

[13] “不抚”二句，问楚怀王何不任用有识之士而摒弃身边的谗佞之臣，以改变旧的法度。抚壮，凭借士大夫中的健康力量。弃秽，摒弃谗佞之辈。此度，旧有的法度。

[14] “乘骐骥”二句，呼唤楚王任用贤能，并毛遂自荐要为楚国改革做开路先锋。骐骥，骏马，喻指贤能之士。来吾导，此句语助词前置，意思是“我来引导”。

[15] “昔三后”二句，谓古代贤君皆因德行完美，所以他们身边人才济济。三后，古代君主、诸侯皆称后。“三后”具体所指不一，这里或指夏禹、商汤、周文王。《诗·大雅·下武》：“三后在天，王配于京。”《左传·昭公三十二年》：“三后之姓，于今为庶。”纯粹，道德纯正。众芳，喻贤士。

[16] “杂申椒”二句，意谓“三后”那样的贤君身边集杂各种人才，并非只是身佩香草的君子。申椒、菌桂，均香木名。维，同“唯”，只。夫，语助词。蕙、茝(zhǐ)皆香草名，喻君子贤者。

[17] 尧舜，唐尧、虞舜，上古时期的贤君。耿介，光明正大。

[18] “何桀纣”二句，言夏桀、商纣何等妄行无道，正因抄捷径而走到了死路上。猖披，本指衣不系带，散乱不整貌，喻狂妄偏邪。窘步，举步维艰。

[19] 惟，发语词。夫，指示代词，那些。党人，结党营私的奸佞之辈。偷乐，苟且偷安。

[20] “岂余”二句，我岂是害怕个人遭殃，而是担心国家要垮台。惮，害怕。皇舆，国君乘用的大车，这里比喻楚国。败绩，清戴震《屈原赋注》：“车覆曰败绩。《礼记·檀弓篇》‘马惊败绩’，《春秋传》‘败绩厌覆是惧’，是其证。”

[21] “忽奔走”二句，意思是急忙跑前跑后看护皇舆，让它追随从前贤君的足迹前行。忽，疾貌。先后，动词，谓跑前跑后。及，跟上。踵武，足迹。

[22] “荃不察”二句，是说楚王不了解我的本意，反而听信谗言马上迁怒于我。荃，香草名，即“菖蒲”，又名“荪”。在《离骚》中惟以这种香草比喻楚王。中情，内心。齌(jì)怒，疾怒、暴怒。

[23] “余固知”二句，意谓本知锐意进取会惹祸上身，却不能舍弃推动改革的心愿。謇謇，通“乾乾”，自强不息貌。《易·乾》：“君子终日乾乾，夕惕若厉，无咎。”孔颖达疏：“言每恒终竟此日，健健自强，勉力不有止息。”

[24] “指九天”二句，请上天作证，我所做的一切只是为了楚王的江山。正，通“证”。灵修，指楚怀王。王逸《楚辞章句》：“灵，神也。修，远也。能神明远见者，君德也，故以谕君。”

国　殇[1]

（《九歌》）

操吴戈兮被犀甲[2]，车错毂兮短兵接[3]。
旌蔽日兮敌若云[4]，矢交坠兮士争先[5]。
凌余阵兮躐余行[6]，左骖殪兮右刃伤[7]。
霾两轮兮絷四马[8]，援玉枹兮击鸣鼓[9]。
天时坠兮威灵怒[10]，严杀尽兮弃原野[11]。
出不入兮往不反[12]，平原忽兮路超远[13]。
带长剑兮挟秦弓，首身离兮心不惩[14]。
诚既勇兮又以武，终刚强兮不可凌。
身既死兮神以灵[15]，魂魄毅兮为鬼雄。

【注释】

[1]　国殇，指死于国事者。殇，本义为未成年而夭亡；《小尔雅》："无主之鬼谓之殇。"

[2]　吴戈，吴地所产的兵戈；一说"吴戈"即"吾科"，一种大盾。犀甲，犀牛皮制成的铠甲。

[3]　"车错"句，谓短兵相接时双方车轮交错。毂（gǔ），车轮中央固定辐条的圆木，这里代指车轮。

[4]　"旌蔽"句，敌方战旗如云蔽日，形容敌人势众。

[5]　矢交坠，两军对射，箭矢交互坠地。

[6]　"凌余"句，言敌军突入我方阵地。凌，侵入。躐（liè），践踏。行（háng），队列。

[7]　骖（cān），先秦战车多为四马挽套，中间两马称"服"，左右边套称"骖"。殪（yì），死。右，指右边的骖马。

[8]　霾，通"埋"，指两轮陷入泥中。絷（zhí），绊住，此指马匹受缰绳和套索捆勒而不能动弹。有人认为埋轮絷马是车上将士有意为之，以誓与敌决死战。

[9]　援，手持。玉枹（fú），用玉装饰的鼓槌。

[10]　天时坠，谓太阳已落。威灵，神灵。

[11]　严杀尽，残酷的搏杀后双方死伤殆尽。

[12]　"出不入"与"往不反"意同，如谓开弓没有回头箭。反，通"返"。

[13]　忽，邈远。超远，迢远。

[14]　惩，戒惧。此句谓虽身首异处也毫无怯意。

[15]　神以灵，神亦灵，谓虽死犹生。"以"犹"亦"。

哀　郢[1]

(《九章》)

皇天之不纯命兮[2],何百姓之震愆[3]?
民离散而相失兮,方仲春而东迁[4]。
去故乡而就远兮,遵江夏以流亡[5]。
出国门而轸怀兮[6],甲之鼂吾以行[7]。
发郢都而去闾兮[8],怊荒忽其焉极[9]。
楫齐扬以容与兮[10],哀见君而不再得。
望长楸而太息兮[11],涕淫淫其若霰[12]。
过夏首而西浮兮[13],顾龙门而不见[14]。
心婵媛而伤怀兮[15],眇不知其所蹠[16]。
顺风波而从流兮,焉洋洋而为客[17]。
凌阳侯之泛滥兮[18],忽翱翔之焉薄[19]?
心絓结软不解兮[20],思蹇产而不释[21]。
将运舟而下浮兮,上洞庭而下江[22]。
去终古之所居兮,今逍遥而来东[23]。
羌灵魂之欲归兮,何须臾而忘反[24]。
背夏浦而西思兮[25],哀故都之日远。
登大坟以望远兮[26],聊以舒吾忧心。
哀州土之平乐兮[27],悲江介之遗风[28]。
当陵阳之焉至兮[29],淼南渡之焉如[30]?
曾不知夏之为丘兮,孰两东门之可芜[31]!
心不怡之长久兮,忧与愁其相接。
惟郢路之辽远兮,江与夏之不可涉[32]。
忽若去不信兮[33],至今九年而不复。
惨郁郁而不通兮[34],蹇侘傺而含戚[35]。
外承欢之汋约兮,谌荏弱而难持[36]。
忠湛湛而愿进兮,妒被离而鄣之[37]。
尧舜之抗行兮,瞭杳杳其薄天[38]。
众谗人之嫉妒兮,被以不慈之伪名[39]。

憎愠惀之修美兮[40]，好夫人之忼慨[41]。
众踥蹀而日进兮，美超远而逾迈[42]。
乱曰[43]：
曼余目以流观兮[44]，冀壹反之何时[45]？
鸟飞反故乡兮，狐死必首丘[46]。
信非吾罪而弃逐兮，何日夜而忘之[47]？

【注释】

[1] 郢(yǐng)，战国时楚国的都城，在今湖北江陵。

[2] 皇天，古人对天敬畏之称，这里亦兼指楚君；皇，大。不纯命，失其常道；纯，纯一。

[3] 震愆(qiān)，惶恐获罪。震，惊吓；愆，罪过。

[4] “民离”二句，写仲春之时，百姓逃离郢都，诗人亦随行东迁。一般认为，此篇作于楚顷襄王十一年(前288)，乃追忆楚顷襄王二年秦兵掠楚后人民流离之景。按，其诗写作时间和叙述背景颇有争议，明汪瑗认为作于顷襄王二十一年秦兵破郢时，所写百姓逃亡之事亦在当时(《楚辞集解》)。近人游国恩同意作于顷襄王二十一年之说，但力证诗中所叙为顷襄王十三年或十四年屈原被放逐时离开郢都时的情形(《游国恩楚辞论文集》)。

[5] 遵，沿循。江夏，长江、夏水。夏水，连接长江与汉水的一条河流，在湖北沙市接入长江的一端称夏首，流经云梦泽，于湖北仙桃附近入汉水。今已改道。

[6] 国门，指郢都东城门，即下文的“龙门”。轸(zhěn)怀，沉痛思念。

[7] 甲之鼂(zhāo)，甲日之晨。甲，古时干支纪日的用法；鼂，通“朝”。

[8] 去闾，离开故里。闾，里门。

[9] 怊(chāo)，惆怅；荒忽，恍惚。焉极，何处是尽头。

[10] 楫，船桨；容与，徘徊不前。屈原《九章・涉江》：“船容与而不进兮，淹回水而凝滞。”

[11] 长楸(qiū)，高大的楸树。太息，长叹。

[12] 涕淫淫，眼泪渗出貌。霰(xiàn)，雨水遇冷空气而凝为细屑的雪粒，此处形容挂在眼睫上的泪珠。

[13] 夏首，见本篇注[5]。西浮，舟船向西漂浮。

[14] 顾，顾望。

[15] 婵媛(chányuán)，牵挂，情思牵萦。

[16] 眇(miǎo)，通“渺”，辽远；蹠(zhí)，步履。此句言前路渺茫，不知所之。

[17] 焉，犹“于此”；洋洋，飘泊不定。

[18] 凌，乘；阳侯，指水波。相传古时陵阳国侯溺于水，化为波神(《淮南子・览冥训》及高诱注)。

[19] 焉，何，何处；薄(bó)，通“泊”，停止。

[20] 絓(guà)结,心绪缠络;软,如绳结。

[21] 蹇(jiǎn)产,屈曲不展。此喻忧心忡忡。

[22] 此句谓经过洞庭湖与长江汇合处,右为洞庭,左为长江。近人姜亮夫《屈原赋校注》:“盖屈子舟行至洞庭入江之处,洞庭在其右,大江在其左;古以右为上,故曰上洞庭;左为下,故曰下江也。”

[23] 逍遥,此意为飘浮不定、无所归止。

[24] “羌灵魂”二句,谓死后的灵魂也当归去,何曾有片刻忘记返乡之念。羌,楚方言中的发语词;须臾(yú),瞬息,片刻。

[25] 背,背离;夏浦,指夏口,即汉水入江之口;西思,指对郢都的思念,因屈原东行,郢都渐西。

[26] 大坟,水边的高堤。

[27] 州土,乡土、国土;平乐,和平安乐。朱熹注:“地宽博而人富饶也。”

[28] 江介,江边;遗风,指民风民俗。

[29] 当,值,抵;陵阳,地名,在今安徽青阳;焉,哪里。近人闻一多《九章解诂》:“既抵陵阳,其又将至何处!”

[30] 淼(miǎo),同“渺”,水波茫茫;南渡,指南渡长江。

[31] “曾不知”二句,谓尚不知宫殿是否已变为废墟,与其如此莫如让城郭都荒芜了罢。夏,同“厦”,指宫殿;丘,废墟。孰,孰与,犹言何如;两东门,郢都的城门,朱熹《楚辞集注》:“郢都东关有二门也。”

[32] 此句言不可能涉过长江、夏水返回郢都了。

[33] 忽若,忽然,一说恍惚;去,指时间流逝。此句言时间飞逝,似乎快得让人不能相信。

[34] 惨,通“懆”,忧愁不安;郁郁,郁闷。

[35] 蹇(jiǎn),困顿;侘傺(chàchì),失意状;戚,忧伤。

[36] “外承欢”二句,言佞臣作媚态讨君王欢心,而实际上软弱无能,不可倚重。汋(zhuó)约,同“绰约”,柔媚之态,这里是谄媚之意;谌(chén),诚然;荏(rěn),软弱;难持,难以持守。

[37] “忠湛湛”二句,言虽有忠臣愿为君王效力,但心怀妒意的小人纷纷进谗,设置障碍。湛湛,忠厚貌;进,至君王左右;被离,同“披离”,纷纭状;鄣,“障”的本字,壅塞、阻碍。

[38] “尧舜”二句,谓尧、舜的德行高可及天。抗,通“亢”,高;瞭杳杳,高远貌;薄,接近。

[39] 被,加上;不慈之伪名,传说尧、舜传位于贤人而不传儿子,因有不慈之名。乃谓即如尧、舜这样的圣明之主也会遭致谗佞小人诽谤。

[40] 愠惀(yǔnlǔn),温良、忠诚;修美,品德美好。

[41] 好(hào),喜好;夫人,那些人,指楚君身边那些谗佞之辈;忼慨,言语激昂,此指

巧言煽惑。上句“憎”字与此句“好”字的主语当为楚君。

[42] “众踥蹀(qièdié)”二句,那些小人奔走钻营,愈益接近君王,而贤者与君王却愈来愈疏远。踥蹀,行走貌,喻指钻营;美,指贤者;超远,疏离;迈,远行。

[43] 乱,古时诗为乐歌,末章曰乱,此犹总结要旨之言。

[44] 曼,展开;曼余目,纵目远望。流观,四处观望。

[45] 冀,希冀;一反,一返郢都。

[46] “鸟飞”二句,谓鸟儿飞出去终归要返回故乡,狐狸死的时候脑袋必定朝向它出生的土丘。《礼记·檀弓上》:“礼,不忘其本。古之人有言曰:狐死正丘首,仁也。”

[47] “信非”二句,意谓我遭放逐,实在不是我的罪过,我何曾打消返回故乡的念头呢?信,确实。

【思考题】

1. 古人论诗以“能道眼前景”为难能之事,因为诗歌不像散文、小说,那种凝缩的句子似乎限制了描述性的语言空间,表达主观情蕴相对好办,碰上场面、动作就不太好写了。屈原诗歌虽以艺术想象丰富而著称,但是他在写景状物方面也很有一套,请结合作品实例,试析屈原诗歌的写实技巧。

2.《国殇》和《哀郢》是屈原不同类型的作品,它们在艺术表现手法上是否也有某些共同特点?

3. 屈原被疏和被放逐的过程中,不断作诗吐述内心的屈辱,也不断表白自己的理想,但最后还是投江自沉,这是否可以理解为他最终没有找到自己的精神归宿?与此相关的问题是,如何理解屈原诗中的“芳菲凄恻之音”“怨愤责数之言”?

【拓展阅读】

1. 王国维:《屈子文学之精神》,收入《静庵文集》(续编),辽宁教育出版社1997年版。

2. 姜亮夫:《楚辞今释讲录》,云南人民出版社1999年版。

3. 金开诚、董洪利、高路明:《屈原集校注》,中华书局1996年版。

4. 汤炳正、李大明、李诚、熊良智:《楚辞今注》,上海古籍出版社1996年版。

第四章　史　记

中国的韵文起源于民间歌谣，而散文（相对韵文而言）的传统则在士人层面——先秦经典和史传文字都出自存亡继绝的圣贤之辈，自有俯瞰人间的话语取径。经学与史学的时代悠远漫长，其初文字朴陋无华，如《尚书》之诘诎似亦无碍大雅，修辞立其诚，是以载道而已。然而，春秋以降，诸子争鸣，乃于骋辩腾说中彰显个性与文采，这便滋养了散文笔墨的文学因素。如《孟子》的叙述手段就比《论语》来得精妙，而《庄子》更有汪洋辟阖、仪态万方之象。至于史传著作，自《左传》开始已瞩意于性格与情景描述，之后《国语》《战国策》一脉相承，渐而形成与诸子文章相映成趣的纪传风格。绕开著述例程来看，古代史家真正的兴趣在于历史中的个人行为，从帝王的权力意志到谋臣的纵横捭阖，历史事件就是人与人之间的博弈关系，如此构成所谓"元历史"的叙述语境。这种史学的人格化取向很自然地孕育出文学胚胎。

当然，最完善地涵纳史学和文学之长的作品要数汉代司马迁之《史记》。通常说纪传体乃《史记》所创立，是因为司马迁改变了先前史家采用的编年史框架，多数篇目直接将人物置于叙事主体，几乎就是人物传记，这比先前那种排比史实的体例更容易把人物写活写透。

《史记》原称《太史公书》，记载自黄帝至汉武帝时期约三千年的历史。全书凡一百三十篇，其中本纪十二篇，表十篇，书八篇，世家三十篇，列传七十篇。记载帝王事迹的本纪尚近似《左传》一类编年体写法，笔墨较分散，但也有十分精彩的片段，如《项羽本纪》中鸿门宴一节即为后世选家所注意。表、书两部分辑述帝王、诸侯世系和历朝典章制度等，属规矩的史著文体，然而像《封禅书》记叙汉武帝那样生动细腻的篇章亦间或可见。其余篇幅上占了六成左右的世家、列传，乃全书精华所在，可谓相当传神的传记手法，正是这两个部分奠立了中国文学的叙事传统。

如果纯以史学眼光考量，司马迁这种带有"演义"性质的讲史风格或有可议之处。历史叙述中可以容有几多文学成分一直是颇有争议的问题，因为虚拟客观的真实性终究难以证实。然而,《史记》不但历来被作为信史,而且这种以人物为叙事主体的史著模式还成了以后历朝修史所遵循的轨范,从这里可以看出,中国古代历史观本身具有偏重人本的特点,以及从情感认同角度裁量事物的艺术气质。所以,前人评价《史记》说过这样的话:“读游侠传即欲轻生,读屈原、贾谊传即欲流涕,读庄周、鲁仲连传即欲遗世,读李广传即欲力斗,读石建传即欲俯躬,读信陵、平原君传即欲好士。”(明茅坤《与蔡白石太守论文书》)这种艺术感染力无疑是最优秀的文学作品才能引发的共鸣效应。

作为一部“发于情,肆于心”(鲁迅语)的大著作,《史记》的创作跟作者家世及其个人蒙垢受辱的经历很有关系。司马迁(前145或前135—?),字子长,生活在汉武帝时,左冯翊夏阳(今陕西韩城)人。少怀大志,二十岁起游历南北各地,访问历史古迹和民情风习。他的家庭里有着史官的传统,父亲司马谈于武帝建元间任太史令,也曾构想过《史记》那样的通史巨作,到头来心事未了,只能嘱子继志修史。父死后三年,司马迁做了太史令。又过了几年,著史的事情刚上手,却遭遇一桩飞来横祸。天汉三年(前98),他替投降匈奴的李陵辩解,因之获罪下狱,被处以腐刑。这般奇耻大辱几乎让他万念俱灰,但修史著书的使命又让他发愤而起。他在《报任安书》中写道:“盖文王拘而演《周易》;仲尼厄而作《春秋》;屈原放逐,乃赋《离骚》;左丘失明,厥有《国语》;孙子膑脚,《兵法》修列……《诗》三百篇,大抵贤圣发愤之所为作也。此人皆意有所郁结,不得通其道,故述往事,思来者。”他出狱后,正是怀着这种与命运抗争的心情投入撰史之作。

也许是人生宦旅中的命乖运蹇,也许是早年游历人间颇知民生疾苦,司马迁的历史观和文学观多少带有一种跟主流文化拧着来的逆反色彩,如《伯夷列传》中就表示对所谓“天道”的否定。他有一种拂之不去的江湖心结,对草根社会自有特别的关注。如《项羽本纪》称“楚虽三户,亡秦必楚”,《陈涉世家》谓“王侯将相宁有种乎”,改变上层建筑的力量原本起于民间,他悉心聆听发自底层和弱势者的呐喊。通观《史记》各篇人物列传,不光是庙堂上一班文武重臣,更有策士、刺客、游侠乃至星相医卜,几乎囊括三教九流各色人等——在司马迁眼里小人物也能撬动历史的杠杆,处于风云际会的变动时刻,他们各有自己的位置。所以,对于魏豹、彭越、韩信那些叛汉的失败者,其文字间更有一种理解与同情。《淮阴侯列传》中用很大篇幅记述蒯通向韩信献计,有谓引兵出燕赵空虚之地可夺天下,而当时韩信由于犹豫与不忍之心竟错失良机。司马迁眼里并没有君权授之天命的合法性(他编造陈胜起事的鱼腹帛书，也知道别人的故事是怎么编造的)，不像后世的史官尽在历史个案中诉诸“势”“道”“气数”(今人所谓历史必然性)一类后设的叙事逻辑。他很明白，天下纷争靠的是实力与机缘，历史也是偶然事件的组合。蒯通被羁后对刘邦说过这样一句话：“天下锐精持锋欲为陛下所为者甚众，顾力不能耳。”这句话的潜台词是，失败不是罪名，既是纷争谁都有入场资格。

《史记》中彰扬“任侠”和“养士”的观念亦值得注意。如《孟尝君列传》《平原君列传》和《魏公子列传》诸篇，都将治世御侮之道附着于某种超凡人格。司马迁传述的几位君侯公子都不按体制内的规程行事，都有贤能下士、接纳岩穴隐者之风，他们不受羁束的特殊身份似乎代入了王权格局下的自由空间。譬如，孟尝君入秦遭厄，全靠门下鸡鸣狗盗之术化险为夷；平原君于邯郸被围之日组织三千敢死队，正是听从小人物之建言；至于信陵君窃符救赵，更是底层力量与之互动的结果。如果说当日王权体制内尚有一种能够外延至民间乃至江湖的应世之道，那就是这些亦朝亦野的公子们，他们合纵抗秦的业绩实在是对那些“有国”之君的贬损。

《史记》不算是“离经叛道”之作，但司马迁尊奉黄老，以虚无为本，其叙事不可能符合儒者口味，书首对上古五帝的追溯就有悖于汉儒之说。有意思的是，他将传说中的黄帝进一步神化，对于现实的本朝开国之君则未免有所轻薄(本纪以外诸传中出现的刘邦更有些“屌丝”化)。所以，到了东汉就有人看出问题来了，《汉书·司马迁传》批评《史记》说：“其是非颇缪于圣人，论大道则先言黄老而后六经，序游侠则退处士而进奸雄，述货殖则崇势利而羞贱贫，此其所蔽也。”《后汉书·蔡邕传》则引献帝辅臣王允的话斥为“谤书”。问题的关键在于，司马迁以修史的话语权力于官方政治之外寻找用世之途，试图将圣人之道纳于江湖规则，这种政治理想开启了读书人的想入非非，对后世产生了深远影响。

本章选录**《项羽本纪》**中“鸿门宴”一节，另选**《魏公子列传》**一篇。

鸿门宴恰是一个历史偶然性插曲，倘若项羽按范增之意除掉刘邦，历史的进程就可能不是现在从史书上看到的情形。这不是什么“天意”和“气数”，只是个人意志在一瞬之间决定了时代的走向。司马迁对这个场面的文学描述极为精彩，刘邦之善于应变，项羽之粗豪迟钝，张良、范增之老谋深算，项伯之重情重义，樊哙之粗中有细，一一跃然纸上。

信陵君窃符救赵的故事历来脍炙人口，本篇的叙事有两个要诀，一是整个故事很有层次感，另者就是凸显了主人公的人格魅力。信陵君的越轨行为是对王权的挑战,也是一种性格特征。一个近乎完人的性格通常给人四平八稳的苍白之感,这里何以显现生命的光辉?那就是破坏了既定的游戏规则。这种“破坏”是叙述动力,也往往成为一种美感要素。

项羽本纪(节选)

行略定秦地[1]。函谷关有兵守关[2],不得入。又闻沛公已破咸阳[3],项羽大怒,使当阳君等击关[4]。项羽遂入,至于戏西[5]。沛公军霸上[6],未得与项羽相见。沛公左司马曹无伤使人言于项羽曰:“沛公欲王关中,使子婴为相[7],珍宝尽有之。”项羽大怒,曰:“旦日飨士卒,为击破沛公军!”当是时,项羽兵四十万,在新丰鸿门[8],沛公兵十万,在霸上。范增说项羽曰[9]:“沛公居山东时[10],贪于财货,好美姬。今入关,财物无所取,妇女无所幸,此其志不在小。吾令人望其气,皆为龙虎,成五采,此天子气也。急击勿失。”

楚左尹项伯者[11],项羽季父也,素善留侯张良[12]。张良是时从沛公,项伯乃夜驰之沛公军,私见张良,具告以事,欲呼张良与俱去。曰:“毋从俱死也。”张良曰:“臣为韩王送沛公[13],沛公今事有急,亡去不义,不可不语。”良乃入,具告沛公。沛公大惊,曰:“为之奈何?”张良曰:“谁为大王为此计者?”曰:“鲰生说我曰‘距关,毋内诸侯[14],秦地可尽王也’。故听之。”良曰:“料大王士卒足以当项王乎?”沛公默然,曰:“固不如也,且为之奈何?”张良曰:“请往谓项伯,言沛公不敢背项王也。”沛公曰:“君安与项伯有故?”张良曰:“秦时与臣游,项伯杀人,臣活之。今事有急,故幸来告良。”沛公曰“孰与君少长?”良曰:“长于臣。”沛公曰:“君为我呼入,吾得兄事之。”张良出,要项伯。项伯即入见沛公。沛公奉卮酒为寿[15],约为婚姻,曰:“吾入关,秋豪不敢有所近[16],籍吏民,封府库,而待将军。所以遣将守关者,备他盗之出入与非常也。日夜望将军至,岂敢反乎!原伯具言臣之不敢倍德也[17]。”项伯许诺。谓沛公曰:“旦日不可不蚤自来谢项王[18]。”沛公曰:“诺。”于是项伯复夜去,至军中,具以沛公言报项王。因言曰:“沛公不先破关中,公岂敢入乎?今人有大功而击之,不义也,不如因善遇之。”项王许诺。

沛公旦日从百余骑来见项王,至鸿门,谢曰:“臣与将军戮力而攻秦,将军战河北,臣战河南,然不自意能先入关破秦,得复见将军于此。今者有小人之言,令将军与臣有郤[19]。”项王曰:“此沛公左司马曹无伤言之;不然,籍何以至此[20]。”项王即日因留沛公与饮。项王、项伯东向坐。亚父南向坐。亚父者,范增也。沛公北向坐,张良西向侍。范增数目项王,举所佩玉玦以示之者三,项王默然不应。范增起,出召项庄[21],谓曰:“君王为人不忍,若入前为寿,寿毕,请以剑舞,因击沛公于坐,杀之。不者,若属皆且为所虏。”庄则入为寿,寿毕,曰:“君王与沛公饮,军中无以为乐,请以剑舞。”项王曰:“诺。”项庄拔剑起舞,项伯亦拔剑起舞,常以身翼蔽沛公,庄不得击。于是张良至军门,见樊哙[22]。樊哙曰:“今日之事何如?”良曰:“甚急。今者项庄拔剑舞,其意常在沛公也。”哙曰:“此迫矣,臣请入,与之同命。”哙即带剑拥盾入军门。交戟之卫士欲止不内,樊哙侧其盾以撞,卫士仆地,哙遂入,披帷西向立,瞋目视项王,头发上指,目眦尽裂[23]。项王按剑而跽[24]曰:“客何为者?”张良曰:“沛公之参乘樊哙者也[25]。”项王曰:“壮士,赐之卮酒。”则与斗卮酒。哙拜谢,起,立而饮之。项王曰:“赐之彘肩[26]。”则与一生彘肩。樊哙覆其盾于地,加彘肩上,拔剑切而啖之[27]。项王曰:“壮士,能复饮乎?”樊哙曰:“臣死且不避,卮酒安足辞!夫秦王有虎狼之心,杀人如不能举,刑人如恐不胜,天下皆叛之。怀王与诸将约曰‘先破秦入咸阳者王之’。今沛公先破秦入咸阳,豪毛不敢有所近,封闭宫室,还军霸上,以待大王来。故遣将守关者,备他盗出入与非常也。劳苦而功高如此,未有封侯之赏,而听细说,欲诛有功之人。此亡秦之续耳,窃为大王不取也。”项王未有以应,曰:“坐。”樊哙从良坐。坐须臾,沛公起如厕,因招樊哙出。

沛公已出,项王使都尉陈平召沛公[28]。沛公曰:“今者出,未辞也,为之奈何?”樊哙曰:“大行不顾细谨[29],大礼不辞小让。如今人方为刀俎,我为鱼肉,何辞为。”于是遂去。乃令张良留谢。良问曰:“大王来何操?”曰:“我持白璧一双,欲献项王,玉斗一双,欲与亚父,会其怒,不敢献。公为我献之。”张良曰:“谨诺。”当是时,项王军在鸿门下,沛公军在霸上,相去四十里。沛公则置车骑,脱身独骑,与樊哙、夏侯婴、靳彊、纪信等四人持剑盾步走[30],从郦山下,道芷阳间行[31]。沛公谓张良曰:“从此道至吾军,不过二十里耳。度我至军中,公乃入。”沛公已去,间至军中,张良入谢,曰:“沛公不胜桮杓[32],不能辞。谨使臣良奉白璧一双,再拜献大王足下;玉斗一双,再拜奉大将军足下。”项王曰:“沛公安在?”良曰:“闻大王有意督过之,脱身独去,已至军矣。”项王则受璧,置之坐上。亚父受玉斗,置之地,拔剑撞而破之,曰:“唉!竖子不足与谋[33]。夺项王天下者,必沛公也,吾属今为之虏矣[34]。”沛公至军,立诛杀曹无伤。

【注释】

[1] 行,将要。此句言秦地将要平定之际。

[2] 函谷关,在今河南灵宝东北,东自崤山,西至潼津,是扼守秦地的天险。刘邦入关中(前 206),派兵据守函谷关,项羽派英布闯关,打通入秦通道。

[3] 沛公,即刘邦。刘邦是沛县(今属江苏徐州)人,秦二世元年(前 209)率众响应陈胜吴广起事,称沛公。咸阳,秦国都城。

[4] 当阳君,即英布(因受黥刑又称黥布),曾与项梁拥立楚怀王,被封为当阳君。项羽进军咸阳时,常为前锋。后投靠刘邦,汉太祖十一年(前 196)举兵反汉,兵败被诛。

[5] 戏西,西水之西。戏水,在今陕西临潼县东,源出骊山,北入渭水。

[6] 霸上,一作灞上,在今西安市东,因在灞水白鹿原上得名。

[7] 子婴,秦始皇嫡长孙,秦二世胡亥被弑后即位。在位仅四十六日,刘邦入关后即投降,后被项羽处死。

[8] 鸿门,古邑名,在今陕西临潼县(汉代称新丰)东北。

[9] 范增,项羽的谋士,项羽尊为"亚夫"。

[10] 山东,秦汉时泛指崤山以东地域。

[11] 项伯,项羽最小的叔父,故下文称"季父"。早年流亡下邳,曾受张良庇护。后项羽败亡,归顺刘邦。

[12] 张良,刘邦的重要谋士,汉朝建立后被封为留侯。

[13] 韩王,即韩王成。旧韩国王室,秦末由于张良推动被拥立为韩王,张良在韩王手下任司徒。刘邦入关前与韩王在颍川会合,张良便转到刘邦军中,故谓"臣为韩王送沛公"。

[14] 鲰生,小人,浅薄之人。裴骃《史记集解》引服虔曰:"鲰,小人貌也。""距关,毋内诸侯",意思是把住函谷关,不要让各路反秦义军进入关内,以为这样可让刘邦在秦地称王。距,同"拒"。

[15] 卮(zhī)酒,杯酒。寿,祝福。

[16] 秋豪,即"秋毫",秋季鸟兽毫毛,形容些微之物。豪,通"毫"。

[17] 倍德,背弃恩德。倍,通"背"。《礼记·大学》"上恤孤而民不倍",郑玄注:"民不倍,不相倍弃也。"

[18] 旦日,明日。蚤,同"早"。

[19] 有郤,彼此生隙。郤,通"隙"。《史记·绛侯周勃世家》:"由此梁孝王与太尉有郤。"

[20] 籍,项羽名籍,字羽。

[21] 项庄,项羽的堂弟,武将。

[22] 樊哙,刘邦麾下武将,后娶吕后妹为妻。汉初曾为左丞相。

[23] 目眦尽裂,眼眶都瞪裂了,形容愤怒到极点。目眦,眼眶。

[24] 跽(jì),长跪,两膝着地,挺起上身。秦汉时尚无座椅,这是古人一种坐姿。

[25] 参乘,一作"骖乘",陪同乘车者。古代乘车,尊者在左,御者在中,参乘在右陪坐,或称"车右"。

[26] 彘(zhì)肩,即肘子。这里指猪腿上部。

[27] 啖(dàn),吃。

[28] 陈平,刘邦的重要谋士,也是西汉开国功臣。

[29] 大行,大事。

[30] 夏侯婴、靳彊、纪信,均为刘邦部属。

[31] 郦山,在今陕西临潼县南。芷阳,秦县名。

[32] 桮杓,同"杯勺"。这里指饮酒。

[33] 竖子,对人的鄙称。犹今言"小子"。《战国策·燕策三》:"荆轲怒,叱太子,曰:'今日往而不反者,竖子也!'"

[34] 吾属,我等。

魏公子列传

魏公子无忌者,魏昭王子少子而魏安釐王异母弟也[1]。昭王薨,安釐王即位,封公子为信陵君。是时范睢亡魏相秦[2],以怨魏齐故[3],秦兵围大梁[4],破魏华阳下军[5],走芒卯[6]。魏王及公子患之。

公子为人仁而下士,士无贤不肖皆谦而礼交之,不敢以其富贵骄士。士以此方数千里争往归之,致食客三千人。当是时,诸侯以公子贤,多客,不敢加兵谋魏十余年。

公子与魏王博[7],而北境传举烽,言"赵寇至,且入界"。魏王释博,欲召大臣谋。公子止王曰:"赵王田猎耳,非为寇也。"复博如故。王恐,心不在博。居顷,复从北方来传言曰:"赵王猎耳,非为寇也。"魏王大惊,曰:"公子何以知之?"公子曰:"臣之客有能深得赵王阴事者,赵王所为,客辄以报臣,臣以此知之。"是后魏王畏公子之贤能,不敢任公子以国政。

魏有隐士曰侯嬴,年七十,家贫,为大梁夷门监者[8]。公子闻之,往请,欲厚遗之。不肯受,曰:"臣修身洁行数十年,终不以监门困故而受公子财。"公子于是乃置酒大会宾客。坐定,公子从车骑,虚左,自迎夷门侯生。侯生摄敝衣冠,直上载公子上坐,不让,欲以观公子。公子执辔愈恭。侯生又谓公子曰:"臣有客在市屠中,原枉车骑过之。"公子引车入市,侯生下见其客朱亥,俾倪[9],故久立与其客语,微察公子。公子颜色愈和。当是时,魏将相宗室宾客满堂,待公子举酒。市人皆观公子执辔。从骑皆窃骂侯生。

侯生视公子色终不变，乃谢客就车。至家，公子引侯生坐上坐，遍赞宾客，宾客皆惊。酒酣，公子起，为寿侯生前。侯生因谓公子曰："今日嬴之为公子亦足矣。嬴乃夷门抱关者也，而公子亲枉车骑，自迎嬴于众人广坐之中，不宜有所过，今公子故过之。然嬴欲就公子之名，故久立公子车骑市中，过客以观公子，公子愈恭。市人皆以嬴为小人，而以公子为长者能下士也。"于是罢酒，侯生遂为上客。

侯生谓公子曰："臣所过屠者朱亥，此子贤者，世莫能知，故隐屠间耳。"公子往数请之，朱亥故不复谢，公子怪之。

魏安釐王二十年，秦昭王已破赵长平军[10]，又进兵围邯郸[11]。公子姊为赵惠文王弟平原君夫人[12]，数遗魏王及公子书，请救于魏。魏王使将军晋鄙将十万众救赵。秦王使使者告魏王曰："吾攻赵旦暮且下，而诸侯敢救者，已拔赵，必移兵先击之。"魏王恐，使人止晋鄙，留军壁邺[13]，名为救赵，实持两端以观望。平原君使者冠盖相属于魏，让魏公子曰："胜所以自附为婚姻者[14]，以公子之高义，为能急人之困。今邯郸旦暮降秦而魏救不至，安在公子能急人之困也！且公子纵轻胜，弃之降秦，独不怜公子姊邪？"公子患之，数请魏王，及宾客辩士说王万端。魏王畏秦，终不听公子。公子自度终不能得之于王，计不独生而令赵亡，乃请宾客，约车骑百余乘，欲以客往赴秦军，与赵俱死。

行过夷门，见侯生，具告所以欲死秦军状。辞决而行，侯生曰："公子勉之矣，老臣不能从。"公子行数里，心不快，曰："吾所以待侯生者备矣，天下莫不闻，今吾且死而侯生曾无一言半辞送我，我岂有所失哉？"复引车还，问侯生。侯生笑曰："臣固知公子之还也。"曰："公子喜士，名闻天下。今有难，无他端而欲赴秦军，譬若以肉投馁虎，何功之有哉？尚安事客？然公子遇臣厚，公子往而臣不送，以是知公子恨之复返也。"公子再拜，因问。侯生乃屏人间语，曰："嬴闻晋鄙之兵符常在王卧内[15]，而如姬最幸，出入王卧内，力能窃之。嬴闻如姬父为人所杀，如姬资之三年，自王以下欲求报其父仇，莫能得。如姬为公子泣，公子使客斩其仇头，敬进如姬。如姬之欲为公子死，无所辞，顾未有路耳。公子诚一开口请如姬，如姬必许诺，则得虎符夺晋鄙军，北救赵而西却秦，此五霸之伐也[16]。"公子从其计，请如姬。如姬果盗晋鄙兵符与公子。

公子行，侯生曰："将在外，主令有所不受，以便国家。公子即合符，而晋鄙不授公子兵而复请之，事必危矣。臣客屠者朱亥可与俱，此人力士。晋鄙听，大善；不听，可使击之。"于是公子泣。侯生曰："公子畏死邪？何泣也?”公子曰:“晋鄙嚄唶宿将[17],往恐不听,必当杀之,是以泣耳,岂畏死哉!”于是公子请朱亥。朱亥笑曰:“臣乃市井鼓刀屠者,而公子亲数存之,所以不报谢者,以为小礼无所用。今公子有急,此乃臣效命之秋也。”遂与公子俱。公子过谢侯生。侯生曰:“臣宜从,老不能。请数公子行日,以至晋鄙军之日,北乡自刭[18],以送公子。”公子遂行。

至邺,矫魏王令代晋鄙。晋鄙合符,疑之,举手视公子曰:“今吾拥十万之众,屯于境上,国之重任,今单车来代之,何如哉?”欲无听。朱亥袖四十斤铁椎,椎杀晋鄙,公子遂将晋鄙军。勒兵下令军中曰:“父子俱在军中,父归;兄弟俱在军中,兄归;独子无兄弟,归养。”得选兵八万人,进兵击秦军。秦军解去,遂救邯郸,存赵。赵王及平原君自迎公子于界,平原君负韊矢为公子先引[19]。赵王再拜曰:“自古贤人未有及公子者也。”当此之时,平原君不敢自比于人。公子与侯生决[20],至军,侯生果北乡自刭。

魏王怒公子之盗其兵符,矫杀晋鄙,公子亦自知也。已却秦存赵,使将将其军归魏,而公子独与客留赵。赵孝成王德公子之矫夺晋鄙兵而存赵[21],乃与平原君计,以五城封公子。公子闻之,意骄矜而有自功之色。客有说公子曰:“物有不可忘,或有不可不忘。夫人有德于公子,公子不可忘也;公子有德于人,原公子忘之也。且矫魏王令,夺晋鄙兵以救赵,于赵则有功矣,于魏则未为忠臣也。公子乃自骄而功之,窃为公子不取也。”于是公子立自责,似若无所容者。赵王埽除自迎,执主人之礼,引公子就西阶。公子侧行辞让,从东阶上。自言罪过,以负于魏,无功于赵。赵王侍酒至暮,口不忍献五城,以公子退让也。公子竟留赵。赵王以鄗为公子汤沐邑[22],魏亦复以信陵奉公子。公子留赵。

公子闻赵有处士毛公藏于博徒[23],薛公藏于卖浆家,公子欲见两人,两人自匿不肯见公子。公子闻所在,乃闲步往从此两人游,甚欢。平原君闻之,谓其夫人曰:“始吾闻夫人弟公子天下无双,今吾闻之,乃妄从博徒卖浆者游,公子妄人耳。”夫人以告公子。公子乃谢夫人去,曰:“始吾闻平原君贤,故负魏王而救赵,以称平原君。平原君之游,徒豪举耳,不求士也。无忌自在大梁时,常闻此两人贤,至赵,恐不得见。以无忌从之游,尚恐其不我欲也,今平原君乃以为羞,其不足从游。”乃装为去。夫人具以语平原君。平原君乃免冠谢,固留公子。平原君门下闻之,半去平原君归公子,天下士复往归公子,公子倾平原君客。

公子留赵十年不归。秦闻公子在赵,日夜出兵东伐魏。魏王患之,使使往请公子。公子恐其怒之,乃诫门下:“有敢为魏王使通者,死。”宾客皆背魏之赵，莫敢劝公子归。毛公、薛公两人往见公子曰："公子所以重于赵，名闻诸侯者，徒以有魏也。今秦攻魏，魏急而公子不恤，使秦破大梁而夷先王之宗庙，公子当何面目立天下乎？"语未及卒，公子立变色，告车趣驾归救魏[24]。

魏王见公子，相与泣，而以上将军印授公子，公子遂将。魏安釐王三十年，公子使使遍告诸侯。诸侯闻公子将，各遣将将兵救魏。公子率五国之兵破秦军于河外[25]，走蒙骜[26]。遂乘胜逐秦军至函谷关，抑秦兵，秦兵不敢出。当是时，公子威振天下，诸侯之客进兵法，公子皆名之，故世俗称《魏公子兵法》。

秦王患之，乃行金万斤于魏，求晋鄙客，令毁公子于魏王曰："公子亡在外十年矣，今为魏将，诸侯将皆属，诸侯徒闻魏公子，不闻魏王。公子亦欲因此时定南面而王，诸侯畏公子之威，方欲共立之。"秦数使反间，伪贺公子得立为魏王未也。魏王日闻其毁，不能不信，后果使人代公子将。公子自知再以毁废，乃谢病不朝，与宾客为长夜饮，饮醇酒，多近妇女。日夜为乐饮者四岁，竟病酒而卒。其岁，魏安釐王亦薨。

秦闻公子死，使蒙骜攻魏，拔二十城，初置东郡。其后秦稍蚕食魏，十八岁而虏魏王，屠大梁。

高祖始微少时，数闻公子贤。及即天子位，每过大梁，常祠公子。高祖十二年，从击黥布还[27]，为公子置守冢五家，世世岁以四时奉祠公子。

太史公曰：吾过大梁之墟，求问其所谓夷门。夷门者，城之东门也。天下诸公子亦有喜士者矣，然信陵君之接岩穴隐者[28]，不耻下交，有以也。名冠诸侯，不虚耳。高祖每过之而令民奉祠不绝也。

【注释】

[1] 魏昭王（？—前277），名遬，战国时魏国国君，公元前295—前277年在位。魏安釐王（？—前243），名圉，战国时魏国国君，公元前276—前243年在位。

[2] 范雎亡魏相秦，范雎（？—前255），战国时魏国人。初在魏国做事，曾与大臣须贾出使齐国，被诬向齐国泄密，遭鞭笞几死。后化名张禄，逃亡秦国，为秦昭王相室。

[3] 魏齐，战国时魏国公子，魏昭王相室。范雎遭诬事与之有关，范事秦后必欲杀之。他想借信陵君的关系流亡楚国，因信陵君踌躇未决，遂自尽。

[4] 大梁，战国魏国都城，在今河南开封西北。

[5] 破魏华阳下军，在华阳（今河南新郑）击败魏国下军。魏安釐王四年（前273），魏、赵合兵攻韩，在华阳遭遇援救韩国的秦军，魏军一战即溃，秦军乘胜进围魏都大梁。下军，周代军制：诸侯国大者设中军、上军、下军，次者设上军、下军。

[6] 芒卯,亦作孟卯,战国时齐国人。曾仕魏为司徒,华阳之役率军拒秦,兵败逃走。

[7] 博,古代局戏,一种以掷采决定行棋的游戏。

[8] 夷门,魏国都城大梁东门,见本文末尾“太史公曰”一节。

[9] 俾倪,同“睥睨”,侧目貌。

[10] 秦昭王(前324—前251),即秦昭襄王,名稷,战国时秦国国君。公元前306—前251年在位。奉行远交近攻政策,为秦统一六国奠立基础。长平,战国赵邑,在今山西高平。秦昭王四十七年(前260),秦将白起在此大败赵军,坑杀赵军降卒四十万。

[11] 邯郸,战国赵国都城,今属河北。

[12] 赵惠文王(?—前266),名何,战国时赵国国君,公元前298—前266年在位。平原君(?—前251),即赵胜,战国时赵国人。赵武灵王子,惠文王弟,为惠文王和孝成王相室,号平原君。性喜结交,门下食客数千。孝成王七年(前259),秦围赵都邯郸,他率兵坚守三年,后借助毛遂等门客求救于楚、魏,击退秦军。与齐孟尝君、楚春申君、魏信陵君齐名,时称四公子。

[13] 邺,战国魏邑,后归赵,在今河北临漳。

[14] 胜,即平原君赵胜,此是自谓。

[15] 兵符,古代调遣军队用的凭物,通常为虎形青铜铸件,分左右两半。右半留君王手中,左半发给统兵将领,调发军队时须两符相合方能生效。

[16] 五霸,霸通“伯”,诸侯中的强势首领。通常所谓春秋五霸,指齐桓公、晋文公、秦穆公、宋襄公、楚庄王(汉赵岐《孟子·告子下注》)。

[17] 嚄唶(huò zè),铿锵气盛。唐张守节《史记正义》引《声类》:“嚄,大笑;唶,大呼。”

[18] 乡,通“向”。

[19] 韊(lán)矢,盛放箭矢的革囊。

[20] 决,通“诀”,分别。

[21] 赵孝成王(?—前245),名丹,战国时赵国国君,公元前265—前245年在位。

[22] 鄗(hào),春秋晋邑,战国为赵邑,在今河北柏乡。汤沐邑,周制,诸侯朝觐天子,天子在王畿内赐以封邑,以供住宿、斋戒、沐浴,称为汤沐邑。战国时诸侯国君赏赐臣下之私邑,亦袭用此名。

[23] 处士,不仕之士,略同于后世之隐士。

[24] 趣,通“趋”。

[25] 河外,指黄河以南、以西部分地区。战国时因各国所在地不同,所指亦不同。唐张守节《史记正义》(《魏世家》):“河外谓华州以东至虢、陕。”乃据魏之方位所言,相当于今陕西华阴至河南陕县一带。

[26] 蒙骜,一作蒙傲,战国时齐国人。秦昭王时入秦为将,能征善战。

[27] 黥(qíng)布,即英布。见本章《项羽本纪》注[4]。

[28] 岩穴,古时隐者多山居,称岩穴之士。

【思考题】

1.《项羽本纪》中“鸿门宴”这一节历来为人称道,但这个故事似乎没有一个焦点人物,作为传主的项羽着墨不多,而出场人物竟有七八人之多。这样的写法为什么并未给人笔墨分散的感觉?此篇给人印象最深的大概要数樊哙,但此人显然不是重点。比较一下刘邦与项羽、张良与范增、项伯与项庄,领会司马迁这种对应手法之妙处。

2.《魏公子列传》叙事以“窃符救赵”为核心,但如姬窃来的虎符并没有真正派上用处,信陵君是靠了朱亥椎杀晋鄙才获取兵权——其实侯生早就想到解决问题还须靠这柄大椎,可是为什么他要大费周折地替公子谋划盗符一节?司马迁这种迂回手法对刻画信陵君的性格有何作用?

3. 侯生为什么在信陵君夺取兵权的时机自刭?他的死有意义吗?《史记·刺客列传》中亦有相似的一幕,田光为燕太子丹谋事,在把荆轲介绍给太子后亦自刎而死。不过,田光的自杀是为了激励荆轲刺秦之志,这一点司马迁有交代,而侯生是为什么呢?

【拓展阅读】

1. 朱自清:《经典常谈》之九《史记汉书》,中华书局 2003 年版。

2. 李长之:《司马迁之人格与风格》,三联书店 1984 年版。

第五章　汉　赋

辞赋作为一种文学体裁，是汉代文人创作的主流样式。然而，在历代具有代表性的文学样式中，汉赋可以说是当今读者最为陌生的一种，这是因为其自身难以摆脱“繁华损枝，膏腴害骨”（《文心雕龙·诠赋》）的审美缺陷，以致唐代古文运动以后渐而成为一种文字僵尸。其实，自汉赋初兴到唐宋赋体变调，这中间有一千多年的历史，辞赋在士大夫文人眼里一直是堂皇典丽的高端文体。《文选》辑录的各体创作中，赋被置于最高地位，所选篇幅差不多占了全书三分之一。《汉书·艺文志》有谓：“《传》曰：‘不歌而颂谓之赋，登高能赋，可以为大夫。’言感物造耑，材知深美，可与图事，故可以为列大夫也。”可见作为文体的辞赋，不仅是一种文体，也寄附着一种表达理念。

就文体而言，辞赋是一种介于诗与散文的“中间物”，它体现了文体演化过程中试以兼容抒情与叙事乃至言理言志的统辖性追求。关于辞赋的特点与来由，现代学者刘大杰的《中国文学发展史》说得很清楚：

> 赋这种体制是较为特殊的。由外表看去，是非诗非文，而其内容，却又有诗有文，可以说是一种半诗半文的混合体。赋本是诗中六艺之一，原来的意义，是一种文学表现的态度与方法，并非一种体裁。三百篇以后，散文勃兴，接着而起的是《楚辞》一派的新体诗。由《诗经》到《楚辞》诗的范围扩大了，篇幅加长了，散文形式的混合以及辞藻的铺陈，都带来了浓厚的赋的气味。但《楚辞》毕竟是一种新体诗。后人因此把屈原一派的作品，称为辞或称为骚，免得同诗赋混淆。《文心雕龙》内，分为《辨骚》《诠赋》两篇，那界限也很明显。后来由荀子的《赋篇》，秦时的杂赋，降而至于枚乘、司马相如的创作，于是那种铺采摛文、体物叙事的汉赋，才正式成立。（第五章“汉赋的发展及其流变”）

概而言之，赋体之立，缘自诗歌的铺陈手法。它出身诗门，却摆脱了相对单薄的诗体形骸，铺采摛文，一变而阔。当然，它骨子里并未脱离诗歌讲究情采、注重夸张的趣味。这是因为在它勃兴的时代,人们需要这样一种能够承载宏大叙事的华丽文体。汉高祖刘邦创立的大汉王朝经过文景之治,至武帝时已呈现一派强盛之象;从开拓边疆到修筑宫殿,从巡游、田猎到泰山封禅,这一系列体现武功文治的大动作需要一种铺张扬厉的文字来讴歌。文体的意义有时甚于叙事内容,或者说汉代辞赋本身就是主旋律标识,这种貌似兼有诗与散文论文之长的叙述方式非常契合汉家煌煌大业与王朝威仪。

早在文景时期,汉赋已初成体制。当时赋家代表人物主要是贾谊和枚乘,二人都曾为朝廷和藩国辅臣,皆以学问与文采著称。贾谊流传下来的作品有《吊屈原赋》《鹏鸟赋》两篇,枚乘存世之作可靠者仅《七发》一篇。贾谊之作尚属骚体赋,多少带有《楚辞》的痕迹。但其中多用排比铺陈,已成叙事意态,可以说奠立了汉赋的基本套路。枚乘的《七发》以“楚太子有疾,而吴客往问之”为叙述框架,列述各种声色犬马之悦,大肆夸张铺陈。此篇虽未以赋名,却是散体大赋真正的开创者,其结构恢宏,且独出机杼,用七段文字连说“七事”,洋洋洒洒,颇有气势。吴客所谓“变度易意”者,自是讽谏之义,最后搬出圣贤方术之“要言妙道”终使太子“霍然病已”。值得注意的是,贾谊和枚乘采用的问答体形式多为后来的赋家所沿袭,成为汉赋一大特点。《七发》的架构后人亦多有仿作,以致赋体中还专门形成名曰“七”之一体。

典型的汉赋即为大赋。其通常由三部分组成,即序、本文和古人称作“乱”的结尾。序交代创作缘起,包括叙事背景等;中间的本文多以问答体铺陈事物,往往是丰辞缛藻、穷极声貌;作为结尾的“乱”乃总括全篇要旨,并穿插劝谕、讽谏之语。当然,这种讽谕并不能视为对当政者的批评,通常只是贯彻儒家文艺思想的敷衍手段。

汉赋的兴盛自武帝时期开始,在司马相如、东方朔、刘向、王褒这些才子手里,喻象连连的文辞变得更加华丽而夸张,而充满虚词滥说的铺述更是定格为辞赋之不二法门。以后宣、元、成帝各朝延至东汉建安,可谓人才迭出,风雅不衰,重要作者有扬雄、刘歆、班固、崔骃、傅毅、张衡、赵壹、蔡邕诸家。纵观两汉赋家,司马相如、扬雄、班固、张衡四者是无可争议的代表人物。

司马相如(约前179—前117),字长卿,蜀郡成都(今属四川)人。汉景帝时为武骑常侍,曾游于梁孝王门下。武帝时奉使西南,后来就成了皇帝身边的文学侍臣。他的辞赋存世《子虚赋》《上林赋》《大人赋》《长门赋》《美人赋》《哀二世赋》六篇,其中《子虚》《上林》二赋被认为是最重要的代表作。前者作于梁王门下时,写楚王云梦泽游猎之盛况;后者是献给武帝的,以汉天子狩猎为事端，通过对各种自然和人工景观的详尽描绘，几乎将皇家苑囿写成了一个无限空间。这种极度夸饰的手法当时很为人佩服，因而被视作汉赋的主要修辞手段。但是，后来人们就不这么看了，齐梁间刘勰就批评说："相如凭风，诡滥愈甚。故上林之馆，奔星与宛虹入轩；从禽之盛，飞廉与鷦鷯俱获。"(《文心雕龙·夸饰》)

扬雄(前53—18)，字子云，蜀郡成都(今属四川)人。汉成帝时以文名见召，献《甘泉赋》《羽猎赋》，为黄门给事。以后成、哀、平三朝未拔擢徙转，王莽时还被牵扯进一桩政治阴谋，几乎丧命。他不光有辞赋，在经学和训诂方面亦称大家。不过他的创作多以模仿入手，《甘泉》《羽猎》《河东》《长杨》等作模仿司马相如的《子虚》《上林》，而《反离骚》则摹取《楚辞》之式。模拟之作想象力自不及前人，但扬雄辞赋中讽谏之义更为明显，在这方面他不像司马相如那么乖巧。《汉书》本传下曰："(扬)雄以为赋者，将以风(按，风即讽谏)也。必推类而言，极丽靡之辞，闳侈巨衍，竞于使人不能加也，既而乃归之于正，然览者已过矣。往时武帝好神仙，相如上《大人赋》，欲以风，帝反缥缈有凌云之志。由是言之，赋劝而不止，明矣。"在汉赋诸家中只是他有过如此清晰的反思，一旦"明矣"，认识到这种讽谕终究只是文章点缀，他就不再作赋了，转而潜入学术著述。

班固(32—92)，字孟坚，扶风安陵(今陕西咸阳)人。他是《汉书》的作者，作为史家的名声更甚于赋家。汉明帝时为兰台令史，后入大将军窦宪幕府。和帝永元四年，窦宪被赐死，他也受牵连，死于狱中。班固的辞赋以《两都赋》闻名。此赋叙述长安与洛阳两处帝都之人文景略，文辞富丽，声色并茂，是中国文学中最早涉及都市题材的作品。东汉定都洛阳后，一直有人主张迁都长安，也一直有人反对，班固为劝谏和帝迁都长安就写了这篇赋。其实此赋由《西都赋》《东都赋》两篇组成，文内以虚构的"西都宾"和"东都主人"分说两地之长，一者夸赞长安之宫殿、城阙、街坊等，一者着眼于洛阳之人文制度，最后得出"秦阿房之造天，而不知京洛之有制也"的结论。从创作风格上看，班固已稍近写实，不像司马相如那么浪漫无边。而且，此赋以现实之由为缘起，亦是一个重要转折。

张衡(78—139)，字平子，南阳西鄂(今河南南阳)人。汉安帝时为郎中，后任河间相。他精通天文历算，有地动仪、浑天仪等诸多发明。在文学上，其诗赋两方面都有成就。他的《二京赋》名气很大，但基本上还是模仿班固的《两都赋》，只是对世态人情的观照更为贴近现实。值得注意的是，张衡给汉赋带来一个很大的转变，即创设小赋一体。在大赋已陷入以模拟为能事的文字游戏之际，他的《归田赋》《玄思赋》却给出了一条新路。这些形制短小的辞赋改变了汉赋语言浮夸、大肆铺排堆砌的做派，以托物言志的手法投入个人情感与抱负。张衡之后，赵壹的《刺世疾邪赋》、蔡邕的《述行赋》更有新的开拓，给辞赋注入了前所未有的社会批判意识。汉代以后的辞赋主要是这类小赋，无论六朝骈赋还是唐宋律赋和文赋，都是从这条路上发展而来。

变长篇为短制，辞赋的题材面却扩大了，体物的对象不再是宫殿苑囿和天子游猎之类，而是对人生的诸多方面加以观照。这是辞赋一体能够苟延至唐宋之世的重要原因。然而，这种体制毕竟过于注重形式，它要从参差变化的句式中营造一种整饬的美感，往往是以牺牲思想内容为代价，所以近世就被更适合叙事状物和表达情感的散文所取代，这就是王国维所说，"凡一代有一代之文学：楚之骚，汉之赋，六代之骈语，唐之诗，宋之词，元之曲，皆所谓一代之文学，而后世莫能继焉者也"（《宋元戏曲史》序）。

所谓"后世莫能继焉"，并不是说它对后世就没有影响了。如果仅就现代人阅读口味而言，汉赋确已被人遗忘，举凡诗经楚辞、唐诗宋词、元曲乃至明清小说，至今都仍有大量读者，而恰恰是汉赋和与汉赋有着血缘关系的六朝骈文很少有人问津。但是，辞赋作为一种文字思维定势，总能与时俱进地给出新时代的文章作法。从"文革"时期的"两报一刊"社论到至今不绝如缕的官样文章，乃至一些高考作文命题……那些夸张铺排的大话套话，好像永远映衬着某种伟大与光荣。

最早辑录汉赋的文献是《史记》《汉书》的贾谊、司马相如、扬雄各传。南朝萧统《文选》收入汉魏六朝辞赋近六十篇（包括"七"体），其中一半是汉赋。今人费振刚等《全汉赋校注》可称完备，收录汉赋八十三家，近三百篇（包括残篇与少数存目）。

本章选录汉赋两篇，即司马相如的**《子虚赋》**和张衡的**《归田赋》**。

子虚赋

司马相如

楚使子虚于齐，王悉发车骑与使者出畋[1]。畋罢，子虚过姹乌有先生，亡是公存焉[2]。坐定，乌有先生问曰："今日畋乐乎？"子虚曰："乐。""获多乎？"曰："少。""然则何乐？"对曰："仆乐齐王之欲夸仆以车骑之众，而仆对以云梦之事也[3]。”曰：“可得闻乎？”

子虚曰：“可。王车架千乘，选徒万骑，畋于海滨。列卒满泽，罘网弥山[4]。掩兔辚鹿，射麋脚麟[5]。鹜于盐浦，割鲜染轮[6]。射中获多，矜而自功。顾谓仆曰：‘楚亦有平原广泽游猎之地，饶乐若此者乎？楚王之猎孰与寡人乎？’仆下车对曰：‘臣，楚国之鄙人也。幸得宿卫十有余年[7]，时从出游，游于后园，览于有无，然犹未能遍睹也，又焉足以言其外泽乎？’齐王曰：‘虽然，略以子之所闻见而言之。’

“仆对曰：‘唯唯[8]。臣闻楚有七泽，尝见其一，未睹其余也。臣之所见，盖特其小小者耳，名曰云梦。云梦者，方九百里，其中有山焉。其山则盘纡岪郁，隆崇嵂崒[9]。岑崟参差，日月蔽亏[10]。交错纠纷，上干青云。罢池陂陀，下属江河[11]。其土则丹青赭垩，雌黄白坿，锡碧金银[12]。众色炫耀，照烂龙鳞。其石则赤玉玫瑰，琳瑉昆吾[13]。瑊玏玄厉，碝石碔砆[14]。其东则有蕙圃，衡兰芷若，芎䓖菖蒲[15]。茳蓠蘼芜，诸柘巴苴[16]。其南则有平原广泽，登降陁靡，案衍坛曼[17]。缘以大江，限以巫山。其高燥则生葴菥苞荔，薛莎青薠[18]。其埤湿则生藏莨蒹葭，东蘠彫胡[19]。莲藕觚卢，菴闾轩于[20]。众物居之，不可胜图[21]。其西则有涌泉清池，激水推移。外发芙蓉菱华，内隐巨石白沙。其中则有神龟蛟鼍，玳瑁鳖鼋[22]。其北则有阴林，其树楩柟豫章[23]。桂椒木兰，檗离朱杨[24]。樝梨梬栗[25]，橘柚芬芬。其上则有鹓鸰孔鸾，腾远射干[26]。其下则有白虎玄豹，蟃蜒貙犴[27]。

“‘于是乎乃使剸诸之伦[28]，手格此兽。楚王乃驾驯驳之驷，乘雕玉之舆[29]。靡鱼须之桡旃，曳明月之珠旗[30]。建干将之雄戟，左乌号之雕弓，右夏服之劲箭[31]。阳子骖乘，孅阿为御[32]。案节未舒，即陵狡兽[33]。蹴蛩蛩，辚距虚[34]。轶野马，轊騊駼[35]，乘遗风，射游骐[36]。倏眒倩浰，雷动猋至[37]，星流霆击。弓不虚发，中心决眦[38]。洞胸达掖，绝乎心系[39]。获若雨兽，揜草蔽地[40]。

“‘于是楚王乃弭节徘徊，翱翔容与[41]。览乎阴林，观壮士之暴怒，与猛兽之恐惧。徼𠝤受诎，殚睹众物之变态[42]。

“‘于是郑女曼姬，被阿緆，揄纻缟[43]。杂纤罗，垂雾縠[44]。襞积褰绉，纡徐委曲，郁桡溪谷[45]。衯衯裶裶，扬袘戌削，蜚襳垂髾[46]。扶舆猗靡，翕呷萃蔡[47]。下靡兰蕙，上拂羽盖[48]。错翡翠之葳蕤，缪绕玉绥[49]。眇眇忽忽，若神仙之仿佛。

“‘于是乃相与獠于蕙圃，媻姗勃窣，上乎金隄[50]。揜翡翠，射鵔鸃[51]。微矰出，孅缴施[52]。弋白鹄，连駕鹅[53]。双鸧下，玄鹤加[54]。怠而后发，游于清池。浮文鹢，扬旌枻[55]。张翠帷，建羽盖。罔玳瑁，钓紫贝[56]。摐金鼓，吹鸣籁[57]。榜人歌，声流喝[58]。水虫骇，波鸿沸。涌泉起，奔扬会。礌石相击，硠硠嗑嗑[59]。若雷霆之声，闻乎数百里之外。将息獠者，击灵鼓，起烽燧。车按行，骑就队。纚乎淫淫，般乎裔裔[60]。

"'于是楚王乃登云阳之台，怕乎无为，憺乎自持[61]。勺药之和具，而后御之[62]。不若大王终日驰骋，曾不下舆，脟割轮焠[63]，自以为娱。臣窃观之，齐殆不如。'于是齐王无以应仆也。"

乌有先生曰："是何言之过也！足下不远千里，来贶齐国[64]，王悉发境内之士，备车骑之众，与使者出畋，乃欲戮力致获，以娱左右，何名为夸哉！问楚地之有无者，愿闻大国之风烈，先生之余论也[65]。今足下不称楚王之德厚，而盛推云梦以为高，奢言淫乐而显侈靡，窃为足下不取也。必若所言，固非楚国之美也。无而言之，是害足下之信也。彰君恶，伤私义，二者无一可。而先生行之，必且轻于齐而累于楚矣。且齐东陼巨海，南有琅邪[66]。观乎成山，射乎之罘[67]。浮渤澥，游孟诸[68]。邪与肃慎为邻，右以汤谷为界[69]。秋田乎青丘，彷徨乎海外[70]。吞若云梦者八九，于其胸中曾不蒂芥[71]。若乃俶傥瑰玮[72]，异方殊类。珍怪鸟兽，万端鳞崒[73]。充牣其中，不可胜记。禹不能名，卨不能计[74]。然在诸侯之位，不敢言游戏之乐，苑囿之大。先生又见客[75]，是以王辞不复，何为无以应哉！"

【注释】

[1] 畋(tián)，打猎。《广韵》：畋，取禽兽也。

[2] 奼(chà)，夸耀。《文选》李善注："张揖曰：奼，夸也，字当作诧。"乌有先生、亡是公，都是作者虚构的人物。亡是公后文没有提及，但在作者的《上林赋》中又出现了这一人物。

[3] 云梦，汉魏以前"云梦"并不专指云梦泽，通常泛指春秋战国时楚王的游猎区，大致在江汉平原及周边丘陵地带。

[4] 罘(fú)网，泛指渔猎用网，这里指捕兽的网。《吕氏春秋·慎人》："编蒲苇，结罘网，手足胼胝不居，然后免于冻馁之患。"

[5] 掩兔辚鹿，将兔子罩进网里，用车辗鹿。射麋脚麟，射中麋鹿抓住脚把它抬起。麟，大牝鹿。

[6] 骛于盐浦，在海滩上奔跑。割鲜染轮，宰杀猎物而血染车轮。

[7] 宿卫，在宫禁中值宿，亦指帝王的警卫人员。

[8] 唯唯，恭敬的应答声。

[9] 盘纡茀(fú)郁：迂回曲折貌。隆崇嵂崒(lǜ zú)，高峻耸峙。

[10] 岑崟(yín)参差，高峻不平貌。日月蔽亏，言山势遮蔽了日月。

[11] 罢(pí)池陂陀(pōtuó),倾斜而下貌。下属(zhǔ)江河,与江河相连。属,连也。

[12] 丹青赭垩,朱砂、青土、红土、白土。雌黄白坿(fù):黄土、灰土。碧,青石。

[13] 玫瑰,指火齐珠。琳琘昆吾,玉石、矿石。

[14] 瑊玏(jiānlè),石之次玉者。玄厉,一种黑石。碝(ruǎn)石,一种白里透红的石头。碔砆(wǔfū),带有白纹的赤石。

[15] 衡兰芷若,即杜蘅、泽兰、白芷、杜若,皆香草名。芎䓖(xiōngqióng)菖蒲,两种香草名。

[16] 江蓠(lí)蘼芜(míwú),两种香草名。诸柘(zhè)巴苴(jū),即甘蔗、芭蕉。

[17] 陁(yǐ)靡,山势倾斜绵延貌。案衍坛曼,地势低洼而平坦开阔。

[18] 葴菥(zhēn xī)苞荔,即马蓝、菥蓂、苞草、马荔,都是草本植物。薛莎青薠(fān),即藾蒿、薠草,两种野草。

[19] 藏莨蒹葭,即荻草、芦苇。东蘠彫胡,即沙蓬、菰米,种子皆可食。

[20] 觚卢,葫芦。菴闾轩芋,即蒿草、莸草,两种水草。

[21] 不可胜图,不能一一交代。

[22] 鼍(tuó),即扬子鳄。玳瑁,一种海龟,这里泛指龟鳖。鼋(yuán),大鳖。

[23] 阴林,山北的林子。楩楠(pián nān)豫章,楠树和樟树。《墨子·公输》:"荆有长松文梓,楩楠豫章。"

[24] 檗(bò)离,即黄檗、山梨。

[25] 樝(zhā)梨梬(yǐng)栗:即山楂、大枣。

[26] 鹓鹐(yuān chú)孔鸾,指凤凰、孔雀。腾远射(yè)干,《汉书·司马相如传》颜师古注引服虔曰:"腾远,兽名也。"又引张揖曰:"射干似狐,能缘木。"

[27] 蟃蜒貙犴(chū'àn),两种似狸的大兽。

[28] 剸(tuán)诸:即专诸,春秋时吴国的刺客。

[29] 驯驳之驷,《文选》李善注引张揖曰:"驯,扰也。驳,如马,白身黑尾,一角锯牙,食虎豹,扰而驾之,以当驷马也。"雕玉之舆,装饰着雕玉的马车。

[30] 靡鱼须之桡旃(ráo zhān),挥动着鱼须做的旗杆。鱼须,鲨鱼的鬐骨。靡,飘摇貌。桡,扰动。旃,旗帜,这里指旗杆。曳明月之珠旗,摇曳着缀饰明月珠的旗帜。按,明月珠,即鲛珠。《博物志》卷二《异人》:"南海外有鲛人,水居如鱼,不废绩织,其眼泣则能出珠。"

[31] 干将,春秋吴国冶匠,善造剑戟。乌号之雕弓,《文选》李善注:"张揖曰:皇帝乘龙上天,小臣不得上,挽持龙须,须拔,堕皇帝弓,臣下抱弓而号,名'乌号'也。郭璞曰:雕,画也。"夏服之劲箭,《文选》李善注:"服虔曰:服,盛箭器也。夏后氏之良弓名繁弱,其矢亦良,即繁弱箭服,故曰'夏服'也。"

[32] 阳子骖乘,阳子即伯乐,骖乘,亦作"参乘",马车上居右座陪乘者。古人乘车尊者在左,中间是御者,另有一随从居右陪乘,以备不测。孅(xiān)阿为御,由高手驾驭马车。孅阿,古之善御者。

[33] 案节,谓按辔徐行。《史记·司马相如列传》司马贞索隐引司马彪曰:“案辔徐行得节,故曰案节。”陵,同“凌”,迫近。

[34] 蹴蛩蛩,辚巨虚,车轮撞倒蛩蛩,碾过巨虚。蛩蛩、巨虚,传说中的两种野兽。

[35] 轶野马,轊(wèi)騊駼(táotú),言车速之快超过了野马和騊駼。轊,车轴头。《文选》李善注:“轶不言车,轊不言过,互文也。”騊駼,传说中马一类的动物。

[36] 遗风,千里马。《吕氏春秋·本味》:“马之美者,青龙之匹,遗风之乘。”游骐,传说中上界神兽。《文选》吕延济注:“游骐,天上兽。”

[37] 儵眒(shēn)倩浰(liàn),雷动猋(biāo)至,《汉书·司马相如传》颜师古注引张揖曰:“皆疾貌也。”

[38] 决眦(zì):张大眼眶。《文选》李善注:“《说文》曰:眥,目匡也。眦、眥俱同。”

[39] 洞胸达掖,绝乎心系,开弓射箭时运力自左胸贯通至右肩,而瞄准的动作则由内心的意念所控制。

[40] 获若雨兽,犹言捕获猎物不计其数,就像天上下雨似的。《文选》李善注:“言所在众多,若天之雨兽。”揜(yǎn)草蔽地,猎物尸体覆盖了草丛和地面。揜,覆盖。

[41] 弭节,驻节、停车。节,车行的节度。屈原《离骚》:“吾令羲和弭节兮,望崦嵫而勿迫。”翱翔容与,从容自得的样子。

[42] 徼𠋣(jù)受诎(qū),收拾疲乏绝路之野兽。𠋣,疲惫。诎,同“屈”,这里指屈伏。殚睹,看尽。变态,指野兽变了样子的姿貌。

[43] 郑女,即夏姬,郑穆公之女。曼姬,楚武王夫人邓曼。这里是泛指美女。被阿緆(xī):披薄纱细帛。阿,细缯。緆,细布。揄纻缟,拖着苎麻衣裙。

[44] 杂纤罗,垂雾縠,各种轻薄的丝织物如晨雾般飘垂。纤罗,细薄的丝织品。縠(hú),轻纱。

[45] 襞(bì)积褰(qiān)绉,指衣裙的褶裥。郁桡,纡曲、皱缩。这句话的意思是美人飘垂宛折的衣裙就像迂曲的溪谷。

[46] 衯衯裶裶,衣裙垂长貌。扬袘戌削,举手之间可见裁制合体。袘,衣袖。戌削,指衣服裁制合体。蜚襳垂髾,妇人衣服上的挂饰。襳,挂饰。髾,即燕尾,挂饰的一种。

[47] 扶舆猗靡,簇拥楚王的车舆走去,衣裙随风飘拂。翕呷萃蔡,指衣裙飘拂发出的声音。翕呷,衣裙起张貌。萃蔡,衣物摩擦声。

[48] 下靡兰蕙,上拂羽盖,《文选》李善注:“垂髾飞襳,飘扬上下,故或摩兰蕙,或拂羽盖。”

[49] 错翡翠之葳蕤,好像伞盖上的羽毛成了头饰。葳蕤,原指草木茂盛,枝叶下垂,这里形容羽饰貌。缪绕玉绥,这是描述一幅错杂的图像:飘扬的衣裙、晃来晃去的羽毛,跟车上颤动的玉绥混淆在一起。缪绕,缠结的意思。绥,车上挽手的索具,楚王车上之绥装饰着玉石,故称玉绥。

[50] 獠,打猎。媻姗勃窣,匍匐上行。金隄,据说是堤名。隄,同堤。

[51] 鵔鸃(jùnyí),锦鸡。

[52] 矰(zēng),短箭。缴,系在箭上的生丝绳,射鸟用。

[53] 弋,用连着绳子的箭射鸟。白鹄,白天鹅。駕鹅,野鹅。

[54] 双鸧下,指上句所说的两种鸟被射落。玄鹤,黑鹤。加,这里是制服的意思。

[55] 文鷁,这里指船首画着水鸟纹样的大船。鷁,水鸟。旌栧,船舷上插着旗帜。栧,船舷。

[56] 罔,同"网",这里作动词。紫贝,亦称文贝、砑螺,一种体型较大的贝类,带紫色花纹。

[57] 摐(chuāng)金鼓,敲击金鼓。金鼓,即钲,古代一种铜制乐器,钟形,带执柄。鸣籁,即箫。

[58] 榜人歌,声流喝,船夫唱起歌,歌声颇悲嘶。榜人,船夫、舟子。流喝,声音悲咽、嘶哑。

[59] 礧(léi)石,杂乱的石块。硠硠磕磕,石头磕碰的声音。

[60] 缅乎淫淫,队伍延绵相接。缅(lì),连续不断。般乎裔裔,队列前后有序。般,同"班",这里指队列。

[61] 云阳之台,即宋玉《高唐赋》所写的云梦之台。怕乎无为,憺乎自持,言其无为淡定。《文选》李善注:"《老子》曰:我独怕然而未兆。《说文》曰:怕,无为也。《广雅》曰:憺怕,静也。"

[62] 勺药之和具,此句中"勺药"一词有两解:一是以芍药为药名,一是以勺药为调和之意。《文选》李善注倾向于后者。和具,调入饭食。具,具馔,准备饭食。

[63] 脟(luán)割轮焠(cuì),把猎物切成肉块将车轮都染红了。这是描绘畋猎时野餐的情形。焠,形容血染之状。

[64] 来贶(kuàng)齐国,来教训齐国。贶,赐教。

[65] 风烈,风教德业。余论,识见广博之高论。

[66] 东陼巨海,言齐国东临大海。陼,同"渚",水中小洲,这里指临水之陆地。琅邪,亦作"琅琊",山名,在今山东诸城海滨。因秦始皇曾登此山,名气很大。

[67] 观乎成山,在成山上建筑宫阙。观,宫阙。成山,即今山东荣城东北成山角。射乎之罘,在之罘山上打猎。之罘,亦即芝罘山,在今山东烟台北边的芝罘岛。

[68] 浮渤澥,泛舟渤海。孟诸,亦作"孟豬",古泽薮名,在今河南商丘附近。

[69] 邪,同"斜"。肃慎,亦作"肃眘",古人认为是海外北方之国,现代史学释为居于中国东北的古代少数民族,是靺鞨、女真的先人。汤谷,即旸谷,古代传说日出之处。屈原《天问》:"出自汤谷,次于蒙汜,自明及晦,所行几里?"王逸注:"言日出东方汤谷之中,暮入西极蒙水之涯也。"

[70] 秋田乎青丘,秋天去青丘国畋猎。青丘,《山海经》等古籍传述的海外古国。彷徨乎海外,出入海外的意思。彷徨,盘旋、出入。此二句自是夸张之语,宋晁补之《北渚亭赋》:"秋田青丘,实囿海滨。"

[71] 蒂芥,亦作"芥蒂",比喻因细故而耿耿于怀。《汉书·贾谊传》:"细故蒂芥,何足以疑。"

[72] 俶傥,卓异不凡。瑰玮,谓事物珍贵奇异。《文选》李善注:"《广雅》曰:瑰玮,琦玩也。"

[73] 鳞崒,萃集。崒,同"萃"。

[74] 禹不能名,卨(xiè)不能计,犹言像禹和卨那样的贤者都不能辨其名、识其真。禹,即夏禹,舜时为司空。卨,亦即契,舜时为司徒,辅佐夏禹治水。

[75] 先生又见客,《文选》李善注:"言见先生是客也。"

归田赋

张 衡

游都邑以永久,无明略以佐时[1]。徒临川以羡鱼,俟河清乎未期[2]。感蔡子之慷慨,从唐生以决疑[3]。谅天道之微昧,追渔父以同嬉[4]。超埃尘以遐逝,与世事乎长辞[5]。

于是仲春令月[6],时和气清。原隰郁茂[7],百草滋荣。王雎鼓翼,鸧鹒哀鸣[8]。交颈颉颃,关关嘤嘤[9]。于焉逍遥[10],聊以娱情。尔乃龙吟方泽,虎啸山丘[11]。仰飞纤缴[12],俯钓长流。触矢而毙,贪饵吞钩。落云间之逸禽,悬渊沉之鲨鰡[13]。

于时曜灵俄景,系以望舒[14]。极般游之至乐,虽日夕而忘劬[15]。感老氏之遗诫,将回驾乎蓬庐[16]。弹五弦之妙指,咏周孔之图书[17]。挥翰墨以奋藻,陈三皇之轨模[18]。苟纵心于物外,安知荣辱之所如[19]?

【注释】

[1] 都邑,指东汉京都洛阳。此二句《文选》李善注:"都,谓京都。永,长也。久,滞也。言久淹滞于京都,而无知略以匡佐其时君也。"

[2] 徒临川以羡鱼,《淮南子·说林训》:"临川流而羡鱼,不如归家织网。"借此表明自己空有辅佐君主的愿望。俟河清乎未期,意为等待政治清明未可预期。古人将黄河水清作为政治清明的标志。

[3] 蔡子,即战国时燕人蔡泽。慷慨,感慨。《说文》:"慷慨,壮士不得志于心。"此句言有感于蔡泽不遇之时。唐生,即战国时梁人唐举。决疑,解惑释疑,这里指看相。蔡泽未发迹时,曾请唐举看相,唐举说他有异人之相。蔡泽入秦后,昭王拜为客卿,代范雎为秦相。

[4] 谅天道之微昧,追渔父以同嬉,此二句意谓:想来天意难以捉摸,不妨像屈原笔下的渔父那样濯水沧浪。谅,相信。微昧,混沌不清。渔父,屈原《渔父》中描写的

隐者。

[5] 超埃尘以遐逝，与世事乎长辞，此二句表示要撇开世俗之念，告别官场事务，意即归田隐居。尘埃，喻俗务纷浊。遐逝，抽身远去。

[6] 令月，吉月。《仪礼·士冠礼》："令月吉日，始加元服，弃尔幼志，顺尔成德，寿考惟祺，介尔景福。"郑玄注："令、吉，皆善也。"又，即夏历二月。清厉荃《事物异名录·岁时·二月》引明彭大翼《山堂肆考》："二月曰仲阳，曰令月。"

[7] 原隰(xí)，开阔的低湿之地。

[8] 王雎，鸟名，即雎鸠，又称王鸠。鸧鹒(cānggēng)，鸟名，即黄鹂。

[9] 颉颃(xiéháng)，鸟上下飞貌。《文选》李善注："上下也。《毛传》曰：飞而上曰颉，飞而下曰颃。"关关嘤嘤，两鸟对鸣。

[10] 于焉，在这里。逍遥，漫步、徜徉。

[11] 尔乃龙吟方泽，虎啸山丘，犹言自己可以从容吟啸于山泽之间。《文选》李善注："言己从容吟啸，类乎龙虎。"尔乃，于是。方泽，大泽。

[12] 纤缴，射鸟时系在箭上的丝绳，这里指箭。

[13] 逸禽，云间高飞的鸟。魦鰡(shā liú)，泛指水底的小鱼。

[14] 于时曜灵俄景，系以望舒，此二句意谓：到时候随着日影西斜，仙人随之载月而来。曜灵，太阳。俄景，斜影。景，同"影"。望舒，传说中为月亮驾车的仙人，又代指月亮。

[15] 极般(pán)游之至乐，犹言玩得开心。忘劬，忘记了疲惫。般游，游乐。劬，辛劳。

[16] 老氏之遗诫，《老子》十二章："驰骋田猎，令人心发狂。"蓬庐，茅舍。

[17] 五弦，五弦琴。妙指，即妙旨。指，同"旨"。周孔之图书，周公、孔子的著作。

[18] 挥翰墨以奋藻，谓挥动笔墨，激扬文字。陈三皇之轨模，指陈述人间正道。三皇，即伏羲、神农、黄帝，这里指上古贤人制定的法式。轨模，法式楷模。

[19] 苟纵心于物外，安知荣辱之所如，此二句说自己纵情物外，脱略形迹，哪管它荣辱得失所带来的结果。如，往，到。

【思考题】

1.《子虚赋》中，绝大部分篇幅是子虚述说楚王畋猎之盛况，而结尾乌有先生指责他"奢言淫乐而显侈靡"的反诘只寥寥数语，更多的言辞是强调齐国也大有可夸耀之处。你认为作者这样的写法究竟是对淫乐侈靡的讽刺，还是藉此表现一种大国气象？

2.《归田赋》同样采用铺排与夸张的叙述手法，亦略似大赋的三段式，但全篇却没有大赋那种虚浮之感，为什么？

3. 密集的对偶与排比，是赋家修辞一大特点，仿佛事物的对应和相类关系已经包含了一切叙述的可能,这好像是一种认知模式。从这里你能想到什么?

【拓展阅读】

1. 郭绍虞:《赋在中国文学史上的地位》,《小说月报》第17卷号外,1927年6月。

2. 陈去病:《辞赋学纲要》,国光书局1927年版。

3. 瞿蜕园:《汉魏六朝赋选》,上海古籍出版社1979年版。

第六章　乐府古辞

乐府是汉武帝时设置的掌管音乐的官署，其主要职事为编制乐曲乐歌供官方祭祀和各种朝会使用，除此外也负责训练乐工，采集民间歌谣。乐府编录的乐曲乐歌有两种，一是所谓“雅乐”，即由官方文人和乐工用于祭祀等正规典仪的制作；一是所谓“俗乐”，就是采自民间的俚俗歌曲，大抵用于宴集等娱乐场合。后来，人们把这两种乐曲乐歌都称作“乐府”，甚而汉代以后一些按乐府旧题创作的诗歌也被冠以“乐府”之名。当然，流传于后世的“乐府”都只是歌辞，其乐曲早已不传。所以，“乐府”也就是本来作为歌辞的诗歌——汉人又称之为“歌诗”。汉乐府中属于雅乐的歌诗都是一些死板僵化的文字，文学史家认为有价值的主要是那些作为俗乐的民歌。

汉代文人诗兴起较晚，来自民间作手的乐府诗无疑是诗歌发展的主要推力。《汉书·艺文志》曰：“春秋之后，周道浸坏，聘问歌咏不行于列国，学诗之士逸在布衣，而贤人失志之赋作矣。”也就是说，当时文人贤士作赋，而歌诗作者都是俚俗之辈。《艺文志》著录西汉歌诗二十八家，三百一十四篇，其中俗乐歌讴占了七成。尽管西汉末期哀帝诏令裁撤俗乐，但民间歌诗创作依然繁盛不衰，如今存世的三四十首汉乐府诗大多是东汉时期的作品。

原初的汉乐府诗大多失传，南朝梁代沈约在《宋书·乐志》里保留了一小部分，但已很难辨别其中哪些是杂入的魏晋人作品。萧统《文选》收录的乐府诗不多，汉人之作仅《饮马长城窟行》《伤歌行》《长歌行》等寥寥几首。搜集稍广的是徐陵所辑《玉台新咏》，尤其是保存了中国古代第一首长篇叙事诗《焦仲卿妻》。其实，魏晋以降，民间歌诗依然风靡，而文人按乐府旧题自拟新辞亦颇盛行，甚至从曹操、曹丕到梁武帝、梁简文帝、陈后主那些风雅帝王都有乐府诗作。南宋郭茂倩所编《乐府诗集》收录堪称完备，庶几划定了“乐府”之畛域，是以乐府曲题为采录准则，从两汉到隋唐，民间歌诗和文人创作一并收入。所以，后世所称“乐府”，大抵也包括魏晋南北朝至隋唐时期的作品。之前沈约将汉乐府诗称作“乐章古词”，故后人所用“乐府古辞”通常是一专属名词。

郭氏《乐府诗集》将所收作品分为十二类，即郊庙歌辞、燕射歌辞、鼓吹曲辞、横吹曲辞、相和歌辞、清商曲辞、舞曲歌辞、琴曲歌辞、杂曲歌辞、近代曲辞、杂歌谣辞和新乐府辞，而汉乐府诗主要见于其中郊庙、鼓吹、相和、杂曲四类。郊庙是官方祭乐之辞，多是一些庄严肃穆的大话空话。值得重视的是其余三类：鼓吹是汉武帝时来自北方少数民族的军中之乐，从歌辞判断，可以说是采自民间歌谣，其中《汉铙歌》十八首最为人称道。相和是东汉产生的民间乐曲，《宋书·乐志》曰："相和，汉旧曲也，丝竹更相和，执节者歌。"可见既是丝竹相和，又是器乐与人声相和。杂曲是一些散佚或残存的民间乐调，经乐府整理而得以保留，多是感怀述志之作，亦杂入一些早期文人五言诗。

乐府古辞对中国诗歌发展有两个重大意义。首先，它是五言诗形成的先导。乐府古辞多半是杂言体，其句式从二言到七言都有，但四言、五言往往是基本句式。东汉时期的古辞已经有了完整的五言体式，譬如《十五从军征》《陌上桑》《长歌行》《陇西行》等，而文人五言诗则是从稍后的《古诗十九首》开始走向成熟。其次，乐府古辞有力地推动了叙事诗的发展。像叙说采桑女罗敷严拒太守勾引的《陌上桑》，在铺叙中交代人物、场景与细节，继而由对话写出人物情态，其手法已相当娴熟。至于表现爱情悲剧的《焦仲卿妻》，更以近四百行的篇幅展开相当完整的叙事，尤其细节摹写一丝不苟，大大提升了诗歌叙事的写实能力。

来自民间的乐府古辞题材面很广，艺术手法也颇显多样化。鼓吹曲辞中的《战城南》堪称壮士哀歌，"战城南，死郭北，野死不葬乌可食"，既是视死如归的坚守，亦是一种无奈与麻木；一边是陈尸遍野，一边是"水深激激，蒲苇冥冥"，这种画面暗示性很强。再看相和歌辞中的《江南》，则完全是一副小清新格调。"江南可采莲，莲叶何田田，鱼戏莲叶间……"水乡劳作的欢悦，有如桑间濮上的歌鸣。还有《病妇行》《孤儿行》一类叙说家庭悲境之作，句句是饥寒交迫，泪下渫渫，诗中绝望的自述尤其令人揪心揪肝。而《陇西行》一首更是特别，作者将目光投向丝绸之路上遥远的驿店，刻画出"谈笑未及竟，左顾敕中厨"的老板娘风趣而能干的形象。所有这些表现人生悲苦，富于生活内涵的歌咏，在充满生命气息的字里行间展示了艺术表现的各种可能，给后来的文人诗以极大启示。

古辞中几乎所有的俗乐曲调都成了后世诗人写作的题目，像《战城南》《巫山高》《有所思》《白头吟》《陌上桑》《长歌行》《将进酒》《陇西行》《饮马长城窟行》等，更是为人反复咏唱。既然古辞本身就是"感于哀乐，缘事而发"(《汉书·艺文志》)的产物,其耐人寻味的诗意总是能够拨动后人的心弦。

本章选录乐府古辞五首。其中《木兰诗》一首并非汉时之作,通常认为它是北朝乐府诗,郭氏《乐府诗集》冠之"古辞",可能是取自南朝陈代释智匠《古今乐录》的说法。此诗与《焦仲卿妻》被称为"乐府双璧",是古代民歌和叙事诗之最佳作品。各篇分述如下:

《战南城》,《乐府诗集》鼓吹曲辞列汉铙歌。此诗为战场阵亡者而作,又藉死者口吻道出战事之残酷与悲壮,其手法灵活,词意凝重,更胜唐人边塞诗。譬如,大诗人李白也有一首同题之作,然相形见绌。

《陌上桑》,此诗最早见于《宋书·乐志》,名曰《艳歌罗敷行》;又收入南朝徐陵《玉台新咏》,题作《日出东南隅行》。《乐府诗集》列相和歌辞相和曲。全诗分三解(章),也即三个乐段。其第三解,罗敷以夸夫拒斥太守,显然是阿Q精神胜利法的古代版。阿Q尚将荣耀归诸先前的祖宗,这采桑女竟杜撰自家丈夫是封疆大吏,显然更见荒唐。这种民间修辞手法恰以荒唐表达严词厉拒,极富生活气息。

《长歌行》,《乐府诗集》列相和歌辞平调曲,注曰:"崔豹《古今注》曰:长歌、短歌言人寿命长短,各有定分,不可忘求。按古诗云'长歌正激烈',魏文帝《燕歌行》云'短歌微吟不能长',晋傅玄《艳歌行》云'咄来长歌续短歌',然则歌声有长短,非言寿命也。唐李贺有《长歌续短歌》,盖出于此。"可知,长歌者,乃曲调节拍较长。此诗末尾"少壮不努力,老大徒伤悲"二句,几乎成了中国人教育孩子的口头禅,如今粤港一带民谚"少壮不努力,老大在内地",又是一翻版。

《陇西行》,《乐府诗集》列相和歌辞瑟调曲,注曰:"一曰《步出夏门行》。《乐府解题》曰:古辞云'天上和所有,历历种白榆。'始言妇有容色,能应门承宾。次言善于主馈,终言送迎有礼。此篇出诸集,不入《乐志》。"这首诗读来有一种生脆、活泼的味道,词句中透出驿店老板娘的历练与能干。

《木兰诗》,始见宋初编纂的《文苑英华》,曰《木兰歌》,以为唐人韦元甫作。《乐府诗集》列梁鼓角横吹曲,题《木兰诗》,云是"古辞",并附入韦元甫仿作一首,可知原诗并非韦氏所作。南宋程大昌《演繁露》卷十六云:"乐府有木兰,乃女子代夫征戍,十年而归不受爵赏。人为作诗,然不著何代人,独诗中有'可汗大点兵'语,知其生世非隋即唐也。女子能为许事,其义且武,在缇萦之上。或者疑为寓言。然白乐天《题木兰花》云:'怪得独饶脂粉态,木兰曾作女郎来。'又,杜牧有《题木兰庙》诗曰:'弯弓征战作男儿,梦里曾经与画眉。几度思归还把酒，拂云堆上祝明妃。'"显然，木兰事迹唐时已广为人知，而程氏"非隋即唐"的臆测过于武断。此诗语言平易而清丽，叙事笔墨疏密相间，手法极好，在中国古代叙事诗中可列第一。

战城南

战城南，死郭北[1]，野死不葬乌可食[2]。
为我谓乌[3]："且为客豪[4]！
野死谅不葬，腐肉安能去子逃[5]？"
水深激激，蒲苇冥冥[6]。
枭骑战斗死，驽马徘徊鸣[7]。
梁筑室，何以南？何以北[8]？
禾黍不获君何食？愿为忠臣安可得[9]？
思子良臣[10]，良臣诚可思。
朝行出攻，暮不夜归[11]！

【注释】

[1] 郭，即外城。此二句言城南、城北都经过一番鏖战，士兵们不是死在城南就是死在城北。

[2] 野死，暴尸荒野。乌，即乌鸦。此句言乌鸦啄食地上的腐尸。

[3] 为我谓乌，请替我跟乌鸦说。这是虚拟死者的言语。

[4] 客，指寄身军旅的士兵，也即死者。豪，同"嚎"，大声哭喊。此句意思是让乌鸦在啄食死者尸体之前先为他们哭丧。

[5] "野死"二句，犹言这些倒在地上的尸体想来不会被安葬，已腐烂的身子还能从你嘴里逃走吗？子，这里指乌鸦。

[6] "水深"二句，言流水清澈，蒲苇的倒影在水中朦胧可见。激激，清澈貌。冥冥，朦胧状。

[7] "枭骑"二句，言勇猛者战死，不敢冲锋陷阵的劣马踯躅荒野而悲鸣不已。李白《战城南》："野战格斗死，败马号鸣向天悲。"由此句而来。

[8] "梁筑"三句，指战时桥梁上修筑工事，阻隔了南北交通。

[9] "禾黍"二句，意思是不能收获庄稼你吃什么，就是想精忠报国也难。

[10] 思子良臣，怀念你们这些忠良之士。良臣，这里指战死者。

[11] "朝行"二句，清晨出征，夜里就回不来了。犹言视死如归。

陌上桑

日出东南隅,照我秦氏楼。
秦氏有好女,自名为罗敷[1]。
罗敷善蚕桑,采桑城南隅。
青丝为笼系,桂枝为笼钩[2]。
头上倭堕髻,耳中明月珠[3]。
缃绮为下裙,紫绮为上襦[4]。
行者见罗敷,下担捋髭须。
少年见罗敷,脱帽著帩头[5]。
耕者忘其犁,锄者忘其锄。
来归相怨怒,但坐观罗敷[6]。

使君从南来,五马立踟蹰[7]。
使君遣吏往,问是谁家姝[8]。
"秦氏有好女,自名为罗敷。"
"罗敷年几何?"
"二十尚不足,十五颇有余。"
使君谢罗敷,"宁可共载不[9]?"
罗敷前致词[10]:"使君一何愚!
使君自有妇,罗敷自有夫。"

"东方千余骑,夫婿居上头[11]。
何用识夫婿? 白马从骊驹[12]。
青丝系马尾,黄金络马头[13]。
腰中鹿卢剑[14],可值千万余。
十五府小吏,二十朝大夫。
三十侍中郎,四十专城居[15]。
为人洁白皙,鬑鬑颇有须[16]。
盈盈公府步,冉冉府中趋[17]。
坐中数千人,皆言夫婿殊[18]。"

【注释】

[1] 罗敷,乐府民歌中女子常用名。《焦仲卿妻》:“东家有贤女,自名秦罗敷。”

[2] 青丝,青色的丝绳。《焦仲卿妻》:“赍钱三百万,皆用青丝穿。”笼系,篮子上的络绳。笼钩,篮子上的提梁。此二句写罗敷采桑篮子之精美。

[3] 倭堕髻,又称堕马髻,古代一种女子发式,发髻向额旁俯偃。月明珠,古籍记载产于西域的宝石。《后汉书·西域传》:“大秦国一名犁鞬,以在海西……土多金银奇宝,有夜光璧、月明珠……”此句与下文对罗敷衣饰描述显然竭尽夸张之辞。

[4] 缃绮,浅黄色的绫绮。襦,短衣。

[5] 著帩头,用头巾束发。帩头,又作“绡头”,裹发的头巾,古人戴帽之前要先用帩头束发。此句犹言年轻人在美女面前不由自主地要整饰自己的仪容。

[6] “来归”二句,言男人们归家后嫌自己妻子丑陋,只是因为饱览罗敷美貌之故。来归,即归来。但,只是。这里是陈述原由。

[7] 使君,汉代对太守、刺史的称呼。五马,汉代太守乘用车以五匹马驾挽,借指太守的车驾。

[8] 姝,美女。

[9] “使君”二句,是说使君问罗敷,愿意上车跟我一起走吗?谢,告诉、询问。宁可,询问是否愿意的口吻。

[10] 前致词,上前直接与太守对话。

[11] “东方”二句,谓千百人的马队中,夫婿一马当先。居上头,居于前锋。

[12] “白马”句,言骑着白马一旁有小黑马跟从的那人就是夫婿。骊驹,黑色幼马。

[13] “黄金”句,言饰以黄金(或金箔)的马笼头。络,指马笼头。

[14] 鹿卢剑,手柄形如辘轳的宝剑。《汉书·隽不疑传》晋灼注曰:“古长剑首以玉作井鹿卢形,上刻木作山形,如莲花初生未敷时。今大剑木首,其状似此。”鹿卢,即辘轳,井上汲水工具。

[15] “十五”四句,言其夫婿在不同年龄段所任官职。朝大夫,指在朝中做官,这是笼统的说法。侍中郎,即侍中,秦汉时为原官职之外的加官,可作为皇帝的扈从。专城居,指做了州郡太守、刺史一类地方长官。

[16] “为人”二句,言其生得白皙,留着长长的胡子。鬑鬑(lián),须发长貌。

[17] “盈盈”二句,形容夫婿步态优容。盈盈,仪态优美。公府步,四方步。冉冉,舒缓貌。

[18] 殊,出众,出类拔萃。

长歌行

青青园中葵[1],朝露待日晞[2]。

阳春布德泽,万物生光辉[3]。
常恐秋节至,焜黄华叶衰[4]。
百川东到海,何时复西归[5]?
少壮不努力,老大徒伤悲!

【注释】

[1] 葵,即冬葵,古代主要蔬菜之一,腌制后称葵菹。

[2] “朝露”句,言葵叶上的露水待日出后很快就会被晒干。晞(xī),晒干。

[3] “阳春”二句,言春光将温暖布施大地,使万物焕发勃勃生机。德泽,指上天大德予万物之恩惠。

[4] “常恐”二句,意思是想到入秋后花叶凋零的情形,心中常有悲摧之感。焜,枯萎。《文选》李善注:“焜黄,色衰貌。”

[5] “百川”二句,以水流向东不复还比喻时不再来。

陇西行

天上何所有?历历种白榆[1]。
桂树夹道生[2],青龙对道隅[3]。
凤凰鸣啾啾,一母将九雏[4]。
顾视世间人,为乐甚独殊。
好妇出迎客,颜色正敷愉[5]。
伸腰再拜跪[6],问客平安不。
请客北堂上,坐客毡氍毹[7]。
清白各异樽,酒上正华疏[8]。
酌酒持与客,客言主人持[9]。
却略再拜跪[10],然后持一杯。
谈笑未及竟,左顾敕中厨[11]。
促令办粗饭,慎莫使稽留[12]。
废礼送客出,盈盈府中趋[13]。
送客亦不远,足不过门枢[14]。
取妇得如此,齐姜亦不如[15]。
健妇持门户,亦胜一丈夫。

【注释】

[1] 历历,分明貌。白榆,星名。唐薛逢《天上种白榆赋》:“象帝之先,种白榆于自然,

布历历之真质，遍高尚之远天。”

[2] 桂树，指星星。汉代纬书《春秋运斗枢》有谓“阳星之精所生”。道，指黄道。古人想象中太阳运行的轨迹。这里桂树是双关用法，将星星喻作夹道栽种的桂树。

[3] 青龙，二十八宿中东方七宿之总称。隅，旁边。

[4] 凤凰，指东方七宿中第六宿尾宿，有九颗星，故曰“一母将九雏”。

[5] “颜色”句，谓脸色和悦地出来迎客。敷愉，和悦貌。

[6] “伸腰”句，先是伸腰作揖，然后跪坐下来再拱手相拜。汉代尚无椅凳，人们席地而坐，双膝着地成跪姿。

[7] “客坐”句，言请客人坐到地毯上。氍毹(qúshū)，毛织的地毯。

[8] “清白”二句，用不同的器具端上清酒和白酒，上酒的时候顺手将酒勺摆正。樽，古人盛酒的器具。华疏，精美的镂刻。这里以酒勺上的镂刻代指酒勺。

[9] “酌酒”二句，写主人与客官拿起酒杯互相劝酒，乃国人酒席上常见套路。

[10] 却略，退身，表示谦恭。

[11] “左顾”句，言回头看了看，急忙吩咐厨房准备饭菜。左顾，旁骛貌。敕，命令、吩咐。

[12] 稽留，停留，迁延。这里是延误的意思。

[13] “废礼”二句，礼毕后踏着优容的脚步送客出门。

[14] 门枢，门扇的转轴。这里指门口。此句言女主人持礼颇有分寸。

[15] 齐姜，本谓齐国姜姓女子，这里指齐桓公宗室之女。晋公子重耳流亡齐国时娶了齐姜，后来重耳成了晋文公，她督促丈夫励精图治，终于成就霸业。《诗经·陈风·衡门》:“岂其娶妻，必齐之姜。”

木兰诗

唧唧复唧唧[1]，木兰当户织。
不闻机杼声[2]，唯闻女叹息。
问女何所思，问女何所忆。
女亦无所思，女亦无所忆。
昨夜见军帖，可汗大点兵[3]。
军书十二卷，卷卷有爷名[4]。
阿爷无大儿，木兰无长兄。
愿为市鞍马[5]，从此替爷征。
东市买骏马，西市买鞍鞯[6]。
南市买辔头[7]，北市买长鞭。

旦辞爷娘去，暮宿黄河边。
不闻爷娘唤女声——
　　但闻黄河流水鸣溅溅。
旦辞黄河去，暮至黑山头。
不闻爷娘唤女声——
　　但闻燕山胡骑鸣啾啾。
万里赴戎机，关山度若飞。
朔气传金柝，寒光照铁衣[8]。
将军百战死，壮士十年归。
归来见天子，天子坐明堂。
策勋十二转，赏赐百千强[9]。
可汗问所欲，“木兰不用尚书郎[10]，
愿驰千里足，送儿还故乡。”
爷娘闻女来，出郭相扶将[11]。
阿姊闻妹来，当户理红妆。
小弟闻姊来，磨刀霍霍向猪羊。
开我东阁门，坐我西间床。
脱我战时袍，著我旧时裳。
当窗理云鬓，对镜帖花黄[12]。
出门看火伴[13]，火伴皆惊惶：
“同行十二年，不知木兰是女郎。”
“雄兔脚扑朔，雌兔眼迷离[14]。
双兔傍地走，安能辨我是雄雌？”

【注释】

[1] 唧唧，织布机的声音。

[2] 机杼，指织布机。杼，织机上来回摆动的梭子。

[3] “昨夜”二句，谓木兰父亲收到朝廷命其出征的军事文告。北朝时期实行镇兵制和府兵制，在籍军人平时在家务农，战时应召出征。可汗，古代北方少数民族对君主的称呼。

[4] “军书”二句，即谓十二卷征召名册中，每册都由木兰父亲领衔，可见为一军事将领。十二卷，或非实数，言其多也。后文“十二转”“十二年”均类此。爷，这里指父亲。

[5] 市鞍马，采办马匹和马具。市，这里作动词。

[6] 鞍鞯(jiān),马鞍下边的衬垫。

[7] 辔(pèi)头,即全套的马笼头,包括嚼子、缰绳在内。

[8] “朔气”二句,概写北方边塞艰苦的军旅生活。朔,北方。金柝(tuò),即刁斗,古代军中使用的铜釜,白天用以做饭,晚上用以报更。寒光照铁衣,冷冷的月光照在将士的铠甲上。此二句手法凝练,颇似文人诗,宋释严羽《沧浪诗话·考证》认为“已似太白”。

[9] 策勋,记功勋于策书。《后汉书·光武帝纪下》:“夏四月,大司马吴汉自蜀还京师,于是大飨将士,班劳策勋。”李贤注:“其有功者,以策书纪其勋也。”。转,勋位每升一级称“一转”。十二转,不能视为确数,形容功勋卓著而已。百千强,称赏赐财物很多。强,有余。

[10] 尚书郎,尚书省侍郎或郎中。尚书省主管国家行政事务,分曹治事,尚书郎为各曹司之主官。这里是虚指,指尚书郎那样的官职。

[11] “出郭”句,言其爷娘相互搀扶着赶到城外来迎接木兰。郭,外城。

[12] “当窗”二句,通过“理云鬓”“帖花黄”这些动作写出木兰恢复女儿妆。帖,同“贴”。花黄,古代女子面饰,用金黄色纸剪成图案贴在额上,或在额上涂点黄色。

[13] 火伴,即伙伴。古代兵营以十人为火,共灶起火,故称同火者为火伴。

[14] “雄兔”二句,连同后二句,都是木兰回答“火伴皆惊惶”的话。脚扑朔,眼迷离,是说揪着兔耳将兔子提起时容易辨认雌雄,雄兔前脚扑腾不已,雌兔则两眼眯缝。这是男女各有本性的意思,但下文进而暗示女子亦可担负与男人相同的责任。

【思考题】

1. 比较乐府民歌与汉代辞赋的铺叙手法,你认为有哪些异同之处?现今存世乐府民歌的产生年代一般要晚于汉赋,但是否可以据此认为民歌的叙事手法受到文人辞赋的影响?

2. 从汉代开始,中国文学的叙事意识大为增强。《史记》以纪传体改变了过去编年体的叙述方式,辞赋迈出由诗歌走向纪事散文的步履,乐府民歌则在吟唱中讲故事,就连《古诗十九首》也有相当的叙事成分,汉文学这些代表性作品都在各自的文体演进中将叙事艺术推向一个新的高度。现在很难全面证实其中雅俗之间的互动关系,但汉代由官署采集民乐民歌,司马迁游历人间遍访风俗,这都可以看出民间文化对上层的影响。可以进一步思考的是,民间“歌诗”的叙事意向带来了哪些新的文学主题?

3.《陌上桑》《陇西行》《木兰诗》三首乐府民歌,塑造了三个不同的女性形象。如果说采桑的罗敷尚以夫婿为荣,那位驿店老板娘却有“亦胜一丈夫”

的自豪,至于代父从征的木兰更是饮誉千古奇女子。请细读作品,分析这些人物形象的思想内涵与艺术特点。另外,一个有趣的现象是,中国古代影响较大的叙事诗多为女性题材,如传为蔡文姬所作《胡笳十八拍》,如乐府《陌上桑》《焦仲卿妻》《木兰诗》等,如唐代白居易的《长恨歌》《琵琶行》,如清代陈端生的《再生缘》……你认为,这里边是否有着某种相关性?

【拓展阅读】

1. 罗根泽:《乐府文学史》,东方出版社 2012 年版。
2. 余冠英:《乐府诗选》,人民文学出版社 1953 年版。
3. 萧涤非:《汉魏六朝乐府文学史》,人民文学出版社 1984 年版。

第七章　古诗十九首

中国诗歌的主流句式先后经历了四言、五言、七言、杂言这样几个主要阶段，大体是由短而长，从整齐划一到五七言与长短杂言并举。最早的诗句是二言，如《吴越春秋》载录的《弹歌》："断竹，续竹，飞土，逐宍(肉)。"三言句式在《诗经》中偶有出现，如《召南·江有汜》"江有汜，之子归，不我以"一类。《诗经》奠立的四言体自有质朴、隽永的歌咏风格，很长时间里是诗界的主流。照钟嵘的说法，四言体本来具有"文约意广"的特点，但汉魏以来习者已是"文繁而意少"(《诗品序》)。这可能是由于汉语双音词开始大量增多，过去是一句成意，后来要分作两句来表达了。在由短而长的进化过程中，楚辞的五言、六言与七言句式也许可以视作一种超前的反例。但是，如果撇去其中作为连缀的语气词和某些虚字，楚辞的句式实际上还是三言或三言与二言的混杂体。如："帝高阳/之苗裔(兮)，朕皇考/曰伯庸。"(《离骚》)"帝子降(兮)/北渚，目眇眇(兮)/愁予。"(《湘夫人》)实际上，完整的五言诗是在东汉后期开始走向成熟的，其开山之作就是《古诗十九首》。

五言与七言句式虽然早在《诗经》中就有，却是在乐府歌行中发展起来的，而曹丕的《燕歌行》则是最早出于文人手笔的七言诗。南朝齐梁间至隋代是七言诗体形成的重要时期，到了唐代七言已成为与五言并举的主流体式。当然，唐诗中的杂言诗也是一种令人瞩目的诗体，其来源或可追溯到先秦歌谣，从楚辞的错落句式到汉魏赋体的骈四俪六，人们一直在音节变化中寻求某种别有滋味的格律，当然更为彻底的杂言体式是后来的宋词元曲，那是将长短参差的句式推向了极致。

就句式衍变的整个过程来看，开创五言古风的《古诗十九首》乃承前启后之关键。五言句式虽然仅比四言多用一个字，却明显扩展了言语功能，亦增加了句子的节拍，大大提升了单句诗歌的表现力。四言体的句式只是一种二二节拍，而五言体则有了二二一和二一二的变化，这不同节拍的交错运用，使句式有了灵动感，更具韵律与音乐的特点。故钟嵘《诗品序》概云：

“五言居文词之要，是众作之有滋味者也。故云会于流俗。岂不以指事造形，穷情写物，最为详切者耶。”

《古诗十九首》最早著录于南朝梁太子萧统编辑的《文选》，近世学者通常认为出自东汉后期佚名文人手笔。不过，这些诗歌的创作年代仍是一个有争议的问题。近人隋树森曾根据诗中涉及气象与物候的言辞进行考证，判定《凛凛岁云暮》和《东城高且长》两首应作于汉武帝太初改历之前（见《古诗十九首集释》）。十九首古诗中是否有西汉人作品，疑点最初来自唐代李善的《文选》注释，因《明月皎夜光》一诗有“玉衡指孟冬”的说法，李善注认为诗中之时令“明是汉之孟冬，非夏之孟冬矣”。所谓“汉之孟冬”，即夏历之七月，当指西汉太初之前的建亥历而言。但据俞平伯、金克木等学者从不同角度辨析，此句之“孟冬”仍是夏历十月立冬之后，不能作为汉初作品的依据。总之，《古诗十九首》的作者与时代问题可谓聚讼纷纭，而其中推测、臆想之说往往多于可证实的材料，恐未能作为定谳。

为什么说《古诗十九首》是文人之作？首先，根据这些作品言述的内容来看，从物质到精神层面无不反映了文人生活的某些侧面，尤其是写出了士子游学帝都（洛阳）的羁旅愁怀。至于《行行重行行》《青青河畔草》一类思妇之词，自然也是出于游子的悬拟。游子/思妇是表现离愁别恨、孤独与惆怅的两个不同视角。像《青青陵上柏》《今日良宴会》《驱车上东门》等篇什，分明是宦游不遂的“京漂”们的写照，其中不乏宴乐和游冶场面，诸如斗酒相娱、策马飙车之类，皆是感怀人生苦短而及时行乐。这些诗歌所表现的现实悲苦带有鲜明的文人情怀，像“轗轲长辛苦”那样的慨叹（《今日良宴会》）俨然道出了一种仕途失意的心境，这与《诗经·国风》的闾巷歌谣所咏叹的悲情完全不同。当然，这十九首古诗多有仿拟乐府的成分，它以离别/相思/客愁为中心的主题模式，那种清新自然的抒情气息，以及偏于日常口语的语言风格（包括叠字、谐音、双关、复沓等语言技巧），明显脱胎于乐府古辞。其实，以《古诗十九首》为滥觞的文人五言诗本身就得自乐府体裁。

另外，《古诗十九首》多有袭用《诗经》《楚辞》中的成语典故之例，这也正是文人诗的特征。譬如，《明月皎夜光》“南箕北有斗，牵牛不负轭”二句脱化于《诗经·小雅·大东》一诗；《西北有高楼》中的“杞梁妻”是《礼记》《孟子》的典故；《涉江采芙蓉》的遣词造句多取自屈原《离骚》《九歌》的辞格……这类例子不胜枚举，其中亦必然包含诗人锤炼语言之匠心。

仅就思想内容而言，《古诗十九首》的格调并不高，你可以说它缺乏真正意义上的人间关怀，没有一种宽广的思想涵容，甚至无关乎江山社稷之类。这些诗歌，多半是直露地表白诗人的离愁别绪或是落魄不遇，基本上是一己之忧的个人话语。至于像《青青河畔草》里荡子妇凭窗大秀色相，《青青陵上柏》里对贵胄生活的艳羡，《今日良宴会》流露的功名富贵之念，照王国维《人间词话》的说法就是"淫鄙之尤"了。但是，王国维同时又一针见血地指出："然无视为淫词、鄙词者，以其真也。"这个"真"字恰是悬之高尚的美学标杆。《古诗十九首》历来被视为诗坛瑰宝，正是因其真率、朴素与自然。它出自文人手笔，却无任何矫饰之态，所以从前的诗评家颇惊讶于那些"平平道出"的诗句，却有"句平意远""意致深婉"之妙（见《四溟诗话》《诗薮》）。

《古诗十九首》还有一绝，就是恰到好处地营造了一种非常感性的美学意境。比之前人，它不像《诗经》那么博大，不像屈原那么奇崛与激越；比之后人，它缺少陶渊明的超迈，也没有李白的俊逸与杜甫的沉郁；但是，它写出了文人对于生命的自省，由人生苦短导出一种落叶知秋的感伤，以至形成了千古咏唱的悲凉主题，这对后世诗人影响极大。

本篇选录三首古诗，在《文选》中分别排在《古诗十九首》的第一、第十二和第十三首。需要说明，这些诗歌原来没有篇名，姑按惯例以首句为题。

《行行重行行》，写女子与夫君离别的相思之苦，通篇缠绵悱恻，意境寥廓。诗中明显融合了民间歌咏与文人吟哦的双重特色，既有乐府歌谣一唱三叹、回环复沓之趣，也有"胡马依北风，越鸟巢南枝"这样巧用典故、对仗工稳的句子。

《东城高且长》，因秋风动地，节序变化，客居帝都的游子感时伤物，睹物兴情，藉由诗抒发内心的寂寞。倡女"当户理清曲"是一枢纽，琴声凄凉，嘈嘈切切，触发了游子心底的悲音，而踯躅之中又有放情不拘的遐思。由景入情，从外物写到内心，句句贴切而自然。

《驱车上东门》，驱车出城，遥望北邙山陵墓，但见白杨萧萧，松柏森森，想到永远沉睡阴间的死人，诗人不由大发人生如寄之慨。汉魏之际，读书人相当纠结于这种自然代谢的规律，因有服食求仙不如痛饮美酒的想法，而及时行乐的当下意识说到底是一种悲情。

行行重行行

行行重行行，与君生离别[1]。
相去万余里，各在天一涯。

道路阻且长[2],会面安可知。
胡马依北风,越鸟巢南枝[3]。
相去日已远,衣带日已缓[4]。
浮云蔽白日,游子不顾反[5]。
思君令人老,岁月忽已晚。
弃捐勿复道,努力加餐饭[6]。

【注释】

[1] 生离别,古代习语。《楚辞·九歌·少司命》:“乐莫乐兮新相知,悲莫悲兮生别离。”

[2] 阻且长,言道路险阻而漫长,用《诗经·秦风·蒹葭》“溯洄从之,道阻且长”句意。

[3] “胡马”二句,胡马南徙依然依恋北风,越鸟北飞仍在南向树枝上筑巢,指乡土之恋。《文选》李善注引《韩诗外传》:“《诗》云:‘代马依北风,越鸟翔故巢’,皆不忘本之谓也。”

[4] “相去”二句,言离别日久,人渐憔悴。缓,指宽松,人消瘦而显衣带宽松。乐府古辞中有“离家日趋远,衣带日趋缓”的句子。

[5] “浮云”二句,“浮云蔽白日”通常指奸佞当朝,蒙蔽君主而为害忠良。《文选》李善注:“浮云之蔽白日,以喻邪佞之毁忠良。故游子之行,不顾反也。”但“浮云”与游子不归之间有何关系,颇费猜详,前人注释歧义迭出;马茂元《古诗十九首探索》认为“白日”转喻夫君,“浮云”乃揣测宦游在外的夫君已另有新欢,所以不肯回家了。顾,念也;反,同“返”。

[6] “弃捐”二句,表达自我安慰与勉励的意思。弃捐,扔下,放弃;勿复道,不必再说了。加餐饭,古人用以安慰、激励的习语。乐府《饮马长城窟行》:“上言加餐饭,下言长相思。”

东城高且长

东城高且长,逶迤自相属[1]。
回风动地起,秋草萋已绿[2]。
四时更变化[3],岁暮一何速。
晨风怀苦心,蟋蟀伤局促[4]。
荡涤放情志,何为自结束[5]。
燕赵多佳人[6],美者颜如玉。
被服罗裳衣[7],当户理清曲[8]。
音响一何悲,弦急知柱促[9]。

驰情整中带[10],沉吟聊踯躅[11]。
思为双飞燕,衔泥巢君屋[12]。

【注释】

[1] “东城”二句,言洛阳东边的城墙高峻而逶迤相连。相属,即相连。

[2] “回风”二句,在秋日旋风中的草地不再是一片青葱之色。回风,旋风;萋,草茂盛貌;已,停止。按,“已绿”不是已经变绿的意思,是指植物停止了生长。

[3] “四时”句,指四季轮替。更,更替。

[4] “晨风”二句,意思是沉浸在思念的痛楚之中,日子过得很快。“晨风”“蟋蟀”是《诗经》的《秦风》和《唐风》中的篇名。前者表达思妇的怨尤,如:“鴥彼晨风,郁彼北林。未见君子,忧心钦钦。如何如何,忘我实多。”后者感叹时光易逝,如:“蟋蟀在堂,岁聿其莫。今我不乐,日月其除。”这里是化用《诗经》的句意。

[5] “荡涤”二句,犹言扫除心中忧虑,放纵情志,率性而为,不要瞻前顾后,自我束缚。结束,拘束,束缚。

[6] 燕赵,即战国燕、赵二国,这里泛指北方。《汉书·外戚传》:“延年侍上起舞,歌曰:‘北方有佳人,绝世而独立,一顾倾人城,再顾倾人国。’”

[7] 被服,即穿着。罗裳,丝织衣裙。乐府《子夜四时歌·春歌十》:“春风复多情,吹我罗裳开。”

[8] “当户”句,临窗操习乐器,演奏《清商曲》。李善注引《汉书》如淳注曰:“今乐家五日一习乐,为理乐也。”

[9] “弦急”句,琴弦在急促的拨弄中紧压着弦柱。促,迫也。

[10] 驰情,心驰神迷的样子。中带,中衣(汉服的衬衣)的系带。因中衣的领缘露出外衣,衣带松开会使领口敞开而影响仪容,所以闻曲者想去见操琴的女子先要整理一下衣带。李善注曰:“整带将欲从之。”

[11] 沉吟,犹豫状。聊,姑且。踯躅,伫足不前的样子。

[12] “思为”二句,想象与操琴的女子成为一对比翼鸟,共筑爱巢。

驱车上东门

驱车上东门[1],遥望郭北墓[2]。
白杨何萧萧,松柏夹广路。
下有陈死人[3],杳杳即长暮[4]。
潜寐黄泉下,千载永不寤[5]。
浩浩阴阳移,年命如朝露[6]。
人生忽如寄,寿无金石固。

万岁更相送，圣贤莫能度[7]。
服食求神仙，多为药所误[8]。
不如饮美酒，被服纨与素[9]。

【注释】

[1] 上东门，当时洛阳城东三门中最北边的城门。

[2] 郭北墓，指洛阳城外北邙山上的陵墓。郭北，城郭之北。

[3] 陈死人，死去已久之人。

[4] “杳杳”句，言墓穴中有如漫漫长夜。杳杳，幽暗貌。长暮，长夜。

[5] “潜寐”二句，言沉睡黄泉之下永远不会醒来。寐，睡也。寤，醒也。

[6] “浩浩”二句，意为春夏秋冬如流水般浩浩而去，人的寿数就像晨露一样转眼即逝。年命，寿命。李善注：“《神农本草》曰：‘春夏为阳，秋冬为阴。’《庄子》曰：‘阴阳四时运行。’《汉书》，李陵谓苏武曰：‘人生如朝露。’”

[7] “万岁”二句，言亘古以来生者死者更替相送，即便圣贤也不能超越这一规律。万岁，喻时间无穷。度，指超越。

[8] “服食”二句，想依靠服食丹药的方法延年益寿，结果反为药石所害。服食，始于汉代的道家养生术，主要是服用各种矿物质配制的“五石散”之类。

[9] 纨与素，细绢或生绢做的衣裳。按，纨与素，大概就是纨素，“与”字是凑泊的字节。纨素是白色细绢。

【思考题】

1. 前人对《古诗十九首》多推崇备至，如宋人严羽《沧浪诗话》说到学诗，有谓：“先须熟读《楚辞》，朝夕讽咏，以为之本，及读《古诗十九首》，乐府四篇、李陵苏武汉魏五言，皆须熟读，即以李杜二集枕藉观之，如今人之治经，然后博取盛唐名家，酝酿胸中，久之自然悟入。”严羽没有说明何以将《古诗十九首》定在必读之列，你能够说出几条理由吗？

2. 作为文人诗，《古诗十九首》几乎没有多少人生寄托，如果说有，也只是“思为双飞燕，衔泥巢君屋”“不如饮美酒，被服纨与素”之类，你认为这是一种特色还是缺陷？刘勰《文心雕龙》称十九首为“五言冠冕”，钟嵘《诗品》把它列为诗之“上品”第一，更有“意悲而远，惊心动魄”的评语，这是否意味所谓“诗言志”的训义在古人那儿就不是必须遵循的艺术准则？你认为应该怎样去理解诗歌的意蕴和情致？

3.《东城高且长》后半部分写男子闻曲顿生求偶之念，作为“荡涤放情志”的写照，似乎很容易滑向“淫鄙”一路，可是在原诗语境中却显露一种朴素的人之常情，为什么？试以白话翻译此诗，看看是否能避免译出某种“淫鄙”的效果。

【拓展阅读】

1. 钱基博:《古诗十九首讲话》,《光华大学半月刊》第 3 卷第 4 期,1934 年 11 月。

2. 朱自清:《古诗十九首释》,浙江古籍出版社 2008 年版。

3. 隋树森:《古诗十九首集释》,中华书局 1955 年版。

第八章　陶渊明

古代士大夫中一直有一种希企隐逸之风，尽管让儒家圣贤灌输了满脑袋用世之道，但息影山林的想象却是久已有之。传说尧让天下与巢父、许由，人家做隐士做得惬意还不肯出来接盘。早先的隐士都是高人，像《论语》中的楚狂接舆、长沮、桀溺诸辈都能勘破迷局，而《史记·魏公子列传》所记侯嬴则有谋算，亦颇有担当，这类境界超俗的"岩穴隐者"在辗转传述中成了士大夫集体意识之人格取向。可是说到底这是一种虚拟的精神目标。称其"虚拟"，一者此辈事略多为文人臆想，实难考索；二者人家本来就不在官场上混事，不存在弃官归隐的价值选择，于士大夫之进退出处并无实际关系。所以，尽管弄得大家都"心向往之"，魏晋以前还真数不出几个由仕而隐的例子。即便到了玄风大盛的魏晋之际，如阮籍、嵇康等"竹林七贤"之不营世务，也还只是"心神超然"的姿态而已，名士之隐终究不如隐士之隐来得彻底。

别人都玩虚的，却有一位是玩真的，那就是东晋大诗人陶渊明。

陶渊明（365或372或376—427），名潜，字渊明，又字元亮，世号靖节先生，寻阳柴桑（今江西九江）人。据说其曾祖是西晋名将陶侃，但渊明少时家道已衰。他年近三十岁时出任江州祭酒，乃因家贫为稻粱之谋，未久即以"不堪吏职"辞官归乡。后再入仕途，历任桓玄、刘裕、刘敬宣等军政大佬幕府参军，时间都不长。义熙元年（405）八月，任彭泽令。十一月，上司来县巡检，县令例当"束带见之"，渊明叹曰："我不能为五斗米折腰向乡里小儿！"乃自解印绶，辞官而去。此后二十多年里，他隐居乡野，过着躬耕自给的生活，闲暇之时衔觞赋诗，以乐其志。

当然，这种田园生活并非完全是诗意地栖居，他在《五柳先生传》一文中所言"环堵萧然，不蔽风日；短褐穿结，箪瓢屡空"，亦是人生苦境的写照。渊明之自甘清苦，自然有其精神的支柱，他真正觉得生活的真意就在畎亩陇间，就在"暧暧远人村，依依墟里烟"（《归园田居》）的夕阳之下。他晚年时，朝廷征他出来做官，而刘裕篡晋后也有人来劝说他放弃隐居之志，都被他挡了回去。渊明的思想和人格之养成跟魏晋玄风自有相当关系，可是又完全不同于那班口吐玄言的晋初名士，他既无名士任诞之行，亦无服食求长生之志，故能免除形骸物质之累。这种独异于士林的行为方式使许多研究者颇感迷惑。近人陈寅恪认为，渊明的思想可概括为“外儒而内道”的“新自然说”，其“惟求融合精神于运化之中，即与大自然为一体”，所以他归隐的彻底性一方面是对官方政治的拒绝，同时也表现在不与名教相纠缠，不似阮籍、刘伶辈之佯狂放诞（《陶渊明之思想与清谈之关系》，见《金明馆丛稿初编》）。此论深有见地。中国的士人之所以少有像渊明这样长期将生命委于草根之中，盖因很少有人像他这样抱定委任运化、混同自然之旨。

陶渊明留传下来的诗文约一百五十余首（篇），最早由梁昭明太子萧统辑成《陶渊明集》，稍后北齐阳休之又重为编次。隋唐以后，渊明诗名渐盛，他那些亲近自然、充满农耕气息的诗篇不仅在诗材上开辟了一片天地，更以一种新鲜活泼的审美情致触动后来的诗人。说到渊明的诗风，不难见其质朴冲淡、浑身静穆的特点，但苏轼却有“质而实绮，癯而实腴”（《与苏辙书》）的评价，提醒人们注意陶诗于平淡中把握物象之妙意，于区区小处体现境界之阔大。像“晨兴理荒秽，带月荷锄归”（《归园田居》）之恬淡自赏，像“山气日夕佳，飞鸟相与还”（《饮酒》）之怡然自得，像“欢然酌春酒，摘我园中蔬”（《读山海经》）之自足自乐，无不荡漾着生命的欢喜，其自我体验的真情实感正是前人诗中所没有的。

自屈原以来，诗人们不断以悲凉与悲慨的调子歌吟现世的苦感，汉末《古诗十九首》更是递述着惆怅与忧伤，所有的感觉仿佛都凝固在那种苍茫幽邃的诗境之中。到了陶渊明这里，忽然出现了生趣盎然的田园和山林，有了狗吠鸡鸣的生活场景，有了自适己意的人生选择。渊明的做人和做诗都证明了一个道理：若能规避官方政治和宗法社会的权力话语，挣脱士大夫的文化樊笼，总还有机会走出山重水复的忧郁的美学之径。后来唐人宋人的山水诗田园诗多受渊明影响，显然也是从这里找到了一处可容精神伸展的罅隙。从屈原被黜之无奈到陶渊明的自我放逐，士大夫的生命历程终于闪现了走出黑暗的自觉意识——“采菊东篱下，悠然见南山”，这已将虚拟的精神目标变成了体物见情的自我回归，于“悠然”之间有了新的审美发现。

渊明亦有散文，数量不多，但《五柳先生传》《桃花源记》等都是脍炙人口的名篇。另有辞赋《归去来兮辞》，亦颇见妙诣。

本章选录陶渊明诗六首，兹说明如下：

《归园田居》三首，本题原为五首，此选前三首。这组诗作于东晋义熙二年(406),即渊明自彭泽辞官之后。诗中写田园农事,并叙归隐之志,开门见山,满目欣悦。陶诗言约旨远的特点在这里最为明显。

《饮酒》二首,本题原为二十首,此选第五首和第九首。关于这组诗的写作时间说法不一,但从第九首中田父劝陶出仕一事来看,应是归隐之后所作。渊明以饮酒为题,自有寄托,第五首表现了超然物外的人生理则,第九首又以近俗的态度写出脱俗之念,可见其天机潇洒,手法多样。

《咏荆轲》,系咏史诗,作者另有《咏二疏》《咏三良》二篇,风格近似,可能是同一组诗。此为渊明晚岁之作,借荆轲刺秦的故事抒英雄之气,平淡无为的隐逸生涯似未完全消解诗人对世间的关怀。从另一方面来说,士大夫的无为也往往是一种无奈。

归园田居(五首选三)

其一

少无适俗韵[1],性本爱丘山。
误落尘网中,一去三十年[2]。
羁鸟恋旧林,池鱼思故渊。
开荒南亩际,守拙归田园[3]。
方宅十余亩,草屋八九间。
榆柳荫后檐,桃李罗堂前。
暧暧远人村[4],依依墟里烟[5]。
狗吠深巷中,鸡鸣桑树颠[6]。
户庭无尘杂,虚室有余闲[7]。
久在樊笼里,复得返自然。

其二

野外罕人事,穷巷寡轮鞅[8]。
白日掩荆扉,虚室绝尘想[9]。
时复墟曲中[10],披草共往来[11]。
相见无杂言,但道桑麻长。
桑麻日已长,我土日已广。
常恐霜霰至,零落同草莽。

其三

种豆南山下，草盛豆苗稀[12]。
晨兴理荒秽，带月荷锄归[13]。
道狭草木长，夕露沾我衣。
衣沾不足惜，但使愿无违。

【注释】

[1] 适俗韵，苟且于世的生活态度。俗韵，世俗情调。

[2] “误落”二句，谓误入仕途多年。尘网，汉东方朔《与友人书》：“不可使尘网名缰拘锁。”言做官犹似钻入罗网，套入缰索，而不得自由。三十年，一说当作十三年，旧说陶渊明于晋太元十八年(393)出仕江州祭酒，至义熙元年(405)弃官归隐，前后凡十三年；又说“三十年”当作“已十年”，“三”为“已”之讹，今人龚斌《陶渊明年谱简编》考证，陶初仕之年为太元二十一年(396)。

[3] 守拙，归耕田园，固守本分。此为自谦之词，但以后常为退隐官僚用来自诩清高。

[4] 暧暧，昏暗不明。屈原《离骚》：“时暧暧其将罢兮，结幽兰而延伫。”王逸注：“暧暧，昏昧貌。”远人村，远处的村落。

[5] 依依，依稀可辨。墟里，村落。

[6] “狗吠”二句，写村巷景象，用汉乐府《鸡鸣》“鸡鸣高树颠，狗吠深宫中”句。以上四句由远而近写乡村景致，成千古名句。宋惠洪《冷斋夜话》引苏轼语：“大率才高意远，则所寓得其妙，如大匠运斤，无斧凿痕。”

[7] 虚室，心身。《淮南子·俶真训》：“是故虚室生白，吉祥止也。”高诱注：“虚，心也。室，身也。白，道也……”

[8] “野外”二句，言乡村少有人际交往，陋巷难得有车马驶过。人事，指人际事务；轮鞅，指车马。鞅，套在马颈上的皮具。

[9] 绝尘想，摒弃世俗杂念。

[10] 墟曲，乡里。

[11] 披草，拨开草丛行走，言山野之地草木繁盛。披，分开。

[12] “种豆”二句，化用《汉书·杨恽传》：“田彼南山，芜秽不治。种一顷豆，落而为箕。人生行乐耳，须富贵何时。”

[13] “晨兴”二句，谓早起治理田间杂草，一直干到夜里。“带月”一语颇醒目，是诗中有画的典例。

饮酒(二十首选二)

余闲居寡欢，兼比夜已长[1]，偶有名酒，无夕不饮。顾影独尽，忽焉复醉。既醉之后，辄题数句自娱。纸墨遂多，辞无诠次[2]。聊命故人书之，以为欢笑尔。

其五

结庐在人境，而无车马喧[3]。
问君何能尔[4]，心远地自偏[5]。
采菊东篱下，悠然见南山[6]。
山气日夕佳，飞鸟相与还。
此中有真意[7]，欲辨已忘言[8]。

其九

清晨闻叩门，倒裳往自开[9]。
问子为谁与[10]，田父有好怀[11]。
壶浆远见候，疑我与时乖[12]。
褴缕茅檐下，未足为高栖[13]。
一世皆尚同，愿君汩其泥[14]。
深感父老言，禀气寡所谐[15]。
纡辔诚可学，违已讵非迷[16]。
且共欢此饮，吾驾不可回。

【注释】

[1] 兼比夜已长，加之近来夜晚渐长。比，近来。

[2] 诠次，编排次序。

[3] “结庐”二句，意为居于闹市而无迎来送往之喧哗，如所谓“大隐隐朝市”者。此意反用汉代人物陈平未发迹时的例子，《史记·陈丞相世家》：“（陈）家乃负郭穷巷，以毙席为门，然门外多有长者车辙。”陈平早年居穷巷陋屋，却常与达官贵人相往来。

[4] 此句乃作者设问。君，指作者；尔，如此，指前二句所言。

[5] 此句为作者自答，谓不存尘俗杂念，即便居于闹市也跟在偏远之地一样。心远，寄心缈远。

[6] “采菊”二句，写出闲适之际的悠然忘情，不经意间的发见。这是作者最有名的诗句，苏轼《题渊明饮酒诗后》称：“因采菊而见山，境与意会，此句最有妙处。”

[7] 真意，自然、自在之意。

[8] 此句谓欲意辨明却不能用语言表达，其实是说也不必究察了。《庄子·齐物论》：“辨也者，有不辨也。”“夫大道不称，大辨不言。”《庄子·外物》：“言者所以在意，

得意而忘言。”

[9] 倒裳,急忙迎客,未穿正衣服。《诗经 · 齐风 · 东方未明》:“东方未明,颠倒衣裳。”

[10] 此句问来者何事而来。子,指来者,即后句中“田父”。为谁,为何事。与,通“欤”,疑问词。

[11] 田父,农夫。好怀,好意。

[12] “壶浆”二句,言田父携酒壶远道来问候,怪我作出不合时宜的决断。壶浆,壶中盛贮的酒水,《孟子 · 梁惠王下》:“箪食壶酒,以迎王师。”疑,怪。与时乖,不合于世情的乖张。

[13] “褴缕”二句,谓衣衫褴缕地蜷缩在茅檐之下,不见得就是高逸的栖隐。此与后边二句都是田父的劝说之辞。

[14] “一世”二句,犹说整个社会都在同流合污,你何妨蹚一趟混水。尚同,尚好和光同尘之风。汩,同“淈”(gǔ),搅浊,混乱。《楚辞 · 渔父》:“圣人不凝滞于物,而能于世推移,世人皆浊,何不淈其泥而扬其波。”

[15] 禀气,禀性,天性。寡所谐,难与世俗相谐。

[16] “纡辔”二句,言虽可效仿世人回身入仕,但那样一来就违背了自己的本性,岂非误入迷途。纡辔,调转马头,指返回仕途。讵(jù),岂。

咏荆轲[1]

燕丹善养士[2],志在报强嬴[3]。
招集百夫良[4],岁暮得荆卿。
君子死知己[5],提剑出燕京。
素骥鸣广陌[6],慷慨送我行。
雄发指危冠[7],猛气冲长缨[8]。
饮饯易水上[9],四座列群英。
渐离击悲筑[10],宋意唱高声[11]。
萧萧哀风逝,淡淡寒波生[12]。
商音更流涕,羽奏壮士惊[13]。
心知去不归,且有后世名。
登车何时顾[14],飞盖入秦庭[15]。
凌厉越万里,逶迤过千城。
图穷事自至,豪主正征营[16]。
惜哉剑术疏[17],奇功遂不成。

其人虽已没，千载有余情。

【注释】

[1] 荆轲，战国末年侠士，为报答燕太子丹知遇之恩，受命赴秦刺杀秦王。他以献燕国地图为由求见秦王，将匕首藏于图内。图卷展开时，荆轲趁机刺秦，不中被杀。事见《史记·刺客列传》。

[2] 燕丹，即燕太子丹(？—前226)，战国时燕王喜的太子。曾作为人质羁押秦国，逃归燕国后招募勇士，欲劫杀秦王政(统一中国后称秦始皇)。燕王喜二十八年(前227)荆轲刺秦未果，之后秦国急攻燕国。次年，燕王喜为求自保将太子丹斩首献秦。

[3] 强嬴，指强势的秦国，秦王姓嬴。

[4] 百夫良，能够一以当百的勇士。

[5] 死知己，犹言“士为知己者死”。

[6] 素骥，白色骏马。广陌，大道。

[7] 此句谓怒发直冲高冠。指，形容头发竖立。危冠，高冠；危，高耸貌。

[8] 长缨，古人系冠的丝带。《韩非子·外储说左上》：“邹君好服长缨，左右皆服长缨。”

[9] 此句指太子丹在易水之畔为荆轲设宴饯行。易水，河名，在今河北易县。

[10] 渐离，即高渐离，燕国豪士，荆轲的至交。击悲筑，用名叫筑的乐器奏出悲壮之调；筑，古代击弦乐器，形似筝，十三弦，颈细而曲，以竹击之发声。

[11] 宋意，太子丹的门客。

[12] “萧萧”二句，由《史记·刺客列传》荆轲悲歌“风萧萧兮易水寒”一句化出。

[13] “商音”二句，据《史记·刺客列传》：“高渐离击筑，荆轲和而歌，为变徵之声，士皆垂泪涕泣。又前而为歌曰：‘风萧萧兮易水寒，壮士一去兮不复还。’复为羽声忼慨，士皆瞋目，发尽上指冠。”商、羽，古乐调名。

[14] “登车”句，本《史记·刺客列传》：“于是荆轲就车而去，终已不顾。”

[15] 飞盖，言马车疾驰而去，车盖望之如飞。

[16] “图穷”二句，前句本《史记·刺客列传》“图穷而匕首见”，后句言秦王惊竦状。征营，同“怔营”，惶恐不安貌。曹操《让九锡表》：“惶悸征营，心如炎灼。”

[17] “惜哉”句，参见《史记·刺客列传》：“鲁句践已闻荆轲之刺秦王，私曰：‘嗟乎，惜哉其不讲于刺剑之术也！’”

【思考题】

1. 陶渊明自言“守拙归田园”，而在归隐后的农耕生活中确实感受到生命的愉悦，请结合陶诗实例，试论其自我放逐的真意所在。

2.《饮酒》“此中有真意，欲辨已忘言”二句，字面上有不可言说的意思，但就全篇而言,此句是对“南山”“飞鸟”这些景物的赞叹,还是纯然表达自己身在其境的某种情致?

3.《咏荆轲》一篇颇显壮怀激烈,反映了陶诗的另一面。宋儒朱熹说:“渊明诗,人皆说是平淡,据某看他自豪放,但豪放得来不觉耳。其露出本相者,是《咏荆轲》一篇,平淡底人如何说得这样语言出来。”(《朱子语类》)对于朱熹所言陶诗“平淡”与“豪放”的风格反差,你是怎样理解的?

【拓展阅读】

1. 朱光潜:《诗论·陶渊明》,收入《朱光潜美学文集》第2卷,上海文艺出版社1982年版。

2. 逯钦立校注:《陶渊明集》,中华书局1979年版。

第九章　世说新语

《世说新语》辑述三国、两晋士族人物异行轶事，南朝宋临川王刘义庆撰。此书旧称《世说》，《隋书·经籍志》著录列子部"小说者"，唐时又作《世说新语》或《世说新书》。自唐以来，其影响日隆，仿效者亦不绝如缕，如刘肃《大唐新语》一类便是。后来宋之王谠《唐语林》，明之何良俊《何氏语林》、焦竑《类林》及《玉堂丛话》，清之梁维枢《玉剑尊闻》、钱泳《履园丛话》等等，或掇拾旧闻，或记述近事，沿袭而下，是谓笔记小说一脉。

中国有"小说"之名可远溯先秦之世，《庄子·外物》有曰："饰小说以干县令，其于大达亦远矣。""小说"原是不上名堂的街谈巷语之说，这是告诫人们，欲编织这种文字求得高名，反倒跟明达大智的目标扯远了距离。话是这么说，但庄子笔下的寓言异记本身就具有这种"小说"特征。《庄子》拿鸟儿鱼儿乃或神祇异物说事儿，明显带有喻理明道的意图，故能以贤者智者之言流传后世，可是当日许多"小说者"就没有这么幸运了。汉代以前那些杂录异闻传说的小说早已亡佚，而所谓汉人小说，如《十洲记》《神异经》之类亦皆后人伪托。从存世作品和古书上著录存目的情况来看，汉魏六朝小说大致经历了从"志怪"到"志人"的演进过程。

志怪小说张皇鬼神，涉趣幽明两界，如干宝《搜神记》、刘敬叔《异苑》等；而志人小说撰集人情俗尚，一改前者诞谩不实之风，"虽不过残丛小语，而俱为人间言动"（鲁迅《中国小说史略》），其代表便是刘义庆的《世说新语》。"志怪"阶段的小说没有什么真正像样的作品，大抵在于神话资源的支离散漫，其深层原因亦如鲁迅归纳日本学者盐谷温所言："一者华土之民，先居黄河流域，颇乏天惠，其生也勤，故重实际而黜玄想，不更能集古传以成大文。二者孔子出，以修身齐家治国平天下等实用为教，不欲言鬼神，太古荒唐之说，俱为儒者所不道，故其后不特无所光大，而又有散亡。"（同上）重人事而远鬼神，此中道理同样可说明"志人"一路能够胜出的原因。

《世说新语》今本三卷，体例以类相从，列“德行”“言语”“文学”“雅量”“识鉴”“容止”“任诞”等三十六门（篇），涉及人物不下五六百者。汉末魏晋以来，士林盛行玄言清谈，谈吐举止之间似乎决定了一个人的品类格调。因而，记述这类言行亦蔚然成风，《世说新语》之前就有裴启《语林》、郭澄之《郭子》等。相比以前言志载道的文学——诗骚、诸子文乃或《史记》，这类采撷传闻掌故的笔墨并无凛然深慨之义，虽有存史之用，却主要是为娱性赏心而作。用今天的话来说，这大概体现了文学观念的变化。过去《论语》也好，《庄子》也好，都是由事见理的文章，到了《世说新语》这儿一下子回到了性情上边。儒者的“修齐治平”被扔在一边，道者的“弃圣绝智”自然也被消解——老庄讲“无为而治”，也是如何去“治”的问题，这些道理在魏晋士人那儿似乎都不重要了。所以，《世说新语》实现了由观念形态返归人格形态的变化。

《世说新语》记述曹操、王导、王敦、谢安、温峤、殷浩、桓温这类掌驭大局的人物，完全不是从文治武功的层面去看问题，也不论其道德是非，而是一种见性见情的观照。譬如，写曹操的诡谲和无以遮掩的英雄气（《容止》），写王导之说教如何被谢安反驳（《言语》），写王敦酒后辄咏“老骥伏枥”（《豪爽》），写谢安闻“小儿辈大破贼”之意色镇定（《雅量》），写桓温“木犹如此，人何以堪”的慨叹（《言语》）……皆从个性上有所发现，且将神采、局度、情愫、意态一类东西提升为品论和裁量的标准。像王羲之闻贵家求婿而坦腹东床（《雅量》），像桓子野“每闻清歌”而“一往有情深”（《任诞》），像罗友入桓府蹭食而了无惭色（《任诞》），像郗恢眼见王子猷搬走自家毡毯而了无忤色（《任诞》）……数语之际，神色情态跃然纸上，而束缚于名教礼法的文学话语在这里已悄然遁迹。《世说新语》以言语情趣品藻人物，在中国文学史上率先确立了性格多样性和复杂性的审美意识，较之以往观念化的写作更深地切入了人的主题。这是《言语篇》记述钟毓、钟会兄弟的二则：

> 钟毓、钟会少有令誉。年十三，魏文帝闻之，语其父钟繇曰：“可令二子来！”于是敕见。毓面有汗，帝曰：“卿面何以汗？”毓对曰：“战战惶惶，汗出如浆。”复问会：“卿何以不汗？”对曰：“战战慄慄，汗不敢出。”
>
> 钟毓兄弟小时，值父昼寝，因共偷服药酒。其父时觉，且托寐以观之。毓拜而后饮，会饮而不拜。既而问毓何以拜，毓曰：“酒以成礼，不敢不拜。”又问会何以不拜，会曰：“偷本非礼，所以不拜。”

这里不但由行为细节写出兄弟二人不同性格，更以言语机敏为性格之另一特征。钟毓、钟会都是于史有征的人物，幼时秉性或许可验其一生作为，但《世说新语》只是择述人生日常片断，日后风云大事却按下不表。可以说，注重人物的直观印象，完全将人作为叙述对象，是《世说新语》的创造。虽然此前的史传作品已有非常出色的人物描写，但其中所有人物都还只是历史棋局上的棋子，叙述意图也不能与江山社稷剥离开来。自《世说新语》开始，人真正获得了叙事主体地位。从这个意义上说，这部书确是中国小说鼻祖。

当然，用现在的文学眼光衡量，《世说新语》不能说是真正的小说笔法。现代意义上的小说讲究叙事结构，要通过情节和场景去塑造性格，而《世说新语》那种札记式的记叙离这些要求尚远。中国小说要到唐传奇以后才改变叙述关系的若干缺省状态，照鲁迅的话来说，那才是“有意识的作小说”（《中国小说的历史的变迁》）。

关于《世说新语》撰者刘义庆（403—444），《宋书》和《南史》均有传，他出身南朝宋宗室，袭封临川王，历仕丹阳尹、荆州刺史、南兖州刺史等。《宋书》称其：“性简素，寡嗜欲，爱好文义，才词虽不多，然足为宗室之表。”又谓：“招聚文学之士，远近必至。”《南史》所记略同。有人据此推断，《世说新语》当为刘义庆门下文士集体创作，此说也有道理。

本章选录《世说新语》七事，标题均为编者所拟，说明如下：

《广陵绝响》，选自《雅量》。此则写嵇康赴难，从弹琴见其“神气不变”，而人亡曲亡，此中的自负与持守极具悲凉之慨。

《我与我周旋久》，选自《品藻》。殷浩善玄理，这里将自我对象化，颇有哲学意境。

《刘伶病酒》《未能免俗》《雪夜访戴》《桓子野善吹笛》，选自《任诞》。这几则故事都属“另类”的乖僻，无论刘伶与人相讥，还是阮咸从俗而嘲众，都显示了一种特立独行的名士做派，而王子猷的“乘兴而行，兴尽而返”更是凸现了不为目标所羁的率意。至于桓子野与王的神契亦令人惊羡，那整个过程“客主不交一言”，看上去绝对够“酷”。当然，晋人“越名教而任自然”的追求自有矫枉过正之处，现在人很容易误读为一种“行为艺术”，于此难免学到“矫情”二字。

《何所闻而来》，选自《简傲》。钟会与嵇康的对话是一种辩术，但所辩不在事理，而是言语机智，这里都以简慢之意压对方一头。

广陵绝响

（《雅量》）

嵇中散临刑东市[1]，神气不变，索琴弹之，奏《广陵散》[2]。曲终，曰："袁孝尼尝请学此散[3]，吾靳固不与[4]，《广陵散》于今绝矣！"太学生三千人上书[5]，请以为师，不许。文王亦寻悔焉[6]。

【注释】

[1] 嵇中散，即嵇康（223—262），字叔夜，魏晋时谯国铚县（今安徽宿州）人。与魏宗室婚，拜中散大夫。其志趣异常，为"竹林七贤"之一。因钟会谮言，被大将军司马昭所杀。东市，指刑场。汉代在长安东市处决犯人，后以"东市"泛指刑场。《晋书·宣帝纪》："公居伊周之任，挟天子，杖天威，孰敢不从？舍此而欲就东市，岂不痛哉！"

[2] 《广陵散》，古琴曲名，源于古代《聂政刺韩王曲》。

[3] 袁孝尼，即袁準，字孝尼，魏晋时陈郡扶乐（今河南太康）人。他是当时有名的学者，晋武帝时曾为给事中。

[4] 靳固，持守不移。

[5] 太学生，即国学生。三国魏文帝时立太学于洛阳，制定五经课试之法，初有生员数百人，至晋初已达数千人之多。

[6] 文王，即司马昭。三国魏后期专柄国政，为以后司马氏政权奠定基础。晋武帝代魏后，谥文帝。

我与我周旋久

（《品藻》）

桓公少与殷侯齐名[1]，常有竞心。桓问殷："卿何如我？"殷云："我与我周旋久[2]，宁作我。"

【注释】

[1] 桓公，即桓温（312—373），字元子，东晋谯国龙亢（今安徽怀远境内）人。明帝时主持讨蜀与北伐，与殷浩有隙。哀帝时授侍中、大司马，掌控朝政。殷侯，即殷浩（？—356），字渊源，东晋颍川长平（今河南西华）人。少有重名，官至扬州刺史、中军将军。穆帝永和八年（352）领军北伐，屡败，桓温因上疏数其罪，免为庶人。

[2] 《晋书·殷浩传》作"我与君周旋久"。

刘伶病酒

（《任诞》）

刘伶恒纵酒放达[1]，或脱衣裸形在屋中。人见讥之，伶曰："我以天地为栋宇，屋室为裈衣[2]，诸君何为入我裈中！"

【注释】

[1] 刘伶，字伯伦，西晋沛国（今安徽濉溪）人。与阮籍、嵇康等名士并称"竹林七贤"。放情肆志，多违情越俗之举。

[2] 裈，裤，内衣。

未能免俗

（《任诞》）

阮仲容、步兵居南道[1]，诸阮居北道。北阮皆富，南阮贫。七月七日[2]，北阮盛晒衣，皆纱罗锦绮。仲容以竿挂大布犊鼻裈于中庭[3]。人或怪之，答曰："未能免俗，聊复尔耳。"

【注释】

[1] 阮仲容，即阮咸，字仲容，西晋陈留尉氏（今属河南）人。与叔父阮籍并称大小阮，亦为"竹林七贤"之一。为人放达不拘，精于音律，善弹琵琶。步兵，指阮咸的叔父阮籍。籍嗜酒，闻步兵厨中贮酒甚丰，求为步兵校尉，故世称"阮步兵"。有人认为此"步兵"二字系衍文，因下文阮咸挂裈之事并不连及阮籍。《晋书·阮咸传》"咸与籍居道南"句，或本《世说》而来。

[2] 七月七日，旧俗七月七日曝书晒衣，除虫祛秽。

[3] 犊鼻裈，短裤，或谓围裙。

雪夜访戴

（《任诞》）

王子猷居山阴[1]，夜大雪，眠觉，开室命酌酒，四望皎然。因起仿偟[2]，咏左思《招隐诗》[3]，忽忆戴安道[4]。时戴在剡[5]，即便夜乘小船就之。经宿方至，造门不前而返。人问其故，王曰："吾本乘兴而行，兴尽而返，何必见戴。”

【注释】

[1] 王子猷(yóu),即王徽之(？—约 387),字子猷,东晋琅邪临沂(今山东费县境内)人。大书法家王羲之第三子,初为桓温参军,官至黄门侍郎。《晋书》本传称其“性卓荦不羁”“雅性放诞”。山阴,今浙江绍兴。

[2] 仿偟,同“彷徨”。汉刘向《九叹·思古》:“旦徘徊于长阪兮,夕仿偟而独宿。”

[3] 左思,字太冲,西晋齐国临淄(今山东淄博境内)人。辞赋名家,有《左太冲集》行世。其《招隐诗》曰:“杖策招隐士,荒涂横古今。岩穴无结构,丘中有鸣琴。白雪停阴冈,丹葩曜阳林。”

[4] 戴安道,即戴逵(约 326—396),字安道,东晋谯郡铚县(今安徽宿州境内)人。少博学,好清谈,能鼓琴书画。孝武帝时多次征召,坚辞不受。《晋书》本传记云:“太宰武陵王晞闻其善鼓琴,使人召之,逵对使者破琴曰:‘戴安道不为王门伶人!’”

[5] 剡(shàn),剡县,在今浙江嵊州。

桓子野善吹笛

(《任诞》)

王子猷出都,尚在渚下[1]。旧闻桓子野善吹笛[2],而不相识。遇桓于岸上过,王在船中,客有识之者云:“是桓子野。”王便令人与相闻云:“闻君善吹笛,试为我一奏。”桓时已显贵,素闻王名,即便回下车,踞胡床[3],为作三调。弄毕,便上车去。客主不交一言。

【注释】

[1] 渚下,泊船之处。

[2] 桓子野,即桓伊,字子野、叔夏,东晋谯郡铚县(今安徽宿州境内)人。有武略,早年频入诸府幕阁,后为豫州、江州刺史。善音乐,推江左第一。

[3] 胡床,古代一种能折叠的轻便坐具,东汉末年由西域传入。后世更名交床、绳床,又演化成太师椅。

何所闻而来

(《简傲》)

钟士季精有才理[1],先不识嵇康。钟要于时贤俊之士[2],俱往寻康。

康方大树下锻,向子期为佐排鼓[3]。康扬槌不辍[4],旁若无人,移时不交一言[5]。钟起去,康曰:“何所闻而来?何所见而去?”钟曰:“闻所闻而来,见所见而去。”

【注释】

[1] 钟士季,即钟会(225—264),字士季,三国时颍川长社(今河南长葛)人。大书法家钟繇少子。精练名理,深谙计谋,曾为司马昭所宠信。魏景元四年(263)率大军伐蜀,与邓艾争功,乃密告其谋反,事成后独揽大权。又矫太后遗诏起兵反司马昭,为乱兵所杀。此文记其拜访嵇康受冷落一事,由是衔恨在心,后谮言嵇康曾助毌丘俭谋反,且言论放荡,司马昭遂杀嵇康。

[2] 要(yāo),相约。

[3] 向子期,即向秀(约227—272),字子期,西晋河内怀县(今河南武陟)人。官散骑侍郎,“竹林七贤”之一。排鼓,古时锻铁所用鼓风设备,通过压缩革囊向炭炉输入空气,犹如后来的风箱。

[4] 槌,通“锤”。扬槌,即打铁动作。

[5] 移时,犹言过了好一会儿。

【思考题】

1.“我与我周旋久”一句,《晋书·殷浩传》作“我与君周旋久”,此一字之差,意义迥异。从言语理趣的角度看,你认为哪种表述较好,为什么?

2.“雪夜访戴”记王子猷造门不前而返,似不为目的所羁,一般理解为晋人之潇洒通脱。但此事是否可另作解读?因为戴安道跟他不是一类人,虽亦喜欢摆摆名士派头,却不像王子猷那么放诞不羁,两位牛人各有一路,能否玩到一处呢?《晋书》戴传称其“常以礼度自处,深以放达为非道”,王子猷回过神来,是不是也想到了这一点呢?

3.《世说新语》以言语情趣品藻人物,是否可以说是在儒家伦理道德规范之外开通了做人处世之道?那些彰显个性之举究竟是一种行为艺术,还是体现了美学上的价值理念?

【拓展阅读】

1. 宗白华:《论〈世说新语〉和晋人的美》,收入《美学散步》,上海人民出版社1981年版。

2. 徐震堮:《〈世说新语〉简论》,《中华文史论丛》1979年第4辑。

3. 徐震堮:《世说新语校笺》,中华书局1984年版。

第十章　李　白

说到李白，不能不联系到盛唐诗歌之盛的历史语境。

文学史讲“盛唐气象”，大抵视如自然而然的事情，四海晏清的大唐帝国有 GDP 强力支撑，理当放射灿烂的文明之光。具体说到诗歌的繁荣，或有可以细述的缘由，譬如汉魏六朝乐府古调的铺垫，沈（佺期）宋（之问）整饬诗律的贡献，初唐以来文化之昌明，似乎还有科举方面的原因。宋人严羽《沧浪诗话》有谓：“唐以诗取士，故多专门之学，我朝之诗所以不及也。”但是，此说屡遭后人反诘，王世贞《艺苑卮言》就说“人谓唐以诗取士故诗独工，非也”，理由是“凡省试诗类鲜佳者”。杨慎《升庵诗话》也说：“诗之盛衰，系于人之才与学，不因上之所取也。”钱振锽《谪星说诗》更是说得直白：“天生一种诗人，决不为朝廷取士不取士所累。”也许最重要的一个反例是，盛唐时期两位最伟大的诗人李白和杜甫都不是科举出身，这说明“以诗取士”的政策导向对诗歌创作或许更是有弊无益之事。其实，与当日科举更有联系的首先不是做诗，而是编纂教人如何做诗属文的类书，如《兔园策》《随身宝》乃至《初学记》一类排比事类的大小卷册，还有《艺文类聚》那种兼有类书与总集性质的东西，皆应试士子必备之“教辅读物”。过去，闻一多注意到类书导致初唐诗作的平庸，向人们描述了赖此组装文词的诗歌“构成程序”（《类书与诗》），而事实上类书对诗和文学的影响远不止于初唐。今人葛兆光就类书的泛滥检讨有唐一代之文化策略，指出如此以文藻为诗赋，将知识和思想简化成一种应付背诵和制艺的文本，对于主流意识形态的话语整合极其有效，其结果自然是带来了一种浮靡华丽的装饰意味（《中国思想史》第二卷）。

如果“盛唐气象”的说法真有所谓美学上的意义，那么一个不能绕过的问题是，无风无浪的丰裕社会如何成为艺术的精神温床？老话说“国家不幸诗家幸”，而诗家倘有不幸则更是诗坛之幸，屈原被逐乃赋《离骚》，司马迁劫后发愤著书，文学史上传世大作大凡离不开令人困惑、无奈或是具有某种紧张感的现实语境。然而，这些道理似乎也有不灵的时候，安史之乱以前的盛唐之世确是诗歌繁盛之时，像孟浩然、王昌龄、王维都是那一时期的代表，李白的主要作品也多作于遭乱之前。毋须重作价值考量，历来对盛唐诗歌的赏誉早已说明问题。不过，前人诗话里的种种赞辞与其说是文学批评，不如说是不由自主的叹服——所有的道理尽可撇开，只是因为那些诗里有着缘于生命本质的天真。这一点李白尤甚，其仗剑任侠，饮酒放歌，“天子呼来不上船”，那种摆脱了士大夫精神重负的潇洒意态自古能有几人？难怪令人惊羡。也许是盛唐的太平年景给予文人难得的安全感，使他们的天性免遭忧患之厄，得以施展逸气横生的想象。虽说置身浅俗浮华的文化氛围之中，但真正有才能的诗人不会受缚于官修类书给定的话语系统，相反那种尽以藻饰为务的俗套以及六朝绮靡诗风，正是李白、王维他们欲意扫除的障碍——不是说太平诗人缺乏冲突的语境吗，这中间就有着对抗的张力。对于社会、政治、风俗人心，李白和盛唐诸家说不上有何深刻之见，他们漂亮的诗句不能给人以思想震动，却实实在在找回了士者的自我认同和人与自然的默契，让人感悟到生命的真谛。在以礼法为基础的观念系统中，如许天真的诗意几乎是前无古人后无来者，盛唐诗人那种清浅澄澈、自然流丽的语言风格以后就再也没有了。在李白、王维生命的最后几年中，鼎盛之际的大唐帝国被安史之乱拖入衰败，一个童话般的时代辄然而止。

李白（701—762），字太白，出生于安西都护府所辖之碎叶（今吉尔吉斯斯坦共和国托克马克附近），据称祖籍陇西成纪（今甘肃秦安），幼年时随家人迁居绵州昌隆（今四川江油）。李白自幼聪颖，自述“五岁诵六甲，十岁观百家”（《上安州裴长史书》），“十五观奇书，作赋凌相如”（《赠张相镐》）。显然，他终身并未出入儒家堂庑，他在诗中写道：“我本楚狂人，凤歌笑孔丘。”（《庐山谣寄卢侍御虚舟》）“儒生不及游侠人，白首下帷复何益。”（《行行且游猎篇》）《新唐书》本传称其“喜纵横术，击剑，为任侠，轻财重施”，又谓“晚好黄老”。他早年漫游长江中下游各地，后北上山西，西入长安，东至齐鲁。天宝元年（742）客居会稽，结识道士吴筠。继而吴筠被玄宗召赴京师，他也一同入内荐待诏翰林。李白素有抱负，以为这一来就有参政议政的机会了，其实玄宗置翰林院，广罗词学、经术、僧道、卜祝、书弈之士，是让他们以才艺供奉内廷，而朝政大事岂容这班人置喙。李白在长安待了三年，实在无趣，只好走人。

天宝三载（744），李白乃往中原游历，与杜甫相识于洛阳，两位大诗人建立了终身友谊。十年后，安史之乱致长安陷落，遍地兵燹之际，李白渴望报效国家。至德元载（756），适逢永王李璘在江陵起兵讨贼，李白辟为幕府。其时肃宗(李亨)已在流亡中即位,企图趁乱篡逆的永王与蜀中的朝廷形成对峙。翌年兵败,李白获罪坐放夜郎(今贵州正安),中途遇赦得还。年近六旬的李白此际仍壮怀激烈,还想投身翦灭安史残部的战事,终因患病未果。宝应元年(762),李白在漂泊中客死长江边上的当涂(今属安徽),年六十一岁。

李白是一个很奇怪的诗人,一方面受道家和道教影响,满脑子求仙问道的虚无缥缈之想,一方面却渴望建功立业。他羡慕辅佐齐桓公的管仲,又很想在鲁仲连与诸葛亮之间寻找自己的人生坐标。他不乏儒家的用世之心,亦有纵横家谋定乾坤之理想,而更多的却是一种游侠之风。其实,他并不拘泥于任何学理、教义和意识形态,体现在他诗作中的完全是一种任由天性自然发展的东西。譬如,“郎骑竹马来,绕床弄青梅”是一种天真,而“游说万乘苦不早,着鞭跨马涉远道”还是一种天真。像他这样的诗人自古以来好像没有第二人。

李白存世的诗歌有九百多首,主要见于宋人刊刻的《李太白文集》和《李翰林集》,以后清人王琦辑注的《李太白诗集注》更为详备。

本篇选录李白诗七首,分别说明如下:

《长干行》,原题二首,以前有人认为其二系李益或张朝所作,这里选录其一。长干,古代里名,在今南京秦淮河南岸一带。长干行,乐府古调。此诗颇似《古诗十九首》思妇诗之格调,但叙事更明快,抒情更深挚,更富生活气息。

《南陵别儿童入京》,李白一生有两次入京,一次是开元二十年(732)前后,一次是天宝元年(742),相隔十年光景,一般认为此诗写于后一次入京,章培恒考证是前一次,即不晚于开元二十一年,他与骆玉明合撰的《中国文学史新著》亦采用这一说法。此诗状物写景颇为生动,衬托着诗人的天真、乐观、自信,极富感染力。

《梁甫吟》,亦作《梁父吟》,本是古代民间葬歌,文人乐府诗亦有借用此调。郭茂倩《乐府诗集》收录传为诸葛亮所作一首,写春秋时齐相晏子“二桃杀三士”,以吊贤士之冤。李白诗中亦援引这一典故,在陈述贤能者遭嫉的同时却表达了一种积极的态度,那就是居易俟命,以待风云际会。《唐宋诗醇》云:“此诗当在遭谗被放后作。”(按,李白天宝三载离京有不同说法,《旧唐书》说是唤高力士脱靴而被“斥去”,《新唐书》称:“白自知不为亲近所容……恳求还山,帝赐金放还。”)

《将进酒》,也是乐府旧题,郭茂倩《乐府诗集》名曰《汉铙歌》,古辞有

"将进酒,乘大白",大率以饮酒放歌为言。汉魏以来,文人感悟人生苦短,鼓吹及时行乐乃诗中常有之义,解读李白此诗亦可联系这一文化语境。不过,李白的饮酒作乐却是狂放至极,是个性淋漓尽致的发挥,他一扫《古诗十九首》的苍凉,亦完全不是陶渊明那种了无醉意的超然物外。如果说饮酒之于李白同样有着曹操对酒当歌的豪迈,却是将昔日王者风云之气还原为"饮者"的狂欢——赋予对生命本身的期许。

《梦游天姥吟留别》,这首游仙诗大概是天宝三载离京后所作,清人陈沆《诗比兴笺》认为,"此篇即屈子《远游》之旨……题曰留别,盖寄去国离都之思,非徒酬赠握手之什"。但是,此诗意境阔大,喻象丰富,并非只是屈原式的"悲时俗之迫厄兮"。李白总是善于从忧愤中求得解脱,以凌越现实的寻梦精神继而踏入"千岩万转"的人生之路。

《月下独酌》,原题四首,此为其一。"月"与"酒"是李白诗中最具符号意义的字眼,"月"被赋予彼岸性的美好寓意,而"酒"不啻摆脱现实污浊的助力。诗人孤独之中,把酒邀月,"对影成三人"而进入自得其乐的狂欢境界。此诗前八句用平声韵,后六句换仄声韵,转折之中带来情绪递进,是一种很微妙的表达。

《山中与幽人对酌》,七言绝句,写花间对酌,杯盏交错之中却有宁静之意。一般读者认识李白,最初都由五七言绝句入手,如《静夜思》《玉阶怨》《黄鹤楼送孟浩然之广陵》《朝发白帝城》等。这些短诗用语平易而极富画面感,想象的空间很大,此诗也有这种特点。

长干行

妾发初覆额,折花门前剧[1]。
郎骑竹马来,绕床弄青梅[2]。
同居长干里,两小无嫌猜。
十四为君妇,羞颜未尝开。
低头向暗壁,千唤不一回。
十五始展眉,愿同尘与灰[3]。
常存抱柱信[4],岂上望夫台[5]。
十六君远行,瞿塘滟滪堆[6]。
五月不可触[7],猿声天上哀。

门前迟行迹，一一生绿苔[8]。
苔深不能扫，落叶秋风早。
八月蝴蝶黄[9]，双飞西园草。
感此伤妾心，坐愁红颜老。
早晚下三巴[10]，预将书报家。
相迎不道远，直至长风沙[11]。

【注释】

[1] 妾，女子自谓。初覆额，指年幼，头发尚短。剧，玩耍。

[2] "郎骑"二句，成语"青梅竹马"之所出。竹马，旧时儿童游戏时以竹竿当马骑。床，井栏。《宋书·乐志四》所录《淮南王篇》："后园凿井银作床，金瓶素绠汲寒浆。"

[3] "十五"二句，谓年事稍长，懂得要与夫君同甘共苦。始展眉，眉宇间始有情感流露。尘与灰，犹言至死不渝，化作尘土也将在一起。

[4] 抱柱信，信守誓约的意思。《庄子·盗跖》："尾生与女子期于梁下，女子不来，水至不去。抱梁柱而死。"

[5] "岂上"句，深信夫君有"抱柱"的信守，自己决不会成为望夫台上的化石。望夫台，民间传说女子日日在山顶迎望外出的丈夫，久而久之变成了一块石头。

[6] 瞿塘，即瞿塘峡，长江三峡中最险峻的一处江峡，在白帝城至巫山县大溪镇之间。滟滪堆，瞿塘峡口的一块礁石，丰水期隐没在水面之下，往往使船只触礁沉没。

[7] "五月"句，旧历五月是长江上游汛期，舟人有谚："滟滪大如襆，瞿塘不可触。"

[8] "门前"二句，在门口等待丈夫归来的行迹，却见路上都长出青苔了。迟（zhí）：等待。

[9] 蝴蝶黄，《全唐诗》作"蝴蝶来"。

[10] 三巴，即巴郡、巴东、巴西三郡，巴郡、巴东二郡大部分在今重庆境内，巴西郡在今四川绵阳一带。

[11] 长风沙，地名，在今安徽怀宁县东。陆游《入蜀记》："自金陵至长风沙七百里，而室家来迎其夫，言其远也。"

南陵别儿童入京[1]

白酒新熟山中归，黄鸡啄黍秋正肥。
呼童烹鸡酌白酒，儿女歌笑牵人衣。
高歌取醉欲自慰，起舞落日争光辉。
游说万乘苦不早[2]，著鞭跨马涉远道。

会稽愚妇轻买臣[3],余亦辞家西入秦[4]。
仰天大笑出门去,我辈岂是蓬蒿人[5]。

【注释】

[1] 南陵,今安徽南陵县,位于长江南岸。

[2] 万乘,即天子、帝王。周制,天子地方千里,出兵车万乘,诸侯地方百里,出兵车千乘,故称天子为“万乘”。

[3] 会稽愚妇,指朱买臣妻。汉代朱买臣早年家贫,好读书,不治产业,四十岁时尚为樵夫,自谓五十当富贵。其妻不信,弃之而去。后果真衣锦还乡,为会稽太守,其妻羞愧之下上吊而死。事见《汉书·朱买臣传》。

[4] 秦,指长安。

[5] 蓬蒿人,山野之人。

梁甫吟

长啸梁甫吟,何时见阳春[1]?
君不见朝歌屠叟辞棘津,八十西来钓渭滨[2]。
宁羞白发照清水,逢时壮气思经纶[3]。
广张三千六百钓,风期暗与文王亲[4]。
大贤虎变愚不测[5],当年颇似寻常人。
君不见高阳酒徒起草中,长揖山东隆准公[6]。
入门不拜逞雄辩,两女辍洗来趋风[7]。
东下齐城七十二[8],指挥楚汉如旋蓬[9]。
狂客落魄尚如此[10],何况壮士当群雄!
我欲攀龙见明主,雷公砰訇震天鼓[11]。
帝旁投壶多玉女[12],三时大笑开电光[13],
倏烁晦冥起风雨[14]。
阊阖九门不可通,以额叩关阍者怒[15]。
白日不照吾精诚,杞国无事忧天倾[16]。
猰貐磨牙竞人肉[17],驺虞不折生草茎[18]。
手接飞猱搏雕虎,侧足焦原未言苦[19]。
智者可卷愚者豪[20],世人见我轻鸿毛。
力排南山三壮士,齐相杀之费二桃[21]。
吴楚弄兵无剧孟,亚夫咍尔为徒劳[22]。

梁甫吟，声正悲。
张公两龙剑，神物合有时[23]。
风云感会起屠钓[24]，大人岘屼当安之[25]。

【注释】

[1] “长啸”二句，元人萧士赟《分类补注李太白诗》：“喻有志之士何时而遇主也。”

[2] “君不见”二句，言吕尚（即吕望，俗称姜太公）当年不过是屠牛卖肉之徒，八十岁后西渡黄河钓于渭水之阳，遇到文王尚能成就一番事业。朝歌屠叟，相传姜太公曾于朝歌屠牛。朝歌，商代末期的别都，即今河南淇县。棘津，古时黄河重要渡口，在今河南延津县东北，后黄河改道，遂湮。

[3] 经纶，治国方略。《易经·屯卦》：“君子以经纶。”

[4] “广张”二句，言吕尚在渭河边垂钓整整十年，如此淡定的气度与文王暗自契合。三千六百钓，即十年间的三千六百日。风期，品格、风度。

[5] “大贤”句，言大人物行止屈伸，变化莫测，非常人所能料。虎变，谓虎身花纹斑驳多彩，极富变化。《易经·革卦》：“大人虎变，其文炳也。”

[6] “君不见”二句，言郦食其以布衣身份谒见刘邦，授以安邦定国之策。高阳酒徒，郦食其自称“高阳酒徒”。《史记·郦生陆贾列传》：“走！复入言沛公（刘邦），吾高阳酒徒也，非儒人也。”山东隆准公，指刘邦。山东，秦汉时统称华山或崤山以东黄河流域为山东。隆准，指鼻梁高。《史记·高祖本纪》：“高祖为人，隆准而龙颜……”

[7] “入门”二句，言郦食其谒见刘邦时“长揖不拜”，施以雄辩的口才，使得正由婢女服侍洗脚的刘邦对他也不敢怠慢。《史记·郦生陆贾列传》：“沛公至高阳传舍，使人召郦生。郦生至，入谒，沛公方倨床使两女子洗足，而见郦生。郦生入，则长揖不拜。”辍洗，停止洗濯。趋风，疾行如风将之延入上座。

[8] “东下”句，指郦食其游说齐王田广，使其所辖七十余城归汉。

[9] 旋蓬，空中飘旋的蓬草，喻轻易。

[10] 狂客，指郦食其。《史记·郦生陆贾列传》：“郦生食其者……县中皆谓之狂生。”

[11] “我欲”二句，表示自己怀有辅佐帝王之业的大志向，雷公都为他敲响了天鼓。砰訇，形容声音宏大。

[12] “帝旁”句，喻指皇帝（玄宗）整日与嫔妃寻欢作乐。投壶，一种古代游戏。旧题东方朔撰《神异经·东荒经》：“（东王公）恒与一玉女投壶。每投千二百矫，设有入不出者，天为之嘘。矫出而脱误不接者，天为之笑。”

[13] “三时”句，言帝妃之荒嬉无度让老天爷都嗤笑，以致从早到晚都有雷鸣电闪。三时，早、午、晚。电光，即闪电，古人称闪电为“天笑”。

[14] 倏烁晦冥，指闪电明灭不定。此句暗示国事难料。

[15] “阊阖”二句，犹言深宫难越，即使“以额叩关”也是报国无门。阊阖，天门。《离

骚》:“吾令帝阍开关兮,倚阊阖而望予。”阍者,看守天门的人。

[16] “白日”二句,感叹精诚之心不被人主理解,倒显得自己是在杞人忧天。《列子·天瑞》:“杞国有人忧天地崩坠,身亡所寄,废寝食者。”

[17] 猰貐(yàyǔ),传说中食人的怪兽,喻指凶险阴毒之人。

[18] 驺虞,传说中的义兽,不食生物。诗人以驺虞自比,与“猰貐”之辈形成对照。

[19] “手接”二句,称只手搏击各种猛兽,哪怕身陷险境也无所畏惧。接,缚。飞猱,猿猴。雕虎,传说中的猛兽,因身有花纹,如同雕画,故名。汉张衡《思玄赋》:“执雕虎而试象兮,阽焦原而跟止。”飞猱、雕虎均喻指凶险之人。焦原,山名,在山东莒县南,险峻之地。《尸子》下:“莒国有石焦原,广寻长五百步,临万丈之溪。”

[20] “智者”句,言智者可忍一时之屈,而愚者只知一味骄横。卷(quán),曲也,指掩其锋芒。

[21] “力排”二句,用“二桃杀三士”典故,言贤能者往往遭嫉而受残害。

[22] “吴楚”二句,言汉景帝时,吴楚等七国诸侯王起兵反汉,竟不用侠士剧孟,难怪周亚夫讥笑他们成不了大事。《史记·游侠列传》:“吴楚反时,条侯为太尉,乘传车将至河南,得剧孟,喜曰:‘吴楚举大事而不求孟,吾知其无能为已矣。’”咍(hāi)尔,讥笑。

[23] “张公”二句,用西晋大臣张华宝剑之典。《晋书·张华传》云:张华与雷焕观星宿纬象,知有宝剑光气犯斗牛间。雷焕因在丰城(今属江西)掘地得龙泉、太阿双剑,自己藏匿一剑,另一柄送张华。张华给雷焕的信中说,“详观剑文,乃干将也,莫邪何复不至?虽然,天生神物,终当合耳。”后张华被诛,干将不知所终。雷焕死后,其子携莫邪经延平律(今福建南平市东),剑忽于腰间跃入水中,与早已在水中的干将会合,化作两条蛟龙。诗中用此终合之论,是说自己总有一天会与明君遇合。

[24] “风云”句,看似不起眼的钓徒(吕尚)就能感知风云际会。古人认为云从龙,风从虎,以风云际会形容君臣相得,成就大业。

[25] “大人”句,有大志向的人遇一时坎坷当泰然处之。岘屼(nièwù),不安貌,此指困顿颠踬。

将[1]进酒

君不见黄河之水天上来,奔流到海不复回。
君不见高堂明镜悲白发,朝如青丝暮成雪[2]。
人生得意须尽欢,莫使金樽空对月。
天生我材必有用,千金散尽还复来。

烹羊宰牛且为乐，会须一饮三百杯[3]。
岑夫子，丹丘生[4]，将进酒，杯莫停。
与君歌一曲，请君为我倾耳听。
钟鼎玉帛岂足贵[5]，但愿长醉不复醒。
古来圣贤皆寂寞，惟有饮者留其名。
陈王昔时宴平乐[6]，斗酒十千恣欢谑。
主人何为言少钱，径须沽取对君酌。
五花马，千金裘[7]，
呼儿将出换美酒[8]，与尔同销万古愁[9]。

【注释】

[1] 将(qiāng)，请。后文"将出"，意为拿出，取出。

[2] "君不见"四句，言人生易老，犹如逝水。以"黄河之水"起首，气势磅礴，悲怆之中豪气逼人。

[3] 会须，应当。

[4] 岑夫子、丹丘生，即岑勋、元丹丘，二人均为李白朋友。岑勋曾伴李白往嵩山元丹丘家中豪饮，李白有《酬岑勋见寻就元丹丘对酒相待以诗见招》一诗记述其事，曰："不以千里遥，命驾来相招。中逢元丹丘，登岭宴碧霄……开颜酌美酒，乐极忽成醉。我情既不浅，君意方亦深。相知两相得，一顾轻千金。"

[5] "钟鼎"句，一作"钟鼓馔玉不足贵"。钟鼎玉帛，以王公贵胄之饮食衣着喻指崇尚富贵的价值观。

[6] 陈王，即曹植，魏明帝太和六年封为陈王。平乐，观明。曹植《名都篇》云："归来宴平乐，美酒斗十千。"下句"斗酒十千"即出此，形容酒之昂贵。

[7] 五花马、千金裘，言珍贵之物。将马匹鬃毛剪成花瓣状是唐人风气，分五瓣者，称"五花马"，亦称"五花"。杜甫《高都护骢马行》："五花散作云满身，万里方看汗流血。"仇兆鳌注引郭若虚曰："五花者，剪鬃为瓣，或三花，或五花。"又，王琦注曰："五花马，谓马之毛色作五花文者。"

[8] 儿，即侍儿。

[9] 万古愁，今人葛兆光《唐诗选注》注曰：此即"朝如青丝暮成雪"之生命忧患。

梦游天姥吟留别[1]

海客谈瀛洲，烟涛微茫信难求[2]。
越人语天姥，云霓明灭或可睹[3]。
天姥连天向天横，势拔五岳掩赤城[4]。

天台四万八千丈,对此欲倒东南倾[5]。
我欲因之梦吴越,一夜飞度镜湖月[6]。
湖月照我影,送我至剡溪[7]。
谢公宿处今尚在[8],渌水荡漾清猿啼[9]。
脚著谢公屐,身登青云梯[10]。
半壁见海日,空中闻天鸡[11]。
千岩万转路不定,迷花倚石忽已暝。
熊咆龙吟殷岩泉[12],栗深林兮惊层巅。
云青青兮欲雨,水澹澹兮生烟。
列缺霹雳[13],丘峦崩摧。
洞天石扇,訇然中开[14]。
青冥浩荡不见底,日月照耀金银台[15]。
霓为衣兮风为马,云之君兮纷纷而来下[16]。
虎鼓瑟兮鸾回车,仙之人兮列如麻[17]。
忽魂悸以魄动,怳惊起而长嗟[18]。
惟觉时之枕席,失向来之烟霞[19]。
世间行乐亦如此,古来万事东流水。
别君去兮何时还,且放白鹿青崖间,
须行即骑访名山[20]。
安能摧眉折腰事权贵,使我不得开心颜[21]!

【注释】

[1] 天姥(mǔ),山名,在剡县南(今浙江嵊州与新昌之间),是道教七十二福地之一(《云笈七签》卷二十七)。吟留别,一作“别东鲁诸公”。

[2] “海客”二句,谓出海人说起瀛洲,波涛渺茫之中难以见证是否有那个地方。瀛洲,传说中海上三仙山之一。旧题东方朔撰《海内十洲记》:“瀛洲在东海中,地方四千里,大抵是对会稽去西岸七十万里……”

[3] “越人”二句,谓越地之人提到的天姥山,云雾缭绕,烟霞忽明忽暗,有时尚能看到山峰。

[4] 赤城,山名,在天台县(今属浙江)北,为天台山南脉。晋人孙绰《游天台山赋》:“赤城霞起而建标,瀑布飞流以界道。”李善注:“支遁《天台山铭序》曰:往天台当由赤城山为道径。孔灵符《会稽记》曰:赤城山名色皆赤,状似云霞。”又,王琦注此诗:“《太平广记》:章安县西有赤城山,周三十里。一峰特高,可三百余丈。顾野王《舆地志》云:赤城山有赤石罗列,长里余,遥望似赤城。”按,章安县,汉置,治今浙江临海市东南。

[5] “天台”二句，是说天台不管多么高大，让天姥山一比，它这边就像天倾地陷似的矮了下去。天台，山名，因在天姥山东南，故曰“东南倾”。

[6] “我欲”二句，诗人称越人关于天姥山之种种言说让他有了这番吴越大地梦游之旅，于是自己当夜就飞来镜湖赏月。镜湖，在今浙江绍兴，是东汉永和年间筑塘蓄水建起的人工湖，后改称鉴湖。

[7] “湖月”二句，是说又从镜湖梦游至剡溪。剡溪，即曹娥江上游，今浙江嵊州境内。

[8] 谢公，即东晋诗人谢灵运。谢家在剡溪流经的始宁县筑有庄园和别业，谢灵运曾数度在此隐居。按，始宁县，汉置，在今浙江嵊州北部至上虞南部。

[9] 渌水，清澈的水流。汉张衡《东京赋》：“于东则洪池清籞，渌水澹澹。”

[10] 谢公屐，谢灵运为游山专门设计的一种木屐，“上山则去其前齿，下山去其后齿”，见《南史》本传。青云梯，指上山的青石小径。谢灵运《登石门最高顶》：“惜无同怀客，共登青云梯。”

[11] “半壁”二句，海上升起的旭日刚照亮朝东半面山崖，空中就传来天鸡的啼鸣。南朝梁任昉《述异记》卷下：“东南有桃都山，上有大树，名曰桃都，枝相去三千里。上有天鸡，日初出，照此木，天鸡则鸣，天下鸡皆随之鸣。”

[12] 殷(yīn)，震动。司马相如《上林赋》：“车骑靁起，殷天动地。”此句以下，多有拟楚辞笔法。

[13] 列缺，指闪电。《史记·司马相如列传》：“贯列缺之倒景兮，涉丰隆之滂沛。”裴骃集解引《汉书音义》：“列缺，天闪也。”

[14] “洞天”二句，犹言仙窟石门轰隆隆地打开。訇然，轰隆作响。

[15] “青冥”二句，描述仙境别有洞天，气象浩渺，深不见底，神仙宫阙浸沐着日月光辉。青冥，天庭。金银台，喻指宫阙。

[16] “霓为衣”二句，言云中的神仙身披彩虹，纷纷乘风而来。霓，色彩稍暗的彩虹。云之君，似指云神。《楚辞·九歌》有“云中君”。

[17] “虎鼓瑟”二句，进而描述梦幻中的离奇景象：猛虎弹瑟，鸾鸟挽车，无数仙人纷来沓至。回车，驾车。回，运转。列如麻，言其多。

[18] “忽魂悸”二句，忽然从梦幻中惊悸，醒来嗟叹不已。忽、恍，都是突然的意思。

[19] “惟觉时”二句，是说醒来只见自己睡的枕席，梦境中一路所见的烟霞已荡然无存。

[20] “别君去”三句，“别君去”是要去寻求辅佐君主的机遇，但不知何时还会归隐山林，故让友人先将白鹿放置山崖间，自己回归后可骑鹿游访名山。白鹿，传说仙人、隐士多骑白鹿。梁庾肩吾《道馆诗》：“仙人白鹿上，隐士潜溪边。”

[21] “安能”二句，是对上文“何时还”的一个解释，表示自己尽管追求仕进，却不会低头哈腰去服侍权贵，做一些让自己不开心的事情——倘若无法保持这种自尊，还将重归山林。摧眉，低眉，低头。李白《秦女休行》：“素颈未及断，摧眉伏泥沙。”

月下独酌

花间一壶酒，独酌无相亲[1]。
举杯邀明月，对影成三人[2]。
月既不解饮，影徒随我身。
暂伴月将影[3]，行乐须及春。
我歌月徘徊，我舞影零乱。
醒时同交欢，醉后各分散。
永结无情游[4]，相期邈云汉[5]。

【注释】

[1] 相亲，这里指亲近者。杜甫《江村》："自来自去堂上燕，相亲相近水中鸥。"

[2] "举杯"二句，举杯邀月，月光在身后投下人影，形成月、人、影三者同欢。李白另一首《独酌》："独酌劝孤影，闲歌面芳林。"宋人吴开《优古堂诗话》认为李白这是"一意两用"，曰："太白：'举杯邀明月，对影成三人。'又云：'独酌劝孤影。'此意亦两用矣。然太白本取渊明'挥杯劝孤影'之句。"按，陶诗《杂诗十二首》之二："欲言无予和，挥杯劝孤影。"

[3] 将，与，共。

[4] 无情，指月与影皆不通人事。

[5] 邈云汉，邈远的星空。

山中与幽人对酌

两人对酌山花开，一杯一杯复一杯。
我醉欲眠卿且去[1]，明朝有意抱琴来。

【注释】

[1] "我醉"句，用陶渊明语意。《宋书·隐逸传》："潜不解音声，而畜素琴一张，无弦，每有酒适，辄抚弄以寄其意。贵贱造之者，有酒辄设。潜若先醉，便语客：'我醉欲眠，卿可去。'其真率如此。"

【思考题】

1. 对照《梁甫吟》与《梦游天姥吟留别》这两首诗，试分析李白的人生取向何以锁定"宫阙"与"山林"两个极端？严格说，李白并非传统意义上的士大夫文人,他不是科举出身,虽说曾以词学才艺选入翰林院,却未正经做过官;他不懂得士大夫的职场话语,却一心要"游说万乘"。这种政治抱负是战国纵横家的历史余绪,还是完全出于诗人的想象?

2. 李白诗中经常化用楚辞的语句和意象,屈原显然是他最喜欢的诗人之一,他和屈原一样都渴望君臣相得的机会而成就大业,同样二人的作品也都极富浪漫而瑰丽的想象……可是,你能说说他们诗歌风格的不同之处吗?是否可以说,李白不像屈原那么忧愤,也少了一份"众人皆醉而我独醒"的苦涩?为什么?

3. 李白的饮酒诗都很有名,本篇选录了其中的三首。分析这些主题相近的诗篇,注意艺术手法的多样性和性格内涵的丰富性。

【拓展阅读】

1. 瞿蜕园、朱金城:《李白集校注》,上海古籍出版社 2011 年版。

2. 林庚:《诗人李白》,上海古典文学出版社 1956 年版。

3. 王运熙:《汉魏六朝唐代文学论丛》,上海古籍出版社 1982 年版。

4. 葛兆光:《唐诗选注》,人民文学出版社 2007 年版。

第十一章　杜　甫

杜甫比李白小十一岁，自天宝三载在洛阳与李白相识，两人就结为至交。朋友归朋友，他俩的命运却有很大差异，作诗的风格更是大相径庭。或许，他们的年龄差距正好赶在一个历史节骨眼上：李白领盛唐风骚，天真豪迈地抒发抱负与理想，大抵也是太平年景的痴人说梦；而出道稍晚的杜甫，却要在离乱之中吟哦人生之痛，他的重要作品大多写于安史之乱以后。章培恒、骆玉明作《中国文学史新著》（复旦大学出版社 2007 年增订本），对文学史分期有一个别出心裁的意见，恰在这两位大诗人之间划了一道线，将他们分别归入"中世文学"的不同时期。

这个分界点就是唐玄宗天宝十四载（755）发生的安史之乱。"渔阳鼙鼓动地来"，诗的命运从此改变，从盛世走进乱世的诗人们告别了"裘马清狂"的岁月，"路衢惟见哭，城市不闻歌"的现实让他们开始体味人间的悲催。他，也就是大诗人杜甫，在"白头吟望苦低垂"之中，从头再把世界打量。

杜甫（712—770），字子美，祖籍襄阳（今属湖北），出生于巩县（今属河南）。初唐诗人杜审言之孙，据说其祖上可追溯到晋代名将杜预（李白则称汉代飞将军李广之后）。早年曾漫游吴越齐鲁，赋诗交友，结识李白、高适、李邕等。开头的日子过得相当惬意，可是未及安史乱起，郁闷就找上来了。开元二十三年（735），举进士不第。天宝六年（747）应玄宗选贤诏赴长安应试，又落败。此后困居长安十年。天宝十四载，因献三大礼赋，得任右卫率府胄曹参军，一个掌管兵器甲仗和门禁锁钥的小官。翌年，安禄山兵陷京师。杜甫在流亡中找寻流亡的朝廷，两年时间里辗转各处，备尝艰辛。至德二载（757），在凤翔得谒于上年即位的肃宗，任为左拾遗。但杜甫官运实在不济，很快因事触怒肃宗，被贬华州司功参军。在赴华州途中，目睹民生惨状，写出著名的"三吏""三别"（《新安吏》《潼关吏》《石壕吏》，《新婚别》《垂老别》《无家别》）。乾元二年（759）弃官西行，经秦州、同谷，由陇右入蜀。他客居成都六载，曾入剑南节度使严武幕府，被保举为检校工部员外郎，这是他一生中品阶最高的职位，故世称“杜工部”。永泰元年(765)离开成都，又在夔州(今重庆奉节)住了两年，名篇《秋兴》《咏怀古迹》《登高》等皆成于此。大历三年(768)，蜀中已乱，杜甫于贫病中携眷北归，扁舟出峡，沿江入湘。他居无定所地漂泊了三载，最后卒于耒阳舟中，年仅五十九。

跟盛唐多数成名诗人相比，杜甫显得格外命乖运蹇，虽说也赶上了开元、天宝的好时光，但在长安求官时已耗尽祖产，此后一辈子就是一个穷字。他抱着“致君尧舜上，再使风俗淳”(《奉赠韦左丞丈二十二韵》)的政治理想来到天子脚下，却在长久的困踬中销磨豪气。当李白豪情万丈地歌吟“天生我材必有用”(《将进酒》)的时候，杜甫眼见“诸公衮衮登台省”(《醉时歌》)，心里真是酸溜溜的，实在还有几分嫉恨。用一个不恰当的比喻说，如果李白留给后人是一种阳光少年的印象，那么杜甫到老来也似一腔不平的“愤青”。《旧唐书》本传言其“性褊躁，无局度”(《新唐书》谓“性褊躁傲诞”)，想来诸事不顺气也不顺。除了在长安、成都两地居住稍久，杜甫一生大多时间都在辗转流徙，甚而沦入“岁拾橡栗随狙公”(《寓居同谷县作歌》)的悲境，他在颠沛流离中经受种种磨难，同时亦阅尽苍生之苦，这也使他对社会危机有着较为深刻的认识。毫无疑问，正是对苦难的切身感受将他与芸芸众生拉扯到一起。从早年《兵车行》痛言“武皇开边意未已”，到晚岁《咏怀古迹》中“萧条异代不同时”的无限感慨，透过王朝兴衰的一幕幕活剧，诗人体验着自身哀荣与民生疾苦的一体悲欢，庶几将民间话语引入文人诗的情感世界。像《自京赴奉先县咏怀五百字》和“三吏”“三别”那路平实而又句句斟情酌理、痛感沉酣的作品，已经完全摆脱了屈原以来诗家表达悽惋痛楚的习惯手法。像《岁晏行》一诗对民生诸事的关注，更是以问题意识超越了通常士人对穷苦百姓的悯恤，“去年米贵阙军食，今年米贱大伤农”，这里触及的正是至今一些为政者尚不觉痛痒的“三农”问题。过去孔子论诗讲“哀而不伤”，而杜甫偏是不理会这个尺度，满天下的艰难苦恨都让他撞上了，岂能缄口不言。当然，杜甫的诉苦抒愤不是粗声大嗓的号咷，不是板砖乱拍的骂骂咧咧，他追寻在苦难中将苦难客观化的艺术表达，这当然不是“愤青”的境界。说到底杜甫是襟怀阔大的“诗史”之家，他的诗作较之李白有着更为现实也更为开阔的精神视野，具有更加强烈的批判意识。

前人论及杜诗多以“沉郁顿挫”形容其风格，这个颇为贴切的说法倒是出自杜甫本人。他在《进雕赋表》里说：“臣之述作虽不足以鼓吹六经，先鸣数子，至于沉郁顿挫，随时敏捷，而扬雄、枚皋之流，庶可跂及也。”上表如此自诩，当然是有十分的底气。在诗歌艺术上杜甫继承了风骚乐府和汉魏古诗的优秀传统，是兼综众长的集大成者，但他并不以仿古为能事，而是创新求变，独开生面。“沉郁”是他审视世界的话语方式，有取材的考虑，亦在于捕捉诗的喻象和意象；而“顿挫”可谓其独到的修辞手段，体现为锻句炼字的出新出奇，以及声律上探求变化的精心琢磨。杜甫对近体律诗的发展有着重要贡献，在诗的铺叙手法上也颇有创制；他和李白都擅用口语入诗，但他更偏重那些生动活泼的俚谚俗语，故能锻铸亦谐亦庄的艺术效果。

杜甫存诗一千四百多首，悉入《杜工部集》或其补遗部分。清人仇兆鳌所辑《杜诗详注》汇集以前各家注释，颇为详备。以后浦起龙《读杜心解》、杨伦《杜诗镜铨》均为研习杜诗的重要参考书。

本篇选录杜甫诗十首，兹说明如下：

《醉时歌》，七言间杂五言的古风，作于天宝十三载，安史之乱前困居长安时。此诗借劝慰仕途蹇滞的郑虔，自叙落魄之况，尽抒牢骚不平之鸣，嘲慨之中亦见风趣。同样是饮酒的题目，不妨比较李白的《将进酒》，虽豪气十足，却不免少年得志的飘飘然。

《石壕吏》，五言乐府，约作于乾元二年(759)。跟“三吏”“三别”其他几首背景相同，诗中记叙的是杜甫自洛阳去华州途中所见。至德二载(757)，郭子仪、李光弼所率唐军在相州溃败，急于补充兵员，到处拉伕抓丁。杜甫虽怀“奉儒守官”的报国之心，但目击农村尽成废墟的残象，对朝廷之师祸害百姓的苛政还是深感焦虑。

《春日忆李白》，五言律诗，居长安时作。杜甫集中有多首投赠寄忆李白之作，这是比较有名的一首。“清新庾开府，俊逸鲍参军”，此二句对李白的概括颇贴切、传神。

《春望》，五言律诗，对此诗写作时间历来有争议，但肯定作于安史之乱后。诗中各联几乎都是千古名句，“感时花溅泪，恨别鸟惊心”一联尤佳。

《月夜忆舍弟》，五言律诗，安史乱后流徙中作。清人仇兆鳌《杜诗详注》引黄鹤注：“当是乾元二年在秦州作。是年九月，史思明陷东京及齐、汝、郑、滑四州，宜戍鼓之未休。二弟，一在许，一在齐，皆在河南，故忆之。”

《秋兴》二首，七言律诗，大历元年(766)流寓夔州时作。原题八首，此选第一首和第八首。前者写夔州秋景，气氛萧杀，意慨悲凉；后者企望长安，追忆昔日繁胜，低垂吟叹。这组诗历来评价甚高，是唐律中的精品。

《咏怀古迹》二首，七言律诗，也是大历元年作于夔州。原题五首，分别咏怀庾信、宋玉、王嫱(昭君)、刘备、诸葛亮，此选第一、第三两首。明王嗣奭《杜臆》称:“五诗皆借古迹以见己怀,非专咏古迹也……怀庾信、宋玉,以斯文为己任也;怀先主、武侯,叹君臣际会之难逢也。中间昭君一章,盖入宫见妒,与入朝见嫉者,千古有同感焉。”

《登高》,七言律诗,约作于大历二年(767),诗人仍滞留夔州。此诗句句皆对,颇显句法字法上的功力。宋人罗大经《鹤林玉露》盛赞“万里悲秋常作客,百年多病独登台”二句,有“一联八意”之妙。明胡应麟《诗薮》评曰:“通章章法、句法、字法,前无昔人,后无来学,此当为古今七言律第一,不必为唐人七言律第一也。”

醉时歌

赠广文馆博士郑虔

诸公衮衮登台省[1],广文先生官独冷[2]。
甲第纷纷厌粱肉[3],广文先生饭不足。
先生有道出羲皇[4],先生有才过屈宋[5]。
德尊一代常坎坷,名垂万古知何用?
杜陵野客人更嗤[6],被褐短窄鬓如丝。
日籴太仓五升米[7],时赴郑老同襟期[8]。
得钱即相觅,沽酒不复疑。
忘形到尔汝,痛饮真吾师[9]。
清夜沉沉动春酌,灯前细雨檐花落[10]。
但觉高歌有鬼神,焉知饿死填沟壑?
相如逸才亲涤器[11],子云识字终投阁[12]。
先生早赋归去来[13],石田茅屋荒苍苔。
儒术于我何有哉?孔丘盗跖俱尘埃[14]!
不须闻此意惨怆,生前相遇且衔杯。

【注释】

[1] 衮衮(gǔn),相继不绝貌。台省,台指御史台,省指尚书、中书、门下三省,“登台省”即谓入职中枢要津。

[2] 广文先生,即郑虔,唐郑州荥阳(今属河南)人,玄宗天宝初为协律郎,因被告私撰国史坐谪,后为国子监广文馆博士。其在官甚贫,与李白、杜甫为诗酒伴侣。《新唐书·郑虔传》:“明皇(玄宗)爱虔才,欲置左右,以不事事,更置广文馆,以虔为博士。在官贫约,甚淡如也。”

[3] 甲第，本谓封侯者的府邸，后泛指显贵的宅第。清仇兆鳌注云："有甲乙次第，故曰第。"厌粱肉，意同"朱门酒肉臭"（《自京赴奉先县咏怀五百字》）。

[4] 羲皇，传说中上古三皇之一伏羲氏。或同"羲黄"，指伏羲氏和黄帝。

[5] 屈宋，指战国时楚国大诗人屈原、宋玉。

[6] 杜陵野客，杜甫自号。杜陵，汉宣帝在杜县（今陕西西安东南）所筑陵墓，该县曾因之更名杜陵，杜甫天宝十载前后居此。又，宣帝皇后许氏墓园称少陵，在杜陵近旁，杜甫曾居少陵西，故亦自称"少陵野老"。

[7] 籴（dí），购入粮食。太仓，设在京城的官家粮仓。《旧唐书·玄宗本纪》："（天宝十二载）八月，京城霖雨，米贵，令出太仓米十万石，减价籴与贫人。"

[8] 同襟期，谓襟怀相契。襟期，襟怀、志趣。北齐高澄《与侯景书》："缱绻襟期，绸缪素分。"

[9] "忘形"二句，谓相酌间已忘形自得，不分你我，而真正的启迪来自于酒。

[10] "清夜"二句，饮酌之间，安谧的夜晚让人感受到一种春意，阶外细雨在灯前闪动，檐水像落花似的流淌下来。明王嗣奭《杜臆》云："檐水落，而灯光映之，如落银花。"

[11] 相如，即汉代辞赋家司马相如。《史记·司马相如列传》谓：司马相如与卓文君私奔后，于街市当垆卖酒，"相如身自著犊鼻裈，与保庸杂作，涤器于市中"。

[12] 子云，汉代辞赋家扬雄，字子云。据《汉书·扬雄传》，王莽篡位时，扬雄恬于势利，欲求文章成名于后世，但为刘棻一案牵连被缉拿，欲投阁自杀。传云："时雄校书天禄阁上，治狱使者来，欲收雄，雄恐不能自免，乃从阁上自投下，几死。"

[13] 归去来，指陶渊明《归去来兮辞》，这里指归隐之意。

[14] "儒术"二句，谓儒家治国平天下的规训对自己没有什么约束了，圣人也好，盗跖也好，早都成了虚幻的踪影。作者于此借醉意表心中不平，乃故作偏颇之语。王嗣奭《杜臆》曰："此篇总属不平之鸣，无可奈何之词，非真谓垂名无用，非真谓儒术可废，亦非真欲孔、跖齐观，又非真欲同寻醉乡也。"

石壕吏

暮投石壕村[1]，有吏夜捉人。
老翁逾墙走，老妇出门看。
吏呼一何怒，妇啼一何苦。
听妇前致词：三男邺城戍[2]，
一男附书至[3]，二男新战死。
存者且偷生，死者长已矣[4]。
室中更无人[5]，惟有乳下孙[6]。

有孙母未去，出入无完裙。
老妪力虽衰，请从吏夜归。
急应河阳役[7]，犹得备晨炊。
夜久语声绝，如闻泣幽咽[8]。
天明登前途，独与老翁别。

【注释】

[1] 石壕村，在今河南陕县东部。

[2] “三男”句，言自己三个儿子戍守邺城。邺城，即邺郡，在今河南安阳。此句至“犹得备晨炊”皆老妇对吏所叙。

[3] 附书，捎信。

[4] 长已矣，永远消逝了。

[5] 更无人，指没有男丁。

[6] 乳下孙，吃奶的孩子。

[7] 河阳，今河南孟县。乾元二年(759)，郭子仪兵溃，退守河阳。

[8] “夜久”二句，老妇被捉走后，老翁自当返家劝慰媳妇，夜深之后翁媳语声亦歇，这时阒无声息之中诗人仿佛听到了悲切的抽泣。

春日忆李白

白也诗无敌[1]，飘然思不群。
清新庾开府[2]，俊逸鲍参军[3]。
渭北春天树，江东日暮云[4]。
何时一樽酒，重与细论文。

【注释】

[1] 白，指李白。天宝初，杜甫与李白在洛阳相识，结为知己。以后二十多年间，彼此投赠寄忆之诗时有所出。

[2] 庾开府，即南北朝诗人庾信。初仕梁，元帝时出使西魏，被羁留长安。后以文才为西魏、北周所重，不许南归。北周孝闵帝时官骠骑大将军开府仪同三司，后人遂称“庾开府”。庾诗讲究使事用典、对仗排偶，却又能做到意脉贯通、自然无痕。

[3] 鲍参军，即南朝宋诗人鲍照。宋孝武帝时为中书舍人，临海王刘子顼出领荆州刺史，引为前军参军，故称“鲍参军”。他是第一个大量写作七言乐府的诗人，擅引口语入诗，风格雅丽俊朗。以上二句概括庾、鲍诗风，拟之李白。

[4] “渭北”二句，以不同地点、景物道出离别之思，当时杜甫在长安，李白浮游江南。仇兆鳌注云：“公居渭北，白在江东，春树暮云，即景寓情，不言怀而怀在其中。”

春　望

国破山河在，城春草木深[1]。
感时花溅泪，恨别鸟惊心[2]。
烽火连三月[3]，家书抵万金。
白头搔更短，浑欲不胜簪[3]。

【注释】

［1］“国破”二句，国破城春，对比中自有触景伤怀之意。宋司马光《温公续诗话》曰：“古人为诗，贵于意在言外，使人思而得之……如《春望》诗，国破山河在，明无余物矣，城春草木深，明无人迹矣。”

［2］“感时”二句，通常的理解是伤感之际看花也会流泪，离恨时分听到鸟鸣顿觉心惊肉跳。清人吴乔《围炉诗话》云：“花鸟乐事而溅泪惊心，景随情化也。”

［3］连三月，通常的说法是一连三个月都在打仗，但也有人解释说是从去年三月连着今年三月。清人浦起龙《读杜心解》注：“谓乱后两逢三月。”

［4］“白头”二句，以白发搔短道出心中愁绪。浑欲，犹言几乎就要怎么样了。不胜簪，就要插不住发簪了。晋张华谓其子曰：“利名萦锁，未遂山林之兴。短发搔白，浑不胜簪矣。”

月夜忆舍弟

戍鼓断人行[1]，边秋一雁声。
露从今夜白，月是故乡明[2]。
有弟皆分散，无家问死生。
寄书长不达，况乃未休兵[3]。

【注释】

［1］“戍鼓”句，言边塞鼓声扰散了天上的雁队。人行，排成人字的雁行。

［2］“露从”二句，白露、皓月，秋夜四望皎然的景象牵动思乡之愁。此联历来为人称诵。

［3］况乃，正乃，正是。况，犹正也、适也。

秋兴(八首选二)

其一

玉露凋伤枫树林[1],巫山巫峡气萧森[2]。
江间波浪兼天涌[3],塞上风云接地阴[4]。
丛菊两开他日泪,孤舟一系故园心[5]。
寒衣处处催刀尺,白帝城高急暮砧[6]。

其八

昆吾御宿自逶迤[7],紫阁峰阴入渼陂[8]。
香稻啄余鹦鹉粒,碧梧栖老凤凰枝[9]。
佳人拾翠春相问[10],仙侣同舟晚更移[11]。
彩笔昔游干气象,白头吟望苦低垂[12]。

【注释】

[1] 玉露,白露。隋李密《淮阳感秋》:“金风飏初节,玉露凋晚林。”

[2] 巫山,在今重庆巫山县。巫峡,即长江穿越巫山形成的陡峭峡谷,是三峡中的一段。

[3] 兼天,连天。

[4] 塞上。这里指夔州。杜甫《秋日夔府咏怀奉寄郑监李宾客一百韵》:“绝塞乌蛮北,故城白帝边。”

[5] “丛菊”二句,诗人滞留夔州两载,再度见到秋菊,不由勾起曩日伤心之泪,自己就像一叶飘泊的孤舟,心里系念着故园之情。这里用的是紧缩凝练的省略句法,语言的跳跃造成诗歌意象的错综之感,“他日泪”恍如菊丛滴出,而“故园心”更似孤舟所系,读来颇觉清新、警省。

[6] “寒衣”二句,暮色苍茫,白帝城头传出急促的捣衣砧声,诗人闻而生感,想到家家都在替出丁的亲人赶制寒衣。刀尺,裁剪衣服用的工具。砧,捣衣的石板(古时制衣多用上浆的办法使之挺括耐穿,捣衣是上浆的工序)。

[7] 昆吾、御宿,汉武帝宫苑名,《汉书・扬雄传》:“武帝广开上林,南至宜春、鼎胡、御宿、昆吾。”逶迤,曲折延绵。

[8] 紫阁,即终南山紫阁峰。渼陂,古代池泊,在陕西户县西,受终南山之水。

[9] “香稻”二句,犹言鹦鹉啄食香稻,余粒狼藉,凤凰长栖梧桐,老枝婆娑。此联用倒装句法,颇有一种奇崛之美。香稻,一作“红豆”。

[10] “佳人”句,言佳人游春。春相问,探候春景。

[11] “仙侣”句，回忆与岑参泛舟渼陂的乐事。杜甫《渼陂行》：“岑参兄弟皆好奇，携我远来游渼陂。”晚更移，时间往后推移。

[12] “彩笔”二句，追忆壮岁偕友同游，做诗亦如彩笔凌云，而今意气俱衰，只能低垂吟望长安帝所。

咏怀古迹（五首选二）

其一

支离东北风尘际，漂泊西南天地间[1]。
三峡楼台淹日月[2]，五溪衣服共云山[3]。
羯胡事主终无赖[4]，词客哀时且未还[5]。
庾信平生最萧瑟，暮年诗赋动江关[6]。

其三

群山万壑赴荆门[7]，生长明妃尚有村[8]。
一去紫台连朔漠，独留青冢向黄昏[9]。
画图省识春风面[10]，环佩空归月夜魂[11]。
千载琵琶作胡语，分明怨恨曲中论[12]。

【注释】

[1] “支离”二句，杜甫躲避战乱，自东北向西南颠沛而来，一路风尘，漂泊不定。支离，分散、残缺的意思，这里指流离。

[2] 三峡楼台，王嗣奭《杜臆》：指白帝城西阁（原址三峡库区蓄水时已淹没），杜甫当时的居处。淹日月，淹留日久。

[3] “五溪”句，犹言与身着五色衣服的武陵蛮族杂处云山间。五溪，今湖南沅陵县以西沅江五条支流的旧称，即雄溪、樠溪、酉溪、沅溪、辰溪，见《水经注·沅水注》。今湘西及邻近的贵州、四川部分地区为古武陵五溪蛮地。据《后汉书·南蛮西南夷传》：武陵五溪蛮，皆槃瓠之后，“织绩木皮，染以草实，好五色衣服”。

[4] 羯胡，《魏书·石勒传》：“其先匈奴别部，分散居于上党武乡羯室，因号羯胡。”旧时泛指来自北方的外族，这里指背叛梁朝的侯景。侯本羯族，曾仕北魏、东魏，梁武帝太清元年（547）率部投降梁朝，受封河南王。翌年，勾结临贺王萧正德起兵反梁，攻陷建康（今南京）。事主，事奉君主。杜甫《暮春题瀼西新赁草屋》：“事主非无禄，浮生即有涯。”无赖，指侯景之叛服无常。庾信《哀江南赋》：“用无赖之子弟，举江东而全弃。”

[5] 词客，指北周诗人庾信。庾信原来仕梁，梁元帝命使西魏，被拘留长安。后北周代

魏,受孝闵帝重用,明帝、武帝亦好文学,特加宠遇。虽位高名显,但北周诸帝都不许他回南方,故常有思乡之念。曾作《哀江南赋》,以亲身经历为线索,叙说梁朝兴衰而大叹悲苦。此二句,仇兆鳌注:"宾主双关,盖禄山叛唐,犹侯景叛梁,公思故国,犹(庾)信哀江南,未应词客哀时。"

[6] 江关,泛指江南。仇兆鳌注:"庾信初在江南,江关正其地也。"

[7] "群山"句,言江水如山势起伏,奔流而下。"赴"字很有主观色彩,一下将荆门引至眼前。荆门,山名,在今湖北宜都县西北,是长江出三峡入江汉平原的隘口。此句气势非凡,下句道出明妃出人意外。明人胡震亨《杜诗通》:"群山万壑赴荆门,当似生长英雄起句,此未为合作。"

[8] 明妃,即王嫱,字昭君,西汉南郡秭归(今湖北兴山县)人。其故乡宝坪村(今昭君村)距荆门很近。

[9] "一去"二句,言昭君出塞后再也没有回归故里,身后还将坟墓留在大漠独守黄昏。紫台,即紫宫,汉代宫名。王昭君在汉元帝时入选秀女,后元帝与匈奴和亲将她嫁与呼韩邪单于。青冢,指昭君墓,在今内蒙呼和浩特南郊。

[10] "画图"句,字面意思是仅凭画像是不能认识她的美貌的,讽喻君主不识真人。据说汉代秀女入宫后由画师作像供皇帝挑选,画师往往凭此索要贿赂,昭君自恃貌美,不肯贿赂画师毛延寿,被故意画丑了。所以,她一直未得到皇帝宠遇,直到与匈奴和亲时被召见,元帝才发现被毛延寿给骗了。但杀了毛延寿并不能改变和亲的允诺,结果昭君只好随呼韩邪单于远赴大漠。

[11] "环佩"句,意谓元帝之悔意,犹如月夜招魂,只能空闻环佩之声。王嗣奭《杜臆》:"不知魂犹南归,深夜月明,若闻环佩之声。"

[12] "千载"二句,谓千年以来琵琶一直演奏胡乐,但某些曲子里分明有着昭君的怨愤。琵琶,原为胡人乐器,魏晋南北朝时由西域龟兹传入中国。传说昭君出塞时马上怀抱琵琶弹奏思乡曲。

登　高

风急天高猿啸哀,渚清沙白鸟飞回[1]。
无边落木萧萧下[2],不尽长江滚滚来。
万里悲秋常作客,百年多病独登台[3]。
艰难苦恨繁霜鬓,潦倒新亭浊酒杯[4]。

【注释】

[1] "风急"二句,连同以下二句,皆登高闻见之景。渚,水中小洲。

[2] "无边"句,化用屈原《九歌·湘夫人》"袅袅兮秋风,洞庭波兮木叶下"、《山鬼》"风飒飒兮木萧萧"等句。

[3] “万里”二句，用节略句法，宋人罗大经《鹤林玉露》“一联八意”条谓：“盖万里，地之远也。秋，时之惨悽也。作客，羁旅也。常作客，久旅也。百年，暮齿也。多病，衰疾也。台，高迥处也。独登台，无亲朋也。十四字间，含八意，而对偶又精确。”此与以下二句，写登高感触之情。仇兆鳌注：“上联多用实字写景，下联多用虚字摹神。”

[4] “艰难”二句，谓坎坷的经历已使鬓发染霜，而患肺痨的病体又不能让自己借酒浇愁。潦倒，指多病。亭，通“停”，此指戒酒。

【思考题】

1. 包括《石壕吏》在内的“三吏”“三别”均作于安史之乱期间，但诗中反映的民间疾苦却非直接遭受叛军戕害，而是来自官方征调徭役。作为忠君忧国之士，杜甫何以不顾战事危殆，偏将战时的政府行为看得那么严重？

2. “丛菊两开他日泪，孤舟一系故园心。”“万里悲秋常作客，百年多病独登台。”这类句子是杜诗常用之格，试说明其句法上的妙意。

3. 比较杜甫与屈原。作为开风气的大诗人，二者皆深怀国家天下之忧思，但他们诗中所表达的情感（即如愤懑与痛楚）却不尽相似，请联系具体作品加以分析。

【拓展阅读】

1. [清]仇兆鳌：《杜诗详注》，中华书局 1979 年版。

2. 闻一多：《杜甫》，收入《唐诗杂论》，上海古籍出版社 1998 年版。

3. 冯至：《杜甫传》，百花文艺出版社 2007 年版。

第十二章　白居易

唐代以前，几乎不曾涌现自觉的文学运动。你能说三曹七子是一场诗界革命？所谓“建安风骨”，包括那些“文气”“风力”之说，更像是标举某种文艺范儿。其后阮籍、嵇康等“竹林七贤”又是一拨，看上去个个是玩世的主儿，说到吟诗作赋却是各玩各的，并无默契于心的共同纲领。李白、杜甫之后，巨人的时代已经过去，文坛新生代难逢开天辟地的机遇，只能下决心颠覆既有格局——自汉魏六朝以来，追求华美的绮靡之风一直是文坛主流。李白诗云：“自从建安来，绮丽不足珍。”（《古风》）其谓“不足珍”，也是不屑跟它去较劲。对于唯美主义的庸众风气，盛唐的巨人们委实未能扭转乾坤。

变革发生在唐代中期的贞元、元和年间。当时，韩愈、柳宗元领导“古文运动”，元稹、白居易、李绅、张籍等人则共倡“新乐府运动”；一者强调“文以贯道”，一者鼓吹“文章合为时而著，歌诗合为事而作”。二者的道理一样，都是“志乎古道也”，志在承续古代文脉，也就是六经的“先王之教者”，以及楚辞、《史记》、乐府一脉相承的讽喻、教化之旨。用今天的眼光来看，韩、柳的“古文运动”成绩斐然，几乎终结了辞赋泛滥的骈俪文风，使文章回归言理说事的本义。但是，以元、白为代表的“新乐府运动”并无耀眼的建树，非但未能使乐府新调大放异彩，而且他们自己的一些重要作品也跟那种申明教化的诗歌理论关系不大。这中间的矛盾不难解释，无非是诗人本性使然——愈是优秀的诗人愈是注重艺术表达的情感传递，吟哦之际就顾不得什么指导思想了。说到底，文艺的原旨不是充当意识形态工具。

有一个非常显著的例子，白居易作《长恨歌》，初衷也是讽喻与诫训之念。“意者不但感其事，亦欲惩尤物，窒乱阶，垂于将来者也。”这是他的朋友陈鸿在《长恨歌传》尾跋中说到的。然而，读者看到的白氏《长恨歌》却是一个悲凉无奈的爱情故事。由杨贵妃马嵬坡受缢联想到杨、李的宫闱之恋，联想到那种特殊语境中的情感内涵……诗人脑子里必然岔开一道道探究人性的路径。“感其事”而不能自已，无意中就绕开了那个预设的主题。这就是创作者的“意图谬误”。他在元和四年（809）创作《新乐府》组诗时，更特意申明“为君，为臣，为民，为物，为事而作，不为文而作”的明道之志，可是，即便那些颇具劝谕意味的诗篇中也还难以淹抑诗人悲悯苍生的个性，那是出于人道而非王道的情感表达。譬如《上阳白发人》大抒白发宫女之遗恨、《新丰折臂翁》言述自残者苟活的侥幸，岂止是劝谕，根本就是一种批判。

“新乐府运动”本身成就有限，但有一点值得注意：他们如此关注民间与底层，关注普适的人性表达，显然大大拓宽了中国诗歌的审美视阈。汉魏以降，作为士大夫阶层的诗人们还很少有这样一种人间关怀的自觉意识。当然，杜甫等少数诗人或可视作例外。而白氏认为，杜甫在表现民间疾苦方面还做得远远不够，他在《与元九书》中说：“（杜诗）可传者千余篇……然撮其《新安吏》《石壕吏》《潼关吏》《塞芦子》《留花门》之章，‘朱门酒肉臭，路有冻死骨’之句，亦不过三四十首。”说到李白，他更是不客气地批评：“索其风雅比兴，十无一焉。”公道地说，盛唐以前的文人诗创作是一个漫长的筚路蓝缕之程——从屈原开始，摆在诗人面前最大的问题是如何确立一种个性立场，如何在一系列主客体关系中（如天人/古今/君臣/进退/文质）找准个人定位，在这些方面白居易的许多前辈都有过成功的努力。白氏的苛评也许是挑战权威的过激之言，但不可否认其中包含着诗人主体意识的成熟。如果说杜甫诗中的批判现实乃出于颠沛流离的感同身受，那么白氏的人间关怀已是自觉地将底层之“他者”作为一种意向对象，这一点尤为难能可贵。白氏一生不曾有过杜甫那般穷愁潦倒的时候，而晚岁更是优容闲适，他注定要成为那种最典型的士大夫文人。

白居易（772—846），字乐天，晚号香山居士。唐下邽（guī，今陕西渭南）人，祖籍太原（今属山西），生于新郑（今属河南）。贞元十六年（800）举进士，三年后授秘书省校书郎。元和元年（806），登制举，因出言直切，仅授盩厔（今陕西周至）县尉。不久被召为翰林学士，拜左拾遗，后改官京兆府户曹参军。十年，宰相武元衡被平卢节度使李师道等雇人刺杀，因上疏请缉捕凶手，反遭诬陷，被贬为江州（今江西九江）司马。这是他在官场中遭遇的最凶险的一次打击，从这时候开始他一向积极入世的人生态度发生了变化，开始蹈入佛禅之道。但即便如此，他依然关注民间现实和普通人的生存状况，就在这一时期写了被后人称颂不已的长诗《琵琶行》。长庆元年（821），由忠州刺史内迁，任中书舍人。因朝中朋党倾轧，屡谏不纳，请外任杭州刺史，以后又为苏州刺史。太和初，征秘书监，又转刑部侍郎。白氏晚年宦途安稳，热心礼佛参禅，吟玩性情，不再像早年那样为苍生病苦而叹咏，大写所谓“独善之义”的闲适诗了。会昌二年（843）以刑部尚书致仕。四年后逝于洛阳,年七十五。

唐诗诸家中,白居易向以平易、通俗著称。这种语言策略固然出于讽喻时政、批判现实的考虑,另一方面他确有一种平民化的读者意识。据说,他对自己作诗的要求是“老妪能解”(宋释惠洪《冷斋夜话》)。《与元九书》中提到,他在长安听得妓女夸口“诵得白学士《长恨歌》”,在汉南宴集被人指认《秦中吟》《长恨歌》作者,而元稹告知通州江馆柱间亦刻有他的诗句……他叙说这一切的时候,心里想到千百年后人们会怎样评价自己,尤其惦着那些讽喻诗和闲适诗,一者以质,一者以迂,“宜人之不爱也”。现在看来果真如此。

白居易诗歌数量之多,在唐代重要诗人中首屈一指,其《白氏长庆集》收有三千余首。本篇仅选录有代表性的诗歌三首,略作说明如下:

《长恨歌》,元和元年(806)冬天,白氏在盩厔(周至),与陈鸿、王质夫同游仙游寺,话及当年玄宗与杨贵妃之事。因王质夫鼓动,陈鸿写了传奇文《长恨歌传》,白居易写了这首脍炙人口的长诗。白氏诗歌有长于叙事的特点,此诗与《琵琶行》尤见铺排、描述之功力。

《新丰折臂翁》,系《新乐府》五十首中第九首,作于元和四年(809)。诗中借折臂老翁之口,劝谕执政者慎启边衅。清施补华《岘佣说诗》评曰:“长于讽谕,颇得风人之旨。”

《琵琶行》,元和十年(815)白氏被贬九江司马,第二年写了这首诗。在白氏诗作中,此诗堪称第一。全诗层次丰富,笔触细腻,上半部表现琵琶演奏,下半部写乐女自述身世,并与谪居沦落的诗人发生共鸣,形成一种音乐抒情与言语叙事的对话。

长恨歌

汉皇重色思倾国,御宇多年求不得[1]。
杨家有女初长成[2],养在深闺人未识。
天生丽质难自弃,一朝选在君王侧[3]。
回眸一笑百媚生,六宫粉黛无颜色[4]。
春寒赐浴华清池[5],温泉水滑洗凝脂[6]。
侍儿扶起娇无力,始是新承恩泽时[7]。
云鬓花颜金步摇[8],芙蓉帐暖度春宵。

春宵苦短日高起，从此君王不早朝。
承欢侍宴无闲暇，春从春游夜专夜。
后宫佳丽三千人，三千宠爱在一身。
金屋妆成娇侍夜，玉楼宴罢醉和春。
姊妹弟兄皆列土[9]，可怜光彩生门户[10]。
遂令天下父母心，不重生男重生女[11]。
骊宫高处入青云[12]，仙乐风飘处处闻。
缓歌慢舞凝丝竹，尽日君王看不足。
渔阳鼙鼓动地来，惊破霓裳羽衣曲[13]。
九重城阙烟尘生，千乘万骑西南行[14]。
翠华摇摇行复止，西出都门百余里[15]。
六军不发无奈何，宛转蛾眉马前死[16]。
花钿委地无人收[17]，翠翘金雀玉搔头[18]。
君王掩面救不得，回看血泪相和流[19]。
黄埃散漫风萧索，云栈萦纡登剑阁[20]。
峨嵋山下少人行，旌旗无光日色薄。
蜀江水碧蜀山青，圣主朝朝暮暮情。
行宫见月伤心色，夜雨闻铃肠断声[21]。
天旋日转回龙驭，到此踌躇不能去[22]。
马嵬坡下泥土中，不见玉颜空死处。
君臣相顾尽沾衣，东望都门信马归。
归来池苑皆依旧，太液芙蓉未央柳[23]。
芙蓉如面柳如眉，对此如何不泪垂。
春风桃李花开夜，秋雨梧桐叶落时。
西宫南内多秋草[24]，落叶满阶红不扫。
梨园弟子白发新，椒房阿监青娥老[25]。
夕殿萤飞思悄然，孤灯挑尽未成眠。
迟迟钟鼓初长夜，耿耿星河欲曙天[26]。
鸳鸯瓦冷霜华重，翡翠衾寒谁与共[27]。
悠悠生死别经年，魂魄不曾来入梦。
临邛道士鸿都客，能以精诚致魂魄[28]。
为感君王展转思，遂教方士殷勤觅。
排空驭气奔如电[29]，升天入地求之遍。

上穷碧落下黄泉[30],两处茫茫皆不见。
忽闻海上有仙山,山在虚无缥缈间。
楼阁玲珑五云起,其中绰约多仙子。
中有一人字太真[31],雪肤花貌参差是。
金阙西厢叩玉扃[32],转教小玉报双成[33]。
闻到汉家天子使,九华帐里梦魂惊。
揽衣推枕起徘回,珠箔银屏迤逦开[34]。
云鬓半偏新睡觉,花冠不整下堂来。
风吹仙袂飘摇举[35],犹似霓裳羽衣舞。
玉容寂寞泪阑干,梨花一枝春带雨[36]。
含情凝睇谢君王,一别音容两渺茫。
昭阳殿里恩爱绝,蓬莱宫中日月长[37]。
回头下望人寰处,不见长安见尘雾。
唯将旧物表深情,钿合金钗寄将去[38]。
钗留一股合一扇,钗擘黄金合分钿[39]。
但教心似金钿坚,天上人间会相见。
临别殷勤重寄词,词中有誓两心知。
七月七日长生殿[40],夜半无人私语时。
在天愿作比翼鸟,在地愿为连理枝[41]。
天长地久有时尽,此恨绵绵无绝期。

【注释】

[1] “汉皇”二句,言唐玄宗登基多年未求得倾国之色。汉皇,汉武帝,这里借指玄宗。倾国,形容女子绝世美貌,汉李延年:“北方有佳人,绝世而独立。一顾倾人城,再顾倾人国。”御宇,统治天下。

[2] 杨家有女,指杨玉环,杨贵妃。她是蜀州司户杨玄琰之女,幼时寄养叔父杨玄珪家,小名玉环。

[3] 杨玉环原是寿王李瑁(玄宗十八子)的妃子,玄宗将她“选在君王侧”颇费周折。开元二十八年(740)命她出家为女道士,天宝四载(745)选韦昭训之女为寿王妃,同时册封杨玉环为贵妃。

[4] 六宫粉黛,指宫中嫔妃。六宫,皇后寝宫,正寝一,燕寝五,合为六宫。《礼记·昏义》:“古者,天子后立六宫,三夫人、九嫔、二十七世妇、八十一御妻,以听天下之内治,以明章妇顺,故天下内和而家理。”

[5] 华清池,在今陕西临潼骊山,是著名的温泉。

[6] 凝脂,形容娇嫩白润的皮肤。《诗经·卫风·硕人》:“手如柔荑,肤如凝脂。”

[7] 恩泽,指皇帝的宠遇。

[8] 步摇,古代女子的一种发簪,多呈花枝状,走路时上面的饰物亦随步而摇,有步步生莲之妙。宋乐史《杨太真外传》称,玄宗与杨玉环定情时亲手给她插上“丽水镇库紫磨金琢成步摇”。

[9] 列土,原指分封土地,秦汉以前各王朝多采用分封制。唐代已经没有这种制度,这里喻指杨玉环受宠后其姊妹兄弟都跟着沾光。杨的三个姐姐分别被封为韩国夫人、虢国夫人、秦国夫人,其叔伯兄弟杨铦、杨锜、杨钊(国忠)各任鸿胪卿、侍御史、右丞相。

[10] 可怜,可羡。唐岑参《卫节度赤骠马歌》:“始知边将真富贵,可怜人马相辉光。”

[11] 《史记·外戚世家》:汉武帝立卫子夫为皇后,卫氏一门贵震天下,“天下歌之曰:生男无喜,生女无怒,独不见卫子夫霸天下”。陈鸿《长恨歌传》:“男不封侯女作妃,看女却为门上楣。”

[12] 骊宫,即华清宫,因建在骊山上,故名。

[13] “渔阳”二句,全诗第一处转折,言安史之乱打破了歌舞升平的宫廷生活。渔阳,在今河北蓟县一带,是范阳节度使所辖八郡之一。天宝十四载(755),安禄山率平卢、范阳、河东三镇自范阳起兵。鼙鼓,古代的军鼓。霓裳羽衣曲,本为西域乐曲,经玄宗加工润色为宫廷舞曲。《新唐书·礼乐志十二》:玄宗时“河西节度使杨敬忠献《霓裳羽衣曲》十二遍”。

[14] 西南行,天宝十五载(756)六月,潼关失陷,玄宗携杨贵妃及百官出长安,向西南逃窜。

[15] “翠华”二句,言玄宗一行已是仪仗凌乱,队伍走走停停,西出长安才走了百余里,行至马嵬驿(在今陕西兴平)。翠华,指皇帝出行的仪仗中用翠鸟羽毛装饰的旗幡或车盖,引申为御车。

[16] “六军”二句,前一句说行至马嵬驿,军队不肯再走了。因为安禄山起兵以讨伐杨国忠为名,杨氏兄妹被认为是祸国之首,士兵们要求处死杨国忠和杨贵妃。玄宗无奈之下处决了杨国忠,又命杨贵妃自缢。后一句形容杨贵妃死前痛苦挣扎的样子。蛾眉,美女,指杨贵妃。

[17] 花钿,金银珠宝制成的花形首饰。南朝梁沈约《丽人赋》:“陆离羽佩,杂错花钿。”

[18] 翠翘,一种羽状首饰,颇似翠鸟尾上的长羽,故名。唐韦应物《长安道》:“丽人绮阁情飘飖,头上鸳钗双翠翘。”金雀,即金钗。晋陆机《日出东南隅行》:“金雀垂藻翘,琼珮结瑶璠。”玉搔头,即玉簪。《西京杂记》卷二:“武帝过李夫人,就取玉簪搔头。自此后宫人搔头皆用玉,玉价倍贵焉。”

[19] “君王”二句,描叙玄宗目睹贵妃死状,救不得又不忍看,却忍不住回首血泪之中。相和,互相应和。这里是说血水与泪水流到了一起。

[20] “云栈”句,沿着云端弯弯曲曲的栈道,登上了剑阁。云栈,盘绕云山的栈道。萦

纡,盘旋环绕。剑阁,入川门户,在今四川剑阁县北,又称剑门关。

［21］ 夜雨闻铃一说,亦见唐郑处诲《明皇杂录》补遗:“(玄宗)于栈道雨中闻铃声,隔山相应,上既悼念贵妃,采其声为《雨淋铃曲》以寄恨焉。”

［22］ “天旋”二句,及此乃另一转折。言至德二载(757)十月官军收复长安,玄宗的御车返回京城,途经马嵬徘徊不前。踌躇,徘徊意。

［23］ 太液,汉代建章宫北池;未央,汉代宫殿。这里借指本朝宫阙。

［24］ 西宫,即太极宫;南苑,指兴庆宫。早已退位的玄宗回京后先后居于这两处宫殿。

［25］ 梨园子弟,指玄宗在宫里训练的一班艺人。《新唐书·礼乐志十二》:“玄宗既知音律,又酷爱法曲,选坐部伎子弟三百教于梨园,声有误者,帝必觉而正之,号‘皇帝梨园弟子’。宫女数百,亦为梨园弟子。”椒房阿监,服侍后宫的女官。椒房,即汉未央宫椒房殿,《汉书·车千秋传》:“江充先治甘泉宫人,转至未央椒房。”颜师古注:“椒房,殿名,皇后所居也。”这里特指贵妃居住的宫室。

［26］ 耿耿,天色微明。

［27］ “鸳鸯”二句,意为霜花挂满屋瓦的寒夜里无人与之同衾共枕。鸳鸯瓦,俯仰成对的屋瓦。南朝梁萧统《讲席将毕赋三十韵诗依次用》:“日丽鸳鸯瓦,风度蜘蛛屋。”

［28］ “临邛”二句,此处又一转折,给思恋中的玄宗带来希望。临邛来的一位道士成了长安宫中座上宾,其称能以玄宗的诚意招来贵妃魂魄与之相见。临邛,在今四川邛崃。临邛道士,即杨通幽。《太平广记》卷二十引《仙传拾遗》:“杨通幽,本名什伍,广汉什邡人。幼遇道士,教以檄召之术,受三皇天文,役命鬼神,无不立应……玄宗幸蜀,自马嵬之后属念贵妃,往往辍食忘寐。近侍之臣密令求访方士,冀少安圣虑。或云杨什伍有考召之法,征至行朝。上问其事,对曰:虽天上地下,冥冥之中,鬼神之内,皆可历而求之。”

［29］ 排空驭气,凌空御风而行。南朝梁何逊《赠韦记室黯别》:“无因生羽翰,千里暂排空。”

［30］ “上穷”句,言上天入地。碧落,道教语,指天空,青天。黄泉,指地下,墓穴。

［31］ 太真,杨玉环出家做女道士时改名太真。

［32］ 玉扃,玉饰的门户。

［33］ 小玉、双成,传说中的仙女,这里指杨太真在仙宫里的侍婢。

［34］ 珠箔,即珠帘。李白《陌上赠美人》:“美人一笑褰珠箔,遥指红楼是妾家。”银屏,银丝镶嵌的屏风。

［35］ 仙袂,仙子的衣袖。

［36］ 春带雨,犹言泪中显出娇媚、欣喜的样子。此句全是比喻,与下句直言“含情凝睇”形成虚实照应。

［37］ “昭阳”二句,意思是凡界的情缘已经断绝,仙境的岁月尚遥遥无期,乃谓阴阳隔绝。昭阳殿,汉成帝皇后赵飞燕的寝殿,这里喻指唐宫。蓬莱宫,传说海上有蓬

莱、瀛洲、方丈三座仙山，这里是假定杨太真居住在蓬莱的仙宫里。

[38] 钿合，亦作钿盒，镶嵌金银、玉石、珠贝的首饰盒。

[39] “钗留”二句，太真留下一股金钗和一扇钿盒，另一半分赠玄宗。上下句同义。

[40] “七月”句，表示期望七月初七（七夕）能在长生殿相会。长生殿，唐帝后寝宫，位于骊山半腰，建于玄宗天宝元年（742）。一说长生殿为斋殿，用于祀神。此句引入七夕的民俗话语，似乎使帝妃之间的恋情获得了一种普世意义。

[41] “在天”二句，可谓两心有知的爱情誓词。但无论“在天”“在地”，都不可能厮守人间了，实际上已点出“长恨”的主题。

新丰折臂翁

新丰老翁八十八[1]，头鬓眉须皆似雪。
玄孙扶向店前行，左臂凭肩右臂折[2]。
问翁臂折来几年[3]，兼问致折何因缘。
翁云贯属新丰县[4]，生逢圣代无征战[5]。
惯听梨园歌管声，不识旗枪与弓箭。
无何天宝大征兵[6]，户有三丁点一丁[7]。
点得驱将何处去？五月万里云南行[8]。
闻道云南有泸水[9]，椒花落时瘴烟起[10]。
大军徒涉水如汤[11]，未过十人二三死。
村南村北哭声哀，儿别爷娘夫别妻。
皆云前后征蛮者，千万人行无一回。
是时翁年二十四，兵部牒中有名字[12]。
夜深不敢使人知，偷将大石捶折臂。
张弓簸旗俱不堪[13]，从兹始免征云南。
骨碎筋伤非不苦，且图拣退归乡土。
此臂折来六十年，一肢虽废一身全。
至今风雨阴寒夜，直到天明痛不眠。
痛不眠，终不悔，且喜老身今独在。
不然当时泸水头，身死魂飞骨不收。
应作云南望乡鬼，万人冢上哭呦呦[14]。
老人言，君听取。
君不闻开元宰相宋开府，不赏边功防黩武[15]？

又不闻天宝宰相杨国忠，欲求恩幸立边功[16]？
边功未立生人怨，请问新丰折臂翁[17]！

【注释】

[1] 新丰，县名，故城在今陕西临潼县北。

[2] 左臂凭肩，左臂扶在玄孙肩上。

[3] 来，以来。

[4] 贯属，这里指籍贯。

[5] 圣代，皇上圣明的时代，是一种阿谀的说法。这里指玄宗开元年间，社会相对丰裕、祥和。

[6] 无何，无几何时。

[7] “户有”句，每户人家有三个成年男子就要抽一个壮丁。

[8] 云南，此指南诏。天宝九载(750)，唐与南诏发生战争，历时数年，官军死伤二十余万。

[9] 泸水，今雅砻江下游及金沙江会合雅砻江以后的一段江流。

[10] 椒花落时，指夏天。花椒春夏之交开花，至盛夏败落。瘴烟，瘴气，能使人中毒致命。《后汉书·南蛮传》：“南州水土温暑，加有瘴气，致死者十必四五。”

[11] 徒涉，涉水步行。汤，滚烫的水。

[12] 兵部，唐尚书省六部之一，掌武官选授及军籍、军训、舆马、甲仗之政。牒，文书，此指征兵名册。

[13] 簸旗，摇旗。簸，摇动的意思。

[14] 万人冢，唐朝战死士兵掩埋之处。作者自注：“云南有万人冢，即鲜于仲通、李宓曾覆军之所也。”

[15] 宋开府，即宋璟，玄宗开元时宰相，有贤正之名，后改授开府仪同三司，时人称“宋开府”。作者自注：“开元初，突厥数寇边，时天武军牙将郝灵荃出使，因引铁勒回鹘部落，斩突厥默啜，献首于阙下，自谓有不世之功。时宋璟为相，以天子少年好武，恐邀功者生心，痛抑其赏。逾年，始授郎将。灵荃遂恸哭呕血而死也。”此句说宋璟为了防止军人滥用武力，故意不赏边功。

[16] 杨国忠，天宝十一载(752)拜相，力主与南诏开战。作者自注：“天宝末，杨国忠为相，重结阁罗凤之役，募人讨之，前后发二十余万众，去无返者。又捉人连枷赴役，天下怨哭，人不聊生，故禄山得乘人心而盗天下。元和初，折臂翁犹存，因备歌之。”

琵琶行

元和十年，予左迁九江郡司马[1]。明年秋，送客湓浦口[2]，闻舟中夜弹琵琶者。听其音,铮铮然有京都声。问其人,本长安倡女,尝学琵琶于穆、曹二善才[3];年长色衰,委身为贾人妇[4]。遂命酒,使快弹数曲,曲罢,悯然。自叙少小时欢乐事,今漂沦憔悴,转徙于江湖间。予出官二年[5],恬然自安,感斯人言,是夕始觉有迁谪意。因为长句[6],歌以赠之。凡六百一十六言,命曰《琵琶行》。

浔阳江头夜送客,枫叶荻花秋瑟瑟。
主人下马客在船[7],举酒欲饮无管弦。
醉不成欢惨将别,别时茫茫江浸月。
忽闻水上琵琶声,主人忘归客不发[8]。
寻声暗问弹者谁?琵琶声停欲语迟。
移船相近邀相见,添酒回灯重开宴[9]。
千呼万唤始出来,犹抱琵琶半遮面。
转轴拨弦三两声[10],未成曲调先有情。
弦弦掩抑声声思[11],似诉平生不得志。
低眉信手续续弹,说尽心中无限事。
轻拢慢捻抹复挑[12],初为霓裳后六幺[13]。
大弦嘈嘈如急雨,小弦切切如私语[14]。
嘈嘈切切错杂弹,大珠小珠落玉盘。
间关莺语花底滑[15],幽咽泉流冰下难[16]。
冰泉冷涩弦凝绝,凝绝不通声暂歇。
别有幽愁暗恨生,此时无声胜有声。
银瓶乍破水浆迸,铁骑突出刀枪鸣。
曲终收拨当心画[17],四弦一声如裂帛。
东舟西舫悄无言,唯见江心秋月白。
沉吟放拨插弦中,整顿衣裳起敛容[18]。
自言本是京城女,家在虾蟆陵下住[19]。
十三学得琵琶成,名属教坊第一部[20]。
曲罢曾教善才伏[21],妆成每被秋娘妒[22]。
五陵年少争缠头,一曲红绡不知数[23]。
钿头云篦击节碎,血色罗裙翻酒污[24]。
今年欢笑复明年,秋月春风等闲度[25]。
弟走从军阿姨死,暮去朝来颜色故[26]。

门前冷落车马稀，老大嫁作商人妇。
商人重利轻别离，前月浮梁买茶去[27]。
去来江口守空船，绕船月明江水寒。
夜深忽梦少年事，梦啼妆泪红阑干[28]。
我闻琵琶已叹息，又闻此语重唧唧[29]。
同是天涯沦落人，相逢何必曾相识。
我从去年辞帝京，谪居卧病浔阳城。
浔阳地僻无音乐，终岁不闻丝竹声。
住近湓江地低湿，黄芦苦竹绕宅生。
其间旦暮闻何物？杜鹃啼血猿哀鸣。
春江花朝秋月夜，往往取酒还独倾。
岂无山歌与村笛，呕哑嘲哳难为听[30]。
今夜闻君琵琶语，如听仙乐耳暂明。
莫辞更坐弹一曲，为君翻作琵琶行[31]。
感我此言良久立，却坐促弦弦转急[32]。
凄凄不似向前声[33]，满座重闻皆掩泣。
座中泣下谁最多？江州司马青衫湿[34]。

【注释】

[1] 左迁，降职迁任。九江郡，秦汉时期行政区，这里是借用古称。隋唐以后郡州混一，乾元元年(758)改郡为州，作为行政区名的郡已不复存在。白居易贬任之江州，以前称浔阳郡。

[2] 湓浦口，即湓口，系湓水(今名龙开河)汇入浔阳江的河口。当时长江流经浔阳县境一段(在今江西九江市北)称浔阳江。

[3] 善才，唐代称呼琵琶乐师的说法。

[4] 贾人，商人。

[5] 出官，由京官调任地方官为出官。

[6] 因为，因此而作。

[7] 主人，作者自称。

[8] 发，出发，动身。此句“客不发”与《长恨歌》“六军不发”用法一样。

[9] 回灯，重新上灯。

[10] 转轴拨弦，试弦调音，弹奏前的准备动作。

[11] 掩抑，指琴声低沉抑郁。南朝齐王融《咏琵琶》：“掩抑有奇态，悽怆多好声。”

[12] 拢、捻、抹、挑，弹奏琵琶的几种指法。

[13] 霓裳，即《霓裳羽衣曲》，见《长恨歌》注[13]。六幺，又名“绿腰”，一种唐代流行

的琵琶曲。元稹《琵琶曲》:“管儿还为弹六幺,六幺依旧声迢迢。”

[14] “大弦”二句,用“急雨”对比“私语”,以见低音与高音的不同效果。大弦嘈嘈,粗弦奏出犹如雨点密集的伴音;小弦切切,细弦则以绵密的音符凸现琴声如诉的旋律。

[15] 间关,鸟鸣声。《诗·周南·关雎》:“关关雎鸠,在河之洲。”按,“关”字相叠是雌雄和鸣。

[16] 冰下难,以冰层之下水流凝滞不畅形容琴声咽涩。清段玉裁《与阮芸台书》:“莺语花底,泉流冰下,形容滑涩二境,可谓二绝。”(《经韵楼集》卷八)又,“冰下难”一作“水下滩”。

[17] 拨,拨片,用牛角或象牙制成。收拨是结束动作,用拨片在琴弦中部猛然一划,也即“当心画”。

[18] 敛容,从演奏状态中回复到平时的矜持模样。

[19] 虾蟆陵,原称下马陵,汉董仲舒墓,在长安东南曲江附近。宋胡仔《苕溪渔隐丛话》后集卷十三引《艺苑雌黄》:“《琵琶行》云‘家在虾蟆陵下住’。予按《国史补》云:‘旧说董仲舒墓,门下人至皆下马,故谓之下马陵,语讹为虾蟆陵。’故东坡诗云:‘只鸡敢忘乔公语,下马聊寻董相坟。’”

[20] 教坊,唐代官办机构,管领音乐歌舞教习及演出。玄宗时分内外教坊,内教坊在宫里,琵琶女所属当是设在长安的外教坊。

[21] 伏,通“服”,佩服。

[22] 秋娘,唐代乐伎常用的艺名,这里泛指女艺人。元稹《赠吕三校书》:“共占花园争赵辟,竞添钱贯定秋娘。”

[23] “五陵”二句,意思是官宦、富豪子弟争着来捧角,奏罢一曲不知能收多少红绡。五陵,西汉前期五个皇帝陵墓所在地,即长陵、安陵、阳陵、茂陵、平陵,均在渭水北岸,今咸阳市附近。汉元帝以前,每立陵墓,辄迁四方富豪及外戚于此,令供奉园陵,故后世多以五陵喻指长安富贵人家居住区。缠头,原为乐伎演出时缠在头上的锦帛,演出后客人便以锦帛相酬,后来成为送给乐伎的礼物的代称。下句说“一曲红绡不知数”,看来当时流行送红绡了。绡,生丝织物。

[24] “钿头”二句,上句说座中阔少拔下发簪跟着乐曲打拍子,把饰有花钿的云头篦都敲碎了。下句暗写谑浪欢闹的场面,结果是泼洒的酒水每每弄脏了自己的红裙。钿头云篦,镶金银丝的发饰,用以绾发。

[25] 等闲,意谓很平常。

[26] 颜色故,容颜衰老。

[27] 浮梁,即浮梁县,当时属饶州,治今江西景德镇市东北。宋朱翌《猗觉寮杂记》卷上:“唐之茶商,多在浮梁。”

[28] “梦啼”句,意思是梦中哭醒,抹过脂粉的脸上显出红一道白一道的泪痕。红,即脸上的胭脂色。阑干,横斜散乱貌,这里指泪痕交错。

[29] 唧唧,叹息声。北朝民歌《木兰辞》:“唧唧复唧唧,木兰当户织。不闻机杼声,唯闻女叹息。”

[30] 呕哑嘲哳(zhā),形容声音嘈杂难听。

[31] 翻,依曲写词。

[32] 却坐,坐回原来的座位上。促弦,拧紧琴弦。

[33] 向前,起先。这里指前一首曲子。

[34] 江州司马,作者自谓。青衫,唐代低阶官员的服装。

【思考题】

1. 白居易对自己的创作最看重的是称为“讽喻诗”和“闲适诗”的两类,自云前者是表达“兼济天下”的抱负,后者是“独善其身”的性情之作。章限于篇幅,讽喻诗只选录了《新丰折臂翁》一首,闲适诗一首未选,而他一生最重要的作品就是这里重点介绍的《长恨歌》和《琵琶行》。这两首诗在白氏作品中可谓“异数”。试想,为什么恰恰是这两首诗成就了白氏的名声?

2.《长恨歌》将帝王之恋植根于人性的普遍性,《琵琶行》写底层乐伎的悲凉身世而引入士人的精神共鸣,这种超越阶级樊篱的艺术表现,应当归诸作者思想上的超前意识(过去有所谓“人民性”的说法),还是缘自某种情感动力?你是否认为创作的主观意图很难解释?

3. 按古代文人通常看法,诗歌作为一种“劝谕”手段,源自《诗经》风雅比兴传统。你觉得《诗经》本身就具有那种工具属性,还是一系列经学化的诗教阐释的结果?其实,将文艺作品作为工具手段的应用中,更坏的情形是成为替统治者歌功颂德的工具。可是,白氏在强调“为君”而作的同时,为什么只是着眼于“劝谕”甚至批判现实?

【拓展阅读】

1. 胡适:《白居易元稹的文学主张》,《新月》月刊第1卷第2号,1928年4月。

2. 陈寅恪:《元白诗笺证稿》,上海古籍出版社1978年版。

3. 顾学颉、周汝昌:《白居易诗选》,人民文学出版社1963年版。

第十三章　韩愈·柳宗元

发生在唐贞元、元和年间的古文运动是文学史上的大事件，其针对目标是魏晋六朝以来辞赋泛滥的骈俪文风。所谓"古文"就是两汉以前的古代散体文，相对当时流行的骈体文而言。按如今的认识，可以说古文运动有两套互为表里的话语：一是反对过度的唯美取向，革除那种已经走向僵化的淫靡文风；一是要确立文章合于教化的"明道"原则，将为文之道纳入儒学道统。不过，在古文运动领导者韩愈看来，这两方面自有主次之分，"道"是第一位的，"文"只是贯道之器而已。他说得很明白：

> 愈之为古文，岂独取其句读不类于今者耶？思古人而不得见，学古道则兼通其辞；通其辞者，本志乎古道者也。（《题欧阳生哀辞后》）
>
> 然愈之所志于古者，不惟其辞之好，好其道焉尔。（《答李秀才书》）

"道"就是以六经所阐述的儒学意识形态，以及三纲五常为核心的儒家伦理政治；对于大多数士大夫文人来说，它既是人生之终极目标，又是为官为文的指导思想。其实，喜欢作骈体文的六朝文人亦未尝离经叛道，只是那种专以骈俪为事的夸饰文体很不适合传统经学套路，这必然成了反对者可以攻讦的口实。韩愈以"志乎古道"的姿态推行古文运动，无疑从言论制高点上掌握了话语权。从某种意义上说，这也是一种为政治和意识形态服务的"主旋律"文艺观，对后世影响极大。

从比较切实的角度来说，以四六句为主的骈文明显不适合时代发展需要，那种工于对偶、堆砌辞藻的行文方式很难用于通常的说理言事和表达思想情感，实际上成了文人炫技的工具。在韩愈之前，文体改革之论已屡见士林，从初唐陈子昂到中唐的萧颖士、梁肃、柳冕等都曾倡议文章复古之道。所以，到唐代中后期，尽管骈体文仍大行其道，但散体文之勃兴已呈水到渠成之势。文学史上所谓"唐宋八大家"就是古文运动的杰出体现，其中作为先驱者的韩愈、柳宗元，既是当时的文坛领袖，也是后人效仿的楷模。

韩愈(768—824),字退之,邓州南阳(今属河南)人,祖籍昌黎(今辽宁义县),世称昌黎先生。其三岁而孤,寄居伯兄家,由长嫂郑夫人带大。故自幼刻苦,很早就熟读六经诸子百家,贞元八年(792)进士及第,但三次应吏部博学宏词科铨试均未通过。按唐朝制度,科举及第仅是获得某种出身品第,还需要经过铨选之途才能入仕。自贞元十二年(796)开始,先后于汴州、徐州使府任幕职。贞元十八年(802),进四门博士,迁监察御史。元和后,历任国子博士、中书舍人。元和十二年(817),以行军司马随裴度平淮西,因功超擢刑部侍郎。元和十四年(819),上书谏迎佛骨,触忤宪宗,贬潮州刺史,迁袁州刺史。其性情刚直,此前亦曾两度上书谏诤而遭贬。穆宗即位后,召为国子祭酒,改兵部侍郎。长庆四年(842),以吏部侍郎致仕,是年卒于长安,年五十七。《旧唐书》本传撮述其文体革新之功,曰:“自魏晋以还,为文者多拘偶对,而经诰之指归,迁、雄之气格,不复振起矣。故愈所为文,务反近体,抒意立言,自成一家新语。后学之士,取为师法。当时作者甚众,无以过之,故世称韩文焉。”

柳宗元(773—819),字子厚,河东解县(今山西运城)人,世称柳河东。其早有才名,《旧唐书》本传称:“宗元少聪警绝众,尤精西汉诗骚。下笔构思,与古为侔。精裁密致,璨若珠贝。当时流辈咸推之。”贞元九年(793)举进士,数年后登博学宏词科。授集贤殿正字,出为蓝田县尉。贞元十九年(803),任监察御史。顺宗即位后,参与东宫旧臣王叔文、王伾发动的永贞新政,擢礼部员外郎。未久,改革事败,贬永州司马,十年后改官柳州刺史。作为地方官,他在两地都留下了不错的政绩。元和十四年(819),病死于柳州,年仅四十七。

显然,柳宗元的从宦经历跟韩愈大相径庭。在永贞改革那样的大事件中,两人亦各持不同立场。韩愈做监察御史时,曾因上书言事被王叔文集团打压,贬到边远地区做县令。后来韩愈成了长安文人圈里的老大,柳宗元却蛰于西南蛮夷之地。韩愈周围弟子门生众多,如张籍、李翱、李汉、皇甫湜等皆是,柳宗元仅以文学辞章影响士林。但是,韩愈毕竟有领袖范儿,日后与刘禹锡、韩泰等永贞党人颇有交谊。柳宗元卒后,韩愈为之作墓志铭,对其文章道德大加褒扬。韩愈是爱才之人,亦是真心将柳宗元引为自己的同道。

在思想上,韩愈和柳宗元都是儒家信徒,都怀有匡时正俗的抱负。但韩愈是所谓醇正的儒者,排斥释老,笃信术数,拘泥于道统。相较之下,柳宗元显得视野阔大,出入佛道,行走民间,颇有究天诘地的探求精神。就文章而言,二者各有其长。韩文雄肆闳放,长于议论,其《原道》《原毁》《师说》《进学解》《祭十二郎文》《祭鳄鱼文》等名篇都明显带有那种极具穿透力的特点。柳文含蓄灵动，思路缜密，像“永州八记”一类山水游记可见其状物写景之妙，而《捕蛇者说》《梓人传》《黔之驴》一类寓言更是别有意趣。柳宗元在古文运动中影响力不及韩愈，但是在散文表现手法和题材开拓方面，可以说独擅胜场。即便议论说理，其《封建论》《断刑论》等篇亦见思想卓越深湛的一面。故苏轼有谓：“宗元之论出，而诸子之论废矣。虽圣人复起，不能易也。”(《秦不封建论》)

世人多以韩柳并称，文中韩柳，犹诗中李杜，亦多有韩柳比较之话题。清初文学家田雯所云“韩柳并称，韩不逮柳”(《古欢堂集》卷一《柳集题词》)，是着眼于文本的公道话。就文学性和当下之阅读价值而言，韩文确实不如柳文。

韩愈和柳宗元不但以文章名世，也是盛唐以后自成一家的重要诗人。韩愈作诗有“以文为诗”的特点，且多用奇崛硬语，乖张险怪之中颇显雄力。其诗《山石》《雉带箭》《左迁至蓝关示侄孙湘》《早春呈水部张十八员外》等，都常见于后人所编各种唐诗选本。柳宗元的诗以简洁凝练和闲淡萧散著称，文字冲淡而意味绵长，往往于荒寂之中写出惆怅落寞的心境。他的《渔翁》《江雪》《登柳州城楼寄漳汀封连四州》《别舍弟宗一》等，都是脍炙人口的名篇。考虑到他们二人在文学史上的主要影响在散文方面，本章不介绍他们的诗歌创作。

韩愈存世各类文章三百三十多篇，诗三百七十首，大体收入弟子李汉所辑《昌黎先生集》，后世通行韩集多出自南宋廖莹中注本《韩昌黎集》。柳宗元身后有《柳子厚集》，最初系刘禹锡编次，现通行本作《柳河东集》。柳集收入各类散体文四百多篇，诗一百四十首。

本章选录韩文三篇，柳文四篇，分别说明如下：

韩愈**《送孟东野序》**，贞元十七年(801)，为诗人孟郊赴江南就任溧阳尉所作赠序。孟郊才华出众而终生困顿，年届五旬始入仕途。当时韩愈自己亦颇不得志，则以“鸣其善鸣者”相与激励。此文多用排比句式，抑扬顿挫，气势跌宕，满腹郁闷仿佛得以一吐为快。

韩愈**《进学解》**，元和间，作者任国子博士时所作。这是一篇议论文，却藉由先生与诸生对话展开。开场是先生训话，之后有弟子质疑，先生再与解惑，这就是篇名“进学解”的意思。有趣的是，问答之间，说着那些正面的大道理，却透出一股仕途蹭蹬的不遇之感。此文写法多借鉴东方朔《答客难》、扬雄《解嘲》。

韩愈《**圬者王承福传**》，题目是为一位泥瓦匠所作传记，实际上是一篇阐发事理的杂文。作者从一个自食其力、安贫乐道的普通匠人身上，发现了一种“各致其能以相生”的和谐社会图景。作者并未过度阐发圬者所谓“任有大小，惟其所能”之说，但其中自可生发出不同的解读。

柳宗元《**种树郭橐驼传**》，可能是作者早年在长安任职时所作。名曰传记，其实是一篇寓言体散文，乃设事明理之作。文中以种树之理喻为官之道，进而道出许多地方官吏的所谓惠民之政实为扰民之举。文章明显是针砭时弊，但这种官场流弊一直流传至今，可见作者对权力的痼疾看得很准。

柳宗元《**捕蛇者说**》，此文通过以捕蛇为业的蒋氏祖孙之事，写出当时永州百姓之疾苦。捕蛇者宁可冒死进山，是逃避苛捐杂税之害，可知“赋敛之毒有甚是蛇”，不啻是“苛政猛于虎”的现实注脚。文中叙述生动，注重情感表达，蒋氏诉说乡人遭遇一段尤为沉痛。

柳宗元《**钴鉧潭西小丘记**》，元和四年（809），作者贬任永州司马时作，为“永州八记”第三篇。记述城外一处风景奇异的小丘，因地价便宜，与友人辟为园林。文中笔墨寥寥，情景并生，颇有忘情山水之趣。作者以率性置地一事喻人生之遭际遇合，于仕途困厄之际亦自有慰藉。

柳宗元《**永州铁炉步志**》，作于元和八年（813），作者在永州时。文章借永州城外一处名叫“铁炉步”的船埠说事，由铁匠炉早已不存在而步名未改，引出名实之辨，进而对世族阀阅制度乃至君王世袭权利提出质疑。

送孟东野序[1]

韩　愈

大凡物不得其平则鸣。草木之无声，风挠之鸣。水之无声，风荡之鸣。其跃也或激之[2]，其趋也或梗之，其沸也或炙之[3]。金石之无声，或击之鸣。人之于言也亦然，有不得已者而后言。其歌也有思，其哭也有怀，凡出乎口而为声者，其皆有弗平者乎！

乐也者，郁于中而泄于外者也，择其善鸣者而假之鸣[4]。金、石、丝、竹、匏、土、革、木八者[5]，物之善鸣者也。维天之于时也亦然，择其善鸣者而假之鸣。是故以鸟鸣春，以雷鸣夏，以虫鸣秋，以风鸣冬。四时之相推敚[6]，其必有不得其平者乎！

其于人也亦然。人声之精者为言，文辞之于言，又其精也，尤择其善鸣者而假之鸣。其在唐虞，咎陶、禹[7]，其善鸣者也，而假以鸣。夔弗能以文辞鸣，又自假于《韶》以鸣[8]。夏之时，五子以其歌鸣[9]。伊尹鸣殷，周公鸣周[10]。

凡载于《诗》《书》六艺[11]，皆鸣之善者也。周之衰，孔子之徒鸣之，其声大而远。传曰："天将以夫子为木铎[12]。"其弗信矣乎！其末也，庄周以其荒唐之辞鸣[13]。楚，大国也，其亡也以屈原鸣。臧孙辰、孟轲、荀卿[14]，以道鸣者也。杨朱、墨翟、管夷吾、晏婴、老聃、申不害、韩非、慎到、田骈、邹衍、尸佼、孙武、张仪、苏秦之属[15]，皆以其术鸣。秦之兴，李斯鸣之[16]。汉之时，司马迁、相如、扬雄[17]，最其善鸣者也。其下魏晋氏，鸣者不及于古，然亦未尝绝也。就其善者，其声清以浮，其节数以急[18]，其辞淫以哀，其志弛以肆，其为言也，乱杂而无章。将天丑其德莫之顾邪？何为乎不鸣其善鸣者也！

唐之有天下，陈子昂、苏源明、元结、李白、杜甫、李观[19]，皆以其所能鸣。其存而在下者，孟郊东野始以其诗鸣。其高出魏晋，不懈而及于古，其他浸淫乎汉氏矣。从吾游者，李翱、张籍其尤也[20]。三子者之鸣信善矣。抑不知天将和其声，而使鸣国家之盛邪，抑将穷饿其身，思愁其心肠而使自鸣其不幸邪？三子者之命，则悬乎天矣。其在上也，奚以喜，其在下也，奚以悲！东野之役于江南也[21]，有若不释然者，故吾道其于天者以解之。

【注释】

[1] 孟东野，即孟郊(751—814)，字东野，中唐诗人，曾任溧阳尉、河南水陆转运判官等职。

[2] 激，阻遏水势。《汉书·沟洫志》："(黄)河从河内北至黎阳为石堤，激使东抵东郡平刚。"

[3] 炙，用火烤。这里指用火加温。

[4] 假，借助。

[5] 金、石、丝、竹、匏、土、革、木，古代制作乐器的八种材料，通指各种乐器。匏(páo)，指笙竽。

[6] 推敚，推移。敚，同"夺"。

[7] 唐虞，指远古尧舜时期。唐，即陶唐氏，传说中尧帝的部落。虞，即有虞氏，传说中舜帝的部落。咎陶(Gāo Yáo)，亦作皋陶，舜帝的大臣。禹，夏朝开国之君，因治水有功，舜让位与他。

[8] 夔，舜帝的乐官。《韶》，传说舜帝时乐官夔所作曲子。

[9] 五子，夏王太康的五个弟弟，传说曾作歌讽谏太康。屈原《离骚》："不顾难以图后兮，五子用失乎家巷。"朱熹注："五子为太康昆弟五人。"

[10] 伊尹，商初大臣，名挚，又称伊挚，有贤名。周公，名旦，周武王之弟，辅佐武王伐

纣灭商，建立周王朝。成王年幼时，他摄政代国，相传曾制定礼乐典章制度。

[11] 六艺，汉代以后对《诗》《尚书》《易》《礼》《乐》《春秋》六种儒家经典的统称。

[12] “天将以夫子为木铎”，语见《论语·八佾》。木铎，带木舌的铜铃。古代官府发布政令时，摇振木铎宣示于众。《周礼·地官·乡师》：“凡四时之征令有常者，以木铎徇以市朝。”

[13] 庄周，即庄子。《庄子·天下》：“庄周闻其风而悦之，以谬悠之说，荒唐之言，无端崖之辞，时恣纵而不傥，不以觭见之也。”

[14] 臧孙辰，春秋时鲁国大夫臧文仲。孟轲，即孟子。荀卿，即荀子，名况。

[15] 杨朱、墨翟，均为春秋战国之际人。当时二人学说俱称显学，《孟子·滕文公下》：“杨朱、墨翟之言盈天下。天下之言，不归杨，则归墨。”管夷吾，即管仲，晏婴，即晏子，均为春秋时齐国大臣。老聃，即老子。申不害、韩非、慎到，均为战国时法家代表。田骈，战国时道家人物。邹衍，战国时阴阳家。尸佼，即尸子，战国时杂家人物，曾为秦相商鞅门客。孙武，即孙子，春秋时兵家人物，著有《孙子兵法》。张仪、苏秦，均为战国时纵横家。

[16] 李斯，战国时楚人，入秦后辅佐秦始皇统一天下，曾任廷尉、丞相。

[17] 相如、扬雄，均为西汉辞赋家。

[18] 节数，节奏快，数（sù），用通“速”。

[19] 苏源明、元结、李观，均为唐代文学家。

[20] 李翱、张籍，均为唐代文学家。二人都是韩愈的门生。

[21] 役于江南，指赴江南任职。孟郊时任溧阳尉，唐代溧阳属江南道。

进学解

韩　愈

国子先生晨入太学[1]，招诸生立馆下，诲之曰：“业精于勤，荒于嬉，行成于思，毁于随[2]。方今圣贤相逢，治具毕张，拔去凶邪，登崇俊良[3]。占小善者率以录，名一艺者无不庸[4]。爬罗剔抉，刮垢磨光[5]。盖有幸而获选，孰云多而不扬。诸生业患不能精，无患有司之不明，行患不能成，无患有司之不公[6]。”

言未既，有笑于列者曰：“先生欺余哉！弟子事先生，于兹有年矣。先生口不绝吟于六艺之文，手不停披于百家之编[7]，纪事者必提其要，纂言者必钩其玄。贪多务得，细大不捐。焚膏油以继晷，恒兀兀以穷年[8]。先生之业，可谓勤矣。

“觝排异端，攘斥佛老，补苴罅漏，张皇幽眇[9]。寻坠绪之茫茫[10]，独旁搜而远绍，障百川而东之，回狂澜于既倒。先生之于儒，可谓劳矣。

“沉浸醲郁，含英咀华[11]。作为文章，其书满家。上规姚姒，浑浑无涯，周诰殷盘，佶屈聱牙[12]。《春秋》谨严，《左氏》浮夸，《易》奇而法，《诗》正而葩[13]。下逮《庄》、《骚》，太史所录，子云、相如，同工异曲[14]。先生之于文，可谓闳其中而肆其外矣。

“少始知学，勇于敢为，长通于方，左右具宜。先生之于为人，可谓成矣。

“然而公不见信于人，私不见助于友，跋前踬后，动辄得咎[15]。暂为御史，遂窜南夷[16]。三年博士，冗不见治[17]。命与仇谋，取败几时。冬暖而儿号寒，年丰而妻啼饥。头童齿豁，竟死何裨[18]？不知虑此，反教人为？”

先生曰：“吁！子来前！夫大木为杗，细木为桷，欂栌、侏儒，椳、闑、扂、楔[19]，各得其宜，施以成室者，匠氏之工也。玉札、丹砂、赤箭、青芝，牛溲、马勃，败鼓之皮[20]，俱收并蓄，待用无遗者，医师之良也。登明选公，杂进巧拙，纡余为妍，卓荦为杰，校短量长，惟器是适者，宰相之方也。昔者孟轲好辩，孔道以明，辙环天下，卒老于行[21]。荀卿守正，大论是弘，逃谗于楚，废死兰陵[22]。是二儒者，吐辞为经，举足为法，绝类离伦，优入圣域，其遇于世何如也？今先生学虽勤而不由其统，言虽多而不要其中，文虽奇而不济于用，行虽修而不显于众。犹且月费俸钱，岁縻廪粟[23]，子不知耕，妇不知织，乘马从徒，安坐而食，踵常途之役役，窥陈编以盗窃[24]，然而圣主不加诛，宰臣不见斥，非其幸欤！动而得谤，名亦随之。投闲置散，乃分之宜。若夫商财贿之有亡，计班资之崇庳[25]，忘己量之所称，指前人之瑕疵，是所谓诘匠氏之不以杙为楹[26]，而訾医师以昌阳引年[27]，欲进其豨苓也[28]。”

【注释】

［1］ 国子先生，作者自谓，韩愈时任国子博士。太学，西汉始置，唐时隶属国子监，系国家最高学府。唐代重阀阅，太学招生对象为文武官员五品以上及郡县公子孙（含从三品以上之曾孙）。

［2］ 嬉，沉溺玩乐。随，因循随俗。

［3］ 治具毕张，谓法令齐全。治具，指法令，《史记·酷吏列传》：“法令者，治之具。”张，指建立、确立。登崇俊良，指重视优秀人才。登崇，举用推尊。

［4］ 率，全都。庸，通“用”。

［5］ 爬罗剔抉，精心挑选人才。刮垢磨光，喻人才培养，人才亦如器物须精心打磨。

［6］ 有司，指官署。古代设官分职，各有专司，故称。

［7］ 百家之编，指儒家经典之外的诸子著作。

［8］ 焚膏油以继晷，夜以继日的意思。膏油，指灯烛。晷，日影。恒兀兀以穷年，谓常年辛勤不懈。兀兀，犹矻矻，勤勉貌。

[9] 补苴罅漏，补好裂缝，堵住漏洞。喻弥补事物的缺陷。张皇幽眇，发微探幽的意思。张皇，显扬，使光大。幽眇，精微之处。

[10] 坠绪，亡佚的道统。韩愈《原道》认为先王之道从尧舜传到孔孟，以后就失传了。

[11] 含英咀华，喻欣赏、体会诗文精华。

[12] 姚姒，指舜、禹，虞舜姓姚，夏禹姓姒。周诰殷盘，指《尚书》中的商周文告，如《周书》中的《大诰》《康诰》《酒诰》《召诰》《洛诰》等篇，《商书》中的《盘庚》三篇。佶(jí)屈聱(áo)牙，文辞曲折而拗口。

[13] 正而葩，醇正而富有辞采。

[14] 太史，此指司马迁，曾任太史令。子云，即扬雄，字子云。相如，即司马相如。

[15] 跋前疐(zhì)后，动辄得咎，意谓进退两难。《诗经·豳风·狼跋》："狼跋其胡，载疐其尾。"意思说，老狼前行踩着自己颔下的悬肉，后退则被尾巴绊倒。

[16] 暂为御史，遂窜南夷，指贞元十九年(803)韩愈新任监察御史，上书谏宫市之弊，触怒德宗，由是贬为连州阳山令。阳山在今广东，故称南夷。

[17] 三年博士，冗不见治，韩愈从元和元年(806)至四年任国子博士，历时三年有余，在这个闲职上，政治才能未能得到施展。冗，闲散。见，通"现"。

[18] 头童齿豁，竟死何裨，这句话的意思是：你脑袋秃了牙齿掉了，就是到老死了又于事何补？童，指山无草木，这里比喻秃顶。裨，益也，增益、补益。

[19] 宊(máng)，屋梁。桷(jué)，屋椽。欂栌(bólú)，柱上承梁的方形短木，即斗拱。侏儒，梁上短柱。椳(wēi)，门臼。闑(niè)，门中央所竖短木。扂(diàn)，门闩。楔(xiē)，门旁所竖的两根长木。

[20] 玉札，即地榆。丹砂，即朱砂。赤箭，即天麻。青芝，又名龙芝。以上四种都是名贵药材。牛溲，即车前草。马勃，又名马屁菌。败鼓之皮，破损的鼓面。这三种是贱价药材。

[21] 辙环天下，卒老于行，指孟子游历齐、魏、滕、宋等国，终身不遗余力地宣传儒家"仁政""王道"之说。辙，车轮印迹。

[22] 逃谗于楚，废死兰陵，荀子曾为齐国稷下学宫祭酒，被人谗毁，逃到楚国。春申君任为兰陵令。春申君死后，他也被废，死在兰陵。

[23] 縻(mí)，耗费。廪(lǐn)，粮仓。

[24] 踵常途之役役，窥陈编以盗窃，这两句是说，拘谨地按常规行事，眼光囿于古书里的陈言而抄来抄去。踵，脚后跟，这里是跟随的意思。役役，拘谨貌。盗窃，这里指抄袭。

[25] 财贿，财物，这里指俸禄。亡，无。班资，品秩、官阶。崇庳，高下。庳，低。

[26] 杙(yì)，小木桩。楹(yíng)，柱子。

[27] 訾(zī)，指责。昌阳，即菖蒲，古人认为久服可以长寿。

[28] 豨(xī)苓，即猪苓，有利尿作用。

圬者王承福传[1]

韩　愈

圬之为技,贱且劳者也。有业之,其色若自得者。听其言,约而尽[2]。问之,王其姓。承福其名。世为京兆长安农夫[3]。天宝之乱[4],发人为兵。持弓矢十三年,有官勋,弃之来归[5]。丧其土田,手镘衣食[6]。余三十年。舍于市之主人,而归其屋食之当焉[7]。视时屋食之贵贱,而上下其圬之佣以偿之[8]。有余,则以与道路之废疾饿者焉。

又曰:"粟,稼而生者也。若布与帛,必蚕绩而后成者也,其他所以养生之具,皆待人力而后完也,吾皆赖之。然人不可遍为,宜乎各致其能以相生也[9]。故君者,理我所以生者也,而百官者,承君之化者也。任有大小,惟其所能,若器皿焉。食焉而怠其事,必有天殃,故吾不敢一日舍镘以嬉。夫镘易能,可力焉,又诚有功。取其直[10],虽劳无愧,吾心安焉。夫力易强而有功也,心难强而有智也。用力者使于人,用心者使人[11],亦其宜也。吾特择其易为而无愧者取焉。嘻!吾操镘以入富贵之家有年矣。有一至者焉,又往过之,则为墟矣。有再至三至者焉,而往过之,则为墟矣。问之其邻,或曰:"噫!刑戮也。"或曰:"身既死,而其子孙不能有也。"或曰:"死而归之官也。"吾以是观之,非所谓食焉怠其事而得天殃者邪?非强心以智而不足,不择其才之称否而冒之者邪?非多行可愧,知其不可而强为之者邪?将富贵难守,薄功而厚飨之者邪?抑丰悴有时,一去一来而不可常者邪?吾之心悯焉,是故择其力之可能者行焉。乐富贵而悲贫贱,我岂异于人哉?

又曰:"功大者,其所以自奉也博。妻与子,皆养于我者也,吾能薄而功小,不有之可也。又吾所谓劳力者,若立吾家而力不足,则心又劳也。一身而二任焉,虽圣者不可为也。"

愈始闻而惑之,又从而思之,盖所谓独善其身者也。然吾有讥焉,谓其自为也过多,其为人也过少。其学杨朱之道者邪?杨之道,不肯拔我一毛而利天下[12]。而夫人以有家为劳心,不肯一动其心以蓄其妻子,其肯劳其心以为人乎哉!虽然,其贤于世者之患不得之,而患失之者,以济其生之欲,贪邪而亡道以丧其身者,其亦远矣!又其言,有可以警余者,故余为之传而自鉴焉。

【注释】

[1]　圬(wū)者,泥瓦工。圬,粉刷墙壁。

[2] 约而尽,谓圬者的叙说简约而周详。

[3] 京兆长安,唐代长安属京兆府。京兆,京师所在地区,亦指管理京城的衙门。

[4] 天宝之乱,指天宝十四载(755)安禄山叛唐,玄宗率百官逃离长安,其后战乱延续七年之久。

[5] 官勋,官家授予的勋级。唐制,有功者授以没有实职的官号,称勋官,分十二阶。

[6] 手镘(màn)衣食,靠镘墙挣得吃穿。镘,泥瓦匠抹泥灰的工具,这里作动词用。

[7] 舍于市之主人,寄居街市房东之屋。归其屋食之当,付给他相当于住宿、吃饭的费用。

[8] 上下,这里是增减的意思。佣,受雇于人,这里指工价。

[9] 这段涉及社会分工的谈论,由《孟子·滕文公上》相关言述化出。

[10] 直,通“值”,这里指工钱。

[11] 用力者使于人,用心者使人,亦化用孟子语。《孟子·滕文公上》:“劳心者治人,劳力者治于人。”

[12] 不肯拔我一毛而利天下,这是孟子对杨朱的评价。《孟子·尽心上》:“孟子曰:杨子(杨朱)取为我,拔一毛而利天下,不为也。”

种树郭橐驼传[1]

柳宗元

郭橐驼,不知始何名。病瘘[2],隆然伏行,有类橐驼者,故乡人号之“驼”。驼闻之曰:“甚善。名我固当。”因舍其名,亦自谓橐驼云。其乡曰丰乐乡,在长安西。驼业种树,凡长安豪富人为观游及卖果者,皆争迎取养[3]。视驼所种树,或移徙,无不活,且硕茂,蚤实以蕃[4]。他植者虽窥伺效慕[5],莫能如也。

有问之,对曰:“橐驼非能使木寿且孳也[6],能顺木之天[7],以致其性焉尔。凡植木之性,其本欲舒,其培欲平,其土欲故,其筑欲密。既然已,勿动勿虑,去不复顾。其莳也若子,其置也若弃[8],则其天者全而其性得矣。故吾不害其长而已,非有能硕茂之也,不抑耗其实而已,非有能蚤而蕃之也。他植者则不然,根拳而土易[9],其培之也,若不过焉则不及[10]。苟有能反是者,则又爱之太殷,忧之太勤,旦视而暮抚,已去而复顾,甚者爪其肤以验其生枯,摇其本以观其疏密,而木之性日以离矣。虽曰爱之,其实害之;虽曰忧之,其实仇之。故不我若也。吾又何能为哉!”

问者曰:“以子之道,移之官理可乎?”驼曰:“我知种树而已,官理非吾业也。然吾居乡,见长人者好烦其令[11],若甚怜焉,而卒以祸。旦暮吏来而呼曰：'官命促尔耕，勖尔植，督尔获[12]，蚤缫而绪，蚤织而缕[13]，字而幼孩，遂而鸡豚[14]。'鸣鼓而聚之，击木而召之。吾小人辍飧饔以劳吏者[15]，且不得暇，又何以蕃吾生而安吾性耶？故病且怠。若是，则与吾业者其亦有类乎？"

问者曰："嘻，不亦善夫！吾问养树，得养人术。"传其事以为官戒也。

【注释】

[1] 橐(tuó)驼，骆驼。

[2] 病瘘(lòu)，患佝偻病(脊椎弯曲)，俗称驼背。

[3] 争迎取养，争着把他接到家中奉养，意谓争相雇用。

[4] 蚤实以蕃，早结果实，而且很多。蚤，通"早"。蕃，繁多。

[5] 窥伺效慕，暗中观察、效法。

[6] 寿且孳，活得长久而繁殖茂盛。孳(zī)，滋生、繁孳。

[7] 木之天，树木生长的自然规律。天，天性。

[8] 其莳也若子，其置也若弃，意思是培植树木就像对待子女，不必过于呵护，大可让它自己去生长。莳(shì)，栽种，培植。

[9] 根拳而土易，树根拳曲且换了新土。

[10] 若不过焉则不及，如果不是照料过头了就是措施不够。焉，句中语气词。

[11] 长人者，管辖人的人，这里指地方官吏。烦其令，不断地发布关于农村工作的指令。烦，多，繁剧。

[12] 勖尔植，鼓励你去耕植。勖(xù)，勉励。督尔获，督促你去收获。

[13] 蚤缫而绪，抓紧时间缫丝。缫(sāo)，煮茧抽丝。而，通"尔"，你们。绪，丝头。蚤织而缕，抓紧时间织布。缕，棉线。

[14] 字而幼孩，养育你们的幼孩。字，养育。遂而鸡豚，喂大你们的鸡和猪。遂，完成。

[15] 辍飧饔以劳吏者，意思是不吃饭就去应付那些下乡的官吏。飧(sūn)，晚饭。饔(yōng)，早饭。

捕蛇者说

柳宗元

永州之野产异蛇[1]，黑质而白章[2]，触草木尽死，以啮人，无御之者。然得而腊之以为饵[3]，可以已大风、挛踠、瘘、疠，去死肌，杀三虫[4]。其始，太医以王命聚之[5]，岁赋其二[6]，募有能捕之者，当其租入[7]。永之人争奔走焉。

有蒋氏者，专其利三世矣[8]。问之，则曰："吾祖死于是，吾父死于是。今吾嗣为之十二年[9]，几死者数矣。"言之，貌若甚戚者[10]。

余悲之，且曰："若毒之乎？余将告于莅事者[11]，更若役，复若赋，则何如？"蒋氏大戚，汪然出涕曰："君将哀而生之乎？则吾斯役之不幸，未若复吾赋不幸之甚也。向吾不为斯役，则久已病矣。自吾氏三世居是乡，积于今六十岁矣，而乡邻之生日蹙[12]。殚其地之出，竭其庐之入，号呼而转徙，饥渴而顿踣[13]，触风雨，犯寒暑，呼嘘毒疠[14]，往往而死者相藉也[15]。曩与吾祖居者，今其室十无一焉，与吾父居者，今其室十无二三焉，与吾居十二年者，今其室十无四五焉，非死则徙尔，而吾以捕蛇独存。悍吏之来吾乡，叫嚣乎东西，隳突乎南北[16]，哗然而骇者，虽鸡狗不得宁焉。吾恂恂而起[17]，视其缶[18]，而吾蛇尚存，则弛然而卧。谨食之[19]，时而献焉。退而甘食其土之有，以尽吾齿。盖一岁之犯死者二焉，其余则熙熙而乐，岂若吾乡邻之旦旦有是哉[20]！今虽死乎此，比吾乡邻之死则已后矣，又安敢毒耶[21]？"

余闻而愈悲。孔子曰："苛政猛于虎也[22]。"吾尝疑乎是，今以蒋氏观之，犹信。呜呼！孰知赋敛之毒，有甚是蛇者乎？故为之说，以俟夫观人风[23]者得焉。

【注释】

[1] 永州，曾为零陵郡，即今湖南永州。

[2] 黑质而白章，黑底白纹。质，质地，这里指蛇身。章，花纹。

[3] 腊之以为饵，将蛇晾干作为药饵。腊(xī)，干肉，这里作动词。

[4] 已，止，这里指治愈。大风，麻风病。挛踠(luán wǎn)，四肢弯曲。瘘，颈部肿疾。疠(lì)，恶疮。去死肌，去除腐肉。三虫，泛指人体寄生虫。汉王充《论衡·商虫》："人腹中有三虫。下地之泽其虫曰蛭，蛭食人足，三虫食肠。"

[5] 太医以王命聚之，太医以皇帝的诏令征集这种蛇。太医，宫廷御医。聚，征集。

[6] 岁赋其二，谓每年征收两次。赋，敛取。

[7] 当其租入，(允许用蛇)抵偿他的税金。当，抵。

[8] 专其利，谓专门享受这种以蛇抵付税金的好处。

[9] 嗣，继承。

[10] 貌若甚戚者，表情好像非常忧伤。戚，忧伤。

[11] 莅事者，管事的人，这里指地方官吏。

[12] 日蹙，日渐窘迫。

[13] 顿踣(bó)，即顿仆，跌倒在地上，引申为困顿。

[14] 呼嘘毒疠，呼吸着有毒的疫气。

[15] 死者相藉，死人互相压着。藉，垫在身下的东西。

[16] 隳(huī)突，骚扰。

[17] 恂恂，小心的样子。

[18] 缶(fǒu),一种陶罐,口小肚大。

[19] 食(sì),即饲,喂养。

[20] 旦旦,天天。

[21] 毒,这里是怨恨的意思。

[22] 苛政猛于虎也,孔子的话,语出《礼记·檀弓》。

[23] 人风,即民风。

钴鉧潭西小丘记[1]

柳宗元

得西山后八日[2],寻山口西北道二百步,又得钴鉧潭,潭西二十五步,当湍而浚者为鱼梁[3]。梁之上有丘焉,生竹树。其石之突怒偃蹇[4],负土而出,争为奇状者,殆不可数。其嵚然相累而下者[5],若牛马之饮于溪。其冲然角列而上者,若熊罴之登于山。

丘之小不能一亩,可以笼而有之[6]。问其主,曰:"唐氏之弃地,货而不售[7]。"问其价,曰:"止四百。"余怜而售之[8]。李深源、元克己时同游[9],皆大喜,出自意外。即更取器用[10],铲刈秽草,伐去恶木,烈火而焚之。嘉木立,美竹露,奇石显。由其中以望,则山之高,云之浮,溪之流,鸟兽之遨游,举熙熙然回巧献技[11],以效兹丘之下。枕席而卧,则清泠之状与目谋[12],瀯瀯之声与耳谋[13],悠然而虚者与神谋,渊然而静者与心谋。不匝旬而得异地者二[14],虽古好事之士,或未能至焉。

噫!以兹丘之胜,致之沣、镐、鄠、杜[15],则贵游之士争买者,日增千金而愈不可得。今弃是州也,农夫渔父过而陋之,贾四百[16],连岁不能售。而我与深源、克己独喜得之,是其果有遭乎!书于石,所以贺兹丘之遭也。

【注释】

[1] 钴鉧(gǔmǔ)潭,因水面形状像熨斗而得名。钴鉧,熨斗。

[2] 西山,在今湖南永州零陵区城西。

[3] 浚,水深。鱼梁,用土石筑成分水堤堰,中间留有缺口放置捕鱼工具。

[4] 突怒偃蹇,兀然耸立的山石错综盘绕。偃蹇(jiǎn),屈曲状。

[5] 嵚(qīn)然相累,高耸的山石层层相叠。

[6] 笼而有之,犹言可以包笼在衣袖里。

[7] 货而不售,指卖而卖不出去。货、售,这里都是卖的意思。

[8] 余怜而售之,我喜欢它就买了下来。售,这里是买的意思。

[9] 李深源、元克己,二者均为柳宗元友人,此时亦贬居永州。李深源名幼清,原任太府卿。元克己原任侍御史。

[10] 器用,工具、用具。

[11] 举,全部、一体。熙熙然,生动欢悦貌。回巧献技,犹言以各自的形态争奇斗妍。

[12] 清泠(líng),清凉明澈。谋,这里是接触的意思。

[13] 瀯瀯(yíng),象声词,犹水流回旋之声。

[14] 不匝旬,不到十天。匝,环绕一周,也是遍及的意思。

[15] 致之沣、镐、鄠、杜,意谓挪到长安附近。沣(fēng),流经长安的一条河。镐(hào),西周的都城,在今陕西长安县西北。鄠(hù),在今陕西户县附近。杜,在今陕西长安县东南。这四处都是唐代都城长安周边地区。

[16] 贾,通"价"。

永州铁炉步志[1]

柳宗元

江之浒[2],凡舟可縻而上下者曰步[3]。永州北郭有步,曰铁炉步。予乘舟来,居九年,往来求其所以为铁炉者无有。问之,人曰:"盖尝有锻者居[4],其人去而炉毁者不知年矣,独有其号冒而存[5]。"

予曰:"嘻!世固有事去名存而冒焉若是耶?"步之人曰:"子何独怪是?今世有负其姓而立于天下者,曰'吾门大,他不我敌也'。问其位与德,曰'久矣其先也'。然而彼犹曰'我大',世亦曰'某氏大'。其冒于号,有以异于兹步者乎?向使有闻兹步之号,而不足釜锜、钱镈、刀铁者[6],怀价而来,能有得其欲乎?则求位与德于彼,其不可得亦犹是也。位存焉而德无有,犹不足以大其门,然且乐为之下。子胡不怪彼而独怪于是?大者桀冒禹[7],纣冒汤[8],幽厉冒文武以傲天下[9]。由不推知其本,而姑大其故号,及至于败,为世笑僇[10],斯可以甚惧。若求兹步之实,而不得釜锜、钱镈、刀铁者,则去而之他,又何害乎?子之惊于是,末矣。"

予以为古有太史[11],现民风,采民言。若是者,则有得矣。嘉其言可采,书以为志。

【注释】

[1] 步,同"埠"。南方多称船埠为步。

[2] 浒,水边。

[3] 縻(mí),缰绳,这里引申为泊舟。

[4] 锻者,铁匠。

[5] 独有其号冒而存,只剩下这个徒有虚名的名称。冒,以假充真,这里有袭用的意思。

[6] 釜锜(qí),铁锅,两耳曰釜,三足曰锜。钱镈(bó),古代农具,钱类似铲,镈类似锄。鈇(fū),斧头。

[7] 桀,夏朝最后一位君王,有名的暴君。禹,治水有功,继舜位,为夏朝第一位君王。

[8] 纣,商朝最后一位君王,以暴虐著称。汤,即成汤,曾伐夏桀,建立商朝。

[9] 幽厉,即周幽王、周厉王,均为西周末期君主,有昏庸、暴戾之名。文武,即周文王、周武王,西周的开国君主。文王是死后追封的尊号。

[10] 僇(lù),侮辱。

[11] 太史,古代职掌文书,记录史事的官员。

【思考题】

1. 古文运动终结了魏晋六朝以来的淫靡文风,开辟了散体文发展的新里程,在文学史上具有重要的进步意义。但是在这种进步的同时,更大程度将文章与文学纳入儒家之“道”,归于意识形态统辖,这不能不说是自己钻进了精神囹圄。在阅读韩愈、柳宗元文章的时候,可对照本书《庄子》《史记》《世说新语》各章选录的篇什,比较其特点,分析不同历史时期文人的精神气质。

2. 韩愈笔墨闳肆,大开大阖,甚有气势,这是韩文为后人推崇的主要原因。可具体分析韩文是怎样营造这种“气势”的,其文中说理与辩论风格又具有怎样的特点。

3. 柳宗元文章取材多近于民间,注重状物写实,笔致生动而奇峭。不过,柳文的基本套路是寓理于事,而且还喜欢在结尾部分插入议论来点题,以示“明道”。这种作文模式对后世习文乃至现代语文教学无疑具有示范性,你自己在中学阶段是否也受过这种影响?

【拓展阅读】

1. 胡怀琛:《韩柳欧苏文之渊源》,《国学》第1卷第2期,1926年10月。

2. 龚书炽:《韩愈及其古文运动》,商务印书馆1945年版。

3. 陈寅恪:《论韩愈》,收入《金明馆丛稿初编》,上海古籍出版社1980年版。

4. 孙昌武:《柳宗元传论》,人民文学出版社1982年版。

5. 童第德:《韩愈文选》,人民文学出版社1980年版。

6. 高文、屈光:《柳宗元选集》,上海古籍出版社1992年版。

第十四章　唐传奇

唐代的传奇文是中国小说史上一个非常大的变迁。这种名曰“传奇”的文言短篇小说由六朝志怪发展而来，其源头或可溯及晋人干宝《搜神记》乃至更早的志异小品。早期的传奇作品仍有志怪余风，譬如文学史上经常提及的《古镜记》和《补江总白猿传》，内容亦多为灵异事迹。过去研究者认为它们出于隋末唐初人之手，除了文献方面的臆测，大抵由于其中不乏奇幻之设，似乎尚处于向人间叙事演进之中间环节。其实很难从这方面作出判断，延至中唐传奇文大量涉笔世俗人生之后，幽明因果之作仍不绝如缕，而人的故事间有鬼神话语亦是中国小说的一种特点。

传奇文繁盛阶段自中唐开始，大致在开元、天宝以后。沈既济、陈玄祐、李朝威、蒋防、李公佐、沈亚之、元稹、白行简、陈鸿等人，是这一时期传奇文的重要作者。从他们的作品来看，已经开始摆脱那种凭空结撰的寓言异记模式，像沈既济的《任氏传》，虽云狐仙幻化之事，却写出了男女之情与友谊的分际，寄予人性的理想之境。李朝威的《柳毅传》也打通人神界限，以爱情冲决礼教的桎梏。《柳毅传》和蒋防的《霍小玉传》元稹的《莺莺传》可以说都是唐传奇中最优秀的作品，这些以男女之情为题材的作品有一个共同特点，就是凸现了男权社会中女性的不幸遭遇。《柳毅传》中的龙女受夫家种种虐待，只是借助钱塘君的神力才得以改适自己的如意郎君，而柳毅则以正人君子形象喻示爱在人间的主题。可是颇具讽刺意味的是，真正生活在俗世的女性却远远没有龙女的幸运，在基本写实的《霍小玉传》《莺莺传》这些作品中，女主人公都未能逃脱始乱终弃的命运。

唐传奇中写男女之情篇什甚多，而且多着眼于女性之伤痛，其中明显含有主流文学不曾出现的进步观念。诚然，同一时期白居易诗中也多有慨叹女性命运之篇什，如《长恨歌》《上阳白发人》和《琵琶行》等，但白诗皆另有立意，并非质疑男权思想或着眼于礼教制度对女性的戕害。不过，唐传奇所述男女之事不尽在女性悲境，白居易之弟白行简的《李娃传》就另辟一途，刻画了一个以爱情重建人生的勇敢女子。倡女李娃迫于鸨母压力，骗了荥阳生的钱财又将他拒之门外，而终究良知未泯，当荥阳生冻馁卧道之际，她竟不顾鸨母叱斥援手以救。接纳这个穷愁潦倒的书生，多少有一种自我救赎的意思。浪子回头的荥阳生后来经由科举进入仕途，李娃也名正言顺地成了诰命夫人。虽说大富大贵的结局未免恶俗，但整个故事无疑表达了这样一种理想：女性命运系于自身的选择与奋斗。

延至晚唐五代，传奇文数量大增，而且不少作者的作品还汇编成集，如薛用弱《集异记》、牛僧孺《玄怪录》、李复言《续玄怪录》、裴铏《传奇》、张读《宣室志》、袁郊《甘泽谣》、杜光庭《录异记》、皇甫枚《三水小牍》等等。应该说，这些作品大多沿袭志怪一脉，艺术手法未见长进。不过，其中也有不落窠臼的故事构想，如薛用弱《集异记》所述王积薪窃听妇姑行盲棋一则，很有一种江湖臆想的幽眇之义。裴铏的《传奇》大概是所有传奇集册中最具创意的一部，现存一卷，有三十余篇，其中《昆仑奴》《聂隐娘》二篇乃后世武侠小说之先声。《昆仑奴》之侠士磨勒助成主人崔生婚姻，先是出入禁锢红绡的高墙深院，最后又从重兵围堵追杀中轻松逃脱，其身手非凡给人印象至深。如果说忠心义胆的磨勒可以为主人赴汤蹈火，那么《聂隐娘》之侠女隐娘则具自有主见的逆反性格。魏博节度使派隐娘去刺杀陈许节度使刘昌裔，她却反助昌裔除掉魏帅派去的另一刺客精精儿，又使昌裔躲过空空儿狙杀。聂隐娘后来云游海内“寻山水访至人”，磨勒则隐于洛阳街市，他们身后隐然闪露官府与民间之外的第三空间。那种超越世俗生活的虚拟人境，有两个不可分离的层面：从精神层面说源自士大夫之隐逸文化，而现实层面则取材于聚啸山林之民间反抗，二者深度结合便于后世武侠小说中形成更具模样的江湖社会。当然，传奇文中值得讨论的侠客故事不止上述二例，如袁郊的《红线传》、杜光庭的《虬髯客传》，亦俱为上乘之作。

可予注意，在这些侠客题材的传奇文中，武功异术开始取代神魅诡道，因而开辟人间叙事之奇闻异记。这种艺术拓展具有重要意义。小说由神界复归人间是一个艰难过程，处于现实与超现实之间的侠客题材可以说是叙事模式演化的一种“中间物”。以今之审美态度，唐传奇之佳构多为摹写世俗人生之什，但此类作品数量并不占优，大多仍是怪力乱神一类。这种状况并不尽是艺术手法的局限，可能也与唐人喜好奇幻的审美趣味有关。所以，传奇文中的奇幻之作亦不乏优秀者，像沈既济的《枕中记》、李公佐的《南柯太守传》，都有追问人生价值的深意，却以梦境引入神怪异域。

文学史通常提及的唐传奇作者中，除陈玄祐、李朝威等少数几人事迹无可考索，其余如沈既济、许尧佐、蒋防、李公佐、沈亚之、元稹、陈鸿、白行简、薛用弱、裴铏、牛僧孺、袁郊、杜光庭等，都是正途出身的士大夫文人。考虑到后来宋元时期小说戏曲多出自下层文人和民间作手，这是有些奇特的现象，因为“传奇”二字在当时很有訾贬的意思，毕竟不登大雅之堂。关于这一点，鲁迅《中国小说的历史的变迁》作如下解释：

> 这是和当时底环境有关系的，因为唐时考试的时候，甚重所谓“行卷”；就是举子初到京，先把自己得意的诗抄成卷子，拿去拜谒当时的名人，若得称赞，则“声价十倍”，后来便有及第的希望，所以行卷在当时看得很重要。到开元、天宝以后，渐渐对于诗，有些厌气了，于是就有人把小说也放在行卷里去，而且竟也可以得名。所以从前不满意小说的，到此时也多做起小说来，因之传奇小说，就盛极一时了。

鲁迅此说大抵来自宋人赵彦卫关于“唐之举人”的一段话（《云麓漫钞》卷八），其中提到牛僧孺《玄怪录》和裴铏《传奇》都是当时投献之作。由于要显露才华，唐传奇一般都颇有文采，当然在“意想”和叙事手法上亦煞费苦心。用鲁迅的话来说，中国小说到了这时候才是“有意识的作小说”（《中国小说的历史的变迁》）。这种文体的自觉，一是反映为题材面的扩展，二是表现手法亦大为增强。唐传奇在性格塑造方面自有一功，使中国小说第一次出现了血肉丰满的人物形象。而且，叙事结构亦臻于完整。值得称道的是，它讲究叙述过程，注重通过情节与细节的铺述来推进故事，不再是志怪那种寥寥数语的简古文体。所以，金元以后小说戏曲亦多取其本事。

唐人传奇文现存尚有数百篇之多，大多辑录在宋人编纂的《太平广记》一书中。近人汪辟疆校录的《唐人小说》是相当不错的选本，唐传奇之精粹几乎囊括其中。本章选录两篇，分叙如下：

《霍小玉传》，见《太平广记》卷四百八十七。作者蒋防（792—?），字子徵，义兴（今江苏宜兴）人，唐宪宗时曾任翰林学士、中书舍人。这个“痴心女子负心汉”的故事，可由“负心汉”和“痴心女子”两方面解读。在李益一端，可究诘阻隔男女之爱的身份问题，而身份背后是整个门阀制度。但小玉之爱、之恨、之以死报怨，则是全篇重点。这是一篇讲究铺述的作品，小玉性格柔媚亦刚烈，由层层推进中写出，鲜明而生动。明人胡应麟称，“唐人小说纪闺阁事，绰有情致，此篇尤为唐人最精彩之传奇，故传诵弗衰”（《少室山房笔丛》卷三十六）。明剧作家汤显祖曾根据此篇先后作《紫箫记》《紫钗记》。

《昆仑奴》，见《太平广记》卷一百九十四。作者裴铏，生卒年不详，唐僖宗乾符五年(878)以御史大夫为成都节度副使。作《传奇》三卷,今多不存。此篇颇有《史记》中刺客、游侠之风,昆仑奴磨勒既是侠士,更是“大隐隐于市”之隐者,其神秘色彩更胜武功之奇。文中“盖代之勋臣一品者”,传说即为中兴名臣郭子仪(如京剧《盗红绡》即以郭氏名之)。明人杂剧中梁辰鱼《红绡》、梅鼎祚《昆仑奴》均由此篇改编。

霍小玉传

蒋　防

大历中,陇西李生名益[1],年二十,以进士擢第。其明年,拔萃,俟试于天官[2]。夏六月,至长安,舍于新昌里。生门族清华,少有才思,丽词嘉句,时谓无双。先达丈人,翕然推伏[3]。每自矜风调,思得佳偶,博求名妓,久而未谐。长安有媒鲍十一娘者,故薛驸马家青衣也,折券从良[4],十余年矣。性便辟,巧言语,豪家戚里,无不经过,追风挟策,推为渠帅[5]。常受生诚托厚赂,意颇德之[6]。

经数月,李方闲居舍之南亭。申未间[7],忽闻扣门甚急,云是鲍十一娘至。摄衣从之,迎问曰:“鲍卿今日何故忽然而来?”鲍笑曰:“苏姑子作好梦也未[8]?有一仙人,谪在下界,不邀财货,但慕风流。如此色目[9],共十郎相当矣。”生闻之惊跃,神飞体轻,引鲍手且拜且谢曰:“一生作奴,死亦不惮。”因问其名居。鲍具说曰:“故霍王小女[10],字小玉,王甚爱之。母曰净持,即王之宠婢也。王之初薨,诸弟兄以其出自贱庶,不甚收录[11]。因分与资财,遣居于外,易姓为郑氏,人亦不知其王女。资质秾艳,一生未见,高情逸态,事事过人,音乐诗书,无不通解。昨遣某求一好儿郎格调相称者。某具说十郎。他亦知有李十郎名字,非常欢惬。住在胜业坊古寺曲[12],甫上车门宅是也。以与他作期约。明日午时,但至曲头觅桂子,即得矣。”

鲍既去,生便备行计。遂令家僮秋鸿,于从兄京兆参军尚公处假青骊驹、黄金勒[13]。其夕,生浣衣沐浴,修饰容仪,喜跃交并,通夕不寐。迟明,巾帻[14],引镜自照,惟惧不谐也。徘徊之间,至于亭午。遂命驾疾驱,直抵胜业。至约之所,果见青衣立候,迎问曰:“莫是李十郎否?”即下马,令牵入屋底,急急锁门。见鲍果从内出来,遥笑曰:“何等儿郎,造次入此?”生调诮未毕,引入中门。庭间有四樱桃树,西北悬一鹦鹉笼,见生入来,即语曰:“有人入来,急下帘者!”生本性雅淡,心犹疑惧,忽见鸟语,愕然不敢进。逡巡，鲍引净持下阶相迎，延入对坐。年可四十余，绰约多姿，谈笑甚媚。因谓生曰："素闻十郎才调风流，今又见仪容雅秀，名下固无虚士。某有一女子，虽拙教训，颜色不至丑陋，得配君子，颇为相宜。频见鲍十一娘说意旨，今亦便令承奉箕帚[15]。"生谢曰："鄙拙庸愚，不意故盼，倘垂采录，生死为荣。"遂命酒馔，即命小玉自堂东阁子中而出。生即拜迎。但觉一室之中，若琼林玉树，互相照曜，转盼精彩射人。既而遂坐母侧。母谓曰："汝尝爱念'开帘风动竹，疑是故人来。'即此十郎诗也。尔终日吟想，何如一见。"玉乃低鬟微笑，细语曰："见面不如闻名。才子岂能无貌？"生遂连起拜曰："小娘子爱才，鄙夫重色。两好相映，才貌相兼。"母女相顾而笑，遂举酒数巡。生起，请玉唱歌。初不肯，母固强之。发声清亮，曲度精奇。酒阑，及暝，鲍引生就西院憩息。闲庭邃宇，帘幕甚华。鲍令侍儿桂子、浣沙与生脱靴解带。须臾，玉至，言叙温和，辞气宛媚。解罗衣之际，态有余妍，低帏昵枕，极其欢爱。生自以为巫山、洛浦不过也[16]。

中宵之夜[17]，玉忽流涕观生曰："妾本倡家，自知非匹。今以色爱，托其仁贤。但虑一旦色衰，恩移情替，使女萝无托，秋扇见捐[18]。极欢之际，不觉悲至。"生闻之，不胜感叹。乃引臂替枕，徐谓玉曰："平生志愿，今日获从，粉骨碎身，誓不相舍。夫人何发此言。请以素缣[19]，著之盟约。"玉因收泪，命侍儿樱桃褰幄执烛，受生笔研[20]。玉管弦之暇，雅好诗书，筐箱笔研，皆王家之旧物。遂取秀囊，出越姬乌丝栏素缣三尺以授生[21]。生素多才思，援笔成章，引谕山河，指诚日月，句句恳切，闻之动人。染毕，命藏于宝箧之内。自尔婉娈相得[22]，若翡翠之在云路也。如此二岁，日夜相从。

其后年春，生以书判拔萃登科，授郑县主簿[23]。至四月，将之官，便拜庆于东洛[24]。长安亲戚，多就筵饯。时春物尚余，夏景初丽，酒阑宾散，离思萦怀。玉谓生曰："以君才地名声，人多景慕，愿结婚媾，固亦众矣。况堂有严亲，室无冢妇[25]，君之此去，必就佳姻。盟约之言，徒虚语耳。然妾有短愿，欲辄指陈。永委君心，复能听否？"生惊怪曰："有何罪过，忽发此辞？试说所言，必当敬奉。"玉曰："妾年始十八，君才二十有二，迨君壮室之秋[26]，犹有八岁。一生欢爱，愿毕此期。然后妙选高门，以谐秦晋[27]，亦未为晚。妾便舍弃人事，剪发披缁[28]，夙昔之愿，于此足矣。"生且愧且感，不觉涕流。因谓玉曰："皎日之誓[29]，死生以之。与卿偕老，犹恐未惬素志，岂敢辄有二三。固请不疑，但端居相待。至八月，必当却到华州，寻使奉迎，相见非远。"更数日，生遂诀别东去。

到任旬日，求假往东都觐亲。未至家日，太夫人以与商量表妹卢氏，言约已定。太夫人素严毅,生逡巡不敢辞让,遂就礼谢,便有近期。卢亦甲族也[30],嫁女于他门,聘财必以百万为约,不满此数,义在不行。生家素贫,事须求贷,便托假故,远投亲知,涉历江淮,自秋及夏。生自以孤负盟约,大愆回期[31],寂不知闻,欲断期望,遥托亲故,不遗漏言。

玉自生逾期,数访音信。虚词诡说,日日不同。博求师巫,遍询卜筮,怀忧抱恨,周岁有余。羸卧空闺,遂成沉疾。虽生之书题竟绝,而玉之想望不移,赂遗亲知,使通消息。寻求既切,资用屡空,往往私令侍婢潜卖箧中服玩之物,多托于西市寄附铺侯景先家货卖[32]。曾令侍婢浣沙将紫玉钗一只,诣景先家货之。路逢内作老玉工[33],见浣沙所执,前来认之曰:"此钗,吾所作也。昔岁霍王小女将欲上鬟[34],令我作此,酬我万钱。我尝不忘。汝是何人,从何而得?"浣沙曰:"我小娘子,即霍王女也。家事破散,失身于人。夫婿昨向东都,更无消息。悒怏成疾,今欲二年。令我卖此,赂遗于人,使求音信。"玉工凄然下泣曰:"贵人男女,失机落节[35],一至于此!我残年向尽,见此盛衰,不胜伤感。"遂引至延光公主宅[36],具言前事,公主亦为之悲叹良久,给钱十二万焉。

时生所定卢氏女在长安,生即毕于聘财,还归郑县。其年腊月,又请假入城就亲。潜卜静居,不令人知。有明经崔允明者[37],生之中表弟也。性甚长厚,昔岁常与生同欢于郑氏之室,杯盘笑语,曾不相间。每得生信,必诚告于玉。玉常以薪刍衣服[38],资给于崔。崔颇感之。生既至,崔具以诚告玉。玉恨叹曰:"天下岂有是事乎!"遍请亲朋,多方召致。生字以愆期负约,又知玉疾候沉绵,惭耻忍割,终不肯往。晨出暮归,欲以回避。玉日夜涕泣,都忘寝食,期一相见,竟无因由。冤愤益深,委顿床枕。自是长安中稍有知者。风流之士,共感玉之多情。豪侠之伦,皆怒生之薄行。

时已三月,人多春游。生与同辈五六人诣崇敬寺玩牡丹花[39],步于西廊,递吟诗句。有京兆韦夏卿者,生之密友,时亦同行。谓生曰:"风光甚丽,草木荣华。伤哉郑卿,衔冤空室!足下终能弃置,实是忍人。丈夫之心,不宜如此。足下宜为思之!"叹让之际,忽有一豪士,衣轻黄纻衫,挟弓弹,风神俊美,衣服卿华,唯有一剪头胡雏从后[40],潜行而听之。俄而前揖生曰:"公非李十郎者乎?某族本山东,姻连外戚[41]。虽乏文藻,心实乐贤。仰公声华,常思觏止[42]。今日幸会,得睹清扬[43]。某之敝居,去此不远,亦有声乐,足以娱情。妖姬八九人,骏马十数匹,唯公所欲。但愿一过。"生之侪辈,共聆斯语,更相叹美。因与豪士策马同行,疾转数坊,遂至胜业。生以进郑之所止,意不欲过,便托事故,欲回马首。豪士曰:"敝居咫尺,忍相弃乎?”乃挽挟其马,牵引而行。迁延之间,已及郑曲。生神情恍惚,鞭马欲回。豪士遽命奴仆数人,抱持而进。疾走推入车门,便令锁却,报云:“李十郎至也!”一家惊喜,声闻于外。

先此一夕,玉梦黄衫丈夫抱生来,至席,使玉脱鞋。惊寤而告母。因自解曰:“鞋者,谐也。夫妇再合。脱者,解也。既合而解,亦当永诀。由此征之,必遂相见,相见之后,当死矣。”凌晨,请母梳妆。母以其久病,心意惑乱,不甚信之。黾勉之间,强为妆梳。妆梳才必,而生果至。玉沉绵日久,转侧须人[44]。忽闻生来,欻然自起[45],更衣而出,恍若有神。遂与生相见,含怒凝视,不复有言。羸质娇姿,如不胜致,时负掩袂[46],返顾李生。感物伤人,坐皆欷歔。顷之,有酒肴数十盘,自外而来。一坐惊视,遽问其故,悉是豪士之所致也。因遂陈设,相就而坐。玉乃侧身转面,斜视生良久,遂举杯酒,酬地曰[47]:“我为女子,薄命如斯!君是丈夫,负心若此!韶颜稚齿,饮恨而终。慈母在堂,不能供养。绮罗弦管,从此永休。征痛黄泉[48],皆君所致。李君李君,今当永诀!我死之后,必为厉鬼,使君妻妾,终日不安!”乃引左手握生臂,掷杯于地,长恸号哭数声而绝。母乃举尸,置于生怀,令唤之,遂不复苏矣。生为之缟素[49],旦夕哭泣甚哀。将葬之夕,生忽见玉穗帷之中[50],容貌妍丽,宛若平生。着石榴裙,紫褴裆,红绿帔子[51]。斜身倚帷,手引绣带,顾谓生曰:“愧君相送,尚有余情。幽冥之中,能不感叹。”言毕,遂不复见。明日,葬于长安御宿原[52]。生至墓所,尽哀而返。

后月余,就礼于卢氏。伤情感物,郁郁不乐。夏五月,与卢氏偕行,归于郑县。至县旬日,生方与卢氏寝,忽帐外叱叱作声。生惊视之,则见一男子,年可二十余,姿状温美,藏身映幔,连招卢氏。生惶遽走起,绕幔数匝,倏然不见。生自此心怀疑恶,猜忌万端,夫妻之间,无聊生矣。或有亲情,曲相劝喻,生意稍解。后旬日,生复自外归,卢氏方鼓琴于床,忽见自门抛一斑犀钿花合子[53],方圆一寸余,中有轻绢,作同心结,坠于卢氏怀中。生开而视之,见相思子二,叩头虫一,发杀觜一,驴驹媚少许[54]。生当时愤怒叫吼,声如豺虎,引琴撞击其妻,诘令实告。卢氏亦终不自明。尔后往往暴加捶楚[55],备诸毒虐,竟讼于公庭而遣之。卢氏既出,生或侍婢媵妾之属,暂同枕席,便加妒忌。或有因而杀之者。生尝游广陵[56],得名姬曰营十一娘者,容态润媚,生甚悦之。每相对坐,尝谓营曰:“我尝于某处得某姬,犯某事,我以某法杀之。”日日陈说,欲令惧己,以肃清闺门。出则以浴斛覆营于床[57],周回封署[58],归必详视,然后乃开。又畜一短剑,甚利,顾谓侍婢曰:“此信州葛溪铁[59],唯断作罪过头!”大凡生所见妇人,辄加猜忌,至于三娶,率皆如初焉。

【注释】

[1] 大历,唐代宗李豫年号(766—779)。陇西李生名益,此指"大历十才子"之一的李益(约748—约827),陇西姑臧(今甘肃武威)人,大历进士,初为郑县尉,宪宗时授秘书少监、集贤殿学士。太和初,以礼部尚书致仕。

[2] 拔萃,唐制,选人未满期限而选任者,须通过宏辞科试文三篇,谓之拔萃,中试者即授官。天官,吏部的别称。唐时科举考试由礼部主持,而拔萃这类任官考试由吏部主持。

[3] 先达丈人,先达指前辈,丈人即老先生。推伏,同"推服",推崇、服膺。

[4] 驸马,官名,即驸马都尉。三国时魏国何晏以帝婿的身份授官驸马都尉,后世多沿袭此例,故驸马又为帝婿别称。青衣,即婢女。折券从良,从主人家赎身获得自由。券,这里指卖身契之类的文书。

[5] 性便辟,性情乖巧,善于谄媚逢迎。《论语·季氏》:"友便辟,友善柔,友便佞,损矣。"邢昺疏:"便辟,巧辟人之所忌以求容媚者也。"追风挟策,推为渠帅,此句意为在替人说媒这一行她堪称老大。追风,指男子追逐女性。挟策,有主意,有办法。渠帅,原指部落首领,这里是魁首的意思。

[6] 意颇德之,想要报答他。

[7] 申未间,午后一时至五时。

[8] 苏姑子作好梦也未,此句未详。有人认为"苏姑子"指南朝名妓苏小小,句中系宾语倒装。

[9] 色目,名目、类别,这里指人品、身份。

[10] 霍王,即李元轨,唐高祖第十四子,初封蜀王,徙吴王、霍王。武则天时与越王李贞连谋起兵,事败,徙黔州,死于途中。

[11] 收录,犹言收容。

[12] 胜业坊,在长安城东春明门内。曲,坊里小巷。

[13] 从兄,堂兄。京兆参军,即京兆府参军事,低阶文官。青骊驹,纯黑色的马。黄金勒,华丽的马辔头。勒,马辔头。

[14] 迟明,黎明。下文中"亭午"即正午。巾帻,包上头巾。巾,这里作动词用。

[15] 承奉箕帚,意谓做服侍他的女人。箕帚,亦作"箕箒",畚箕和扫帚,指操持家室事务,亦借指妻妾。汉赵晔《吴越春秋·勾践阴谋外传》:"(越王勾践有二遗女)谨使臣蠡献之,大王不以鄙陋寝容,愿纳以供箕箒之用。"

[16] 巫山,战国宋玉《高唐赋》序:"昔者先王尝游高唐,怠而昼寝。梦见一妇人,曰:'妾巫山之女也,为高唐之客。闻君游高唐,愿荐枕席。'王因幸之。去而辞曰:'妾在巫山之阳,高丘之阻,旦为朝云,暮为行雨,朝朝暮暮,阳台之下。'旦朝视之,如言,故为之立庙,号曰朝云。"后多指男女幽会。洛浦,三国魏曹植过洛水,作《洛神赋》思念梦中情人甄氏。这里借指朝思暮想的男女之事。

[17] 中宵,夜半。唐陆贽《贞元九年大赦制》:"中宵屡兴,终食累叹。"

[18] 女萝,植物名,即松萝,多附生于松树。《诗经·小雅·頍弁》:“茑与女萝,施于松柏。”毛传:“女萝,菟丝,松萝也。”这里喻指女性对男子的依附关系。秋扇见捐,秋凉后扇子就弃置不用了。捐,弃置。这里是说自己年老色衰必被抛弃。

[19] 素缣,白色的绢帛。

[20] 研,同“砚”。

[21] 乌丝栏,指上下以乌丝织成栏,其间用朱墨界行的绢素。后亦指有墨线格子的笺纸。唐李肇《唐国史补》卷下:“宋亳间,有织成界道绢素,谓之乌丝栏、朱丝栏。”

[22] 婉娈相得,亲热缠绵地相处得很好。婉娈,缱绻貌。

[23] 郑县,今河南郑州。主簿,官名,职掌监印、检核文书簿籍等。

[24] 拜庆,即“拜家庆”,指游子归家拜见父母。东洛,隋代以洛阳为都城,称“东都”,唐人沿袭旧称。

[25] 冢妇,嫡长子之妻。《礼记·内则》:“冢妇所祭祀宾客,每事必请于姑。”这里指正妻。

[26] 壮室之秋,男子三十称壮年,又值当娶妻室之岁,故称“壮室”。《礼记·曲礼上》:“三十曰壮,有室。”郑玄注:“有室,有妻也。妻称室。”

[27] 以谐秦晋,指结婚。春秋时,秦晋两国曾结盟,约为世代婚姻,后来就称缔订婚约为“秦晋之好”。

[28] 剪发披缁,指出家做尼姑。缁,缁衣,僧尼穿的黑色衣袍。

[29] 皎日之誓,即对着太阳起誓。《诗经·王风·大车》:“谓予不信,有如皦日。”皎,本作“皦”。

[30] 甲族,即世家大族。唐李肇《唐国史补》卷上:“伊慎每求甲族以嫁子,李长荣则求时名以嫁子。”

[31] 孤负,违背。唐韩愈《感春》:“孤负平生志,已矣知何奈。”大愆回期,大大错过了归期。愆期,失期,过期。《易·归妹》:“归妹愆期,迟归有时。”

[32] 寄附铺,代人出售物品并放高利贷的商行,类似后世之当铺与寄卖商店。货卖,出售。

[33] 内作,宫内制作器物的作坊。

[34] 上鬟,古时女子十五岁“及笄”,即束发插上簪子,亦称“上鬟”。

[35] 失机落节,犹言倒霉、落魄。

[36] 延光公主,即郜国公主,唐肃宗的小女儿。

[37] 明经,唐代科举科目之一,以经义、策问取士。明经科考试较易,录取人数多,故士人更看重以诗取士的进士科。

[38] 薪刍,原指薪柴和牧草,这里引申为日常用品。

[39] 崇敬寺,当时长安靖安坊附近的一座寺庙,寺中牡丹花为著名景观。白居易《寄微之百韵》:“唐昌玉蕊会,崇敬牡丹期。”

[40] 胡雏,“胡”是北方少数民族,当时流寓长安的胡人多为穷人,一些年幼者卖给大

户人家做僮仆,称胡雏。

[41] 外戚,皇帝的母亲和后妃的亲族。

[42] 觏(gòu)止,相遇。《诗经·召南·草虫》:“亦既觏止,我心则降。”毛传:“止,辞也。觏,遇。”

[43] 清扬,本指眉目清秀,引申为丰采,是对人的仪容的敬称。

[44] 转侧须人,起卧行走都须旁人扶持。

[45] 欻(xū)然,忽然。

[46] 如不胜致,形容弱不禁风。致,仪态。时负掩袂,时而背过身去用衣袖拭泪。袂,衣袖。

[47] 酬地,以酒祭地。唐段成式《酉阳杂俎·尸穸》:“比出,门已塞矣,一人复为沙埋死,乃同酬地谢之,誓不发塚。”

[48] 征痛黄泉,犹言死一般的痛苦。

[49] 缟素,缟与素都是白色的生绢,引申为服丧。

[50] 穗帷,又称穗帐,设于灵柩前的帷幕。

[51] 榼(kè)裆,唐时女人穿的一种外袍。帔(pèi)子,一种纱织的短披肩。

[52] 御宿原,在长安城东南郊外,是古时埋葬死者的地方。

[53] 斑犀钿花合子,用杂色犀牛角雕成、镶嵌金银玉贝等花饰的盒子。钿花,一种镶嵌工艺。

[54] 相思子,即红豆,古人以此物寄托相思,故名。叩头虫,属鞘翅目叩甲科,种类很多,一般都会嗒嗒作响地“叩头”。发杀觜(zī),一种春药。驴驹媚,传说初生驴驹口中所含肉状物,妇人带之增媚,故名。清王士禛《池北偶谈·谈异四·驴驹媚》:“座客偶举唐小说《霍小玉传》中有驴驹媚,不知何物。按僧赞宁《物类相感志》云:凡驴驹初生未堕地,口中有一物如肉,名媚,妇人带之能媚。”

[55] 捶楚,杖击、鞭打。北齐颜之推《颜氏家训·涉务》:“纤微过失,又惜行捶楚;所以处於清高,益护其短也。”

[56] 广陵,即今江苏扬州。

[57] 浴斛,澡盆。此句是说用澡盆将营十一娘扣在床上。

[58] 周回封署,四周封缄后复加印记。唐张鷟《朝野佥载》卷三:“太子自封署房门,须臾开视,器物一无所见。”

[59] 信州葛溪铁,信州即今江西上饶,葛溪在上饶弋阳县,古时所产铁器、刀剑有名。

昆仑奴[1]

裴铏

大历中有崔生者,其父为显僚,与盖代之勋臣一品者熟。生是时为千牛[2],其父使往省一品疾。生少年容貌如玉,性禀孤介,举止安详,发言清雅。一品命妓轴帘召生入室[3],生拜传父命,一品忻然爱慕,命坐与语。时三妓人,艳皆绝代,居前以金瓯贮含桃而擘之[4],沃以甘酪而进。一品遂命衣红绡妓者,擎一瓯与生食。生少年赧妓辈,终不食。一品命红绡妓以匙而进之,生不得已而食。妓哂之。遂告辞而去。一品曰:"郎君闲暇,必须一相访,无间老夫也[5]。"命红绡送出院,时生回顾,妓立三指,又反三掌者,然后指胸前小镜子,云:"记取。"余更无言。

生归达一品意,返学院[6],神迷意夺,语减容沮,恍然凝思[7],日不暇食。但吟诗曰:"误到蓬山顶上游,明珰玉女动星眸。朱扉半掩深宫月,应照琼芝雪艳愁。"左右莫能究其意。时家中有昆仑奴磨勒,顾瞻郎君曰:"心中有何事,如此抱恨不已?何不报老奴?"生曰:"汝辈何知而问我襟怀间事?"磨勒曰:"但言,当为郎君解释[8]。远近必能成之。"生骇其言异,遂具告知。磨勒曰:"此小事耳,何不早言之,而自苦耶?"生又白其隐语。勒曰:"有何难会。立三指者,一品宅中有十院歌姬,此乃第三院耳。返掌三者,数十五指,以应十五日之数。胸前小镜子,十五夜月圆如镜,令郎来耶?"生大喜,不自胜,谓磨勒曰:"何计而能导达我郁结?"磨勒笑曰:"后夜乃十五夜,请深青绢两匹,为郎君制束身之衣。一品宅有猛犬守歌妓院门,非常人不得辄入,入必噬杀之。其警如神,其猛如虎,即曹州孟海之犬也[9]。世间非老奴不能毙此犬耳。今夕当为郎君挝杀之。"遂宴犒以酒肉,至三更,携链椎而往[10],食顷而回曰:"犬已毙讫,固无障塞耳。"

是夜三更,与生衣青衣,遂负而逾十重垣,乃入歌妓院内,止第三门。绣户不扃,金釭微明[11],惟闻妓长叹而坐,若有所俟。翠环初坠,红脸才舒,玉恨无妍,珠愁转莹。但吟诗曰:"深洞莺啼恨阮郎,偷来花下解珠珰。碧云飘断音书绝,空倚玉箫愁凤凰。"侍卫皆寝,邻近阒然。生遂缓搴帘而入。良久,验是生。姬跃下榻执生手曰:"知郎君颖悟,必能默识,所以手语耳。又不知郎君有何神术,而能至此?"生具告磨勒之谋,负荷而至。姬曰:"磨勒何在?"曰:"帘外耳。"遂召入,以金瓯酌酒而饮之。姬白生曰:"某家本富,居在朔方[12]。主人拥旄[13],逼为姬仆。不能自死,尚且偷生,脸虽铅华,心颇郁结。纵玉箸举馔,金炉泛香,云屏而每进绮罗[14],绣被而常眠珠翠,皆非所愿,如在桎梏。贤爪牙既有神术,何妨为脱狴牢[15]。所愿既申,虽死不悔。请为仆隶,愿侍光容。又不知郎君高意如何?"生愀然不语。磨勒曰:"娘子既坚确如是,此亦小事耳。"姬甚喜。磨勒请先为姬负其囊橐妆奁,如此三复焉[16]。然后曰:"恐迟明。"遂负生与姬而飞出峻垣十余重。

一品家之守御，无有警者。遂归学院而匿之。

及旦，一品家方觉。又见犬已毙。一品大骇曰："我家门垣，从来邃密，扃锁甚严，势似飞腾，寂无形迹，此必侠士而挈之。无更声闻，徒为患祸耳。"

姬隐崔生家二载，因花时驾小车而游曲江，为一品家人潜志认[17]。遂白一品。一品异之。召崔生而诘之事。惧而不敢隐。遂细言端由，皆因奴磨勒负荷而去。一品曰："是姬大罪过。但郎君驱使逾年，即不能问是非。某须为天下人除害。"命甲士五十人，严持兵仗，围崔生院，使擒磨勒。磨勒遂持匕首飞出高垣，瞥若翅翎，疾同鹰隼，攒矢如雨[18]，莫能中之。顷刻之间，不知所向。然崔家大惊愕。后一品悔惧，每夕多以家童持剑戟自卫。如此周岁方止。

后十余年，崔家有人见磨勒卖药于洛阳市，容颜如旧耳。

【注释】

[1] 昆仑奴，唐代豪门富家有以夷族黑人为奴仆，称"昆仑奴"。这些黑人系人口贩子自南洋输入内地。《旧唐书·南蛮传》："自林邑以南，皆卷发黑身，通号为'昆仑'。"

[2] 千牛，即千牛备身，唐时警卫宫殿的武官，属左右千牛卫和太子左右内率府，多以官宦贵胄子弟充任，是所谓世家子弟起家之良选。《新唐书·苏诜传》："诜子震，以荫补千牛。"

[3] 轴帘，将帘子卷起。

[4] 金瓯，精美的盆、盂。含桃，樱挑的别称。《礼记·月令》："是月也，天子乃以雏尝黍，羞以含桃先荐寝庙。"郑玄注："含桃，樱桃也。"

[5] 无间，不要疏远，不要见外的意思。

[6] 学院，书房。

[7] 恍然凝思，六神无主，呆呆地冥思默想。

[8] 解释，这里是设法解决问题的意思。

[9] 曹州孟海，指隋末群雄之一的孟海公，他是曹州定陶(属今山东菏泽)人。

[10] 链椎，带有链子的铁槌。

[11] 金缸，装饰华丽的灯盏或烛台。

[12] 朔方，北方。《尚书·尧典》："申命和叔，宅朔方，曰幽都。"蔡沉集传："朔方，北荒之地。"

[13] 拥旄(máo)，古代武官持旄节专制一方，这里指握有重权。

[14] 云屏，云母制成的屏风。

[15] 狴(bì)牢，监狱。狴，狴犴(àn)，传说龙生九子，狴犴为第四子，其状如虎，神态

威猛,古代监狱门上多饰以其形。

[16] 如此三复,这样来回三次。

[17] 潜志认,暗中记认。

[18] 攒矢如雨,箭矢像雨一般密集地射去。

【思考题】

1.《霍小玉传》的男女主人公都具有形象鲜明的特点,但小玉与李益二者都不是一种类型化的固定模式,他们的性格是有发展变化的,有层层推进,有陡然转折,这在中国古代小说中比较少见。请列举作品中的相关情节与细节,就人物性格塑造谈谈你的看法。

2.《霍小玉传》和《昆仑奴》两篇都是写书生与妓女之情,有意思的是士人笔下的书生都比较自私或猥琐,而女性对爱情的追求却显示出义无反顾的坚毅。在元稹的《莺莺传》和白行简的《李娃传》中,同样也是女性形象更佳。唐传奇中男女题材的这种处理方式是否意味着士大夫文人的自省态度,或是对女性权利有了某种新的认识?在扩大阅读面的同时,这是一个值得深入思考的问题。

3.《昆仑奴》和《聂隐娘》《红线传》《虬髯客传》等叙说侠客侠女的作品中,虽故事写法各不相同,但人物有两个共同特点:一是都有助人之事,这是"侠义"的基本要素;二是皆属藏而不露的隐逸之士,故而有其神秘的一面。其实,故事里写到的只是真人露其真相的一个片断,文本以外颇有想象的余地。值得思考的是,其隐者的身份意味着什么?

【拓展阅读】

1. 鲁迅:《中国小说史略》第八篇《唐之传奇文》(上)、第九篇《唐之传奇文》(下),收入《鲁迅全集》第 9 卷,人民文学出版社 1981 年版。

2. 汪辟疆:《唐人小说在文学上之地位》,收入《汪辟疆文集》,上海古籍出版社 1988 年版。

3. 汪辟疆:《唐人小说》,上海古籍出版社 1978 年版。

第十五章　李　煜

大约唐代中期，词作为一种新兴诗体始见于文人笔下。词之起源据说缘自北方燕乐之流播，乃配合音乐所作，故有倚声填词之说。起初并没有“词”这个说法，而是称之“曲”或“曲子”，显然其原始形态尚以音乐性为主，而词之句式长短参差恰是因为乐句本身有长有短。文人词之前显然有过“里巷俗曲”的民间发轫阶段，清末在敦煌石室发现的曲子词写本提供了这方面的证据。当然，真正将词引向主流文学的推手是文人作者。相传为李白所作的《菩萨蛮》和《忆秦娥》两首词或系宋人伪托，但中唐诗人张志和、韦应物、刘禹锡、白居易等都有填词之作，至晚唐温庭筠出，词之体式、格律始定，开辟文人填词风气。此后词在五代时期有了较大发展。

五代词主要是西蜀、南唐二支。西蜀诸家承袭温词秾艳之风，如韦庄、牛峤、孙光宪、欧阳炯等，存世之作多见后蜀赵崇祚编纂的《花间集》，基本上还是歌咏风月情事的当筵曲子。这些应歌之作间或也有感世伤时之笔，多少注入了某些文人意识与寄托。南唐词家稍晚于西蜀花间，主要人物是冯延巳和中后二主李璟、李煜父子，各自都有超迈前人之处。王国维《人间词话》对南唐词评价甚高，有曰：“冯正中（延巳）词虽不失五代风格，而堂庑特大，开北宋一代风气。”又谓：“词至李后主而眼界始大，感慨遂深，遂变伶工之词而为士大夫之词。”

“变伶工之词而为士大夫之词”，也就是从附庸音乐回归抒发性情之文学道路。所以在词的发展史上，李煜是关键人物。

李煜（937—978），南唐元宗（中主）李璟第六子，初名从嘉，字重光。宋太祖建隆二年（961），监国于金陵（今江苏南京），旋父亡嗣位，改名煜，史称南唐后主。其在位十五年，一直面临覆巢之危，只能对宋修藩臣之礼。太祖开宝八年（975），宋军破金陵，李煜肉袒出降。翌年押至宋都汴京。太祖赦之，封违命侯，其实是软禁为囚。据传，太宗太平兴国三年（978）七月七日，也就是他四十二岁生日那天，被赐牵机药酒毒死。作为一个中年丧命的亡国之君，李煜的人生没有多少值得一说的事迹。《新五代史》关于他的记述颇草率，一面誉之“为人仁孝”，一面又说，“煜性骄侈，好声色，又喜浮屠，为高谈，不恤政事”（《南唐世家二》）。也许，这无能君主亦自有其多面性。《宋史》本传有这样一则故事：赵宋大将曹彬渡江取金陵之前，命人往江面搭建浮梁（浮桥），李煜闻讯与大臣张洎商议。张洎说：“载籍已来，长江无为梁之事。”李煜听了就很放心，“吾亦以为儿戏耳”。其实，守土治国于他本人恰如儿戏。

李煜治国无能，却是一个全面发展的艺术天才，史书称其“善诗文，工书画，知音律”。他对词的贡献尤为突出，在继承冯延巳、李璟寻求寄寓、开拓词境的基础上，将先前的娱乐性曲词彻底改造成一种可以抒发真情实感的诗体。而且，艺术手法亦有别开生面的创制。温庭筠以下，词家讲究堆砌，花花草草的意象往往过于密集，即如冯延巳和李璟亦未能摆脱雕琢习气，而正是李煜给词坛吹入了一股清新的风气。譬如，他降宋后的一首《乌夜啼》，完全就是直道眼前之景，直抒胸臆的格调。

> 无言独上西楼，月如钩，寂寞梧桐深院锁清秋。　　剪不断，理还乱，是离愁，别是一番滋味在心头。

其上片给出一幅非常简洁的图景，下片数句便直截道出内心的凄婉。短短三十六字纯如白描，有动作，有画面，更有无可名状的惶惑。近人唐圭璋对此有非常精辟的分析：“‘无言独上西楼’一句，叙事直起，画出后主愁容。其下两句，画出后主所处之愁境。举头见新月如钩，低头见桐阴深锁，俯仰之间，万感萦怀矣……下片因景抒情。换头三句，深刻无匹，使有千丝万缕之离愁，亦未必不可剪、不可理，此言‘剪不断，理还乱’，则离愁之纷繁可知。所谓‘别是一番滋味’，是无人尝过之滋味，惟有自家领略也。”（《唐宋词简释》）毫无疑问，以南朝天子沦为北地幽囚，不但是李煜人生一大转折，也是其词风嬗变的缘由。学者多以降宋为界，将李煜词作分为前后两期。观其前期作品，尚未洗尽花间绮艳色彩，而更有风流狎昵之什。譬如，叙写与小周后偷期密约的《菩萨蛮》：

> 花明月暗笼轻雾，今宵好向郎边去。刬袜步香阶。　　手提金缕鞋。画堂南畔见，一向偎人颤。奴为出来难。教郎恣意怜。

写得是真好，虽涉猥亵，却真率而自然，描述情态极为生动。不过，如果仅是这类风花雪月的吟哦，李煜不足以成为划时代的大词人。汴京囚禁的三年，是他人生最灰黯的时刻，却使他迈入直面灵魂的炼狱之门。那一时期，他写了至今为人称道的《乌夜啼》（林花谢了春红）、《浪淘沙》（往事只堪哀）、

《破阵子》(四十年来家国)、《浪淘沙令》(帘外雨潺潺)等代表性词作。“小楼昨夜又东风,故国不堪回首月明中。”“自是人生长恨水东流。”“别是一番滋味在心头。”在伤今怀旧的愁绪中,将其自身遭遇完全融入人类苦难无常的悲境。所以,王国维《人间词话》评论说:“尼采谓:‘一切文学,余爱以血书者。’后主之词,真所谓以血书者也。宋道君皇帝《燕山亭》词亦略似之。然道君不过自道身世之戚,后主则俨有释迦、基督担荷人类罪恶之意,其大小固不同矣。”

当然,李煜的“以血书者”,不能说是一种理性观照。他从来就不是思想者,只是以真情实感去面对眼前的世界。他的优长是善感而敏悟,其词作中一切悲情大抵出于感性与直觉的体认。从“春殿嫔娥鱼贯列”(《玉楼春》)到“秋风庭院藓侵阶”(《浪淘沙》),他生命中的一切都被颠覆了,只是留下了无须造作的记忆与感触。他这种哀感不但真挚,且有含蕴,更于沉哀之中呈现一种深邃之象。关于李煜之真率,近世词学家刘毓盘有一个简单而切中肯綮的说法,就是“富贵时能作富贵语,愁苦时作愁苦语”(《词史》)。这也是王国维所谓“词人者,不失其赤子之心者也”的意思。

可予注意者,李煜作词很少用典故。富贵语也好,愁苦语也好,一概率性而出。

《人间词话》关于李煜的评论最多,不但评说作品,还就创作主体立论。如云:“生于深宫之中,长于妇人之手,是后主为人君所短处,亦即为词人所长处。”又:“客观之诗人,不可不多阅世。阅世愈深,则材料愈丰富,愈变化,《水浒传》、《红楼梦》之作者是也。主观之诗人,不必多阅世。阅世愈浅,则性情愈真,李后主是也。”王国维说的“主观之诗人”在中国文学史上应属少数,李煜大概是其中最出色的一个。

李煜有文集三十卷,多已散佚。词存世仅三十余首,见后人辑录的《南唐二主词》(明万历吕远刊本),近世刘继增、王国维、王仲闻有笺注、校订本。本篇选录李煜词八首,分别说明如下:

《渔父》(阆苑有情千里雪 · 一棹春风一叶舟)二首,系作者前期作品,据说是为内廷供奉卫贤《春江钓叟图》所作题画词(宋刘道醇《五代名画补遗》)。这两首小令写景状物,逸笔草草,却生动鲜明,格调悠然散淡,颇有遁世之趣。生于帝王之家而称羡江上渔人,可让人有许多猜想。

《临江仙》(樱桃落尽春归去),据称作于宋军围城之际(宋胡仔《苕溪渔隐丛话》前集卷五十九引蔡絛《西清诗话》),此说未尽可信,但从“春尽”之语已道出一派凄凉景况。

《**乌夜啼**》(林花谢了春红),此词沉哀入骨,应是后期之作。细读之下,可体会词语转折之妙。由落红联系到人生摧折,本是诗词中常见套路,但这里意象连结大开大阖,短令中能伸缩自如,包孕甚广,足见李煜下笔极善濡染。

《**浪淘沙**》(往事只堪哀),抒写降宋以后的寂寞无奈,怅思之中百感交集。上片是一幅苔藓满阶、珠帘不卷的庭院之景,下片竟道出铁锁沉江、王气黯然之慨,笔墨细腻而寥廓。

《**破阵子**》(四十年来家国),哀感之词,亦有气势。唐圭璋《唐宋词简释》谓:“此首后主北上后追赋之词。上片极写当年江南之豪华,气魄沉雄,实开宋人豪放一派。换头,骤转被虏后之凄凉与被掳后之憔悴。今昔对照,警动异常。”

《**虞美人**》(春花秋月何时了),宋太宗以牵机药毒杀李煜,据说原由之一是看到了这首词(宋王铚《默记》卷上)。前人评价李煜词,多以此阕为最。“问君能有几多愁,恰似一江春水向东流。”一问一答,成千古传诵的名句。

《**浪淘沙**》(帘外雨潺潺),梦醒之时,抚今追昔,仍是故国之思,此首语意极为惨淡。身为幽囚的李煜念念不忘其“无限江山”,可是相见无期,只能永诀于“天上人间”了。

渔父(二首)

其一

阆苑有情千里雪[1],桃李无言一队春。一壶酒,一竿身。世上如侬有几人[2]。

其二

一棹春风一叶舟[3]。一纶茧缕一轻钩[4]。花满渚[5],酒盈瓯[6]。万顷波中得自由。

【注释】

[1] 阆苑,传说在西王母所作的昆仑之巅,诗文中常指神仙居处,有时也代指帝王宫苑。此句俗本作“浪花有意千里雪”。

[2] 侬,吴方言,你。

[3] 棹(zhào),划船的工具。
[4] 纶,本指钓丝,这里作量词。茧缕,指钓丝。
[5] 渚,水中的小洲。
[6] 瓯,盆盂一类瓦器,这里指盛酒的器具。

临江仙

樱桃落尽春归去[1],蝶翻金粉双飞[2]。子规啼月小楼西[3]。画帘珠箔[4],惆怅卷金泥[5]。　　门巷寂寞人去后,望残烟草低迷。炉香闲袅凤凰儿[6]。空持罗带[7],回首恨依依。

【注释】

[1] 樱桃,《礼记·月令》:“仲夏之月……天子乃以雏尝黍,羞以含桃,先荐寝庙。”羞,进献供(食)品。郑玄注:含桃,樱桃也。
[2] 金粉,喻指花蕊之粉。李白《酬殷明佐见赠五云裘歌》:“轻如松花落金粉,浓似苔锦含碧滋。”
[3] 子规啼月,李白《蜀道难》:“又闻子规啼月夜,愁空山。”子规,杜鹃,啼鸣哀切,声犹“不如归去”。
[4] 珠箔,珠帘。汉刘歆《西京杂记》:“昭阳殿织珠为帘,风至则鸣,如珩珮之声。”
[5] 金泥,用以饰物的金屑。唐孟浩然《宴张记室宅》:“玉指调筝柱,金泥饰舞罗。”此指上文“画帘珠箔”的装饰。
[6] 凤凰儿,亦作“凤皇儿”,绣有凤凰花饰的丝织品。唐施肩吾《抛缠头词》:“一抱红罗分不足,参差裂破凤皇儿。”这里形容香炉中袅袅盘升的青烟。
[7] 罗带,丝织的衣带。空持罗带,言香烟犹似随风飘荡的衣带。“人去后”,只剩“炉香闲袅”而已。

乌夜啼

林花谢了春红[1],太匆匆。长恨朝来寒雨晚来风。　　胭脂泪[2],留人醉[3],几时重[4]。自是人生长恨水长东。

【注释】

[1] 春红,春花红艳之貌。
[2] 胭脂泪,指美人泪。
[3] 留人醉,言美人含泪挽留,再求一醉。

[4] 几时重，问何时才能重现此景。

浪淘沙

往事只堪哀[1]，对景难排[2]。秋风庭院藓侵阶[3]。一桁珠帘闲不卷[4]，终日谁来。　　金锁已沉埋，壮气蒿莱[5]。晚凉天净月华开，想得玉楼瑶殿影[6]，空照秦淮[7]。

【注释】

[1] "往事"句，清陈廷焯《云韶集》卷一："起五字凄婉，却来得突兀，故妙。"

[2] 排，排遣。

[3] 藓侵阶，台阶久无人迹，苔藓蔓延到台阶上了。

[4] 一桁(héng)，一挂。一作"一任"。

[5] "金锁"二句，金锁即铁锁，此用晋武帝伐吴典故。《晋书·王濬传》："武帝谋伐吴，诏濬修舟舰。濬乃作大船连舫……吴人于江险碛要害之处，并以铁锁横截之，又作铁锥长丈余，暗置江中，以逆距船。"结果东吴的江面拦截并未奏效。壮气，即王气，古人认为帝王之都自有王气，气销则国亡。蒿莱，草野。刘禹锡《西塞山怀古》："王濬楼船下益州，金陵王气黯然收。千寻铁锁沉江底，一片降幡出石头。"此二句借东吴陷落说南唐之亡。

[6] 玉楼瑶殿，以月宫暗喻旧日南唐宫阙。

[7] 秦淮，秦淮河，横贯南唐都城金陵。

破阵子

四十年来家国[1]，三千里地山河[2]。龙阁凤楼连霄汉[3]，玉树琼枝作烟萝[4]。几曾识干戈[5]。　　一旦归为臣虏[6]，沈腰潘鬓销磨[7]。最是仓皇辞庙日[8]，教坊犹奏离别歌[9]，垂泪对宫娥。

【注释】

[1] "四十年"句，南唐为李煜的祖父李昪于公元937年建立，至975年亡国，首尾三十九年。四十年系成数。

[2] "三千里"句，言国土广袤。马令《南唐书·建国谱》："(南唐)共三十五州之地，号为大国。"

[3] 凤阁龙楼，指宫内楼台殿阁等建筑。

[4] 玉树琼枝，喻宫内奇花异木。烟萝，言花木蓊郁如烟聚萝缠。

[5] 干戈,古代兵器的通称,这里指战争。

[6] 臣虏,指自己被俘称臣。

[7] 沈腰,《南史·沈约传》:“(约)与徐勉素善,遂以书陈情于勉,言己老病,百日数旬革带常应移孔,以手握臂率计月小半分,欲谢事求归老之秩。”后以“沈腰”为腰围减损的代称。潘鬓,晋潘岳《秋兴赋》序曰:“余春秋三十有二,始见二毛。”赋云:“斑鬓髟以承弁兮,素发飒以垂领。”后以“潘鬓”指中年鬓发初白。销磨,指岁月侵蚀。

[8] 辞庙,指自己出降前往宗庙告别列祖。庙,宗庙,帝王祭祀祖宗的地方。

[9] 教坊,管理宫廷音乐、舞蹈、戏曲的官署。白居易《琵琶行》:“十三学得琵琶成,名属教坊第一部。”

虞美人

春花秋月何时了[1],往事知多少[2]。小楼昨夜又东风[3],故国不堪回首月明中。　　雕栏玉砌应犹在[4],只是朱颜改[5]。问君能有几多愁,恰似一江春水向东流[6]。

【注释】

[1] 春花秋月,指时序轮替,亦是诗词中常用以感时伤怀的物象。此句是说年复一年,何时才是尽头。

[2] “往事”句,每见“春花秋月”就有许多往事涌上心头,有不胜负荷的意思。

[3] 东风,此指春风。《礼记·月令》:“孟春之月……东风解冻,蛰虫始振,鱼上冰。”李白《春日独酌》之一:“东风扇淑气,水木荣春晖。”

[4] 雕栏玉砌,指美轮美奂的宫殿建筑,这里指南唐宫阙。

[5] 朱颜,红润美好的容颜。南朝宋鲍照《芙蓉赋》:“陋荆姬之朱颜,笑夏女之光发。”朱颜改,谓原来红润的面色已变得憔悴。上句说当年行乐的宫殿依然还在,此句意谓沦为幽囚的自己已今非昔比。

[6] “问君”二句,宋人陈郁《藏一话腴》内篇卷上:“太白曰‘请君试问东流水,别意与之谁长短’,江南李主曰‘问君还有几多愁,却似一江春水向东流’,略加融点,已觉精彩。”

浪淘沙

帘外雨潺潺,春意阑珊[1]。罗衾不耐五更寒[2]。梦里不知身是客,一晌贪欢[3]。　　独自莫凭栏,无限江山[4],别时容易见时难。流水落花春去也，天上人间[5]。

【注释】

[1] “帘外”二句，梦醒时闻雨声，道出伤春之感触。潺潺，水声。阑珊，衰残，将尽。

[2] 罗衾，丝罗面的被子。

[3] 一晌，片刻，一会儿。

[4] 江山，一作“关山”。此句犹言故国山遥水远，凭栏处只是无限惆怅。

[5] “流水”二句，流水、落花是伤春之景，而突然一句“天上人间”，将一切都虚化了。上文的无限惆怅终于变成了无限绝望。

【思考题】

1. 李煜后期词作主要表现故国之思，所谓“亡国之音哀以思”也，没有太多复杂的内涵，其动人之处主要在于那种沉哀入骨的伤痛。可是，作为一个亡国之君的悲剧情感，为什么会引起普世的共鸣？

2. 王国维说“词至李后主而眼界始大”，你认为李煜词在哪些方面体现了王国维所说的“眼界”？

3. 归纳一下李煜词的艺术特点。譬如，善用白描手法，善于直抒胸臆，用语直白而雅驯，讲究物象之含蕴……还有什么？

【拓展阅读】

1. 王国维：《人间词话》，上海古籍出版社1998年版。

2. 叶嘉莹：《论李煜词》，收入缪钺、叶嘉莹《灵谿词说》，上海古籍出版社1987年版。

3. 王兆鹏：《李煜词集》，上海古籍出版社2009年版。

第十六章　苏　轼

苏轼(1037—1101),字子瞻,号东坡居士,宋眉州眉山(今属四川)人。父苏洵、弟苏辙俱有文名,世称“三苏”。其天姿颖悟,学富才雄,诗词文章几方面皆称大家。宋代论诗以“苏、黄(庭坚)”并举,论词有“苏、辛(弃疾)”之说,古文“唐宋八大家”中苏氏父子占了三席。不独文学上为一代宗师,论书法他是宋代“苏黄米蔡”四家之一,连绘画都有很高的声誉。还研味佛理禅说,热衷美食馔事,游戏医卜星相之间。难怪连其政敌王安石都对他赞叹不已:“不知更几百年,方有如此人物!”(蔡絛《西清诗话》)然而,如此风流蕴藉的人物却有一事不爽,那就是做官做得不顺。

官场暗昧犹之江湖险恶,北宋政治特点是朋党操盘,翻覆甚剧。太宗时有胡旦、赵昌言辈跟赵普一班旧勋元老较力,真宗一朝又有“君子小人”之争,到了仁宗时就开始形成新党、旧党的长期恶斗。苏轼于嘉祐二年(1057)举进士,六年举制科,因颇得老臣欧阳修等赏识,仕途上的开局算是不错。可是没几年,神宗皇帝一上台,王安石议改法度,朝中两派终于撕破脸皮死掐,这时已从地方迁还京师的苏轼自觉站到旧党一边。熙宁二年(1069),苏轼接连上疏抨击王安石所议贡举、青苗、均输、募役诸法,对新法改革思路整个儿持否定态度,谓之“招来新进勇锐之人,以图一切速成之效”,其结果必将是“未享其利,浇风已成”(《宋史》本传)。

如今看来,苏轼确有务实眼光,也有体恤民情之心,但问题是置身当日政治语境中这些言论亦难超乎党争浊流。新党既持权柄,苏轼颇受倾轧,因出为杭州通判,迁知密州、徐州、湖州。元丰二年(1079),作诗谤讪新法,被新党李定、舒亶等弹劾,下御史台狱,此即所谓“乌台诗案”。未几贬黄州团练副使。及哲宗即位,垂帘听政的宣仁太后起用司马光等旧党,苏轼被召为中书舍人、翰林学士。元祐四年(1089),出知杭州。在杭二载,浚西湖,治水患,有德于民。六年,召翰林承旨。此际旧党已分化为洛、蜀、朔三党,而苏轼则陷于新旧错综的夹缝之中,因反对废除新政之免役法为洛党攻讦,被迫离朝,出知颍州、扬州等地。八年,哲宗亲政,局势又翻了个儿,轮到新党放量上攻。绍圣元年(1094),已迁知定州的苏轼被劾假托诰词“讥斥先朝”“诽谤先帝”,贬惠州安置。四年,又贬至琼州(今海南)昌化军,直至元符三年(1100)徽宗即位后赦还。次年卒于常州,年六十六。

无论考量苏轼出任各处地方官的政绩,还是从他上疏言事的策论文章来看,此公可谓“治国平天下”的上选之材,其入仕之初就给人一种天才少年的印象,却不似新锐之辈高调躁进。像他这样知悉民生又有经世才略的人物在文学家里边非常罕见,在整个士大夫中间亦属难得,可惜朋党政治的格局未能予之以施展的空间。苏轼仕途遭挫,说来不仅是其个人的悲剧,也是中国文官制度的失败。虽然早在宋代以前中国就有了颇为完备的文官制度,看上去事事按部就班,繁文缛节一路到底,亦不乏体制监督与道德制约,但是这种制度运作往往因某些偶发事况而骤然失衡。实际上不仅只是皇上生老病死之变数,在“异论相搅”之中相互制衡的朋党政争亦极易失控。

苏轼的不幸在于,四十载仕宦生涯全都在阴晴不定的党争之中度过,命运莫测的经历给他带来了深刻的虚幻之感。其于宦海沉浮中历练既久,自然学会祛灾避祸的为官之道,他一再“请外”“乞补外”,每回在朝时间都不长,其意正在避开权力斗争的漩涡。他没有陶渊明那种遁世的情调,入世之心惓惓不舍,却不得不放弃一些东西。在跟现实苟且的每一时刻,很难说他心里是怎样的滋味,只是他的诗文都给人留下随缘自适、处世旷达的印象。也许是修炼的结果,他总是能够很好地调适心态,去面对人生。也许他本来就那么热爱生活,“长江绕郭知鱼美,好竹连山觉笋香”(《初到黄州》),“竹外桃花三两枝,春江水暖鸭先知”(《惠崇春江晓景》),生趣盎然的世界随时牵动他的兴致,看到园中“橙黄橘绿”之景也忍不住要作诗告诉朋友(《赠刘景文》)。晚年从海南赦还时他仍无怨无悔,“九死南荒吾不恨,兹游奇绝冠平生”(《六月二十日夜渡海》),这似乎表明只能将人生的过程看得更加重要。

苏轼作诗填词都有信手取材、自出己意的特点,“凡古人所不到处,发明殆尽”(魏庆之《诗人玉屑》卷六引蔡絛语)。此中自见大诗人之眼界、胸臆。从欧阳修开始,宋人渐开以文为诗、以议论为诗、以才学为诗的风气,而苏轼更是有意识地推进这种演变,藉此开辟诗歌的话语之径。他甚而以诗为词,改变了五代以来词为“艳科”的传统。他的《念奴娇·大江东去》以阳刚豪迈之气唱出了“关西大汉,铜琶铁板”之音,一向沉溺于绮罗香泽的词坛不能不为之震撼。词至苏轼乃有“豪放”一路,后来又为辛弃疾、张元干、张孝祥等发扬光大。不过,苏词境界阔大,笔致多样,并非尽作豪语,像《水调歌头·明月几时有》的跌宕流动就显得多姿多态,词中清旷、慷慨、惋恻几种笔意递转自如,可谓空灵蕴藉,大开大阖。苏轼不受任何风格的拘束,他所追求的也许是无所不能的艺术表现力,故前人有曰,苏诗是“有必达之隐,无难显之情”(赵翼《瓯北诗话》),词则“无意不可入,无事不可言”(刘熙载《艺概》)。在文章方面,苏轼同样走了一条题材广泛和表现手法多样化的道路。他的策论(犹如政论和史论)极具雄辩之风,像嘉祐六年应制科所作的《进策》《进论》皆可称立论超卓而行文透辟,以至成为后世文人摹习的范文。其他更具文学性的散文小品,如《喜雨亭记》《放鹤亭记》《方山子传》《记承天寺夜游》等,大抵涉笔成趣,掩映有情,至于前后《赤壁赋》更是脍炙人口的名篇。

苏轼一生著作甚丰,有诗二千七百多首,词三百多首,各类文章、书札不遑细数,大体编入《东坡七集》和《东坡乐府》。

本章选录苏轼诗四首、词二首、文二篇,兹说明如下:

《和子由渑池怀旧》,七言律诗,作于嘉祐六年(1061)。其时苏轼被任命为凤翔府(今属陕西)签判,这是他赴任途中路过渑(miǎn)池(今属河南)时,依韵和弟苏辙《怀渑池寄子瞻兄》一诗。作为初入仕途的年轻士子,他似乎已经预感到前路崎岖,诗中流露出某种悟透人生的无奈,很有些少年老成意味。

《太守徐君猷、通守孟亨之皆不饮酒,以诗戏之》,七言律诗,作于元丰四年(1081)。上一年苏轼被贬黄州。这首诗完全是游戏之作,可见诗人风趣及才华。诗中几乎通篇用典,借古人孟嘉、徐邈嗜酒之事,嘲谑黄州同姓地方官之不饮酒。清汪师韩《苏诗选评笺释》卷三:“因姓援古为着题,古人所有也。只咏孟嘉、徐邈二人事,承说到底,章法独创,后人亦未见有效之者。”

《赠刘景文》,七言绝句,作于元祐五年(1090)。苏轼时任杭州知府,是他为官以来最惬意的一段日子。刘景文,即刘季孙,字景文,时任两浙兵马都监,驻杭州。苏轼视为国士之材,曾上表举荐。

《六月二十日夜渡海》,七言律诗,作于元符三年(1100)。被谪放海南三年后,苏轼遇赦返回内地,诗中抒写他坐船过琼州海峡时的感触,虽说“苦雨终风也解晴”,却无大喜大悲,一生的荣辱得失仿佛统统就此放下。

《卜算子》(缺月挂疏桐),作于元丰三年(1080)。“乌台诗案”后苏轼谪居黄州(今属湖北),独寓定慧院,此词或谓有女窥窗而作,更有好事者考述甚详,皆不足信。《蓼园词选》:“按此词乃东坡自写在黄州之寂寞耳。初从人说起，言如孤鸿之冷落；第二阕专就鸿说，语语双关，格奇而语隽，斯为超诣神品。”庶近之。

《定风波》（莫听穿林打叶声），作于元丰五年（1082）。苏轼仍在黄州。郑文焯《手批东坡乐府》谓：“此足征是翁坦荡之怀，任天而动。琢句亦瘦逸，能道眼前景。以曲笔直写胸臆，倚声能事尽之矣。”

《方山子传》，作于元丰四年（1081）。在新党打压下，苏轼一再被边缘化，这或许使他的思想重心也多少挪向社会边缘。像此篇传主陈慥这种世家子弟，何以抛弃富贵而“阳狂垢污”，必然是他萦绕于心的问题，而这个亦隐亦侠的人物是否意味着一种不免令人动心的“活法”呢？也许他不敢这么想，可是已经点到了。前人有一种看法，以为苏轼文字长于议论，而叙事之作不逮韩（愈）、欧（阳修），但此篇记叙生动，人谓有司马迁笔致。

《答谢民师书》，作于元符三年（1100）。此篇虽为书札，却主要谈论文章笔墨理致，其中“行云流水”数语，可称精妙之论。

和子由渑池怀旧

人生到处知何似，应似飞鸿踏雪泥。
泥上偶然留指爪，鸿飞那复计东西[1]。
老僧已死成新塔，坏壁无由见旧题[2]。
往日崎岖还记否，路长人困蹇驴嘶[3]。

【注释】

[1] “人生”四句，谓人生之游历，就像鸿雁在雪地上留下的爪印，只是一些偶然无定的痕迹，犹如鸿雁忽东忽西的飞翔路线随机而变。苏辙赠兄原诗首联是“相携话别郑原上，共道长途怕雪泥”，苏轼由“雪泥”二字引发联想，创造出“雪泥鸿爪”这一著名譬喻。

[2] “老僧”二句，苏辙原诗“旧宿僧房壁共题”句自注云：“辙昔与子瞻应举，过宿县中寺舍，题其老僧奉闲之壁。”嘉祐元年（1056），兄弟二人由蜀中赴汴京应试，途经渑池借宿寺院，曾题诗于老僧奉闲的禅房。苏轼此度再过渑池，奉闲已圆寂，留下埋骨灰的僧塔，而残壁上旧日的题诗也无从找寻。

[3] “往日”二句，苏轼自注：“往岁马死于二陵，骑驴至渑池。”往日崎岖，指嘉祐元年赴京应试时，旅程不顺。蹇（jiǎn）驴，走起来一瘸一拐的驴子，言跋涉既久驴亦困乏。按，二陵，在渑池县西边的崤山。

太守徐君猷、通守孟亨之皆不饮酒[1]，以诗戏之

孟嘉嗜酒桓温笑[2]，徐邈狂言孟德疑[3]。
公独未知其趣尔，臣今时复一中之。
风流自有高人识[4]，通介宁随薄俗移[5]。
二子有灵应抚掌[6]，吾孙还有独醒时[7]。

【注释】

[1] 徐君猷，即徐大受，字君猷，时任黄州知州。孟亨之，孟震，字亨之，时任黄州通判。

[2] 孟嘉，字万年，东晋才子。桓温任荆州刺史时，孟嘉为参军。《晋书·孟嘉传》："嘉好酣饮，愈多不乱。温(桓)问嘉：'酒有何好，而卿嗜之？'嘉曰：'公未得酒中趣耳。'"下联"公独"句由此化出。

[3] 徐邈，字景山，三国魏大臣。《三国志·魏书·徐邈传》："时科禁酒，而邈私饮至于沉醉。校事赵达问以曹事，邈曰：'中圣人。'达白之太祖(曹操)，太祖甚怒。度辽将军鲜于辅进曰：'平日醉客谓酒清者为圣人，浊者为贤人，邈性修慎，偶醉言耳。'竟坐得免刑。"后文帝(曹丕)践祚，问徐邈："颇复中圣人不？"邈对曰："时复中之。"下联"臣今"句由此化出。

[4] "风流"句，指褚裒(póu)从众人中识得孟嘉一事。《晋书·孟嘉传》："褚裒时为豫章太守……亮(庾亮)大会州府人士，嘉坐次甚远。裒问亮：'闻江州有孟嘉，其人何在？'亮曰：'在坐，卿但自觅。'裒历观，指嘉谓亮曰：'此君小异，将无是乎？'亮欣然而笑。"

[5] "通介"句，通，平易，介，狷介，指徐邈为人行事不随波逐流。《三国志·魏书·徐邈传》：有人问卢钦："徐公(邈)当武帝之时，人以为通，自在凉州及还京师，人以为介，何也？"卢钦答曰："往者毛孝先、崔季珪等用事，贵清素之士，于时皆变易车服以求名高，而徐公不改其常，故人以为通。比来天下奢靡，转相仿效，而徐公雅尚自若，不与俗同，故前日之通，乃今日之介也。是世人之无常，而徐公之有常也。"

[6] 二子，指孟嘉、徐邈。抚掌，拍手，表示高兴。此句谓孟、徐若在天有灵，当为后人不饮酒感到高兴。

[7] 吾孙，拟孟嘉、徐邈口吻。诗中戏将孟嘉、徐邈作为徐大受、孟震之先人，故有"吾孙"之说。独醒，指徐大受、孟震不饮酒。屈原《渔父》："众人皆醉我独醒。"

赠刘景文

荷尽已无擎雨盖[1]，菊残犹有傲霜枝。

一年好景君须记，最是橙黄橘绿时[2]。

【注释】

[1] 擎雨盖，指荷叶。

[2] 最是，一作“正是”。

六月二十日夜渡海

参横斗转欲三更[1]，苦雨终风也解晴[2]。
云散月明谁点缀，天容海色本澄清[3]。
空余鲁叟乘桴意[4]，粗识轩辕奏乐声[5]。
九死南荒吾不恨[6]，兹游奇绝冠平生[7]。

【注释】

[1] 参（shēn）横斗转，参、斗皆星宿名，横、转指星座位置移动，这里表示时辰变化。

[2] 苦雨，久雨。终风，终日不歇的风，《诗·邶风·终风》：“终风且暴。”《毛传》曰：“终日风为终风。”解，通、达。此二句暗喻时局变化。

[3] “云散”二句，用晋人“微云点缀”典故，《世说新语·言语》：“司马太傅斋中夜坐，于时天月明净，都无纤翳。太傅叹以为佳。谢景重在坐，答曰：‘意谓乃不如微云点缀。’太傅因戏谢曰：‘卿居心不净，乃复强欲滓秽太清邪？’”此喻自己本来清白，遭政敌诬陷犹如清朗的夜空被浮云遮去了一片，现在云开雾散，重现本色。

[4] 鲁叟，指孔子。孔子曾说：“道不行，乘桴浮于海。”（《论语·公冶长》）意思是道在海内实行不了，就要乘船去海外传道。这里是反用此典，即谓现在自己就要渡海回到内地，不必嗟叹“道”之不行，故有“空余”之言。

[5] 轩辕，即黄帝，传说中的上古帝王。《庄子·天运》记黄帝“张《咸池》之乐于洞庭之野”，并借音乐阐述“道”之玄理。此处以黄帝之乐形容海涛，表示自己历经磨难之后对老庄之道亦略知一二，“粗识”是诙谐语。

[6] 九死，指历经磨难。此用屈原《离骚》“虽九死其犹未悔”句意。

[7] 兹游，这次游历，指被流放海南。

卜算子

黄州定慧院寓居作[1]

缺月挂疏桐[2]，漏断人初静[3]。谁见幽人独往来[4]？缥缈孤鸿影。
惊起却回头，有恨无人省[5]。拣尽寒枝不肯栖，寂寞沙洲冷[6]。

【注释】

[1] 定慧院,《黄州府志》卷三:“定慧院在城东清淮门外。宋苏轼以元丰三年二月至黄,寓此院。”

[2] 缺月,上弦月或下弦月。

[3] 漏断,指夜深。漏是古代计时器,夜深时漏壶中水位下降,水滴则断续而出。

[4] 幽人,原指幽囚之人,《易·履卦》:“履道坦坦,幽人贞吉。”后引申为身怀孤愤之人或幽居独处的隐者,这里是作者自指,他当时谪居黄州。

[5] 省,理解、解悟。

[6] 此句一作“枫落吴江冷”。

定风波

三月七日,沙湖道中遇雨[1]。雨具先去,同行皆狼狈,余独不觉。已而遂晴。故作此词。

莫听穿林打叶声,何妨吟啸且徐行[2]。竹杖芒鞋轻胜马[3],谁怕。一蓑烟雨任平生[4]。　　料峭春风吹酒醒,微冷,山头斜阳却相迎。回首向来萧瑟处[5],归去,也无风雨也无晴。

【注释】

[1] 沙湖,在黄冈县城外三十里。雨具先去,指携带雨具的人已先走了。

[2] 吟啸,犹啸歌,吟咏、歌唱。《世说新语·简傲》:“箕踞啸歌,酣放自若。”

[3] 芒鞋,草鞋。

[4] 蓑,古时用草或棕丝编织的雨衣。小序中已交代“雨具先去”,这里是名词作动词用,有“经受”的意思。

[5] 萧瑟处,起先风雨落下的地方。萧瑟,指风雨声。

方山子传

方山子[1],光、黄间隐人也[2]。少时慕朱家、郭解为人[3],闾里之侠皆宗之[4]。稍壮,折节读书[5],欲以此驰骋当世,然终不遇。晚乃遁于光、黄间,曰岐亭[6]。庵居蔬食,不与世相闻。弃车马,毁冠服,徒步往来山中,人莫识也。见其所著帽,方屋而高[7],曰:“此岂古方山冠之遗像乎[8]!”因谓之方山子。

余谪居于黄,过岐亭,适见焉[9]。曰:“呜呼!此吾故人陈慥季常也,何为而在此?”方山子亦矍然问余所以至此者。余告之故,俯而不答,仰而笑,呼余宿其家,环堵萧然,而妻子奴婢皆有自得之意。余既耸然异之,独念方山子少时,使酒好剑,用财如粪土,前十有九年,余在岐下[10],见方山子从两骑,挟二矢,游西山,鹊起于前,使骑逐而射之,不获,方山子怒马独出[11],一发得之。因与余马上论用兵及古今成败,自谓一世豪士。今几日耳[12],精悍之色,犹见于眉间,而岂山中之人哉?

然方山子世有勋阀[13],当得官,使从事于其间,今已显闻。而其家在洛阳,园宅壮丽,与公侯等。河北有田,岁得帛千匹,亦足以富乐。皆弃不取,独来穷山中,此岂无得而然哉?

余闻光、黄间多异人,往往阳狂垢污[14],不可得而见,方山子傥见之与[15]!

【注释】

[1] 方山子,即陈慥,字季常,仁宗时名臣陈希亮之子。嘉祐八年(1063),苏轼任凤翔签判时,陈希亮为凤翔知府,苏与其父子二人皆有交往。

[2] 光、黄间,光州(今河南潢川)、黄州(今属湖北)之间。隐人,隐士、侠客。

[3] 朱家、郭解,汉代侠士,事见《史记·游侠列传》。

[4] 闾里,乡里。宗,作动词,归依。

[5] 折节,改变平素志向、习性。《后汉书·段熲(jiǒng)传》:“熲少便习弓马,尚游侠,轻财贿,长乃折节好古学。”

[6] 岐亭,在今湖北麻城西南。

[7] 方屋而高,帽兜方形而高耸。屋,指帽兜。

[8] 方山冠,东汉朝廷祭祀宗庙时乐人所戴的冠冕。《后汉书·舆服志下》:“方山冠,似进贤,以五彩縠为之。祠宗庙,《大予》、《八佾》、《四时》、《五行》乐人服之,冠衣各如其行方之色而舞焉。”

[9] “余谪居于黄”三句,苏轼《岐亭五首》诗前叙曰:“元丰三年正月,余始谪黄州。至岐亭北二十五里山上,有白马青盖来迎者,则余故人陈慥季常也。为留五日,赋诗一篇而去。”

[10] 岐下,即凤翔,境内有岐山。

[11] 怒马,策马疾前。《左传·定公八年》:“林楚怒马及衢而驰,阳越射之,不中。”

[12] 今几日耳,犹言如今是什么时候,感慨年华已逝的口气。几,犹何、什么。

[13] 世有勋阀,指陈慥以其父品阶本有“荫补”(又称“世赏”)一途可做官——此为科举之外重要入仕途径,但陈希亮没有表举自己的儿子。苏轼《陈公弼传》曰:陈希亮(公弼)“当补荫子弟,辄先其族人,卒不及其子慥”。

[14] 阳狂垢污,装着一身豪气的样子混迹江湖。阳,同“佯”。垢污,喻下层社会。

[15] 傥见,偶然遇见。

答谢民师书

近奉违[1],亟辱问讯,具审起居佳胜,感慰深矣。某受性刚简[2],学迂材下,坐废累年,不敢复齿搢绅[3]。自还海北,见平生亲旧,惘然如隔世人,况与左右无一日之雅,而敢求交乎[4]?数赐见临,倾盖如故[5],幸甚过望,不可言也。

所示书教及诗赋杂文[6],观之熟矣。大略如行云流水,初无定质[7],但常行于所当行,常止于所不可不止,文理自然,姿态横生[8]。孔子曰:“言之不文,行而不远[9]。”又曰:“辞,达而已矣[10]。”夫言止于达意,即疑若不文,是大不然[11]。求物之妙,如系风捕影,能使是物了然于心者,盖千万人而不一遇也,而况能使了然于口与手者乎?是之谓辞达。辞至于能达,则文不可胜用矣[12]。扬雄好为艰深之辞[13],以文浅易之说,若正言之,则人人知之矣。此正谓“雕虫篆刻”者[14],其《太玄》《法言》皆是类也,而独悔于赋,何哉?终身雕篆而独变其音节,便谓之“经”,可乎[15]?屈原作《离骚经》,盖风、雅之再变者,虽与日月争光可也[16],可以其似赋而谓之“雕虫”乎?使贾谊见孔子,升堂有余矣,而乃以赋鄙之,至与司马相如同科[17]。雄之陋如此比者甚众。可与知者道,难与俗人言也,因论文偶及之耳。欧阳文忠公言[18]:“文章如精金美玉,市有定价,非人所能以口舌定贵贱也。”纷纷多言,岂能有益于左右,愧悚不已。

所须惠力“法雨堂”两字[19],轼本不善作大字,强作终不佳,又舟中局迫难写,未能如教。然轼方过临江[20],当往游焉。或僧有所欲记录,当为作数句留院中[21],慰左右念亲之意。今日至峡山寺[22],少留即去,愈远。惟万万以时自爱。

【注释】

[1] 奉违,别离。此信是苏轼离开广州后写的,收信人谢民师时任广州推官(处理司法事务的官员)。苏轼自海南北归,途经广州时,谢民师持诗文谒见,得苏轼赏识。

[2] 某,第一人称代词,在生疏人面前的自称。受性刚简,秉性刚直、简慢。

[3] “坐废”二句,谓谪放海南多年,此身已荒废,不敢再忝居士大夫之列。坐,坐谪;齿,齿列、并列。

[4] 一日之雅，指一面之交。《汉书·谷永传》："永斗筲之才，质薄学朽，无一日之雅，左右之介。"颜师古注："雅，素也。言非宿素之交。"

[5] 倾盖如故，像老朋友一样亲密。《汉书·邹阳传》引邹阳狱中上梁王书："语曰'有白头如新，倾盖如故'。"倾盖，指道途相遇，停车交谈，由于身体探出车外，使各自车盖均朝对方倾欹，是谓亲密状。

[6] 书教，指书札、题跋、序赞、墓表一类文字。

[7] 定质，固定的形态、性质，这里指行文思路。唐刘知幾《史通·邑里》："人无定质，因地而化。故生于荆者言皆成楚，居于晋者齿便从黄。"

[8] "但常行"四句，不仅是夸谢民师作品，亦是自道作文之法。苏轼《文说》："吾文如万斛泉源，不择地而出，在平地滔滔汩汩，虽一日千里无难。及其与山石曲折、随物赋形而不可知也。所可知者，常行于所当行，常止于不可不止，如是而已矣。其他虽吾亦不能知也。"

[9] "言之不文"二句，《左传·襄公二十五年》："仲尼曰：'《志》有之：言以足志，文以足言。不言，谁知其志？言之无文，行而不远。'"

[10] "辞，达而已矣"，见《论语·卫灵公》。

[11] "夫言"三句，犹谓：如果说仅仅满足"达意"的要求，那是不是不要文采了，并不是这回事。

[12] "辞至于能达"二句，是说辞能符合"达"的要求，那么文采已经足够，不须再另出花样了。对"达"与"文"的关系，人们历来有一种对立的认识，而苏轼则认为"文"的标准自然包含在"达"的目标之中。

[13] 扬雄，汉代辞赋家、学者。下文提到的《太玄》《法言》是他的主要著作，以文辞艰深古奥著称。

[14] 所谓"雕虫篆刻"者，是扬雄悔其少时摆弄辞赋的说法。《法言·吾子》："或问'吾子少而好赋'。曰：'然。童子雕虫篆刻。'俄尔，曰：'壮夫不为也。'"

[15] "终身雕篆"三句，谓扬雄一辈子雕章琢句，可是仅仅从韵文变成散文（指《太玄》《法言》），就能称之"经"吗？《汉书·扬雄传》赞曰："其意欲求文章成名于后世，以为经莫大于《易》，故作《太玄》；传莫大于《论语》，作《法言》……"

[16] "屈原作《离骚经》"三句，自《史记·屈原传》"《国风》好色而不淫，《小雅》怨诽而不乱。若《离骚》者，可谓兼之矣"至"推此志也，虽与日月争光可也"一段化出。据班固《离骚序》说，《史记》中的这段话是引述淮南王刘安《离骚传》的叙文，后来王逸《楚辞章句》中把《离骚传》称作《离骚经章句》，以至《离骚》也有"经"之一说。

[17] "使贾谊见孔子"四句，撮述扬雄《法言·吾子》中以辞赋贬低贾谊之说。《法言·吾子》："诗人之赋丽以则，辞人之赋丽以淫。如孔氏之门用赋也，则贾谊升堂，相如入室矣。如其不用何？"贾谊，汉初辞赋家，也是重要的思想家，著有《新书》《吊屈原赋》《鹏鸟赋》等。苏轼认为，扬雄将贾谊与司马相如相提并论显然

是眼光有问题，故后句谓“雄之陋如此比者”。

[18] 欧阳文忠公，即北宋诗人欧阳修，“文忠”是谥号。

[19] “所须”句，指谢民师为家乡惠力寺向苏轼求书寺内法雨堂之“法雨”二字。

[20] 方，将。临江，临江军，辖境相当于今江西清江、新余、新干（旧作新淦）、峡江等市县。谢民师家乡是新淦县。

[21] “当为”二句，表示愿在寺中题壁留诗，以告慰谢民师“念亲之意”。

[22] 峡山寺，在今广东清远。苏轼于绍圣元年（1094）贬居惠州时曾游其地，作《题广州清远峡山寺》一文。

【思考题】

1. 历代诗话、词话中说到苏轼多有“清旷”“清空”、“清峭”之语，请参照苏轼诗词对“清”之意境略作阐发。

2. 苏轼诗词讲究超逸，往往给人一种亟欲归隐的感觉，读《方山子传》你也会觉得，他对陈慥那种隐迹民间的侠士亦颇有羡意，可是其本人虽屡遭磨难却从未放弃仕途，可谓一向执着于用世之心。如何理解这种“言行不一”的创作现象？

3. 用文学史的眼光来看，苏轼大抵不如屈原、杜甫来得重要，可是老百姓心目中古代文人没有比他知名度更高的了，民间关于他的传说也不少，乃至饮食、服饰、器物都有冠以“东坡”之名者，可见中国人对苏轼这样的文人有一种特殊的喜爱。有什么可以说说的理由吗？

【拓展阅读】

1. 王水照：《苏轼的人生思考和文化性格》，《文学遗产》1989 年第 5 期。

2. 王水照：《苏轼选集》，上海古籍出版社 1984 年版。

3. 曾枣庄：《苏轼评传》（修订本），四川人民出版社 1984 年版。

第十七章　李清照

清人周济《介存斋论词杂著》论苏轼词曰："人赏东坡粗豪，吾赏东坡韶秀。韶秀是东坡佳处，粗豪则病也。"这个看法恐大有偏见。"粗豪"是病不错，但苏词被称之"粗豪"的一面绝无粗鄙之相，前人说到苏词有所谓"关西大汉持铜琶铁板"之语，实是不恰当的夸张，即以"大江东去"比之柳永"晓风残月"之类，感觉之殊异也难言诸粗细拙雅。不过，介存斋论词以"韶秀"见赏，却是抓住了词体之精要。王国维《人间词话》谓："词之为体，要眇宜修，能言诗之所不能言，而不能尽言诗之所能言。诗之境阔，词之言长。"这不啻说，词之本色偏于唯美，不是言志载道一路，不以雄健见长，不以境界大小分优劣，但要有深远之致，要有隽永、深闳、幽旷……甚至有些悱恻、迂回的特点。

照此比较，南唐亡国君主李煜和生活于两宋之交的李清照，大概要算史上最纯粹之词人。如清人沈谦《填词杂说》称："男中李后主，女中李易安，极是当行本色。"

李清照(1084—1155?)，自号易安居士，章丘(今属山东济南)人。作为中国历史上最卓越的女性文学家，她的主要成就在于词的创作。过去有些词论家将李清照词归入"闺秀词"一类，大抵是一种偏见。明人杨慎认为，"宋人中填词，李易安亦称冠绝，使在衣冠，当与秦七、黄九争，不独争雄于闺阁也"(《词品》卷二)。其实，将李清照与秦观、黄庭坚等量齐观，恐怕依然低估。虽然身为女流，李清照的人生(尤其是精神生活)并非囿于"闺秀"阃闱。她出身书香世家，其父李格非为元祐间文坛名流，自幼受家庭熏陶，很早就工诗擅词，兼通音律。十八岁时，她嫁给吏部侍郎赵挺之的儿子赵明诚。可是就在这一年，其父李格非名入元祐党籍被罢职。其时新党蔡京当朝，与之合力排击元祐党人的正是她的公公赵挺之。李清照为救父亲，呈诗赵挺之求情，有谓"炙手可热心可寒"——这与其说是求情，倒不如说谴责，其性格可见一斑。

由于赵挺之很快又被蔡京排斥，已入仕宦的赵明诚也丢了官职。于是，他们从京城汴梁回到青州（今山东益都）的赵氏故里。在那个时代，李、赵的婚姻生活尤为让人羡慕，夫妻间有着别人难以企望的平等与恩爱。赵明诚醉心于金石之学，李清照辅佐夫君搜集彝器、碑版和书画，参与著录与研究。日后她在《金石录后序》里记述了这一切，如谓“每获一书，即同共勘校，整集签题”，可称琴瑟和鸣。他们在乡里屏居十余年，至宣和年间赵明诚又被起用，做了两任地方官。靖康之后，金兵入据中原。建炎元年（1127），他们举家避乱南方，随行竟有十五车图书文物。南渡后，明诚初知江宁府。三年，便在湖州知事任上罹病身亡。此后这位孤苦无依的女词人辗转临安（今浙江杭州）、绍兴、婺州（今浙江金华）等地，当初从故家带出的文物书册在流寓中终竟丧失殆尽。约七十岁左右，她在临安一带去世。

李清照的一生，与国家政治息息相关，前半生受官场恶斗影响，后半生则是国破而家亡。研究者通常会大力阐发她后期词作中的悲苦之情，并上升至爱国主义高度；至于其前期作品，关注点则在其婉美灵秀之致，以及炼字、造句功夫等。其实，被辛弃疾称作“易安体”的李清照词有着一以贯之的精神，那就是一种敏感而悲凉的人生感触。她的作品并不直接表现政治思考，也谈不上任何高屋建瓴的国家理念，只是其个人命运直接联系着人世冷暖和时代变局，而她又很善于在词作中表达自己内心曲折的感受。当然，以其女性特有的细腻感知，她的表达方式也很独特。譬如，被认为是她早期作品的那首著名的《如梦令》：“昨夜雨疏风骤，浓睡不消残酒。试问卷帘人，却道海棠依旧。知否，知否，应是绿肥红瘦。”很难说只是一幅风雨过后的庭院小景，通过精心设置的三重对比（雨疏/风骤，浓睡/残酒，绿肥/红瘦），可以看出这里分明有一种隐喻关系。清人黄苏《蓼园词选》评曰：“‘绿肥红瘦’无限凄婉，却又妙在含蓄。短幅中藏无数曲折，自是圣于词者。”陈廷焯《云韶集》卷十说到这首小令，同样有“只数语中层次曲折有味”的看法。风雨摧花，原本不是什么“曲折”的自然现象，但“绿肥红瘦”的消长却无疑传递出某种失意的悲情。字面背后的故事也许谁也不知道，这并不重要，重要的是词人眼里有着卷帘人看不见的场景。

李清照后期作品显然更多表现人生悲苦，通常被认为是国破家亡的心境写照，这种泛泛之论往往遮蔽了易安词一个很重要的特征，那就是于孤独、凄绝之中如何真切地展现自己超迈傲然的个性。同样置身流徙岁月，杜甫是“中原无书归不得，手脚冻皴皮肉死”（《寓居同谷县作歌》）的悲咷，而李清照一边回忆着“铺翠冠儿，捻金雪柳”的中州盛日，只是自嘲地感叹：“如今憔悴，风鬟霜鬓，怕见夜间出去。不如向，帘儿底下，听笑语。”（《永遇乐》)难得愁绪之中不失隽雅、妍婉,流离困苦之中仍是大家闺秀范儿。另如《武陵春》(风住尘香花已尽)、《声声慢》(寻寻觅觅)等,都有一种“哀而不怨”的格调,所谓“不坠青云之志”是也,所以历来评价甚高。

跟其他词人不同之处在于,李清照对词之一体有其独到的思考。她有《词论》一作,对五代北宋词人多有批评。她欣赏李煜用语奇峭,却并不认同其“亡国之音哀以思也”的命意;鄙夷柳永“词语尘下”,有谓张先、宋祁等虽有妙语却显得“破碎”;讥诮晏殊、欧阳修、苏轼以诗为词,都是“句读不葺之诗尔”;又说王安石、曾巩文章虽好,若作一小歌词也令人喷饭。她认为,词首先须有协音律的要求,其次,相对诗文而言应该更富曲折、幽约之义。所以,她提出词“别是一家”的说法。诚然,谨守音律是一种保守观点,她未能意识到,词作为一种文学体裁应该有更广阔的发展之途。她对北宋诸家的看法显然挑剔过甚。但是从一些具体批评意见来看,如谓晏殊“苦无铺叙”,贺铸“苦少典重”,秦观“专主情致而少故实”,而黄庭坚“尚故实而多疵病”,等等,应该说还是公允、中肯之见,而且其中涵括了她自己一向奉行的创作理念。

李清照诗、词、文章都有很高的造诣,但影响最大的还是她的词作。

宋人著录的李清照《李易安集》《漱玉集》《易安词》等,皆已散佚,现在行世的《漱玉词》《李清照集》均系后人所辑。李清照存世词作约五十余首,这里选录六首,略作说明如下:

《渔家傲》(天接云涛连晓雾),这首词记述一个梦境,立意超迈,极富想象。民国词人梁令娴称:“此绝似苏辛派,不类《漱玉集》中语。”(《艺蘅馆词选》乙卷)

《凤凰台上忆吹箫》(香冷金猊),这是一首思妇词,丈夫离家宦游,闺阁中自是一种空漠。但作者言情有致,将内心愁绪展现于外在之慵懒,几乎神情毕现。从“香冷金猊”到“烟锁秦楼”,在物化的摹写中道出在在可见的心情,而“凝眸”之状又映照在楼前流水之中,实在是极善铺叙的手法。

《醉花阴》(薄雾浓云愁永昼),重九怀人之作。近人唐圭璋称之“情深词苦,古今共赏”(《唐宋词简释》)。相传易安将此词寄给在外的赵明诚,明诚叹赏之下试欲胜之,杜门三日,填词五十阕,将易安这首混杂其中,请友人陆德夫评判。德夫曰:“只三句绝佳。”明诚诘之,曰:“莫道不消魂,帘卷西风,人似黄花瘦。”正是易安这首。(旧题元伊世珍《琅嬛记》引《外传》)

《永遇乐》(落日镕金),元宵忆旧之赋,南渡后怀念京洛旧事所作。今昔对比,转换自然、娴熟,手法极为老到。词中多以寻常言语度入音律,颇为不易。易安词很少用典故、藻采,南宋张端义论此有“平淡入调”之说(《贵耳集》卷上)。

《武陵春》(风住尘香花已尽),作于绍兴五年(1135),避兵乱居于金华时。易安擅写愁绪,此阕“载不动,许多愁”亦是将情愫物化的写法,但用语劲直、尖峭,别是一种境界。

《声声慢》(寻寻觅觅),此阕当是晚岁困顿之作,乃易安词最为人称道的一首。近人梁启勋《词学》评曰:“望文知是写一天之实感,一种茕独恓惶之景况,动人魂魄。”起首连下十四叠字,下片又出“点点滴滴”,十八个叠字造成一种啮齿失声之感,出奇制胜却又自然生动。词中兼以秋风/雁行、淡酒/黄花、梧桐/细雨等意象点缀,一腔悲情中更有凄美、婉恻之感。

渔家傲

天接云涛连晓雾。星河欲转千帆舞[1]。仿佛梦魂归帝所[2],闻天语[3],殷勤问我归何处。　　我报路长嗟日暮[4]。学诗谩有惊人句[5]。九万里风鹏正举[6],风休住,蓬舟吹取三山去[7]。

【注释】

[1] 星河,即银河。此句犹言银河就像曙色朦胧的水面,而天上的云彩亦似浪涛中颠簸的风帆。

[2] 帝所,天帝所居之处。

[3] 闻天语,听到天帝对自己说话。

[4] “我报”句,回答天帝之问,言路途遥远,嗟叹“日暮”而难以抵达。屈原《离骚》:“日忽忽其将暮……路漫漫其修远兮……”

[5] 谩有,徒有。此句感叹自己空有才华,因身为女子,在当日社会中禁锢多多。

[6] “九万里”句,但愿能像大鹏那样借助风力而远行。《庄子·逍遥游》:“鹏之徙于南冥也,水击三千里,抟扶摇而上者九万里。”举,高飞。此句颇显年轻人的气盛,有人据前句“日暮”之语断言此词系作者晚年之作,恐未确。

[7] 蓬舟,轻似蓬草的小舟。三山,传说中的海上三座仙山,即蓬莱、方丈、瀛洲。

凤凰台上忆吹箫

香冷金猊[1],被翻红浪[2],起来慵自梳头。任宝奁尘满[3],日上帘钩[4]。生怕离怀别苦,多少事,欲说还休。新来瘦,非干酒病,不是悲秋[5]。　　休休[6]。这回去也，千万遍阳关[7]，也则难留[8]。念武陵人远[9]，烟锁秦楼[10]。惟有楼前流水，应念我、终日凝眸[11]。凝眸处，从今又添，一段新愁。

【注释】

[1] 金猊，狻猊状的铜香炉。狻猊，传说中的怪兽。香冷，指香炉中积满灰烬。

[2] 被翻红浪，言起身后被子未叠，窝在床上的红绸被面如波浪翻滚。柳永《凤栖梧》(蜀锦地衣丝步障)："酒力渐浓春思荡，鸳鸯绣被翻红浪。"

[3] 宝奁，镶嵌珠宝的首饰匣。此句是说自己无心妆饰，任凭首饰匣积满灰尘。

[4] 帘钩，用以悬挂窗帘的钩子。

[5] "非干"二句，并非饮酒伤身，也不是望秋而悲。干，关涉。钱锺书评曰："'今年瘦，非干酒病，不是悲秋'，最为警拔。……李词不言'瘦'之缘由，而言'酒病'、'悲秋'皆非'瘦'之缘由，如禅宗所谓无'表言'而祇'遮言'，名学推理所谓'排除法'(method of difference)，以二非逼出一是来，却又不明道是何，说而不说，不说而说。"(《管锥编・焦氏易林・师》)

[6] 休休，罢了，罢了。

[7] 阳关，这里指琴曲《阳关三叠》，古人送行的曲子。

[8] 也则，依旧。

[9] 武陵人，这里指其夫赵明诚。他们夫妇曾在乡里隐居十余年，譬况陶渊明《桃花源记》所述世外之人。此句常见释义是用刘晨、阮肇入山采药遇仙女的典故(见《太平广记》卷六十一引《神仙记》)，推敲之下总觉牵强。此词可能作于宣和三年赵明诚再度出仕之际，故有"武陵人远"之叹。北宋韩琦《点绛唇》："武陵回睇，人远波空翠。"

[10] 秦楼，喻指自己的居处。秦楼是秦穆公为女儿弄玉所筑楼台，弄玉与丈夫萧史在楼上吹箫，引凤凰来集，事见刘向《列仙传》。用此典故乃暗寓他们夫妇也像弄玉、萧史那样笙箫和谐。但因为丈夫的远行，昔日的楼台成了雾霭锁闭之处。

[11] 凝眸，凝神伫望。下句用顶针格，更显愁绪之递进。

醉花阴

薄雾浓云愁永昼[1]，瑞脑销金兽[2]。佳节又重阳[3]，玉枕纱橱[4]，半夜凉初透。　　东篱把酒黄昏后[5]，有暗香盈袖[6]。莫道不消魂[7]，帘卷西风，人似黄花瘦[8]。

【注释】

[1] 薄雾浓云，这里形容心头变幻的愁绪。永昼，漫长的白天。此句犹言自己终日为

愁绪缠绕。

[2] 瑞脑,即龙脑香。消,指香在炉中慢燃。金兽,兽形铜香炉。

[3] 重阳,重阳节,旧历九月初九。

[4] 玉枕,玉石制成的枕头,亦用作瓷枕或石枕的美称,泛指夏令使用的凉枕。纱橱,这里指置于床榻用来防蚊的纱罩。玉枕、纱橱皆是夏令卧具,时至重阳仍未撤去,可见女主人无心顾及日常生活,也是一种心境的写照。

[5] 东篱,指菊圃。陶渊明《饮酒》诗之五:“采菊东篱下,悠然见南山。”

[6] 暗香,通常作梅花代称,这里指菊花的幽香。

[7] 销魂,形容魂魄出离躯体,言感伤或是愉悦到了极点。此句有双关之义,赏菊的愉悦又使神思恍惚,唤起了内心的伤感。江淹《别赋》:“黯然销魂者,唯别而已矣。”

[8] “帘卷”二句,写人之憔悴有如秋菊,且由帘中见出,深有蕴藉。黄花,菊花的别称。人似黄花瘦,一作“人比黄花瘦”。

永遇乐

落日镕金,暮云合璧[1],人在何处[2]。染柳烟浓[3],吹梅笛怨[4],春意知几许。元宵佳节,融和天气,次第岂无风雨[5]。来相召,香车宝马,谢他酒朋诗侣[6]。　　中州盛日[7],闺门多暇[8],记得偏重三五[9]。铺翠冠儿,捻金雪柳[10],簇带争济楚[11]。如今憔悴,风鬟霜鬓[12],怕见夜间出去[13]。不如向[14],帘儿底下,听笑语。

【注释】

[1] “落日”二句,形容夕阳犹似熔化的金子,暮色四合之际更像玉璧中间的圆孔。

[2] 人在何处,犹今夕何夕之叹(时间空间的挪移有时是一个意思)。人,指作者自己,南渡以来事事艰难,面对落日景象感慨自多。

[3] 染柳烟浓,犹言柳枝摇曳,雾霭中更显春意撩人。染柳,柳叶乍吐之时犹如染了一层嫩黄色。

[4] 吹梅笛怨,听到吹奏《梅花落》的笛声,只觉得是哀怨之音。梅花落时已是春天,此句是说以作者的心情并不能真正领略眼前的春意。《梅花落》,汉乐府曲名,郭茂倩《乐府诗集》:“《梅花落》本笛中曲也。”

[5] “元宵”三句,谓元宵佳节虽天气不错,可按常理也难说没有风雨。次第,犹常态、常理。汉刘桢《赠徐幹》:“起坐失次第,一日三四迁。”

[6] “来相召”三句,是说一些饮酒作诗的朋友来邀她出去游玩,香车宝马到了门前,却称谢不去。香车宝马,装饰华美的车马。谢,辞谢。

[7] 中州,旧指豫州(今河南一带),这里指北宋都城汴京。以下数句是回忆从前在汴

京过节的情形。

[8] 闺门多暇,妇人多出门游赏。暇,空闲、余暇,这里转借为游玩。旧时妇人平日多束缚于阃内,但遇元宵这样的节日则允许上街赏灯看热闹。

[9] 偏重,特别看重。三五,指旧历月之十五日,古诗十九首《孟冬寒气至》:“三五明月满,四五詹兔缺。”这里指正月十五日(元宵)。

[10] “铺翠”二句,指上街的妇人戴着饰有翠羽的帽子,或插戴缠绕金线的枝状头饰。铺,有装饰齐整的意思。捻金,以金线捻丝用作装饰。雪柳,宋代妇人过节时插戴的一种绢或纸制成的头花。《宣和遗事》前集:“京师民有似雪浪,尽头上戴着玉梅、雪柳、闹蛾儿,直到鳌山下看灯。”

[11] 簇带,宋代俗语,指妆扮、插戴。济楚,齐整、鲜明。

[12] 风鬟霜鬓,发丝凌乱而两鬓如霜。

[13] 怕见,懒得的意思。

[14] “不如向”三句,前人多有批评,如南宋张炎《词源》卷下《节序》云:“以俚语歌于坐花醉月之际,似乎击缶韶外,良可叹也。”近人吴梅《词学通论·概论二》称之“太质率”。其实,以寻常言语入词正是易安妙处。此词起首工致精巧,煞尾平易而出奇,这般参差变化最见功力。

武陵春

风住尘香花已尽[1],日晚倦梳头。物是人非事事休[2],欲语泪先流。　闻说双溪春尚好[3],也拟泛轻舟。只恐双溪舴艋舟[4],载不动,许多愁。

【注释】

[1] “风住”句,写狂风摧花之后的情形,花瓣零落成泥,只剩下一片枯枝败叶。

[2] 物是人非,三国魏曹丕《与吴质书》:“节同时异,物是人非,我劳如何!”

[3] 双溪,水名,在今浙江金华。

[4] 蚱蜢舟,小船。

声声慢

寻寻觅觅[1],冷冷清清[2],凄凄惨惨戚戚[3]。乍暖还寒时候,最难将息[4]。三杯两盏淡酒,怎敌他,晚来风急。雁过也,正伤心,却是旧时相识[5]。　满地黄花堆积,憔悴损,如今有谁堪摘[6]。守着窗儿,独自怎生得黑[7]。梧桐更兼细雨,到黄昏、点点滴滴。这次第[8],怎一个愁字了得。

【注释】

[1] 寻寻觅觅,写动作,寻觅二字相叠更有一种惘然无绪之状。

[2] 冷冷清清,写环境,是以叠字加重无所依凭的孤寂之感。

[3] 凄凄惨惨戚戚,诉心情,用一连三对叠字道出凄恻百感的愁苦。

[4] 将息,养息、休息。

[5] “雁过也”三句,见雁行南来,令伤感不已,盖因想起北方家园之毁。

[6] 有谁堪摘,犹言无甚可摘(因为黄花尽已谢落)。谁,何。

[7] 怎生得黑,怎能熬到天黑。前人评论“黑”字甚奇,南宋张端义《贵耳集》卷上:“‘黑’字不许第二人押。”其实,辛弃疾《贺新郎·别茂嘉十二弟》就有“马上琵琶关塞黑”句。

[8] 次第,这里是光景、情形的意思。

【思考题】

1. 词在广义上是一种诗体,本质上亦属抒情文体,但李清照特别强调词“别是一家”,此中分际是一个值得思考的问题。除了音律的要求,她评判词作高下基本着眼于“铺叙”“典重”(典雅庄重)、“故实”(有事可说)这三条。其中“典重”一条,很难说是否可以作为裁量标准,她批评柳永“词语尘下”,但她自己以口语、寻常语入词亦被人讥抨为“伧气”,此姑不论。就文学特点而言,词之一体与其他诗体最本质的区别,恐怕在于如何运用“铺叙”与“故实”。这两条都与词之叙事特点有关:前者关涉谋篇布局,属于“怎么写”的范畴;后者则对叙述内容提出事实性和具象化的要求,是“写什么”的问题。请联系李清照本人的词作,谈谈对词的叙事性要求的认识。

2. 李清照擅长写“愁”,但词中诉说的愁绪各有不同况味。譬如,从“起来慵自梳头”(《凤凰台上忆吹箫》)到“日晚倦梳头”(《武陵春》),日常梳妆的细节就见出两种完全不同的心境。“慵”和“倦”这两个字眼似乎只是细微差异,但前者透出思念与期待中的百无聊赖,后者却是心灰如槁,几乎是放弃人生。可细品本篇选录的词作,分析作者所描述的各种情态,深入理解李清照词的艺术特点。

3. 李清照身为古代女子,生活圈子极为狭小,从她的词中也能看出她所能接触的事物并不多,涉笔描述的也多半是闺中与帘外之景。但毫无疑问,她是从切实的人生感受中捕捉到写作灵感,所以她作品中的人生悲感极具撼动力——这种品格与特征完全摆脱了一般士大夫文人依附儒学意识形态和国家政治体制的“载道”或“言志”,恰是某种个性的见证。这不但大大超越了“闺秀词”之限阈,更使她跻身于第一流诗(词)人之列。就李清照这个例子而言,还可以引入思考的问题是:一个拘于闺内的女子凭什么走进男人的世界(中国古代文坛几乎就是男人世界),更以纯粹的精神与情感力压群雄?

【拓展阅读】

1. 缪钺:《论李清照词》,收入缪钺、叶嘉莹《灵谿词说》,上海古籍出版社 1987 年版。

2. 夏承焘:《李清照词的艺术特色》,《文学评论》1961 年第 4 期。

3. 徐培均:《李清照集笺注》,上海古籍出版社 2003 年版。

第十八章　辛弃疾

过眼溪山，怪都似旧时曾识。还记得梦中行遍，江南江北。佳处径须携杖去，能消几緉平生屐。笑尘劳三十九年非，长为客。　　吴楚地，东南坼。英雄事，曹刘敌。被西风吹尽，了无尘迹。楼观才成人已去，旌旗未卷头先白。叹人间哀乐转相寻，今犹昔。

辛弃疾这首《满江红》作于南宋淳熙五年(1178)秋天，当时他以大理少卿出领湖北转运副使，自京口(今江苏镇江)溯江而上，此际北望扬州，自感慨万千。绍兴三十二年(1162)，他与耿京举义山东，奉表联络南宋朝廷及率部南投，几次在扬州一带突破敌营。可是，自从投归南宋以来，他在漫长的十六年里几乎无所作为，因为偏安江左的朝廷无意收复中原失地。这不能不令人感到“旌旗未卷头先白”的悲凉。在两宋词人中，辛弃疾是一位文武双全的传奇人物，擅长治军，也有管理地方政务的才干。可是，“把吴钩看了，栏杆拍遍，无人会，登临意”，一腔热血只能在胸中慢慢凉却，早岁的激情终而转化为文字喷发。所以在他手里，填词却似沙场点兵，字里行间自有一种风云之气。

辛弃疾(1140—1207)，字幼安，号稼轩居士，历城(今山东济南)人。他出生时整个山东已被金人占领，所以很无辜地成了金国臣民。大约二十二岁那年，他聚合两千人马加入沦陷区抵抗运动，在耿京的十万义军中充任掌书记一职。他自建康(今江苏南京)奉表归来时，不意耿京已被叛将张安国杀害，当下仅率五十精兵直闯济州(今山东济宁)擒凶，在五万人的敌营中抢出张安国，连夜缚送建康枭首示众。这一英雄壮举可谓轰动朝野，给辛弃疾带来了极高的声誉，可惜也是他一生中唯有的辉煌。

南下之后，辛弃疾并未被朝廷重用，起初担任江阴签判、建康府通判等职。他南归时随之反正的万余部众也尽被遣散。也许在朝廷看来，他是一个“慕义来归”的金国叛徒，终归难委重任。官方的疏离不能不使他产生一种“长为客”的感叹。当然，这并没有消减他的抗金热情。乾道元年(1165)，他上奏《美芹十论》，分析南北形势，建言从山东入手之恢复大计。

六年，向宰相虞允文直陈《九议》，提出军事上要有“勿欲速”和“能任败”的持久战思想。这些建议一概石沉大海。淳熙年间任职荆湖两路时，他平息了若干地方武装暴动，手里渐渐有了一点军事指挥权，加之当时金国内部危机显现，他以为机会来临，可以实现北伐讨金的夙愿了，于是在湖南转运使任上整顿乡社，创办了一支名为“飞虎军”的精锐部队。可是，很快被人污以“聚敛”的罪名，调任两浙西路刑狱后很快就被罢官。从淳熙八年(1181)到嘉泰三年(1203)的二十多年里，他只是一度出任福建路刑狱和安抚使，前后不过三年，其余时间都被朝廷弃置不用。

嘉泰三年，权臣韩侂胄为捞取个人政治资本决定对金用兵，便将辛弃疾这样的主战派摆到前沿重镇，这时他已是六十四岁的老人了。在镇江知府任上的十五个月内，辛弃疾做了大量军事动员和敌情搜集工作，尽管箭在弦上，他并不主张贸然出击。可是战备诸事尚未料理妥当，韩侂胄就将他罢免了。翌年，韩氏的伐金之役仓促上马，又很快以惨败收场。开禧三年(1207)，辛弃疾以朝议大夫身份致仕，回到曾闲居多年的铅山(今属江西上饶)。未久赍志以殁，年六十八。

然而，作为一个词人，这一切也许是万幸之缘。遭妒遭谗也好，被猜忌被冷遇也好，命运的坎坷给予他无比丰富的情感经验：苦闷，郁结，悲愤……更有期待与失望，压抑与解脱，等等等等，不错，他是有过欲说还休的大彻大悟，可到头来还是愈说愈不能休，因为只有在文字世界里他才能脱缰而去，纵横自如。他的词作存世六百二十余首，在两宋词人中不但数量列第一，而且开创了一种气象万千的大境界。

词这种文学样式自晚唐五代以来风致屡变，但花间绮怨、渔歌菱唱的婉约风韵仍不失为正宗，在文人圈里习惯地视之为消遣文字。北宋苏轼打破了词为“艳科”的单一叙事，将词的表现领域扩大到人生诸多方面，此后形成了“豪放”与“婉约”对峙的格局。在词论家笔下，气场很大的辛词自然被归入苏轼一脉，与苏轼并称为“苏辛”。其实，作为“豪放派”双峰并峙的两位代表人物，二者各有自己的特点，甚至不能说是一种血脉相传的关系。王国维《人间词话》有一个非常精要的概括：“东坡之词旷，稼轩之词豪。”个中分际看得十分准确。

东坡之词旷，乃出于随缘自适的性情；稼轩之词豪，则另是一副气吞万里的胸怀。譬如，同样是怀古之作，苏轼的《念奴娇·赤壁怀古》是一种俯仰古今的超然，而辛弃疾的《永遇乐·京口北固亭怀古》却是直面“烽火扬州路”的悲慨；一者是“人间如梦”的顿悟与慨叹，一者充满“望中犹记”的历史痛感。东坡词澄澈而寥廓,是收放自如的历史穿越;而稼轩词则激扬而沉郁,是不能自已的回溯与追问,完全将古人代入现实语境。南宋词人刘克庄在《辛稼轩集序》中说:“公所作大声鞺鞳,小声铿鍧,横绝六合,扫空万古,自有苍生以来所无。其秾纤绵密者,亦不在小晏(晏幾道)、秦郎(秦观)之下。”这个评价虽不吝溢美之词,也算大体允当。以王国维之见,“幼安(辛弃疾)之佳处,在有性情,有境界。即以气象论,亦有‘横素波,干青云’之慨,宁后世龌龊小生所可拟耶?”(《人间词话》)这里所说的性情、境界、气象,正是词家审美标准的三要则。

刘克庄所谓“秾纤绵密者”,亦是稼轩词之一格。像《青玉案·元夕》所表现的那份欣喜,那种淡然透出的孤独与惆怅,可以看出词人情感世界的另一面。另如,下引《蝶恋花》一首,更见其绮语言情之趣——

> 点检笙歌多酿酒。蝴蝶西园,暖日明花柳。醉倒东风眠永昼。觉来小院重携手。　　可惜春残风雨又。收拾情怀,闲把诗僝僽。杨柳见人离别后。腰肢近日和他瘦。

稼轩集中这类作品并不少见,只是很少见诸各种选本,一般选家不认为这是辛词的主要面目。作为词坛大家,辛氏可谓诸体皆备。不过应予指出,其艺术手法之云谲万态,确实无人可及,即便那些“大声鞺鞳”的作品也不乏和风细雨之清丽、妩媚,清人陈廷焯有谓“稼轩词于雄莽中别饶隽味”(《白雨斋词话》卷八),尤中肯綮。

辛弃疾有《稼轩长短句》存世,近人邓广铭所撰《稼轩词编年笺注》是一部比较通行的本子。本篇选录辛词七首,略作如下说明:

《青玉案》(东风夜放花千树),似作于乾道七年(1171),是时作者初到临安(今浙江杭州)任司农寺主簿,在京城见识元宵灯节盛况,怀着新奇的感受描述了一派光耀炫目的景象。下片“众里寻他千百度”数句极富妙意,被王国维《人间词话》借喻为“古今之成大事业大学问者”之最高境界。

《水龙吟》(楚天千里清秋),淳熙元年(1174)作。南归后已是十几年过去,作者此番重至建康,深感生命流逝之痛,激愤之气几乎不可遏止。“把吴钩看了,栏杆拍遍”数句,如此直白,却成千古绝唱。《白雨斋词话》称“稼轩词有以朴处见长,愈觉情味不尽者”,此即一例。

《摸鱼儿》(更能消几番风雨),作于淳熙六年(1179)。上片是伤春,下片诉宫怨,作者以香草美人自况,感慨君臣不遇。屈原以来诗(词)人笔下常有男女/君臣之喻,以怨妇为忠贞贤良乃中国文学特有意象,是一种文化病态。当然这不是辛氏的问题。值得注意的是,这首词的风格颇为复杂,哀怨悱恻之中却显慷慨激愤,将豪放与婉约熔于一炉。

《丑奴儿》(少年不识愁滋味),写作时间未详,应是淳熙八年(1181)罢职后退居上饶带湖时所作。一个“愁”字以两种不同境界示之,人生沧桑尽在其中。

《破阵子》(醉里挑灯看剑),作于带湖闲居之日。淳熙十五年(1188)冬,友人陈亮(同甫)自浙中来访,相聚十数日,两人有多首唱和之作。对于辛氏来说,既然不能上阵驱虏,谈兵论剑也就成了一种文人雅趣。这首词豪放之中亦存悲慨,“了却君王天下事”数句,大有警悟之义。

《贺新郎》(甚矣吾衰矣),作于嘉泰元年(1201),此时已由福建刑狱罢任,回归赋闲。这首词首尾皆自《论语》取典,大有孔子“吾道不行”的意思。英雄迟暮之无奈,进退出处之纠结,都表露为一种心有不甘却故作淡定的情貌,意味很复杂。据说辛氏很看重这首词,宋人岳珂《桯史》卷三云:“稼轩以词名,每燕必命侍妓歌其所作。特好歌《贺新郎》一词,自诵其警句曰‘我见青山多妩媚,料青山见我应如是’。又曰‘不恨古人吾不见,恨古人不见吾狂耳’。每至此,辄拊髀自笑,顾问坐客何如,皆叹誉如出一口。”

《永遇乐》(千古江山),作于开禧元年(1205),任镇江知府时。上片追述孙权、刘裕业绩,叹英雄难再。下片拈出刘义隆贸然用兵的历史教训,随之联想自己当年渡江南来的烽火历程,感叹收复北方的机遇已经错过。词中频频用典,却处理得极好。清人徐釚《词苑丛谈》卷四云:“词至稼轩,经子百家,行间笔下,驱斥如意。”明人杨慎《升庵词话》认为,这首《永遇乐》在辛词中应列第一。

青玉案

元夕[1]

东风夜放花千树[2],更吹落,星如雨[3]。宝马雕车香满路。凤箫声动,玉壶光转,一夜鱼龙舞[4]。　蛾儿雪柳黄金缕[5],笑语盈盈暗香去。众里寻他千百度,蓦然回首,那人却在,灯火阑珊处[6]。

【注释】

[1]　元夕,即元宵,农历正月十五。古时亦称上元节。

[2]　花千树,喻指彩灯。

[3] 星如雨,犹言灯之流光溢彩。宋孟元老《东京梦华录》卷六记汴京灯节云:“各以竹竿出灯毬于半空,远近高低,若飞星然。”

[4] 玉壶、鱼龙,指彩灯造型。

[5] 蛾儿、雪柳,均指妇女头上插戴的首饰。蛾儿,亦称“闹蛾儿”。《东京梦华录》卷六:“……尽头上带着玉梅、雪柳、闹蛾儿,直到鳌山下看灯。”

[6] 阑珊,此谓零落、稀少。

水龙吟

登建康赏心亭[1]

楚天千里清秋[2],水随天去秋无际。遥岑远目[3],献愁供恨[4],玉簪螺髻[5]。落日楼头,断鸿声里,江南游子。把吴钩看了[6],栏杆拍遍,无人会,登临意。　　休说鲈鱼堪脍,尽西风,季鹰归未[7]?求田问舍,怕应羞见,刘郎才气[8]。可惜流年,忧愁风雨,树犹如此[9]!倩何人、唤取红巾翠袖[10],揾英雄泪[11]?

【注释】

[1] 赏心亭,在建康(今南京)下水门城上,下临秦淮河,是当时的一处名胜。今不存。

[2] 楚天,春秋时建康一带曾属楚国,故称楚天。

[3] 遥岑远目,放眼眺望远山。唐韩愈《城南联句》:“遥岑出寸碧,远目增双明。”

[4] 献愁供恨,山色让人产生愁绪与恨意。这里用动词“献”“供”,是将“遥岑”拟人化了。

[5] 玉簪螺髻,是形容山势,有的像妇女头上的碧玉簪,有的像一种叫做青螺髻的发式。唐韩愈《送桂州严大夫》:“江似青罗带,山如碧玉簪。”

[6] 吴钩,春秋吴王阖闾命人制作的宝刀,后泛指佩刀。宋沈括《梦溪笔谈》卷十九:“唐人诗多用吴钩者,吴钩,刀名也,刃弯,今南蛮用之,谓之葛党刀。”杜甫《后出塞》:“少年别有赠,含笑看吴钩。”

[7] “休说”三句,用晋人张翰(季鹰)事。《世说新语·识鉴》云:张翰在洛阳做官,见秋风起,因思吴中莼菜羹、鲈鱼脍。曰:“人生贵得适意尔,何能羁官数千里以要名爵。”遂命驾便归。

[8] “求田”三句,是说三国刘备对许汜说的一番话非常精辟。刘备的意思是,处于乱世之中,如果不是怀着一腔忧国救世之心,而是像小人似的到处斤斤计较,你走到哪里都不受待见。《三国志·魏书·陈登传》:“许汜与刘备并在荆州牧刘表坐,表与备共论天下人,汜曰:‘陈元龙(陈登)湖海之士,豪气不除。’……备问汜:‘君言豪,宁有事邪?’汜曰:‘昔遭乱过下邳,见元龙。元龙无客主之意,久不相与语,

自上大床卧,使客卧下床。’备曰:‘君有国士之名,今天下大乱,帝王失所,望君忧国忘家,有救世之意,而君求田问舍,言无可采,是元龙所讳也,何缘当与君语?如小人,欲卧百尺楼上,卧君与地,何但上下床之间邪?’表大笑。”求田问舍,指小人眼光。刘郎,即刘备。

[9] 树犹如此,感慨光阴易逝。《世说新语·言语》:“桓公(桓温)北征,经金城,见前为琅琊时种柳已皆十围,慨然曰:‘木犹如此,人何以堪!’攀枝执条,泫然流泪。”

[10] 倩,请,央求。红巾翠袖,泛指美人,这里指家姬或侍女。

[11] 揾(wèn),用湿巾揩拭。

摸鱼儿

淳熙己亥,自湖北漕移湖南,同官王正之置酒小山亭,为赋[1]。

更能消、几番风雨[2]。匆匆春又归去。惜春长恨花开早,何况落红无数。春且住。见说道、天涯芳草无归路[3]。怨春不语。算只有殷勤、画檐蛛网,尽日惹飞絮[4]。　　长门事,准拟佳期又误[5]。蛾眉曾有人妒[6]。千金纵买相如赋[7],脉脉此情谁诉?君莫舞。君不见、玉环飞燕皆尘土[8]。闲愁最苦。休去倚危栏,斜阳正在,烟柳断肠处[9]。

【注释】

[1] 漕移,宋代转运使亦称漕官,淳熙六年(1179)辛弃疾由湖北转运副使调任湖南转运副使,赴任前同官在湖北漕署东衙小山亭置酒为他践行。王正之,即王正己(字正之),当时为湖北转运判官。

[2] 更能消,如何再经受得起。陈廷焯《白雨斋词话》卷一:“稼轩‘更能消,几番风雨’一章,词意殊怨,然姿态生动,极沉郁顿挫之致。起处‘更能消’三字,是从千回万转后倒折出来,真是有力如虎。”

[3] “见说道”句,言天涯芳草阻断了春天归路。苏轼《点绛唇》:“归不去,凤楼何处?芳草迷归路。”

[4] “算只有”句,算来只有画檐下的蛛网一心想留住春天,因为它尽日都在拦截暮春的飞絮。

[5] 长门事,指汉武帝陈皇后失宠之事。长门,汉代宫殿,陈皇后失宠后被弃置长门宫。

[6] 蛾眉,原指女子秀眉,通常形容女子美色。屈原《离骚》:“众女嫉予之蛾眉兮,谣诼谓予以善淫。”

[7] 相如赋,指司马相如所作《长门赋》。据说陈皇后失宠后重金延请司马相如作《长门赋》,以其文字打动武帝,重新获得宠幸。《文选·长门赋序》:“孝武皇帝陈皇

后时得幸,颇妒。别在长门宫,愁闷悲思。闻蜀郡司马相如天下工为文,奉黄金百斤为相如文君取酒,因于解悲愁之辞。而相如为文以悟主上,陈皇后复得亲幸。”

[8] 玉环飞燕,即唐玄宗贵妃杨玉环和汉成帝皇后赵飞燕,二人都有善舞、媚主之名。前句“君莫舞”自有引申之义,斥其“长袖善舞”。

[9] “休去”三句,危栏、斜阳、烟柳,都是国势衰亡的喻象。

丑奴儿

书博山道中壁[1]

少年不识愁滋味[2],爱上层楼。爱上层楼,为赋新词强说愁。　　而今识尽愁滋味,欲说还休[3]。欲说还休,却道天凉好个秋!

【注释】

[1] 博山,在今江西广丰县西南,有博山寺。淳熙八年(1181)辛弃疾罢职闲居上饶,博山与之毗邻。

[2] 愁滋味,宋陈慥《无愁可解》:“光景百年,看便一世,生来不识愁味。”

[3] 欲说还休,宋李清照《凤凰台上忆吹箫》:“生怕闲愁暗恨,多少事欲说还休。”

破阵子

为陈同甫赋壮词以寄之[1]

醉里挑灯看剑[2],梦回吹角连营[3]。八百里分麾下炙[4],五十弦翻塞外声[5],沙场秋点兵。　　马作的卢飞快[6],弓如霹雳弦惊[7]。了却君王天下事,赢得生前身后名,可怜白发生[8]。

【注释】

[1] 陈同甫,即陈亮(字同甫),南宋学者,辛弃疾的朋友。曾三度上书力主恢复中原,三度下狱。

[2] 挑灯,油灯暗淡时挑拨灯芯可使灯光明亮。

[3] 梦回,指睡醒。吹角连营,军营里吹响晨号。

[4] “八百里”句,字面意思是宰一头好牛分给部下做烤肉。八百里,即“八百里驳”,是晋人王恺的一头牛,毛色斑驳,据云一日可行八百里。《世说新语·汰侈》称:王济与王恺比射箭,指明要赌他的八百里驳。王恺心想,自己射术比对方好,再说“骏物无有杀理”,便同意了。谁知王济一箭中的,马上派人去把那头牛杀了。不

一会儿,送上烤炙的牛肉,王济尝了一块就走了。词中用这个典故颇显豪迈之气。苏轼《约公择饮是日大风》:“要当啖公八百里,豪气一洗儒生酸。”

[5] “五十弦”句,意谓让锦瑟换个调子弹奏雄壮的军乐。五十弦,即瑟,一种古代乐器。唐李商隐《锦瑟》:“锦瑟无端五十弦,一弦一柱思华年。”因为瑟原非军中乐器,通常用以弹奏哀怨的清商乐曲,所以句中用了“翻”这个字。翻是变换的意思。

[6] 的卢,《相马经》:“马白额入口齿者,名曰榆雁,一名的卢。”《三国志·蜀书·先主传》注引《世语》称:刘备在荆州被刘表手下蔡瑁追杀,所骑的卢马坠入檀溪,危急中一跃三丈,得以逃脱。此事亦为小说《三国演义》采用。

[7] 霹雳弦惊,言开弓有力。《南史·曹景宗传》:“景宗谓所亲曰:‘我昔在乡里,骑快马如龙,与年少辈数十骑,拓弓弦如礔礰声,箭如饿鸱叫……此乐使人忘死,不知老之将至。’”

[8] 白发生,陈亮《及第谢恩和御赐诗韵》:“复仇自是平生志,勿谓儒臣鬓发苍。”

贺新郎

邑中园亭,仆皆为赋此词[1]。一日,独坐停云,水声山色,竟来相悦,意溪山欲援例者,遂作数语,庶几仿佛渊明思亲友之意云[2]。

甚矣吾衰矣[3]。怅平生、交游零落,只今余几。白发空垂三千丈[4],一笑人间万事。问何物、能令公喜[5]?我见青山多妩媚,料青山、见我应如是[6]。情与貌,略相似。　　一尊搔首东窗里[7]。想渊明、停云诗就,此时风味。江左沉酣求名者,岂识浊醪妙理[8]。回首叫、云飞风起[9]。不恨古人吾不见,恨古人、不见吾狂耳[10]。知我者,二三子[11]。

【注释】

[1] 邑中园亭,指辛氏在铅山(今属江西上饶)所筑新居“停云堂”。辛弃疾自福建刑狱罢任后,从上饶带湖移居此地。

[2] 渊明思亲友,陶渊明《停云》诗序云:“停云,思亲友也。罇湛新醪,园列初荣,愿言不从,叹息弥襟。”

[3] 甚矣吾衰矣,我衰老得多么厉害呀!《论语·述而》:“甚矣吾衰也!久矣吾不复梦见周公。”作者引用前句,亦有后句孔子感叹吾道不行的意思。

[4] “白发”句,李白《秋浦歌》:“白发三千丈,缘愁似个长。”这里添“空垂”二字,更言愁有何用,只能一笑置之。

[5] “问何物”句,《世说新语·宠礼》:“王珣、郗超并有奇才,为大司马所眷,拔珣为主

簿，超为记室参军。超为人多髯，珣状短小，于时荆州为之语曰：'髯参军，短主簿，能令公喜，能令公怒。'"

[6] "我见"二句，化用李白《独坐敬山亭》"相看两不厌"诗意，人与青山互动，乃将大自然人格化。通过青山对自己的赞许，暗示一种孤独与超拔的品性。妩媚，《新唐书·魏徵传》："帝大笑曰：'人言徵举动疏慢，我但见其妩媚耳。'"此或以名臣魏徵自况。辛词《沁园春》（一水西来）："青山意气峥嵘，似为我归来妩媚生。"

[7] 搔首，这里是等候酒友时急不可耐的样子。《诗经·邶风·静女》："爱而不见，搔首踟蹰。"又，陶渊明《停云》："静寄东轩，春醪独抚。良朋悠邈，搔首延伫。"下句"想渊明"，正合此意。

[8] "江左"二句，指斥朝中沉醉于名利场的权贵们，哪里知道乱世中的百姓只能借浊酒遣忧。杜甫《晦日寻崔戢李封》："浊醪有妙理，庶用慰沉浮。"又，苏轼《和陶渊明饮酒诗》："江左风流人，醉中亦成名。渊明独清真，谈笑得此生！"

[9] 云飞风起，汉高祖刘邦《大风歌》："大风起兮云飞扬，威加海内兮归故乡，安得猛士兮守四方。"此句抒思古之情，怀念当初统一中原的刘邦。

[10] "不恨"二句，《南史·张融传》："张融善草书，常自美其能。帝曰：'卿书殊有骨力，但恨无二王法。'答曰：'非恨臣无二王法，亦恨二王无臣法。'……常叹曰：'不恨我不见古人，所恨古人又不见我。'"辛词加一"狂"字，更显激愤之情。

[11] 二三子，指门生。《论语·述而》："二三子以我为隐乎？吾无隐乎尔。吾无行而不与二三子者，是丘也。"

永遇乐

京口北固亭怀古[1]

千古江山，英雄无觅、孙仲谋处[2]。舞榭歌台，风流总被、雨打风吹去[3]。斜阳草树，寻常巷陌，人道寄奴曾住[4]。想当年，金戈铁马，气吞万里如虎[5]。　　元嘉草草，封狼居胥，赢得仓皇北顾[6]。四十三年，望中犹记，烽火扬州路[7]。可堪回首，佛狸祠下，一片神鸦社鼓[8]。凭谁问，廉颇老矣，尚能饭否[9]？

【注释】

[1] 京口，今江苏镇江，三国时孙吴曾建都于此。北固亭，在镇江东北的北固山上，长江依山而过。

[2] "英雄"句，通常的理解是，像孙权那样的英雄再也无处寻觅。或作另一种解释：感叹再也找不到像孙权那样建功立业的舞台了（英雄无用武之地）。孙仲谋，即孙权（字仲谋），三国吴开国君主。

[3] “舞榭歌台”二句,喻指六朝繁华已成过眼烟云。

[4] 寄奴,南朝宋武帝刘裕,字德舆,小字寄奴。其高祖随晋南渡,世居京口。早年起兵讨伐桓玄篡逆,曾都督十六州郡军事,领青、徐、兖三州刺史,镇守京口。先后灭南燕、后燕、蜀、后秦。受相国,封宋王,代晋称帝后,改国号宋。

[5] “想当年”三句,极赞当年刘裕北伐,形容其所向披靡之势。

[6] “元嘉”三句,指元嘉二十七年(450)宋文帝刘义隆命王玄谟大举伐魏,被魏太武帝拓跋焘围歼于滑台(今河南滑县)的事情。刘义隆是刘裕第三子,元嘉是他废少帝即位后的年号。封狼居胥,意谓一统北方。狼居胥是一座山,即今蒙古国境内肯特山(一说在今内蒙古克什克腾旗西北)。汉武帝时霍去病曾追剿匈奴至狼居胥,封山而还。封,古代筑坛祭天的一种仪式,表示一统天下,诸侯来朝。《宋书·王玄谟传》称:“玄谟每陈北侵之策,上谓殷景仁曰:‘闻王玄谟陈说,使人有封狼居胥意。’”

[7] “四十三年”三句,辛弃疾自绍兴三十二年(1162)奉表南归,至开禧元年(1205)登临北固亭,恰好四十三年。作者眺望对江扬州瓜洲渡,自然想起当年过扬州时的一路血战。

[8] “可堪”三句,意谓怎能回首,北魏军队大破王玄谟,竟一路攻至江北瓜步(今江苏六合东南),还在瓜步山上建起了武帝庙,几乎就是坐稳了江山。佛狸祠,即魏太武帝庙,拓跋焘小名佛狸。神鸦社鼓,喻庙祀香火旺盛,大量祭品引来乌鸦啄食,社日的鼓声伴随热闹的人群,宛似一副太平景象。这里是喻指金兵盘踞江北多年,北方失地真要成为异族的王道乐土了。

[9] “凭谁问”三句,意谓靠谁去询知年迈的廉颇还能否披挂上阵。《史记·廉颇蔺相如列传》:“廉颇居梁,久之,魏不能信用。赵以数困于秦兵,赵王思复得廉颇,廉颇亦思复用于赵。赵王使使者视廉颇尚可用否,廉颇之仇郭开多与使者金,令毁之。赵使者既见廉颇。廉颇为之一饭斗米,肉十斤,被甲上马,以示尚可用。赵使还报王曰:‘廉将军虽老,尚善饭,然与臣坐,顷之三遗矢矣。’赵王以为老,遂不召。”用廉颇事,乃以自况,辛氏同样为奸佞所谗。

【思考题】

1. 王国维说:“苏(轼)辛(弃疾)词中之狂,白石(姜夔)犹不失为狷。若梦窗(吴文英)、梅溪(史达祖)、玉田(张炎)、草窗(周密)、西麓(陈允平)辈,面目不同,同归于乡愿而已。”(《人间词话》)你怎样理解这里所说的“狂”字?

2. 比较辛词中的不同笔法,如:急/缓、豪放/婉约、古雅/俚俗、借典说事/直白而言等等,说说自己的阅读心得。

3. 辛词有一基本套路,就是即景抒怀,其实这也是古代诗(词)人常用手法,辛氏不同常人之处在于主客体转换极为自然,几乎了无痕迹。试举例说明,他是怎样由环境导入语境,进而达到物我交融之境的?

【拓展阅读】

1. 夏承焘、游止水:《辛弃疾》,中华书局 1962 年版。
2. 邓广铭:《稼轩词编年笺注》,上海古籍出版社 1978 年版。

第十九章　窦娥冤·西厢记

戏曲起于歌舞，歌舞起于巫觋，根柢在上古先民祭神祀祖之礼。王国维《宋元戏曲史》追溯上古至五代之戏剧，考证巫觋之后又有俳优之兴，"巫以乐神，而优以乐人；巫以歌舞为主，而优以调谑为主；巫以女为之，而优以男为之。……后世戏剧，当自巫、优二者出"。从"乐神"到"乐人"，不啻成了一种演出，于是有了汉世角抵、假面之戏，有了唐代歌舞戏、滑稽戏。俳优调谑之中逐渐发展了叙事成分，而其初以歌舞为主的表演亦渐变为以言语为主。王国维认为，始于玄宗开元年间的参军戏是转折之关键。

参军戏原称"弄参军"。据说十六国时，后赵参军（职官名）周延贪腐，事败下狱，赵王石勒命优伶演其事而戏弄之，后来形成滑稽表演，称之参军戏。这种表演初时有参军与苍鹘两个角色，一者装痴呆，一者弄机智，以言语调谑为主，歌舞伴唱为辅。后来角色增多，情节也较前复杂。参军戏没有留下任何脚本，根据唐段安节《乐府杂录》、高彦林《唐阙史》和《太平御览》辑录的《赵书》等文献考证，学者通常认为它是宋元杂剧之先声。

融合言语（白）、动作（科）、歌唱（曲）以演绎故事的戏曲，盖始于北宋，至金院本大抵已具模样。由于宋金以前的杂剧院本亦无一存世，文学史讲到戏曲一般只能从元代杂剧说起。从文字脚本看，元杂剧通常是四折一本，或加楔子。折，相当于后来传奇剧中的一出，或者现代戏剧中的一幕。楔子或在全剧之前，或在各折之间，用以说明剧情或介绍人物。元杂剧最值得注意的进步是其叙述功能，它于科白中叙事，以曲文为代言，区别不同的叙述层次和角度，已是相当成熟的戏剧手法。戏曲之叙事有一点与小说不同，作为代言的曲文实际上是伴有道情写景的内心独白（功能上跟西洋戏剧的咏唱一个道理），而中国小说很少有这种表现人物内心世界的笔墨。旧小说里固有插入诗词代言，但那是叙述者之代言，并非代人物独白。元杂剧这种注重主观抒发的表述形式，于中国叙事文学是一种创造——后来《红楼梦》用诗词代人物抒情（如黛玉《芙蓉女儿诔》之类），可以说是化用戏曲之代言手法。

由于元杂剧的故事已有相当涵容，演员分工形成末、旦、净、外、杂五类角色，其中末、旦通常为男女主角。另外，净是近乎丑角或搞笑角色；外是配角，即外末、外旦之简称；杂犹似龙套或陪衬角色，以饰演对象细分则有孤（官吏）、邦老（盗匪）、卜儿（老妇）等名目。在这些角色中，歌唱者只是末、旦二色，其余角色仅以作科、对白来表演。元杂剧的通例是一折之中只有一人独唱，甚至全剧由主角一人从头唱到尾也很常见。这些结构形体的限制对于剧情大有束缚，可以说是杂剧的一种缺点，但如此安排戏份有利于凸显主人公的内心世界，似乎也有道理。与杂剧同时兴起的南戏就完全没有这些禁锢，一剧之中也不像杂剧那样限定折数。虽然元代南戏留下来的全本很少，其文学性与艺术造诣不能与杂剧比肩，但杂剧衰落之后，却是南戏引领后世戏曲发展，明清传奇剧大体出自南戏一脉。

元杂剧起于北方，其最盛时以大都（今北京）为创作与演出中心。王国维《宋元戏曲史》统计元代杂剧家六十二人之籍贯，近八成为北方人，其中名声显赫者如关汉卿、王实甫、白朴、马致远、纪君祥、康进之、高文秀、郑光祖、乔吉等，不是出自大都就是出自中书省所属之地（今河北一带）。但元代中叶以后，杂剧明显有南移趋势，如北籍之郑光祖、乔吉、钟嗣成等已久居浙江，而这一时期剧家多为杭州人。杭州作为南宋旧都，俨然杂剧又一重镇。戏曲之兴盛与都市繁荣有直接关系，固不待言。另一个重要因素是得益于元朝前期废除科举之措。蒙古灭金后唯太宗九年（1237）举行过一次科举，以后再行科目已是仁宗延祐二年（1315）。其间近八十年未开科取士，文人士子不能从诗赋文章中求得功名，精力才华转向杂剧等娱乐行业亦自必然。所以，元杂剧作家皆非有名位学问之辈。以往所谓“一代之文学”（如楚辞、汉赋、唐诗、宋词等）均出士大夫文人之手，而元曲直接兴起于民间市井，其由俗入雅盖于近世观念之变化，不同于诗经、乐府因官方采风而登堂入室。

元杂剧存世剧目大概在七百种以上，其中重要作品有《窦娥冤》《救风尘》《望江亭》《拜月亭》《单刀会》（关汉卿），《墙头马上》《梧桐雨》（白朴），《汉宫秋》《青衫泪》（马致远），《西厢记》（王实甫），《赵氏孤儿》（纪君祥）《李逵负荆》（康进之）《胡秋戏妻》（石君宝），《张生煮海》（李好古），《倩女离魂》（郑光祖），《两世姻缘》（乔吉），《陈州粜米》（无名氏），等等。

元杂剧众多作家中，成就最大的是关汉卿和王实甫。

关汉卿（约1220—约1300），号已斋叟，大都人。隶籍太医院户。其事迹见诸史料很少。元末钟嗣成所撰《录鬼簿》将关汉卿列为剧家之首，明初朱权《太和正音谱》称之“初为杂剧之始”，均未叙其行状事略。可以认为，元杂剧初兴时他就是标志性人物。他在套曲《南吕一枝花·不伏老》中自述“半生来弄柳拈花，一世里眠花卧柳”，很像是在戏班子里消磨人生，至少不曾有过仕宦经历。他自夸“我也会围棋，会蹴踘，会打围，会插科，会歌舞，会吹弹，会咽作，会吟诗，会双陆”，整一个多才多艺的玩家。关于他的人生境况，现在所知道的多半得自其散曲作品，在另一组套曲中他还透露南宋灭亡后曾去过杭州。他是带着戏班子去“走穴”，还是为传播杂剧或是向南曲戏文取经？可惜不见于任何文字记载。

见于著录的关汉卿杂剧作品有六十多种，存世作品有《窦娥冤》《救风尘》《望江亭》《拜月亭》《诈妮子》《单刀会》《蝴蝶梦》等十八种（其中《鲁斋郎》等五种是否关著尚有争议），在中国古代剧作家中作品数量最多，总体而论成就最高。值得注意的是，他最有名的几部杂剧都与女性命运有关。比如，《救风尘》叙说妓女赵盼儿救助风尘姐妹宋引章，巧施计谋使受害人摆脱了花花公子周舍；《望江亭》则是再嫁寡妇谭记儿捍卫自身权利，同样以风月设局，骗得杨衙内的势剑金牌而保全自己婚姻；《拜月亭》从私结夫妻到拆散鸳鸯，再到最后的大团圆，瑞兰内心对爱情的坚贞表现得淋漓尽致；《诈妮子》乍看是丫鬟折腾成“二奶”的故事，但燕燕不甘于始乱终弃的命运，那种拼死一搏的反抗在当日礼教制度下自是难能可贵。这些作品剧情各异，都表现了女性在爱情、婚姻问题上的权利诉求。然而，关氏影响最大的《窦娥冤》虽以女性为主人公，却于女性权利之外涉及更基本的个人权利。

《窦娥冤》（全名《感天动地窦娥冤》）是一桩冤案，也是冤魂复仇的故事。主人公窦娥自幼被父亲送到蔡家做童养媳，其夫早夭，守寡的窦娥与蔡婆婆相依为生。一日，蔡婆婆去向赛卢医讨债险些遭其毒手，被过路的张驴儿和他老爹救下。张家父子以所谓救命之恩住进蔡家，更欲欺占婆媳二人。无奈窦娥守节不从，张驴儿便在她为婆婆做的羊肚汤中下毒，以嫁祸窦娥。不料阴差阳错毒死自家老爹，张驴儿诉之官府，诬告窦娥害命。官府的重刑未能让窦娥屈认，但眼看要让婆婆受刑，窦娥只好担了罪名。窦娥带枷被推上刑场，受戮前许下三桩誓愿——血溅白练、六月飞雪、楚州大旱三年，以证其冤屈，竟一一应验。最后，窦娥的冤魂托梦给离乡多年后做了大官的父亲窦天章，重新审理此案，终于得以昭雪。此剧善恶对比十分强烈，更由剧情变化揭示窦娥性格之不同侧面，平日里是那样温良恭俭让，刑场上竟是诅天咒地的刚烈。按说以渺小的个体对抗整个黑暗社会（从市井恶棍到官府弊政），势必沉冤莫白，但关汉卿将一个被抹杀的个体推至天地间去鸣冤叫屈，从而铸就一种感天动地的悲剧性格。王国维对《窦娥冤》评价极高，誉之"即列之于世界大悲剧中，亦无愧色也"，更将关汉卿列为元剧第一人（《宋元戏曲史》）。

不过，以单部作品而论，王实甫之《西厢记》实可与《窦娥冤》成双峰并峙之势，或于剧作手法上更见擅场。王实甫，一说名德信，大都人。生卒年与生平事迹均无可考，《录鬼簿》将他列入"前辈已死名公才人"，排在关汉卿、白朴等人之后，其主要活动时期也应在元代中期以前，大概比关汉卿稍晚。元末明初杂剧家贾仲明有一首吊挽他的《凌波仙》："风月营，密匝匝列旌旗。莺花寨，明飚飚排剑戟。翠红乡，雄赳赳施谋智。作词章风韵美，士林中等辈伏低。新杂剧，旧传奇，《西厢记》天下夺魁。"看来他也像关汉卿那样终日混在脂粉堆里，是以戏班子为营生的。

王实甫杂剧见于著录者十四种，现存仅《西厢记》《丽春堂》《破窑记》三种。另有《芙蓉亭》《贩茶船》二种只存少量佚曲。王实甫存世作品不像关汉卿那么多，《丽春堂》《破窑记》二剧也不能算是杰作，但《西厢记》的重大影响已足以让他名垂不朽。《西厢记》的艺术成就不仅在于人物性格塑造与思想内涵，首先剧本的结构体制就让人叹服，其五本二十一折的规模大大突破了元剧通常的体例。在元杂剧里边，以多本杂剧演绎一个故事唯独《西厢记》一种。而且，它还打破一折之中仅以末、旦一人独唱的惯例，甚至剧中配角也有代言的曲词。由于篇幅充裕，手法灵活，《西厢记》对性格刻画和冲突处理都显示出相当细腻的功夫。通常元剧的冲突是在对立双方（或引入摇摆、干扰的第三方）之间展开，但这部戏里则于莺莺、张生、红娘与老夫人四者之间扯出了多条线索。一般元剧作品受体制限制，许多关节只能粗线条带过，而《西厢记》能够出戏的地方都做足了功夫。

《西厢记》（全名《崔莺莺待月西厢记》）本事最早见于唐代元稹的传奇小说《莺莺传》，但在元稹笔下那是一个始乱终弃的悲剧故事。金代董解元据此创作了说唱故事《西厢记诸宫调》（习称"董西厢"），不但改变了原来传奇结尾的悲凉，将张生与莺莺的爱情进行到底，而且对人物关系和情感世界有较为深入的开掘。王实甫的《西厢记》是在诸宫调基础上的再创作，大致保留了诸宫调里的故事脉络和人物关系，但大大强化了不同形象的个性色彩。当然，正是建立在个性基础上的猜疑与矛盾，宕延出一波三折的戏剧效果。从说唱艺术变为舞台表演，王实甫的《西厢记》不但使人物形象更有立体化提升，叙事过程的张弛起伏也掌握得极好。王剧的主旨是"愿普天下有情人都成了眷属”,通过丝丝入扣的剧情与娓娓有致的曲文,道出一种争取人生幸福的个人权利,这是外部武力威逼或是内心礼教束缚都不能阻碍的进步观念。

当然,《西厢记》的艺术成就还在于其文辞优美。王国维《宋元戏曲史》有一个说法值得重视,即谓:“元剧最佳之处,不在其思想结构,而在其文章。”所曰“文章”就是指文辞。戏曲虽属叙事文学,但意境并不尽在故事本身,由于曲词表现力丰富,更是剧作家各显能事之处。《西厢记》的曲词历来为人称道,其用语清丽典雅,且往往糅入口语、俗语乃至形声言语,极为生动而富于美感。比如:

> ［拙鲁速］ 对着盏碧荧荧短檠灯,倚着扇冷清清旧帏屏。灯儿又不明,梦儿又不成;窗儿外淅零零的风儿透疏棂,忒楞楞的纸条儿鸣;枕头儿上孤另,被窝儿里寂静。你便是铁石人,铁石人也动情。(第一本第三折)
>
> ［雁儿落］ 绿依依墙高柳半遮,静悄悄门掩清秋夜。疏剌剌林梢落叶风,昏惨惨云际穿窗月。(第四本第四折)

至于像“碧云天,黄花地,西风紧,北雁南飞。晓来谁染霜林醉?总是离人泪”这样的辞句更是脍炙人口。

本章分别选录关汉卿《窦娥冤》一折、王实甫《西厢记》二折。剧情说明如下:

《窦娥冤》第三折,带枷的窦娥被推上法场斩首。押赴法场时,窦娥要求绕开前街走后街,以免让婆婆看见自己的惨状。但蔡婆婆还是来了。窦娥忍痛安慰婆婆,以她极为善良的性格对应蒙冤的厄运,在观众心理上形成强烈的控诉。随后,在与刽子手、监斩官的对白和一连串的曲词中,窦娥诅天咒地,许下三桩誓愿。这折戏情节相当简单,但气场极大,确有“感天动地”之慨。剧中正旦即窦娥,卜儿为蔡婆婆,外、净指扮演监斩官和公人、刽子手的角色。

《西厢记》第四本第二折,此折是全剧一大关键,后被京剧和各种地方戏曲改编为《拷红》一剧。老夫人察觉莺莺神思恍惚,怀疑女儿与张生做下了那种事情,便唤来红娘拷问。红娘索性将二人之事说破。老夫人本欲严加追究,却被红娘说服。红娘主要抓住两点:一是当初兵围普救寺时,老夫人许诺谁能退兵解围就将女儿嫁给他,而张生搬来救兵后老夫人却失信于人。二是这种事情张扬出去无疑玷污“相国家谱”,不如“搁之以去其污”,

成其美事。老夫人无奈之下，只得应下这门亲事。戏中红娘形象刻画得极好。又，第四本第三折，老夫人答允将女儿嫁与张生，前提是他必须进京赶考取得功名。这一折就是崔家母女在十里长亭设筵为张生送行，于是刚刚沉浸于爱恋中的莺莺与张生又面临劳燕分飞的离别。这场戏主要表现二人难分难舍的情形，更有莺莺对张生的告诫与期待。《西厢记》全剧最后以大团圆结尾，却不落俗套，关键是第四本波澜迭起，道出了人物的精神磨难。剧中旦即莺莺，末为张生，倈指莺莺的弟弟欢郎，洁指和尚，这里指普救寺法本长老。

窦娥冤（节选）

第三折

（外扮监斩官上，云）下官监斩官是也。今日处决犯人，着做公的把住巷口[1]，休放往来人闲走。（净扮公人，鼓三通，锣三下科）（刽子磨旗[2]。提刀，押正旦带枷上）（刽子云）行动些，行动些，监斩官去法场上多时了。（正旦唱）

［正宫端正好］　没来由犯王法，不提防遭刑宪，叫声屈动地惊天。顷刻间游魂先赴森罗殿[3]，怎不将天地也生埋怨。

［滚绣球］　有日月朝暮悬，有鬼神掌着生死权。天地也，只合把清浊分辨，可怎生糊突了盗跖颜渊[4]：为善的受贫穷更命短，造恶的享富贵又寿延。天地也，做得个怕硬欺软，却原来也这般顺水推船。地也，你不分好歹何为地！天也，你错勘贤愚枉做天！哎，只落得两泪涟涟。

（刽子云）快行动些，误了时辰也。（正旦唱）

［倘秀才］　则被这枷纽的我左侧右偏，人拥的我前合后偃。我窦娥向哥哥行有句言[5]。

（刽子云）你有甚么话说？［正旦唱］前街里去心怀恨，后街里去死无冤，休推辞路远。

（刽子云）你如今到法场上面，有甚么亲眷要见的，可教他过来，见你一面也好。［正旦唱］

［叨叨令］　可怜我孤身只影无亲眷，则落得吞声忍气空嗟怨。（刽子云）难道你爷娘家也没的？（正旦云）止有个爹爹，十三年前上朝取应去了，至今杳无音信。（唱）早已是十年多不睹爹爹面。（刽子云）你适才要我往

后街里去,是甚么主意?(正旦唱)怕则怕前街里被我婆婆见。(刽子云)你的性命也顾不得,怕他见怎的?(正旦云)俺婆婆若见我披枷带锁赴法场餐刀去呵,(唱)枉将他气杀也么哥[6],枉将他气杀也么哥。告哥哥,临危好与人行方便。

(卜儿哭上科,云)天那,兀的不是我媳妇儿[7]!(刽子云)婆子靠后。(正旦云)既是俺婆婆来了,叫他来,待我嘱咐他几句话咱。(刽子云)那婆子,近前来,你媳妇要嘱咐你话哩。(卜儿云)孩儿,痛杀我也。(正旦云)婆婆,那张驴儿把毒药放在羊肚儿汤里,实指望药死了你,要霸占我为妻。不想婆婆让与他老子吃,倒把他老子药死了。我怕连累婆婆,屈招了药死公公,今日赴法场典刑。婆婆,此后遇着冬时年节,月一十五,有瀽不了的浆水饭[8],瀽半碗儿与我吃;烧不了的纸钱,与窦娥烧一陌儿[9]。则是看你死的孩儿面上。(唱)

[快活三]　念窦娥葫芦提当罪愆[10],念窦娥身首不完全,念窦娥从前已往干家缘[11],婆婆也,你只看窦娥少爷无娘面。

[鲍老儿]　念窦娥伏侍婆婆这几年,遇时节将碗凉浆奠;你去那受刑法尸骸上烈些纸钱,只当把你亡化的孩儿荐。(卜儿哭科,云)孩儿放心,这个老身都记得。天那,兀的不痛杀我也。(正旦唱)婆婆也,再也不要啼啼哭哭,烦烦恼恼,怨气冲天。这都是我做窦娥的没时没运,不明不暗,负屈衔冤。

(刽子做喝科,云)兀那婆子靠后,时辰到了也。(正旦跪科)(刽子开枷科)(正旦云)窦娥告监斩大人,有一事肯依窦娥,便死而无怨。(监斩官云)你有甚么事?你说。(正旦云)要一领净席,等我窦娥站立,又要丈二白练,挂在旗枪上[12]。若是我窦娥委实冤枉,刀过处头落,一腔热血休半点儿沾在地下,都飞在白练上者。(监斩官云)这个就依你,打甚么不紧[13]。(刽子做取席站科,又取白练挂旗上科)(正旦唱)

[耍孩儿]　不是我窦娥罚下这等无头愿,委实的冤情不浅。若没些儿灵圣与世人传,也不见得湛湛青天。我不要半星热血红尘洒,都只在八尺旗枪素练悬。等他四下里皆瞧见,这就是咱苌弘化碧,望帝啼鹃[14]。

(刽子云)你还有甚的说话,此时不对监斩大人说,几时说那?(正旦再跪科,云)大人,如今是三伏天道,若窦娥委实冤枉,身死之后,天降三尺瑞雪,遮掩了窦娥尸首。(监斩官云)这等三伏天道,你便有冲天的怨气,也召不得一片雪来,可不胡说!(正旦唱)

[二煞]　你道是暑气暄,不是那下雪天;岂不闻飞霜六月因邹衍[15]?

若果有一腔怨气喷如火，定要感的六出冰花滚似绵，免着我尸骸现；要甚么素车白马[16]，断送出古陌荒阡？

〔正旦再跪科，云〕大人，我窦娥死的委实冤枉，从今以后，着这楚州亢旱三年[17]。（监斩官云）打嘴！那有这等说话！（正旦唱）

［一煞］　你道是天公不可期，人心不可怜，不知皇天也肯从人愿。做甚么三年不见甘霖降，也只为东海曾经孝妇冤[18]。如今轮到你山阳县[19]，这都是官吏每无心正法，使百姓有口难言。

（刽子做磨旗科，云）怎么这一会儿天色阴了也？（内做风科，刽子云）好冷风也！（正旦唱）

［煞尾］　浮云为我阴，悲风为我旋，三桩儿誓愿明提遍。（做哭科，云）婆婆也，直等待雪飞六月，亢旱三年呵，（唱）那其间才把你个屈死的冤魂这窦娥显。

（刽子做开刀，正旦倒科）（监斩官惊云）呀，真个下雪了，有这等异事！（刽子云）我也道平日杀人，满地都是鲜血，这个窦娥的血，都飞在那丈二白练上，并无半点落地，委实奇怪。（监斩官云）这死罪必有冤枉，早两桩儿应验了，不知亢旱三年的说话，准也不准？且看后来如何。左右，也不必等待雪晴，便与我抬他尸首，还了那蔡婆婆去罢。（众应科，抬尸下）

【注释】

[1]　做公的，即公人，指官衙里的差役、皂隶之类。

[2]　磨旗，即摇旗，挥动旗帜。宋孟元老《东京梦华录》卷七："先一人空手出马，谓之'引马'；次一人磨旗出马，谓之'开道旗'。"

[3]　森罗殿，即阎王殿。

[4]　糊突，这里是混淆、颠倒的意思。盗跖，即柳下跖，相传春秋时聚啸山林的人物，旧时认为是盗匪。《庄子·盗跖》："盗跖从卒九千人，横行天下，侵暴诸侯。"颜渊，即颜回，孔子最得意的弟子，被称作"仁人"。此句是说将好人坏人颠倒了。

[5]　哥哥行（háng），犹言兄长。行，行辈。

[6]　也么哥，元曲中表示感叹的语气词。在［叨叨令］这一曲牌中，此处二句须重叠，句尾均加"也么哥"。

[7]　兀的，指示代词，这，那，这里兼表惊异。

[8]　瀽（jiǎn），倾倒的意思。

[9]　一陌儿，陌，同"佰"，用于钱，指一百文。这里指一百个纸钱。

[10]　葫芦提，亦作"葫芦啼"，犹糊涂。关汉卿《普天乐·崔张十六事》："猛见了倾国倾城貌，将一个发慈悲脸儿朦着，葫芦啼到晓。"

[11]　干家，操持家务。元郑廷玉《忍字记》第一折："我这兄弟十分的干家做活，早起

晚眠……"

[12] 旗枪,旗杆端头。窦娥立誓验证冤屈,系用晋干宝《搜神记》卷十一"东海孝妇"典故。其曰:"孝妇名周青。青将死,车载十丈竹竿,以悬五旛。立誓于众曰:'青若有罪,愿杀,血当顺下。青若枉死,血当逆流。'既行刑已,其血青黄,缘旛竹而上标,又缘旛而下云。"

[13] 打甚么不紧,意谓没什么要紧的。

[14] 苌弘,春秋时周大夫,有良臣之誉,因参与晋室内讧,被周敬王杀死。传说死后三年,其血化为碧玉。望帝,战国时蜀王杜宇,号望帝,为蜀治水有功。后禅位臣子,死后化为杜鹃鸟,啼声凄切。

[15] 邹衍,战国时齐国人,阴阳家代表人物。《后汉书·刘瑜传》李贤注引《淮南子》:"邹衍事燕惠王尽忠,左右谮之,王系之,仰天而哭,五月天为之下霜。"

[16] 素车白马,古人送葬的仪仗。《后汉书·独行传》记范式为友张劭奔丧,有"素车白马,号哭而来"之语。

[17] 楚州,北宋置楚州,元代为淮安路,治山阳县。辖境约今江苏淮河以南一带。

[18] 东海曾经孝妇冤,参见本篇注[12]。东海孝妇一事最早见诸《汉书·于定国传》,系西汉大臣于定国父亲于公经手平反的一桩冤案,其谓孝妇被郡守错判死刑,被斩后东海郡大旱三年。

[19] 山阳县,民国初年改为淮安县,即今江苏淮安市。

西厢记(节选)

第四本第二折

(夫人引俫上,云)这几日窃见莺莺语言恍惚,神思加倍,腰肢体态,比向日不同;莫不做下来了么?(俫云)前日晚夕,奶奶睡了,我见姐姐和红娘烧香,半晌不回来,我家去睡了。(夫人云)这桩事都在红娘身上,唤红娘来!(俫唤红科)(红云)哥哥唤我怎么?(俫云)奶奶知道你和姐姐去花园里去,如今要打你哩。(红云)呀!小姐,你带累我也!小哥哥,你先去,我便来也。(红唤旦科)姐姐,事发了也。老夫人唤我哩,却怎了?(旦云)好姐姐遮盖咱!(红云)娘呵,你做的隐秀者[1],我道你做下来也。(旦念)月圆便有阴云蔽,花发须教急雨催。(红唱)

[越调斗鹌鹑] 则着你夜去明来,倒有个天长地久;不争你握雨携云[2],常使我提心在口。你则合带月披星,谁着你停眠整宿?老夫人心数多,情性㑇[3];使不着我巧语花言,将没做有。

[紫花儿序] 老夫人猜那穷酸做了新婿,小姐做了娇妻,这小贱人做

了牵头[4]。俺小姐这些时春山低翠，秋水凝眸，别样的都休，试把你裙带儿拴，纽门儿扣，比着你旧时肥瘦，出落得精神，别样的风流。

（旦云）红娘，你到那里小心回话者！（红云）我到夫人处，必问："这小贱人！（唱）

［金蕉叶］　我着你但去处行监坐守，谁着你迤逗的胡行乱走？"若问着此一节呵如何诉休？你便索与他个"知情"的犯由[5]。

（红云）姐姐，你受责理当，我图甚么来？（唱）

［调笑令］　你绣帏里效绸缪[6]，倒凤颠鸾百事有。我在窗儿外几曾轻咳嗽，立苍苔将绣鞋儿冰透。今日个嫩皮肤倒将粗棍抽，姐姐呵，俺这通殷勤的着甚来由？

（红云）姐姐在这里等着，我过去。说过呵，休欢喜，说不过，休烦恼。（红见夫人科）（夫人云）小贱人，为甚么不跪下！你知罪么？（红跪云）红娘不知罪。（夫人云）你故自口强哩[7]。若实说呵，饶你；若不实说呵，我直打死你这个贱人！谁着你和小姐花园里去来？（红云）不曾去，谁见来？（夫人云）欢郎见你去来，尚故自推哩。（打科）（红云）夫人休闪了手，且息怒停嗔，听红娘说。（唱）

［鬼三台］　夜坐时停了针绣，共姐姐闲穷究，说张生哥哥病久。咱两个背着夫人，向书房问候。（夫人云）问候呵，他说甚么？（红云）他说来，（唱）道"老夫人事已休，将恩变为仇，着小生半途喜变做忧"。他道："红娘你且先行，教小姐权时落后[8]。"

（夫人云）他是个女孩儿家，着他落后怎么！（红唱）

［秃厮儿］　我则道神针法灸，谁承望燕侣莺俦。他两个经今月余则是一处宿，何须一一问缘由！

［圣药王］　他每不识忧，不识愁，一双心意两下投。夫人得好休，便好休[9]，这其间何必苦追求？常言道"女大不中留"。

（夫人云）这端事都是你个贱人。（红云）非是张生、小姐、红娘之罪，乃夫人之过也。（夫人云）这贱人倒指下我来，怎么是我之过？（红云）信者人之根本，"人而无信，不知其可也。大车无輗，小车无軏，其何以行之哉[10]？"当日军围普救[11]，夫人所许退军者，以女妻之。张生非慕小姐颜色，岂肯区区建退军之策？兵退身安，夫人悔却前言，岂得不为失信乎？既然不肯成就其事，只合酬之以金帛，令张生舍此而去。却不当留请张生于书院，使怨女旷夫，各相早晚窥视，所以夫人有此一端。目下老夫人若不息其事，一来辱没相国家谱；二来张生日后名重天下，施恩于人，忍令反受其辱哉？使至官司,老夫人亦得治家不严之罪。官司若推其详,亦知老夫人背义而忘恩,岂得为贤哉?红娘不敢自专,乞望夫人台鉴:莫若恕其小过,成就大事,撋之以去其污[12],岂不为长便乎?(唱)

[麻郎儿] 秀才是文章魁首,姐姐是仕女班头;一个通彻三教九流,一个晓尽描鸾刺绣。

[幺篇] 世有、便休、罢手[13],大恩人怎做敌头?起白马将军故友,斩飞虎叛贼草寇。

[络丝娘] 不争和张解元参商卯酉[14],便是与崔相国出乖弄丑。到底干连着自己骨肉,夫人索穷究。

(夫人云)这小贱人也道得是。我不合养了这个不肖之女。待经官呵,玷辱家门。罢罢!俺家无犯法之男,再婚之女,与了这厮罢。红娘唤那贱人来!(红见旦云)且喜姐姐,那棍子则是滴溜溜在我身上,吃我直说过了。我也怕不得许多,夫人如今唤你来,待成合亲事。(旦云)羞人答答的,怎么见夫人?(红云)娘跟前有甚么羞?(唱)

[小桃红] 当日个月明才上柳梢头,却早人约黄昏后。羞的我脑背后将牙儿衬着衫儿袖。猛凝眸,看时节则见鞋底尖儿瘦。一个恣情的不休,一个哑声儿厮耨[15]。呸!那其间可怎生不害半星儿羞?

(旦见夫人科)(夫人云)莺莺,我怎生抬举你来?今日做这等的勾当。则是我的孽障,待怨谁的是!我待经官来,辱没了你父亲,这等事不是俺相国人家的勾当。罢罢罢!谁似俺养女的不长进!红娘,书房里唤将那禽兽来!(红唤末科)(末云)小娘子唤小生做甚么?(红云)你的事发了也,如今夫人唤你来,将小姐配与你哩。小姐先招了也,你过去。(末云)小生惶恐,如何见老夫人?当初在谁在老夫人行说来?(红云)休佯小心,过去便了。(唱)

[小桃红] 既然泄漏怎干休?是我相投首[16]。俺家里陪酒陪茶倒撋就[17]。你休愁,何须约定通媒媾?我弃了部署不收,你原来"苗而不秀"[18]。呸!你是个银样镴枪头[19]。

(末见夫人科)(夫人云)好秀才呵,岂不闻"非先王之德行不敢行[20]"。我待送你去官司里去来,恐辱没俺家谱。我如今将莺莺与你为妻,则是俺三辈儿不招白衣女婿[21],你明日便上朝取应去。我与你养着媳妇。得官呵,来见我;驳落呵[22],休来见我。(红云)张生早则喜也。(唱)

[东原乐] 相思事,一笔勾,早则展放从前眉儿皱,美爱幽欢恰动头。既能够,张生,你觑兀的般可喜娘庞儿也要人消受[23]。

（夫人云）明日收拾行装，安排果酒，请长老一同送张生到十里长亭去。（旦念）寄语西河堤畔柳，安排青眼送行人[24]。（同夫人下）（红唱）

［收尾］　来时节画堂箫鼓鸣春昼，列着一对儿鸾交凤友。那其间才受你说媒红，方吃你谢亲酒。（并下）

【注释】

［1］　隐秀，隐秘谨慎，不显露。

［2］　不争，只因为。握雨携云，指男女幽会媾合。

［3］　㑇（zhòu），通"㤘"，性情固执、褊狭。

［4］　牵头，旧时指男女关系的牵线人。

［5］　犯由，罪状。这里指知情不报之罪。

［6］　绸缪，紧密缠缚貌。《诗经·唐风·绸缪》："绸缪束薪，三星在天。"毛传："绸缪，犹缠绵也。"引申为缠绵不解的男女恋情。唐元稹《莺莺传》："绸缪缱绻，暂若寻常，幽会未终，惊魂已断。"

［7］　故自，尚自，还要。口强，嘴硬。

［8］　权时，暂且。

［9］　得好休，便好休，当时俗语，得罢手时且罢手的意思。

［10］　"人而无信"数句，出自《论语·为政》。輗（ní）、軏（yuè），都是车辕前端与车衡衔接处的活销。

［11］　普救，即普救寺，本剧故事发生的场所。军围普救，即本剧第二本第一折的情节，指叛将孙飞虎率五千人马包围普救寺，欲掳莺莺为妻。后张生修书请白马将军杜确发兵解围。

［12］　撋（ruán），搓揉，搓洗。此句意思是，劝老夫人不妨将张生、莺莺私下媾合之事（在礼教社会中这是丑事）遮掩过去。

［13］　世有、便休、罢手，既然已成事实，也就认了，不要再追究了。这是劝老夫人的话。

［14］　张解元，即张生。科举制度，乡试第一名称"解元"。在宋元戏曲小说里，亦作为一般读书人的尊称。参商卯酉，互相对立的意思。

［15］　厮耨（nòu），亲昵貌。

［16］　投首，投案自首。这里指将张生、莺莺的猫腻透露给老夫人了。

［17］　撋就，迁就的意思。

［18］　"我弃了"二句，意思是我不给你们张罗这事儿了，原来你是这样没有勇气。部署，当时俗语，指拳棒教师或擂台比武的主持人，这里喻指自己牵媒人的身份。苗而不秀，喻徒有其表，语出《论语·子罕》。

［19］　银样镴（là）枪头，比喻中看不中用。鑞是锡铅合金，即焊锡。镴做的枪头看上去银光闪闪，其实上不了战场。红娘这个说法成了汉语中的一个成语。

［20］　非先王之德行不敢行，语出《孝经·卿大夫章》。

[21] 白衣,古代平民的衣着,指没有通过科举等途径获得功名。

[22] 驳落,这里指科举落第。

[23] 可喜娘庞儿,指莺莺可爱的面庞。

[24] 青眼,初生的柳树嫩叶。这里是双关用法,青眼另有对人器重的意思。

第四本第三折

(夫人长老上,云)今日送张生赴京,就十里长亭[1],安排下筵席。我和长老先行,不见张生小姐来到。(旦、末、红同上)(旦云)今日送张生上朝取应,早是离人伤感,况值那暮秋天气,好烦恼人也呵!悲欢聚散一杯酒,南北东西万里程。(唱)

[正宫端正好] 碧云天,黄花地,西风紧。北雁南飞。晓来谁染霜林醉?总是离人泪。

[滚绣球] 恨相见得迟,怨归去得疾。柳丝长玉骢难系[2],恨不得倩疏林挂住斜晖。马儿迍迍的行,车儿快快的随[3],却告了相思回避,破题儿又早别离[4]。听得道一声去也,松了金钏[5];遥望见十里长亭,减了玉肌:此恨谁知!

(红云)姐姐今日怎么不打扮?(旦云)你那知我的心哩!(唱)

[叨叨令] 见安排着车儿、马儿,不由人熬熬煎煎的气。有甚么心情花儿、靥儿,打扮得娇娇滴滴的媚;准备着被儿、枕儿,则索昏昏沉沉的睡。从今后衫儿、袖儿,都揾湿做重重叠叠的泪。兀的不闷杀人也么哥!兀的不闷杀人也么哥!久已后书儿、信儿,索与我凄凄惶惶的寄。

(做到了科,见夫人了)(夫人云)张生和长老坐,小姐这壁坐,红娘将酒来。张生,你向前来,是自家亲眷,不要回避。俺今日将莺莺与你,到京师休辱没了俺孩儿,挣揣一个状元回来者[6]。(末云)小生托夫人余荫,凭着胸中之才,视得官如拾芥耳[7]。(洁云)夫人主见不差,张生不是落后的人。(把酒了,坐)(旦长吁科)(唱)

[脱布衫] 下西风黄叶纷飞,染寒烟衰草萋迷。酒席上斜签着坐的,蹙愁眉死临侵地[8]。

[小梁州] 我见他阁泪汪汪不敢垂,恐怕人知。猛然见了把头低,长吁气,推整素罗衣。

[幺篇] 虽然久后成佳配,奈时间怎不悲啼[9]。意似痴,心如醉,昨宵今日,清减了小腰围。

(夫人云)小姐把盏者!(红递酒了,旦把盏长吁科,云)请吃酒!(唱)

[上小楼] 合欢未已，离愁相继。想着俺前暮私情，昨夜成亲，今日别离。我谂知这几日相思滋味[10]，却原来此别离情更增十倍。

[幺篇] 年少呵轻远别，情薄呵易弃掷。全不想腿儿相压，脸儿相偎，手儿相携。你与俺崔相国做女婿，妻荣夫贵，但得一个并头莲，煞强如状元及第。

（红云）姐姐不曾吃早饭，饮一口儿汤水。（旦云）红娘，甚么汤水咽得下！（唱）

[满庭芳] 供食太急，须臾对面，顷刻别离。若不是酒席间子母每当回避，有心待与他举案齐眉[11]。虽然是厮守得一时半刻，也合着俺夫妻每共桌而食。眼底空留意，寻思起就里，险化做望夫石。

（夫人云）红娘把盏者！（红把酒科）（旦唱）

[快活三] 将来的酒共食，尝着似土和泥；假若便是土和泥，也有些土气息，泥滋味。

[朝天子] 暖溶溶玉醅[12]，白泠泠似水，多半是相思泪。眼面前茶饭怕不待要吃，恨塞满愁肠胃。“蜗角虚名，蝇头微利[13]”，拆鸳鸯在两下里。一个这壁，一个那壁，一递一声长吁气。

（夫人云）辆起车儿[14]，俺先回去，小姐随后和红娘来。（下）（末辞洁科）（洁云）此一行别无话说，贫僧准备买登科录看[15]，做亲的茶饭少不得贫僧的。先生在意，鞍马上保重者！从今经忏无心礼，专听春雷第一声。（下）（旦唱）

[四边静] 霎时间杯盘狼藉，车儿投东，马儿向西，两意徘徊，落日山横翠。知他今宵宿在那里？在梦也难寻觅。

（旦云）张生，此一行得官不得官，疾早便回来。（末云）小生这一去，白夺一个状元，正是“青霄有路终须到，金榜无名誓不归”。（旦云）君行别无所赠，口占一绝，为君送行：“弃掷今何道，当时且自亲。还将旧来意，怜取眼前人[16]。”（末云）小姐之意差矣，张珙更敢怜谁？谨赓一绝，以剖寸心：“人生长远别，孰与最关亲？不遇知音者，谁怜长叹人？”（旦唱）

[耍孩儿] 淋漓襟袖啼红泪，比司马青衫更湿。伯劳东去燕西飞[17]，未登程先问归期。虽然眼底人千里，且尽樽前酒一杯。未饮心先醉，眼中流血，心内成灰。

[五煞] 到京师服水土，趁程途节饮食，顺时自保揣身体[18]。荒村雨露宜眠早，野店风霜要起迟！鞍马秋风里，最难调护，最要扶持。

[四煞] 这忧愁诉与谁？相思只自知，老天不管人憔悴。泪添九曲黄河溢，恨压三峰华岳低。到晚来闷把西楼倚，见了些夕阳古道，衰柳长堤。

［三煞］ 笑吟吟一处来，哭啼啼独自归。归家若到罗帏里，昨宵个绣衾香暖留春住，今夜个翠被生寒有梦知。留恋你应无计，见据鞍上马，阁不住泪眼愁眉。

（末云）有甚言语嘱咐小生咱？（旦唱）

［二煞］ 你休忧"文齐福不齐[19]"，我则怕你"停妻再娶妻"。休要"一春鱼雁无消息"！我这里青鸾有信频须寄[20]，你却休"金榜无名誓不归"。此一节君须记，若见了那异乡花草，再休似此处栖迟。

（末云）再谁似小姐？小生又生此念？（旦唱）

［一煞］ 青山隔送行，疏林不做美，淡烟暮霭相遮蔽。夕阳古道无人语，禾黍秋风听马嘶。我为甚么懒上车儿内，来时甚急，去后何迟？

（红云）夫人去好一会，姐姐，咱家去！（旦唱）

［收尾］ 四围山色中，一鞭残照里。遍人间烦恼填胸臆，量这些大小车儿如何载得起？

（旦、红下）（末云）仆童赶早行一程儿，早寻个宿处。泪随流水急，愁逐野云飞。（下）

【注释】

［1］ 十里长亭，古时城外路旁每隔五里十里设一亭子，五里曰短亭，十里曰长亭，供行人休息或饯别亲友。宋柳永《雨霖铃》："寒蝉凄切，对长亭晚，骤雨初歇。"

［2］ 玉骢，即玉花骢，泛指骏马。唐韩翃《少年行》："千里斑斓喷玉骢，青丝结尾绣缠鬃。"

［3］ "马儿"二句，张生骑马先行，莺莺的车在后边，所以她希望马走得慢一些，自己的车能跟上。迍迍（zhūn），行动迟缓貌。

［4］ 相思回避，因老夫人允诺有条件地将莺莺许配给他，前一段的相思算是结束了。破题儿，指事情刚刚开头，这是借用做文章的说法。

［5］ 松了金钏，与下句"减了玉肌"都是因离别而憔悴的意思。金钏，手镯。

［6］ 挣揣，挣扎、博取的意思。元无名氏《冤家债主》第二折："多亏了他早起晚眠，披星戴月，挣揣下这个家私。"

［7］ 拾芥，拾取地上的小草，喻指事情毫不费力。芥，小草。

［8］ "酒席上"二句，是说酒席上张生欠身而坐，皱着眉头，一副死相。斜签着，身子侧斜着，这里指在长辈面前的拘谨貌。临侵，元明戏曲中用于词尾表示程度严重。死临侵，死气沉沉的样子。

［9］ 奈时间，无奈眼下这时候。时间，时候，这里指当下。

［10］ 谂（shěn）知，知悉。

［11］ 举案齐眉，夫妻间互相敬爱的样子。见《后汉书·逸民传》："（梁鸿）每归，妻为

具食,不敢于鸿前仰视,举案齐眉。”

[12] 玉醅,美酒。宋苏轼《南歌子》:“冰簟堆云髻,金樽滟玉醅。”

[13] 蜗角虚名,蝇头微利,指区区空名与小利。宋苏轼《满庭芳》:“蜗角虚名,蝇头微利,算来着甚干忙。”

[14] 辆起车儿,套起车子。辆,作动词用。

[15] 登科录,指进士登科录,即官方编刊的记载“进士家状”的名录,内容包括姓名、籍贯、年龄及祖上三代名讳等项。这种名录每科放榜后即行编刊,并颁行天下。

[16] “弃掷今何道”四句,取自唐元稹《莺莺传》,是莺莺最后谢绝张生的一首诗。用在这里是告诫之意。

[17] 伯劳东去燕西飞,比喻离别。南朝梁萧衍《东飞伯劳歌》:“东飞伯劳西飞燕,黄姑织女时相见。”伯劳,鸟名,又名鶪(jú)或䴗(jué)。

[18] 保揣,谓自量体力而保重之。

[19] 文齐福不齐,指科举考试中,文章虽足以登第,而命运不济却未能上榜。元郑廷玉《金凤钗》第一折:“我可甚金榜无名誓不归,争奈文齐福不齐。”

[20] 青鸾,即青鸟,传说替人传送信息。宋赵令畤《蝶恋花》:“废寝忘餐思想遍。赖有青鸾,不必凭鱼雁。”

【思考题】

1. 元剧时代,戏曲只是一种市井通俗文艺。至明清传奇剧,其审美地位有所提升,一些士大夫文人亦参与进来了,但这里面显然有一种屈尊近俗的态度。文学史讲到的各种文体大类,戏曲可以说最为卑俗。中国的诗歌、小说乃至绘画,都有雅俗二途,所以有“文人诗”“文人画”的说法。小说固有俚俗之趣,但文言小说亦自是文人清娱。唯独戏曲没有“文人戏”之说,倒完全在市井娱乐中寻找生长土壤。然而,从根底上说,戏曲跟上层权力者很有关系,从上古巫觋到秦汉俳优,从唐代的梨园教坊到清代的宫廷演出,其中可以理出一条清晰的线索,而且像明代戏曲大家朱权、朱有燉本身还是藩王。可是,为什么戏曲没能单独从宫廷和王府中发展起来,而偏偏走了一条俗的道路?当然,如今戏曲已经成了风雅之事。这种变化早就开始了。变化的原因是什么?考察戏曲审美接受的历史,前后之嬗变是一个有趣的话题。其中诸多问题或许不是一篇论文能说得清楚,但也不妨想一想。

2.《窦娥冤》第三折是法场临刑一幕,剧情最为简单,但这一折却是全剧的高潮。试想,关汉卿为什么将这一折的故事压缩至如此简单?

3. 有兴趣的话,可将元稹的《莺莺传》、董解元的《西厢记诸宫调》和杂剧《西厢记》对照阅读,从互文关系中理解戏曲叙事艺术的特点。

【拓展阅读】

1. 王国维:《宋元戏曲史》,上海古籍出版社 1998 年版。
2. 郑振铎:《论关汉卿的杂剧》,《文学研究》1958 年第 2 期。
3. 王季思:《从莺莺传到西厢记》,古典文学出版社 1955 年版。
4. 顾学颉:《元人杂剧选》,人民文学出版社 2007 年版。

第二十章　元散曲

所谓“元曲”，乃元代杂剧与散曲之总称。散曲本来也是配乐文字，其曲牌和曲调同为杂剧所用，但它不是杂剧中的曲词，而是一种独立创作的文学样式。杂剧曲词的写法跟散曲一样，但通常受剧情限制，作为演唱者之角色代言须服从戏剧语境，而散曲则是创作者自抒胸臆，所以表达的自由度更大。

就文字形式与音律特点而言，曲与词有着大略相似的构造，二者都是倚声填词的长短句。但是，相对词的句式，曲之长短参差更富于变化，如短句一二字，长句常有十几字以上者。其如此宽泛而多变，一是因为曲牌格律比词牌灵活，二是它还可以加衬字。所谓衬字，就是在不更动曲牌原谱前提下增加字数（不占乐曲节拍），以调节语句的表达功能，让作者有更多的发挥余地。实际上，衬字的使用往往给曲词带来口语化和形象化的特点。另外，在音韵方面，曲之讲究与词有很大区别，譬如追求韵脚细密，譬如平上去三声互叶，等等。

散曲的体式稍显复杂，有小令和套数两种。小令通常是采用一个曲牌的单支曲子，也有所谓“重头”，即重复使用同一曲牌的组曲；套数是以同一宫调的多支单曲联缀成一组的曲子，各曲同韵，通常有“尾声”。介于小令与套数之间有一种称作“带过曲”的形式，即以两个或三个宫调相同的曲牌合缀成一首曲子，如［雁儿落带得胜令］［水仙子带过折桂令］等。但这种“带过”仍被视为小令的一种特殊形式，它有一定规则，不是随意搭配。

曲与词之出身大略相同，皆发轫于民间，完善于伶工和文人。当然，曲之兴起首先是由于金人与蒙古人主中原，所谓“胡乐番曲”渐成时尚之缘故。明人王世贞《曲藻·序》称：“曲者，词之变。自金元入主中国，所用胡乐嘈杂凄紧，缓急之间，词不能按，乃更为新声以媚之。”又，徐渭《南词叙录·叙文》亦谓：“今之北曲，盖辽金北鄙杀伐之音，壮伟很戾，武夫马上歌之，流入中原，遂为民间之日用。宋词既不可被弦管，南人亦遂尚此，上下风靡，浅俗可嗤。”其谓“浅俗可嗤”，自是一种偏见，但相对已经完全文人化的宋词，出自街巷市井的元曲的确有着浅俗的特点。浅俗而真率、活泼，那是另一种韵致。

由于散曲合乐，元人称之乐府，或今乐府，散曲之名可能是明人的说法，最早见于明代朱有燉《诚斋乐府》。从前说到散曲，自有北曲、南曲之分，可对应戏曲南北二脉，盖出于不同的曲调来源。从音乐上说，北曲铿锵急促，南曲温婉纾缓，而曲词受曲调影响，亦自体现王世贞所说的特点："北主劲切雄丽，南主清峭柔远。"（《曲藻·序》）大致说来，元代至明初是北曲兴盛时期，明代中叶以后则南曲渐领风骚。所以，元散曲主要是北曲。后来，由于散曲完全脱离了音乐，此中分际就模糊了。

散曲的发展大抵与杂剧、南戏相偕而行，像关汉卿、白朴、马致远、王实甫、乔吉等，既是元剧大家，也是散曲高手。当然，也有像张养浩、张可久那样的作者专致散曲创作。元曲虽然出自俚俗，却很快成为文人雅好，有如宋人当筵填词之癖，元代文人在诗文创作之余也喜欢以散曲娱兴。据近人任讷（二北）《散曲概论》统计，元代散曲作者可考者凡二百二十七人，此外尚有不少无名氏之作。跟元剧作家多为草根出身不同，许多散曲作者倒是位陟显赫的官大夫，如卢挚、姚燧做过翰林学士承旨，冯子振为集贤院待制，张养浩是礼部尚书，薛昂夫是三衢路达鲁花赤，贯云石作为官二代袭父职入仕便为两淮万户府达鲁花赤……可见当时散曲的地位已与诗词庶几近之。

文学史叙述元代散曲发展过程，喜欢分作前后两期来讲（也有分作三个阶段的），大致以成宗大德年间（1300 年前后）为界，这是蒙古统一中国后进入稳定的时期。列入前期的重要散曲作家有关汉卿、白朴、卢挚、姚燧、马致远、冯子振、王实甫、张养浩等人，后期主要有薛昂夫、贯云石、鲜于必仁、刘时中、张可久、睢景臣、乔吉、徐再思等人。其实元朝国祚短促，期间不曾像宋代那样发生南北之变迁，元散曲亦未似宋词有着因时因地之嬗变。所以，总的来看，其前后期并无明显的风貌差异。有人认为，元后期散曲已向文人化的精致方向发展，乃作为其特点。应该说这是一个伪命题。首先，散曲既已成为文人创作，如同一切来自民间的文艺样式，总体上必然有着去粗存精（亦或使之丧失原有的质朴）的走向，但这种文人化历程并非整齐划一的推进，实不能以此作为分期依据。其次，事实上就具体作品而言，在所谓前后期都有追求典雅、精致或是喜好俚俗、质朴的不同类型。譬如，前期的马致远就是相当清雅的一路，善于在散曲中融入传统诗词技法，至于卢挚更是以文辞隽永见长，而后期的刘时中、睢景臣等人反倒更显市井俚俗之趣，即如以文雅著称的张可久也有《正宫醉太平·叹世》这样通篇采用口语、歇后语的作品。可见元曲的不同风格是因作者个性而异,因题材不同而各具情调,并非以所谓前后期相区别。

对于中国诗歌发展而言,元曲有一个特殊的创制,就是将民间曲辞与传统诗词的修辞手法直接捏合到一起(而不是经过长期的磨合),以亦庄亦谐的审美趣味拓展了诗歌的表现力。尤其是它的幽默、辛辣和直抒胸臆,在古代文人诗歌中都相当少见。徐渭《南词叙录》所谓"语多鄙下""浅俗可嗤"的指斥,实际上是针对元曲放言无忌的直露表达。中国诗学一向讲究含蓄,讲究寓意和格调,而在元代文人笔下这些都不再是具有约束性的审美标准。此中嬗变的缘由,或可究之时代背景与风尚。元代可以说是一个"先军政治"社会,其制度礼仪颇显窳陋,儒家意识形态亦相对松弛,所以整个知识阶层出现向下沉沦的离心状态(如谓"七匠八娼九儒十丐")。显然,失去"修齐治平"的精神抱负,文人意兴亦自投合草根习气。

元代散曲名家辈出,这里只能择其荦荦大者,略作介绍。

关汉卿、王实甫,本书前章已有传述。在杂剧创作之外,他们也是重要的散曲作者。关氏存世小令有五十首左右,套数十多篇。其作风格疏放,语言质朴而明快,是贴近世俗生活的一路。在中国古代所有文学大家中,关氏无疑是最张扬个性的一位,尤其他的《南吕一枝花·不伏老》从头到尾都是对世俗精神的肯定,完全无忌于传统观念之"天理"教条,具有震撼人心的力量。惜乎王氏散曲存者寥寥,但仅以《西厢记》曲词之优美,可知其必是此中高手。他存世的带过曲《中吕十二月过尧民歌·别情》亦见其极善言情的特点。

白朴(1226—约1310后),字仁甫,一字太素,号兰谷,隩州(今山西河曲)人。早年流寓真定(今河北正定),晚岁徙家建康(今南京),终身未入仕。他在文学上曾得父执元好问指教,诗词亦有造诣。他著有杂剧十六种,现存《墙头马上》《梧桐雨》二种。散曲存小令三十余首,套数四篇,均附于词集《天籁集》。其散曲意境旷达,文字清丽,常有民歌色彩。他与关汉卿、马致远、郑光祖并称"元曲四大家"。

马致远,字千里,号东篱,大都(今北京)人。约生于定宗、宪宗时,卒于英宗至治年间。早年曾与剧作家和艺人组织"元贞书会",被推为"曲状元"。后漂泊各地,一度任江浙省务提举,辞官后隐居杭州。自撰杂剧十五种,今存《汉宫秋》《青衫泪》等七种。其散曲尤为出众,今存小令一百多首,套数二十三篇。相比其他散曲大家,他的作品更注重炼字铸境,更具士大夫趣味。譬如,其代表作中题名《越调天净沙·秋思》的小令和套数[双调夜行船],都有一种苍凉、悲慨的特点。

卢挚(1235—约1315),字处道,号疏斋,涿郡(今河北涿州)人。世祖至元五年(1268)进士,历官少中大夫、河南路总管、江东道廉访使、翰林学士承旨等。他是元代文学名家,诗文俱称一时之选,著有《疏斋集》,已佚。散曲今存小令一百二十首,多写景抒怀之作,擅作怀古题目。

张养浩(1270—1329),字希孟,号云庄,济南人。历官堂邑县尹、监察御史、礼部尚书。英宗至治初,参议中书省事,旋辞官归隐。其为官刚直,以敢谏著称。文宗天历二年(1329),关中大旱,特召陕西行台中丞,于任上劳瘁而死。他有散曲集《云庄休居自适小乐府》存世,今见小令一百六十余首,套数二篇,多为归隐后作。他的散曲多写田园乡居之乐,但引人瞩目的却是一些抨击官场黑暗、关怀民生疾苦的篇什。他晚年在陕西赈灾时所写的《中吕山坡羊·潼关怀古》,表现了对中国政治的彻底绝望,是散曲中的千古名篇。

乔吉(1280—1345),一作乔吉甫,字梦符,号笙鹤翁、惺惺道人,太原人。终身不仕,中年后流落江湖,曾长期寓居杭州。著有杂剧十一种,今存《两世姻缘》等三种。其散曲与张可久并称"曲中双璧",明人李开先辑有《梦符小令》,近人任讷(二北)《散曲丛刊》辑有《梦符散曲》。今存小令二百余首,套数十一篇,数量仅次于张可久。其作技巧圆熟,讲究文字,善于在吟风弄月中表现性情,又偏以婉丽见长。

张可久(约1280—约1348后),字小山,庆元(今浙江宁波)人。曾为桐庐典史、昆山幕僚等吏职。有散曲集《今乐府》《新乐府》《苏堤渔唱》《吴盐》四种,均存。另,明人李开先辑有《张小山小令》,近人任讷(二北)辑有《小山乐府》。今存小令八百五十余首,套数九篇,在元散曲作家中留存数量堪称第一。张氏仕途不遇,曾久寓杭州西湖,诗酒消磨,放情山水,笔下亦多纪游怀古之作。他的作品文字典雅清丽,写景状物如信手拈来。

睢景臣,生卒年不详,字景贤,扬州人。据说写过《屈原投江》等三部杂剧,均不传。散曲仅存套数三篇。他之所以被重视,主要是《般涉调哨遍·高祖还乡》一篇,以幽默笔调颠覆了帝王神圣形象。元代文人的大胆无忌于此可见一斑。

本章选录关汉卿、白朴、马致远、卢挚、张养浩、乔吉、张可久、睢景臣等散曲十一首(篇),其中小令八首,套数三篇。以下各作简述。

关汉卿[南吕一枝花]**《不伏老》**,这是广为传诵的一组套数,情绪饱满,语言放肆。作者用一种百无忌惮的口吻叙说“花中消遣,酒内忘忧”的放浪人生,以烟花市井的真实体验刻画了一种百折不挠的“铜豌豆”性格。此作通常被视为作者的自况曲。

白朴[中吕阳春曲]**《题情》**,元曲中多有写女子怀春,此即一例。这首小令借民歌手法,直截明快地写出倔强的个性。另[双调沉醉东风]**《渔父》**,起首就是黄芦、白蘋、绿杨、红蓼,一幅淡远的图画衬托出烟波钓叟的悠然自在。从庄子、屈原开始,“渔父”在中国文学中就成了一种持守其真的符号,但此曲直接点出“傲杀人间万户侯”的主题,则显出元人文思中率直的特点。

马致远[越调天净沙]**《秋思》**,这首小令除了末句一个“在”字,通篇都是意象化的名词连缀,却将一种苍凉之境引至眼前。元周德清《中原音韵》称此为“秋思之祖”,王国维《人间词话》谓之:“寥寥数语,深得唐人绝句妙境。有元一代词家,皆不能办此也。”作者另一组套数亦名[双调夜行船]**《秋思》**,乃感慨世事无常,表现一种淡泊的人生态度。此曲颇有以词入曲的特点,用字雅正,对偶工整,手法相当圆熟。元人周德清赞曰:“此方是乐府,不重韵,无衬字,韵险语俊。谚云百中无一,余曰万中无一。”(《中原音韵·作词十法》)

张养浩[中吕朱履曲]**《警世》**,原作共九首,是所谓“重头”。这首小令尽用口语,抨击官场陋习,辛辣而幽默。另,[中吕山坡羊]**《潼关怀古》**,乃作者晚年赴陕西赈灾时路经潼关时所作。从形势险要的关隘西望长安,道出王朝兴替的历史周期律,而登临之际更有心怀苍生的沉痛。作者身居要职,却有如此出言无忌的尖锐,似亦印证元代文学亢直之风。

乔吉[正宫六幺遍]**《自述》**,这首小令是作者落魄江湖四十年的自我写照,笔墨风趣,意致旷达,写出了真正的顽主性情。另一首[中吕山坡羊]**《冬日写怀》**,是给官场人物写照,几乎是一篇反腐警示录。元散曲中讽刺、鞭挞为官者是一热门题材,其他各朝文人创作少有这种意旨显露、直陈其事的作品。

张可久[南吕骂玉郎过感皇恩采茶歌]**《杨驹儿墓园》**,这是一首带过曲,凭吊友人之作。亡者杨驹儿,事迹不详,据有关文献推测大概也是一位元曲作家。曲中提到的酸斋,即散曲名家贯云石。此曲从追溯往事到徘徊故园,又从眼前之景揣想来日孤独,文字间并无山摇地动的悲恸,只是一副深挚的感伤,透出怅然动人的意味。

睢景臣[般涉调哨遍]**《高祖还乡》**,这组套曲用村言俗语的戏谑笔调叙说汉高祖刘邦衣锦还乡之行，颠覆了帝王的威严，也消解了历史的庄严，这种草根叙事是中国草民百姓对抗一切宏大叙事的撒手锏。此曲在元代就很有名，钟嗣成《录鬼簿》云："维扬诸公俱作《高祖还乡》套数，惟公'哨遍'制作新奇，诸公者皆出其下。"

[南吕一枝花]不伏老

关汉卿

[一枝花]　攀出墙朵朵花，折临路枝枝柳[1]。花攀红蕊嫩，柳折翠条柔．浪子风流，凭着我折柳攀花手，直煞得花残柳败休。半生来折柳攀花，一世里眠花卧柳。

[梁州]　我是个普天下郎君领袖，盖世界浪子班头[2]。愿朱颜不改常依旧，花中消遣，酒内忘忧。分茶攧竹，打马藏阄[3]，通五音六律滑熟[4]。甚闲愁到我心头，伴的是银筝女银台前理银筝笑倚银屏，伴的是玉天仙携玉手并玉肩同登玉楼，伴的是金钗客歌金缕捧金樽满泛金瓯[5]。你道我老也暂休。占排场风月功名首，更玲珑又剔透[6]。我是个锦阵花营都帅头[7]，曾玩府游州。

[隔尾]　子弟每是个茅草冈沙土窝初生的兔羔儿乍向围场上走[8]，我是个经笼罩受索网苍翎毛老野鸡蹅踏的阵马儿熟[9]。经了些窝弓冷箭铁枪头[10]，不曾落人后。恰不道人到中年万事休[11]，我怎肯虚度了春秋。

[尾]　我是个蒸不烂煮不熟捶不扁炒不爆响珰珰一粒铜豌豆，恁子弟每谁教你钻入他锄不断斫不下解不开顿不脱慢腾腾千层锦套头[12]。我玩的是梁园月，饮的是东京酒，赏的是洛阳花，攀的是章台柳[13]。我也会围棋，会蹴踘，会打围，会插科，会歌舞，会吹弹，会咽作，会吟诗，会双陆[14]。你便是落了我牙，歪了我嘴，瘸了我腿，折了我手，天赐与我这几般儿歹症候[15]，尚兀自不肯休[16]！则除是阎王亲自唤，神鬼自来勾。三魂归地府，七魄丧冥幽，天哪，那其间才不向烟花路儿上走！

【注释】

[1]　"攀出"二句，出墙花、临路柳，都是指倡女、妓女。

[2]　"我是个"二句，郎君，元曲中常指出入勾栏瓦舍的花花公子，与下句中浪子同义。班头，即首领。

[3]　分茶，宋元时煎茶之法，注汤后搅动浮沤，使汤水波纹幻变成种种形状。宋陆游《临安春雨初霁》："矮纸斜行闲作草，晴窗细乳戏分茶。"攧(diān)竹，即画竹。元

无名氏《百花亭》第一折："据此生世上聪明，今时独步，围棊递相，打马投壶，撇兰擫竹，写字吟诗……端的个天下风流，无出其右。"打马，古代博戏。宋李清照《打马赋》："打马爰兴，樗蒱（chūpú）遂废，实小道之上流，乃深闺之雅戏。"藏阄，即抓阄猜物。

［4］ 五音六律，泛指音乐。五音，即宫、商、角、徵、羽，五声音阶的五个音级。六律，即黄钟、太簇、姑洗、蕤宾、夷则、无射，十二律中的阳声各律。

［5］ "伴的是"三句，银筝女、玉天仙、金钗客，均指倡女、妓女。

［6］ "你道我"三句，拟年轻人口气贬斥这位"郎君领袖"的话，意思是想在风月场中独占鳌头，是需要几分帅气和伶俐劲儿，你老了就该退场。排场，当时称演艺为"做场"或"做排场"，这里指风月场所。

［7］ 锦阵花营，指倡优与妓女。都帅头，即都元帅，金元时期最高军事长官。

［8］ 子弟，谓风流子弟，这里指嫖客。元武汉臣《玉壶春》第二折："相公，你不思进取功名，只要上花台做子弟有什么好处？"子弟每，即子弟们。围场，事先圈定的狩猎场所。

［9］ 蹅踏，磨难，磨砺。阵马儿熟，指有临阵经验。

［10］ 窝弓，猎人在野兽出没之处安置的弓弩。此句谓曾被人设局暗算，经历过一些风风雨雨。

［11］ 人到中年万事休，民间俗语，上句是"月到十五光明少"。

［12］ 恁，这里指代第二人称。锦套头，将风月场所喻为美丽、温柔的捕猎活套。

［13］ "我玩的"四句，是说自己到过大码头，见过大世面，对应前文"曾玩府游州"。梁园，汉代梁孝王的园子，在今河南开封附近。东京，即北宋都城汴京（今河南开封）。洛阳花，指洛阳牡丹。章台柳，指妓女。唐许尧佐《柳氏传》写诗人韩翃娶妓女柳氏，后在外作诗寄柳氏："章台柳，章台柳，昔日青青今在否？纵使长条似旧垂，亦应攀折他人手。"章台，汉代长安街名。

［14］ 蹴踘（chùjū），古代踢球游戏。打围，围猎。插科，演戏。咽作，歌唱。双陆，古代一种棋牌博戏。

［15］ 歹症候，恶习，坏毛病。

［16］ 尚兀自，尚且，仍然。兀，这里是语助词。

［中吕阳春曲］题情[1]

白　朴

从来好事天生俭[2]，自古瓜儿苦后甜。奶娘催逼紧拘钳[3]，甚是严，越间阻越情忺[4]。

【注释】

[1] 原作重头四曲,此选其一。

[2] 从来好事天生俭,谓好事难逢。俭,少。

[3] 拘钳,指管束甚严。

[4] 间阻,从中作梗。情忺(xiān),情投意合。忺,适意。

[双调沉醉东风]渔父

白　朴

黄芦岸白蘋渡口,绿柳堤红蓼滩头[1]。虽无刎颈交[2],却有忘机[3]友,点秋江白鹭沙鸥。傲杀人间万户侯[4],不识字烟波钓叟。

【注释】

[1] "黄芦岸"二句,均江岸之景。黄芦、白蘋、绿杨、红蓼,可谓色彩斑斓,由此转至烟波浩渺之处,烘托出超然出尘的意味。后句出宋赵长卿《夜行船》(短棹轻舟排办了),其云:"红蓼坡头,绿杨堤外,离恨知多少。"

[2] 刎颈交,生死之交。《史记·张耳陈馀列传》:"富人公乘氏以其女妻之,亦知陈馀非庸人也。馀年少,父事张耳,两人相与为刎颈交。"

[3] 忘机友,指泯除心机、自甘淡泊的朋友。

[4] 万户侯,汉代封侯大者食邑万户,称万户侯。后泛指高爵显位者。

[越调天净沙]秋思

马致远

枯藤老树昏鸦,小桥流水人家,古道西风瘦马[1]。夕阳西下,断肠人在天涯。

【注释】

[1] "枯藤"三句,乃三幅图画,这是一种移步换景的写法。

[双调夜行船]秋思

马致远

[夜行船]　百岁光阴一梦蝶[1],重回首往事堪嗟。今日春来,明朝花

谢,急罚盏夜阑灯灭[2]。

［乔木查］ 想秦宫汉阙,都做了衰草牛羊野。不恁么渔樵没话说[3]。纵荒坟,横断碑,不辨龙蛇[4]。

［庆宣和］ 投至狐踪与兔穴,多少豪杰[5]!鼎足虽坚半腰里折,魏耶?晋耶[6]?

［落梅风］ 天教你富,莫太奢。无多时好天良夜[7]。富家儿更做道你心似铁,争辜负了锦堂风月[8]。

［风入松］ 眼前红日又西斜,疾似下坡车[9]。不争镜里添白雪,上床与鞋履相别[10]。休笑巢鸠计拙,葫芦提一向装呆[11]。

［拨不断］ 利名竭,是非绝。红尘不向门前惹,绿树偏宜屋角遮,青山正补墙头缺。竹篱茅舍。

［离亭宴煞］ 蛩吟罢一觉才宁贴,鸡鸣时万事无休歇,争名利何年是彻[12]?看密匝匝蚁排兵,乱纷纷蜂酿蜜,急攘攘蝇争血[13]。裴公绿野堂[14],陶令白莲社[15]。爱秋来时那些:和露摘黄花,带霜烹紫蟹,煮酒烧红叶。想人生有限杯,浑几个重阳节[16]?嘱咐你个顽童记者[17]:便北海探吾来,道东篱醉了也[18]。

【注释】

[1] 梦蝶,用《庄子·齐物论》庄周梦为蝴蝶的典故。此句感叹人生总是在追求身外之物。

[2] "急罚盏"句,意谓赶快饮尽杯中之酒,不然就来不及了。罚盏,酒席上罚饮。

[3] "不恁么"句,如果不是这样,渔父、樵子就没有闲聊的话题了。宋张昇《离亭燕》:"多少六朝兴废事,尽入渔樵闲话。"不恁么,不这样,若非如此。

[4] 龙蛇,指墓碑上的歌功颂德的字迹。秦汉时尚广泛使用籀文与篆文,字形弯曲旋折,颇似龙蛇。

[5] "投至"二句,是说等到坟墓成为狐兔出没之处,不知销磨了多少豪杰。投至,及至,等到。

[6] "鼎足"三句,言三国魏、蜀、吴虽然都强盛一时,到底未免半道腰斩,曹魏占据中原又怎么样?三国归晋又怎么样?

[7] 好天良夜,好时节。这是词曲习语。宋柳永《女冠子》:"相思不得长相聚,好天良夜,无端惹起千愁万绪。"

[8] 争,怎么,如何。锦堂风月,指富贵光景。白朴《双调乔木查·对景》:"少年枕上欢,杯中酒好天良夜,休辜负了锦堂风月。"

[9] 下坡车,喻衰老来得很快。唐白居易《春游》:"我今六十五,走若下坡轮。"

[10] "不争"二句,意思是从镜中看到白发新添还不要紧,只怕一病不起再也没有下

床(穿鞋)的机会了。不争,不要紧。作者《黄粱梦》第三折:"我死不争,可怜见这一双儿女。"

[11] "休笑"二句,别笑话人家不会经营生计,所谓糊涂汉倒是一向装呆。巢鸠计拙,相传斑鸠性拙,不会做窠,往往占据鹊巢而居。这里比喻拙于生计。《诗经·召南·鹊巢》:"维鹊有巢,维鸠居之。"朱熹注:"鸠性拙不能为巢,或有居鹊之成巢者。"葫芦提,糊涂。

[12] "蛩吟罢"三句,是说夜深才得以安睡,天刚破晓就忙碌不停,为求名利不知要折腾到何年何月。蛩(qióng)吟,蟋蟀鸣声。宋柳永《倾杯乐》:"离绪万端,闻岸草,切切蛩吟如织。"宁贴,安稳,妥帖。彻,结束。唐杜甫《茅屋为秋风所破歌》:"自经丧乱少睡眠,长夜沾湿何由彻。"

[13] "看密匝匝"三句,以蚂蚁、蜜蜂、苍蝇三种昆虫喻人世间的纷争。

[14] 裴公绿野堂,唐宪宗时宰相裴度平淮西有功,称中兴勋臣。后因宦官擅权,避祸东都洛阳,建绿野草堂,与白居易、刘禹锡等诗酒相悦,不问世事。事见《新唐书》本传。

[15] 陶令白莲社,东晋太元年间,高僧慧远、慧永等十八人在庐山东林寺结社,同修净土宗,号白莲社。慧远曾邀陶渊明入社,但陶渊明并没有参加,此系作者误记。陶令,即陶渊明,曾为彭泽县令。

[16] "想人生"二句,感叹人生几何,来日无多。有限杯,杜甫《漫兴》:"莫思身外无穷事,且尽生前有限杯。"浑,总共。

[17] 顽童,这里指僮仆。记者,记着。

[18] "便北海"二句,意思是即便孔融那样的贤者来造访,也回报说我醉了不能出见。暗示不愿被举荐出仕。北海,即东汉孔融,曾为北海相。《后汉书》本传称:"性宽容少忌,好士,喜诱益后进。"东篱,作者自号东篱。

[朱履曲]警世

张养浩

才上马齐声儿喝道[1],只这的便是送了人的根苗[2]。直引到深坑里恰心焦[3]。祸来也何处躲?天怒也怎生饶?把旧来时威风不见了。

【注释】

[1] 喝道,古代官员出衙,差役在前边呵斥路人回避,称为喝道。

[2] 送了,这里指葬送。根苗,根子,原因。

[3] 恰,才。心焦,着急了。

[中吕山坡羊]潼关怀古[1]

张养浩

峰峦如聚,波涛如怒,山河表里潼关路[2]。望西都,意踟蹰[3]。伤心秦汉经行处,宫阙万间都做了土。兴,百姓苦;亡,百姓苦。

【注释】

[1] 潼关,古关名,在今陕西潼关县北。

[2] “峰峦”三句,指潼关雄踞秦岭、面临黄河的险要地势。山河表里,指山河互为依凭。语出《左传·僖公二十八年》,狐偃(子犯)对晋文公重耳说:“战也!战而捷,必得诸侯。若其不捷,表里山河,必无害也。”杜预注:“晋国外河而内山。”

[3] “望西都”二句,西望长安,感慨万千,不禁踌躇难行。西都,指长安(今西安)。

[正宫六幺遍]自述

乔　吉

不占龙头选[1],不入名贤传。时时酒圣,处处诗禅[2]。烟霞状元[3],江湖醉仙,笑谈便是编修院[4]。留连,批风抹月四十年[5]。

【注释】

[1] 龙头选,指科举殿试状元。

[2] 诗禅,诗中隐含禅理。宋周密《齐东野语》“潘庭坚王实之”条:“且举诗禅问答以困之,潘气略不慑,应对如流。”

[3] 烟霞状元,谓游山玩水堪称第一。烟霞,指山水。

[4] 编修院,宋代职掌编修国史的官署。元代的修史机构是至元元年(1264)设立的翰林兼国史院。

[5] 留连,沉溺其中。批风抹月,犹言吟风弄月。

[中吕山坡羊]冬日写怀

乔　吉

朝三暮四,昨非今是[1]。痴儿不解荣枯事[2]。攒家私,宠花枝[3],黄金壮起荒淫志。千百锭买张招状纸[4]。身,已至此;心,犹未死。

【注释】

[1] “朝三暮四”二句,意谓朝廷朝令夕改,官场形势变幻无常。

[2] 痴儿,庸夫俗子,这里指庸官。宋黄庭坚《登快阁》:“痴儿了却公家事,快阁东西倚晚晴。”枯荣事,事物盛衰之理。宋朱松《秋怀》:“枯荣俯仰中,儿辈浪自悲。”

[3] 攒家私,敛聚家产。宠花枝,蓄养美姬,犹今之所谓“包二奶”。

[4] “千百锭”句,贿送大量钱财结果到手的只是一纸招供书。锭,古代用于金银的计量单位。

[南吕骂玉郎过感皇恩采茶歌]杨驹儿墓园

张可久

[骂玉郎] 莓苔生满苍云径[1],人去小红亭。题情犹是酸斋赠[2]。我把诗句赓[3],书画评,阑干凭。

[感皇恩] 茶灶尘凝,墨水冰生。掩幽扃[4],悬瘦影,伴孤灯。琴已亡伯牙,酒不到刘伶[5]。策短藤,乘暮景,放吟情[6]。

[采茶歌] 写新声,寄春莺。明年来此赏清明,窗掩梨花庭院静,小楼风雨共谁听!

【注释】

[1] 莓苔,苔藓。苍云径,指上山的小路。

[2] 题情,散曲中常见的题目,这里具体所指未详。酸斋,元代散曲名家贯云石的自号。

[3] 把那诗韵赓,依原韵续作,盖指友人间唱和。赓(gēng),续。

[4] 扃(jiōng),门扇。

[5] “琴已亡”二句,喻痛失知己。伯牙,春秋时琴师。相传伯牙弹琴,钟子期能辨高山流水之意,后钟子期死,伯牙摔琴绝弦,终身不复鼓琴。刘伶,魏晋时“竹林七贤”之一,嗜酒有名。唐李贺《将进酒》:“劝君终日酩酊醉,酒不到刘伶坟上土!”

[6] 短藤,藤杖。吟情,诗情。宋赵师秀《秋色》:“幽人爱秋色,只为属吟情。”

[般涉调哨遍]高祖还乡

睢景臣

[哨遍] 社长排门告示,但有的差使无推故[1]。这差使不寻俗,一壁厢纳草除根,一边又要差夫,索应付[2]。又是言车驾,都说是銮舆[3],今日

还乡故。王乡老执定瓦台盘,赵忙郎抱着酒胡芦[4]。新刷来的头巾,恰糨来的绸衫,畅好是妆幺大户[5]。

[耍孩儿] 瞎王留引定伙乔男女[6],胡踢蹬吹笛擂鼓[7]。见一彪人马到庄门,匹头里几面旗舒[8]。一面旗白胡阑套住个迎霜兔,一面旗红曲连打着个毕月乌。一面旗鸡学舞,一面旗狗生双翅,一面旗蛇缠葫芦[9]。

[五煞] 红漆了叉,银铮了斧,甜瓜苦瓜黄金镀[10]。明晃晃马镫枪尖上挑,白雪雪鹅毛扇上铺[11]。这些个乔人物[12],拿着些不曾见的器仗,穿着些大作怪衣服[13]。

[四煞] 辕条上都是马,套顶上不见驴,黄罗伞柄天生曲[14]。车前八个天曹判,车后若干递送夫[15]。更几个多娇女[16],一般穿着,一样妆梳。

[三煞] 那大汉下的车,众人施礼数,那大汉觑得人如无物。众乡老展脚舒腰拜,那大汉那身着手扶[17]。猛可里抬头觑[18],觑多时认得,险气破我胸脯。

[二煞] 你身须姓刘,你妻须姓吕[19],把你两家儿根脚从头数:你本身做亭长耽几盏酒[20],你丈人教村学读几卷书[21]。曾在俺庄东住,也曾与我喂牛切草,拽坝扶锄[22]。

[一煞] 春采了桑,冬借了俺粟,零支了米麦无重数。换田契强秤了麻三秤[23],还酒债偷量了豆几斛[24]。有甚胡突处,明标着册历,见放着文书[25]。

[尾声] 少我的钱差发内旋拨还,欠我的粟税粮中私准除[26]。只道刘三谁肯把你揪捽住[27],白甚么改了姓更了名唤做汉高祖[28]!

【注释】

[1] “社长”二句,言村官挨家挨户通知,这回所有的差使不得借故推脱。社长,村官。古代以社为乡村基层组织,社长多由乡绅或年长晓农事者担任。唐顾况《田家》:“县帖取社长,嗔怪见官迟。”马致远《汉宫秋》第一折:“俺官职颇高如村社长,这宅院刚大似县官衙。”无推故,没有理由可以推脱。

[2] “这差使”数句,叙说这差使不同于往常,一边要缴纳草料,一边要摊派劳役,这些都必须照办。不寻俗,不寻常。一壁厢,一边,一方面。纳草除根,缴纳的草料要除去根茬。索,必须。

[3] 车驾、銮舆,均指皇帝出行。

[4] “王乡老”二句,言村民为迎接贵宾忙碌起来,有的从家中拿来供盘,有的抱着酒葫芦来了。王乡老、赵忙郎都是作品中杜撰的人物,或犹言张三李四。瓦台盘,盛放供品的陶盘。

[5] “新刷来”三句,是说王乡老、赵忙郎这类人戴着干干净净的头巾,穿着刚浆洗过

的衣服,打扮起来俨然一副大户人家模样。刷,清洗。糨,同“浆”,衣服洗净后上浆,使之穿着挺括。

[6] 王留,元曲中常用于乡下人的名字。此句说那盲人带来一伙艺人。乔男女,指化妆的男女演员。

[7] 胡踢蹬吹笛擂鼓,伴着笛声、鼓声,手舞足蹈地表演起来。

[8] 彫,同“彪”。匹,同“劈”。匹头里,当先的。旗舒,展开的旗帜。

[9] “一面旗”五句,分述皇帝仪仗的五面旗帜。白胡阑套住个迎霜兔,指带白环的月旗。胡阑,“环”字的合音。迎霜兔,白兔。传说月中有玉兔。红曲连打着个毕月乌,指带红圈的日旗。曲连,“圈”字的合音。毕月乌,这里指传说中象征太阳的三足乌。鸡学舞,指凤旗。狗生双翅,指飞虎旗。蛇缠葫芦,指蟠龙旗。乡里人不知这些旗帜各有其名,以自己的见识乱加形容,也是作者对皇家威严的戏谑化描述。

[10] “红漆了”三句中,叉、斧、瓜,都是卫士所持兵杖。银铮,即镀银。甜瓜苦瓜黄金镀,指仪仗中的金瓜锤。

[11] “明晃晃”二句中,马镫指“朝天镫”,也是仪仗中的一物。鹅毛扇上铺,指仪仗中的羽毛障扇。

[12] 乔人物,犹古怪人。

[13] 大作怪,非常古怪。

[14] “辕条上”三句中,辕条,即辕杠,车前连结轭具的部分。套,是驾车的挽具。黄罗伞,即舆盖,或作伞盖,状如曲柄大伞,安在车上。

[15] “车前”二句中,天曹判,天界的判官,这里形容皇帝的侍从一个个都板着面孔。递送夫,指随队服侍皇帝的杂役。

[16] 多娇女,本指美人,这里指宫女。

[17] 那身,挪身。那,同“挪”。

[18] 猛可里,猛然间。元王元和《小桃红 · 题情》:“猛可里袄神庙顿然火烧,险把蓝桥水渰倒。”

[19] 你妻须姓吕,刘邦的妻子吕雉,即吕后。

[20] 亭长,秦汉时乡村每十里设一亭,置亭长,掌管治安,处理民事纠纷。《史记 · 高祖本纪》:“(高祖)及壮,试为吏,为泗水亭长,廷中吏无所不狎侮。好酒及色。”耽几盏酒,喜欢喝几杯。

[21] 你丈人教村学,这是作者杜撰的事况。《史记 · 高祖本纪》《汉书 · 高帝纪》均无刘邦岳父吕公“教村学”的记载,

[22] 拽埧(jù)扶锄,指农田干活。埧,一种平整土地的农具。

[23] 强秤了麻三秤,前一个秤是动词,同“称”。后一个秤是量词,古代重量单位,十五斤为一秤。《小尔雅 · 广衡》:“斤十,谓之衡。衡有半,谓之秤。”

[24] 斛,古代量器,亦作为容量单位。《仪礼 · 聘礼》:“十斗曰斛。”南宋末年改为五

斗一斛。

[25] “有甚”三句，是说没有什么不清楚的，明明白白记在账册上，还有借据为凭。胡突，糊涂。册历，账册。文书，这里指借据。

[26] “少我的”二句，是说欠我的钱应折算成徭役抵扣，欠我的粮也在赋税中私下核减。差发，元代徭役的称呼。《元史·世祖纪一》：“诏减免民间差发。”旋，随即。私准除，暗中核准扣除。

[27] 刘三，指刘邦。《史记·高祖本纪》：“高祖，沛丰邑中阳里人，姓刘氏，字季。”司马贞索隐按：“汉高祖长兄名伯，次名仲，不见别名，则季亦是名也。”揪捽，扭住。金董解元《西厢记诸宫调》卷二：“欲待揪捽没头发。”

[28] “白甚么”句，为什么无缘无故地更名换姓称作汉高祖。白，平白无故。刘邦被称为汉高祖是后世的说法，这里是故作穿越的游戏笔法。

【思考题】

1. 曲与词有许多相似之处，但曲的格律更自由，而且语言更贴近市井生活，产生的时代距今也相对较近，可是为什么元曲对后世的影响远不如宋词？

2. 关汉卿《不伏老》以“浪子班头”自况，写风月场中攀花折柳的放浪人生，竟以一种振振有词甚至慷慨激昂的口吻道出，这是一种游戏姿态，还是另有潜在话语？

3. 元人散曲中有许多批判官场黑暗，明示归隐之志的作品，本章从这一角度选录了几篇。请分析这些作品，比较它们跟传统诗词中同类作品的不同趣味。

【拓展阅读】

1. 任中敏：《散曲概论》，收入《散曲丛刊》，凤凰出版社 2013 年版。

2. 隋树森：《元人散曲论丛》，齐鲁书社 1986 年版。

3. 李复波：《中国古典诗歌基础文库·元明清散曲卷》，浙江文艺出版社 1994 年版。

第二十一章　三国演义

中国小说由文人创作与民间说话两条路径而来。从旧题东方朔所撰《神异经》《十洲记》等所谓汉人小说，到六朝志怪乃至唐宋传奇，都出自文人之手。民间一脉的话本小说大概只能追溯至唐代，鲁迅《中国小说史略》说到话本之始乃举述敦煌文献内唐末五代“俗文体之故事”，后来胡士莹《话本小说概论》则明确将《庐山远公话》等数种敦煌写本作为话本小说之先驱。作为讲故事之“说话”固然由来已久，但以市民为受众的说话艺术大抵从唐代开始，小说史家往往引述段成式《酉阳杂俎续集》一则唐太和末年“市人小说”的材料，而更早的情形已难以考索。所谓“市人小说”，即市井艺人演说故事，它与演绎佛教故事的寺院俗讲一同推动了说话艺术的发展。

说话之兴，赖于都市繁盛，所以两宋时期汴京与临安说话业最为发达。宋人都市笔记于此多有记述，研究者钩稽相关事况亦多依据《东京梦华录》（孟元老）、《都城纪胜》（灌园耐得翁）、《梦粱录》（吴自牧）、《西湖老人繁胜录》、《武林旧事》（周密）等。由诸书可知，说话作为一种娱众节目亦如杂剧百戏，自有演出底本，是为“话本”。起初，话本仅供说话人行内传习之用，久而久之，随着不断增删润色，不断辗转传抄，逐渐成为一种可供阅读的叙事作品，也即“话本小说”，甚而公开刊行。从话本到话本小说，其表演程式已转为叙述体式，因家数不同自有分别，对此鲁迅《中国小说史略》撮述如下：

> 《梦粱录》（二十）影戏条下云，“其话本与讲史书者颇同，大抵真假相半。”又小说讲经史条下云，“盖小说者，能讲一朝一代故事，顷刻间捏合。”《都城纪胜》所说同，惟“捏合”作“提破”而已。是知讲史之体，在历叙史实而杂以虚辞，小说之体，在说一故事而立知结局，今所存《五代史平话》及《通俗小说》残本，盖即此二科话本之流，其体式正如此。（第十二篇宋之话本）

所谓“讲史”，乃演说历朝兴废之事，是宋人说话家数之一。《东京梦华录》

市瓦伎艺条将“说三分”和“五代史”单独列目，实际上亦属“讲史”一科。至于其他诸科，历来众说纷纭，如烟粉、灵怪、传奇、公案、铁骑、说经、说参请、合生、商谜、说浑话等名目，前人皆有举述。可见当时说话表演的题材相当广泛。不过，鲁迅简要地归纳为“讲史之体”与“小说之体”，乃就叙述体式而言。在话本小说中，“讲史”与“小说”之区别，不仅在题材相异，其入话方式不同，篇幅更有长短之分。按今天的说法，“讲史之体”专属长篇小说，而“小说之体”则为短篇小说。后来，“讲史”与“小说”合流，由文人参与整理、加工或改写，使某些原初的话本小说又发展成长篇章回小说，其衍变过程大致发生在元末明初。像本章要介绍的《三国演义》就经历过这样一个漫长的成书过程。

显然，这里有两个现象可予注意：

其一，中国古典长篇小说发轫于民间说话艺术，而不是志怪、传奇等文人创作的扩衍与提升。所以，它一开始就脱离了文言系统而采用白话叙述（尽管一定程度上仍是半文半白），而这种广为传播的通俗文学既为公众喜闻乐见，则无疑成为后世推广白话文之基础。

其二，自唐传奇以降，烟粉、灵怪之类的“小说之体”虽已相当成熟，却未直接发展成长篇创作。事实上早期话本小说乃至章回小说之长篇皆属“讲史之体”，须依傍史事结撰巨构。因其叙事目标首先在于国家社稷而非个人之命运，可见史传传统在很大程度上制约了事关人生的艺术想象。

《三国演义》全称《三国志通俗演义》，其对应的历史材料就是陈寿《三国志》及裴松之注。当然，《三国演义》并不是直接根据史书改写的文学作品。三国故事在民间流传已久，宋苏轼《志林》卷六谓：“王彭尝云：途巷中小儿薄劣，其家所厌苦，辄与钱，令聚坐听说古话。至说三国事，闻刘玄德败，频蹙眉，有出涕者，闻曹操败，即喜畅快。”相比汴京勾栏瓦舍的“说三分”，这种闾巷街头演出恰好说明三国故事在北宋时已为妇孺熟知。宋代“说三分”的话本今无所传，元代至治间新安虞氏刊本《全相三国志平话》是现存最早的三国志话本，虽文字简率而粗劣，却也大致勾勒出三分天下之由来与消长，这给后来罗贯中创作《三国演义》提供了一个基本框架。除此之外，金元杂剧中有关三国的剧目有数十种之多，其中不乏可以采撷的素材。当然，正史中许多材料并未被罗贯中所忽视。《三国志平话》只写到诸葛亮病殁五丈原为止，以后的故事仍须根据《三国志》的记述敷衍。

关于罗贯中此人，确凿无疑的史料几乎没有。明初佚名者所撰（一说贾仲明）《录鬼簿续编》称：“罗贯中，太原人，号湖海散人。与人寡合，乐府隐语，极为清新。与余为忘年交，遭时多故，天各一方。至正甲辰复会，别来又六十余年，竟不知其所终。”这段介绍并未提及《三国演义》和罗贯中的其他小说创作，至少是一个疑问。文学史家一般认为，罗贯中是元末明初人，具体生卒年不详，籍贯有太原、东原（今山东东平）、钱塘（今杭州）诸说。除《三国演义》外，他还是《水浒传》作者之一，另有小说《隋唐志传》《残唐五代史演义》《三遂平妖传》和杂剧《赵太祖龙虎风云会》等。

现存《三国演义》最早的版本是明嘉靖元年（1522）刊本，全书二十四卷，分作二百四十则，每则用七言单句标题。至明末书贾吴观明刊《李卓吾先生批评三国志》，二百四十则已合并为一百二十回。清代康熙年间，长洲（今江苏苏州）人毛纶、毛宗岗父子假托古本对嘉靖本作了大量文字修改，细节亦有所增删，并在章回间夹写批语，还将单句回目改为偶句。虽然毛氏父子的修订在故事情节上未作实质性更动，却使叙述变得流畅而简洁。譬如，吕布最早出场一段文字，嘉靖本作如下描写：

> 董卓视之，此人官拜荆州刺史，姓丁，名原，字建阳。因何进降诏，遂引军至洛阳，当日倚恃兵权，敢出抗拒。董卓大怒，叱之曰：“朝廷大臣尚不敢言，汝何等之人，辄敢多言耶！”遂掣佩剑在手，欲斩之。时李儒见丁原背后一人，身长一丈，腰大十围，弓马熟闲，眉目清秀。五原郡九原人也，姓吕，名布，字奉先，官拜执金吾。自幼随从丁原，拜为义父。当日，布执方天画戟，立于丁原之后。李儒会意，急向前曰：“今日饮宴之处，不可以谈国政，来日向都堂公论未迟。”众人皆劝丁原上马，吕布手执画戟，目视董卓而出。众皆奉送丁原上马而去。

由于急着介绍丁原和吕布，行文竟至复沓而欠通。修改后的毛本则为：

> 卓视之，乃荆州刺史丁原也，卓怒叱曰：“顺我者生，逆我者死！”遂掣佩剑，欲斩丁原。时李儒见丁原背后一人，生得器宇轩昂，威风凛凛，手执天方画戟，怒目而视。李儒急进曰：“今日饮宴之处，不可谈国政，来日向都堂公论未迟。”众人皆劝，丁原上马而去。

文字上有此一番去粗存精的锤炼，作品的可读性大为提升，以后毛本就成了《三国演义》的通行版本。本章以下介绍《三国演义》即以毛本为据。

可以说，《三国演义》是中国第一部真正具有文学地位的长篇小说。它在情节密集的历史叙述中塑造了若干血肉丰满的人物形象，像曹操、刘备的复杂性格更是涵括极为丰富的审美内容。过去有一种流行说法，认为《三国演义》写的全是类型化人物，更有夸张过甚之弊，就连鲁迅也有“欲显刘备之长厚而似伪”的批评(《中国小说史略》第十四篇)。这是一种有趣的误读。也许是不喜欢《三国演义》的思想倾向,鲁迅对它评价偏低,他在一篇讲演中列其“缺点有三”,曰“实多虚少”,曰“描写过实”,曰“文章和主意不能符合”(《中国小说的历史的变迁》第四讲),其实都大可商榷。其实,“欲显……而似”难道不是刻画人物的极佳手法?刘备性格刻画之妙,恰在于看不透他是长厚还是伪善。更有意思的是曹操,乃将雄才大略与无赖气质集于一身,其狡狯而豁达,权变而清通、多疑而果敢……你能说这是何种类型人物?另外,如吕布、关羽、周瑜、诸葛亮、姜维等,也都是相当个性化的性格典型。尤其吕布,既是英雄又是小人,既招人喜爱又让人鄙夷,绝非单向度的描述。

当然,《三国演义》全书有将近二百个人物,不可能个个塑造成艺术典型,其中大部分次要人物亦确是某种概念性角色。“类型化”之说或有来自这方面的因素,但究之根源,应归咎三国题材的各种戏曲作品。戏曲注重情节与冲突,至于人物往往只能凸显性格之某个方面,如舞台上的曹操干脆成了凶残奸诈的二花脸。在文化尚未普及的时代,三国戏对民众的影响远甚于文字表述的《三国演义》,来自舞台的脸谱化印象很容易形成某种接受定势。

《三国演义》的艺术成就不仅在于人物塑造,故事情节也相当精彩。其叙事时间跨度长达近百年,活动空间辗转当时的大半个中国——从草泽山林到汉家宫阙,从大江南北到到陇右西戎之地,展开了一幅波澜壮阔的历史画卷。全书从汉末黄巾造反说起,至三国归晋为结穴,将分合之际的风云变幻演绎成一幕幕惊心动魄的活剧。这里有一个问题不妨指出,关于此书历来有“七分史实、三分虚构”的说法,往往使读者误以为其“虚构”手段只是情节与细节的扩衍与补缀。其实,《三国演义》的整体结构完全不同于《三国志》或《后汉书》的史传叙述,它是另起炉灶按编年结撰的叙史作品。

小说开篇似乎是一种运化万变的局面,是非成败之转圜恰好成了挈领全局的叙述动力。藉由围剿黄巾崛起的士族阶级注定是这个时代的主角,他们怀着匡时济世的抱负(或曰觊觎天下的野心)走上历史舞台。铲除底层造反者之后,上层的宦官与外戚开始死掐,这给士族精英带来了机会。于是,由阉患乱朝引出何进辅政,而何进之颟顸导致董卓篡国,董卓之骄奢又引来诸镇起兵讨伐。宦官、外戚乃至皇帝都出局了,此后便是各路士族豪强不断争斗与兼并,由此一步步导出曹魏、孙吴、刘蜀分鼎天下……这是一个环环相生、层层递进的过程,正如毛宗岗所谓“董卓不乱,诸镇不起,诸镇不起，三国不分”（第五回总评）。第三十八回的“隆中对”之后，故事渐入三分天下的对峙局面。这期间既有孙刘联手拒曹，又有蜀吴之间的明争暗斗。当然，相对偏安东南的孙吴集团，以“匡扶汉室”为号召的蜀汉一方则显得更有气场。刘备、诸葛亮劬劬图谋中原大计，持续不断强化着读者的心理期待。然而，从荆襄诸役到六出祁山，局面竟一坏再坏。关羽败走麦城被擒杀，张飞折于小人暗算，刘备伐吴不成殁于白帝城，而一心北伐的诸葛亮终于也“出师未捷身先死”。通过层层渲染的悲剧情调，着实将读者的同情完全系于蜀汉一方，亦将小说“尊刘抑曹”的基调发挥到极致。

过去评论者对“尊刘抑曹”多有抨议，视之为维护汉室正统的封建观念。这是一个需要辨析的说法。就历史而言，汉室既亡，自是魏晋缵承统绪，而期以蜀汉为祧，又何尝不是颠覆了正统？就审美而言，将同情寄予弱势的蜀汉一方，恰是富于艺术魅力的悲剧性反抗。因为最终夺取天下的是曹魏的继承者司马氏，小说偏以“抑曹”（或抑司马氏）的姿态挑战中国正史中以帝王为纪统的成王败寇的历史观，显然具有抗争之义。

但是反过来说，成王败寇的观念又时时表现为一种行为动机。作为一部宏大的英雄叙事，《三国演义》的英雄观很有可议之处。小说一方面张扬忠勇节义之道德品格，尤其将关羽塑造成此般完人；另一方面则以机会主义态度讴歌各路人物的功业与建树，至于完全不顾手段之龌龊。譬如，王允以貂蝉美色设连环计，使董卓、吕布反目；陈珪父子在吕布手下为曹操做卧底，在曹操手下又给刘备通风报信；刘备投靠刘表之日，心里还总惦着人家的地盘……这些都不是什么光彩的事儿，却都被津津乐道地描述成一种英雄韬略。可见，在当日豪强纷争的语境中，英雄、枭雄乃至奸雄并无多少区别。刘备有枭雄之称，曹操更负奸雄骂名，却偏是枭雄、奸雄二者煮酒论英雄。曹操放言“今天下英雄，惟使君与操耳”，所论要则在谁能问鼎中原。而在刘备身上，一边标榜甘受胯下之辱的生存之道，一边则扬厉节操与义行的伦理之道，这里正好凸显《三国演义》两个悖离的主题，彼此形成有趣的反讽。如果说关羽之忠义以刘备为对象，那么刘备之忠义则以“天下”为念（天下为公？天下为私？）——未立蜀汉之前，他归顺过曹操，依附过吕布，投靠过袁绍，又奔走于刘表、孙权之间，一以贯之唯机会主义而已。

智谋、心机与手腕，在《三国演义》中不仅是叙事策略，而且被作为一种英雄品格而大加描述和褒扬。小说不光栩栩如生地描写武将们的厮杀，更有众多谋士的运筹与较量，诸葛亮、庞统、法正、荀彧、荀攸、贾诩、程昱、郭嘉、司马懿、鲁肃、张昭、阚泽、陈宫、田丰、沮授、审配……这些谋士和计策之用也成了英雄造世的动力。毫无疑问,《三国演义》的智谋崇拜深刻地反映着一种热衷“四两拨千斤”的国民心理。那些形形色色的诡谲计谋诚然是故事的一个个亮点,但谋略至上的狡狯之道亦印证了中国文化的某种阴暗面。

本章节选《三国演义》片断二则,标题系另拟,内容说明如下:

《煮酒论英雄》,选自第二十一回“曹操煮酒论英雄　关公赚城斩车胄”。白门楼缢杀吕布之后,刘备随曹操来到许昌。献帝左右将“讨贼”的衣带诏暗中传之刘备,一场密谋正在进行。就在这时,寄身曹营的刘备被曹操请去饮酒。曹操是试探刘备是否有“异心”,而惯用韬晦之计的刘备则竭力掩饰,酒酣之际,曹操一语道破天机,而刘备随机应变更是机警。各自言语、情态颇显人物性格,场景关系也处理得极好。

《蒋干盗书》,选自第四十五回“三江口曹操折兵,群英会蒋干中计”。《三国演义》这段故事是一例著名的反间计。赤壁大战前夕,曹操手下幕僚蒋干因幼时与周瑜同窗,便毛遂自荐,过江去劝降周瑜。未料周瑜设下计策,让蒋干盗得假冒曹操水军都督张允、蔡瑁暗通东吴的书信,结果借曹操之手除掉对方仅有的两个懂得水上作战的将领。

煮酒论英雄

玄德也防曹操谋害,就下处后园种菜,亲自浇灌,以为韬晦之计。关、张二人曰:“兄不留心天下大事,而学小人之事,何也?”玄德曰:“此非二弟所知也。”二人乃不复言。

一日,关、张不在,玄德正在后园浇菜,许褚、张辽引数十人入园中,曰:“丞相有命,请使君便行。”玄德惊问曰:“有甚紧事?”许褚曰:“不知,只教我来相请。”玄德只得随二人入府见操。操笑曰:“在家做得好大事!”唬得玄德面如土色。操执玄德手,直至后园,曰:“玄德学圃不易!”玄德方才放心,答曰:“无事消遣耳。”操曰:“适见枝头梅子青青,忽感去年征张绣时,道上缺水,将士皆渴;吾心生一计,以鞭虚指曰:‘前面有梅林。’军士闻之,口皆生唾,由是不渴。今见此梅,不可不赏。又值煮酒正熟,故邀使君小亭一会。”玄德心神方定。随至小亭,已设樽俎[1],盘置青梅,一樽煮酒。二人对坐,开怀畅饮。

酒至半酣,忽阴云漠漠,聚雨将至。从人遥指天外龙挂[2],操与玄德凭栏观之。操曰:“使君知龙之变化否?”玄德曰:“未知其详。”操曰:“龙能大能小，能升能隐。大则兴云吐雾，小则隐介藏形；升则飞腾于宇宙之间，隐则潜伏于波涛之内。方今春深，龙乘时变化，犹人得志而纵横四海。龙之为物，可比世之英雄。玄德久历四方，必知当世英雄，请试指言之。”玄德曰：“备肉眼安识英雄？”操曰：“休得过谦。”玄德曰：“备叨恩庇，得仕于朝。天下英雄，实有未知。”操曰：“既不识其面，亦闻其名。”玄德曰：“淮南袁术，兵粮足备，可为英雄？”操笑曰：“冢中枯骨，吾早晚必擒之！”玄德曰：“河北袁绍，四世三公，门多故吏；今虎踞冀州之地，部下能事者极多，可为英雄？”操笑曰：“袁绍色厉胆薄，好谋无断，干大事而惜身，见小利而忘命，非英雄也。”玄德曰：“有一人名称八俊[3]，威镇九州：刘景升可为英雄？”操曰：“刘表虚名无实，非英雄也。”玄德曰：“有一人血气方刚，江东领袖：孙伯符乃英雄也？”操曰：“孙策藉父之名，非英雄也。”玄德曰：“益州刘季玉，可为英雄乎？”操曰：“刘璋虽系宗室，乃守户之犬耳，何足为英雄？”玄德曰：“如张绣、张鲁、韩遂等辈，皆何如？”操鼓掌大笑，曰：“此等碌碌小人，何足挂齿！”玄德曰：“舍此之外，备实不知。”操曰：“夫英雄者，胸怀大志，腹有良谋，有包藏宇宙之机，吞吐天地之志者也。”玄德曰：“谁能当之？”操以手指玄德，后自指，曰：“今天下英雄，惟使君与操耳！”玄德闻言，吃了一惊，手中所执匙箸[4]，不觉落于地下。时正值天雨将至，雷声大作。玄德乃从容俯首拾箸，曰：“一震之威，乃至于此。”操笑曰：“丈夫亦畏雷乎？”玄德曰：“圣人迅雷风烈必变，安得不畏？”将闻言失箸缘故，轻轻掩饰过了。操遂不疑玄德。后人有诗赞曰：“勉从虎穴暂趋身，说破英雄惊杀人。巧借闻雷来掩饰，随机应变信如神。”

天雨方住，见两个人撞入后园，手提宝刀，突至亭前，左右拦挡不住。操视之，乃关、张二人也。原来二人从城外射箭方回，听得玄德被许褚、张辽请将去了，慌忙来相府打听；闻说在后园，只恐有失，故冲突而入。却见玄德与操对坐饮酒。二人按剑而立。操问二人何来。云长曰：“听知丞相和兄饮酒，特来舞剑，以助一笑。”操笑曰：“此非鸿门会，安用项庄、项伯乎[5]？”玄德亦笑。操命：“取酒与二樊哙压惊[6]。”关、张拜谢。须臾席散，玄德辞操而归。云长曰：“险些惊杀我两个！”玄德以落箸事说与关、张。关、张问是何意。玄德曰：“吾之学圃，正欲使操知我无大志，不意操竟指我为英雄，我故失惊落箸。又恐操生疑，故借惧雷以掩饰之耳。”关、张曰：“兄真高见！”

【注释】

[1] 樽俎，古代盛酒食的器皿。樽以盛酒，俎以盛肉。《庄子·逍遥游》：“庖人虽不治庖，尸祝不越樽俎而代之矣。”

[2] 从人,随从、仆从。龙挂,指龙卷风。宋叶梦得《石林避暑录话》卷四:“五六月之閒,每雷起云簇……或浓云中见若尾坠地蜿蜒屈伸者,亦止雨其一方,谓之龙挂。”

[3] 八俊,《三国志·魏书·刘表传》:“刘表字景升,山阳高平人也。少知名,号八俊……”裴松之注:“张璠《汉纪》曰:表与同郡人张隐、薛郁、王访、宣靖、(公绪恭)、刘祇、田林为八交,或谓之八顾。”

[4] 箸(zhù),筷子。

[5] 鸿门会,即鸿门宴,事见《史记·项羽本纪》。楚汉争霸时,刘邦、项羽先后进入关中,项羽的军师范增知刘邦必成大器,让项羽在咸阳郊外的鸿门设宴,试图除掉刘邦。项庄,项羽的堂弟,范增让他在鸿门宴上舞剑助兴,伺机刺杀刘邦。项伯,项羽的叔父,因同情刘邦,在鸿门宴上亦藉舞剑保护刘邦。

[6] 樊哙,刘邦手下大将,以勇猛著称。鸿门宴上持剑盾闯入营帐,使刘邦全身而退。

蒋干盗书

却说周瑜得胜回寨,犒赏三军,一面差人到吴侯处报捷。当夜瑜登高观望,只见西边火光接天。左右告曰:“此皆北军灯火之光也。”瑜亦心惊。次日,瑜欲亲往探看曹军水寨,乃命收拾楼船一只,带着鼓乐,随行健将数员,各带强弓硬弩,一齐上船,迤逦前进。至操寨边,瑜命下了碇石[1],楼船上鼓乐齐奏。瑜暗窥他水寨,大惊曰:“此深得水军之妙也!”问:“水军都督是谁?”左右曰:“蔡瑁、张允。”瑜思曰:“二人久居江东,谙绝水战,吾必设计先除此二人,然后可以破曹。”正窥看间,早有曹军飞报曹操,说:“周瑜偷看吾寨。”操命纵船擒捉。瑜见水寨中旗号动,急教收起碇石,两边四下一齐轮转橹棹,望江面上如飞而去。比及曹寨中船出时,周瑜的楼船已离了十数里远,追之不及,回报曹操。

操问众将曰:“昨日输了一阵,挫动锐气,今又被他深窥吾寨。吾当作何计破之?”言未毕,忽帐下一人出曰:“某自幼与周郎同窗交契,愿凭三寸不烂之舌,往江东说此人来降。”曹操大喜,视之,乃九江人,姓蒋,名干,字子翼,现为帐下幕宾。操问曰:“子翼与周公瑾相厚乎?”干曰:“丞相放心。干到江左,必要成功。”操问:“要将何物去?”干曰:“只消一童随往,二仆驾舟,其余不用。”操甚喜,置酒与蒋干送行。

干葛巾布袍,驾一只小舟,径到周瑜寨中,命传报:“故人蒋干相访。”周瑜正在帐中议事,闻干至,笑谓诸将曰:“说客至矣。”遂与众将附耳低言,如此如此。众皆应命而去。瑜整衣冠,引从者数百,皆锦衣花帽,前后簇拥而出。蒋干引一青衣小童，昂然而来。瑜拜迎之。干曰："公瑾别来无恙？"瑜曰："子翼良苦，远涉江湖，为曹氏作说客耶？"干愕然曰："吾久别足下，特来叙旧，奈何疑我作说客也？"瑜笑曰："吾虽不及师旷之聪[2]，闻弦歌而知雅意。"干曰："足下待故人如此，便请告退。"瑜笑而挽其臂曰："吾但恐兄为曹氏作说客耳。既无此心，何速去也？"遂同入帐。

叙礼毕，坐定，即传令悉召江左英杰与子翼相见。须臾，文官武将，各穿锦衣；帐下偏裨将校，都披银铠：分两行而入。瑜都教相见毕，就列于两傍而坐。大张筵席，奏军中得胜之乐，轮换行酒。瑜告众官曰："此吾同窗契友也。虽从江北到此，却不是曹家说客。公等勿疑。"遂解佩剑付太史慈曰："公可佩我剑作监酒：今日宴饮，但叙朋友交情，如有提起曹操与东吴军旅之事者，即斩之！"太史慈应诺，按剑坐于席上。蒋干惊而不敢多言。周瑜曰："吾自领军以来，滴酒不饮；今日见了故人，又无疑忌，当饮一醉。"说罢，大笑畅饮。座上觥筹交错。饮至半酣，瑜携干手，同步出帐外。左右军士，皆全装惯带，持戈执戟而立。瑜曰："吾之军士，颇雄壮否？"干曰："真熊虎之士也，"瑜又引干到帐后一望，粮草堆如山积。瑜曰："吾之粮草，颇足备否？"干曰："兵精粮足，名不虚传。"瑜佯醉大笑曰："想周瑜与子翼同学业时，不曾望有今日。"干曰："以吾兄高才，实不为过。"瑜执干手曰："大丈夫处世，遇知己之主，外托君臣之义，内结骨肉之恩，言必行，计必从，祸福共之。假使苏秦、张仪、陆贾、郦生复出，口似悬河，舌如利刃，安能动我心哉！"言罢大笑。蒋干面如土色。瑜复携干入帐，会诸将再饮；因指诸将曰："此皆江东之英杰。今日此会，可名'群英会'。"饮至天晚，点上灯烛，瑜自起舞剑作歌。歌曰："丈夫处世兮立功名；立功名兮慰平生。慰平生兮吾将醉；吾将醉兮发狂吟！"歌罢，满座欢笑。

至夜深，干辞曰："不胜酒力矣。"瑜命撤席，诸将辞出。瑜曰："久不与子翼同榻，今宵抵足而眠。"于是佯作大醉之状，携干入帐共寝。瑜和衣卧倒，呕吐狼藉。蒋干如何睡得着？伏枕听时，军中鼓打二更，起视残灯尚明。看周瑜时，鼻息如雷。干见帐内桌上堆着一卷文书，乃起床偷视之，却都是往来书信。内有一封，上写"张允蔡瑁谨封"。干大惊，暗读之。书略曰："某等降曹[3]，非图仕禄，迫于势耳。今已赚北军困于寨中，但得其便，即将操贼之首，献于麾下。早晚人到，便有关报。幸勿见疑。先此敬覆。"干思曰："原来蔡瑁、张允结连东吴！"遂将书暗藏于衣内。再欲检看他书时，床上周瑜翻身，干急灭灯就寝。瑜口内含糊曰："子翼，我数日之内，教你看操贼之首！"干勉强应之。瑜又曰："子翼，且住！教你看操贼之首！"及干问之，瑜又睡着。干伏于床上，将近四更，只听得有人入帐，唤曰："都督醒否？"周瑜梦中做忽觉之状，故问那人曰："床上睡着何人？"答曰："都督请子翼同寝，何故忘却？"瑜懊悔曰："吾平日未尝饮醉，昨日醉后失事，不知可曾说甚言语？"那人曰："江北有人到此。"瑜喝："低声！"便唤："子翼。"蒋干只装睡着。瑜潜出帐。干窃听之，只闻有人在外曰："张、蔡二都督道：急切不得下手。"后面言语颇低，听不真实。少顷，瑜入帐，又唤："子翼。"蒋干只是不应，蒙头假睡。瑜亦解衣就寝。

干寻思："周瑜是个精细人，天明寻书不见，必然害我。"睡至五更，干起唤周瑜，瑜却睡着。干戴上巾帻，潜步出帐，唤了小童，径出辕门。军士问："先生那里去？"干曰："吾在此恐误都督事，权且告别。"军士亦不阻当。

干下船，飞棹回见曹操。操问："子翼干事若何？"干曰："周瑜雅量高致，非言词所能动也。"操怒曰："事不济，反为所笑！"干曰："虽不能说周瑜，却与丞相打听得一件事。乞退左右。"干取出书信，将上项事逐一说与曹操。操大怒曰："二贼如此无礼耶！"即便唤蔡瑁、张允到帐下。操曰："我欲使汝二人进兵。"瑁曰："军尚未曾练熟，不可轻进。"操怒曰："军若练熟，吾首级献于周郎矣！"蔡、张二人不知其意，惊慌不能回答。操喝武士推出斩之。须臾，献头帐下，操方省悟，曰："吾中计矣！"后人有诗叹曰："曹操奸雄不可当，一时诡计中周郎。蔡张卖主求生计，谁料今朝剑下亡！"众将见杀了张、蔡二人，入问其故。操虽心知中计，却不肯认错，乃谓众将曰："二人怠慢军法，吾故斩之。"众皆嗟呀不已。操于众将内选毛玠、于禁为水军都督，以代蔡、张二人之职。

细作探知，报过江东。周瑜大喜曰："吾所患者，此二人耳。今既剿除，吾无忧矣。"肃曰："都督用兵如此，何愁曹贼不破乎！"瑜曰："吾料诸将不知此计，独有诸葛亮识见胜我，想此谋亦不能瞒也。子敬试以言挑之，看他知也不知，便当回报。"正是：还将反间成功事，去试从旁冷眼人。

【注释】

[1] 碇(dìng)石，在水中稳定船身的石块，作用相当于船锚。

[2] 师旷，春秋时晋国大夫，精通音乐，善弹琴。辨音力极强，以"师旷之聪"闻名后世。

[3] "某等降曹"句，蔡瑁、张允原为荆州刘表手下，刘表死后，与继位的刘琮投于曹操麾下。

【思考题】

1. 曹操与刘备都是具有雄才大略的人物，但在“煮酒论英雄”一节中，一者是踌躇满志，高谈阔论，一者是韬光养晦，十分低调，两人言语、情态反差极大。这是由于各自处境不同，还是在于人物性格本身？如果你读过全书，可梳理一下《三国演义》塑造人物形象的某些特点。

2. 在《三国演义》中，曹操的疑心是被反复提到的性格特点之一，本章所选两则故事也都有这方面的表现。“蒋干盗书”一节，周瑜的反间计得以成功，显然是利用了曹操的多疑性格。但在“煮酒论英雄”一节，曹操对刘备的怀疑本来没错，却偏让刘备的掩饰打消了这份戒心。这是小说手法多样化之一例。在通读全书之后，可进一步思考：曹操的疑心是否又跟其他性格特点联系在一起？

3. 有一种观点认为，考虑到历史的局限，不能用今天的道德观念去评价《三国演义》的人物行为。你怎么看待这个问题？

【拓展阅读】

1. 陈迩冬：《闲话三分》，浙江人民出版社 1986 年版。

2. 刘敬圻：《嘉靖本〈三国志通俗演义〉中的曹操形象》，《文学评论》1980 年第 2 期。

3. 李庆西：《关于曹操形象的研究方法》，《文学评论》1982 年第 4 期。

4. 李庆西：《十常侍乱政》，收入《话语之径》，复旦大学出版社 2011 年版。

5. 李庆西：《白门楼记》，《书城》2012 年 8 月号。

第二十二章　水浒传

《水浒传》也是由说话发展而来的长篇章回小说，但成书过程与《三国演义》有所不同。胡士莹教授在《话本小说概论》书里指出：

> 水浒故事，大部分原是单行的宋元短篇"小说"，经过前人的贯串整理，特别是施耐庵的"集撰"，把大量的水浒"小说"和北宋农民起义的历史背景相结合，作了极大的集中、概括、丰富、提高，形成了既保留"小说"特点又具讲史规模的长篇章回小说。（第十七章"关于讲史"）

按照鲁迅将话本小说区别为"小说之体"与"讲史之体"的看法（参见前章），《水浒传》显然出于"小说之体"（胡士莹认为是"小说""铁骑儿"和"讲史"合流的产物），但《中国小说史略》将其列入讲史小说，似乎是因为历史上实有宋江其人。其实，《水浒传》的历史背景相当模糊，以"讲史"作论并无多少依据。研究者经常引用的一段史料见《宋史·张叔夜传》："宋江起河朔，转略十郡，官军莫敢婴其锋……"张叔夜剿灭宋江是在海州（今江苏连云港），《宋史》另有几处说到宋江仅寥寥数语，亦未有梁山泺（亦作梁山泊）聚义之说。梁山泺倒是见诸《宋史·许几传》，有谓"梁山泺多盗，皆渔者窟穴也"，这情形只是渔人打家劫舍一类，并非宋江等人的大事业。显然，将宋江与梁山泺捏合到一起本身就是小说笔法。

由于《三国演义》之前有讲史性质的《三国志平话》，且有史实为依衬，其成书脉络比较清楚。而《水浒传》在话本阶段的作品并无存世者，胡先生上述意见主要依据这样两方面资料：一是宋人罗烨《醉翁谈录》里著录的《武行者》《石头孙立》《青面兽》《花和尚》等有关水浒故事的说话名目，二是元刊佚名《大宋宣和遗事》里边的水浒故事有明显抄撮话本的痕迹。从这两方面可以推测，水浒故事不仅曾是民间说话题材，而且流传过说话底本。胡先生还认为，《宣和遗事》对以前零散的水浒故事作了"系统的概述"，为后来《水浒传》的创作提供了一个"不完整的故事梗概"。

是否可以认为《水浒传》正是凭借《宣和遗事》的再度创作，这一点尚可讨论。其实,该书的水浒叙事与《水浒传》的轮廓相差很大,叙述又极为粗略(主要见于“宣和四年”目下三千多字),所记梁山人物也只是三十六人。由于《宣和遗事》不是《三国志平话》那样的话本小说,其故事框架亦非后者那么完整,很难说在《水浒传》成书过程中它是一个绕不过去的“中间物”。鲁迅《中国小说史略》将《宣和遗事》列为宋元“拟话本”一类,并指出该书的特点:“近讲史而非口谈,似小说而无捏合……虽亦有词有说,而非全出于说话人,乃由作者掇拾故书,益以小说,补缀联属,勉成一书。”鲁迅亦据此推测曾经有过各种讲述水浒的话本小说,可惜原书俱亡,历史线索已无迹可觅。当然,除话本小说,元杂剧中为数不少的水浒戏可能也是《水浒传》的素材来源。

《水浒传》成书于元末明初,最早著录于嘉靖年间高儒的《百川书志》。志云:“《忠义水浒传》一百卷。钱塘施耐庵的本,罗贯中编次。”此谓“的本”,即真本、原本。当然,这并不意味罗贯中的创作在施耐庵之后,如果是以罗氏“编次”竣稿,那就不再是施氏“的本”了。比较合乎逻辑的解释是,《水浒传》先是罗贯中整合各种水浒话本小说编辑成书(这是“编次”的意思),后在施耐庵手中加工成刊印的本子(这是强调“的本”的意思)。另外文字和叙述风格亦可佐证:《水浒传》是趋于成熟的白话文,完全不同于罗贯中撰作《三国演义》那种文白相间的手笔。现在看到的《三国演义》虽说不是罗氏原本,但嘉靖本的文言成分就远甚《水浒传》。尽管《水浒传》在嘉靖年间刊行时也有被人加工修改的可能,但它与《三国演义》在叙述风格和文白程度方面毕竟相差悬殊,不可能起初都由同一人写定。

关于施耐庵的生平,一向所知甚少,近二十年来坊间杂说甚多,却并无确凿可据的资料。研究者通常认为,他是元末明初人,年代或晚于罗贯中,可能主要生活在洪武、永乐时期。

《水浒传》的版本问题颇为复杂,这里不能详述。按鲁迅《中国小说史略》的观点,研究者将《水浒传》版本分作“繁本”和“简本”两个系统。繁本系统以天都外臣序本和容与堂刊本为代表,简本系统则有双峰堂刊本(亦称“评林本”)、英雄谱本(与《三国演义》合刊)等。除了描述繁缛或简略,这两个系统的最大区别是简本系统多了征田虎、王庆的故事,而繁本系统通常没有这两部分内容。当然也有例外,属于繁本的袁无涯刊本以“全传”为标榜,则将田、王二传改写后增入。一个有争议的问题:先有繁本还是先有简本?其递嬗过程是“由简增繁”还是“删繁为简”?这是水浒学者最有兴味的话题之一。

清代以后通行的版本多是繁本，尤以金圣叹删改的七十回本最为流行，因为它主要删去的是原书七十回以后那些鸡肋部分，文字也更洗练，使小说凸显艺术上的完整。然而，近六十年来通行的各种一百二十回《水浒全传》，都是重新校勘、整理的本子，或以天都外臣序本为底本（补入征田虎、王庆的二十回），或以袁无涯刻本为底本，并参校其他各本。因互相增益，各本差异不大。本章介绍《水浒传》则以当今通行本为据。

“水浒”一语，出于《诗经·大雅·緜》：“古公亶父，来朝走马，率西水浒，至于岐下”，是谓周文王祖父古公亶父（太王）率部族迁徙，奠立周朝之基业。以“水浒”作为书名，大概有比附王道兴起之义。但准确说，这里不是兴起，而是拯救。《水浒传》的背景是王纲废弛之际的一派乱象，宋江等一百零八人啸聚水泊梁山，打出“替天行道”的旗号，是面对王道危机的反抗与救赎。

《水浒传》的叙事有所谓“百川归海”的结构方式，一开始没有《三国演义》诸镇围剿黄巾和讨伐董卓那种大场面，其重要人物大多是在个人叙事中渐次登场，这种叙述结构自是缀合散篇话本小说的特点。本书前三分之一篇幅分别叙述史进、鲁智深、林冲、杨志、武松等英雄好汉被官府迫害的个人遭遇，其间插入晁盖、吴用等人智劫生辰纲而上山聚义之事，形成二龙山、桃花山和梁山泊等山寨割据态势。稍后，小说用很大篇幅叙述宋江上山的曲折过程，从被动无奈中写出这位梁山核心人物整顿乾坤的使命感。宋江因暗通梁山，杀阎婆惜后流落江湖，继而被捕发配江州，这段经历应该是一种精神炼狱，可惜中国小说不擅长写人物内心活动，其性格内涵需要读者去揣摩。至第四十回梁山好汉劫法场救出宋江，梁山泊迅速整合各路江湖力量，摆开与官府抗衡的架势。

从第四十一回到七十一回，是梁山泊发展壮大的阶段。从智取无为军到攻打祝家庄，继而挫败高俅的三路围剿，又趁势破青州，打北京，取大名……这期间不但有杨雄、石秀、时迁一类亡命江湖的好汉前来投奔，而且收服了呼延灼、关胜、索超、董平、张清等官军名将，又赚得大名府一等长者卢俊义上山落草。当梁山凑齐一百零八之数，掘得石碣天书时，宋江便定下招安之策，啸聚山林终究是为瞻依廊庙。早在第六十回中，宋江改聚义厅为忠义堂，已有意将造反纳入王权格局中的政治博弈。明李卓吾容与堂百回本评曰：“改聚义厅为忠义堂，是梁山泊第一关节，不可草草看过。”宋江以“忠”为“义”之先导，完成了从打家劫舍到“替天行道”的自我升级，是将重建国家伦理秩序的政治诉求引入草泽社会。前边第四十二回，宋江归家迎父被官军一路追杀，于还道村遇九天玄女，受三卷天书，水穷云起之际得神授法旨："汝可替天行道，为主全忠仗义，为臣辅国安民，去邪归正。"以神道设教，从道义上赋予自己一种庄严使命（亦欲将黑道漂白）。排座次之后至八十二回，为招安计梁山与朝廷百般周旋，乃有两赢童贯、三败高俅数役，终以军事实力换来招安的结果。

全书最后三分之一是所谓"征四寇"，叙说宋江率众大破辽兵，翦灭田虎、王庆、方腊诸匪，乃为朝廷维稳出力，实现安邦定国的理想。小说的这部分相对比较乏味，人物形象早已定型，故事内容乏善可陈。结果一连串战役下来，梁山一百零八条好汉只剩得三十六人。随后鲁智深坐化六和，武松遁入空门，燕青浪迹江湖……辉煌之后竟是一副凄惨局面，最后卢俊义和宋江相继被奸臣用御膳御酒给毒死。仿佛一切又回到了原点，这个国家依然是奸臣当道，依然是"大贤处下，不肖处上"。

长期以来，关于《水浒传》的叙事旨意颇有争议。过去它曾被视作反映农民起义的作品，以至有所谓"农民起义教科书"之称。至上世纪八十年代，"起义说"已备受质疑，一部分学者便相应提出一种"市民说"，认为这部小说反映了市民阶层的崛起和他们的精神诉求。显然，"起义说"完全是无视小说叙事内容，实际上书中丝毫没有触及作为农民革命基本诉求的土地与政权问题。而"市民说"则是在编造历史进程，将所谓资本主义因素提前注入中国社会。这两种出于"阶级论"和"反映论"观念的解读方案与文学真义相去甚远，《水浒传》的命意在于揭橥中国人一再面临的政治伦理危机——赖以儒家意识形态维系的威权社会陷入混乱之际，面对道德失范、制度失序，似乎只能以反抗作为重建国家伦理政治的手段。值得注意的是书中所表现的一种二律背反状况，即以"忠君"为目标的"造反"，在"冠屦倒施"的语境中，"犯上作乱"竟与"替天行道"成了等位关系，或确切说是一种互为前提的因果转换。

这部小说最吸引读者的无疑是林冲、杨志、武松这类人物的反抗行为，他们蒙受冤屈的不幸遭际，他们不畏强暴的英雄豪气，很容易引起广泛共鸣。老话说"官逼民反"，而《水浒传》里的反抗者并非一般民众，恰是本来作为王朝统治根基的地主士绅阶层，当然也包括林冲这样一些官军将领。在梁山一百零八人中，这一阶层的人物占了大头。真正的危机在于，上层官僚集团已将中下阶层一概推到了体制的对立面。所以，梁山泊的反抗与救赎，本质上是一种地主士绅阶层的"光荣革命"。明火执仗的革命党不是别人，正是晁盖、宋江、柴进这些庄园主及其追随者，而书中那些大大小小的庄园亦多为江湖势力的“金主”与“桩脚”。宋江们所谓“替天行道”，是要在不改朝换代的前提下重建王道与秩序。

评骘水浒素有“只反贪官，不反皇帝”的说法——矛头止于官僚集团，这往往被人指斥为梁山革命的不彻底性。其实，本书的叙事策略是将官僚集团与儒家政治理想剥离开来，皇帝仅是王权的象征，而官僚集团才真正是国家机器。小说描绘出一幅国家自上而下的流氓化图景，颠覆了古代圣贤建构的天下有道的理想国。作为官员的儒者失去了精神依傍，治国平天下的政治话语权已被褫夺，这是整个制度的失败。这里无疑展现了一个颇有创意的政治伦理主题：执政者从道义上丧失了执政的合法性，而千疮百孔的王权制度依然不失其自我修复功能，那就是另有一种在野的力量在“替天行道”。

一部内容丰富的大作品，必然有其多义性。完整地看，这种谋求与朝廷合作的造反，很有犬儒主义色彩。可是扭曲的反抗毕竟也是反抗，苟且之中掩蔽着颠覆性话语。所以，《水浒传》自明末就遭官方查禁，入清以后始终在禁毁书目之列。官方不能让民众逞意于造反与杀戮的文学想象，尤其不能让人们沉浸在血色梦幻之中。文学固然不等于现实，但文学的豪情快意等于给了世人一个说法，在秩序不能约束强势阶层的时候，反抗与杀戮就成了自我救赎。譬如，读到武松血溅鸳鸯楼一节，确实让人十分痛快。武松一连杀了蒋门神、张都监和张团练，蘸着血在粉壁上写下“杀人者打虎武松也”八个大字，真是凛然一股英雄之气。以至于他手刃张都监妻妾丫鬟佣仆八九口人，你都不觉得是在滥杀无辜。

所以，五百年来《水浒传》一直流行于人稠地广而灾难深重的汉语文化圈，以混杂着传奇、史诗与悲剧意味的英雄话语教化民众，给一个精神失落的民族带来自我救赎的慰藉。

本章选录《水浒传》第二十一回“**虔婆醉打唐牛儿　宋江怒杀阎婆惜**”。宋江本是郓城县的刀笔小吏，此际是他人生命运一大转折。前一回晁盖派刘唐给宋江送去一百两黄金，答谢当初官军缉捕时给通风报信。宋江留下少许金子与晁盖书信塞在招文袋里，在这一回里被阎婆惜拿作暗通强贼的证据。阎婆惜作为宋江的外室，与别人已有私情，抓住这把柄是想讹财，宋江被逼急了就把她给杀了。事情本身有其偶然性，但作者用了不少笔墨叙写阎婆（婆惜的母亲）如何纠缠宋江人彀，而婆惜又是如何不情不愿，这情势似乎注定要将宋江逼上悬崖。这里，宋江与阎婆母女各有盘算，其间又有唐牛儿和王公的插曲，笔墨细腻的描述很有跌宕起伏的层次感，又将人物性格刻画得淋漓尽致——实际上全书将宋江性格写得最透的就是这一回。这不仅是一个仗义疏财的角色,他有极其迂就忍让的一面,遇事却是如此果敢镇定。宋江上山落草前每一步都显示出一种被动状态,日后坐了梁山头把交椅,仍将负荷命运之重轭。

虔婆醉打唐牛儿　宋江怒杀阎婆惜

话说宋江别了刘唐,乘着月色满街,信步自回下处来。却好的遇着阎婆,赶上前来叫道:“押司[1],多日使人相请,好贵人,难见面!便是小贱人有些言语高低,伤触了押司,也看得老身薄面,自教训他与押司陪话。今晚老身有缘,得见押司,同走一遭去。”宋江道:“我今日县里事务忙,摆拨不开,改日却来。”阎婆道:“这个使不得。我女儿在家里专望,押司胡乱温顾他便了。直恁地下得[2]!”宋江道:“端的忙些个[3],明日准来。”阎婆道:“我今晚要和你去。”便把宋江衣袖扯住了,发话道:“是谁挑拨你?我娘儿两个,下半世过活,都靠着押司。外人说的闲是闲非,都不要听他,押司自做个主张。我女儿但有差错,都在老身身上。押司胡乱去走一遭。”宋江道:“你不要缠,我的事务分拨不开在这里。”阎婆道:“押司便误了些公事,知县相公不到得便责罚你。这回错过,后次难逢。押司只得和老身去走一遭,到家里自有告诉。”宋江是个快性的人,吃那婆子缠不过,便道:“你放了手,我去便了。”阎婆道:“押司不要跑了去,老人家赶不上。”宋江道:“直恁地这等?”两个厮跟着来到门前,正是:

酒不醉人人自醉,花不迷人人自迷。
直饶今日能知悔,何不当初莫去为?

宋江立住了脚,阎婆把手一拦,说道:“押司来到这里,终不成不入去了。”宋江进到里面凳子上坐了,那婆子是乖的,自古道:“老虔婆如何出得他手[4]?”只怕宋江走去,便帮在身边坐了,叫道:“我儿,你心爱的三郎在这里。”那阎婆惜倒在床上,对着盏孤灯,正在没可寻思处,只等这小张三来。听得娘叫道:“你的心爱的三郎在这里。”那婆娘只道是张三郎,慌忙起来,把手掠一掠云髻,口里喃喃的骂道:“这短命,等得我苦也!老娘先打两个耳刮子着!”飞也似跑下楼来,就槅子眼里张时,堂前琉璃灯却明亮,照见是宋江,那婆娘复翻身转又上楼去,依前倒在床上。

阎婆听得女儿脚步下楼来了,又听得再上楼去了,婆子又叫道:“我儿,你的三郎在这里,怎地倒走了去?”那婆惜在床上应道:“这屋里多远,他不会来。他又不瞎,如何自不上来?直等我来迎接他,没了当絮絮聒聒地!”阎婆道:“这贱人真个望不见押司来,气苦了。恁地说,也好教押司受他两句儿。”婆子笑道:“押司,我同你上楼去。”宋江听了那婆娘说这几句,心里自有五分不自在,被这婆子来扯,勉强只得上楼去。

原来是一间六椽楼屋。前半间安一副春台[5],桌凳;后半间铺着卧房,贴里安一张三面棱花的床,两边都是栏干,上挂着一顶红罗幔帐;侧首放个衣架,搭着手巾;这边放着个洗手盆;一张金漆桌子上,放一个锡灯台;边厢两个杌子[6];正面壁上挂一幅仕女;对床排着四把一字交椅。

宋江来到楼上,阎婆便拖入房里去。宋江便向杌子上朝着床边坐了。阎婆就床上拖起女儿来,说道:“押司在这里。我儿,你只是性气不好,把言语来伤触他,恼得押司不上门,闲时却在家里思量。我如今不容易请得他来,你却不起来陪句话儿,颠倒使性!”婆惜把手拓开,说那婆子:“你做甚么这般鸟乱!我又不曾做了歹事!他自不上门,教我怎地陪话!”

宋江听了,也不做声。婆子便推过一把交椅,在宋江肩下,便推他女儿过来,说道:“你且和三郎坐一坐。不陪话便罢,不要焦躁。你两个多时不见,也说一句有情的话儿。”那婆娘那里肯过来,便去宋江对面坐了。宋江低了头不做声。婆子看女儿时,也别转了脸。阎婆道:“没酒没浆,做甚么道场?老身有一瓶儿好酒在这里,买些果品来,与押司陪话。我儿,你相陪押司坐地,不要怕羞,我便来也。”宋江自寻思道:“我吃这婆子钉住了,脱身不得。等他下楼去,我随后也走了。”那婆子瞧见宋江要走的意思,出得房门去,门上却有屈戌[7],便把房门拽上,将屈戌搭了。宋江暗忖道:“那虔婆倒先算了我。”

且说阎婆下楼来,先去灶前点起个灯,灶里现成烧着一锅脚汤[8],再凑上些柴头,拿了些碎银子,出巷口去买得些时新果品、鲜鱼、嫩鸡、肥鲊之类[9]。归到家中,都把盘子盛了;取酒倾在盆里,舀半旋子[10],在锅里烫热了,倾在酒壶里。收拾了数盆菜蔬,三只酒盏,三双箸,一桶盘托上楼来,放在春台上。开了房门,搬将入来,摆在桌子上。看宋江时,只低着头;看女儿时,也朝着别处。

阎婆道:“我儿起来把盏酒。”婆惜道:“你们自吃,我不耐烦!”婆子道:“我儿,爷娘手里从小儿惯了你性儿,别人面上须使不得。”婆惜道:“不把盏便怎地?终不成飞剑来取了我头!”那婆子倒笑起来,说道:“又是我的不是了。押司是个风流人物,不和你一般见识。你不把酒便罢,且回过脸来吃盏酒儿。”婆惜只不回过头来。那婆子自把酒来劝宋江，宋江勉意吃了一盏。婆子笑道：“押司莫要见责。闲话都打迭起[11]，明日慢慢告诉。外人见押司在这里，多少干热的不怯气，胡言乱语，放屁辣臊，押司都不要听，且只顾吃酒。”筛了三盏在桌子上，说道：“我儿不要使小孩儿的性，胡乱吃一盏酒。”婆惜道：“没得只顾缠我！我饱了，吃不得。”阎婆道：“我儿，你也陪侍你的三郎吃盏酒使得。”

婆惜一头听了，一面肚里寻思：“我只心在张三身上，兀谁耐烦相伴这厮！若不把他灌得醉了，他必来缠我。”婆惜只得勉意拿起酒来，吃了半盏。婆子笑道：“我儿只是焦躁，且开怀吃两盏儿睡。押司也满饮几杯。”宋江被他劝不过，连饮了三五杯。婆子也连连吃了几杯，再下楼去烫酒。

那婆子见女儿不吃酒，心中不悦，才见女儿回心吃酒，欢喜道：“若是今夜兜得他住，那人恼恨都忘了。且又和他缠几时，却再商量。”婆子一头寻思，一面自在灶前吃了三大钟酒，觉得有些痒麻上来，却又筛了一碗吃，旋了大半旋，倾在注子里[12]，爬上楼来，见那宋江低着头不做声，女儿也别转着脸弄裙子。这婆子哈哈地笑道：“你两个又不是泥塑的，做甚么都不做声？押司，你不合是个男子汉，只得装些温柔，说些风话儿耍。”宋江正没做道理处[13]，口里只不做声，肚里好生进退不得。阎婆惜自想道：“你不来睬我，指望老娘一似闲常时，来陪你话，相伴你耍笑？我如今却不耍！”那婆子吃了许多酒，口里只管夹七带八嘈[14]，正在那里张家长，李家短，说白道绿。有诗为证：

只要孤老不出门，花言巧语弄精魂。
几多聪慧遭他陷，死后应须拔舌根。

却有郓城县一个卖糟腌的唐二哥，叫做唐牛儿，如常在街上只是帮闲，常常得宋江赍助他。但有些公事去告宋江，也落得几贯钱使。宋江要用他时，死命向前。这一日晚，正赌钱输了，没做道理处，却去县前寻宋江，奔到下处寻不见。街坊都道：“唐二哥，你寻谁？这般忙？”唐牛儿道：“我喉急了，要寻孤老[15]，一地里不见他[16]。”众人道：“你的孤老是谁？”唐牛儿道：“便是县里宋押司。”众人道：“我方才见他和阎婆两个过去，一路走着。”唐牛儿道：“是了。这阎婆惜贼贱虫，他自和张三两个打得火块也似热，只瞒着宋押司一个，他敢也知些风声，好几时不去了。今晚必然吃那老咬虫假意儿缠了去。我正没钱使，喉急了，胡乱去那里寻几贯钱使，就帮两碗酒吃。”一径奔到阎婆门前，见里面灯明，门却不关。入到胡梯边，听得阎婆在楼上呵呵地笑。唐牛儿捏脚捏手,上到楼上,板壁缝里张时,见宋江和婆惜两个都低着头;那婆子坐在横头桌子边,口里七十三八十四只顾嘈[17]。

唐牛儿闪将入来,看着阎婆和宋江、婆惜,唱了三个喏[18],立在边头。宋江寻思道:“这厮来的最好。”把嘴望下一努。唐牛儿是个乖的人,便瞧科[19],看着宋江便说道:“小人何处不寻过,原来却在这里吃酒耍,好吃得安稳!”宋江道:“莫不是县里有甚么要紧事?”唐牛儿道:“押司,你怎地忘了?便是早间那件公事,知县相公在厅上发作,着四五替公人来下处寻押司[20],一地里又没寻处,相公焦躁做一片。押司便可动身。”宋江道:“恁地要紧,只得去。”便起身要下楼,吃那婆子拦住道:“押司不要使这科分[21]。这唐牛儿捻泛过来[22],你这精贼也瞒老娘!正是‘鲁班手里调大斧’!这早晚知县自回衙去,和夫人吃酒取乐,有甚么事务得发作?你这般道儿,只好瞒魍魉,老娘手里说不过去。”

唐牛儿便道:“真个是知县相公紧等的勾当,我却不会说谎。”阎婆道:“放你娘狗屁!老娘一双眼,却是琉璃葫芦儿一般,却才见押司努嘴过来,叫你发科[23],你倒不撺掇押司来我屋里,颠倒打抹他去[24],常言道:‘杀人可恕,情理难容。’”这婆子跳起身来,便把那唐牛儿劈脖子只一叉,踉踉跄跄,直从房里叉下楼来。唐牛儿道:“你做甚么便叉我?”婆子喝道:“你不晓得破人买卖衣饭,如杀父母妻子,你高做声,便打你这贼乞丐!”唐牛儿钻将过来道:“你打!”这婆子乘着酒兴,叉开五指,去那唐牛儿脸上连打两掌,直攧出帘子外去,婆子便扯帘子,撇放门背后,却把两扇门关上,拿栓拴了,口里只顾骂。

那唐牛儿吃了这两掌,立在门前大叫道:“贼老咬虫,不要慌!我不看宋押司面皮,教你这屋里粉碎!教你双日不着单日着!我不结果了你,不姓唐!”拍着胸大骂了去。

婆子再到楼上,看着宋江道:“押司没事睬那乞丐做甚么?那厮一地里去搪酒吃,只是搬是搬非。这等倒街卧巷的横死贼,也来上门上户欺负人!”宋江是个真实的人,吃这婆子一篇道着了真病,倒抽身不得。婆子道:“押司不要心里见责,老身只恁地知重得了。我儿和押司只吃这杯。我猜着你两个多时不见,以定要早睡,收拾了罢休。”婆子又劝宋江吃两杯,收拾杯盘下楼来,自去灶下去。

宋江在楼上,自肚里寻思说:“这婆子女儿,和张三两个有事,我心里半信不信,眼里不曾见真实。待要去来,只道我村。况且夜深了,我只得权睡一睡,且看这婆娘怎地,今夜与我情分如何。”只见那婆子又上楼来说道:

"夜深了,我叫押司两口儿早睡。"那婆娘应道:"不干你事,你自去睡。"婆子笑下楼来,口里道:"押司安置。今夜多欢,明日慢慢地起。"婆子下楼来,收拾了灶上,洗了脚手,吹灭灯,自去睡了。

却说宋江坐在杌子上,只指望那婆娘似比先时,先来偎倚陪话,胡乱又将就几时。谁想婆惜心里寻思道:"我只思量张三,吃他搅了,却似眼中钉一般,那厮倒直指望我一似先前时来下气,老娘如今却不要耍。只见说撑船就岸,几曾有撑岸就船?你不来睬我,老娘倒落得!"

看官听说,原来这色最是怕人。若是他有心恋你时,身上便有刀剑水火,也拦他不住,他也不怕;若是他无心恋你时,你便身坐在金银堆里,他也不睬你。常言道:"佳人有意村夫俏,红粉无心浪子村。"宋公明是个勇烈大丈夫,为女色的手段却不会。这阎婆惜被那张三小意儿百依百随,轻怜重惜,卖俏迎奸,引乱这婆娘的心,如何肯恋宋江?

当夜两个在灯下,坐着对面,都不做声,各自肚里踌躇,却似等泥干掇入庙。看看天色夜深,窗间月上,但见:

银河耿耿,玉漏迢迢。穿窗斜月映寒光,透户凉风吹夜气。谯楼禁鼓,一更未尽一更催;别院寒砧,千捣将残千捣起。画檐间叮当铁马,敲碎旅客孤怀;银台上闪烁清灯,偏照闺人长叹。贪淫妓女心如火,仗义英雄气似虹。

当下宋江坐在杌子上睃那婆娘时,复地叹口气。约莫也是二更天气,那婆娘不脱衣裳,便上床去,自倚了绣枕,扭过身,朝里壁自睡了。宋江看了,寻思道:"可奈这贱人全不睬我些个,他自睡了。我今日吃这婆子言来语去,央了几杯酒,打熬不得,夜深只得睡了罢。"把头上巾帻除下,放在桌子上,脱下上盖衣裳,搭在衣架上,腰里解下鸾带,上有一把解衣刀和招文袋[25],却挂在床边栏干子上,脱去了丝鞋净袜,便上床去那婆娘脚后睡了。

半个更次,听得婆惜在脚后冷笑。宋江心里气闷,如何睡得着!自古道:"欢娱嫌夜短,寂寞恨更长。"看看三更交半夜,酒却醒了。捱到五更,宋江起来,面桶里冷水洗了脸,便穿了上盖衣裳,带了巾帻,口里骂道:"你这贼贱人好生无礼!"婆惜也不曾睡着,听得宋江骂时,扭过身来回道:"你不羞这脸。"宋江忍那口气,便下楼来。阎婆听得脚步响,便在床上说道:"押司且睡歇,等天明去。没来由起五更做甚么?"宋江也不应,只顾来开门。婆子又道:"押司出去时,与我拽上门。"宋江出得门来,就拽上了。忍那口气没出处,一直要奔回下处来。却从县前过,见一碗灯明,看时,却是卖汤药的王公来到县前赶早市。

那老儿见是宋江来，慌忙道："押司如何今日出来得早？"宋江道："便是夜来酒醉，错听更鼓。"王公道："押司必然伤酒，且请一盏醒酒二陈汤。"宋江道："最好。"就凳上坐了。那老子浓浓的奉一盏二陈汤，递与宋江吃。宋江吃了，蓦然想起道："时常吃他的汤药，不曾要我还钱。我旧时曾许他一具棺材，不曾与得他。想起昨日有那晁盖送来的金子，受了他一条，在招文袋里，何不就与那老儿做棺材钱，教他欢喜？"宋江便道："王公，我日前曾许你一具棺木钱，一向不曾把得与你。今日我有些金子在这里，把与你，你便可将去陈三郎家，买了一具棺材，放在家里。你百年归寿时，我却再与你些送终之资。"王公道："恩主时常觑老汉，又蒙与终身寿具，老子今世不能报答，后世做驴做马，报答押司。"宋江道："休如此说。"便揭起背子前襟去取那招文袋时[26]，吃了一惊道："苦也！昨夜正忘在那贱人的床头栏干子上，我一时气起来，只顾走了，不曾系得在腰里。这几两金子值得甚么？须有晁盖寄来的那一封书，包着这金。我本欲在酒楼上刘唐前烧毁了，他回去说时，只道我不把他来为念。正要将到下处来烧，却被这阎婆缠将我去。昨晚要就灯下烧时，恐怕露在贱人眼里，因此不曾烧得。今早走得慌，不期忘了。我常时见这婆娘看些曲本，颇识几字，若是被他拿了，倒是利害！"便起身道："阿公休怪。不是我说谎，只道金子在招文袋里，不想出来得忙，忘了在家。我去取来与你。"王公道："休要去取。明日慢慢的与老汉不迟。"宋江道："阿公，你不知道，我还有一件物事，做一处放着，以此要去取。"宋江慌慌急急，奔回阎婆家里来，正是：

合是英雄有事来，天教遗失箧中财。
已知着爱皆冤对，岂料酬恩是祸胎！

且说这阎婆惜听得宋江出门去了，爬将起来，口里自言自语道："那厮搅了老娘一夜睡不着。那厮含脸，只指望老娘陪气下情。我不信你，老娘自和张三过得好，谁耐烦睬你！你不上门来倒好！"口里说着，一头铺被，脱下上截袄儿，解了下面裙子，袒开胸前，脱下截衬衣。床面前灯却明亮，照见床头栏干子上拖下条紫罗鸾带。婆惜见了，笑道："黑三那厮乞嚯不尽[27]，忘了鸾带在这里。老娘且捉了，把来与张三系。"便用手去一提，提起招文袋和刀子来，只觉袋里有些重，便把手抽开，望桌子上只一抖，正抖出那包金子和书来。这婆娘拿起来看时，灯下照见是黄黄的一条金子。婆惜笑道："天教我和张三买物事吃。这几日我见张三瘦了，我也正要买些东西和他将息。”将金子放下，却把那纸书展开来灯下看时，上面写着晁盖并许多事务。婆惜道：“好呀！我只道：‘吊桶落在井里’，原来也有‘井落在吊桶里’。我正要和张三两个做夫妻。单单只多你这厮，今日也撞在我手里！原来你和梁山泊强贼通同往来，送一百两金子与你。且不要慌，老娘慢慢地消遣你。”就把这封书依原包了金子，还插在招文袋里，“不怕你教五圣来摄了去”。正在楼上自言自语，只听得楼下呀地门响。婆子问道：“是谁？”宋江道：“是我。”婆子道：“我说早哩，押司却不信要去，原来早了又回来。且再和姐姐睡一睡，到天明去。”宋江也不回话，一径奔上楼来。

那婆娘听得是宋江回来，慌忙把鸾带、刀子、招文袋，一发卷做一块，藏在被里，紧紧地靠了床里壁，只做齁齁假睡着。宋江撞到房里，径去床头栏干上取时，却不见了。宋江心内自慌，只得忍了昨夜的气，把手去摇那妇人道：“你看我日前的面，还我招文袋。”那婆惜假睡着，只不应。宋江又摇道：“你不要急燥，我自明日与你陪话。”婆惜道：“老娘正睡哩，是谁搅我？”宋江道：“你情知是我，假做甚么？”婆惜扭转身道：“黑三，你说甚么？”宋江道：“你还了我招文袋。”婆惜道：“你在那里交付与我手里，却来问我讨？”宋江道：“忘了在你脚后小栏干上。这里又没人来，只是你收得。”婆惜道：“呸！你不见鬼来！”宋江道：“夜来是我不是了，明日与你陪话。你只还了我罢，休要作耍。”婆惜道：“谁和你作耍？我不曾收得！”宋江道：“你先时不曾脱衣裳睡，如今盖着被子睡，以定是起来铺被时拿了。”

只见那婆惜柳眉踢竖，星眼圆睁，说道：“老娘拿是拿了，只是不还你！你使官府的人，便拿我去做贼断。”宋江道：“我须不曾冤你做贼。”婆惜道：“可知老娘不是贼哩！”宋江见这话，心里越慌，便说道：“我须不曾歹看承你娘儿两个，还了我罢！我要去干事。”婆惜道：“闲常也只嗔老娘和张三有事。他有些不如你处，也不该一刀的罪犯，不强似你和打劫贼通同。”宋江道：“好姐姐，不要叫，邻舍听得，不是耍处。”婆惜道：“你怕外人听得，你莫做不得！这封书，老娘牢牢地收着。若要饶你时，只依我三件事便罢！”宋江道：“休说三件事，便是三十件事也依你。”婆惜道：“只怕依不得。”宋江道：“当行即行。敢问那三件事？”

阎婆惜道：“第一件，你可从今日便将原典我的文书来还我；再写一纸，任从我改嫁张三，并不敢再来争执的文书。”宋江道：“这个依得。”婆惜道：“第二件，我头上带的，我身上穿的，家里使用的，虽都是你办的，也委一纸文书，不许你日后来讨。”宋江道：“这个也依得。”阎婆惜又道：“只怕你第三件依不得。”宋江道：“我已两件都依你，缘何这件依不得？”婆惜道：“有那梁山泊晁盖送与你的一百两金子，快把来与我，我便饶你这一场天字第一号官司，还你这招文袋里的款状[28]。”宋江道：“那两件倒都依得。这一百两金子，果然送来与我，我不肯受他的，依前教他把了回去。若端的有时，双手便送与你。”婆惜道：“可知哩！常言道：‘公人见钱[29]，如蝇子见血。’他使人送金子与你，你岂有推了转去的？这话却似放屁！做公人的，那个猫儿不吃腥？阎罗王面前，须没放回的鬼！你待瞒谁！便把这一百两金子与我，值得甚么！你怕是贼赃时，快熔过了与我。”宋江道：“你也须知我是老实的人，不会说谎。你若不信，限我三日，我将家私变卖一百两金子与你。你还了我招文袋。”婆惜冷笑道：“你这黑三倒乖，把我一似小孩儿般捉弄。我便先还了你招文袋，这封书，歇三日却问你讨金子，正是‘棺材出了，讨挽歌郎钱。’我这里一手交钱，一手交货。你快把来两相交割。”宋江道：“果然不曾有这金子。”婆惜道：“明朝到公厅上，你也说不曾有这金子？”

宋江听了“公厅”两字，怒气直起，那里按纳得住，睁着眼道：“你还也不还！”那妇人道：“你恁地狠，我便还你不迭！”宋江道：“你真个不还！”婆惜道：“不还！再饶你一百个不还！若要还时，在郓城县还你！”

宋江便来扯那婆惜盖的被。妇人身边却有这件物，倒不顾被，两手只紧紧地抱住胸前。宋江扯开被来，却见这鸾带头正在那妇人胸前拖下来。宋江道：“原来却在这里！”一不做，二不休，两手便来夺。那婆娘那里肯放，宋江在床边舍命的夺，婆惜死也不放。宋江恨命只一拽，倒拽出那把压衣刀子在席上，宋江便抢在手里。那婆娘见宋江抢刀在手，叫：“黑三郎杀人也！”只这一声，提起宋江这个念头来。那一肚皮气，正没出处。婆惜却叫第二声时，宋江左手早按住那婆娘，右手却早刀落，去那婆惜颡子上只一勒，鲜血飞出，那妇人兀自吼哩。宋江怕他不死。再复一刀，那颗头，伶伶仃仃，落在枕头上。但见：

> 手到处青春丧命，刀落时红粉亡身。七魄悠悠，已赴森罗殿上；三魂渺渺，应归枉死城中。紧闭星眸，直挺挺尸横席上；半开檀口，湿津津头落枕边。从来美兴一时休，此日娇容堪恋否。

宋江一时怒起，杀了阎婆惜，取过招文袋，抽出那封书来，便就残灯下烧了，系上鸾带，走下楼来。那婆子在下面睡，听他两口儿论口，倒也不着在意里。只听得女儿叫一声“黑三郎杀人也！”正不知怎地，慌忙跳起来，穿了衣裳，奔上楼来，却好和宋江打个胸厮撞。阎婆问道：“你两口儿做甚么闹？”宋江道：“你女儿忒无礼，被我杀了！”婆子笑道：“却是甚话？便是押司生的眼凶，又酒性不好，专要杀人，押司休取笑老身。”宋江道：“你不信时，去房里看，我真个杀了。”婆子道：“我不信。”推开房门看时，只见血泊里挺着尸首。婆子道：“苦也！却是怎地好？”宋江道：“我是烈汉！一世也不走，随你要怎地。”婆子道：“这贱人果是不好，押司不错杀了，只是老身无人养赡。”宋江道：“这个不妨，既是你如此说时，你却不用忧心。我颇有家计，只教你丰衣足食便了，快活过半世。”阎婆道：“恁地时却是好也，深谢押司。我女儿死在床上，怎地断送？”宋江道：“这个容易。我去陈三郎家，买一具棺材与你。仵作行人入殓时，我自分付他来。我再取十两银子与你结果。”婆子谢道：“押司只好趁天未明时讨具棺材盛了，邻舍街坊都不要见影。”宋江道：“也好。你取纸笔来，我写个票子与你去取。”阎婆道：“票子也不济事，须是押司自去取，便肯早早发来。”宋江道：“也说得是。”

两个下楼来，婆子去房里拿了锁钥，出到门前，把门锁了，带了钥匙。宋江与阎婆两个投县前来。此时天色尚早，未明，县门却才开。那婆子约莫到县前左侧，把宋江一把结住，发喊叫道：“有杀人贼在这里！”吓得宋江慌做一团，连忙掩住口道：“不要叫。”那里掩得住。县前有几个做公的走将拢来，看时，认得是宋江，便劝道：“婆子闭嘴！押司不是这般的人，有事只消得好说。”阎婆道：“他正是凶首，与我捉住，同到县里。”原来宋江为人最好，上下爱敬，满县人没一个不让他。因为做公的都不肯下手拿他，又不信这婆子说。有诗为证：

好人有难皆怜惜，奸恶无灾尽诧憎。
可见生平须自检，临时情义始堪凭。

正在那里没个解救，恰好唐牛儿托一盘子洗净的糟姜来县前赶趁[30]，正见这婆子结扭住宋江在那里叫冤屈。唐牛儿见是阎婆一把扭结住宋江，想起昨夜的一肚子鸟气来，便把盘子放在卖药的老王凳子上，钻将过来，喝道：“老贼虫，你做甚么结扭住押司？”婆子道：“唐二，你不要来打夺人去，要你偿命也！”唐牛儿大怒，那里听他说，把婆子手一拆，拆开了，不问事由，叉开五指，去阎婆脸上只一掌，打个满天星。那婆子昏撒了，只得放手。宋江得脱，往闹里一直走了。

婆子便一把去结扭住唐牛儿叫道：“宋押司杀了我的女儿，你却打夺去了。”唐牛儿慌道：“我那里得知！”阎婆叫道：“上下替我捉一捉杀人贼则个[31]！不时，须要带累你们。”众做公的，只碍宋江面皮，不肯动手，拿唐牛儿时，须不耽搁。众人向前，一个带住婆子，三四个拿住唐牛儿，把他横拖倒拽，直推进郓城县里来。正是：祸福无门，惟人自召；披麻救火，惹焰烧身。毕竟唐牛儿被阎婆结住，怎地脱身，且听下回分解。

【注释】

[1] 押司，宋代办理文书、狱讼的地方胥吏，多由当地有产业人户中差选。宋赵彦卫《云麓漫钞》卷十二："诸县人吏，国初，押司、录事于等第户差选谙吏道者充。"

[2] 直恁，犹言竟然如此。下得，舍得，忍心。金董解元《西厢记诸宫调》卷六："薄倖的冤家好下得，甚把人抛躲？"

[3] 端的，果真，确实。

[4] 虔婆，妓院的鸨母，亦指精于世故的中老年妇人。

[5] 春台，饭桌。本书第六回："只见灶边破漆春台，只有些灰尘在面上。"

[6] 杌（wù）子，小凳子。

[7] 屈戌，门窗、橱柜的环纽、搭扣。元陶宗仪《辍耕录·屈戌》："今人家窗户设铰具，或铁或铜，名曰环纽，即古金铺之遗意，北方谓之屈戌，其称甚古。"

[8] 脚汤，洗脚的热水。本书第五十七回："酒保一面煮肉打饼，一面烧脚汤，与呼延灼洗了脚。"

[9] 肥鲊，一种腌鱼。

[10] 旋子，贮以热水用来温酒的金属器具。

[11] 打迭起，收拾，收起。元无名氏《小孙屠》第四折："母亲暗藏着腹内忧，打迭起心头闷。"

[12] 注子，唐宋时酒壶。唐李匡乂《资暇集·注子偏提》："元和初，酌酒犹用樽杓……居无何，稍用注子，其形若罃（yīng），而盖、觜、柄皆具。"

[13] 没做道理，犹言无可奈何。道理，处理事情的办法。

[14] 夹七带八，东拉西扯。嘈，嘈啐，喧闹。这里指唠唠叨叨地说个没完。

[15] 孤老，旧时妓女指固定的嫖客，商贩指平日照应自己的主顾，这里是后者的意思。

[16] 一地里，到处。元郑廷玉《后庭花》第一折："若是你那杀人也，一地里将咱寻趁。"

[17] 七十三八十四，形容唠叨不已。

[18] 唱了三个喏（rě），分别向宋江和阎婆母女三人作揖、问安。

[19] 瞧科，看清，觉察。明贾仲明《对玉梳》第二折："你与我打睃，有甚不瞧科。"

[20] 替，量词：次、批、起。四五替，指四五批人。

[21] 科分，向人示意的动作。

[22] 捻泛，耍花样。

[23] 发科，原指戏曲演出中角色做夸张性动作表演，这里指唐牛儿装模作样地说事儿。

[24] 打抹，示意，打发。本书第七十二回："燕青只怕他口出讹言，先打抹他和戴宗依

先去门前坐地。”

[25] 鸾带,一种两端有排须的宽腰带。解衣刀,后文又作“压衣刀”,意未详。有人认为是解手刀,古人便后不用纸揩,而是用这种刀子刮,平时将刀系于腰带,故称“解衣刀”。招文袋,古人挂在腰带上装文件或财物的小袋子。本书第二十回:“宋江把那封书,就取了一条金子,和这书包了,插在招文袋内。”

[26] 背子,古人服装的一种式样。《朱子语类》卷一百二十七:“今上登极,常时著白绫背子。”

[27] 乞嚯(huò),吃喝。似是方言。

[28] 款状,罪证。这里指招文袋里晁盖的书信。

[29] 公人,在官衙里做事的人。宋江是县衙的押司,也是“公人”。

[30] 赶趁,商贩赶时节做生意,这里指赶早市。

[31] 则个,早期白话文句末语助词,有“便了”之意。

【思考题】

1. 仅就《水浒传》第二十一回叙述的内容,分析与概括宋江这一人物性格。

2. 阅读《水浒传》全书,比较晁盖、宋江、卢俊义三位梁山泊首领的角色意义。

3. 由于《水浒传》成书时代的历史局限,这部小说存在不少旧观念的糟粕,如草菅人命的杀戮场面太多,如歧视女性的问题十分明显,如将金钱作用写得无孔不入,等等。你认为,在文学评论中怎样面对这样一些现代文明的道德观念?

【拓展阅读】

1. 何心:《水浒研究》,古典文学出版社 1957 年版。

2. 李庆西:《〈水浒〉主题思维方法辨略》,《文学评论》1986 年第 3 期。

3. 李庆西:《重读〈水浒〉札记》,收入《话语之径》,复旦大学出版社 2011 年版。

第二十三章　西游记

《西游记》的故事来源比较复杂，最早可追溯到唐代僧人玄奘远赴印度取经的传奇事迹。由玄奘口述、弟子辩机记录的《大唐西域记》是一个有趣的文本，给后人提供了藉以想象的异域风情。其后慧立、彦悰所撰《大慈恩寺三藏法师传》，便将玄奘十九年间的西行经历作了传记性描述，加入历险成分乃至神话色彩。至于小说最重要的角色孙悟空之来历，是一个更为复杂的问题。鲁迅认为，其原型出自《太平广记》卷四百六十七所述唐李公佐"假设之作"中的淮涡水神无支祁(《中国小说史略》第九篇)。而据胡适考证，这只神通广大的猴子来自印度史诗《拉麻传》(今译《罗摩衍那》)；后来陈寅恪又作了更为系统的考释，梳理出佛教俗讲将《罗摩衍那》中 Nala 神猴与《贤愚经》之闹天宫故事串到一起的衍化脉络(胡适《西游记考证》，见《中国章回小说考证》；陈寅恪《西游记玄奘弟子故事之演变》，见《金明馆丛稿二编》)。

从金院本到元明戏曲中都有与《西游记》故事相关的剧目，如杂剧就有吴昌龄《唐三藏西天取经》、佚名《二郎神锁齐天大圣》和杨景贤《西游记》等。现存元刊本《大唐三藏取经诗话》是一部讲经话本，《西游记》之雏形已约略可见。其中猴行者化作白衣秀士来助法师取经，途中智斗白虎精、入王母池偷蟠桃数节，颇显神异。另据若干残存文献推测，在今存百回本《西游记》之前，曾有一个粗具规模的古本《西游记》，产生年代大约在元代后期。如《永乐大典》所收《魏徵梦斩泾河龙》残篇，引书标题即为《西游记》，内容与百回本《西游记》第九回描写的情节相似。另外一例见诸据说刊于元末的朝鲜古代汉语教科书《朴通事谚解》，所收《车迟国斗圣》一文及书中若干注文亦包含了《西游记》的一些重要情节。可惜原书早已亡佚。

现存百回本《西游记》最早见于明万历二十年(1592)金陵唐氏世德堂刊本，不著撰者姓名，前有陈元之序。据陈序提供的线索推测，《西游记》成书当在嘉靖、隆庆之际。此书明清各种刊本均未署作者之名，现在认为是明人吴承恩所著，系清人吴玉搢、阮葵生获自天启《淮安府志》的说法，后为鲁迅、胡适所采信而成定论。但晚近亦有学者怀疑天启《淮安府志》著录之吴承恩《西游记》另有其书，而非小说。

吴承恩（约1500—约1582），字汝忠，号射阳山人，淮安山阳（今江苏淮安）人。据说少时即有文名，但屡试不第。嘉靖时举为岁贡生，曾任长兴县丞，后辞归，闭门著述。除《西游记》外，尚有《射阳先生存稿》等存世。

《西游记》叙说唐僧师徒往西天取经的故事，却先从孙悟空身世说起，前七回可谓取经前传之悟空本传，包括石猴出世，拜菩提祖师修行学艺，乃至闯龙宫，打冥府，大闹天宫诸节。以后的取经故事亦是以孙悟空为中心，这不但改变了《大唐西域记》和《大慈恩寺三藏法师传》的叙事角度，更将原本的纪实性题材改造成极富神魔灵异色彩的虚构作品。

自唐僧师徒踏上西行之路，故事便循着一种“历险记”的叙述模式渐次展开。从五庄观到平顶山，从车迟国到无底洞，一路上被妖魔鬼怪围堵截杀，又有通天河、火焰山一类天然险阻，可谓一波未平一波又起，往往是一个故事里横生枝节地扯出另一个故事。譬如，悟空被师父逐出之际，假猴王便趁机作乱；唐僧一行火焰山受阻，插入悟空与铁扇公主的周旋；因朱紫国君王之疾，引出麒麟山盗金铃数事。这般环环相扣的情节链几乎贯穿到底，不但使整个叙述显得紧凑而生动，而且具有很强的阅读悬念。

然而，这部小说适于阅读却难以解读。前人论及此书并不细作阐释，明人清人多以“谈言微中”之寓言观之。如存世最早的世德堂本陈元之序云：“余览其意近跅弛滑稽之雄，卮言漫衍之为也。”这只是概括风格和手法，并未说到叙事意图。李卓吾（或假托李卓吾）评本称“作者宗旨定作戏论”，由开场诗拈出“释厄”二字，又谓“释厄”便是能够“解脱”，倒也很有洞见，却只是点到为止。至于清初几种评本的序跋和笺评，都将此书主旨说得玄妙而宏大，阴阳五行，大而化之。自李评本卷首袁于令题词开始，论者更以“三教合一”妄为评骘，实则三教之徒各自表述，正如鲁迅《中国小说史略》所云：

> 评议此书者有清人山阴悟一子陈士斌《西游真诠》（康熙丙子尤侗序），西河张书绅《西游正旨》（乾隆戊辰序）与悟元道人刘一明《西游原旨》（嘉庆十五年序），或云劝学，或云谈禅，或云讲道，皆阐明理法，文词甚繁。

当然，鲁迅并不认同这类“理法”之说，所以进而指出——

> 然作者虽儒生，此书则实出于游戏，亦非语道，故全书仅偶见五行

生克之常谈，尤未学佛，故末回至有荒唐无稽之经目，特缘混同之教，流行来久，故其著作，乃亦释迦与老君同流，真性与元神杂出，使三教之徒，皆得随宜附会而已。（第十七篇）

鲁迅“实出于游戏”一语影响甚巨，为许多文学史家所采纳。其实不仅鲁迅持“游戏”之说，胡适作《西游记考证》，亦认为此书含义在于“滑稽意味和玩世精神”。鲁迅、胡适强调其游戏意味，首先是针对儒、道、释三者的“微言大义”。中国人历来喜欢将文学纳入“圣人之道”，过去《诗经》就被作为“五经”“六经”之一，由着一班酸儒胡乱阐释。明末清初攒书的江湖文人存心将《西游记》弄成“三教圣人之书”，正是窥识了这种歪门邪道的“正典化”取径，这是五四新文化人格外警惕的情形。其实，胡适对《西游记》的看法并不仅限于“滑稽”与“玩世”，在那篇考证文章里他专门谈到第七回的“大闹天宫”，并引孙悟空“交椅轮流坐，明年是我尊”（李评本作“皇帝轮流做，明年到我家”）数语，发了一通“天宫革命”的议论，认为孙悟空嘲弄玉帝那番话简直是一篇“革命的檄文”。这就说到了作者的叙事意图，说到作品的思想内涵，按这思路说下去，就不是“游戏”或是“玩世”之类所能道尽了。可是胡适的解读亦仅此而已，鲁迅干脆不作解读。

乾隆初张书绅评本将《西游记》命为“证道书”，所谓“证圣贤儒者之道”也。张氏在总批里将历经磨难的取经事迹扯到《孟子》“天将降大任于斯人也”一章，甚而断言“把一部《西游记》，即当作《孟子》读亦可”，这种心灵鸡汤式的“新儒学”思维可令人喷饭。其实这部小说与儒学最是扞格。取经的故事当然是一个寓言，但恰恰包含一种反儒学立场。

书中第八回至第十二回是交代取经之缘起，这五回叙事荒诞不经，手法却极好，全是来往于灵境与尘俗之间（神界/人世、梦境/现实、阴司/阳间）的大穿越，写得丝丝入扣。因玉帝降旨大唐丞相魏徵斩泾河龙王，引出冤主追魂索命，以致唐太宗受厄阴曹。还魂回阳的太宗许下宣扬善果的弘誓大愿，这便是取经一事的来由。对太宗来说，派人往西天取经自是破除孽障的救赎，而在玄奘看来，这西天真经实关乎社稷江山。在小说的语境中，西方大乘佛经已远远超越宗教典籍的意义，不啻成了教化民众、维系国运的真理话语，一种替代儒学的新思想。小说第十三回，玄奘出长安至法门寺，与寺僧交谈中道出取经之玄机，乃曰“心生，种种魔生；心灭，种种魔灭”。何谓心生心灭？岂止拿起放下，取经之愿事关“圣王皇图”，这本身就是西行之“心魔”。

其实，这整个过程完全出于如来佛祖的设计。书中第八回，佛祖在大雷音宝刹讲法之后，又对诸佛表示人间关怀之意，以“善恶”为题讲述四大部洲状况。东胜神州、北俱芦洲和众佛所在的西牛贺洲众生善恶不一，但基本太平无碍，佛祖所担忧的只是东土大唐所在的南赡部洲——“但那南赡部洲者，贪淫乐祸，多杀多争，正所谓口舌凶场，是非恶海”。所以，他要将“修真之经”送去东土，而唐僧“取经”其实只是佛祖“送经”的叙事策略。第九十八回，唐僧终于到达西天拜见佛祖，此际如来又对东土无边造孽之恶状痛加詈斥——

> （如来）对三藏言曰：“你那东土，乃南赡部洲，只因天高地厚，物广人稠，多贪多杀，多淫多诳，多欺多诈……虽有孔教在彼，立下仁义礼智之教，帝王相继，治有徒流绞斩之刑，其如愚昧不明、放纵无忌之辈何耶！”

“虽有孔教”而“其如愚昧不明”数语，意思很明白，东土那套王霸杂之的治术实是下三滥，一个瞒心昧己、罪孽深重的国度何来“圣贤之道”？很明显，如此以救世的姿态扬佛抑儒，意在颠覆作为国家意识形态的纲常名教。《西游记》虽然袭用初唐玄奘取经的历史故事，实际上表达了明代士人对当朝儒家体制的质疑。自西汉“罢黜百家，独尊儒术”以来，儒学作为真理话语的主流地位不断被认证，也不断受到来自各方的挑战。但儒学的真正危机是明代中期王学兴起造成其自身分裂之乱局，存亡绝续之际，求索者正是借助佛教“善恶”之义发展被视为儒学异端的“心性之学”。《西游记》的成书年代大致就是王阳明之后泰州学派大行其道之时，当日风气正是“引佛入儒”（如儒林上层人物焦竑就提出以释氏诸经为“孔孟之义疏”），这种犹似“六经注我”的思路亦可理解为一种新话语建构的主体认同。

显然，《西游记》的神话内涵绝非“游戏”二字所能道尽。神话是由现实苦难引入的超凡想象，自然有着针对现实的指涉。中国古代叙事作品中怪力乱神的东西一向很多（六朝志怪及其之前的“小说”几乎都在鬼域神界转悠），却少有系统集成的神话作品。《西游记》至少在两个方面超越了以往的神话叙事：一是这个神话世界相当广大，它几乎将一切所能想象的对象都纳入了叙事范围，表现出穷究万物的恢弘气质；二是它有一种深刻的质疑精神，取经实质上是思想路径的转换，亦表明主宰东土的神祇已非神圣。

《西游记》有两套神祇系统，一是来自道教和中国本土民间信仰，从玉皇大帝、王母娘娘、太上老君到十殿阎王、土地、城隍之类，都属于这个系统；另一个来自西方佛国，有佛祖如来、观音、文殊、普贤、地藏王菩萨，还有众多罗汉、金刚等等。将这两大系统整合到一起,是一个颇为奇特的创设。从小说描述的情形来看,这个具有合作意识的诸神世界仍是一种多元格局。如观音菩萨往瑶池赴会,诣云霄殿拜会玉皇大帝,就像是一种外交活动,彼此有宾主之仪,并无上下之分。

书中佛道两套神祇系统的运作方式有很大区别。本土道教的神仙世界是一套"权力—科层"体制,以玉帝为核心的天庭主宰天上地下乃至冥界的一切事务。如龙王行雨须有玉帝敕旨,时间地点、雨量多少都有规定,他那儿只是一个职能部门。第六十六回,孙悟空为破黄眉怪去武当山找真武大帝,却被告知没有上界旨意不敢擅动干戈,只能借他龟蛇神龙数将,这是一方诸侯的权限。当然,凡界之大唐政权亦须听从云霄殿的号令,如降旨魏徵斩龙就是一例。不同的是,法门广大的佛国诸神却并不依赖这种权力运作,佛陀自有一种话语权,一种软实力。佛在人心,菩萨不坐衙门。可见在《西游记》作者对神界的差异描述中,隐含着思想挑战权力的旨意,这是当日觉悟士人的希冀。

值得注意的是,这部小说对道教和本土的神魔世界多作丑化性描述。譬如玉帝之颟顸无能,文武仙卿多是酒囊饭袋,关键时刻众多天兵天将竟无一人是男儿。无能倒也罢了,这个系统还颇生妖孽,就是阻难唐僧取经的那些妖魔鬼怪,其魔道异术大抵有如《神异经》《十洲记》乃或六朝志怪一类诞谩之说。而且有意思的是,修炼成精的山魅也好,走入下界的灵怪也好,又往往变作道士人形作祸凡境。譬如,第四十四回,在车迟国把持权柄的是虎、鹿、羚羊变成的道士,所以将敬道灭僧搞成一场运动。第五十三回,霸占解阳山落胎泉的妖怪也作道人模样,号称如意真仙。第七十三回,蜈蚣精成了黄花观的"多目怪"道士,那厮擅施金光罩,悟空求助毗蓝婆菩萨才破他妖法。第七十八回,在比丘国作恶的老道是南极寿星胯下的白鹿,自诩"古来惟道独称尊",指着唐僧嘲笑释家坐禅是"盲修瞎炼"。

总之,在这部释道杂糅的小说中,中国本土道教系统的鬼神世界带来的往往是苦难与灾祸,而度亡脱苦的希望则远在西方佛国。《西游记》的叙事意图中有一点不能忽略,它清楚地表明:当古老的中华帝国进入衰败之期,士林中人无疑对异质文化产生了浓厚兴趣。

《西游记》凡一百回,从第十三回开始,进入取经正题,也即途中所谓八十一难的整个过程。被如来压在石匣中的孙悟空早已在两界之地俟命护驾,其后唐僧又陆续收了同样是戴罪之身的猪八戒和沙僧,加上犯事的玉龙三太子变成的那匹白马,活脱一支加里森敢死队。由一班业畜开启这正善之门，分明是将取经苦旅纳入一条救赎之道。

孙悟空被佛祖招安之后，不再是孤独的造反者，取经让他投入组织的怀抱，走上可谓健康成长的道路。自踏上西行之途，悟空与佛门圣界之关系就不断得到强化，每遇到一个过不去的坎儿总会得到佛门相助，有时还是佛祖或菩萨主动现身。第六十六回说到，使悟空受挫的黄眉怪原是弥勒跟前司磬童子下界作祟，悟空便责问弥勒家法不谨，那笑和尚虽承认不谨之过，却也有一番说辞："你师徒们魔障未完，故此百灵下界，应该受难。"相比大闹天宫之时，悟空俨然已走向成熟，也规矩多了。现在他有了神圣的奋斗目标，懂得讲政治、顾大局、守纪律的自我约束（别忘了他脑袋上的紧箍咒）。许多论者认为，失去恣肆无忌的猴子天性，孙悟空变得不太可爱了。前七回里那种极具破坏性的"天宫革命"显然给人带来反抗现实的慰藉，摧枯拉朽的暴力抗争总是不乏酣畅淋漓的美学效果。但是，书中这种叙述转变亦自有其简单而深刻的哲理，那就是任何尽兴作闹的想象都不可能摆脱想象的制约——最形象的描述就是孙悟空翻不出如来佛祖掌心。如果说本书是一种借路禅家的言述方式，那么在以佛的思想指导悟空修炼心性之同时，这种思想理则必然取代原初的心性。在这部不拘一端的神魔小说里，孙悟空皈依组织之后的变化恰恰具有一种写实主义的真义。

整个取经故事是不断摆脱劫难的过程，这无疑是佛门所谓度脱的隐喻。不过，具有讽喻意味的是，这个杀来杀去的超度过程完全背弃了宗教观念中的平和、宽容与忍让。佛祖要将真经送与东土，却让取经人凭武力来取，靠着悟空、八戒、沙僧合力杀戮，一路闯关夺隘。三打白骨精、智斗牛魔王、大战盘丝洞……这些脍炙人口的段子在表现孙悟空神勇机智的同时，已将打打杀杀变成了一种程序化的游戏操作。有趣的是，取经归来之日，这猴行者竟被佛祖加封"斗战胜佛"。

相反，以慈悲为怀的唐僧法师总是一个被拯救的对象，每每成为迂腐与软弱的笑柄。"僧是愚氓犹可训，妖为鬼蜮必成灾。"（毛泽东诗）这也成了斗争哲学的一个注解。《西游记》这种张扬"斗战"精神的主题思维与《水浒传》有着相似的一面，亦源于黑暗现实中的英雄期待，反映了古代中国人的一种历史观。在一切变得无望的社会中，以想象的"斗战"获得"救赎"之慰藉，或许正是民众得以自我疗治的基本方式。中国历史是一个频繁洗牌的进程，以暴力手段进行改朝换代似乎成了社会变革的不二法门，皈依佛界的悟空、八戒和沙僧按说无涉于世俗政权，但他们的打打杀杀却无疑获得了世俗认可的光荣与正义。

不过与《水浒传》不同的是，《西游记》的杀戮并不带有浓重的血腥味儿。因为这是一部非现实情境的幻设之作，艺术的假定性几乎就消解了杀戮的真实感。但是不可否认，这种虚拟的游戏化杀戮即便不带血腥味儿，依然受制于一种残酷的叙事逻辑，其中有着暴力审美的世俗根源。人们之所以不觉得它残酷，另一个原因是夸张、戏谑的人物形象。孙悟空的诙谐，猪八戒的搞笑，沙僧的木讷，以及唐僧的迂执，这些相形成趣的性格不时渲染出一种轻松、幽默气氛，一再将"血染的风采"浪漫化而又戏谑化了。《西游记》人物基本上是类型化刻画，鲜明而生动，却并不具有性格深度，甚至孙悟空都没有多少情感与内心活动。比较人物塑造手段，他们要比《三国演义》《水浒传》的曹操、刘备、宋江、武松那些形象差得很远。可是这些浅俗的角色摆到一起，居然就形成了一种令人匪夷所思的叙述张力，承载如此丰富的叙事内涵，亦颇让人奇怪。

本章选录《西游记》第十八回"**观音院唐僧脱难　高老庄行者降魔**"。书中第十五回黑风山熊精老怪窃了唐僧的袈裟，上一回悟空得观音菩萨相助降服熊怪，讨回袈裟。本回是师徒二人途中投宿高老庄的故事，得知庄主的女儿被妖精霸占，悟空自告奋勇去降妖缚怪。他先将庄主女儿救出，自己变作那女子与妖怪会面。原来那妖怪就是被贬入下界的天蓬元帅，也即皈依后称作猪八戒者。在下一回中，八戒被悟空收服，改邪归正，加入了唐僧取经一行。本回叙事诙谐，带有一种活泼的村俗气息。

观音院唐僧脱难　高老庄行者降魔

行者辞了菩萨，按落云头，将袈裟挂在香楠树上，掣出棒来，打入黑风洞里。那洞里那得一个小妖？原来是他见菩萨出现，降得那老怪就地打滚，急急都散走了。行者一发行凶，将他那几层门上都积了干柴，前前后后一齐发火，把个黑风洞烧做个红风洞，却拿了袈裟，驾祥光，转回直北。

话说那三藏望行者急忙不来，心甚疑惑，不知是请菩萨不至，不知是行者托故而逃，正在那胡猜乱想之中，只见半空中彩雾灿灿，行者忽坠阶前，叫道："师父，袈裟来了。"三藏大喜，众僧亦无不欢悦道："好了，好了！我等性命今日方才得全了。"三藏接了袈裟道："悟空，你早间去时，原约到饭罢晌午，如何此时日西方回？"行者将那请菩萨、施变化、降妖的事情，备陈了一遍。三藏闻言，遂设香案，朝南礼拜罢，道："徒弟啊，既然有了佛衣，可快收拾包裹去也。"行者道："莫忙，莫忙。今日将晚，不是走路的时候，且待明日早行。”众僧们一齐跪下道：“孙老爷说得是。一则天晚，二来我等有些愿心儿，今幸平安，有了宝贝，待我还了愿，请老爷散了福[1]，明早再送西行。”行者道：“正是，正是。”你看那些和尚，都倾囊倒底，把那火里抢出的余赀[2]，各出所有，整顿了些斋供，烧了些平安无事的纸，念了几卷消灾解厄的经。当晚事毕。

次早，方刷扮了马匹，包裹了行囊出门。众僧远送方回。行者引路而去，正是那春融时节，但见那——

草衬玉骢蹄迹软，柳摇金线露华新。桃杏满林争艳丽，薜萝绕径放精神。沙堤日暖鸳鸯睡，山涧花香蛱蝶驯。这般秋去冬残春过半，不知何年行满得真文。

师徒们行了五七日荒路，忽一日天色将晚，远远的望见一村人家。三藏道：“悟空，你看那壁厢有座山庄相近，我们去告宿一宵，明日再行何如？”行者道：“且等老孙去看看吉凶，再作区处。”那师父挽住丝缰，这行者定睛观看，真个是——

竹篱密密，茅屋重重。参天野树迎门，曲水溪桥映户。道旁杨柳绿依依，园内花开香馥馥。此时那夕照沉西，处处山林喧鸟雀。晚烟出爨[3]，条条道径转牛羊。又见那食饱鸡豚眠屋角，醉酣邻叟唱歌来。

行者看罢道：“师父请行，定是一村好人家，正可借宿。”那长老催动白马，早到街衢之口。又见一个少年，头裹绵布，身穿蓝袄，持伞背包，敛裩扎裤，脚踏着一双三耳草鞋，雄纠纠的出街忙走。行者顺手一把扯住道：“那里去？我问你一个信儿，此间是什么地方？”那个人只管苦挣，口里嚷道：“我庄上没人，只是我好问信？”行者陪着笑道：“施主莫恼，与人方便，自己方便。你就与我说说地名何害？我也可解得你的烦恼。”那人挣不脱手，气得乱跳道：“蹭蹬[4]，蹭蹬！家长的屈气受不了，又撞着这个光头，受他的清气！”行者道：“你有本事，劈开我的手，你便就去了也罢。”那人左扭右扭，那里扭得动，却似一把铁钤拑住一般[5]，气得他丢了包袱，撇了伞，两只手雨点似来抓行者。行者把一只手扶着行李，一只手抵住那人，凭他怎么支吾，只是不能抓着。行者愈加不放，急得爆燥如雷。三藏道：“悟空，那里不有人来了？你再问那人就是，只管扯住他怎的？放他去罢。”行者笑道：“师父不知，若是问了别人没趣，须是问他，才有买卖[6]。”

那人被行者扯住不过，只得说出道：“此处乃是乌斯藏国界之地，唤做高老庄。一庄人家有大半姓高，故此唤做高老庄。你放了我去罢。”行者又道：“你这样行装，不是个走近路的。你实与我说你要往那里去，端的所干何事，我才放你。”这人无奈，只得以实情告诉道：“我是高太公的家人，名叫高才。我那太公有一个女儿，年方二十岁，更不曾配人，三年前被一个妖精占了。那妖整做了这三年女婿，我太公不悦，说道女儿招了妖精，不是长法。一则败坏家门，二则没个亲家来往，一向要退这妖精。那妖精那里肯退，转把女儿关在他后宅，将有半年，再不放出与家内人相见。我太公与了我几两银子，教我寻访法师，拿那妖怪。我这些时不曾住脚，前前后后，请了有三四个人，都是不济的和尚，脓包的道士，降不得那妖精。刚才骂了我一场，说我不会干事，又与了我五钱银子做盘缠，教我再去请好法师降他。不期撞着你这个纥剌星扯住[7]，误了我走路，故此里外受气，我无奈，才与你叫喊。不想你又有些拿法，我挣不过你，所以说此实情。你放我走罢。”

行者道：“你的造化，我有营生，这才是凑四合六的勾当[8]。你也不须远行，莫要化费了银子。我们不是那不济的和尚，脓包的道士，其实有些手段，惯会拿妖。这正是一来照顾郎中，二来又医得眼好。烦你回去上复你那家主，说我们是东土驾下差来的御弟圣僧往西天拜佛求经者，善能降妖缚怪。”高才道：“你莫误了我。我是一肚子气的人，你若哄了我，没甚手段，拿不住那妖精，却不又带累我来受气？”行者道：“管教不误了你。你引我到你家门首去来。”那人也无计奈何，真个提着包袱，拿了伞，转步回身，领他师徒到于门首，道：“二位长老，你且在马台上略坐坐[9]，等我进去报主人知道。”行者才放了手，落担牵马，师徒们坐立门旁等候。

那高才入了大门，径往中堂上走，可可的撞见高太公。太公骂道：“你那个蛮皮畜生，怎么不去寻人，又回来做甚？”高才放下包伞道：“上告主人公得知，小人才行出街口，忽撞见两个和尚，一个骑马，一个挑担。他扯住我不放，问我那里去。我再三不曾与他说及，他缠得没奈何，不得脱手，遂将主人公的事情，一一说与他知。他却十分欢喜，要与我们拿那妖怪哩。”高老道：“是那里来的？”高才道：“他说是东土驾下差来的御弟圣僧，前往西天拜佛求经的。”太公道：“既是远来的和尚，怕不真有些手段。他如今在那里？”高才道：“现在门外等候。”那太公即忙换了衣服，与高才出来迎接，叫声“长老”。

三藏听见，急转身，早已到了面前。那老者戴一顶乌绫巾，穿一领葱白蜀锦衣，踏一双糙米皮的犊子靴，系一条黑绿绦子，出来笑语相迎，便叫：“二位长老，作揖了。”三藏还了礼，行者站着不动。那老者见他相貌凶丑，便就不敢与他作揖。行者道：“怎么不唱老孙喏？”那老儿有几分害怕，叫高才道：“你这小厮却不弄杀我也？家里现有一个丑头怪脑的女婿打发不开，怎么又引这个雷公来害我？”行者道：“老高，你空长了许大年纪，还不省事！若专以相貌取人，干净错了。我老孙丑自丑，却有些本事，替你家擒得妖精，捉得鬼魅，拿住你那女婿，还了你女儿，便是好事，何必谆谆以相貌为言！”太公见说，战兢兢的，只得强打精神，叫声“请进”。这行者见请，才牵了白马，教高才挑着行李，与三藏进去。他也不管好歹，就把马拴在敞厅柱上，扯过一张退光漆交椅，叫三藏坐下。他又扯过一张椅子，坐在旁边。那高老道：“这个小长老，倒也家怀[10]。”行者道：“你若肯留我住得半年，还家怀哩。”

坐定，高老问道：“适间小价说[11]，二位长老是东土来的？”三藏道：“便是。贫僧奉朝命往西天拜佛求经，因过宝庄，特借一宿，明日早行。”高老道：“二位原是借宿的，怎么说会拿怪？”行者道：“因是借宿，顺便拿几个妖怪儿耍耍的。动问府上有多少妖怪？”高老道：“天那！还吃得有多少哩！只这一个妖怪女婿，已够他磨慌了！”行者道：“你把那妖怪的始末，有多大手段，从头儿说说我听，我好替你拿他。”

高老道：“我们这庄上，自古至今，也不晓得有什么鬼祟魍魉，邪魔作耗。只是老拙不幸，不曾有子，止生三个女儿：大的唤名香兰，第二的名玉兰，第三的名翠兰。那两个从小儿配与本庄人家，止有小的个要招个女婿，指望他与我同家过活，做个养老女婿，撑门抵户，做活当差。不期三年前，有一个汉子，模样儿倒也精致，他说是福陵山上人家，姓猪，上无父母，下无兄弟，愿与人家做个女婿。我老拙见是这般一个无羁无绊的人，就招了他。一进门时，倒也勤谨，耕田耙地，不用牛具；收割田禾，不用刀杖。昏去明来，其实也好。只是一件，有些会变嘴脸。”行者道：“怎么变么？”高老道：“初来时，是一条黑胖汉，后来就变做一个长嘴大耳朵的呆子，脑后又有一溜鬃毛，身体粗糙怕人，头脸就像个猪的模样。食肠却又甚大，一顿要吃三五斗米饭，早间点心，也得百十个烧饼才够。喜得还吃斋素，若再吃荤酒，便是老拙这些家业田产之类，不上半年就吃个罄净！”三藏道：“只因他做得，所以吃得。”高老道：“吃还是件小事，他如今又会弄风，云来雾去，走石飞砂，唬得我一家并左邻右舍，俱不得安生。又把那翠兰小女关在后宅子里，一发半年也不曾见面，更不知死活如何。因此知他是个妖怪，要请个法师与他去退，去退。”行者道：“这个何难？老儿你管放心，今夜管情与你拿住，教他写了退亲文书，还你女儿如何？”高老大喜道：“我为招了他不打紧，坏了我多少清名，疏了我多少亲眷。但得拿住他，要什么文书，就烦与我除了根罢。”行者道：“容易，容易！入夜之时，就见好歹。”

老儿十分欢喜，才教展抹桌椅，摆列斋供。斋罢将晚，老儿问道："要甚兵器？要多少人随？趁早好备。"行者道："兵器我自有。"老儿道："二位只是那根锡杖，锡杖怎么打得妖精？"行者随于耳内取出一个绣花针来，捻在手中，迎风幌了一幌，就是碗来粗细的一根金箍铁棒，对着高老道："你看这条棍子，比你家兵器如何？可打得这怪否？"高老又道："既有兵器，可要人跟？"行者道："我不用人，只是要几个年高有德的老儿，陪我师父清坐闲叙，我好撇他而去。等我把那妖精拿来，对众取供，替你除了根罢。"那老儿即唤家僮，请了几个亲故朋友。一时都到，相见已毕，行者道："师父，你放心稳坐，老孙去也。"

你看他擅着铁棒，扯着高老道："你引我去后宅子里妖精的住处看看。"高老遂引他到后宅门首，行者道："你去取钥匙来。"高老道："你且看看，若是用得钥匙，却不请你了。"行者笑道："你那老儿，年纪虽大，却不识耍。我把这话儿哄你一哄，你就当真。"走上前，摸了一摸，原来是铜汁灌的锁子。狠得他将金箍棒一捣，捣开门扇，里面却黑洞洞的。行者道："老高，你去叫你女儿一声，看他可在里面。"那老儿硬着胆叫道："三姐姐！"那女儿认得是他父亲的声音，才少气无力的应了一声道："爹爹，我在这里哩。"行者闪金睛，向黑影里仔细看时，你道他怎生模样？但见那——

云鬓乱堆无掠，玉容未洗尘淄。一片兰心依旧，十分娇态倾颓。樱唇全无气血，腰肢屈屈偎偎。愁蹙蹙，蛾眉淡，瘦怯怯，语声低。

他走来看见高老，一把扯住，抱头大哭。行者道："且莫哭，且莫哭"！我问你，妖怪往那里去了？"女子道："不知往那里走。这些时，天明就去，入夜方来。云云雾雾，往回不知何所。因是晓得父亲要祛退他，他也常常防备，故此昏来朝去。"行者道："不消说了，老儿，你带令爱往前边宅里，慢慢的叙阔，让老孙在此等他。他若不来，你却莫怪；他若来了，定与你剪草除根。"那老高欢欢喜喜的，把女儿带将前去。

行者却弄神通，摇身一变，变得就如那女子一般，独自个坐在房里等那妖精。不多时，一阵风来，真个是走石飞砂。好风——

起初时微微荡荡，向后来渺渺茫茫。微微荡荡乾坤大，渺渺茫茫无阻碍。凋花折柳胜缮麻，倒树摧林如拔菜。翻江搅海鬼神愁，裂石崩山天地怪。衔花麋鹿失来踪，摘果猿猴迷在外。七层铁塔侵佛头，八面幢幡伤宝盖。金梁玉柱起根摇，房上瓦飞如燕块。举棹梢公许愿心，开船忙把猪羊赛。当坊土地弃祠堂，四海龙王朝上拜。海边撞损夜叉船，长城刮倒半边塞。

那阵狂风过处，只见半空里来了一个妖精，果然生得丑陋。黑脸短毛，长喙大耳，穿一领青不青、蓝不蓝的梭布直裰[12]，系一条花布手巾。行者暗笑道："原来是这个买卖！"好行者，却不迎他，也不问他，且睡在床上推病，口里哼哼唧唧的不绝。那怪不识真假，走进房，一把搂住，就要亲嘴。行者暗笑道："真个要来弄老孙哩！"即使个拿法，托着那怪的长嘴，叫做个小跌。漫头一料，扑的掼下床来。那怪爬起来，扶着床边道："姐姐，你怎么今日有些怪我？想是我来得迟了？"行者道："不怪，不怪！"那妖道："既不怪我，怎么就丢我这一跌？"行者道："你怎么就这等样小家子，就搂我亲嘴？我因今日有些不自在，若每常好时，便起来开门等你了。你可脱了衣服睡是。"那怪不解其意，真个就去脱衣。行者跳起来，坐在净桶上。那怪依旧复来床上摸一把，摸不着人，叫道："姐姐，你往那里去了？请脱衣服睡罢。"行者道："你先睡，等我出个恭来[13]。"那怪果先解衣上床。

行者忽然叹口气，道声："造化低了！"那怪道："你恼怎的？造化怎么得低的？我得到了你家，虽是吃了些茶饭，却也不曾白吃你的。我也曾替你家扫地通沟，搬砖运瓦，筑土打墙，耕田耙地，种麦插秧，创家立业。如今你身上穿的锦，戴的金，四时有花果享用，八节有蔬菜烹煎，你还有那些儿不趁心处，这般短叹长吁，说甚么造化低了？"行者道："不是这等说。今日我的父母，隔着墙丢砖料瓦的，甚是打我骂我哩。"那怪道："他打骂你怎的？"行者道："他说我和你做了夫妻，你是他门下一个女婿，全没些儿礼体。这样个丑嘴脸的人，又会不得姨夫，又见不得亲戚，又不知你云来雾去，端的是那里人家，姓甚名谁，败坏他清德，玷辱他门风，故此这般打骂，所以烦恼。"那怪道："我虽是有些儿丑陋，若要俊，却也不难。我一来时，曾与他讲过，他愿意方才招我，今日怎么又说起这话！我家住在福陵山云栈洞。我以相貌为姓，故姓猪，官名叫做猪刚鬣。他若再来问你，你就以此话与他说便了。"

行者暗喜道："那怪却也老实，不用动刑，就供得这等明白。既有了地方、姓名，不管怎的也拿住他。"行者道："他要请法师来拿你哩。"那怪笑道："睡着，睡着！莫睬他！我有天罡数的变化，九齿的钉钯，怕什么法师、和尚、道士？就是你老子有虔心，请下九天荡魔祖师下界，我也曾与他做过相识，他也不敢怎的我。"行者道："他说请一个五百年前大闹天宫姓孙的齐天大圣，要来拿你哩。"那怪闻得这个名头，就有三分害怕，道："既是这等说，我去了罢，两口子做不成了。"行者道："你怎的就去？"那怪道："你不知道，那闹天宫的弼马温，有些本事，只恐我弄他不过，低了名头，不像模样。"他套上衣服，开了门，往外就走，被行者一把扯住，将自己脸上抹了一抹，现出原身,喝道:“好妖怪,那里走!你抬头看看我是那个?”那怪转过眼来,看见行者咨牙俫嘴,火眼金睛,磕头毛脸,就是个活雷公相似,慌得他手麻脚软,划刺的一声,挣破了衣服,化狂风脱身而去。行者急上前,掣铁棒,望风打了一下。那怪化万道火光,径转本山而去。行者驾云,随后赶来,叫声:“那里走!你若上天,我就赶到斗牛宫!你若入地,我就追至枉死狱!”咦!毕竟不知这一去赶至何方,有何胜败,且听下回分解。

【注释】

[1] 散了福,旧时祭祀后,将供祭的食品分给大家吃,称“散福”。《水浒传》第十五回:“六筹好汉正在后堂散福饮酒,只见一个庄客报说:‘门前有个先生,要见保正化斋粮。’”

[2] 赀(zī),财物。

[3] 出爨(cuàn),生火做饭。

[4] 蹭蹬,倒霉,倒运。本书第三十三回:“八戒听言道:‘蹭蹬啊!撞着个贩腌腊的妖怪了!’”

[5] 铁钤(qián),铁锁。

[6] 买卖,本书“买卖”一词用法多样,有时指东西、货色,有时指花样、本事,这里指详情、有说道。

[7] 纥剌星,犹言难缠的主儿。

[8] 凑四合六,指事情十分巧合。

[9] 马台,旧时院落门前供上下马的石台。

[10] 家怀,不见外、不客套的意思。宋张任国《柳梢青》:“挂起招牌,一声喝采,旧店新开。熟事孩儿,家怀老子,毕竟招财。”

[11] 小价,亦作“小介”,主人谦指自己的仆人。

[12] 直裰,一种袍子,古时家居常服。宋朱彧《萍洲可谈》卷三:“富郑公致政归西都,尝著布直裰,跨驴出郊。”

[13] 出个恭,解大便称“出恭”是一种文雅说法。古时士子离开座席上厕所须领取“出恭入敬”牌,因有此一说。

【思考题】

1.《西游记》的神话谱系混杂着道教与佛教的众多神祇,纵观全书似有不同象征意义。有人认为作者是以佛教为正道,或以标示一种理想之境,而道教诸神则隐喻现实的王权与宗法制度,是恶的喻象。比如书中第十九回,孙悟空往云栈洞收服猪八戒时,就有“老孙改邪归正,弃道从僧”的说法,这是否意味本书具有某种宗教取向?

2. 鲁迅认为《西游记》“实出于游戏，亦非语道”（《中国小说史略》第十七篇》），这是否表示不必对这部小说作任何有深度的解读？对此你怎么看？

3. 比较孙悟空取经前后的性格变化，不妨从不同角度去理解其中的文学旨意。譬如，孙悟空所谓“改邪归正”之后，是获得了完善的人格，还是被纳入了某种体制化轨道？

【拓展阅读】

1. 胡适：《西游记考证》，收入《胡适学术文集》，中华书局1998年版。

2. 李庆西：《西游心魔》，《书城》2013年9月号。

第二十四章　金瓶梅

明嘉靖、万历间出现的章回小说《金瓶梅》是一部奇书，在它之前的几部影响广泛的章回小说皆属英雄传奇一类，而这部作品却将笔触伸向家庭与市井，摹写人情与世相。叙事内容别开生面，是谓奇者之一。其二，《金瓶梅》虽犹似宋话本中“银字儿”一路市人小说，但其成书之前并未有故事雏形，也就是说这是一部独立创作的作品；在中国小说史上，由文人独立创作的大作品，这是第一部。其三，小说署以化名“兰陵笑笑生”，作者究竟何人，一直让人猜测不已，迄今未有定论。综合上述三点，这部小说之问世，实在给人一种突如其来的感觉。当然，最奇之处是此书带有大量性描写，这在礼教窒息人性的时代尤显突兀。

有资料可证，《金瓶梅》起初是以抄本形式在文人圈内流传。现存最早的刊本是万历四十五年(1617)刊刻的《金瓶梅词话》，全书一百回，卷首有“东吴弄珠客”和“欣欣子”二序。至崇祯年间又出现一种《新刻绣像批评金瓶梅》，也是一百回，但与词话本对比已有若干不同之处，如开篇第一回词话本叙事从武松开始，而崇祯本却让主人公西门庆直接出场了。这种情节内容差异在有些回目中更是明显。另外，崇祯本的性描写相对较少，对词话本的一些方言土语作了规范化处理。总的说，崇祯本的文学性有所增益，但也改变了词话本原有的朴质风格。《金瓶梅》第三个重要版本是清康熙三十四年(1695)问世的张竹坡评本，即《皋鹤堂批评第一奇书金瓶梅》。张评本是以崇祯本为底本进行评点的，对底本亦有一些改动。大概是清人喜欢带有评点的本子，以后张评本最为流行，本章的介绍以之为据。

《金瓶梅》书名系小说中三个主要女性公潘金莲、李瓶儿和春梅名字之缀合，这个十分香奁的书名已暗示内中色欲意味。此书以《水浒传》里西门庆与潘金莲勾搭成奸之事为人物出场介绍，前六回基本挪用《水浒传》叙事，但视点已从武松转到主人公西门庆身上。书中尽写人性之恶劣，且于污浊之中洞察人性之复杂，并涉及官商勾结、贪赃枉法等社会阴暗面。鲁迅

《中国小说史略》归纳全书梗概如下：

> 《金瓶梅》全书假《水浒传》之西门庆为线索，谓庆号四泉，清河人，“不甚读书，终日闲游浪荡”，有一妻三妾，又交“帮闲抹嘴不守本分的人”，结为十兄弟，复悦爱潘金莲，酖其夫武大，纳以为妾，武松来报仇，寻之不获，误杀李外傅，刺配孟州。而西门庆故无恙，于是日益放恣，通金莲婢春梅，复私李瓶儿，亦纳为妾。“又得两三场横财，家道营盛”。已而李瓶儿生子；庆则因赂蔡京得金吾卫副千户，乃愈肆，求药纵欲受赇枉法无不为。然潘金莲妒李有子，屡设计使受惊，子终以瘈疭死；李痛子亦亡。潘则力媚西门庆，庆一夕饮药逾量，亦暴死。金莲春梅复通于庆婿陈敬济，事发被斥卖，金莲逐出居王婆家待嫁，而武松适遇赦归，因见杀；春梅则卖为周守备妾，有宠，又生子，竟册为夫人。会孙雪娥以遇拐复获发官卖，春梅憾其尝“唆打陈敬济”，则买而折辱之，旋卖于酒家为娼；又称敬济为弟，罗致府中，仍与通。已而守备征宋江有功，擢济南兵马制置，敬济亦列名军门，升为参谋。后金人入寇，守备阵亡，春梅夙通其前妻之子，因亦以淫纵暴卒。比金兵将至清河，庆妻携其遗腹子孝哥欲奔济南，途遇普净和尚，引至永福寺，以因果现梦化之，孝哥遂出家，法名明悟。（第十九篇“明之人情小说　上”）

从这些人物和故事可以看出，《金瓶梅》描述的是一种人心险恶的生活图景，其间充满了各色人等的冤仇与变态心理。贪欲、色欲无疑是书中的重要看点，在这样一种家庭与社会关系极度扭曲的现实中，不再有情感与道义来充实人性——除了金钱，性欲几乎成了生命存在的唯一表达方式。书中不惮以大量性描写触忤礼教禁忌，亦自反映了当日思想分离、道德崩坏之背景；作者从儒学义理中明显嗅到死亡的气息，恣肆无忌的笔墨将心性之囹圄彻底打开，于干柴烈火般的末世狂欢中写尽人性低俗的一面。鲁迅认为，其大书床笫之事与明代中后期之士风有关（详见《中国小说史略》第十九篇），但何尝不是礼教压抑下的逆反叙事。

由于“淫秽”之名，过去《金瓶梅》一直是禁书，迟至上世纪末此书的出版尚有种种禁忌，给这部小说带来诸多神秘色彩。实际上，以往的官方管制已造成一种逆反性研究与评论的风气，围绕着这样一部“奇书”竟衍生种种离奇之说。譬如，从这部四百多年前的作品中寻求“现代性”解读方案已是一种风气，有称其“寓言”者，有称其“史诗”者，而不少学者认为其文学成就更在《红楼梦》之上。

《金瓶梅》的长处是性格描写，尤其善于刻画人物心理，分寸掌握得很好。譬如，写潘金莲之残忍，往往同时又写其孤独与痛苦，这就是鲁迅所谓“一时并写两面，使之相形，变幻之情，随在显见”（《中国小说史略》第十九篇）。又如西门庆的正妻吴月娘，书中唯一谨守闺范的正经女人，温柔敦厚的外表下却隐藏极深的心机。张竹坡评点此书对月娘每于旋涡中推波助澜之事特予关注，更有“不知妇道以礼持家，往往惹出事端”的看法（《〈金瓶梅〉读法》）。至于生性浮浪的西门庆，作者亦并非一味写他的淫，写他的恶，也写他乖觉之处，写他的心思诡谲。书中即便像孙雪娥、王六儿那样一些相对次要的人物，也都写出了相当丰满的性格特征。显然，《金瓶梅》刻画人物心理、情态的技巧确实高于《三国演义》《水浒传》那些更为注重故事情节的作品。但是，这种栩栩如生的人物形象并不等于获得了更为丰富和更有深度的性格内涵。其实，对比曹操、刘备或是宋江、武松那些人物，《金瓶梅》人物的文学意义还是显得比较贫乏。

毫无疑问，《金瓶梅》从日常起居展开故事的写法是一个创造，这使它成为明清人情小说的开山之作，亦为日后《红楼梦》一类家族小说奠立了基础。由于这种创作手法具有开创性意义，而且这是文人直接写成的第一部长篇章回小说，它在文学史上具有不可小觑的重要地位。不过，这部小说在情节、细节乃至叙述语言方面都尚嫌粗糙，使得整个叙述风格带有一种肥皂剧似的复沓与琐碎。这部相当“另类”的作品固然有其种种特色，但就思想艺术总体而言，尚不足以比肩《三国演义》《水浒传》《西游记》《红楼梦》“四大名著”。

本章选录《金瓶梅》片断二则，标题均截取回目上句，内容说明如下：

《潘金莲激打孙雪娥》，选自第十一回“潘金莲激打孙雪娥　西门庆梳笼李桂姐”前半部分，是写潘金莲借西门庆之手打压孙雪娥之事。孙雪娥是西门庆第四房妾，掌管厨房事务，因言语得罪金莲、春梅，被后者视为眼中钉。

《吴月娘扫雪烹茶》，选自第二十一回“吴月娘扫雪烹茶　应伯爵替花邀酒”前半部分，写吴月娘雪中烧香拜斗，感动西门庆。此前因潘金莲挑唆，西门庆与月娘赌气不睦，此番拜求使两人和好。张竹坡回评认为，作者是以皮里阳秋笔法写月娘之“权诈”。

潘金莲激打孙雪娥

诗曰：

六街箫鼓正喧阗，初月今朝一线添。
睡去乌衣惊玉剪，斗来宵烛浑朱帘。
香绡染处红余白，翠黛攒来苦味甜。
阿姐当年曾似此，纵他戏汝不须嫌。

话说潘金莲在家恃宠生骄，颠寒作热，镇日夜不得个宁静。性极多疑，专一听篱察壁。那个春梅，又不是十分耐烦的。一日，金莲为些零碎事情，不凑巧骂了春梅几句。春梅没处出气，走往后边厨房下去，槌台拍凳闹狠狠的模样。那孙雪娥看不过，假意戏他道："怪行货子！想汉子便别处去想，怎的在这里硬气？"春梅正在闷时，听了这句，不一时暴跳起来："那个歪斯缠我哄汉子？"雪娥见他性不顺，只做不听得。春梅便使性，做几步走到前边来，一五一十，又添些话头，道："他还说娘教爹收了我，俏一帮儿哄汉子。"挑拨与金莲知道。金莲满肚子不快活。因送吴月娘出去送殡，起身早些，有些身子倦，睡了一觉，走到亭子上。只见孟玉楼摇飐的走来，笑嘻嘻道："姐姐如何闷闷的不言语？"金莲道："不要说起，今早倦的了不得。三姐你在那里去来？"玉楼道："才到后面厨房里走了走来。"金莲道："他与你说些甚么来？"玉楼道："姐姐没言语。"金莲心虽怀恨，口里却不说出。两个做了一回针指。只见春梅拿茶来，吃毕，两个闷倦，就放桌儿下棋耍子。忽见看园门小厮琴童走来，报道："爹来了。"慌的两个妇人收棋子不迭。

西门庆恰进门槛，看见二人家常都带着银丝□髻，露着四鬓，耳边青宝石坠子，白纱衫儿，银红比甲，挑线裙子，双弯尖翘，红鸳瘦小，一个个粉妆玉琢，不觉满面堆笑，戏道："好似一对儿粉头，也值百十两银子！"潘金莲说道："俺们倒不是粉头，你家正有粉头在后边哩！"那玉楼抽身就往后走，被西门庆一手拉住，说道："你往那里去？我来了，你倒要脱身去了。实说，我不在家，你两个在这里做甚么？"金莲道："俺俩个闷的慌，在这里下了两盘棋，时没做贼，谁知道你就来了。"一面替他接了衣服，说道："你今日送殡来家早。"西门庆道："今日斋堂里都是内相同官，天气又热，我不耐烦，先来家。"玉楼问道："他大娘怎的还不来？"西门庆道："他的轿子也待进城，我先回，使两个小厮接去了。"一面坐下。因问："你两个下棋赌些甚么？"金莲道："俺两个自下一盘耍子，平白赌什么？"西门庆道："等我和你们下一盘，那个输了，拿出一两银子做东道。"金莲道："俺们没银子。"西门庆道："你没银子，拿簪子问我当，也是一般。"于是摆下棋子，三人下了一盘。潘金莲输了。西门庆才数子儿，被妇人把棋子扑撒乱了。一直走到瑞香花下，倚着湖山，推掐花儿。西门庆寻到那里，说道："好小油嘴儿！你输了棋子，却躲在这里。"那妇人见西门庆来，昵笑不止，说道："怪行货子！孟三儿输了，你不敢禁他，却来缠我！"将手中花撮成瓣儿，洒西门庆一身。被西门庆走向前，双关抱住，按在湖山畔，就口吐丁香，舌融甜唾，戏谑做一处。不防玉楼走到跟前，叫道："六姐，他大娘来家了。咱后边去来。"这妇人撇了西门庆，说道："哥儿，我回来和你答话。"遂同玉楼到后边，与月娘道了万福。月娘问："你们笑甚么？"玉楼道："六姐今日和他爹下棋，输了一两银子，到明日整治东道，请姐姐耍子。"月娘笑了。

金莲只在月娘面前打了个照面儿，就走来前边陪伴西门庆。分付春梅房中薰香，预备澡盆浴汤，准备晚间效鱼水之欢。看官听说：家中虽是吴月娘居大，常有疾病，不管家事。只是人情来往，出入银钱，都在李娇儿手里。孙雪儿单管率领家人媳妇，在厨中上灶，打发各房饮食。譬如西门庆在那房里宿歇，或吃酒，或吃饭，造甚汤水，俱经雪娥手中整理，那房里丫头自往厨下去拿。此不必说。当晚西门庆在金莲房中，吃了回酒，洗毕澡，两人歇去。

次日，也是合当有事。西门庆许下金莲，要往庙上替他买珠子穿箍儿戴。早起来，等着要吃荷花饼、银丝鲊汤，使春梅往厨下说去。那春梅只顾不动身。金莲道："你休使他。有人说我纵容他，教你收了，俏成一帮儿哄汉子。百般指猪骂狗，欺负俺娘儿们。你又使他后边做甚么去？"西门庆便问："是谁说的？你对我说。"妇人道："说怎的！盆罐都有耳朵，你只不叫他后边去，另使秋菊去便了。"这西门庆遂叫过秋菊，分付他往厨下对雪娥说去。约有两顿饭时，妇人已是把桌儿放了，白不见拿来，急的西门庆只是暴跳。妇人见秋菊不来，使春梅："你去后边瞧瞧，那奴才只顾生根长苗的不见来。"

春梅有几分不顺，使性子走到厨下。只见秋菊正在那里等着哩，便骂道："贼奴才，娘要卸你那腿哩！说你怎的就不去了。爹等着吃了饼，要往庙上去。急的爹在前边暴跳，叫我采了你去哩！"这孙雪娥不听便罢，听了心中大怒，骂道："怪小淫妇儿！马回子拜节[1]——来到的就是？锅儿是铁打的，也等慢慢儿的来，预备下熬的粥儿又不吃，忽剌八新兴出来要烙饼做汤。那个是肚里蛔虫！"春梅不忿他，骂说道："没的扯屄淡！主子不使了来，那个好来问你要？有与没，俺们到前边只说的一声儿，有那些声气的？”一只手拧着秋菊的耳朵，一直往前边来。雪娥道：“主子奴才，常远似这等硬气，有时道着！”春梅道：“有时道没时道，没的把俺娘儿两个别变了罢！”于是气狠狠走来。妇人见他脸气得黄黄的，拉着秋菊进门，便问：“怎的来了？”春梅道：“你问他。我去时还在厨房里雌着，等他慢条厮礼儿才和面儿。我自不是，说了一句爹在前边等着，娘说你怎的就不去了？倒被那小院儿里的千奴才、万奴才骂了我恁一顿。说爹马回子拜节——走到的就是！只像那个调唆了爹一般，预备下粥儿不吃，平白地生发起要甚饼和汤。只顾在厨房里骂人，不肯做哩。”妇人在旁便道：“我说别要使他去，人自恁和他合气。说俺娘儿两个霸拦你在这屋里，只当吃人骂将来。”

这西门庆听了大怒，走到后边厨房里，不由分说，向雪娥踢了几脚，骂道：“贼歪剌骨！我使他来要饼，你如何骂他？你骂他奴才，你如何不溺泡尿把你自家照照！”雪娥被西门庆踢骂了一顿，敢怒而不敢言。西门庆刚走出厨房门外，孙雪娥对着来昭妻一丈青说道：“你看，我今日晦气！早是你在旁听，我又没曾说什么。他走将来凶神也一般，大吆小喝，把丫头采的去了，反对主子面前轻事重报，惹的走来平白地恁一场儿。我洗着眼儿，看着主子奴才长远恁硬气着，只休要错了脚儿！”不想被西门庆听见了，复回来，又打了几拳，骂道：“贼奴才淫妇！你还说不欺负他，亲耳朵听见你还骂他。”打的雪娥疼痛难忍，西门庆便往前边去了。那雪娥气的在厨房里两泪悲流，放声大哭。吴月娘正在上房，才起来梳头，因问小玉：“厨房里乱些甚么？”小玉回道：“爹要饼吃了往庙上去，说姑娘骂五娘房里春梅来，被爹听见了，踢了姑娘几脚，哭起来。”月娘道：“也没见，他要饼吃连忙做了与他去就罢了，平白又骂他房里丫头怎的！”于是使小玉走到厨房，撺掇雪娥和家人媳妇忙造汤水，打发西门庆吃了，往庙上去，不题。

这雪娥气愤不过，正走到月娘房里告诉此事。不妨金莲蓦然走来，立于窗下潜听。见雪娥在房里对月娘、李娇儿说他怎的霸拦汉子，背地无所不为：“娘，你还不知，淫妇说起来比养汉老婆还浪，一夜没汉子也不成的。背地干的那茧儿，人干不出，他干出来。当初在家，把亲汉子用毒药摆死了，跟了来，如今把俺们也吃他活埋了。弄的汉子乌眼鸡一般，见了俺们便不待见。”月娘道：“也没见你，他前边使了丫头要饼，你好好打发与他去便了。平白又骂他怎的？”孙雪娥道：“我骂他秃也瞎也来？那顷，这丫头在娘房里着紧不听手。俺没曾在灶上把刀背打他，娘尚且不言语。可可今日轮到他手里，便骄贵的这等了。”正说着，只见小玉走到，说：“五娘在外边。”少倾，金莲进房,望着雪娥说道:“比如我当初摆死亲夫,你就不消叫汉子娶我来家,省得我霸拦着他,撑了你的窝儿。论起春梅,又不是我的丫头,你气不愤,还教他伏侍大娘就是了。省得你和他合气,把我扯在里头。那个好意死了汉子嫁人?如今也不难的勾当,等他来家,与我一纸休书,我去就是了。”月娘道:“我也不晓的你们底事。你们大家省言一句儿便了。”孙雪娥道:“娘,你看他嘴似淮洪也一般,随问谁也辩他不过。明在汉子根前戳舌儿,转过眼就不认了。依你说起来,除了娘,把俺们都撵了,只留着你罢!”那吴月娘坐着,由着他那两个你一句我一句,只不言语。后来见骂起来,雪娥道:“你骂我奴才!你便是真奴才!”险些儿不曾打起来。月娘看不上,使小玉把雪娥拉往后边去。这潘金莲一直归到前边,卸了浓妆,洗了脂粉,乌云散乱,花容不整,哭得两眼如桃,躺在床上。

到日西时分,西门庆庙上来,袖着四两珠子,进入房中。一见便问:“怎的来?”妇人放声号哭起来,向西门庆要休书。如此这般告诉一遍:“我当初又不曾图你钱财,自恁跟了你来。如何今日教人这等欺负?千也说我摆杀汉子,万也说我摆杀汉子!没丫头便罢了,如何要人房里丫头伏侍?吃人指骂!”这西门庆不听便罢,听了时,三尸神暴跳[2],五脏气冲天。一阵风走到后边,采过雪娥头发来,尽力拿短棍打了几下。多亏吴月娘向前扯住了,说道:“没得大家省些事儿罢了!好交你主子惹气!”西门庆便道:“好贼歪刺骨,我亲自听见你在厨房里骂,你还搅缠别人。我不把你下截打下来也不算。”看官听说:不争今日打了孙雪娥,管教潘金莲从前作过事,没兴一齐来。正是:

惟有感恩并积恨,万年千载不生尘。

当下西门庆打了雪娥,走到前边,窝盘住了金莲,袖中取出庙上买的四两珠子,递与他。妇人见汉子与他做主,出了气,如何不喜。由是要一奉十,宠爱愈深。

【注释】

[1] 马回子,指回族人。回族马姓居多,故称。

[2] 三尸神,道家称人体内有三种作祟的神怪,称“三尸”或“三尸神”,每于庚申日向天帝呈奏人的过恶。唐段成式《酉阳杂俎·玉格》:“三尸一日三朝:上尸青姑,伐人眼;中尸白姑,伐人五脏;下尸血姑,伐人胃命。”

吴月娘扫雪烹茶

词曰[1]：

> 并刀如水，吴盐胜雪，纤手破新橙。锦幄初温，兽烟不断，相对坐调笙。　　低声问，向谁行宿？城上已三更。马滑霜浓，不如休去，直至少人行。

话说西门庆从院中归家，已一更天气，到家门首，小厮叫开门，下了马，踏着那乱琼碎玉，到于后边仪门首[2]。只仪门半掩半开，院内悄无人声。西门庆心内暗道："此必有跷蹊。"于是潜身立于仪门内粉壁前，悄悄听觑。只见小玉出来，穿廊下放桌儿。原来吴月娘自从西门庆与他反目以来，每月吃斋三次，逢七拜斗[3]，焚香保佑夫主早早回心，西门庆还不知。只见小玉放毕香桌儿。少顷，月娘整衣出来，向天井内满炉炷香，望空深深礼拜。祝道："妾身吴氏，作配西门。奈因夫主留恋烟花，中年无子。妾等妻妾六人，俱无所出，缺少坟前拜扫之人。妾夙夜忧心，恐无所托。是以发心每夜于星月之下，祝赞三光，要祈佑儿夫早早回心。弃却繁华，齐心家事。不拘妾等六人之中，早见嗣息，以为终身之计，乃妾之素愿也。"正是：

> 私出房栊夜气清，一庭香雾雪微明。
> 拜天诉尽衷肠事，无限徘徊独自惺。

这西门庆不听便罢，听了月娘这一篇言语，不觉满心惭感道："原来我一向错恼了他。他一篇都是为我的心，还是正经夫妻。"忍不住从粉壁前叉步走来，抱住月娘。月娘不防是他大雪里来到，吓了一跳，就要推开往屋里走，被西门庆双关抱住，说道："我的姐姐！我西门庆死也不晓的，你一片好心，都是为我的。一向错见了，丢冷了你的心，到今悔之晚矣。"月娘道："大雪里，你错走了门儿了，敢不是这屋里。我是那不贤良的淫妇，和你有甚情节？那讨为你的来？你平白又来理我怎的？咱两个永世千年休要见面！"西门庆把月娘一手拖进房来。灯前看见他家常穿着大红潞绸对衿袄儿，软黄裙子；头上戴着貂鼠卧兔儿，金满池娇分心，越显出他：

> 粉妆玉琢银盆脸，蝉髻鸦鬟楚岫云。

那西门庆如何不爱？连忙与月娘深深作了个揖，说道："我西门庆一时昏昧，不听你之良言，辜负你之好意。正是有眼不识荆山玉，拿着顽石一样看。过后方知君子。千万饶恕我则个。”月娘道：“我又不是你那心上的人儿，凡事投不着你的机会，有甚良言劝你？随我在这屋里自生自活，你休要理他。我这屋里也难安放你，趁早与我出去，我不着丫头撵你。”西门庆道：“我今日平白惹一肚子气，大雪里来家，迳来告诉你。”月娘道：“惹气不惹气，休对我说。我不管，你望着管你的人去说。”西门庆见月娘脸儿不瞧，就折叠腿装矮子，跪在地下，杀鸡扯脖，口里姐姐长，姐姐短。月娘看不上，说道：“你真个恁涎脸涎皮的！我叫丫头进来。”一面叫小玉。那西门庆见小玉进来，连忙立起来，无计支出他去，说道：“外边下雪了，一张香桌儿还不收进来？”小玉道：“香桌儿头里已收进来了。”月娘忍不住笑道：“没羞的货，丫头跟前也调个谎儿。”小玉出去，那西门庆又跪下央及。月娘道：“不看世人面上，一百年不理才好。”说毕，方才和他坐在一处，教玉箫捧茶与他吃。

西门庆因他今日常家茶会散后，同邀伯爵到李家，如何嚷闹，告诉一遍：“如今赌了誓，再不踏院门了。”月娘道：“你踹不踹，不在于我。你拿响金白银包着他，你不去，可知他另接了别个汉子？养汉老婆的营生，你拴住他身，拴不住他心。你长拿封皮封着他也怎的？”西门庆道：“你说的是。”于是打发丫鬟出去，脱衣上床，要与月娘求欢。月娘道：“教你上炕，就捞食儿吃，今日只容你在我床上就够了，要思想别的事，却不能够。”西门庆把那话露将出来，向月娘戏道：“都是你气的他，中风不语了。大睁着眼儿，说不出话来。”月娘骂道：“好个汗邪的货，教我有半个眼儿看的上！”西门庆不由分说，把月娘两只白生生腿扛在肩膀上，那话插入牝中，一任其莺恣蝶采，殢雨尤云，未肯即休。正是得多少：

海棠枝上莺梭急，翡翠梁间燕语频。

不觉到灵犀一点，美爱无加，麝兰半吐，脂香满唇。西门庆情极，低声求月娘叫达达；月娘亦低声睥帏睨枕，态有余妍，口呼亲亲不绝。是夜，两人雨意云情，并头交颈而睡。正是：

乱鬓双横兴已饶，情浓犹复厌通宵。
晚来独向妆台立，淡淡春山不用描。

【注释】

［1］　以下这首词系宋周邦彦《少年游·商调》。

［2］　仪门，旧时邸宅大门内第二重正门。元高文秀《谇范叔·楔子》：“这是仪门前，且莫过去，我试看咱。”

[3] 拜斗,礼拜北斗星。道教的一种祈祷。元无名氏《争报恩》第四折:“自从你下在牢里,我替你拜斗。”

【思考题】

1. 说说《潘金莲激打孙雪娥》一节人物刻画的特点。

2. 吴月娘的雪中拜斗是否像张竹坡说的是一种“权诈”?

3. 有的评论认为《金瓶梅》的性描写表达了人性的欲求,具有反抗封建礼教的意义。对此,你是怎么看的?

【拓展阅读】

1. 郑振铎:《谈〈金瓶梅词话〉》,收入徐朔方、刘辉编《金瓶梅论集》,人民文学出版社1986年版。

2. 孟超:《金瓶梅人物论》,光明日报出版社1985年版。

第二十五章　三言·二拍

明代中后期是白话小说繁盛时期，在长篇章回小说之外，汇集短篇话本及拟话本小说的总集、专集和选集亦开始陆续出现，如嘉靖时洪楩刊刻的《六十家小说》(后称《清平山堂话本》)就是一部宋元明话本总集。由于宋元以来出版业持续发展，至嘉靖年间已形成书贾、刻坊与编撰者(著作人)的市场互动关系，有力地推进了“说话”这种口头叙事向书面文学转化。至明代晚期，坊间刊印的话本集已层出不穷；据胡士莹《话本小说概论》统计，这一时期此类刊本现存尚有六十余种之多。天启年间，冯梦龙编撰的“三言”——《警世通言》《醒世恒言》《喻世明言》(原称《古今小说》)相继问世，这是系统整理前人话本资源进行二度创作的杰出样本。稍后又有凌濛初的“二拍”——《拍案惊奇》和《二刻拍案惊奇》，则干脆直接进入拟话本创作。这一时期，较有水准的拟话本专集还有《石点头》(天然痴叟)、《西湖二集》(周楫)、《型世言》(陆人龙)等。

冯梦龙(1574—约1646)，字犹龙，别署龙子犹，又号詹詹外史、墨憨斋主人等，长洲(今江苏苏州)人。崇祯中以贡生入仕，授福建寿宁知县。其一生主要致力于通俗文学整理与创作，搜集整理了《山歌》《智囊》《广笑府》《古今谭概》等，辑著戏曲剧本《墨憨斋传奇十种》，还曾改编增补罗贯中的长篇章回小说《三遂平妖传》。当然，他最大的成就是被称为“三言”的《喻世明言》《警世通言》《醒世恒言》。

这三部集子各收短篇小说四十种，总数一百二十种。这些作品的故事来源比较复杂，胡士莹《话本小说概论》认为，冯氏所据材料有三个方面：

> 一、改写宋元旧话本，如《京本通俗小说》和《清平山堂话本》的某些篇。二、取材于当时文人所写的传奇文，如《杜十娘怒沉百宝箱》，来源于宋幼清的《负情侬传》；《沈小霞相会出师表》，来源于江盈科《明十六种小传》中的《沈小霞妾》，这些都是当时社会上轰传一时的现实新闻。三、更多的则采自唐宋人传奇以及笔记杂纂等书。(第十一章第七节)

当然其中也有冯氏自己的独立创作,但目前可以确证的只是《警世通言》中的《老门生三世报恩》一篇。

凌濛初作“二拍”,显然受冯氏“三言”的影响。他们是同时代人(凌比冯小六岁),生活环境十分接近,都出生于江南仕宦之家,也都有过科场蹭蹬的经历。对小说戏曲等俗文学的爱好是他们的共同特点,但具体说到他们的小说编撰,各自情形实有所不同。

凌濛初(1580—1644),字玄房,号初成,别号即空观主人,浙江乌程(今湖州)人。万历时补廪膳生,曾入赣府抚军幕府。崇祯七年(1634)任上海县丞,十五年擢徐州通判,卒于任。他的文学生涯主要在入仕之前,《拍案惊奇》刊于崇祯元年(1628),《二刻拍案惊奇》刊于崇祯五年,代表其主要文学成就的“二拍”在进入官场之前都已面世。凌氏在戏曲方面亦有造诣,著有杂剧《虬髯翁》《颠倒姻缘》《北红拂》等十余种,传奇《衫襟记》等三种。

《拍案惊奇》收有短篇小说四十种;《二刻拍案惊奇》亦四十种,但第二十三卷与初刻同卷相重,第四十卷附录凌氏杂剧《宋公明闹元宵》,故二刻实有小说三十八种。凌氏的七十八种短篇小说大抵出于个人创作,这不同于冯氏“三言”以改写、辑录为主的成书方式。他在《拍案惊奇》序中提及:“独龙子犹氏所辑《喻世》等诸言,颇存雅道,时著良规,一破今时陋习,而宋元旧种,亦被搜括殆尽。”按旧时见识,改编旧本显得故事有来源,似乎更胜于自行撰述,但旧本资源既被冯梦龙用尽,凌氏自己创作故事很有些不得已的意思。

“三言”的故事来源比较复杂,有直接从话本改写的,也有改编传奇杂俎的拟话本,各篇故事形态自有很大差异。至于叙事背景,春秋以下几乎历朝各代都有,而题材范围亦相当广泛。其中表现男女情爱、婚姻与家庭问题的篇什最多,如《蒋兴哥重会珍珠衫》《金玉奴棒打薄情郎》(《喻世明言》)、《杜十娘怒沉百宝箱》(《警世通言》)、《卖油郎独占花魁》《闹樊楼多情周胜仙》(《醒世恒言》)等,都是脍炙人口的名篇。“公案”一类题材也是“三言”的一大看点,如《陈御史巧勘金钗钿》(《喻世明言》)、《三现身包龙图断冤》(《警世通言》)、《李玉英狱中讼冤》《十五贯戏言成巧祸》(《醒世恒言》)等,这些勘案断狱的故事都明显带有劝善意味。当然,还有直接描述友爱、行善与诚信一类传统美德的作品,如《范巨卿鸡黍死生交》(《喻世明言》)、《吕大郎还金完骨肉》(《警世通言》)、《施润泽滩阙遇友》(《醒世恒言》)等。除上述几类,其他题材尚有帝王传说、文人佳话乃至因果报应等奇谭轶闻,可谓五花八门,不一而足。

关于“三言”的思想内涵，晚近研究者往往给出某些有趣的“创造性误读”，譬如喜欢将书中的市井人生纳入市场经济范畴，进而探讨所谓市民意识之类。他们以为其中反映了工商业发展时期的人性觉醒，不啻将冯氏笔墨视如史学界所谓“资本主义萌芽”的文学演绎。其实，“三言”涉及工商业活动的描述很少，即便像《施润泽滩阙遇友》这样表现手工业者互助精神的篇什，也只是讴歌忠孝节义一类传统道德，并不具有市民权利意识的新思维。总的来看，“三言”的思想意识并无任何超越之处，甚至可以说相当中庸。冯氏固然瞩意描写礼教压抑下的困顿人生，也有违情越俗的人物，但是这些故事并不表达一种救赎的希冀，亦绝无《水浒传》里那种由无所适从到铤而走险的人生转折。譬如《况太守断死孩儿》(《警世通言》)一篇，写守寡的邵氏耐不住青春寂寞与仆人苟且之事，乃归咎于一念之差坏了名节，而并非作为某种启悟的契机；至于溺毙亲子，杀死情人并自缢了断等极端行为，也只是表现女主人公失足的悔恨。就像《赫大卿遗恨鸳鸯绦》(《醒世恒言》)中书生纵欲身亡的下场，都是作为“喻世”“警世”“醒世”的反面教材。按冯氏的描述，谨守儒者所谓“仁”“礼”“天命”之类是做人的本分。处于明末社会矛盾日益尖锐，儒学道统日趋崩坏的危境之中，这种传统的实用理性态度委实反映了作者的用世之心。

“三言”历来为读者喜爱，这主要是因为其可读性很好。这些作品一般以叙事见长，也有注重人物性格塑造的，如《杜十娘怒沉百宝箱》等。冯梦龙文笔不错，叙述、描写颇为生动。相比之下，凌濛初的文字似乎稍逊一筹。不过，“二拍”的叙事技巧很好，故事大多写得丰满而曲折，情节处理往往比“三言”更具想象力。

“二拍”基本上是凌濛初的原创作品(有些素材取自前人笔记)，大多以明代或是宋元时期为叙事背景，显然比“三言”更富生活气息。“二拍”两书七十八篇小说中，凡夫俗子的故事居多，人物有书生、商人、工匠、乡绅、胥吏、妓女、僧尼、盗匪、骗子等等。凌氏追求于日常生活发掘“谲诡幻怪”之事，对耳目之内的市井琐事更为关注。他在《拍案惊奇》序中写道：“今之人但知耳目之外牛鬼蛇神之为奇，而不知耳之之内日用起居，其为谲诡幻怪非可以常理测者固多也。”在古代小说家中，他这种见解显然比较接近现代小说观念。

相比“三言”，凌氏“二拍”更多体现了一种“去传奇化”的努力，而道德说教意味亦不那么明显。像《二刻》中吴宣教被人设局破财之事(《赵县君乔送黄柑　吴宣教干偿白镪》)，固有讥嘲贪淫之意，但整个叙述重在描写丝丝入扣的设局过程，不像“三言”那么强调道德鞭挞。再看是书李方哥“借妻”那般不伦之行（《程朝奉单遇无头妇　王通判双雪不明冤》），偏被纳入连环凶案中，亦未藉此大做劝善文章。可见，凌氏的兴趣在故事本身，而不在于道德究诘。至于神偷“一枝梅”穿窬官邸的故事（《神偷寄兴一枝梅　侠盗惯行三昧戏》），通篇竟以游戏趣味贯之，根本不是要与官府作对的意思，这种创作态度亦消解了中国小说通常所给出的叙事话语。

因篇幅所限，本章只选录一篇小说，即《二刻拍案惊奇》中的《两错认莫大姐私奔　再成交杨二郎正本》，题目另作**《莫大姐私奔》**。此篇前边一则黄节妻子与人私奔的故事，是袭用话本小说“入话”的套路，“二拍”的叙述方式均按此格式。而“三言”的入话并不都有故事，大抵半数以上仅以诗词、闲话入话。

本篇在“二拍”中不算上乘之作，但作者的叙事态度很有意思。叙说莫大姐自由放纵的婚外情，并未视作大逆不道的恶行，而是着重写其行事之荒唐，甚至从头到尾很有些喜剧色彩。莫大姐虽经历了被拐卖到妓院的不幸遭遇，但最终还是与心仪的杨二郎结成了夫妻。这种富于人性的包容态度在当日礼教社会中实属罕见。

莫大姐私奔

（《二刻拍案惊奇》）

诗云：李代桃僵，羊易牛死。世上冤情，最不易理。

话说宋时南安府大庾县[1]有个吏典黄节，娶妻李四娘。四娘为人，心性风月，好结识个把风流子弟，私下往来。向与黄节生下一子，已是三岁了，不肯收心，只是贪淫。一日黄节因有公事，住在衙门中了。十来日，四娘与一个不知姓名的奸夫说通了，带了这三岁儿子一同逃去。出城门不多路，那儿子见眼前光景生疏，啼哭不止。四娘好生不便，竟把儿子丢弃在草中，自同奸夫去了。大庾县中有个手力人李三，到乡间行公事。才出城门，只听得草地里有小儿啼哭之声，急往前一看，见是一个小儿眠在草里，擂天倒地价哭。李三看了，心中好生不忍，又不见一个人来睬他，不知父母在那里去了。李三走去抱扶着他，那小儿半日不见了人，心中虚怯，哭得不耐烦。今见个人来偎傍，虽是面生些，也倒忍住了哭，任凭他抱了起来。原来这李三不曾有儿女，看见欢喜。也是合当有事，道是天赐与他小儿，一径的抱了回家。家人见孩子生得清秀，尽多快活，养在家里，认做是自家的了。

这边黄节衙门中出来，回到家里，只见房闼[2]寂静，妻子多不见了。骇问邻舍，多道是："押司出去不多日，娘子即抱着小哥不知那里去了，关得门户寂悄悄的。我们只道到那里亲眷家去，不晓得备细。"黄节情知妻四娘有些毛病的，着了忙，各处亲眷家问，并无下落。黄节只得写下了招子，各处访寻，情愿出十贯钱做报信的谢礼。

一日，偶然出城数里，恰恰经过李三门首。那李三正抱着这拾来的儿子，在那里与他作耍。黄节仔细一看，认得是自家的儿子，喝问李三道："这是我的儿子，你却如何抱在此间！我家娘子那里去了？"李三道："这儿子吾自在草地上拾来的，那晓得甚么娘子？"黄节道："我妻子失去，遍贴招示，谁不知道？今儿子既在你处，必然是你作奸犯科，诱藏了我娘子，有甚么得解说？"李三道："我自是拾得的，那知这些事？"黄节扭住李三，叫起屈来，惊动地方邻里，多走将拢来。黄节告诉其事，众人道："李三原不曾有儿子，抱来时节实是有些来历不明，却不知是押司的。"黄节道："儿子在他处了，还有我娘子不见，是他一同拐了来的。"众人道："这个我们不知道。"李三发极道："我那见甚么娘子？那日草地上，只见得这个孩子在那里哭，我抱了回家。今既是押司的，我认了悔气，还你罢了，怎的还要赖我甚么娘子？"黄节道："放你娘的屁！是我赖你？我现有招贴在外的。你这个奸徒，我当官与你说话！"对众人道："有烦列位与我带一带，带到县里来。事关着拐骗良家子女，是你地方邻里的干系，不要走了人！"李三道："我没甚欺心事，随你去见官，自有明白，一世也不走。"

黄节随同了众人押了李三，抱了儿子，一直到县里来。黄节写了纸状词，把上项事一一禀告县官。县官审问李三，李三只说路遇孩子抱了归来是实，并不知别项情由。县官道："胡说！他家不见了两个人，一个在你家了，这一个又在那里？这样奸诈，不打不招。"遂把李三上起刑法来，打得一佛出世，二佛生天，只不肯招。那县里有与黄节的一般吏典二十多个，多护着吏典行里体面，一齐来跪禀县官，求他严行根究。县官又把李三重加敲打，李三当不过，只得屈招道："因为家中无子，见黄节妻抱了儿子在那里，把来杀了，盗了他儿子回来，今被捉获，情愿就死。"县官又问："尸首今在何处？"李三道："恐怕人看见，抛在江中了。"县官录了口词，取了供状，问成罪名，下在死囚牢中了。吩咐当案孔目做成招状，只等写完文卷，就行解府定夺。孔目又为着黄节，把李三狱情做得没些漏洞。

其时乃是绍兴十九年八月二十九日。文卷已完，狱中取出李三解府。系是杀人重犯，上了镣肘，戴了木枷，跪在庭下，专听点名起解。忽然阴云四合,空中雷电交加,李三身上枷杻尽行脱落。霹雳一声,当案孔目震死在堂上,二十多个吏典头上吏巾,皆被雷风掣去。县官惊得浑身打颤。须臾性定,叫把孔目身尸验看,背上有朱红写的"李三狱冤"四个篆字。县官便叫李三问时。李三兀自痴痴地立着,一似失了魂的,听得呼叫,然后答应出来。县官问道:"你身上枷杻,适才怎么样解了的?"李三道:"小人眼前昏黑,犹如梦里一般,更不知一些甚么,不晓得身上枷杻怎地脱了。"县官明知此事有冤,遂问李三道:"你前日孩子果是怎生的?"李三道:"实实不知谁人遗下,在草地上啼哭,小人不忍,抱了回家。至于黄节夫妻之事,小人并不知道,是受刑不过屈招的。"县官此时又惊又悔道:"今日看起来,果然与你无干。"当时遂把李三释放,叫黄节与同差人别行寻缉李四娘下落。后来毕竟在别处地方寻获,方知天下事专在疑似之间冤枉了人。这个李三若非雷神显灵,险些儿没辨白处了。

而今说着国朝一个人,也为妻子随人走了,冤屈一个邻舍往来的,几乎累死,后来却得明白。与大庾这件事有些仿佛。待小子慢慢说来,便知端的。

佳期误泄桑中约,好事讹牵月下绳。
只解推原平日状,岂知局外有翻更。

话说北直张家湾有个居民[3],姓徐名德,本身在城上做长班[4]。有妻莫大姐,生得大有容色,且是兴高好酒,醉后就要趁着风势撩拨男子汉,说话够搭。邻舍有个杨二郎,也是风月场中人,年少风流,闲荡游耍过日,没甚根基。与莫大姐终日调情,你贪我爱,弄上了手。外边人无不知道。虽是莫大姐平日也还有个把梯己人往来,总不如与杨二郎过得恩爱。况且徐德在衙门里走动,常有个月期程不在家里,杨二郎一发便当,竟像夫妻一般过日。后来徐德挣得家事从容了,衙门中寻了替身,不消得日日出去,每有时节歇息在家里,渐渐把杨二郎与莫大姐光景看了些出来。细访邻里街坊,也多有三三两两说话。徐德一日对莫大姐道:"咱辛辛苦苦了半世,挣得有碗饭吃了,也要装些体面,不要被外人笑话便好。"莫大姐道:"有甚笑话?"徐德道:"钟不扣不鸣,鼓不打不响。欲人不知,莫若不为。你做的事,外边那一个不说的?你瞒咱则甚?咱叫你今后仔细些罢了。"莫大姐被丈夫道着海底眼[5],虽然撒娇撒痴,说了几句支吾门面说话,却自想平日忒做得渗濑[6],晓得瞒不过了,不好十分强辨得,暗地忖道:"我与杨二郎交好,情同夫妻,时刻也闲不得的。今被丈夫知道,必然防备得紧,怎得像意?不如私下与他商量，卷了些家财，同他逃了去。他州外府，自由自在的快活，岂不是好！”藏在心中。

一日，看见徐德出去，便约了杨二郎密商此事。杨二郎道：“我此间又没甚牵带，大姐肯同我去，要走就走。只是到外边去，须要有些本钱，才好养得口活。”莫大姐道：“我把家里细软尽数卷了去，怕不也过几时？等住定身子，慢慢生发做活就是。”杨二郎道：“这个就好了。一面收拾起来，得便再商量走道儿罢了。”莫大姐道：“说与你了，待我看着机会，拣个日子，悄悄约你走路。你不要走漏了消息。”杨二郎道：“知道。”两个趁空处又做了一点点事，千分万付而去。

徐德归来几日，看见莫大姐神思撩乱，心不在焉的光景，又访知杨二郎仍来走动，恨着道：“等我一时撞着了，怕不斫他做两段！”莫大姐听见，私下教人递信与杨二郎：“目下切不要到门前来露影。”自此杨二郎不敢到徐家左近来。莫大姐切切在心，只思量和他那里去了便好，已此心不在徐家，只碍着丈夫一个是眼中钉了。大凡女人心一野，自然七颠八倒，如痴如呆，有头没脑，说着东边，认着西边，没情没绪的。况且杨二郎又不得来，茶里饭里多是他，想也想痴了。因是闷得不耐烦，问了丈夫，同了邻舍两三个妇女们约了，要到岳庙里烧一炷香。此时徐德晓得这婆娘不长进，不该放他出去才是。却是北人直性，心里道：“这几时拘系得紧了，看他恍恍惚惚，莫不生出病来？便等他外边去散散。”北方风俗，女人出去，只是自行，男子自有够当，不大肯跟随走的。当下莫大姐自同一伙女伴，带了纸马酒盒，抬着轿，飘飘逸逸的出门去了。只因此一去，有分交：

> 闺中佚女，竟留烟月之场；枕上情人，险作囹圄之鬼。直待海清终见底，方令盆覆得还光。

且说齐化门外有一个倬峭的子弟，姓郁名盛，生性淫荡，立心刁钻，专一不守本分，勾搭良家妇女。又喜讨人便宜，做那昧心短行的事。他与莫大姐是姑舅之亲，一向往来，两下多有些意思，只是不曾得便，未上得手。郁盛心里道是一桩欠事，时常记念的。一日在自己门前闲立，只见几乘女娇抬过，他窥头探脑去看那轿里抬的女眷，恰好轿帘隙处，认得是徐家的莫大姐。看了轿上挂着纸钱，晓得是岳庙进香，又有闲的挑着盒担，乃是女眷们游耍吃酒的。想道：“我若厮赶着他们去，闲荡一番，不过插得些寡趣，落得个眼饱，没有实味。况有别人家女眷在里头，便插趣也有好些不便。不若我整治些酒馔在此，等莫大姐转来。我是亲眷人家，邀他进来，打个中火，没人说得。亦且莫大姐尽是贪杯高兴,十分有情的,必不推拒。那时趁着酒兴营勾他,不怕他不成这事。好计,好计!”即时奔往闹热胡同,只拣可口的鱼肉荤肴、榛松细果,买了偌多,撮弄得齐齐整整。正是:安排扑鼻芳香饵,专等鲸鲵来上钩。

却说莫大姐同了一班女伴,到庙里烧过了香,各处去游耍。挑了酒盒,野地上随着好坐处,即便摆着吃酒。女眷们多不十分大饮,无非吃下三数杯。晓得莫大姐量好,多来劝他。莫大姐并不推辞,拿起杯来就吃就干,把带来的酒吃得罄尽,已有了七八分酒意。天色将晚,然后收拾家火,上轿抬回。回至郁家门前,郁盛瞧见,忙至莫大姐轿前施礼道:“此是小人家下,大姐途中口渴了,可进里面告奉一茶。”莫大姐醉眼朦胧,见了郁盛是表亲,又是平日调得情惯的,忙叫住轿,走出轿来,与郁盛万福道:“元来哥哥住在这里。”郁盛笑容满面道:“请大姐里面坐一坐去。”莫大姐带着酒意,踉踉跄跄的跟了进门。别家女轿晓得徐家轿子有亲眷留住,各自先去了。徐家的轿夫住在门口等候。

莫大姐进得门来,郁盛邀至一间房中,只见酒果肴馔,摆得满桌。莫大姐道:“甚么道理要哥哥这们价费心?”郁盛道:“难得大姐在此经过,一杯淡酒,聊表寸心而已。”郁盛是有意的,特地不令一个人来伏侍,只是一身陪着,自己斟酒,极尽殷勤相劝。正是:茶为花博士,酒是色媒人。莫大姐本是已有酒的,更加郁盛慢橹摇船捉醉鱼,腼腆着面庞央救不过,又吃了许多。酒力发作,乜斜了双眼,淫兴勃然,倒来丢眼色,说风话。郁盛挨在身边同坐了,将着一杯酒,你呷半口,我呷半口,又噙了一口,勾着脖子度将过去,莫大姐接来咽下去了,就把舌头伸过口来,郁盛咂了一回。彼此春心荡漾,偎抱到床中,褪下小衣,弄将起来。一个醉后掀腾,一个醒中摩弄。醉的如迷花之梦蝶,醒的似采蕊之狂蜂。醉的一味兴浓,担承愈勇;醒的半兼趣胜,玩视偏真。此贪彼爱不同情,你醉我醒皆妙境。

两人战到间深之处,莫大姐不胜乐畅,口里哼哼的道:“我二哥,亲亲的肉,我一心待你,只要同你一处去快活了罢!我家天杀的不知趣,又来拘管人,怎如得二哥这等亲热有趣?”说罢,将腰下乱颠乱耸,紧紧抱住郁盛不放,口里只叫“二哥亲亲”。原来莫大姐醉得极了,但知快活异常,神思昏迷,忘其所以。真个醉里醒时言,又道是酒道真性,平时心上恋恋的是杨二郎,恍恍惚惚,竟把郁盛错认。干事的是郁盛,说的话多是对杨二郎的话。郁盛原晓得杨二郎与他相厚的,明明是醉里认差了。郁盛道:“叵耐这浪淫妇,你只记得心上人,我且将计就计,餂他说话[7],看他说甚么来?”就接口道："我怎生得同你一处去快活？"莫大姐道："我前日与你说的，收拾了些家私，和你别处去过活，一向不得空便。今秋分之日，那天杀的进城上去，有那衙门里勾当。我与你趁那晚走了罢。"郁盛道："走不脱却怎么？"莫大姐道："你端正下船儿，一搬下船，连夜摇了去。等他城上出来知得，已此赶不着了。"郁盛道："夜晚间把甚么为暗号？"莫大姐道："你只在门外拍拍手掌，我里头自接应你。我打点停当好几时了，你不要错过。"口里糊糊涂涂，又说好些，总不过肉麻说话。郁盛只拣那几句要紧的，记得明明白白在心。

须臾云收雨散，莫大姐整一整头髻，头眩眼花的走下床来。郁盛先此已把酒饭与轿夫吃过了，叫他来打着轿，挽扶莫大姐上轿去了。郁盛回来，道是占了采头，心中欢喜。却又得了他心腹里的话，笑道："诧异，诧异，那知他要与杨二郎逃走，尽把相约的事对我说了。又认我做了杨二郎，你道好笑么？我如今将错就错，雇下了船，到那晚剪他这绺[8]，落得载他娘在别处去受用几时，有何不可？"郁盛是个不学好的人，正挠着他的痒处，以为得计。一面料理船只，只等到期行事，不在话下。

且说莫大姐归家，次日病了一日酒。昨日到郁家之事，犹如梦里，多不十分记得，只依稀影响，认做已约定杨二朗日子过了。收拾停当，只待起身。岂知杨二郎处虽曾说过两番，晓得有这个意思，反不曾精细叮咛得，不做整备的。到了秋分这夜，夜已二鼓，莫大姐在家里等候消息。只听得外边拍手响，莫大姐心照，也拍拍手。开门出去，黑影中见一个人在那里拍手，心里道是杨二郎了。急回身进去，将衣囊箱笼，逐件递出。那人一件件接了，安顿在船中。莫大姐恐怕有人瞧见，不敢用火，将房中灯打灭了，虚锁了房门，黑里走出。那人扶了上船，如飞把船开了。船中两个多是低声细语，况是慌张之际，莫大姐只认是杨二郎，急切辨不出来。莫大姐失张失志，历碌了一日，下得船才心安。倦将起来，不及做甚么事，说得一两句话，那人又不十分回答。莫大姐放倒头，和衣就睡着了去。

比及天明，已在潞河，离家有百十里了。撑开眼来看那舱里同坐的人，不是杨二郎，却正是齐化门外的郁盛。莫大姐吃了一惊道："如何却是你？"郁盛笑道："那日大姐在岳庙归来途中，到家下小酌，承大姐不弃，赐与欢会。是大姐亲口约下我的，如何倒吃惊起来？"莫大姐呆了一回，仔细一想，才省起前日在他家吃酒，酒中淫媾之事，后来想是错认，把真话告诉了出来。醒来记差，只说是约下杨二郎了，岂知错约了他？今事已至此，说不得了，只得随他去。只是怎生发付杨二郎呵？因问道："而今随着哥哥到那里去才好？"郁盛道："临清是个大码头去处，我有个主人在那里。我与你那边去住了，寻生意做。我两个一窝儿作伴，岂不快活？”莫大姐道：“我衣囊里尽有些本钱，哥哥要营运时，足可生发度日的。”郁盛道：“这个最好。”从此莫大姐竟同郁盛到临清去了。

话分两头。且说徐德衙门公事已毕，回到家里，家里悄没一人，箱笼什物皆已搬空。徐德骂道：“这歪剌姑一定跟得奸夫走了！”问一问邻舍，邻舍道：“小娘子一个夜里不知去向。第二日我们看见门是锁的了，不晓得里面虚实。你老人家自想着，无过是平日有往来的人约的去。”徐德道：“有甚么难见处？料只在杨二郎家里。”邻舍道：“这猜得着，我们也是这般说。”徐德道：“小人平日家丑，须瞒列位不得。今日做出事来，眼见得是杨二郎的缘故。这事少不得要经官，有烦两位做一做见证。而今小人先到杨家去问一问下落，与他闹一场则个。”邻舍道：“这事情那一个不知道的？到官时，我们自然讲出公道来。”徐德道：“有劳，有劳。”当下一忿之气，奔到杨二郎家里。恰好杨二郎走出来，徐德一把扭住道：“你把我家媳妇子拐在那里去藏过了？”杨二郎虽不曾做这事，却是曾有这话关着心的，骤然闻得，老大吃惊。口里嚷道：“我那知这事？却来赚我！”徐德道：“街坊上那一个不晓得你营勾了我媳妇子？你还要赖哩！我与你见官去，还我人来！”杨二郎道：“不知你家嫂子几时不见了，我好耽耽在家里，却来问我要人，就见官，我不相干！”徐德那听他分说，只是拖住了交付与地方，一同送到城上兵马司来。

徐德衙门情熟，为他的多。兵马司先把杨二郎下在铺里。次日，徐德就将奸拐事情，在巡城察院衙门告将下来，批与兵马司严究。兵马审问杨二郎，杨二郎初时只推无干。徐德拉同地方，众口证他有奸。兵马喝叫加上刑法，杨二郎熬不过，只得招出平日通奸往来是实。兵马道：“奸情既真，自然是你拐藏了。”杨二郎道：“只是平日有奸，逃去一事，委实与小的无涉。”兵马又唤地方与徐德问道：“他妻子莫氏还有别个奸夫么？”徐德道：“并无别人，只有杨二郎奸稔是真。”地方也说道：“邻里中也只晓杨二郎是奸夫，别一个不见说起。”兵马喝杨二郎道：“这等还要强辨！你实说拐来藏在那里？”杨二郎道：“其实不在小的处，小的知他在那里？”兵马大怒，喝叫重重夹起，必要他说。杨二郎只得又招道：“曾与小的商量要一同逃去，这说话是有的。小的不曾应承，故此未约得定，而今却不知怎的不见了。”兵马道：“既然曾商量同逃，而今走了，自然知情。他无非私下藏过，只图混赖一时，背地里却去奸宿。我如今收在监中，三日五日一比，看你藏得到底不成！”遂把杨二郎监下，隔几日就带出鞫问一番。杨二郎只是一般说话，招不出人来。徐德又时时来催禀，不过做杨二郎屁股不着，打得些屈棒，毫无头绪。

杨二郎正是俗语所云:从前作事,没兴齐来。乌狗吃食,白狗当灾。杨二郎当不过屈打,也将霹诬枉禁事情在上司告下来,提到别衙门去问。却是徐德家里实实没了人,奸情又招是真的,不好出脱得他。有矜疑他的,教他出了招帖,许下赏钱,募人缉访。然是十个人内倒有九个说杨二郎藏过了是真的,那个说一声其中有冤枉?此亦是杨二郎淫人妻女应受的果报。

女色从来是祸胎,奸淫谁不惹非灾?
虽然逃去浑无涉,亦岂无端受枉来?

且不说这边杨二郎受累,累年不决的事。再表郁盛自那日载了莫大姐到了临清地方,赁间闲房住下,两人行其淫乐,混过了几时。莫大姐终久有这杨二郎在心里,身子虽现随着郁盛,毕竟是勉强的,终日价没心没想,哀声叹气。郁盛起初绸缪,相处了两个月,看看两下里各有些嫌憎,不自在起来。郁盛自想道:“我目下用他的,带来的东西须有尽时;我又不会做生意,日后怎生结果?况且是别人的妻子,留在身边,到底怕露将出来,不是长便。我也要到自家里去的,那里守得定在这里?我不如寻个主儿卖了他。他模样尽好,到也还值得百十两银子。我得他这些身价,与他身边带来的许多东西,也尽够受用了。”打听得临清渡口驿前乐户魏妈妈家里,养许多粉头,是个兴头的鸨儿,要的是女人,寻个人去与他说了。魏妈只做访亲来相探望,看过了人物,还出了八十两价钱,交兑明白,只要抬人去。郁盛哄着莫大姐道:“这魏妈妈是我家外亲,极是好情分。你我在此异乡,图得与他做个相识往来,也不寂寞。魏妈妈前日来望过了你,你今日也去还拜他一拜才是。”莫大姐女眷心性,巴不得寻个头脑外边去走走的。见说了,即便梳妆起来。

郁盛就去雇了一乘轿,把莫大姐竟抬到魏妈妈家里。莫大姐看见魏妈妈笑嘻嘻相头相脚,只是上下看觑,大剌剌的不十分接待。又见许多粉头在面前,心里道:“甚么外亲?看来是个行院人家了[9]。”吃了一杯茶,告别起身。魏妈妈笑道:“你还要到那里去?”莫大姐道:“家去。”魏妈妈道:“还有甚么家里?你已是此间人了。”莫大姐吃一惊道:“这怎么说?”魏妈妈道:“你家郁官儿得了我八十两银子,把你卖与我家了。”莫大姐道:“那有此话!我身子是自家的,谁卖得我!”魏妈妈道:“甚么自家不自家?银子已拿得去了,我那管你!”莫大姐道:“等我去和那天杀的说个明白!”魏妈妈道:“此时他跑自家的道儿,敢走过七八里路了,你那里寻他去?我这里好道路,你安心住下了罢,不要讨我杀威棒儿吃!”莫大姐情知被郁盛所赚,叫起撞天屈来,大哭了一场。魏妈妈喝住,只说要打,众粉头做好做歉的来劝住。莫大姐原是立不得贞节牌坊的,到此地位,落了圈套,没计奈何,只得和光同尘,随着做娼妓罢了。此亦是莫大姐做妇女不学好,应受的果报。

妇女何当有异图?贪淫只欲闪亲夫。
今朝更被他人闪,天报昭昭不可诬。

莫大姐自从落娼之后,心里常自想道:"我只图与杨二郎逃出来快活,谁道醉后错记,却被郁盛天杀的赚来,卖我在此。而今不知杨二郎怎地在那里?我家里不见了人,又不知怎样光景?"时常切切于心。有时接着相投的孤老,也略把这些前因说说。只好感伤流泪,那里有人管他这些唠叨?光阴如箭,不觉已是四五个年头。一日,有一个客人来嫖宿饮酒,见了莫大姐,目不停瞬,只管上下瞧觑。莫大姐也觉有些面染,两下疑惑。莫大姐开口问道:"客官贵处?"那客人道:"小子姓幸名逢,住居在张家湾。"莫大姐见说张家湾三字,不觉潸然泪下,道:"既在张家湾,可晓得长班徐德家里么?"幸客惊道:"徐德是我邻人,他家里失去了嫂子几年。适见小娘子面庞有些厮像,莫不正是徐嫂子么?"莫大姐道:"奴正是徐家媳妇,被人拐来坑陷在此。方才见客人面庞,奴家道有些认得,岂知却是日前邻舍幸官儿。"原来幸逢也是风月中人,向时看见莫大姐有些话头,也曾咽着干唾的,故此一见就认得。幸客道:"小娘子你在此不打紧,却害得一个人好苦。"莫大姐道:"是那个?"幸客道:"你家告了杨二郎,累了几年官司,打也不知打了多少,至今还在监里,未得明白。"莫大姐见说,好不伤心,轻轻对幸客道:"日里不好尽言,晚上留在此间,有句说话奉告。"

幸客是晚就与莫大姐同宿了。莫大姐悄悄告诉他,说委实与杨二郎有交,被郁盛冒充了杨二郎,拐来卖在这里,从头至尾一一说了。又与他道:"客人可看平日邻舍面上,到家说知此事,一来救了奴家出去;二来说清了杨二郎,也是阴功;三来吃了郁盛这厮这样大亏,等得见了天日,咬也咬他几口!"幸客道:"我去说,我去说。杨二郎、徐长班多是我一块土上人,况且贴得有赏单。今我得实,怎不去报?郁盛这厮有名刁钻,天理不容,也该败了。"莫大姐道:"须得密些才好。若漏了风,怕这家又把我藏过了。"幸客道:"只你知我知,而今见人再不要提起。我一到彼就出首便是。"两人商约已定。幸客竟自回转张家湾,来见徐德道:"你家嫂子已有下落,我亲眼见了。"徐德道:"见在那里?"幸逢道:"我替你同到官面前,还你的明白。"

徐德遂同了幸逢齐到兵马司来。幸逢当官递上一纸首状,状云:"首状人幸逢，系张家湾民，为举首略卖事。本湾徐德，失妻莫氏，告官未获。今逢目见本妇，身在临清乐户魏鸨家，倚门卖奸。本妇称系市棍郁盛略卖在彼是的，贩良为娼，理合举首。所首是实。”兵马即将首状判准在案。一面申文察院，一面密差兵番拿获郁盛，到官刑鞫。郁盛抵赖不过，供吐前情明白。当下收在监中，俟莫氏到时质证定罪。随即奉察院批发明文，押了原首人幸逢与本夫徐德，行关到临清州，眼同认拘莫氏及买良为娼乐户魏鸨，到司审问，原差守提。临清州里即忙添差公人，一同行拘。一干人到魏家，好似瓮中捉鳖，手到拿来。临清州点齐了，发了批回，押解到兵马司来。杨二郎彼时还在监中，得知这事，连忙写了诉状，称是“与己无干，今日幸见天日”等情，投递兵马司。准了，等候一同发落。

其时人犯齐到听审，兵马先唤莫大姐问他。莫大姐将郁盛如何骗他到临清，如何哄他卖娼家，一一说了备细。又唤魏鸨儿问道：“你如何买了良人之妇？”魏妈妈道：“小妇人是个乐户，靠那取讨娼妓为生。郁盛称说自己妻子愿卖，小妇人见了是本夫做主的，与他讨了。岂知他是拐来的？”徐德走上来道：“当时妻子失去，还带了家里许多箱笼资财去。今人既被获，还望追出赃私，给还小人。”莫大姐道：“郁盛哄我到魏家，我只走得一身去，就卖绝在那里。一应所有，多被郁盛得了，与魏家无干。”兵马拍桌道：“那郁盛这样可恶！既拐了人去奸宿了，又卖了他身子，又没了他资财，有这等没天理的！”喝叫重打。郁盛辩道：“卖他在娼家，是小人不是，甘认其罪。至于逃去，是他自跟了小人走的，非干小人拐他。”兵马问莫大姐道：“你当时为何跟了他走？不实说出来，讨拶[10]！”莫大姐只得把与杨二郎有奸、认错了郁盛的事，一一招了。兵马笑道：“怪道你丈夫徐德告着杨二郎。杨二郎虽然屈坐了监几年，徐德不为全诬。莫氏虽然认错，郁盛乘机盗拐，岂得推故？”喝教把郁盛打了四十大板，问略贩良人军罪，押追带去赃物给还徐德；莫氏身价八十两，追出入官；魏妈买良，系不知情，问个不应罪名；出过身价，有几年卖奸得利，不必偿还；杨二郎先有奸情，后虽无干，也问杖赎，释放宁家；幸逢首事得实，量行给赏。判断已明，将莫大姐发与原夫徐德收领。徐德道：“小人妻子背了小人逃出了几年，又落在娼家了，小人还要这滥淫妇做甚么！情愿当官休了，等他别嫁个人罢。”兵马道：“这个由你。且保领出去，自寻人嫁了他，再与你立案罢了。”

一干人众各到家里。杨二郎自思：“别人拐去了，却冤了我坐了几年监，更待干罢。”告诉邻里，要与徐德厮闹。徐德也有些心怯，过不去，转央邻里和解。邻里商量调停这事，议道：“总是徐德不与莫大姐完聚了。现在寻人别嫁,何不让与杨二郎娶了,消释两家冤仇?"与徐德说了,徐德也道负累了他,便依议也罢。杨二郎闻知,一发正中下怀,笑道:"若肯如此,便多坐了几时,我也永不提起了。"邻里把此意三面约同,当官禀明。兵马备知杨二郎顶缸坐监,有些屈在里头。依地方处分,准徐德立了婚书,让与杨二郎为妻。莫大姐称心像意得嫁了旧时相识。因为吃过了这些时苦,也自收心学好,不似前时惹骚招祸,竟与杨二郎到了底。这莫非是杨二郎的前缘。然也为他吃苦不少了,不为美事。后人当以此为鉴。

枉坐囹圄已数年,而今方得保婵娟。
何如自守家常饭,不害官司不损钱。

【注释】

[1] 大庾县,今江西省大余县,宋代为南安军治。南安军,元代改置南安路,明代为南安府。

[2] 房闼,卧室、闺房。本书卷三《权学士权认远乡姑　白孺人白嫁亲生女》:"翰林道:'久闻妹子房闼精致,未曾得造一观。'"

[3] 北直,即北直隶,辖今北京、天津、河北大部及河南、山东部分地区。张家湾,在今北京通州东南,元明清时为漕运码头,明嘉靖间筑城。

[4] 长班,官员身边随时听使唤的仆人,又称"长随"。

[5] 海底眼,底细、隐秘。《西游记》第三十四回:"小妖见说着海底眼,更不疑惑,把行者果认做一家人。"

[6] 渗濑,指样子可怕,或行为过分。《拍案惊奇》卷九《宣徽院仕女秋千会　清安寺夫妇笑啼缘》:"拼得输东道与你罢了,何必做出此渗濑勾当!"

[7] 餂(tiǎn),取,引申为诱使。《孟子·尽心下》:"士未可以言而言,是以言餂之也。"

[8] 剪他这绺(liǔ),剪绺,谓行窃,亦指拐骗。元岳伯川《铁拐李》第一折:"这老子倒乖,哄的我低头自取,你却叫有剪绺的。"

[9] 行院,妓院。《水浒传》第二十回:"我这女儿长得好模样,又会唱曲儿,省得诸般耍笑;从小儿在东京时,只去行院人家串,那一个行院不爱他?"

[10] 拶(zǎn),即拶指,旧时的一种酷刑,用刑时将拶子套人手指,再用力收紧。

【思考题】

1. 1949年以后,文学史家大抵看重"三言"而贬低"二拍"。譬如,刘大杰《中国文学发展史》认为:"三言"具有一种反抗封建的思想和精神,"反映出市民的向上力量、思想觉悟以及反抗旧观念旧事物的斗争意志和追求理想、渴望美满生活的积极精神";而在"二拍"中,只是"少数略为优秀的篇章”具有揭露黑暗的抗争性,“但又在不少作品中,表现出封建思想、迷信色彩和过多的淫秽的描写,存在着很多的糟粕”(第二十六章)。如果有兴趣可通读这些作品,通过比较,分析冯、凌二人创作特点。或许,你的看法会与文学史家的评价大相径庭。

2. 唐传奇中有不少描写女性追求爱情的篇什,这也是“三言”“二拍”的一个重要题材,不妨选择若干文本比较一下(譬如《霍小玉传》与《杜十娘怒沉百宝箱》),分析人物塑造的不同特点。经过八百年的时光打磨,小说家面对同一题材的着眼点有何区别?

3. 在《莫大姐私奔》的故事中,虽说作者对莫大姐追求婚外情的行为未予道德鞭挞,但还是归咎于“惹骚招祸”。作者以喜剧的笔触描述莫大姐的放纵,似乎是一种颇为暧昧的叙事策略。你认为,这里是否隐含着不便明说的某种倾向性?

【拓展阅读】

1. 胡士莹:《话本小说概论》,中华书局 1980 年版。

2. 缪咏禾:《冯梦龙和三言》,上海古籍出版社 1979 年版。

3. 王昕:《话本小说的历史与叙事》,中华书局 2002 年版。

第二十六章　明清小品文

小品文通常指体制短小而行文自在的散文作品。其实，这是一个不太容易界定的概念，并无一定体式和形式标准，一些游记、尺牍、日札、序跋亦可列入其中。如晋之陶渊明《五柳先生传》，如宋之欧阳修《醉翁亭记》、苏轼《记承天寺夜游》，如清之郑燮《与舍弟书》，都可以作为小品文来讨论。当然，小品文大行其道是在晚明以后，乃晚明至清初一个重要文学现象。

"小品"一词大抵出自晋人，原是佛经简本的一种说法。《世说新语·文学》云："殷中军读小品，下二百签，皆是精微，世之幽滞。"刘孝标注："释氏《辨空经》有详者焉，有略者焉，详者为大品，略者为小品。"从佛学用语转为一种文学概念，与文人禅悦之风有关。明代中晚期，儒学分裂而致文人思维活跃，王阳明之后泰州学派已是禅风大炽。如李贽寄身佛门，鼓吹"童心""真心"；更有焦竑引佛入儒，追求尽性至命之学。一旦读书人不再为僵化的儒学所束缚，必然影响文章作法。可以说，小品文是从义理之学的案牍中解放出来的文字，具有心性随缘、笔触自在的个性特点。而万历以后，文人以"小品"命名自己的集子亦成一种风气，如朱国桢《涌幢小品》、陈仁锡《无梦集园小品》、陈继儒《晚香堂小品》、王思任《文饭小品》，等等。而王圣俞编《苏长公小品》、华淑编《闲情小品》、陆云龙编《皇明十六家小品》，俨然已将"小品"作为一种文体标识。

有人认为明人小品最早可追溯到明初刘基、宋濂之俦，譬如刘基《郁离子》里那些短小的寓言。这是将另一种短文硬塞到小品文的箩筐里。其实，《郁离子》那种寓言充满了人生世故与政治智慧，骨子里还是一种义理之说，恰恰不是生命本真的东西。在晚明公安派袁宏道等倡导"性灵说"之前，小品文之前驱算来有嘉靖时归有光、徐渭等人。归氏《项脊轩志》《寒花葬志》等文，以朴实、生动的笔触写出日常生活印象，妙处恰在不着议论而能感动人心。但弘治至嘉靖年间，文坛主流却是追慕汉唐格调的复古、拟古之风，如李梦阳、何景明为首的"前七子"，以及李攀龙、王世贞一辈"后七子"，他们的散文基本上是唐宋古文的余绪。虽然前后七子也都倡言"真情”，但那是针对宋儒言理习气的反拨，说到底他们还是过于讲究文章法式，讲究家国天下的宏大叙事。这是晚明小品文崛起之前的局面。

小品文从万历年间的公安派开始蔚成风气。公安派得名于其核心人物袁宗道、袁宏道、袁中道三兄弟之郡望，他们是湖广公安（今属湖北）人。袁氏兄弟文学见解相近，他们反对承袭，主张通变，更以心性与趣味消解所谓“载道明志”的传统观念。如袁宏道提出“独抒性灵，不拘套格”，鼓吹“代有升降，而法不相沿，各极其变，各穷其趣”（《叙小修诗》）。这些说法无疑包含着深具时代意识的新思维。袁氏“性灵说”大抵由李贽的“童心说”发展而来，李贽居麻城龙湖时袁氏兄弟曾两度造访，他们与李贽的交往亦是一个有趣话题。

如果说唐宋古文运动矛头针对以骈俪为事的形式主义，那么晚明小品文在摆脱熟滥的修辞方式同时，更是在很大程度上背离了文章系于道统的儒学语境。可以说，小品文的兴起带来了一种新的创作自由，那就是文章写什么和怎么写都不必以前人为圭臬。所以，这时候的文章出现了前人笔下少有的生活气息和活泼韵致。譬如袁宗道《游西山记》之四：

> 玉泉山距都门可三十里许，出香山寺数里，至山麓，罅泉流汇于涧，湛湛淡人心胸。至华严寺，寺左有洞曰翠华，有石床可憩息。题咏甚多，莓渍不可读。又有石洞在山腰，若鼠穴，道甚险。一樵儿指曰：“此洞有八百岁老僧。”从者弃行李，争往观，呵之不能止。及返，余问：“果有老僧否？”曰：“僧有之，然年止四五十。”乃知樵儿妄语耳。寺北石壁甚巉，泉喷出其下，作裂帛声，故名裂帛泉。有亭可望西湖，故名望湖。

笔端尽是眼前即景，没有江山社稷的联想，没有王朝兴替的慨叹，这种直白的叙事说不上有多高明，却也意味着一种文学革命。

这里先介绍公安三袁的情况，然后分述明清之际其他小品文代表作家。

袁宗道（1560—1600），字伯修，号玉蟠，又号石浦，袁氏兄弟中居长。万历十四年（1586）会试第一，授庶吉士，进编修。十七年归里，钻研学术，以禅诠儒。二十五年返京，为右庶子，任东宫讲席。其间与弟宏道、中道及谢肇淛、黄辉、江盈科等人在京西崇国寺组织“蒲桃社”，联络抗衡复古之同道。《明史·文苑四》称：“王（世贞）、李（攀龙）之学盛行，袁氏兄弟独心非之。宗道在馆中，与同馆黄辉力排其说。”他批判拟古之风甚力，故钱谦益认为，“公安派，实自伯修发之”（《列朝诗集小品》丁集）。其诗文师法白居易、苏轼（因书斋取名“白苏斋”），很有平易畅达的特点。著有《白苏斋类集》《尚书纂注》等。

袁宏道(1568—1610),字中郎,号石公,袁氏兄弟中排行第二。万历二十年(1592)进士,授吴县知县,两年后辞官。二十六年改顺天府教授,迁国子监助教。二十八年补礼部仪制主事,数月即告假归乡。复职后以清望擢吏部验封主事,后迁稽勋郎中。不久,因病返乡。他四十三岁就病逝,在为时不长的仕宦经历中,竟有数度辞归的纪录,可见对做官并不热衷。公安三袁中,宏道创作最丰厚,文名最盛,实为公安派领袖。著有《潇碧堂集》《瓶花斋集》《敝箧集》《锦帆集》《解脱集》《广陵集》《宗镜摄录》《瓶史》等,后人辑为《袁中郎先生全集》。

袁中道(1570—1624),字小修。少时即有文名,《明史 · 文苑四》称:"十余岁,作《黄山》《雪》二赋,五千余言。"青年时从兄宗道、宏道游京师,多交四方名士,足迹半天下。万历四十四年(1616)进士,历徽州府教授、国子监博士、南京礼部主事等。天启四年(1624)进南京吏部郎中,未久卒于任。中道文章尖新,颇有笔墨恣肆、率尔不拘的特点,诗文有《珂雪斋集》《游居柿录》《珂雪斋近集》等。

三袁之外,公安派另一重要作家是江盈科(1553—1605)。江氏字进之,号渌萝,湖广桃源(今属湖南)人。万历二十年进士,授长洲县令。其时袁宏道在吴县,二县均属苏州,两人又是同年进士,可谓过从甚密,宏道早期几个集子都请他作序。盈科后为大理寺正、户部员外郎,卒于四川提学副使任上。他的小品文较多反映世态人情,具有注重谐趣的特点。著有《雪涛阁集》《谈丛》《谈言》《谑史》《皇明十六种小传》等。

公安派以外,明清之际小品文重要作家有陈继儒、王思任、曹学佺、张岱、余怀等。

陈继儒(1558—1639),松江华亭(今属上海)人,字仲醇,号眉公。诸生时以文名著世,屡试不中,万历十四年(1586)焚弃儒士衣冠隐居小昆山。以隐逸之身遍交天下,与东林、复社人士交往甚密,每于幕后推动士论,崇祯间诛岛帅毛文龙诸事或由其谋局。眉公擅诗文书画,散文有《晚香堂小品》《小窗幽记》等,其清言(格言体)小品颇具特色。另有《陈眉公先生全集》等,《四库全书》收其著作达三十余种。

王思任(1574—1646),字季重,号谑庵,山阴(今浙江绍兴)人。万历二十三年(1595)进士,曾知兴平、当涂数县,又任袁州推官、九江佥事。清兵南下后,鲁王监国以思任为礼部右侍郎,进尚书。顺治三年(1646)清兵破绍兴,绝食而死。其才情甚高,为文笔墨放纵,观《文饭小品》足见叙事抒情极具声色。存世著作有《王季重十种》。

曹学佺(1573—1646),字能始,号石仓居士,侯官(今福州)人。万历二十三年进士,曾任四川右参政、按察使,得罪蜀王被罢职。天启二年(1622)起为广西右参议。六年,迁陕西副布政使,因所撰《野史纪略》触犯阉党,尚未赴任即被革职。此后乡居二十年,著述不辍。南明唐王即位被召,官至礼部尚书,清兵入闽后自缢身亡。学殖丰厚,小品文亦多以议论见长。著有《石仓集》等。

张岱(1597—约1689),字宗子,号石公,别号陶庵,山阴(今浙江绍兴)人。出身世宦之家,一生未入仕。才情天纵,早年放浪,曾游历苏、浙、鲁、皖各地。其《自为墓志铭》自谓"好精舍,好美婢,好娈童,好鲜衣,好美食……"又自称"书蠹诗魔"。明亡后隐居剡溪山中,参与地下抗清活动。他是最负盛名的小品文作家,笔墨灵动而富于世俗情趣,追忆前尘梦影,往往于悲感中写出人生之执着。其作品大多作于明亡以后,今存有《石匮书》《琅嬛文集》《西湖梦寻》《陶庵梦忆》等。

余怀(1616—1695),字无怀,号澹心,别号鬘持老人,莆田(今属福建)人。崇祯间曾为东阁大学士范景文幕僚,结交复社文人冒襄、方以智等,与钱谦益、吴伟业往还。明亡后寓居南京,以遗民自处。后移居苏州,客死吴门。著作存世不多,有《板桥杂记》追记秦淮笙歌、旧院名姬,《四库全书总目提要》评曰:"文章凄缛,足以导欲增悲。"

王思任、曹学佺殉难于兵燹之际,张岱、余怀作为遗民继续以文字直面人世,国难之际小品文也还带着士子的体温与热血。鲁迅说过:"明末的小品虽然比较的颓放,却并非全是吟风弄月,其中有不平,有讽刺,有攻击,有破坏。这种作风,也触着了满洲君臣的心病,费去许多助虐的武将的刀锋,帮闲的文臣的笔锋,直到乾隆年间,这才压制下去了。"(《小品文的危机》,见《南腔北调集》)

其实,"压制下去"只是表面现象。入清以后,小品文渐成文人笔墨一格,那种随意而出的叙述特点亦或化入其他言事说理文章,因而后来就不再有谁纯以小品文见长。当然,李渔(1611—1680)《一家言》里一些短小灵动的篇什自与小品无异,郑燮(1693—1766)的尺牍、袁枚(1716—1798)《小仓山房文集》某些碑志传记也是可以当作这类文字来读的。清代大兴"文字狱",处于压力下的文人学者更愿意随从心性而逃离儒学意识形态。这种写作态度表明,人们在很大程度上已经开始抛弃旧有的文字观。实际上,五四时期胡适在《文学改良刍议》中提出的"八不主义"多半也是小品文的诉求——对人性和人生的关怀。

就文学成就而言，小品文本身或许无足大观，重要的是它是“人的文学”的先声。

本章选录明清小品文九篇。除袁宏道、袁中道、王思任、张岱等小品文名家之作，还选了明清之际文章大家钱谦益、黄宗羲二文。钱、黄二人并非通常意义上的小品文作家，他们的作品恰也印证了“文变染乎世情，兴废系乎时序”（《文心雕龙·时序》）的理则。

袁宏道**《与丘长孺书》《答梅客生》**二篇，选自《袁中郎全集》卷二十一、二十三。两文都是尺牍，各有一种趣味。中郎小品为人称道的往往是游记，其实尺牍更佳。他有一篇《游满井记》，与本章选录之王思任一篇同题，显然王氏的写法更见个性。

袁中道**《楮亭记》**，选自《珂雪斋近集》。此篇借园中楮树作“材与不材”之辩，融议论于状物写景，平易之中不乏尖新、活泼之趣。

王思任**《游满井记》《游慧锡两山记》**二篇，选自《王季重十种》。王氏游记妙处往往不在写景，而是写人，如《游满井记》写贩夫叫卖，写游人百态，栩栩如生，令人发噱；《游慧锡两山记》写心情、写意态，满腹欣喜跃然纸上。

钱谦益**《跋雪浪师书〈黄庭〉后》**，选自《牧斋初学集》。钱氏《初学集》《有学集》的序文、题跋虽云应酬文章，实不乏笔墨妙处。此篇忆雪浪和尚二三事，言语直截了当，亦颇具禅意。由于钱氏降清做了贰臣，过去各种文章选本几乎都不选他的作品，其实他是明清之际最有影响的文人。

张岱**《湖心亭看雪》《柳敬亭说书》**二篇，选自《陶庵梦忆》。余怀《板桥杂记》中也有一篇《柳敬亭说书》，不如张岱这篇写得好。柳敬亭与当时士人交往甚多，不像是纯粹说书艺人的身份。如钱谦益有《为柳敬亭募葬地疏》，龚鼎孳作《赠柳叟敬亭同诸子限韵二首》，吴伟业写过一首《沁园春·赠柳敬亭》，“江左三大家”都跟他扯上了。又，吴伟业更作《柳敬亭传》（《梅村家藏稿》卷五十二），对柳敬亭入左良玉幕府襄理军务大加赞扬，而黄宗羲不满吴传有失轻重，则另作一传（《南雷文定前集》卷十），亦是一趣事。

黄宗羲**《梅朗中》**，选自《思旧录》。黄氏晚年追述一生交游，作《思旧录》，列刘宗周、文震孟、范景文、钱谦益、瞿式耜、张煌言、顾炎武等一百一十七人，各具述传状，梅朗中亦其中之一。此篇记崇祯十一年（1638）、十四年作者与梅氏两度会面情形，鼎革之后遥想当年士林风雅，内中感慨虽不著一字，却令人恻恻。

与丘长孺书[1]

袁宏道

闻长孺病甚，念念。若长孺死，东南风雅尽矣，能无念耶？弟作令备极丑态[2]，不可名状，大约遇上官则奴，候过客则妓，治钱谷则仓老人[3]，谕百姓则保山婆[4]。一日之间，百暖百寒，乍阴乍阳，人间恶趣，令一身尝尽矣。苦哉！毒哉！家弟秋间欲过吴[5]。虽过吴，亦只好冷坐衙斋，看诗读书，不得如往时携侯子登虎丘山故事也[6]。

近日游兴发不？茂苑主人虽无钱可赠客子[7]，然尚有酒可醉，茶可饮，太湖一勺水可游，洞庭一块石可登，不大落莫也。如何？

【注释】

[1] 丘长孺，名坦，湖广名士。

[2] 令，县令。此信大约写于万历二十三年(1593)，袁氏任吴县县令未久。

[3] 治钱谷，指征税纳粮等财政事务。仓老人，看守仓廪的老吏。

[4] 保山婆，媒婆。此句是说在老百姓面前就像媒婆那样巧舌如簧地哄劝。

[5] 家弟，指袁中道。

[6] 虎丘山，苏州名胜。

[7] 茂苑，苏州的别称(作者任县令的吴县属苏州)，语出晋左思《吴都赋》："造姑苏之高台，临四远而特建。带朝夕之濬池，佩长洲之茂苑。"

答梅客生[1]

袁宏道

一春寒甚，西直门外，柳尚无萌蘖[2]。花朝之夕[3]，月甚明，寒风割目，与舍弟闲步东直道上[4]，兴不可遏，遂由北安门至药王庙[5]，观御河水。时冰皮未解，一望浩白，冷光与月相磨，寒风酸骨。趋至崇国寺[6]，寂无一人，风铃之声，与猧吠相应答[7]。殿上题及古碑字，了了可读[8]。树上寒鸦，拍之不惊，以砾投之，亦不起，疑其僵也。忽大风吼檐，阴沙四集，拥面疾趋，齿牙涩涩有声，为乐未几，苦已百倍。

数日后，又与舍弟一观满井[9]，枯条数茎，略无新意。京师之春如此，穷官之兴可知也。冬间避门，著得《广庄》七篇[10]。谨呈教。

【注释】

[1] 梅客生,梅国桢(1542—1605),字客生。万历十一年(1583)进士,官至兵部右侍郎。

[2] 萌蘖(niè),树木萌发新的枝芽。

[3] 花朝,古人以阴历二月十五日为百花生日,称花朝节。

[4] 舍弟,指袁中道。

[5] 北安门,即北京地安门。明代称北安门,清顺治八年(1651)改称地安门。药王庙,在天坛以北。

[6] 崇国寺,又名大隆善护国寺,在北京西城。袁宏道等人曾在此相聚论学,结为蒲桃社。

[7] 猧(wō),小狗。

[8] 了了,清清楚楚。

[9] 满井,在北京东北郊,明清时是一处风景。

[10] 广庄,作者曾仿《庄子》内篇,作《广庄》七篇。

楮亭记

袁中道

金粟园后,有莲池二十余亩,临水有园,楮树丛生焉[1]。予欲置一亭纳凉,或劝予:“此不材木也,宜伐之,而种松柏。”予曰:“松柏成荫最迟,予安能待?”或曰:“种桃李。”予曰:“桃李成荫,亦须四五年,道人之迹如游云。安可杙之一处[2]?予期目前可作庇荫者耳。楮虽不材,不同商丘之木,嗅之狂酲三日不已者[3],盖亦界于材与不材之间者也。以为材,则不中梁栋枅栌之用[4];以为不材,则皮可为纸,子可为药,可以染绘,可以醴面[5],其用亦甚夥。昔子瞻作《宥老楮》诗[6],盖亦有取于此。”

今年夏,酷暑,前堂如炙,至此地则水风泠泠袭人,而楮叶皆如掌大,其阴甚浓,遮樾一台[7]。植竹为亭,盖以箬,即曦色不至,并可避雨。日西,骄阳隐蔽层林,啼鸟沸叶中,沉沉有若深山。数日以来,此树遂如饮食衣服,不可暂废,深有当于予心[8]。自念设有他树,犹当改植此,而况已森森如是,岂惟宥之哉[9]?且将九锡之矣[10],遂取之以名吾亭。

【注释】

[1] 楮(chǔ)树,落叶乔木。叶似桑,皮可制纸。

[2] 杙(yì)之一处,老是呆在一个地方。杙,木桩。

[3] 商丘之木,典出《庄子·人间世》。述说南伯子綦在商丘发现一种大树,树枝拳曲

不能作栋梁，木纹开裂不能作棺椁，"嗅之，则使人狂酲三日而不已"。酲（chéng），醉酒。此句是说楮木没有商丘之木的害处。

[4] 枅（jī）栌，即斗拱，中国古代建筑重要构件。

[5] 靧（huì）面，洗脸。古人用花瓣或植物浆液化入水中洗面，认为可养护肌肤。五代和凝《宫词》之七二："谁道落花堪靧面，竞来枝上采繁英。"

[6] 子瞻，宋人苏轼，字子瞻。其诗《宥老楮》称楮木用处多多："静言求其用，略数得五六。"

[7] 樾（yuè），树荫。一台，指一座房子的面积。台，亭台楼阁之"台"。

[8] 当（dàng），适合。

[9] 宥，通"侑"，酬答。

[10] 九锡，古代帝王赐与诸侯、大臣的九种器物，是一种最高礼遇。

游满井记

王思任

京师渴处，得水便欢。安定门外五里有满井，初春，士女云集，予与吴友张度往观之[1]。一亭函井，其规五尺，四洼而中满，故名。满之貌，泉突突起，如珠贯贯然，如蟹眼睁睁然，又如渔沫吐吐然，藤蓊草翳资其湿。

游人自中贵外贵以下[2]，巾者帽者，担者负者，席草而坐者，引颈勾肩、履相错者，语言嘈杂。卖饮食者，邀呵好火烧[3]，好酒，好大饭，好果子。贵有贵供，贱有贱鬻。势者近，弱者远，霍家奴驱逐态甚焰[4]。有父子对酌，夫妇劝酬者；有高髻云鬟，觅鞋寻珥者[5]；又有醉詈泼怒，生事祸人，而厥夭陪乞者[6]。传闻昔年有妇即此坐蓐[7]，各老妪解襦以帷者[8]，万目睽睽，一握为笑[9]。而予所目击，则有软不压驴[10]，厥夭扶掖而去者；又有脚子抽登复堕[11]，仰天露丑者；更有喇唬恣横，强取人衣物，或狎人妻女，又有从旁不平，斗殴血流，折伤至死者。一国惑狂，予与张友买酌苇盖之下，看尽把戏乃还。

【注释】

[1] 张度，字龄谷，安徽桐城人，清初画家。因张度是南方人，故称"吴友"。

[2] 中贵，有权势的宦官。中，即禁中，指皇宫。李白《古风》："中贵多黄金，连云开甲宅。"外贵，是相对中贵的说法，指高官显贵。

[3] 邀呵，即"吆喝"。

[4] 霍家奴，指豪门权贵随身扈从。霍家，指汉代大将军霍光，这里是泛指权势者。

[5] 珥，珍珠、玉石制作的耳环。

[6] 厥夭，晕死过去。陪乞，犹如今“碰瓷”一类要挟手段。

[7] 坐蓐(rù)，孕妇生产。

[8] 解襦以帷者，解开衣襟为产妇遮挡。

[9] 一握为笑，《易·萃》：“若号，一握为笑，勿恤。”孔颖达疏：“一握者，小之貌也。自比一握之间，言至小也。”

[10] 软不压驴，谓要挟不成。

[11] 脚子，脚夫。登，即“凳”。

跋雪浪师书《黄庭》后

钱谦益

余少习雪浪师[1]，见其御鲜衣，食美食，谭诗顾曲，徙倚竟日[2]，窃疑其失衲子本色[3]。丁未冬[4]，访师于望亭[5]，结茅饭僧，补衣脱粟[6]，萧闲枯淡，了非旧观。居无何而示寂去矣[7]。师临行，弟子环绕念佛，师忽张目曰：“我不是这个家数，无烦尔尔[8]。”嗟乎！师之本色如此，岂余向者号嗄儿童之见[9]，所能相其髣髴也哉[10]！读师所书《黄庭经》[11]，当知与五千四十八卷一切法宝等同无[12]异。虽然，作如是观，所谓又是一重公案[13]，非师本色矣。

【注释】

[1] 雪浪，明万历时名僧，名洪恩，字三怀，号雪浪。

[2] 徙倚，犹徘徊，逡巡。

[3] 衲(nà)子，即僧人。宋黄庭坚《送密老住五峰》：“水边林下逢衲子，南北东西古道场。”

[4] 丁未，即万历三十五年(1607)。

[5] 望亭，镇名，在苏州西北与无锡交界处。雪浪和尚晚年在此结茅接众。

[6] 补衣脱粟，喻敝衣粗食的简朴生活。补衣，打过补丁的衣服；脱粟，只去除谷皮的糙米。《明史·海瑞传》：“布袍脱粟，令老仆艺蔬自给。”

[7] 示寂，指高僧圆寂。

[8] 尔尔，如此。无烦尔尔，是说不必如此麻烦。

[9] 号嗄(shà)，犹言大惊小怪。

[10] 髣髴，同“仿佛”，约略近似，引申为比拟。明方孝孺《题褚遂良书唐文皇帝哀册墨迹》：“观褚公所书哀册，岂后人所可髣髴哉！”

[11] 《黄庭经》，道教上清派经典。此指摹写晋人王羲之《黄庭经》书帖。

[12] 五千四十八卷，概指佛经之数。

[13] 公案，禅语，指前辈禅师的言行范例。

湖心亭看雪

张 岱

崇祯五年十二月，余住西湖。大雪三日，湖中人鸟声俱绝。是日更定矣，余拏一小舟[1]，拥毳衣炉火[2]，独往湖心亭看雪。雾凇沆砀[3]，天与云、与山、与水，上下一白。湖上影子，惟长堤一痕，湖心亭一点，与余舟一芥[4]，舟中人两三粒而已。

到亭上，有两人铺毡对坐，一童子烧酒，炉正沸。见余大惊喜，曰："湖中焉得更有此人！"拉余同饮。余强饮三大白而别[5]。问其姓氏，是金陵人，客此。及下船，舟子喃喃曰："莫说相公痴，更有痴似相公者。"

【注释】

[1] 拏(ráo)，通"桡"，即船桨。这里作动词用，指雇人划船。

[2] 毳(cuì)衣，毛皮衣服。

[3] 雾凇，冬天雾气在树枝上凝成的散状白色冰晶，也称"树挂"。沆砀(hàngdàng)，雾气弥漫貌。《汉书·礼乐志》引《郊祀歌·朱明》："西颢沆砀，秋气肃杀。"颜师古注："沆砀，白气之貌也。"

[4] 一芥，一粒芥籽，形容量小。唐皮日休《吴中苦雨寄鲁望》："廉不受一芥，其余安可黩。"

[5] 大白，大酒杯。宋司马光《昔别赠宋复古张景淳》："须穷今日欢，快意浮大白。"

柳敬亭说书

张 岱

南京柳麻子[1]，黧黑，满面疤瘰[2]，悠悠忽忽，土木形骸[3]，善说书。一日说书一回，定价一两。十日前先送书帕下定[4]，常不得空。南京一时有两行情人[5]：王月生[6]、柳麻子是也。

余听其说《景阳冈武松打虎》白文[7]，与本传大异。其描写刻画，微入毫发，然又找截干净[8]，并不唠叨。哱夬声如巨钟[9]，说至筋节处，叱咤叫喊，汹汹崩屋。武松到店沽酒，店内无人，謈地一吼[10]，店中空缸空甓皆瓮瓮有声。闲中着色，细微至此。主人必屏息静坐，倾耳听之，彼方掉舌。

稍见下人呫哔耳语[11]，听者欠伸有倦色，辄不言，故不得强。每至丙夜[12],拭桌剪灯,素瓷静递,款款言之,其疾徐轻重,吞吐抑扬,入情入理,入筋入骨,摘世上说书之耳而使之谛听,不怕其不齰舌死也[13]。柳麻子貌奇丑,然其口角波俏[14],眼目流利,衣服恬静,直与王月生同其婉娈[15],故其行情正等[16]。

【注释】

[1] 柳麻子,即柳敬亭(1592—约1676),原姓曹,名逢春,扬州泰州(今属江苏)人,当时有名的说书艺人。崇祯间定居南京,与东林、复社名士多有交往。

[2] 疤㾦,疤痕般的麻点。

[3] 悠悠忽忽,犹言懒散、马虎;土木形骸,比喻站立起卧不加约束,犹如土木般自然。《世说新语·容止》:“刘伶身长六尺,貌甚丑顇(cuì),而悠悠忽忽,土木形骸。”

[4] 书帕,指礼金。明代官绅文人送礼用一书一帕,钱财似乎作为附带物件,故“书帕”成为送礼的雅称。

[5] 行情人,走红的角色。

[6] 王月生,当时南京名妓,擅昆腔、吴歌。张岱《陶庵梦忆》卷八《王月生》篇:“王月生出朱市,曲中上下三十年决无其比也。”

[7] 白文,指专说不唱的说书,即所谓“大书”。

[8] 找截,指对原文的增删。

[9] 哱夬(bóguài),声音雄厚而果决。

[10] 謈(bó),猛然大喊。

[11] 呫哔(chèbì),低声细语。

[12] 丙夜,三更时分,即夜间十一时至翌日凌晨一时。

[13] 齰(zé)舌,咬啮舌头,意谓口不能言。《续资治通鉴·宋仁宗景祐四年》:“顷仲淹、余靖等以言事被黜,天下齰舌不敢议朝政……”

[14] 波俏,形容口齿伶俐。明无名氏《白兔记·访友》:“奴奴生得如花貌,言语又波俏。”

[15] 婉娈,犹言美好。

[16] 正等,等同。

梅朗中

黄宗羲

梅朗中[1],字朗三,宣城人。世以诗名,前有圣俞[2],后有禹金[3],而朗三行住坐卧,无不以诗为事。禹金有《文纪》,自汉至隋,朗三纂《赋纪》以补之。冯汝言辑《汉魏六朝诗纪》[4],朗三搜其遗者,逸句断章,亦二大帙。

戊寅[5]，余登其家三层楼，禹金读书之所也。古木苍然，下临古塚。发其藏书，朗三以《陈旅集》赠我。辛巳[6]，在南中[7]，与共晨夕者数月。宿观音阁[8]，夜半鸟声聒耳，朗三推余起听曰："此非'喧鸟覆春洲'乎[9]？如此诗境，岂忍睡去！"薄暮，出步燕子矶，看渔舟集岸，斜阳挂网，别一境界。有言某家多古画，余与朗三往观，二更而返。月明如昼，复上酒楼沽饮。遇崔昭病卧楼上，就其榻访之。

【注释】

[1] 梅朗中(？—1646)，明诸生，复社名士。擅书画，亦擅诗文。他是梅鼎祚之孙，梅文鼎堂兄。

[2] 圣俞，即北宋诗人梅尧臣，字圣俞。

[3] 禹金，即明代诗人、戏曲家梅鼎祚(1549—1615)，字禹金。

[4] 冯汝言，即明代文人冯惟讷(1513—1572)，字汝言。嘉靖进士，官至光禄正卿。

[5] 戊寅，即明崇祯十一年(1638)。

[6] 辛巳，即明崇祯十四年(1641)。

[7] 南中，明人称南京为南都，亦称南中。

[8] 观音阁，在南京幕府山东面，建于明洪武年间。

[9] 喧鸟覆春洲，南朝诗人谢朓《晚登三山还望京邑》："喧鸟覆春洲，杂英满芳甸。"

【思考题】

1. 为什么说晚明小品文是"人的文学"的先声？请归纳小品文的写作特点及其在文体、文风方面的革新意义。

2. 在古代散文发展、衍变过程中，唐代韩愈、柳宗元掀起的"古文运动"是一大转折，晚明小品文则又是一次变革。请比较一下这两次文风转变的历史语境，并由小品文之兴起检讨"古文运动"的负面作用。

3. 小品文往往给人一种表现闲适、风雅的"小摆设"的感觉，你觉得是这类文章本身的局限，还是处于某种历史语境中接受者的"误读"？

【拓展阅读】

1. 周作人：《中国新文学的源流》，岳麓书社 1989 年版。

2. 林语堂：《论文》《小品文之遗绪》《再论小品文之遗绪》《论小品文笔调》，收入陈子善编《林语堂书话》，浙江人民出版社 1998 年版。

3. 张厚余：《明清小品文选》(修订版)，山西古籍出版社 2008 年版。

第二十七章　儒林外史

清代乾隆时期出现的长篇小说《儒林外史》是中国讽刺文学第一部大作品，但小说内容不只是讽刺科举制度和暴露士林丑态，它有一个隐蔽的主题，就是知识话语与权力关系的纠结。作者也许没有意识到自己的故事里给出了这样一个命题：一套按照知识者想象所建构的思想秩序和权力体制，何以成了知识者心智的囹圄？毫无疑问，作者从现实生存状态中认清读书人的无望，感受到儒学意识形态和国家机器给整个社会带来的戕害。

《儒林外史》作者吴敬梓本人就是一个失意的读书人。

吴敬梓（1701—1754），字敏轩，号粒民，晚号文木老人，安徽全椒人。出身官宦人家，十八岁考取秀才，但他一生功名亦止步于此，此后便是屡试不举。雍正元年（1723），其父亡故，因家族析产开始陷入长期纠纷。十年后自全椒移居南京，他在《移家赋》里透露了当日“兄弟参商，宗族诟谇”的情形。雍正十三年，举博学鸿词科，他通过了乡试，但因病放弃了翌年（乾隆元年）的廷试。有人认为他是称病不赴，似乎此际应已看透科举制度的荒谬。大概就是这个时候，他开始创作《儒林外史》。小说最后竣稿大抵在十年以后。乾隆十九年（1754），他于客寓扬州时去世，年仅五十四岁。除《儒林外史》，他还著有《文木山房诗文集》十二卷（今存四卷）、《诗说》七卷（已佚）等。

《儒林外史》存世最早的刊本是嘉庆八年（1803）卧闲草堂本，此前金兆燕（吴敬梓长子吴烺的儿女亲家）刊本今已不存。这部小说版本沿革不算复杂，因为诸本皆由卧闲堂本一脉而下。研究者关注的焦点是吴敬梓原书究竟多少回。卧闲草堂本五十六回，其末尾所谓“幽榜”明显是后人加进去的，现在通行本多删去最后一回。但原书是否五十五回也有争论，吴敬梓的朋友程晋芳所作《文木先生传》有“《儒林外史》五十卷”之说，因而有人认为原书应是五十回，也就是说还有五回为后人所窜入（参见章培恒《献疑集》有关《儒林外史》诸文）。中国小说在传播过程中被增删改易几乎是一种常态，其中反映了颇为有趣的文化心态。不过，本章介绍《儒林外史》仍以删去末回的卧闲堂本为依据。

这部小说的叙事结构比较特别，是一种所谓集锦式的故事连缀，全书没有贯穿的人物与事件。如鲁迅所说："惟全书无主干，仅驱使各种人物，行列而来，事与其来俱起，亦与其去俱讫，虽云长篇，颇同短制。"(《中国小说史略》第二十三篇)这种结构方式后来被晚清李宝嘉《官场现形记》等所袭用，说来亦有优长之处。譬如，它类似中国绘画的散点透视，可以在有限的笔墨间提供更丰富的叙事容量，人物与场面穿插亦比较自由，等等。书中除了作为"楔子"的第一回，叙事背景是从明代成化末年至万历中期，这长达百年的时间跨度正好嵌合儒学分裂的一段历史——自姚江王门以下，离经叛道之说纷然杂出；不仅王艮等泰州学人以"百姓日用"为道，而至颜钧、何心隐、李贽数辈，堂而皇之倡言"人欲"，以名教为核心价值的儒学显然已难以笼羁人心。当然，吴敬梓笔下并不直接表现当日之思想交锋，只是尽力描述读书人思想、行为之失范状态。

《儒林外史》给人印象最深的是对科举制度的嘲讽与批判。五四时期，钱玄同以"讪笑举业，怀疑礼教"八个字归纳这本书的主题(亚东图书馆标点本《〈儒林外史〉新叙》)，是切中肯綮的说法。书中写范进中举之癫狂，写匡超人充当闱场枪手，写严贡生鱼肉乡里，写严监生之悭吝苛刻……从林林总总的人物身上发见科举体制带来的荒谬与丑行。不过，小说重点关注的群体是科场淘汰的失败者。如果将当时整个读书人圈子比作一潭浑水，那么在底下泥浆里折腾的主要是这样两拨人：选家与名士。

所谓选家，就是靠着编选科场墨卷啖饭之辈，如书中马二先生、匡超人、卫体善、随岑庵、萧金铉一类。另外，像诸葛天申、季恬逸、郭铁笔那些人也都麇集这条产业链上。有趣的是，这些科场失败者竟是社会认可的举业当行，由他们编书来辅导别人的进身之阶，这本身足以印证科举考试的悖谬与滑稽。从科举竞逐中出局，又藉科举之途入局，小说惟妙惟肖地写出一班体制外的失败者如何围绕体制转悠的猥琐人生。

从选家这边揭橥举业之荒诞，同时藉名士说世道之浇漓。在儒学俨然已为僵尸代码的时代，选家之伪尚须一套敲门砖的功夫，而名士矫造混世干脆就是白日飞升的反编码格式。如赵雪斋、景兰江、支剑锋那班人奔走权门骗吃骗喝，自我感觉就像是战国时候客卿、侠士一类。名士四处忽悠，吟诗作赋是一大法器，尚未出道的牛浦郎窃得牛布衣遗下的诗稿，陡然大开眼界——与之唱和的竟是相国、督学、太史、通政一类大佬！本来走选家路子的匡超人，也终于知道举业之外的天地，听景兰江大讲赵雪斋如何靠诗名行遍天下，做名士比做进士更享风光，“才知道天下还有这一种道理”。

名士派最瞧不上举业派的“学博气”“进士气”，而做举业文章的却最忌名士派的“词赋气”。名士派的词赋与举业派的文章似乎对应着雅俗分际，但书中不光以名士风雅讥诮举业之俗，反过来还是将名士打回俗物原形。第二十九回中，杜慎卿请人来寓处赏牡丹，客人便提出按“即席分韵”的规矩做诗。这杜公子笑道：“先生，这是而今诗社里的故套，小弟看来，觉得雅得这样俗，还是清谈为妙。”这句“雅得这样俗”颇具杀伤力，此中的言意之辩极为有趣，终以名士的挥麈清谈把名士的伪饰剥得一干二净。

吴敬梓的讽刺手段往往是让人物互相拆台，循环解构。名士派逮着机会就要痛贬举业派，可殊不知自己身后还有一个江湖派。被匡超人视为“豪杰”的潘三就是一个江湖奸棍，他把景兰江那伙人贬了一通，便将刚刚踏入名士圈子的匡超人拉到自己身边，搞起拐卖人口、充当枪手的流氓营生。同样，牛浦郎也是一个速成的江湖浪人，在牛玉圃身边见过几天世面就敢自己出去混了。其实名士派并不都是潘三所说的“呆子”，像牛玉圃那般角色本身就是流氓种子。这些人多半在举业的道上打拼多年，看透官场的尔虞我诈，也把儒学那套东西看得一钱不值。他们自命名士的同时已经弃儒就贾，如杨执中在盐店做管事，景兰江自己开头巾店，支剑锋是盐务巡商，赵雪斋行医……各有各的营生。其中最绝的要数杨执中、权勿用二人，俨然世外高人的古貌古心、怪模怪样，竟把两位娄公子唬得一愣一愣。

在举业派、名士派和江湖派之外，还有一个公子党，就是蘧公子、蘧公孙、娄三公子、娄四公子、胡三公子、杜慎卿、杜少卿等十几位公子公孙。这些公子各人面目不一，但也都因科场蹭蹬而未能入仕。在这一点上，他们跟选家与名士颇有同慨。不过，吴敬梓在士林中别树一个公子党，隐然有一种逾越体制的思路。自司马迁《史记》传述孟尝君、平原君、信陵君那几位君侯公子开始，“公子”几乎就成了从官方政治打通民间乃至江湖势力的一种符号。从六朝王谢风流到明末陈贞慧、侯方域、方以智、冒襄等主盟复社，讽议朝局，向为人们津津乐道的公子们总是被赋予不受规程羁束的超凡人格。可是，《儒林外史》的公子党却令人失望地毫无作为。

当然，两位娄公子亦颇有“任侠”与“养士”之风，见到张铁臂这号人物，见那血淋淋的革囊，兴奋得就像李靖际会虬髯客。至于三访杨执中，大宴莺脰湖，都是重述某种历史故事的套路。然而，从虬髯客获仇家人头到张铁臂拿猪头蒙事，世道人心之变恰是历史演进的喜剧化过程。死而不僵的儒学仍然作为国家意识形态束缚天下士人，所有的正路都被堵死，一切只能朝向流氓化的邪路上发展。不但侠客是假,就像杨执中、权勿用那班名士也一概假冒伪劣。正是处于这样一种充满伪佞之风的现实语境,公子们的角色变得令人发噱了。

杜少卿是另一类公子党形象,作者在"文行出处"上竭力塑造其君子之风。此人也广纳门客,也好清谈玄论,但比起娄氏兄弟和杜慎卿那几位公子,他没有人家那些搞笑的糗事,学问还更好。可是,他的人生却显得更加苍白。除了动辄送人银子,这几乎就是一个不作为的人物,说好听点是有些绝圣弃智、清静无为的老庄品格。他辞却征辟自是不念功名富贵、不拘物累的态度,而这"知命乐天"之中似乎还有和光同尘、曳尾涂中的意思。所以,他身边总是围着一帮下三滥人物——游戏于污渎之中,或许正是其品格超迈之处。吴敬梓很想让杜少卿重现孟尝君、信陵君的范儿,可是除了散财纳客他实在没有什么事情可做。因为他已经被关进思想和体制笼子里,绝无"替天行道"的江湖之念。且看原先舞枪弄棒的张铁臂,到了少卿门下便是弃武习医,公子无意"儒以文乱法",门客自也不敢"侠以武犯禁"。

家财散尽的杜少卿最后成了隐居城市的贫士,彻底清静无为了。当儒学走到末路的时候,公子党的光荣与梦想也早已沉沦。从蘧公子的文采风流到蘧公孙的鄙俗求名,公子公孙的下坡路也走得太快。吴敬梓安排杜少卿这样一个人物,也许本来是想让他领袖文坛,重振斯文,只是现实并未提供符合其理想的叙事内容。

当然,《儒林外史》的主旨不光是讽刺和暴露,跟绝大多数明清小说一样,这部作品也有"劝善"与"教诲"之用意。甚而言之,吴敬梓未尝没有塑造新人的企图。全书一头一尾刻意描写了王冕和季遐年、王太、盖宽、荆元四个市井奇人,这些不入儒林的贤人君子正是作者心目中的理想人物。既然儒道窳败,只能从士林之外去寻找士之精神,这是"礼失求诸野"的思路。可是吴敬梓在塑造他的"新人"的时候,并没有任何新的思想资源可以凭借,只能用遁世方式去安顿精神,离开龌龊不堪的读书人圈子,去"濯足沧浪",去"自礼空王"。

第三十七回的泰伯祠大祭也是本书重笔描写的正面文章。彰扬泰伯的避让而不争,是以民间信仰重塑读书人的核心价值观。可是这等重振斯文的礼乐大事,为什么祭祀泰伯而不是孔孟?这是反儒学道统的一种叙事策略,犹如明代王学绕开程朱理学重理儒学真脉,搬出泰伯是要重新书写道统。吴敬梓这个颠覆性安排非常巧妙,泰伯虽非儒学庙堂的祀主,却是孔子称为"可谓至德"的人物,以彼代之,换了一面旗帜,却又避开了意识形态风险。只是作者并不擅长随物赋形地营造美学上的崇高，这番大张旗鼓的祭祀活动写得就像是他所嘲讽的八股文章，也许还有一点“佛狸祠下，一片神鸦社鼓”的滑稽感。尽管如此，这里“去儒学化”的意图还是相当明显。

让读书人跳出儒学体制，书中安排的道路只有遁世一途。但是归隐山林似乎亦非稳妥之计，因为归隐山林与啸聚山林之间似乎有着某种转换契机。处于清代文字狱大行其道之时，作者一方面要规避读书人落草为寇之嫌（如《水浒》中白衣秀士王伦），另则亦须与明季遗民“不入城市”的抵抗形象划清界限。所以，从王冕遁于会稽山到市井奇人安于“城市山林”，其中自有刻意规避的心计。但不管怎么说，在蓄意颠覆儒家意识形态和政治体制的叙事逻辑中，造反比之遁世显然是更为顺理成章的选项。这是吴敬梓拂之不去的心结。

《儒林外史》的空间安排有一处很耐人寻味。这部小说中心活动区域是在南京及其周边延至浙西杭嘉湖一带，人物活动一般由此辐射开去，但故事起首（指楔子后边的第二回）地点却偏偏摆在山东兖州府汶上县一处乡村。这里是孔孟之乡（孔孟故里曲阜、邹县皆属兖州府），传统的儒学之邦，而孔子初仕出任中都宰恰恰就在汶上。可这地方却是充满血色浪漫的绿林传统，《水浒》描写的梁山泊就在近旁，晁盖、宋江所在的郓城、武松打虎的阳谷都在汶上周边。明天启间，白莲教在郓城起事，这一带武装割据直至清初仍有相当规模。本书从薛家集的童生发蒙开讲，将叙述原点标定在这样一片“儒林”与“山林（寨）”参差交互的土地上，似乎暗示着读书人未来的人生歧路。若干年后，与薛家集童生荀玫同年同乡的王惠就卷入了宁王作乱。

其实，明正德年间反叛朝廷的宁王朱宸濠倒是最大的公子党。娄四公子就在蘧太守面前为宁王大抱不平——永乐称圣称神与宁王为贼为虏，无非是成王败寇（第八回）。值得注意的是，本书拿永乐与宁王说事儿不止一处，从薛家集村学过渡到江南儒林的中间环节正是宁王起事的江西，后来成为“钦犯”的王惠与蘧公孙邂逅江湖，又留下所谓“钦赃”的线索。吴敬梓一再提到藩王起兵的故事，俨然作为公子叙事的一个对应文本。然而，如果说宁王未能成为永乐是走错了历史的房间，那么娄、杜诸公子根本就无法走出思想与体制的囹圄。

其实，祭祀泰伯的文章里还另有文章。《史记·吴太伯世家》说得很清楚，泰伯的自我放逐并非消极遁世。他在荆蛮之地一手创建了句吴（即吴国），可见绝非“宁游戏污渎中自快”之辈。泰伯作吴是一番赤手打拼的故事，终究是在周邦之外开辟“山寨”之邦。那是另立山头，易地为王。吴敬梓如此召唤历史亡灵，抑或自有深意存焉？

其实，这部小说的精神走向颇为彷徨。遁世的选择如果说不具有反抗和挣扎的意味，那就只能走向虚无。书中多次提到被朱元璋腰斩于市的高启（青丘），似乎暗示归隐也是一种反抗姿态。吴敬梓的故事终于绕开了水泊梁山，但荒芜的儒林已是无数个山寨版的山寨，读书人成了四处乱窜的精神流寇。

本章选录《儒林外史》第十九回“**匡超人幸得良朋　潘自业横遭祸事**”。这一回说的是匡超人被潘三拉去做拐卖人口和充当枪手的勾当，这只是《儒林外史》描述的士林生存状态中的一幅小景。吴敬梓作为理想的遁世之道对大多数士人来说并没有实践的可能，而这种坑蒙拐骗的混世玩世才是普遍的生存法则。

匡超人幸得良朋　潘自业横遭祸事

话说匡超人睡在楼上，听见有客来拜，慌忙穿衣起来下楼。见一个人坐在楼下，头戴吏巾，身穿无缎直裰，脚下虾蟆头厚底皂靴，黄胡子，高颧骨，黄黑面皮，一双直眼。那人见匡超人下来，便问道：“此位是匡二相公么？”匡超人道：“贱姓匡，请问尊客贵姓？”那人道：“在下姓潘，前日看见家兄书子，说你二相公来省。”匡超人道：“原来就是潘三哥。”慌忙作揖行礼，请到楼上坐下。潘三道：“那日二相公赐顾，我不在家。前日返舍，看见家兄的书信，极赞二相公为人聪明，又行过多少好事，着实可敬。”匡超人道：“小弟来省，特地投奔三哥，不想公出。今日会见，欢喜之极。”

说罢，自己下去拿茶，又托书店买了两盘点心，拿上楼来。潘三正在那里看斗方[1]，看见点心到了，说道：“哎呀！这做甚么？”接茶在手，指着壁上道：“二相公，你到省里未，和这些人相与做甚么？”匡超人问是怎的。潘三道：“这一班人是有名的呆子。这姓景的开头巾店，本来有两千银子的本钱，一顿诗做的精光。他每日在店里，手里拿着一个刷子刷头巾，口里还哼的是‘清明时节雨纷纷’，把那买头巾的和店邻看了都笑。而今折了本钱，只借这做诗为由，遇着人就借银子，人听见他都怕。那一个姓支的是盐务里一个巡商，我来家在衙门里听见说，不多几日，他吃醉了，在街上吟诗，被府里二太爷一条链子锁去，把巡商都革了，将来只好穷的淌屎！二相公，你在客边要做些有想头的事，这样人同他混缠做甚么？”

当下吃了两个点心，便丢下，说道："这点心吃他做甚么，我和你到街上去吃饭。"叫匡超人锁了门，同到街上司门口一个饭店里。潘三叫切一只整鸭，脍一卖海参杂脍，又是一大盘白肉，都拿上来。饭店里见是潘三爷，屁滚尿流，鸭和肉都捡上好的极肥的切来，海参杂脍加味用作料。两人先斟两壶酒。酒罢用饭，剩下的就给了店里人。出来也不算账，只吩咐得一声："是我的。"那店主人忙拱手道："三爷请便，小店知道。"

走出店门，潘三道："二相公，你而今往那去？"匡超人道："正要到三哥府上。"潘三道："也罢，到我家去坐坐。"同着一直走到一个巷内，一带青墙，两扇半截板门，又是两扇重门。进到厅上，一伙人在那里围着一张桌子赌钱，潘三骂道："你这一班狗才，无事便在我这里胡闹！"众人道："知道三老爹到家几日了，送几个头钱来与老爹接风。"潘三道："我那里要你甚么头钱接风！"又道："也罢，我有个朋友在此，你们弄出几个钱来热闹热闹。"匡超人要同他施礼。他拦住道："方才见过罢了，又作揖怎的？你且坐着。"当下走了进去，拿出两千钱来，向众人说道："兄弟们，这个是匡二相公的两千钱，放与你们，今日打的头钱都是他的。"向匡超人道："二相公，你在这里坐着，看着这一个管子。这管子满了，你就倒出来收了，让他们再丢。"便拉一把椅子叫匡超人坐着，他也在旁边看。

看了一会，外边走进一个人来请潘三爷说话。潘三出去看时，原来是开赌场的王老六。潘三道："老六，久不见你，寻我怎的？"老六道："请三爷在外边说话。"潘三同他走了出来，一个僻静茶室里坐下。王老六道："如今有一件事，可以发个小财，一径来和三爷商议。"潘三问是何事。老六道："昨日钱塘县衙门里快手拿着一班光棍在茅家铺轮奸，奸的是乐清县大户人家逃出来的一个使女，叫做荷花。这班光棍正奸得好，被快手拾着了，来报了官。县里王太爷把光棍每人打几十板子放了，出了差，将这荷花解回乐清去，我这乡下有个财主姓胡，他看上了这个丫头，商量若想个方法瞒的下这个丫头来，情愿出几百银子买他。这事可有个主意？"潘三道："差人是那个？"王老六道："是黄球。"潘三道："黄球可曾自己解去？"王老六道："不曾去，是两个副差去的。"潘三道："几时去的？"王老六道："去了一日了。"潘三道："黄球可知道胡家这事？"王老六道："怎么不知道，他也想在这里面发几个钱的财，只是没有方法。"潘三道："这也不难，你去约黄球来当面商议。"那人应诺去了。

潘三独自坐着吃茶，只见又是一个人，慌慌张张的走了进来，说道："三老爹！我那里不寻你，原来独自坐在这里吃茶！"潘三道："你寻我做甚么？"

那人道："这离城四十里外，有个乡里人施美卿，卖弟媳妇与黄祥甫，银子都兑了，弟媳妇要守节，不肯嫁。施美卿同媒人商议着要抢，媒人说：'我不认得你家弟媳妇，你须是说出个记认。'施美卿说：'每日清早上是我弟媳妇出来屋后抱柴，你明日众人伏在那里，遇着就抢罢了。'众人依计而行，到第二日抢了家去。不想那一日早，弟媳妇不曾出来，是他乃眷抱柴，众人就抢了去。隔着三四十里路，已是睡了一晚。施美卿来要讨他的老婆，这里不肯。施美卿告了状。如今那边要诉，却因讲亲的时节不曾写个婚书，没有凭据，而今要写一个，乡里人不在行，来同老爹商议。还有这衙门里事，都托老爹料理，有几两银子送作使费。"潘三道："这是甚么要紧的事，也这般大惊小怪！你且坐着，我等黄头说话哩。"

须臾，王老六同黄球来到。黄球见了那人道："原来郝老二也在这里。"潘三道："不相干，他是说别的话。"因同黄球另在一张桌子上坐下。王老六同郝老二又在一桌。黄球道："方才这件事，三老爹是怎个施为？"潘三道："他出多少银子？"黄球道："胡家说，只要得这丫头荷花，他连使费一总干净，出二百两银子。"潘三道："你想赚他多少？"黄球道："只要三老爹把这事办的妥当，我是好处多寡分几两银子罢了，难道我还同你老人家争？"潘三道："既如此，罢了，我家现住着一位乐清县的相公，他和乐清县的太爷最好，我托他去人情上弄一张回批来，只说荷花已经解到，交与本人领去了。我这里再托人向本县弄出一个朱签来[2]，到路上将荷花赶回，把与胡家。这个方法何如？"黄球道："这好的很了。只是事不宜迟，老爹就要去办。"潘三道："今日就有朱签，你叫他把银子作速取来。"黄球应诺，同王老六去了。潘三叫郝老二："跟我家去。"

当下两人来家，赌钱的还不曾散。潘三看看赌完了，送了众人出去，留下匡超人来道："二相公，你住在此，我和你说话。"当下留在后面楼上，起了一个婚书稿，叫匡超人写了，把与郝老二看，叫他明日拿银子来取。打发郝二去了。吃了晚饭，点起灯来，念着回批，叫匡超人写了。家里有的是豆腐干刻的假印，取来用上，又取出硃笔，叫匡超人写了一个赶回文书的硃签。办毕，拿出酒来对饮，向匡超人道："像这都是有些想头的事，也不枉费一番精神，和那些呆瘟缠甚么！"是夜留他睡下。次早，两处都送了银子来，潘三收进去，随即拿二十两银子递与匡超人，叫他带在寓处做盘费。匡超人欢喜接了，遇便人也带些家去与哥添本钱。书坊各店也有些文章请他选。潘三一切事都带着他分几两银子，身上渐渐光鲜。果然听了潘三的话，和那边的名士来往稀少。

不觉住了将及两年。一日,潘三走来道:“二相公,好几日不会,同你往街上吃三杯。”匡超人锁了楼门,同走上街。才走得几步,只见潘家一个小厮寻来了说:“有客在家里等三爷说话。”潘三道:“二相公,你就同我家去。”当下同他到家,请匡超人在里间小客座里坐下。潘三同那人在外边,潘三道:“李四哥,许久不见,一向在那里?”李四道:“我一向在学道衙门前。今有一件事,回来商议,怕三爷不在家,而今会着三爷,这事不愁不妥了。”潘三道:“你又甚么事捣鬼话?同你共事,你是‘马蹄刀瓢里切菜,滴水也不漏’,总不肯放出钱来。”李四道:“这事是有钱的。”潘三道:“你且说是甚么事。”李四道:“目今宗师按临绍兴了,有个金东崖在部里做了几年衙门,挣起几个钱来,而今想儿子进学。他儿子叫做金跃,却是一字不通的,考期在即,要寻一个替身。这位学道的关防又严,须是想出一个新法子来,这事所以要和三爷商议。”潘三道:“他愿出多少银子?”李四道:“绍兴的秀才,足足值一千两一个。他如今走小路,一半也要他五百两。只是眼下且难得这一个替考的人。又必定是怎样装一个何等样的人进去?那替考的笔资多少?衙门里使费共是多少?剩下的你我怎样一个分法?”潘三道:“通共五百两银子,你还想在这甲头分一个分子,这事就不必讲了。你只好在他那边得些谢礼,这里你不必想。”李四道:“三爷,就依你说也罢了。到底是怎个做法?”潘三道:“你总不要管,替考的人也在我,衙门里打点也在我,你只叫他把五百两银子兑出来,封在当铺里,另外拿三十两银子给我做盘费,我总包他一个秀才。若不得进学,五百两一丝也不动。可妥当么?”李四道:“这没的说了。”当下说定,约着日子来封银子。

潘三送了李四出去,回来向匡超人说道:“二相公,这个事用的着你了。”匡超人道:“我方才听见的。用着我,只好替考。但是我还是坐在外面做了文章传递,还是竟进去替他考?若要进去替他考,我竟没有这样的胆子。”潘三道:“不访,有我哩!我怎肯害你?且等他封了银子来,我少不得同你往绍兴去。”当晚别了回寓。

过了几日,潘三果然来搬了行李同行,过了钱塘江,一直来到绍兴府,在学道门口寻了一个僻静巷子寓所住下。次日,李四带了那童生来会一会。潘三打听得宗师挂牌考会稽了,三更时分,带了匡超人,悄悄同到班房门口。拿出一顶高黑帽、一件青布衣服、一条红搭包来,叫他除了方巾,脱了衣裳,就将这一套行头穿上。附耳低言,如此如此,不可有误。把他送在班房,潘三拿着衣帽去了。

交过五鼓,学道三炮升堂,超人手执水火棍,跟了一班军牢夜役,吆喝了进去，排班站在二门口。学道出来点名，点到童生金跃，匡超人递个眼色与他，那童生是照会定了的，便不归号，悄悄站在黑影里。匡超人就退下几步，到那童生跟前，躲在人背后，把帽子除下来与童生戴着，衣服也彼此换过来。那童生执了水火棍，站在那里。匡超人捧卷归号，做了文章，放到三四牌才交卷出去，回到下处，神鬼也不知觉。发案时候，这金跃高高进了。

潘三同他回家，拿二百两银子以为笔资。潘三道："二相公，你如今得了这一注横财，这就不要花费了，做些正经事。"匡超人道："甚么正经事？"潘三道："你现今服也满了，还不曾娶个亲事。我有一个朋友，姓郑，在抚院大人衙门里。这郑老爹是个忠厚不过的人，父子都当衙门。他有第三个女儿，托我替他做个媒，我一向也想着你，年貌也相当，一向因你没钱，我就不曾认真的替你说；如今只要你情愿，我一说就是妥的，你且落得招在他家，一切行财下礼的费用，我还另外帮你些。"匡超人道："这是三哥极相爱的事，我有甚么不情愿？只是现有这银子在此，为甚又要你费钱？"潘三道："你不晓得，你这丈人家浅房窄屋的，招进去，料想也不久，要留些银子自己寻两间房子，将来添一个人吃饭，又要生男育女，却比不得在客边了。我和你是一个人，再帮你几两银子，分甚么彼此？你将来发达了，愁为不着我的情也怎的？"匡超人着实感激，潘三果然去和郑老爹说，取了庚帖未，只问匡超人要了十二两银子去换几件首饰，做四件衣服，过了礼去，择定十月十五日入赘。

到了那日，潘三备了几碗菜，请他来吃早饭。吃着，向他说道："二相公，我是媒人，我今日送你过去。这一席子酒，就算你请媒的了。"匡超人听了也笑。吃过，叫匡超人洗了澡，里里外外都换了一身新衣服，头上新方巾，脚下新靴，潘三又拿出一件新宝蓝缎直裰与他穿上。吉时已到，叫两乘桥子，两人坐了。轿前一对灯笼，竟来入赘。郑老爹家住在巡抚衙门傍一个小巷内，一间门面，到底三间。那日新郎到门，那里把门关了。潘三拿出二百钱来做开门钱，然后开了门。郑老爹迎了出来，翁婿一见，才晓得就是那年回去同船之人，这一番结亲真是夙因。当下匡超人拜了丈人，又进去拜了丈母。阿舅都平磕了头。郑家设席管待，潘三吃了一会，辞别去了。郑家把匡超人请进新房，见新娘端端正正，好个相貌，满心欢喜。合卺成亲，不必细说。次早，潘三又送了一席酒来与他谢亲。郑家请了潘三来陪，吃了一日。

荏苒满月，郑家屋小，不便居住。潘三替他在书店左近典了四间屋，价银四十两，又买了些桌椅家伙之类，搬了进去。请请邻居，买两石米，所存的这项银子,已是一空。还亏事事都是潘三帮衬,办的便宜。又还亏书店寻着选了两部文章,有几两选金,又有样书,卖了些将就度日。到得一年有余,生了一个女儿,夫妻相得。

一日,正在门首闲站,忽见一个青衣大帽的人一路问来,问到眼前,说道:“这里可是乐清匡相公家?”匡超人道:“正是,台驾那里来的?”那人道:“我是给事中李老爷差往浙江[3],有书带与匡相公。”匡超人听见这话,忙请那人进到客位坐下。取书出来看了,才知就是他老师因被参发审,审的参款都是虚请,依旧复任。未及数月,行取进京[4],授了给事中。这番寄书来约这门生进京,要照看他。匡超人留来人酒饭,写了禀启,说:“蒙老师呼唤,不日整理行装,即来趋教。”打发去了。随即接了他哥匡大的书子,说宗师按临温州,齐集的牌已到,叫他回来应考。匡超人不敢怠慢,向浑家说了,一面接丈母来做伴,他便收拾行装,去应岁考。考过,宗师着实称赞,取在一等第一;又把他题了优行,贡入太学肄业。他欢喜谢了宗师。宗师起马,送过,依旧回省。和潘三商议,要回乐清乡里去挂匾,竖旗杆,到织锦店里织了三件补服[5]:自己一件,母亲一件,妻子一件。制备停当,又在各书店里约了一个会。每店三两,各家又另外送了贺礼。

正要择日回家,那日景兰江走来候候,就邀在酒店里吃酒。吃酒中间,匡超人告诉他这些话,景兰江着实羡了一回。落后讲到潘三身上来,景兰江道:“你不晓得么?”匡超人道:“甚么事?我不晓得。”景兰江道:“潘三昨晚拿了,已是下在监里。”匡超人大惊道:“那有此事!我昨日午间才会着他,怎么就拿了?”景兰江道:“千真万确的事。不然我也不知道,我有一个舍亲在县里当刑房,令早是舍亲小生日,我在那里祝寿,满座的人都讲这话,我所以听见。竟是抚台访牌下来,县尊刻不敢缓,三更天出差去拿,还恐怕他走了,将前后门都围起来,登时拿到。县尊也不曾问甚么,只把访的款单掼了下来[6]:把与他看。他看了也没的辩,只朝上磕了几个头,就送在监里去了。才走得几步,到了堂口,县尊叫差人回来,吩咐寄内号,同大盗在一处。这人此后苦了。你若不信,我同你到舍亲家去看看款单。”匡超人道:“这个好极,费先生的心,引我去看一看访的是些甚么事。”当下两人会了账,出酒店,一直走到刑房家。

那刑房姓蒋,家里还有些客坐着,见两人来,请在书房坐下,问其来意。景兰江说:“这敝友要借县里昨晚拿的潘三那人款单看看。”刑房拿出款单来,这单就粘在访牌上。那访牌上写道:

访得潘自业(即潘三)本市井奸棍,借藩司衙门隐占身体,把持官府，包揽词讼，广放私债，毒害良民，无所不为，如此恶棍，岂可一刻容留于光天化日之下！为此，牌仰该县，即将本犯拿获，严审究报，以便按律治罪。毋违。火速！火速！

那款单上开着十几款：一、包揽欺隐钱粮若干两；一、私和人命几案；一、短截本县印文及私动硃笔一案；一、假雕印信若干颗；一、拐带人口几案：一、重利剥民，威逼平人身死几案，一、勾串提学衙门，买嘱枪手代考几案；……不能细述。匡超人不看便罢，看了这款单，不觉飕的一声，魂从顶门出去了。只因这一番，有分教：师生有情意，再缔丝萝；朋友各分张，难言兰臭[7]。毕竟后事如何，且听下回分解。

【注释】

[1] 斗方，一尺左右见方的字画。

[2] 朱签，官署办事批文的俗称。

[3] 给事中，明代吏、户、礼、兵、刑、工六科设给事中，掌侍从规谏，稽察六部弊误，有驳正制敕违失之权。

[4] 行取，明清时一种官员铨转制度，地方官经推荐保举后调任京职。

[5] 补服，明清官服。因前胸后背均缀有用金线和彩丝绣成的补子，故称。通常文官绣鸟，武官绣兽。各品补子纹样，均有定例。

[6] 款单，开列犯罪事项的单子。

[7] 兰臭，喻情投意合。《易·系辞上》："同心之言，其臭如兰。"孔颖达疏："谓二人同齐其心，吐发言语，氤氲臭气，香馥如兰也。"

【思考题】

1.《儒林外史》不但揭露了科举制度的荒谬，讽刺嘲弄了读书人的伪佞之风，同时也用了不少笔墨刻画作者心目中的正面形象，譬如杜少卿的轻财好士，迟衡山、庄绍光、虞博士等人的醇儒之风，还有王冕和四个市井奇人，等等。可是，为什么人们很少理会作者苦心孤诣敷设的教化之义，而仅仅将这部小说看作一部讽刺作品？

2. 第三十七回泰伯祠大祭，出场人物不仅是迟衡山、庄绍光、虞博士和杜少卿那些贤人君子，更有马二先生、臧蓼斋、季苇萧、诸葛天申、景兰江、季恬逸、郭铁笔、辛东之、金寓刘等诸多选家和名士，就连那个给儿子找枪手替考的金东崖也成了唱赞的司礼。在貌似庄严的祀典中，作者为什么要作出这种颇为滑稽的安排？这是一种救赎的思路，还是去儒学化的颠覆性策略？

3.《儒林外史》开卷写隐于山林的王冕，收尾是隐于市井的四个奇人，而书中则有众多儒林人物如蝇逐臭地困于“体制”之内，这分明是一种反衬手法，以赞颂“体制”外的快活人生。然而，是否可以据此得出这样的结论：本书的主旨在于鼓吹遁世？

【拓展阅读】

1. 李汉秋：《〈儒林外史〉研究》，华东师范大学出版社 2001 年版。

2. 李庆西：《儒林与山寨》，收入《话语之径》，复旦大学出版社 2011 年版。

第二十八章　红楼梦

宋元以后小说演进概由二途：一是承续六朝志怪、唐传奇一路文人谈谐，搜神谈鬼，或传述异人侠客之事；一是从宋人话本蜕化而来的拟话本和章回小说，多以演绎历史故实、市井人情，甚或结撰神魔世界。前者如《剪灯新话》《聊斋志异》《阅微草堂笔记》一类，有旷思异想，终是格局不大。相比之下，后一种不乏可称宏大叙事者，像《三国演义》《水浒》《西游记》等长篇巨构，人物众多，时空与情境关系亦颇复杂。如果说，前者的路数还多少带有士大夫用世乃或玩世之义，那么后者便是径直走入了那个客体世界——叙述本身成了创作主旨。但以中国文学的诗教传统来看，此间由“说话”伎俩衍变而来的文学话语终是“他者”的叙述，有头有脸的士大夫文人不屑为之，所以早期的拟话本和章回小说皆非一人一时之作，而是集合民间口传或史志素材加工而成。然而，观念这东西也在变化，明代中叶出现的《金瓶梅》就表明市井小说与文人小说的界限已被打破。《金瓶梅》作为文人原创性作品，在性格塑造和写实的技巧上都已超越以往的章回小说，而其摹写世情的艺术旨趣和话语手段又绝非文人旧套。

最出色地融合了文人话语与市井说话传统的创作是曹雪芹的《红楼梦》，这部出现于清代乾隆中期的长篇小说笔致细腻而格局宏阔，是中国文学史上最辉煌的叙事作品。它通过家族兴衰写出一个青年的心灵史，将省察现实的批判精神引入中国诗学的悲凉之境，在一种宿命关系中将智识者的眼光、才学与民间情蕴联系到一起。

一百年前，王国维著《红楼梦评论》，有谓：“吾国人之精神，世间的也，乐天的也。故代表其精神之戏曲、小说，无往而不著此乐天之色彩，始于悲者终于欢，始于离者终于合，始于困者终于亨；非是而欲餍阅者之心，难矣。”而《红楼梦》恰与这一切背道而驰——“大背于吾国人之精神”，惟因有此“解脱”之义，王国维断定“其价值亦即存乎此”。王氏关于“吾国人之精神”的描述，显然针对世俗的乐感文化而言，中国戏曲、小说一向耽于市井文化层面，自难有所超越。但是有一点他没有讲到，那就是《红楼梦》作为悲剧之美感经验亦由来有自，所谓超乎苦乐之解脱，自不外乎老庄论道、士人说禅。曹雪芹的创新并非逮着了何种新思想，关键是将“他者”的叙述变成了士者的自我表达，从而引入了士大夫智者的怀疑精神和忧患意识。其实，比《红楼梦》问世略早的《儒林外史》亦具有同样的精神观照。吴敬梓、曹雪芹用士者的个人眼光看待读书人的困厄，都触到了时代悲剧最根本之处。虽说他们书中并未闪露新思想的光芒，却有一种究诘到底的批评力量，这无疑将俗文学的品格给提升了。其实，小说这玩意儿一旦成为具有精神诉求的文本，实在比文人的诗歌更易于传播。所以，鲁迅将此变化归结为一句话：“自有《红楼梦》出来以后，传统的思想和写法都打破了。”（《中国小说的历史的变迁》）

《红楼梦》的悲剧是人性与制度的冲突，由于礼教与宗法秩序构成了人的生存环境，生命就在一种无奈的博弈中被强制执行。书中以贾宝玉、林黛玉和薛宝钗的情恋、婚姻关系为主线，从若干角度、若干错综交互的对应面上（男/女、长/幼、嫡/庶、主/仆，等等）叙写贾府内复杂的人物关系。从元妃省亲到贾母攒金庆寿，从拷打宝玉到抄检大观园，那些喜乐或是哀戚的大小场面都栩栩如生地写出了“规矩”二字，作为体制的文化形态一再被陈述，而生命的空间总是被压缩再压缩。最具残酷意味的是，当人情与秩序达成默契之后，人情本身也成了一种秩序，生命就这样被体制化了。中国的士族阶层历朝历代都是这般活法，但贾宝玉最终从这个黑洞里逃逸出去，遁迹空门，了却尘缘，此中透露了人性的挣扎，其实也暗示着制度的价值虚幻。

《红楼梦》前八十回作者是曹雪芹，后四十回通常认为是高鹗所续。关于两位作者，学界考证甚详，姑不论其诸多争议，基本事况可扼述如下：

曹雪芹（约 1715—约 1763），名霑，字梦阮，号雪芹，又号芹圃、芹溪，清汉军正白旗（一说满洲正白旗）人。三代为江宁织造，祖父曹寅有诗名，曾主持校刊《全唐诗》。雪芹幼居南京，家境富贵。雍正六年（1728），其父曹頫因亏空巨额公款被革职查抄，从此家道衰落。雪芹随家迁归北京后，一度在宗室子弟的学堂里任笔帖式（掌理文书之类）。后移居北京西山，生计窘迫，乃至“举家食粥，酒债常赊”。其性情豪放，能诗善画，是一位具有多方面修养的文艺天才。

高鹗（约 1738—约 1815），字兰墅，别号红楼外史，清汉军镶黄旗人。早年累试不第，乾隆五十三年（1788）始为顺天乡试举人，六十年（1795）进士，历官内阁中书、内阁侍读，嘉庆十四年（1809）由侍读选江南道监察御史，十八年擢刑科给事中。著有《兰墅诗钞》等。

《红楼梦》初名《石头记》,全书一百二十回。曹雪芹完成的前八十回起初以抄本形式流于京师,书中还带有署名"脂砚斋"的评语。"脂砚斋"其人身份一直未明,但从评语看他与曹雪芹关系密切。脂评本主要有三种残存回目不同的抄本,根据题署年份分别称为甲戌本、己卯本和庚辰本。除此脂评系统以外还有若干抄本,其中戚蓼生作序的八十回抄本(通称戚序本)影响较大。

乾隆五十六年(1792)出现了由程伟元用活字排印的一百二十回本,其后逐渐结束了这部小说以抄本流传的历史。第二年,程伟元对全书重新校订后又再度排印。前后两个本子颇有差异,研究者分别称为程甲本和程乙本。程氏的排印本是将此前流传的八十回抄本与高鹗续写的后四十回合在一起,使故事有了一个完整的结局(应该说也比较合乎叙事逻辑)。这里顺便说一下,高鹗续写的后四十回过去多被人挑剔,以为有种种毛病,其实批评者都未顾及小说叙事的一个基本规律——除了抖包袱式的悬念之作,收尾部分通常不可能比展开部分更为出彩,盖因人物形象在前边的叙述中已经定型,而情节推衍又多有束缚。其实《三国演义》《水浒传》《西游记》后三分之一都不如前边写得好,何况另一作者接手的命题之作。根据程伟元和高鹗合写的程乙本引言,这个本子的修订工作亦有高鹗参与。由于程乙本"广集核勘,准情酌理,补遗订讹",传之南北即风靡社会,现在通行本多以程乙本为底本。

自晚清以来,许多学者、社会贤达乃至政界人物都对这部小说表示出极大兴趣,有关《红楼梦》的研究亦渐成显学,以至衍生出一门专学——"红学"。以一部小说开辟一门学问,至少在中国这是独此一份。"红学"对《红楼梦》的研究大大超越了一般的文学范畴,其重心几乎在史学、民俗学、目录学等方面,诸如曹雪芹之家世、脂砚斋为何人、后四十回作者之谜、《红楼梦》各种版本问题乃至大观园在何处,等等,皆为"红学"之要节。

本章选录《红楼梦》以程乙本为据,选文是第七十四回"**惑奸谗抄检大观园　避嫌隙杜绝宁国府**",前后略作删节。

曹雪芹擅长描述轰轰烈烈的场面和波澜迭起的事件,抄检大观园是书中最生动的段落之一,各色人物嘴脸、诸般心理活动,在此表露无遗。大观园里这场"扫黄打非"活动自然是为着整饬风气、强化秩序,但是当日礼法与人性如此不能兼容,这情形足以让人心底里起颤。所以探春说道:"可知这样大族人家,若从外头杀来,一时是杀不死的,这可是古人说的'百足之虫,死而不僵',必须先从家里自杀自灭起来,才能一败涂地呢。"也许可以由此联想,这正是后来贾府遭抄家之厄的预演。不过,旧制度"自杀自灭"

之前,人们一直会以为制度比人可靠。

惑奸谗抄检大观园　避嫌隙杜绝宁国府

这里凤姐和平儿猜疑走风的人:“反叫鸳鸯受累[1],岂不是咱们之过!”正在胡想,人报:“太太来了。”凤姐听了诧异,不知何事,遂与平儿等忙迎出来。只见王夫人气色更变,只带一个贴己小丫头走来,一语不发,走至里间坐下。凤姐忙捧茶,因陪笑问道:“太太今日高兴,到这里逛逛?”王夫人喝命:“平儿出去!”平儿见了这般,不知怎么了,忙应了一声,带着众小丫头一齐出去,在房门外站住。一面将房门掩了,自己坐在台阶上,所有的人一个不许进去。

凤姐也着了慌,不知有何事。只见王夫人含着泪,从袖里扔出一个香袋来[2],说:“你瞧!”凤姐忙拾起一看,见是十锦春意香袋,也吓了一跳,忙问:“太太从那里得来?”王夫人见问,越发泪如雨下,颤声说道:“我从那里得来?我天天坐在井里!想你是个细心人,所以我才偷空儿,谁知你也和我一样!这样东西,大天白日,明摆在园里山石上,被老太太的丫头拾着。不亏你婆婆看见,早已送到老太太跟前去了。我且问你:这个东西如何丢在那里?”

凤姐听得,也更了颜色,忙问:“太太怎么知道是我的?”王夫人又哭又叹道:“你反问我?你想,一家子除了你们小夫小妻,余者老婆子们,要这个何用?女孩子们是从那里得来?自然是那琏儿不长进下流种子那里弄来的。你们又和气,当作一件玩意儿。年轻的人,儿女闺房私意是有的,你还和我赖!幸而园内上下人还不解事,尚未拣得,倘或丫头们拣着,你姊妹看见,这还了得!不然,有那小丫头们拣着出去,说是园内拣的,外人知道,这性命脸面要也不要?”

凤姐听说,又急又愧,登时紫胀了面皮,便挨着炕沿双膝跪下,也含泪诉道:“太太说的固然有理,我也不敢辩。但我并无这样东西,其中还要求太太细想:这香袋儿是外头仿着内工绣的,连穗子一概都是市卖的东西。我虽年轻不尊重,也不肯要这样东西。再者,这也不是常带着的,我纵然有,也只好在私处搁着,焉肯在身上常带,各处逛去?况且又在园里去,个个姊妹,我们都肯拉拉扯扯,倘或露出来,不但在姊妹前看见,就是奴才看见,我有什么意思?三则论主子内我是年轻媳妇,算起来,奴才比我更年轻的又不止一个了,况且他们也常在园走动,焉知不是他们掉的?再者,除我常在园里,还有那边太太常带过几个小姨娘来,嫣红翠云那几个人也都是年轻的人,他们更该有这个了。还有那边珍大嫂子,他也不算很老,也常带过佩凤他们来,又焉知又不是他们的?况且园内丫头也多,保不住都是正经的。或者年纪大些的,知道了人事,一刻查问不到,偷出去了,或借着因由,合二门上小幺儿们打牙撂嘴儿[3],外头得了来的,也未可知。不但我没此事,就连平儿,我也可以下保的:太太请细想。"

王夫人听了这一席话,很近情理,因叹道:"你起来。我也知道你是大家子的姑娘出身,不至这样轻薄,不过我气激你的话。但只如今且怎么处?你婆婆才打发人封了这个给我瞧,把我气了个死。"凤姐道:"太太快别生气。若被众人觉察了,保不定老太太不知道。且平心静气,暗暗访察,才能得这个实在。纵然访不着,外人也不能知道。如今惟有趁着赌钱的因由革了许多人这空儿,把周瑞媳妇、旺儿媳妇等四五个贴近不能走话的人,安插在园里,以查赌为由。再如今他们的丫头也太多了,保不住人大心大,生事作耗,等闹出来,反悔之不及。如今若无故裁革,不但姑娘们委屈,就连太太和我也过不去。不如趁着这个机会,以后凡年纪大些的,或有些磨牙难缠的,拿个错儿撵出去,配了人:一则保的住没有别事,二则也可省些用度。太太想我这话如何?"王夫人叹道:"你说的何尝不是。但从公细想,你这几个姊妹,每人只有两三个丫头像人,余者竟是小鬼儿似的。如今再去了,不但我心里不忍,只怕老太太未必就依。虽然艰难,也还穷不至此。我虽没受过大荣华,比你们是强些,如今宁可省我些,别委屈了他们。你如今且叫人传周瑞家的等人进来,就吩咐他们快快暗访这事要紧!"

凤姐即唤平儿进来,吩咐出去。一时,周瑞家的与吴兴家的、郑华家的、来旺家的、来喜家的现在五家陪房进来。王夫人正嫌人少,不能勘察,忽见邢夫人的陪房王善保家的走来,正是方才是他送香袋来的。王夫人向来看视邢夫人之得力心腹人等,原无二意,今见他来打听此事,便向他说:"你去回了太太,也进园来照管照管,比别人强些。"

王善保家的因素日进园去,那些丫鬟们不大趋奉他,他心里不自在,要寻他们的故事又寻不着,恰好生出这件事来,以为得了把柄;又听王夫人委托他,正碰在心坎上,道:"这个容易。不是奴才多话,论理这事该早严紧些的。太太也不大往园里去,这些女孩子们,一个个倒像受了诰封似的,他们就成了千金小姐了。闹下天来,谁敢哼一声儿。不然,就调唆姑娘们,说欺负了姑娘们了,谁还耽得起!"王夫人点头道:"跟姑娘们的丫头比别的娇贵些,这也是常情。"王善保家的道:"别的还罢了,太太不知,头一个是宝玉屋里的晴雯那丫头,仗着他的模样儿比别人标致些,又长了一张巧嘴,天天打扮的像个西施样子，在人跟前能说惯道，抓尖要强。一句话不投机，他就立起两只眼睛来骂人。妖妖调调，大不成个体统。”

王夫人听了这话，猛然触动往事，便问凤姐道：“上次我们跟了老太太进园逛去，有一个水蛇腰，削肩膀儿，眉眼又有些像你林妹妹的，正在那里骂小丫头，我心里很看不上那狂样子。因同老太太走，我不曾说他；后来要问是谁，偏又忘了。今日对了槛儿[4]，这丫头想必就是他了？”凤姐道：“若论这些丫头们，共总比起来，都没晴雯长得好。论举止言语，他原轻薄些。方才太太说的倒很像他，我也忘了那日的事，不敢混说。”

王善保家的便道：“不用这样，此刻不难叫了他来，太太瞧瞧。”王夫人道：“宝玉屋里常见我的，只有袭人、麝月，这两个笨笨的倒好。要有这个，他自然不敢来见我呀。我一生最嫌这样的人，且又出来这个事。好好的宝玉倘或叫这蹄子勾引坏了，那还了得！”因叫自己的丫头来，吩咐他道：“你去，只说我有话问他，留下袭人、麝月伏侍宝玉，不必来；有一个晴雯最伶俐，叫他即刻快来。你不许和他说什么！”

小丫头答应了，走入怡红院，正值晴雯身上不好，睡中觉才起来，发闷呢，听如此说，只得跟了他来。素日晴雯不敢出头，因连日不自在，并没十分妆饰，自为无碍。及到了凤姐房中，王夫人一见他钗亸鬓松，衫垂带褪，大有春睡捧心之态，而且形容面貌恰是上月的那人，不觉勾起方才的火来。王夫人便冷笑道：“好个美人儿，真像个‘病西施’了。你天天作这轻狂样儿给谁看！你干的事，打量我不知道呢。我且放着你，自然明儿揭你的皮！——宝玉今日可好些？”

晴雯一听如此说，心内大异，便知有人暗算了他，虽然着恼，只不敢作声。他本是个聪明过顶的人，见问宝玉可好些，他便不肯以实话答应，忙跪下回道：“我不大到宝玉房里去，又不常和宝玉在一处，好歹我不能知，那都是袭人合麝月两个人的事，太太问他们。”王夫人道：“这就该打嘴。你难道是死人？要你们做什么？”晴雯道：“我原是跟老太太的人，因老太太说园里空大，人少，宝玉害怕，所以拨了我去外间屋里上夜，不过看屋子。我原回过我笨，不能伏侍，老太太骂了我，‘又不叫你管他的事，要伶俐的做什么？’我听了不敢不去，才去的。不过十天半月之内，宝玉叫着了，答应几句话，就散了。至于宝玉的饮食起居，上一层有老奶奶老妈妈们，下一层有袭人、麝月、秋纹几个人。我闲着还要做老太太屋里的针线，所以宝玉的事竟不曾留心。太太既怪，从此后我留心就是了。”

王夫人信以为实了，忙说：“阿弥陀佛！你不近宝玉，是我的造化。竟不劳你费心！既是老太太给宝玉的，我明儿回了老太太再撵你。”因向王善保家的道：“你们进去，好生防他几日，不许他在宝玉屋里睡觉，等我回过老太太，再处治他。”喝声：“出去！站在这里，我看不上这浪样儿！谁许你这么花红柳绿的妆扮！”晴雯只得出来。这气非同小可，一出门，便拿绢子握着脸，一头走，一头哭，直哭到园内去。

这里王夫人向凤姐等自怨道：“这几年我越发精神短了，照顾不到，这样妖精似的东西竟没看见！只怕这样的还有，明日倒得查查。”凤姐见王夫人盛怒之际，又因王善保家的是邢夫人的耳目，常时调唆的邢夫人生事，纵有千百样言语，此刻也不敢说，只低头答应着。王善保家的道：“太太且请息怒。这些事小。只交与奴才。如今要查这个是极容易的。等到晚上园门关了的时节，内外不通风，我们竟给他们个冷不防，带着人到各处丫头们房里搜寻。想来谁有这个，断不单有这个，自然还有别的。那时翻出别的来，自然这个也是他的了。”王夫人道：“这话倒是。若不如此，断乎不能明白。”因问凤姐：“如何？”凤姐只得答应说：“太太说是，就行罢了。”王夫人道：“这主意很是，不然一年也查不出来。”

于是大家商议已定。至晚饭后，待贾母安寝了，宝钗等入园时，王家的便请了凤姐一并进园，喝命将角门皆上锁，便从上夜的婆子处来抄检起。不过抄检些多余攒下蜡烛灯油等物。王善保家的道：“这也是赃，不许动的，等明日回过太太再动。”于是先就到怡红院中，喝命关门。

当下宝玉正因晴雯不自在，忽见这一干人来，不知为何直扑了丫头们的房门去。因迎出凤姐来，问是何故。凤姐道：“丢了一件要紧的东西，因大家混赖，恐怕有丫头们偷了，所以大家都查一查，去疑儿。”一面说，一面坐下吃茶。

王家的等搜了一回，又细问：“这几个箱子是谁的？”都叫本人来亲自打开。袭人因见晴雯这样，必有异事，又见这番抄检，只得自己先出来打开了箱子并匣子，任其搜检一番，不过平常通用之物。随放下又搜别人的，挨次都一一搜过。到晴雯的箱子，因问：“是谁的？怎么不打开叫搜？”

袭人方欲替晴雯开时，只见晴雯挽着头发闯进来，豁啷一声将箱子掀开，两手提着底子往地下一倒，将所有之物尽都倒出来。王善保家的也觉没趣儿，便紫胀了脸，说道：“姑娘你别生气。我们并非私自就来的，原是奉太太的命来搜察，你们叫翻呢，我们就翻一翻，不叫翻，我们还许回太太去呢。那用急的这个样子！”晴雯听了这话，越发火上浇油，便指着他的脸说道：“你说你是太太打发来的，我还是老太太打发来的呢！太太那边的人我也都见过，就只没看见你这么个有头有脸大管事的奶奶！”

凤姐见晴雯说话锋利尖酸，心中甚喜，却碍着邢夫人的脸，忙喝住晴雯。那王善保家的又羞又气，刚要还言，凤姐道：“妈妈，你也不必和他们一般见识，你且细细搜你的，咱们还到各处走走呢。再迟了走了风，我可担不起。”王善保家的只得咬咬牙，且忍了这口气，细细的看了一看，也无甚私弊之物。回了凤姐，要别处去，凤姐道：“你可细细的查，若这一番查不出来，难回话的。”众人都道：“尽都细翻了，没有什么差错东西。虽有几样男人物件，都是小孩子的东西，想是宝玉的旧物，没甚关系的。”凤姐听了，笑道：“既如此，咱们就走，再瞧别处去。”

说着，一径出来，向王善保家的道：“我有一句话，不知是不是：要抄检只抄检咱们家的人，薛大姑娘屋里，断乎抄检不得的。”王善保家的笑道：“这个自然，岂有抄起亲戚家来的。”凤姐点头道：“我也这样说呢。”一头说，一头到了潇湘馆内。

黛玉已睡了，忽报这些人来，不知为甚事。才要起来，只见凤姐已走进来，忙按住他不叫起来，只说：“睡着罢，我们就走的。”这边且说些闲话。那王善保家的带了众人到了丫鬟房中，也一一开箱倒笼抄检了一番，因从紫鹃房中搜出两副宝玉往常换下来的寄名符儿[5]，一副束带上的帔带，两个荷包并扇套，套内有扇子，打开看时，皆是宝玉往日手内曾拿过的。王善保家的自为得了意，遂忙请凤姐过来验视，又说：“这些东西从那里来的？”凤姐笑道：“宝玉和他们从小儿在一处混了几年，这自然是宝玉的旧东西。况且这符儿合扇子，都是老太太和太太常见的。妈妈不信，咱们只管拿了去。”王家的忙笑道：“二奶奶既知道就是了。”凤姐道：“这也不是什么稀罕事，撂下再往别处去是正经。”紫鹃笑道：“直到如今，我们两下里的账也算不清，要问这一个，连我也忘了是那年月日有的了。”

这里凤姐合王善保家的又到探春院内。谁知早有人报与探春了。探春也就猜着必有原故，所以引出这等丑态来，遂命众丫鬟秉烛开门而待。一时众人来了，探春故问：“何事？”凤姐笑道：“因丢了一件东西，连日访察不出人来，恐怕旁人赖这些女孩子们。所以大家搜一搜，使人去疑儿，倒是洗净他们的好法子。”探春笑道：“我们的丫头自然都是些贼，我就是头一个窝主。既如此，先来搜我的箱柜，他们所偷了来的，都交给我藏着呢。”说着，便命丫鬟们把箱一齐打开，将镜奁、妆盒、衾袱、衣包若大若小之物，一齐打开，请凤姐去抄阅。凤姐陪笑道：“我不过是奉太太的命来，妹妹别错怪了我。”因命丫鬟们：“快快给姑娘关上。”

平儿、丰儿等先忙着替待书等关的关，收的收。探春道："我的东西倒许你们搜阅，要想搜我的丫头这可不能。我原比众人歹毒，凡丫头所有的东西，我都知道，都在我这里间收着：一针一线，他们也没得收藏。要搜，所以只来搜我。你们不依，只管去回太太，只说我违背了太太，该怎么处治，我去自领。——你们别忙，自然你们抄的日子有呢！你们今日早起不是议论甄家，自己盼着好好的抄家，果然今日真抄了！咱们也渐渐的来了！可知这样大族人家，若从外头杀来，一时是杀不死的。这可是古人说的，'百足之虫，死而不僵'，必须先从家里自杀自灭起来，才能一败涂地呢！"说着，不觉流下泪来。

凤姐只看着众媳妇们。周瑞家的便道："既是女孩子的东西全在这里，奶奶且请到别处去罢，也让姑娘好安寝。"凤姐便起身告辞。探春道："可细细搜明白了！若明日再来，我就不依了。"凤姐笑道："既然丫头们的东西都在这里，就不必搜了。"探春冷笑道："你果然倒乖！连我的包袱都打开了，还说没翻，明日敢说我护着丫头们，不许你们翻了。你趁早说明，若还要翻，不妨再翻一遍。"凤姐知道探春素日与众不同的，只得陪笑道："已经连你的东西都搜察明白了。"探春又问众人："你们也都搜明白了没有？"周瑞家的等都陪笑说："都明白了。"

那王善保家的本是个心内没成算的人，素日虽闻探春的名，他想众人没眼色、没胆量罢了，那里一个姑娘就这样利害起来？况且又是庶出，他敢怎么着？自己又仗着是邢夫人的陪房，连王夫人尚另眼相待，何况别人？只当是探春认真单恼凤姐，与他们无干。他便要趁势作脸，因越众向前，拉起探春的衣襟，故意一掀，嘻嘻的笑道："连姑娘身上我都翻了，果然没有什么。"凤姐见他这样，忙说："妈妈走罢，别疯疯癫癫的——"

一语未了，只听"拍"的一声，王家的脸上早着了探春一巴掌。探春登时大怒，指着王家的问道："你是什么东西，敢来拉扯我的衣裳！我不过看着太太的面上，你又有几岁年纪，叫你一声'妈妈'，你就狗仗人势，天天作耗，在我们跟前逞脸。如今越发了不得了，你索性望我动手动脚的了！你打量我是和你们姑娘那么好性儿，由着你们欺负，你就错了主意了！你来搜检东西我不恼，你不该拿我取笑儿！"说着，便亲自要解钮子，拉着凤姐儿细细的翻，"省得叫你们奴才来翻我！"

凤姐、平儿等都忙与探春理裙整袂，口内喝着王善保家的说："妈妈吃两口酒，就疯疯癫癫起来，前儿把太太也冲撞了。快出去，别再讨脸了！"又忙劝探春："好姑娘，别生气。他算什么，姑娘气着倒值多了。"探春冷笑道："我但凡有气，早一头碰死了。不然，怎么许奴才来我身上搜贼赃呢！明儿一早,先回过老太太、太太,再过去给大娘赔礼。该怎么着,我去领!"那王善保家的讨了个没脸,赶忙躲出窗外,只说:"罢了,罢了!这也是头一遭挨打。我明儿回了太太,仍回老娘家去罢,这个老命还要他做什么。"探春喝命丫鬟:"你们听着他说话,还等我和他拌嘴去不成?"侍书听说,便出去说道:"妈妈,你知点道理儿,省一句儿罢。你果然回老娘家去,倒是我们的造化了,只怕你舍不得去。你去了,叫谁讨主子的好儿,调唆着察考姑娘、折磨我们呢?"凤姐笑道:"好丫头,真是有其主必有其仆。"探春冷笑道:"我们做贼的人,嘴里都有三言两语的,就只不会背地里调唆主子!"平儿忙也陪笑解劝,一面又拉了侍书进来。周瑞家的等人劝了一番,凤姐直待伏侍探春睡下,方带着人往对过暖香坞来。

彼时李纨犹病在床上,他与惜春是紧邻,又和探春相近,故顺路先到这两处。因李纨才吃了药睡着,不好惊动,只到丫鬟们房中,一一的搜了一遍,也没有什么东西,遂到惜春房中来。因惜春年少,尚未识事,吓的不知当有什么事故,凤姐少不得安慰他。谁知竟在入画箱中寻出一大包银锞子来,约共三四十个,为察奸情,反得贼赃。又有一副玉带版子[6],并一包男人的靴袜等物。凤姐也黄了脸,因问:"是那里来的?"入画只得跪下哭诉真情,说:"这是珍大爷赏我哥哥的。因我们老子娘都在南方,如今只跟着叔叔过日子;我叔叔婶子只要喝酒赌钱,我哥哥怕交给他们又花了,所以每常得了,悄悄的烦老妈妈带进来,叫我收着的。"

惜春胆小,见了这个,也害怕说:"我竟不知道,这还了得!二嫂子要打他,好歹带出他去打罢,我听不惯的。"凤姐笑道:"若果真呢,也倒可恕,只是不该私自传送进来。这个可以传递,怕什么不可传递?这倒是传递人的不是了。若这话不真,倘是偷来的,你可就别想活了。"入画跪哭道:"我不敢撒谎,奶奶只管明日问我们奶奶和大爷去,若说不是赏的,就拿我和我哥哥一同打死无怨。"凤姐道:"这个自然要问的。只是真赏的,也有不是,谁许你私自传送东西呢?你且说是谁接的,我就饶你。下次万万不可。"惜春道:"嫂子别饶他,这里人多,要不管了他,那些大的听见了又不知怎么样呢。嫂子要依他,我也不依。"凤姐道:"素日我看他还使得。谁没一个错,只这一次。二次再犯,两罪俱罚。但不知传递是谁?"惜春道:"若说传递,再无别人,必是后门上的老张。他常和这些丫头们鬼鬼祟祟的,这些丫头们也都肯照顾他。"

凤姐听说,便命人记下,将东西且交给周瑞家的暂且拿着,等明日对明再议。谁知那老张妈原和王善保家有亲,近因王善保家的在邢夫人跟前作了心腹人，便把亲戚和伴儿们都看不到眼里了。后来张家的气不平，斗了两次口，彼此都不说话了。如今王家的听见是他传递，碰在他心坎儿上，更兼刚才挨了探春的打，受了侍书的气，没处发泄，听见张家的这事，因撺掇凤姐道："这传东西的事关系更大。想来那些东西，自然也是传递进来的。奶奶倒不可不问。"凤姐儿道："我知道，不用你说。"

于是别了惜春，方往迎春房内去。迎春已经睡着了，丫鬟们也才要睡，众人扣门，半日才开。凤姐吩咐："不必惊动姑娘。"遂往丫鬟们房里来。因司棋是王善保家的外孙女儿，凤姐要看王家的可藏私不藏，遂留神看他搜检。先从别人箱子搜起，皆无别物。及到了司棋箱中，随意掏了一回，王善保家的说："也没有什么东西。"才要关箱时，周瑞家的道："这是什么话？有没有，总要一样看看才公道。"说着，便伸手掣出一双男子的绵袜并一双缎鞋，又有一个小包袱。打开看时，里面是一个同心如意，并一个字帖儿。一总递给凤姐。凤姐因理家久了，每每看帖看账，也颇识得几个字了。那帖是大红双喜笺，便看上面写道：

> 上月你来家后，父母已觉察了。但姑娘未出阁，尚不能完你我心愿。若园内可以相见，你可托张妈给一信。若得在园内一见，倒比来家好说话。千万千万！再所赐香珠二串，今已查收。外特寄香袋一个，略表我心。千万收好。表弟潘又安具。

凤姐看了，不由的笑将起来。那王善保家的素日并不知道他姑表兄妹有这一节风流故事，见了这鞋袜，心内已有些毛病，又见有一红帖，凤姐看着笑，他便说道："必是他们写的账不成字，所以奶奶见笑。"凤姐笑道："正是这个账竟算不过来！你是司棋的老娘，你表弟也该姓王，怎么又姓潘呢？"王善保家的见问的奇怪，只得勉强告道："司棋的姑妈给了潘家，所以他姑表弟兄姓潘。上次逃走了的潘又安，就是他。"凤姐笑道："这就是了。"因说："我念给你听听。"说着，从头念了一遍，大家都吓一跳。

这王家的一心只要拿人的错儿，不想反拿住了他外孙女儿，又气又臊。周瑞家的四人听见凤姐儿念了，都吐舌头，摇头儿。周瑞家的道："王大妈听见了！这是明明白白，再没得话说了。这如今怎么样呢？"王家的只恨无地缝儿可钻。凤姐只瞅着他，抿着嘴儿嘻嘻的笑，向周瑞家的道："这倒也好。不用他老娘操一点心儿，鸦雀不闻，就给他们弄了个好女婿来了。"周瑞家的也笑着凑趣儿。王家的无处煞气，只好打着自己的脸骂道："老不死的娼妇，怎么造下孽了？说嘴打嘴，现世现报！"众人见他如此，要笑又不敢笑，也有趁愿的，也有心中感动报应不爽的。

凤姐见司棋低头不语，也并无畏惧惭愧之意，倒觉可异。料此时夜深，且不必盘问，只怕他夜间自寻短志，遂唤两个婆子监守，且带了人，拿了赃证，回来歇息，等待明日料理。谁知夜里下面淋血不止，次日便觉身体十分软弱起来，遂掌不住，请医诊视；开方立案，说要保重而去。老嬷嬷们拿了方子，回过王夫人，不免又添一番愁闷，遂将司棋之事暂且搁起。

【注释】

[1] 鸳鸯，贾母身边管事的丫头。贾赦想娶鸳鸯为妾，贾赦的太太邢夫人出面张罗此事，却被鸳鸯坚拒。事见书中第四十六回《尴尬人难免尴尬事　鸳鸯女誓绝鸳鸯偶》。

[2] 香袋，又称香囊，古时一种佩带的饰物，用绸缎缝制的绣花小袋，内填香料。王夫人拿来的这只绣着男女猥亵图样的“十锦春意香袋”属比较少见的闺房私物。贾母的粗使丫头傻大姐在大观园里捡到时交给了邢夫人，详见书中第七十三回《痴丫头误拾绣春囊　懦小姐不问累金凤》。

[3] 小幺，小厮、仆人。打牙撂嘴儿，指手里捏着人家的把柄，以胁迫对方做什么事情。

[4] 对了槛(kǎn)儿，犹言情况吻合。

[5] 寄名符儿，旧时迷信，恐小儿夭折，常寄名于道观为徒，道士所授之符箓，称寄名符儿。

[6] 玉带版子，古人腰带上镶嵌的装饰性玉片。

【思考题】

1. 在《红楼梦》的语境中，两性关系和性行为并非多么严肃的事情，所以像邢夫人那样公然替自己丈夫物色“小妾”亦自理所当然。可是为什么一件小小的春意香囊会让王夫人大受刺激，以至引起如此轩然大波？

2.《红楼梦》总体上是一部悲剧作品，但抄检大观园这一幕又具有十足的喜剧意味，安排这样一幕跟全书的悲剧风格是否会产生不谐之感？作者在制造喜剧效果的叙述中具体采用了哪些手法？

3. 抄检大观园的起因是发现了淫秽物品，而执行抄检时却诈称“丢了一件要紧的东西”，这固然是一种避讳的说法，可是作为一种强制性行为，却又毫不含糊地蹂躏了大观园内众多女子的人格与个人隐私。试想，“抄检”这个词在此是否还意味着某种隐喻性话语？

【拓展阅读】

1. 俞平伯：《红楼梦研究》，上海古籍出版社 2011 年版。

2. 高阳：《红楼一家言》，三联书店 2001 年版。

3. 冯其庸：《解读〈红楼梦〉》，《红楼梦学刊》2004 年第 2 期。